SIE REITEN FÜR GERECHTIGKEIT

Sechs Romane in einem Band

Heinz Squarra/John F. Beck/
Glenn Stirling

Impressum

Texte:	© Copyright by Authors/ Der Roman-Kiosk. Mit freundlicher Genehmigung der Edition Bärenklau.
Korrektorat:	Kerstin Peschel.
Umschlag:	© Werner Oeckl und Kerstin Peschel.
Verlag:	Der Romankiosk Winthirstraße 11 80639 München www.der-romankiosk.de webmaster@der-romankiosk.de
Druck:	epubli, ein Service der neopubli GmbH, Berlin

Printed in Germany

Inhaltsverzeichnis

Das Buch

Wie der Mensch zur reißenden Bestie wird, wenn er um das nackte Leben kämpft...
In Texas wütet ein ungewöhnlich strenger Winter, mit klirrender Kälte und meterhohem Schnee. Fünf Männer hausen eher in einer Hütte, als dass sie dort wohnen. Sie leben zwar noch, aber das ist auch das Einzige. Seit über einer Woche haben sie nichts mehr zu essen.
John Barker überwindet seinen Stolz und reitet zur Ranch des Rinderbarons Clifton Peterson, für den die Männer den Sommer über hart gearbeitet haben und bittet um ein paar Nahrungsmittel für seine hungernden Kumpane. Diese werden ihm vom Rancher kategorisch verwehrt. Und

damit beginnt der verzweifelte und auch blutige Kampf um das nackte Leben der fünf Freunde, der sie im Laufe der Zeit zu wahren Tieren, zu Bestien werden lässt, die nur ein Ziel kennen: Am Ende des Winters noch am Leben zu sein, egal welche Konsequenzen das für andere hat...

In diesem Band sind folgende überaus spannende Romane enthalten:
Um das nackte Leben von Heinz Squarra
Im Sattel der Verdammten von John F. Beck
Der Henker wartet von Glenn Stirling
Unter Wölfen von Heinz Squarra
Der Todestrail-Kurier von John F. Beck
Aus Freundschaft wurde Hass von Glenn Stirling

1. Um das nackte Leben von Heinz Squarra

1. Kapitel

John Barker wendet den Blick vom prasselnden Kaminfeuer, als Peggy Peterson den Raum betritt. Sie ist ein gertenschlankes Mädchen mit sehr blonden Haaren und sehr blauen Augen. Und sie ist die Tochter des Ranchers, auf den ihn langsam ein wilder Zorn packt.

Peggy zieht die Tür hinter sich zu und sagt: »Du sollst ins Esszimmer kommen, John. Es ist schon gedeckt. Dad erwartet dich.«

John bewegt sich nicht. Er blickt sie an, und sie erscheint ihm auf einmal fremd. Dabei kennt er sie nun schon drei Jahre, und er weiß, dass sie seine Zuneigung erwidert, obwohl ihr Vater bestimmt nichts davon hält.

»Ich kam nicht, um an eurem Tisch zu essen, Peggy«, sagte er sanft. »Ich kam wegen Vorräten. Ich habe dir gesagt, dass Brad Segal sehr krank ist und dass alle Boys in der Hütte nichts mehr zu essen haben. Hast du es deinem Vater nicht gesagt?«

»Doch, John. Natürlich habe ich es gesagt. Aber... Na ja, er sagte, es würde zu weit führen, wenn er die Boys durch den Winter schleppen würde, nur weil sie im Sommer für ihn gearbeitet haben. Er wird dir das sicher selbst noch sagen. – Komm jetzt!« Ihre letzten Worte kommen drängend. Sie wendet sich schon wieder ab und geht durch die Tür hinaus.

John setzt sich langsam und fast schwerfällig in Bewegung. Er geht hinter ihr her. Er blickt dabei durch das Fenster nach draußen. Der Ranchhof ist mit Schnee bedeckt. Dicke Eiszapfen hängen drüben von der Regenrinne des Bunkhauses. Der Wind heult an den Kanten der Gebäude, und die Pferde im Korral haben sich dicht zusammengedrängt. Schneefontänen werden vom Sturm peitschend in die Höhe getrieben.

Er tritt in den dunklen Flur, sieht drüben die offene Tür des Essraumes und geht hinein. Peggy steht neben dem Tisch. Dahinter sitzt Clifton Peterson auf einer breiten, rot gepolsterten Bank, deren Lehne mit Schnitzereien versehen ist.

»Hallo«, sagt der Rancher. Er ist fünfzig Jahre alt und ein mittelgroßer, fleischiger Mann mit rundem Gesicht und Wurstfingern. Seine Wangen glänzen rosig, und seine Augen strahlen die Fleischschüssel auf dem Tisch an.

Der Geruch, der John entgegensteigt, lässt ihm den Speichel im Munde zusammenlaufen. Er spürt plötzlich den Hunger wie einen bohrenden Schmerz, und er fragt sich, wie lange es nun her ist, seit er das letzte Mal vor einer solchen Fleischschüssel saß.

Ah, es ist lange her. Er weiß nicht mehr, wie lange es nun ist, aber das spielt auch keine Rolle.

Peggy hat einen Stuhl zurechtgerückt und blickt ihn an.

»Setz dich, John«, meint der Rancher mit einer einladenden Geste. »Ich freue mich, dass du dich wieder einmal sehen lässt. Ich glaube, es ist schon wieder vier Wochen her, seit dich der Wind auf diese Ranch getrieben hat.«

»Es war zu Weihnachten«, erwidert John, ohne seine Stellung zu verändern.

»Yeah, richtig. Zu Weihnachten«, nickt der Rancher. »Willst du dich nicht endlich setzen?«

»Nein.«

Die Haltung des Ranchers auf der Bank versteifte sich.

»Peggy sagte mir schon, dass du Vorräte haben willst«, knurrte er. »Für die vier anderen Boys in der Hütte. Aber das geht nicht. Setz dich, ich werde dir alles erklären.«

John bleibt auf dem gleichen Fleck stehen und schüttelt den Kopf.

»Ich kann nicht, Rancher«, wirft er hin. »Ich habe zwar mächtigen Hunger, aber ich kann nichts essen, wenn ich daran denke, dass die anderen Männer in der Hütte hungern. Unsere Vorräte sind seit einer Woche restlos alle. Wir haben nichts mehr! Gar nichts! Keine Krume Brot, kein Gramm Fett, keinen Kaffee, nichts!«

Clifton Peterson steht langsam auf, geht um den Tisch herum und lehnt sich an das Fenster.

Peggy weicht gegen die Wand zurück, und das Heulen des Sturmes draußen steht für Sekunden überdeutlich im Raum.

Dann sagt Peterson: »Sie haben im Spätsommer, als wir nach Abilene kamen, den Mond vom Himmel holen wollen, mein Junge. Sie haben gezecht, bis sie alle unter den Tischen lagen. Sie haben alles verjubelt, was sie verdient hatten. Was kann ich dafür, wenn sie nun nichts mehr haben?«

»Der Winter fing sehr zeitig an«, entgegnet John leise.

»Was kann ich dafür? Ich mache das Wetter nicht. Sie hätten ihr Geld einteilen müssen. Jeder hier unten in Texas weiß, dass ein Cowboy über den Winter ohne Stellung ist. Es ist nichts Neues. Es ist auch keine Erfindung von mir.« Peterson lacht unmotiviert. »Es ist eben so«, redet er weiter und zuckt die Schultern. »Jeder weiß es. Und jeder muss sich danach richten. – Komm, setz dich.«

John geht zurück und greift nach der Türklinke.

»Ein Sack voll Mehl, etwas Schmalz und Fleisch würde uns zwei Wochen weiterhelfen«, sagt er. »Ist es wirklich unmöglich, das zu bekommen?«

»Ich kann das nicht machen, John. Es würde anderen zu Ohren kommen. Die Winterreiter kämen in Scharen zu mir. Nein, es geht nicht. Sie hätten in Kansas nicht alles verprassen sollen.«

John Barker lächelt schwach. Es ist ein bitteres Lächeln, das gar nicht richtig sichtbar wird.

»Wir waren vier Tage in Abilene«, sagt er hart, und sein Gesicht scheint plötzlich wie aus Stein gemeißelt zu sein. »Vier ganze Tage! Und wir hatten drei Monate harter Arbeit hinter uns. Tag für Tag hatten die Boys ihr Leben riskiert, um Ihre Herde nach Kansas zu bringen. Ihre Herde, Peterson! Sie kamen mit fast allen Tieren dort an und machten ein gutes Geschäft. Gewiss, das geht mich nichts an. Aber wenn wir schon ausrechnen, was der Einzelne hätte tun müssen, dann muss die ganze Rechnung aufgemacht werden. Die Boys bekamen einhunderfünfzig Dollar für den ganzen Trail. Bei den meisten ging schon die Hälfte für den Vorschuss ab, den sie unterwegs hatten nehmen müssen. Was blieb ihnen? – Sie aber kassierten für die sechstausend Rinder über einhunderttausend Dollar. Und mehr als die Hälfte davon ist Ihr Reingewinn.«

Petersons Kopf ist zornrot angelaufen. Er kommt einen Schritt auf John zu und bleibt wieder stehen. Und Peggy drückt den Rücken fester gegen die Wand hinter sich.

»Hast du ein Recht, über meinen Gewinn nachzudenken?«, knurrt Peterson. »He, Bursche, hast du ein Recht dazu?«

»Niemand hat ein Recht dazu, sagt man. Ich wollte Ihnen nur vorrechnen, dass Sie Ihrer hungernden Mannschaft einen Sack Mehl schulden.«

»Sie können herkommen und sich satt essen. Sie können auch eine Nacht im Bunkhaus schlafen. Es ist geheizt.«

»Sie werden nicht kommen. Und Sie wissen das ganz genau. Sie sind zu stolz, sich etwas zu erbetteln.«

Der Rancher lacht knurrig und abgehackt. »Komisch«, meint er schließlich. »Du bist doch auch Texaner. Bist du nicht zu stolz, dir etwas zu erbetteln?«

»Nein, Rancher. Ich will, dass alle gut über den Winter kommen.«

»Du meinst, es ändert etwas, wenn man nicht nur für sich bittet?«, fragt Peterson lauernd,

»Ich meine, dass Brad Segal sehr krank ist. Er hat mehrfach Blut gespuckt. Die Boys sagen, es wäre die Lunge. Und die Boys haben Hunger. Sie werden nicht kommen und betteln. Aber sie werden irgendetwas tun, um weiterleben zu können. Und deshalb bin ich hier!«

»Du meinst, sie werden Rinder stehlen, einen Laden in Pecos ausrauben oder irgend so etwas, wie?«

»Was sie tun werden, weiß ich nicht. Jedenfalls wird sie ihr Selbsterhaltungstrieb zu etwas zwingen. Und Ihre Sturheit spielt dabei auch eine Rolle. Ich bitte Sie...«

»Hinaus!«, donnert Peterson. »Es fehlt gerade noch, dass ich in meinem eigenen Haus beleidigt werde. Hinaus, hörst du nicht!« John blickt einen Herzschlag lang in die flammenden Augen des Rinderbarons, dann drückt er die Klinke nieder und tritt in den Flur hinaus. Hinter sich schließt er die Tür. Er hört Petersons raue Stimme durch die Wand dringen, versteht aber nicht, was er noch sagt.

John Barker schlägt sich den Kragen der Mackinshaw-Jacke hoch und zieht den dicken Wollschal über die Nase und den Hut tief in die Stirn. Er tritt vor das Haus und sieht den Vormann Alan Schoop durch das Schneetreiben kommen.

John steigt die Stufen hinunter.

»Hallo«, ruft Schoop, der ein großer, klotziger Mann ist. »Was gibt es heute?« John denkt daran, dass dieser Mann jeden Tag sein gutes Essen und jeden Monat seinen guten Lohn hat. Und mit ihm haben das noch die Männer der Winterwache bei den Rindern. – Die Männer, die Glück hatten, als der Winter anfing.

Er blickt den Vormann an, ohne ihn richtig zu sehen. Es ist, als würde er durch ihn hindurchschauen.

»He!« macht Schoop. Er grinst von einem Ohr zum anderen.

Da geht John an ihm vorbei die Treppe hinunter und durch den Hof zu seinem Cayusen, den er am Korral angehalftert hat.

Schoop blickt ihm nach und schüttelt den Kopf. Dann steigt er die Treppe weiter hinauf.

2. Kapitel

Peggy wendet sich vom Fenster ab, als sie den Reiter nicht mehr sehen kann. Sie schaut erst ihren Vater, dann den Vormann an, der eben den Raum betreten hat.

»Setz dich, Al«, meint der Rancher und lässt sich schnaufend auf der Bank nieder. »Nimm Johns Teller. Der verbohrte Narr wollte kein Essen, wie er keinen Job wollte, als die anderen gehen mussten.«

»Was hat er gewollt?«

»Was schon? Für die anderen Essen betteln. Wahrscheinlich auch für sich. Er war damals in Abilene verdammt sparsam. Nun hat er sicher sein ganzes Geld in Mehl, Schmalz, Tee, Kaffee und Fleisch umgesetzt. Und das alles hat er den anderen in den Rachen geworfen.«

Der Vormann nickt, während er sich an den Tisch setzt.

»Er ist ein Narr«, brummt er. »Ein Gerechtigkeitsnarr, der etwas verändern will. Alles, was er tut, zielt darauf ab, die Rancher zu zwingen, alle Cowboys auch den Winter über zu beschäftigen. Ich glaube, sie werden nun Vieh stehlen, wenn sie nichts mehr haben. – Deine Nordweide ist ihnen am nächsten.«

Peterson hebt den Kopf.

»Ich dachte schon daran«, bekennt er. »Wie viel Männer haben wir dort?«

»Zwei. Ketterer und Fiddler. Sie werden aufpassen, so gut das bei dem Wetter möglich ist.«

»Setz dich doch, Peggy!«, fordert der Rancher seine Tochter auf.

Sie schüttelt den Kopf, blickt dabei auf ihren Vater, der sich eben mit der Silbergabel einen Fleischbrocken aus der Schüssel fischt.

»Ich verstehe nicht, wie ihr essen könnt, während andere, die ihr kennt, verhungern!«, ruft sie hart und wendet sich ab.

Hinter ihr schlägt die Tür zu. In der großen Wanduhr klingelt es leise.

»Sie liebt ihn«, sagt Alan Schoop über den Tisch. »Das wissen Sie auch, was?«

»Ich bin nicht blind, Al. Ich habe ihr schon gesagt, dass sie sich das aus dem Kopf schlagen muss. Ich bin ein Rinderking.

Es geht nicht, dass meine Tochter mir einen armen Schlucker anbringt. Ich habe ihr das gesagt.«

»Und was hat sie geantwortet?«, fragte Schoop indem er sich vorbeugt.

»Nichts.«

Schoop lehnt sich enttäuscht zurück. »Nichts«, echot er. »Keine Antwort ist bekanntlich auch eine Antwort.«

»Yeah, manchmal. Aber ich weiß, dass sie auch sehr an mir und dieser Ranch hängt. Sie wird sich ausgerechnet haben, dass es zu nichts führt, mir nicht zu gehorchen. – Du reitest nachher sofort zu unserer Nordweide. Wenn ein Rinderdieb auftauchen sollte, so ist er möglichst lebend zu fangen. Wir müssen ein Exempel statuieren.«

»Wollen Sie ihn hängen?«

»Rustler wurden immer gehängt«, knurrt Peterson auf seinen Teller blickend.

»In Pecos gibt es einen Sheriff«, wirft der Vormann hin. »Ich weiß, dass er etwas gegen das alte Präriegesetz hat. Er will, dass Banditen vor den Richter der Stadt gebracht werden.«

Peterson blickt auf.

»Es ist bei diesem Wetter unzumutbar, einen Rustler in die Stadt zu bringen. Wir haben hier auch kein Jail, in dem wir ihn aufheben können. Der Sheriff wird das einsehen müssen.«

Peterson schneidet sich eine Ecke des saftigen Fleisches ab und schiebt das Stück in den Mund.

3. Kapitel

Es dunkelt schon, als John Barker die einsame Hütte in dem weiten, von vulkanisch schwarzen Felsentürmen eingeschlossenen Tal auftauchen sieht. Noch immer umgibt ihn dichtes Schneetreiben, und bei jedem Schritt versinkt der Cayusen bis zur Brust und kann sich nur schwer weiterkämpfen. Der Wind zerrt an Johns Hutkrempe und fährt wie mit langen, spitzen Nadeln unter seine dicke Jacke.

Er sieht die Tür aufspringen. Eine lange Lichtbahn fällt in den schimmernden Schnee und eine Stimme ruft: »John, bist du das?«

»Yeah«, schreit er zurück. Und der Wind treibt das Wort vor ihm her.

Er hält vor der Hütte und blickt Jesse Freed, dem kleinen, drahtigen Halbblut ins Gesicht.

»Du hast nichts, Amigo«, sagt Jesse feststellend. »Weißt du noch, was ich dir sagte?«

»Yeah, Jesse, ich weiß es. Aber ich konnte nicht glauben, dass er so hartherzig sein kann. Es war vergebens. Wie geht es Brad?«

»Schlecht. Er redet im Fieber. Er müsste noch einmal nach Pecos, zum Doc. Aber der Kerl verlangt fünf Dollar für die Behandlung. Wir haben keine fünf Dollar mehr.«

John Barker steigt ab. Er hat an das alles gedacht, und er weiß, dass ihre Lage ohne Hoffnung ist.

Jesse nimmt die Zügel des Pferdes und führte es um die Hütte herum zum Anbau.

John geht durch die offene Tür und zieht sie hinter sich zu. Er blickt die beiden Männer an, die am Tisch unter der Kerosinlampe stehen und ihn anstarren. Sie sehen beide hohlwangig und stoppelbärtig aus, und es ist, als wäre ihr Lebenswille tief gesunken. Sein Blick gleitet zu dem dritten Mann weiter, der sich ruhelos in seiner Bunk hin und her wälzt und leise, abgehackte Worte ausstößt.

»Er phantasiert«, meint Larry Goodman, der mittelgroße Reiter am Tisch. »Vor einer Stunde war er ganz klar und wollte seinen Colt haben.« Larry schweigt und beißt sich auf die Unterlippe.

»Vielleicht kannst du dir denken, zu was er ihn haben wollte, John«, dehnt Sam Strohter, der andere am Tisch. Er ist ein großer, schmaler, fast knochiger Mann.

»Ich kann es mir denken«, nickt John. »Es ist gut, dass ihr sie ihm nicht gegeben habt, die Waffe.«

»Es ist eben nicht gut!« schnauft Strorther. Und er hämmert mit der Faust auf den Tisch. »Er könnte jetzt schon alles hinter sich haben. Und verdammt, wir hätten sie ihm gegeben, hätten wir gewusst, dass du mit leeren Händen zurückkommst! Er quält sich nur noch. Vielleicht quält er sich noch lange. Warum? Für ihn gibt es keine Hoffnung mehr.«

John geht um den Tisch herum und beugt sich über den Kranken. Brad Segals Gesicht sieht gelblich aus, und hektische rote Flecken brennen auf seinen Wangen.

»Was hat er gesagt?«, will Strother wissen.

John wendet sich um. Er geht zum Tisch zurück und schaut die beiden Männer abwechseln an. Dann blickt er zum gemauerten Herd in der Ecke, in dem ein dürftiges Feuer brennt. Über dem Herd hängt ein Topf an einer Kette von der Decke herab. Schneewasser dampft in ihm.

»Warum sagst du nichts?«, forscht Sam Strother. »Er muss doch etwas gesagt haben! Oder hast du nicht gefragt?«

»Doch.«

Strother will noch etwas sagen, aber Larry Goodman winkt ab.

»Hör auf«, schnaubt er. »Er hat das gesagt, was wir uns vorher ausgerechnet hatten. Er weiß, dass hier nur fünf Mann hausen. Nur ein Rest seiner Mannschaft, die er in den Winter schickte. Und er weiß, dass einer von uns todkrank ist. Wir sind für ihn keine Gefahr. – Hat er dir etwas zu essen gegeben, Partner?«

»Ich habe es nicht genommen«, entgegnet John und lässt sich müde auf einen Baumstumpf sinken, der als Stuhl dient.

»Nicht genommen.« Goodman nickt. »Ich hätte es auch nicht genommen. – Aber was wird nun?«

Jesse Freed kommt in die Hütte. Ein eisiger Luftzug weht vor ihm her und bläst ins aufsprühende Feuer. Jesse schließt die Tür und zieht fröstelnd die Schultern ein.

»Wir haben kein Holz mehr«, sagt er. »Morgen muss einer von uns losreiten. Vielleicht sollten wir auch die sechste Bunk verfeuern. Diesen Winter kommt niemand mehr.«

»Sie bleibt stehen«, erwidert John. »Im Winter kann immer ein Reiter kommen, der dafür dankbar ist.«

Jesse wendet sich dem Herd zu und stochert im Feuer herum.

»Ich habe Hunger«, knurrt Larry. »Irgendetwas muss passieren. Ich habe seit einer Woche außer drei dünnen Suppen nichts zwischen die Zähne bekommen. Ich friere schon, weil ich so hungrig bin! – Hörst du, John, ich friere vor Hunger!«

»Yeah, ich höre es. Wir müssten versuchen, eine Antilope zu schießen.«

»Sie sind letzte Woche vor dem Blizzard in die Davis Mountains geflohen«, wendet Sam ein. »Hier unten gibt es davon keine einzige Kuh mehr. Und in die Berge kommen wir bei diesem Sauwetter nicht. Wie ist es mit dem Schwarzbären, dessen Spuren du letzte Woche gesehen hast, Jesse?«

»Weiß auch nicht. Er muss sich irgendwo verkrochen haben. Vielleicht hat er Nahrung gefunden. Er war bestimmt auf der Suche danach.«

»Wir müssten gemeinsam versuchen, ihn aufzustöbern«, schlägt John Barker vor.

»Damit stehlen wir uns nur selbst die Zeit«, knurrt das Halbblut. »Ich weiß etwas Besseres.«

»Was?«, fragt Sam und setzt sich auf einen knarrenden Stuhl. Er blickt Jesse abwartend an.

»Abilene!«, schreit der Kranke in diesem Moment verzerrt und hebt den Oberkörper halb in die Höhe. »Hoo, Freunde! Abilene. Treibt sie!« Er macht mit der rechten Hand eine Bewegung, als wollte er eine Peitsche schwingen. Dadurch sinkt sein der Stütze beraubter Oberkörper auf die Bank zurück.

Larry ist mit zwei raschen Schritten bei ihm und drückt ihn nieder, als er sich abermals hochstemmen will.

»Abilene, Partner!«, lacht der Kranke hohl. »Ah, siehst du es? Viele Saloons! Und dort, Partner. Es sind Mädchen! Siehst du es?«

»Yeah, Brad, ich sehe es«, sagt Larry ernst. »Aber du musst jetzt schlafen.«

»Dort gibt es saftige Steaks«, beharrt der Kranke. »Partner, ich will jetzt ein saftiges Steak. Ein Steak, hörst du!«

»Yeah, Brad. Nachher bekommst du ein Steak.«

Die verkrampfte Haltung des Kranken entspannt sich plötzlich. Wie leblos liegt er wieder auf der Pritsche und nur sein rasselndes Atmen verrät, dass er immer noch unter ihnen ist.

Larry kommt an den Tisch zurück und blickt John an.

»Wir holen ein Kalb«, sagt er gedehnt. »Von hier bis zu Petersons Herde im Norden sind es knapp vier Meilen. Am Morgen haben wir das Fleisch hier.«

John blickt sie der Reihe nach an, und er erkennt, dass sie alle auf diesen Satz gewartet haben. Jeder hat sich nur bis jetzt gescheut, ihn selbst auszusprechen. Nun ist es heraus, steht zwischen ihnen. Und sie blicken ihn an, als sollte er nun sagen, wie sie es machen wollen.

»Es ist der einzige Weg, der uns zu Fleisch führt«, sagt Sam in die eingetretene Stille hinein. »Wenn wir es jetzt nicht machen, werden wir so schwach sein, dass wir nicht mehr in die Sättel kommen. – Jetzt kann es sogar noch einer machen. Wir losen es aus.«

»Yeah, das denke ich auch«, meint Jesse und nickt heftig.

»Ihr seid verrückt«, sagt John. »Peterson weiß genau, dass wir nichts mehr haben. Er wird sich längst ausgerechnet haben, dass dies unser nächster Schritt sein wird. Sie werden die Herde scharf bewachen. Und sie werden den, der es macht, aufhängen.«

»Dann reiten wir zu seiner Westherde. Damit wird er nicht rechnen«, sagt Sam. »Der Weg ist etwas weiter. Aber bis zum Mittag kann der Mann mit dem Fleisch zurück sein.«

Sam steht auf und geht zu einem Wandbrett neben dem Herd. Er kommt mit einem Paket Spielkarten zurück, das er verdeckt auf den Tisch wirft.

»Wer die höchste Karte zieht, macht es«, sagt er. Er spricht leise, und sie blicken sich wie Verschwörer an.

»Lasst es!«, knurrt John rau. »Wir werden einen anderen Weg finden. Wenn sie irgendetwas merken, kommen sie hierher.«

»Der, der es macht, zieht das Kalb unterwegs ab und zerschneidet es. Sie können uns nie beweisen, dass es sein Kalb ist.« John blickt Sam an und schüttelt den Kopf.

»Nein. Es hat keinen Sinn. Wir reiten uns damit nur noch tiefer ins Unglück. Glaubt mir, wir können hier keinen Tag mehr leben, wenn sie etwas gemerkt haben. Wo wollen wir dann hin?«

»Ich habe jetzt Hunger!«, schreit Sam und schlägt auf den Tisch. »Was interessiert es mich, was morgen oder nächste Woche sein wird. Gar nicht!« Er greift nach den Karten, zieht eine heraus und wirft sie herum.

»Kreuz As«, sagt Jesse. »Die höchste Karte, Sam.«

Strother schein etwas zu verschlucken, und sein Gesicht ist noch fahler geworden, sodass es wie durchsichtig aussieht... »Yeah«, gibt er flach zurück. »Kreuz As. Ich werde reiten.«

»Bleib hier!«, kommandiert John, als Strother zur Tür gehen will.

Sam bleibt stehen und wendet sich um. »Was ist noch? Wir haben ausgelost. Ich habe verloren.«

»Du hast voreilig eine Karte gezogen. Wir waren uns noch nicht einig.«

»Doch, John. Wir waren alle dafür, nur du nicht. Und wir haben einmal beschlossen, dass wir das machen, was die Mehrheit beschließt.« Er dreht sich fest um und geht hinaus. Der Wind heult wieder herein und fährt ins Feuer. Dann knallt die Tür zu.

Das Wasser im Topf über dem gemauerten Herd beginnt lauter zu singen.

»Wir haben noch etwas Tee«, meint Larry. »Vielleicht wärmt der uns, damit wir diese Nacht schlafen können.«

4. Kapitel

Peggy betritt den großen Wohnraum der Ranch fast geräuschlos. Trotzdem hört der Rancher sie. Er lässt seine acht Wochen alte Zeitung sinken und blickt ihr entgegen. Sie ist an der Tür stehengeblieben.

Peterson setzt sich in seinem Sessel zurecht und hustet auffordernd.

Aber Peggy sagt nichts. Sie blickt ihn an, und ihre sonst sehr blauen Augen sind heute dunkel.

»Was willst du?«, fragt er mit einem Blick zu dem achtarmigen Leuchter, der an der perlenverzierten Kette von der gekalkten Decke hängt.

»Es ist wegen den Männern in der Weidehütte draußen«, sagt sie herb.

»Was ist mit ihnen?«

»Ich wollte dich bitten, sie nicht zum Äußersten zu treiben. Alle anderen Reiter haben das Land verlassen. Sie sind nach Kansas, New Mexiko oder in andere Staaten. Du weißt, dass es zweifelhaft ist, ob sie im Frühjahr zurückkommen. Es wäre in deinem eigenen Interesse, dir diese Leute zu erhalten.«

»Und was soll ich tun?«

»Sie wie Menschen behandeln, Dad. Sonst nichts.«

Peterson steht mit einem Ruck auf und kommt ein paar Schritte auf sie zu. Direkt unter dem gewaltigen Leuchter bleibt er stehen.

»Wie Menschen...?«

»Yeah. John hatte recht. Diese Männer haben dir dein Geld verdient. Gewiss, du hast ihnen die Ausrüstungen gegeben, die Pferde und die Rinder. Aber ohne diese Männer hättest du nie ein Rind nach Kansas gebracht. Sie haben es verdient, wenigstens im Winter nicht hungern zu müssen.«

Peterson kommt noch näher und stemmt die Hände in die Hüften.

»Der Rancher bin ich«, sagt er schleppend. »Ist das klar?«

»Ich habe dich darum gebeten«, erwidert sie kühl. »Auch John bat dich.«

»John... John! Ich kann diesen Namen schon nicht mehr hören! Weißt du, dass er ein verdammter Narr ist? Er hätte für den ganzen Winter Arbeit gehabt. Leichte Arbeit!«

»Er hätte sie auch genommen, wenn die anderen ebenfalls hätten bleiben können, Dad. – Weißt du, was er einmal zu mir sagte? ›Wenn ich bleibe und im Winter um die Herden reite, dann muss ich damit rechnen, einmal auf einen Mann schießen zu müssen, mit dem ich Steigbügel an Steigbügel geritten bin und der vielleicht sogar vieles für mich getan hat. Deshalb ist er gegangen, wenn andere gehen mussten.« Peterson leckt sich über die Lippen. »Ich hatte gedacht, du hättest ihn dir endlich aus dem Kopf geschlagen«, erwidert er unwirsch. »Merke dir einst: Er wird auf dieser Ranch niemals eine Stimme haben. Vielleicht stelle ich ihn im Frühjahr nicht einmal mehr ein. Warum, weißt du. Kümmere dich jetzt um das Essen für die Männer der Winterwache.« Er dreht sich um und geht zu seinem Sessel zurück.

Peggy spürt ein heißes Brennen auf der Stirn, und sie hat eine harte Erwiderung auf der Zunge. Sie blickt auf den breiten Rücken ihres Vaters und verschluckt die Worte, die sie am liebsten sagen möchte.

Sie greift nach der Klinke und geht hinaus.

In der Küche sieht sie den Vormann. Er sitzt am Tisch und säbelt sich gerade mit seinem Messer einen großen Kanten vom Maisbrot. Als er hineinbeißt, sagt Peggy: »Weißt du, wie es ist, wenn man fürchterlichen Hunger hat? Wenn man friert und kein warmes Feuer findet?«

»Nein, Miss. Ich hatte immer einen Job, falls Sie das meinen.« Schoop grinst sie an.

»Mein Vater hatte dich zur Nordweide geschickt. War es dir draußen zu kalt?«

»Ich habe die Leute zur Wachsamkeit ermuntert. Jetzt reite ich zur Westweide. Ich habe mir überlegt, dass sie es vielleicht dort versuchen. Sie kennen sich mit der Wache recht gut aus.«

»Dann solltest du keine Zeit verlieren«, entgegnet sie knapp.

Alan Schoop säbelt sich noch ein Stück Brot ab und schiebt es in die Tasche. Schließlich geht er hinaus.

Peggy lehnt sich gegen den Tisch und blickt ihm nach, bis die Tür zufällt. Sie hört noch seine Schritte im Flur. Dann fällt abermals eine Tür zu. Ein Pferd wiehert. Gedämpfter Hufschlag verklingt.

Peggy blickt über die Regale an der Wand. Sie denkt flüchtig daran, dass sie Schoop das Essen für den Herdenreiter Raksin hätte mitgeben müssen. So wollte es ihr Vater. Aber irgendwie spürt sie plötzlich einen bitteren Groll auf alle Männer, die hier leben. Sie geht zu einem Kasten, aus dem sie einen Sack zieht. Und in diesen packt sie alles, was in den Regalen lagert. Sie schleift den Sack zu einer zweiten Tür, die direkt in den Hof führt.

Schneidend fährt ihr der eisige Wind entgegen, und die tanzenden Schneeflocken setzen sich in ihre Haare und in die Augen. Sie schleift den Sack über die Veranda und wirft ihn an der Ecke in den Hof hinunter. Sie weiß jetzt, dass ihr Vater wahrscheinlich nur deshalb so hartherzig ist, weil John Barker bei den Männern im Wintercamp ist. Ihn will er loswerden, ihretwegen.

Sie steigt über das Geländer und springt hinter dem Sack her. Sie zieht ihn zum Stall weiter und verbirgt ihn unter dem Heu. Anschließend geht sie zurück. Jetzt kann sie nicht reiten. Es würde zu sehr auffallen. Aber am Morgen wird es klappen. Niemand wird etwas merken, wenn sie es geschickt anfängt.

5. Kapitel

Mitternacht ist vorbei. Aber noch immer hält das Heulen des eisigen Windes an, und noch immer fällt der Schnee in dichten Flocken.

Die Longhorns stehen dicht zusammengedrängt in der Talmulde, und das Klappern der langen, geschwungenen Gehörne dringt bis zu Rodd Raksin, der im Schutze eines Felsenturmes ein kleines Feuer entzündet hat und sich daran die kalten Finger wärmt.

Ein Pferd stampft durch den Schnee, und das Knarren von Sattelleder dringt an die Ohren des Cowboys. Er greift nach seinem Gewehr, lässt es jedoch wieder los, als er den Vormann Alan Schoop erkennt.

»Glaubst du nun, dass sie es hier nicht versuchen werden?«, forscht Raksin.

»Ich weiß nicht«, gibt der Vormann zurück. »Irgendwo werden sie es sicher versuchen.«

»Kann ich mir nicht denken, Al. Sie wissen ganz genau, was auf Rinderdiebstahl steht. Und sie wissen auch, dass der Boss keine Gnade kennen wird. Sie sind alle Narren, dass sie im Lande geblieben sind.«

»Was hättest du denn gemacht, wenn Peterson dich in den Winter geschickt hätte?«

»Ich wäre nach Arizona gegangen«, meint Raksin und hält die Hände wieder über das Feuer. »Ich habe gehört, in Tombstone wäre Gold gefunden worden. Warum soll man es nicht mal versuchen, wenn man mit seiner Zeit sowieso nichts anzufangen weiß.

»Well, deshalb sind sie Narren.«

Schoop gleitet aus dem Sattel und stellt sich neben Raksin ans Feuer. Er wärmt sich ebenfalls die Hände, während er den Kopf dreht und zur Herde blickt, die er im tanzenden Schnee wie hinter einem Vorhang sehen kann.

»Du kannst zurückreiten«, brummt der Cowboy. »Gegen Morgen kannst du wieder hier sein. Ich habe Hunger, verstehst du!«

»Yeah, ich hatte es vergessen. Okay.« Schoop bringt ein paar dicke Handschuhe aus der Tasche und zieht sie über. Dann steigt er in den Sattel und reitet davon.

Rodd Raksin wärmt sich noch einen Moment die Hände. Dann tritt er das Feuer aus und steigt ebenfalls auf sein Pferd.

Langsam reitet er in die Talmulde der Pferde hinunter. Er kommt um ein paar trockene, kahle Pinienbüsche und hat die Tiere nun direkt vor sich. Schnee glitzert auf den erdbraunen Rücken. Er nimmt schnell eine dunkle Farbe an.

Rodd Raksin denkt daran, dass es mindestens zweitausend Longhorns sind, die hier im Tal zwischen den Felsen stehen. Keiner weiß genau, wie groß die Herde wirklich ist. Im Frühjahr wird sie gezählt werden.

Irgendwo ist das langgezogene Heulen eines Wolfes zu hören.

Raksin zieht die Schultern fröstelnd zusammen. Durch einen Schenkeldruck setzt er sein Pferd in Bewegung. Er reitet um die Herde herum, und er denkt in diesen Minuten daran, dass er seinen Job behalten konnte, weil John Barker mit den anderen gegangen war.

Zuerst hatte Peterson offenbar gar nichts gegen John Barker gehabt. Dann waren aber mehrmals Worte wie »Gleichmacher« gefallen. Yeah, John wollte vieles verändern. Vielleicht will er es jetzt immer noch. Er hatte immer von mehr Gerechtigkeit gesprochen.

Raksin hält sein Pferd an und wischt sich einen Eistropfen von der Nase. Ihm kann es gleich sein. Dieses Jahr hat er seinen Job. Und wenn er im nächsten Winter keinen hat, wird er nach Tombstone trailen. Vielleicht hat er dort Glück und braucht nie mehr auf die Rindertrails zurückzukehren.

Langsam reitet er weiter. Die Kälte kriecht wieder durch seinen Körper, und er denkt, dass der Winter eine völlig überflüssige Jahreszeit ist.

Plötzlich bringt er das Pferd mit einem heftigen Ruck zum Stehen. Er reckt den Kopf vor, um besser durch das Schneetreiben sehen zu können. Und gleichzeitig greift er mit einer rein mechanischen Bewegung nach dem Gewehr im Scabbard. Er hat ein Geräusch gehört, kann es aber noch nicht deuten. Doch es kann kein Wolf oder Bär sein, denn die Herde ist ruhig geblieben. Da schnaubt ein Pferd. Und plötzlich taucht ein Mann auf. Er reitet von links nach rechts und hält etwas in der Hand. Es sieht wie ein Lasso aus. Rodd Raksin packt das Gewehr fester. Er kann den Mann nicht erkennen, denn der hat den Hut tief in die Stirn gezogen und den Schal bis über die Nase gebunden. Und der Mann hat ihn noch nicht entdeckt. Rodd Raksin hebt das Gewehr langsam an.

Da schwirrt das Lasso durch die Luft. Ein Longhorn stampft mit den Hufen auf den Boden, Gehörne klappern.

»Go on!«, schnauft der Mann, und an der Stimme, die durch den Schal dringt, erkennt Raksin ihn.

»Hallo, Sam«, sagt er sanft.

Der Reiter fährt im Sattel herum, lässt das Lassoende aus der Hand fallen und treibt sein Pferd genau eine Länge näher.

»Hallo, Sam«, wiederholt Raksin gedehnt und lässt den Hahn des Gewehres knackend zurückspringen. »Ich hatte nie gedacht, dass du es wirklich machen würdest. Bist du allein?«

»Wir sind vermutlich beide allein«, entgegnet Sam Strother. »Ich bin schon eine ganze Stunde hier. Ich sah dich und Schoop am Feuer. Dann ritt der Vormann weg. Ich hatte angenommen, du würdest am Feuer bleiben. Die Herde läuft hier nicht weg.«

»Du hast angenommen, es wäre sehr leicht, ein Rind zu holen«, dehnt Raksin und nickt. Er lässt das Gewehr nicht sinken. »Du hast dich aber geirrt. Ich habe bei Peterson meinen Job und nehme ihn verdammt ernst. Und ich habe dich eben beim Viehdiebstahl erwischt. Nimm die Hände hoch! Ich muss dich zur Ranch bringen.«

Sam Strother leckt sich über die Lippen. Auf seiner Stirn perlen kalte Schweißtropfen. Ein irres Licht funkelt in seinen Augen.

»Brad ist sehr krank«, antwortet er unsicher. »Er hat es mit der Lunge, Rodd. Auch die anderen werden krank werden. Wir haben nichts mehr zu essen. Wir brauchen ein Kalb. Rodd, niemand weiß genau, wie viele Rinder hier stehen. Wir waren doch immer gute Kameraden. Die Boys in, der Hütte haben Hunger!«

»Nimm die Hände hoch!«, grollt Raksin. »Und halte keine Volksreden! Hörst du nicht?«

Das Gewehr zuckt, und Strother sieht durch das dichte Schneetreiben die schwarze Mündung, die genau auf seinen Kopf zielt.

»Ich habe versprochen, ein Kalb zu holen«, versucht es Sam noch einmal. »John war bei Peterson gewesen. Er wollte Vorräte. Aber der Rancher gab ihm nichts. Rodd, siehst du nicht ein, dass ein Mensch essen muss?«

»Höre auf. Ich habe hier meinen Job. Ich kann nicht jetzt, mitten im Winter, nach Arizona reiten. Es ist zu spät. Ich muss meinen Job behalten. Und jeder muss irgendwie mit seinem Schicksal fertig werden. Nimm die Finger hoch. Ich will nicht auf dich schießen. Es ist Petersons Sache, das zu regeln.«

»Du meinst, es geht dich nichts an, wenn er mich hängen lässt, was? Du meinst vielleicht sogar, du hättest nichts damit zu schaffen, wenn du den Strick über einen Baum werfen musst. – Rodd, denke doch an Brad! Er war dein bester Kamerad! Er hat dir geholfen, als in Kansas ein fast blind gewordener Bulle auf dich losging. Hast du das alles vergessen? – Brad ist sehr krank!«

»Halts Maul! Hände hoch!« Und das Gewehr zuckt höher, und plötzlich jagt eine lange, rot-gelbe Stichflamme aus der Mündung. Das Peitschen des Schusses lässt die nahen Rinder zusammenfahren. Und Strothers Hut fliegt davon.

Sam ist zusammengezuckt. Er hat unbewusst nach dem kalten Kolben des Colts gegriffen, den er sich mit dem Gurt über die schwere Wolljacke geschnallt hat. Er schwingt die Waffe hoch, während das grollende Echo von den Felstürmen zurückkommt. Und er schießt, weil er nicht die Hände heben will, weil er nicht hängen will, und weil er ein Kalb holen wollte.

Er sieht Raksin im Sattel schwanken und nach links kippen. Das Pferd steigt Schnaubend hoch, dreht sich und rast an der Flanke der Herde davon, um im Schneetreiben zu verschwinden.

Der Cowboy liegt verkrümmt auf der Erde, halb im hohen Schnee begraben.

Sam Strother beugt sich über den Hals seines Pferdes. Er hält den rauchenden Colt noch immer wie einen sinnlosen Gegenstand in der Hand. Er sieht mit Erschrecken, dass Raksin sich immer noch nicht bewegt. Und er wird sich erst ganz langsam bewusst, dass er auf ihn geschossen hat.

»Rodd!«, schreit er.

Nichts. Der Mann rührt sich nicht. Die Schneeflocken setzen sich auf seine Jacke, und der Wind reißt sie heulend wieder in die Höhe.

Sam Strother steigt mit hölzernen Bewegungen ab und geht zögernd auf den Liegenden zu. Er berührte ihn an der Schulter.

»Rodd!«, ruft er wieder. »Rodd, so sprich doch! Rodd, es... es... Du hättest nicht auf mich schießen dürfen! Rodd, man schießt nicht auf einen hungrigen Mann. Rodd, hörst du nicht?«

Raksin bewegt sich nicht Und Sam zieht ihn endlich herum und starrt aus weitoffenen Augen auf das kleine Loch in der Stirn des Cowboys.

Da springt ihn die Panik wie ein wildes Tier an. Er wirft sich herum und jumpt in den Sattel. Er reißt das Pferd auf der Hinterhand herum und prescht auf den Einschnitt zwischen den schwarzen, teilweise mit Schnee bedeckten Felsentürmen zu.

6. Kapitel

John Barker schlägt die Axt immer wieder in die gleiche Kerbe, bis der starke Ast knackend bricht und zur Erde fällt. Er lässt die Axt sinken und wischt sich den Schweiß mit dem Ärmel der Mackinshaw-Jacke von der Stirn. Er hebt mit einem Ruck den Kopf, als er den trommelnden Hufschlag hört.

Auch sein Pferd hat den Kopf gehoben und die Ohren steil in die Höhe gestellt.

Da tauchen sie auf. Ein langgestrecktes Rudel Antilopen kommt vor dem heulenden Sturm aus östlicher Richtung.

John Barker reißt die Winchester aus dem Sattelschuh und presst den Kolben gegen die Schulter. Er lässt das Rudel vorbeilaufen und zielt auf die letzte Kuh, die etwas zurückgeblieben ist.

Krachend entlädt sich die Waffe. Die Antilopenkuh überschlägt sich. Die schlanken Beine trommeln noch drei Herzschläge lang durch die Luft, dann sinken sie seitlich nieder.

Das Rudel verschwindet im Schneetreiben.

John Barker lässt das rauchende Gewehr sinken und leckt sich den Pulvergeschmack von den Lippen. Er greift nach den Zügeln seines Pferdes und geht auf die Kuh zu.

Sie ist tot. Der Blattschuss hat sie voll getroffen. John denkt an die hungrigen Männer in der Hütte. Hier ist Fleisch – viel Fleisch! Und gleichzeitig denkt er an Sam, der das Kreuz As zog.

Alles war überstürzt. Und es stimmt gar nicht, dass die Antilopen bereits alle in den Bergen Schutz gesucht haben.

Er bückt sich über das dampfende Tier und greift nach dem Messer, das er im Stiefelschaft trägt. Er schlitzt den Leib mit einem Schnitt auf und weidet das Tier aus. Zehn Minuten später zieht er die Lassoschlinge über die Läufe und bindet das andere Ende des langen Riemens am Sattelhorn fest. Er greift nach den Zügeln und zieht das Pferd mit der schleifenden Last dahinter, zu dem Ast zurück. Er bindet auch diesen am Sattel fest und führt das Pferd durch den tiefen Schnee fort.

Es ist heller geworden, als er die Hütte vor sich auftauchen sieht. Jesse steht vor der Tür. Er muss ihn gehört haben.

John bleibt vor ihm stehen und zeigt nach hinten.

»Mein Gott!«, stößt das Halbblut hervor. »Du hast Holz und Fleisch!«

»Yeah. Ist Sam zurück?«

»Nein. Er kann noch nicht zurück sein.«

»Es wäre doch möglich gewesen, dass er sich alles noch einmal überlegt hat«, entgegnet John schwach. »Wir brauchen nun kein Kalb mehr. Es war alles sehr überstürzt, Jesse.«

Das Halbblut machte das Lasso vom Sattelhorn los, während John in die Hütte geht. Er sieht zuerst Larry, der am Feuer kniet und in die Glut bläst. Er hat ein nasses Stück Holz daraufgelegt.

Brad Segal dreht sich in seiner Bank und murmelt etwas Unverständliches.

»Es geht ihm schlecht«, sagt Larry Goodman, ohne sich umzudrehen. Er bläst wieder in die Glut und eine kleine Flamme züngelt an dem nassen Holz in die Höhe. »Er hat wieder Blut ausgespuckt. Ich frage mich schon die ganze Zeit, ob ihm überhaupt noch zu helfen ist. Was meinst du, Partner?«

»Ich weiß nicht«, gibt John zurück und geht zum Tisch, auf dem ein leerer Becher steht.

»Larry, hilf mir!«, ruft Jesse von draußen. »Die Kuh ist bestimmt zwei Zentner schwer!«

Larry geht hinaus.

John nimmt den Becher, geht zum Herd und schöpft sich den dünnen Tee aus dem Kessel, den er in langsamen Schlucken trinkt.

Larry und Jesse schleifen die Antilopenkuh in die Hütte.

Brad richtet sich plötzlich auf seinem Lager auf und schreit: »Gib mir den Colt, Larry! Hörst du nicht, Freund?«

Larry steht stocksteif und blickt John an, der sich langsam dem Kranken zuwendet. Er sieht die glasigen Augen, die ihn starr anblicken, und er fragt sich, ob Brad ihn überhaupt noch erkennt.

»Den Colt, Larry!«, schreit er und hustet dann heiser, sodass sein ganzer Körper wie im Fieber geschüttelt wird.

John drückt ihn auf das Lager zurück und zieht ihm die Decke bis unter den Hals.

»Sei ruhig, Brad«, sagt er eindringlich. »Wir haben wieder Fleisch. Wir haben auch Holz. Gleich wird es warm in der Hütte werden. Jesse kocht dir Fleischbrühe. Du wirst sehen, es wird dann bald besser.«

»Es brennt so sehr«, entgegnet der Kranke schwach. Er bringt die Hand unter der Decke hervor und zeigt dorthin, wo seine Brust sein muss. »Hier, Larry. – Gib mir meinen Colt, Amigo. Wir waren doch immer gute Freunde. – Hörst du, Larry!«

»Ich bin John, Brad. Erkennst du mich nicht?«

Brad Segal dreht den Kopf. Sein rasselndes Atmen erfüllt die ganze Hütte.

»John?«, fragt er. »Ja, natürlich. Du bist John. Gib mir meinen Colt.«

»Es wird bestimmt besser werden, Brad. Du darfst die Hoffnung nicht verlieren.«

»Er hat Fleisch mitgebracht, Brad!«, ruft das Halbblut. »Hier, sieh doch!«

Brad will sich hochstemmen, sinkt aber mit einem ächzenden Laut auf sein hartes Lager zurück. Seine bleichen Lippen zucken. Er hat die Augen jetzt geschlossen, und wieder schüttelt ihn das heisere Husten. John hält ihn fest, bis der Anfall vorbei ist. Dann sieht er einen dünnen Blutfaden auf den Lippen des Kranken. Doch jetzt ist sein Atem etwas ruhiger geworden.

»Er wird einschlafen«, sagt Larry leise. »Los, Jesse, fang mit der Fleischbrühe an. Vielleicht hilft sie ihm wirklich.«

Draußen wiehert ein Pferd.

»Das ist Sam«, sagt John. »Kann er jetzt zurück sein?«

»Es ist noch zu früh«, murmelt das Halbblut und steht neben der Kuh auf.

»Dann hat er es sich doch noch überlegt«, erwidert John und geht zur Tür.

Als er sie aufstößt, fegt der Wind fauchend herein, und Schnee weht in den Raum. Draußen hält ein Pferd. Peggy gleitet aus dem Sattel und kommt mit steifgefrorenen Beinen auf ihn zu.

John gibt die Tür frei, schiebt sich hinein und gibt Larry ein Zeichen, sich um das Pferd zu kümmern.

Der Cowboy geht hinaus. Die Tür fällt zu.

Peggy ist am Tisch stehengeblieben. Sie blickt auf den Kranken, der die Augen offen hat. Er blickt sie an.

»Wer ist das, Larry?«, fragt er hohl.

»Miss Peterson, Brad«, entgegnet John Barker. »Die Tochter vom Boss.«

»Vom Boss«, meint Segal schleppend. »Haha, vom Boss!« Er richtet sich etwas auf. »Geben Sie mir den Colt, Miss! Schnell, ehe er es sieht!«

Peggy dreht sich hilflos und blickt John an.

»Er erkennt dich, Peggy. Aber man muss ihm sagen, wer vor ihm steht. – Da, ich habe eine Antilopenkuh geschossen. Es wird ihm bald besser gehen.«

Brad sinkt auf sein Lager zurück und schließt die Augen.

Peggy hockt sich neben dem Herd auf eine umgestülpte Kiste und zieht die schmalen Schultern zusammen.

»Wie lange habt ihr schon nichts mehr zu essen?«, fragt sie.

»Es ist unwichtig. Jetzt haben wir wieder etwas. Hat dein Vater dich geschickt?«

»Nein. Er weiß nicht, dass ich hier bin.« Die Tür fliegt auf, und Larry wuchtet den Proviantsack vor sich herein. Dann folgt er selbst und schließt die Tür.

»Seht euch das an, Freunde!«, ruft er. »Die Miss bringt uns etwas! Verdammt, jetzt sind wir aller Sorgen enthoben. Wir haben Fleisch, Mehl, Zucker, Kaffee – alles! Hoo, Freunde! – Und vielen Dank, Miss.« John blickt auf ihr goldschimmerndes Haar. Ein paar Schneeflocken sitzen darin, die jetzt auftauen. Das klare Wasser rinnt über ihre Stirn.

»Wo ist Sam?«, fragt sie in die Stille, die plötzlich wie eine Ernüchterung eingetreten ist.

»Sam«, sagt Jesse und richtet sich von der Kuh auf, über die er sich wieder gebeugt hat. Er lässt die Hand mit dem langen Messer sinken. »Sam ist Holz holen.«

»Holz?«, fragt Peggy und furcht die Stirn, wobei sie auf den starken Cottonwoodast blickt. Dann schaut sie John an. »Ihr habt doch Holz.«

»Er holt eben noch mehr Holz«, knurrt Larry. »Dieser Ast reicht nicht ewig. Es ist sehr kalt. Wir müssen tüchtig heizen.« John dreht sich um und geht zum Fensterausschnitt. Er schlägt die Decke zurück und blickt hinaus. Niemand ist zu sehen und kein Geräusch zu hören.

»Larry, du lügst«, hört er Peggy Peterson sagen. »Wo ist er wirklich?«

»Er holt Holz, zum Teufel! Ich weiß gar nicht, warum Sie sich so brennend dafür interessieren. Bis jetzt hat sich kein Mensch um uns gekümmert. Wir haben seit vielen Tagen nichts mehr zu essen. Wir frieren vor Hunger. Jesse hat schon versucht, einen Schwarzbären zu erlegen. Aber er verlor die Spur. Vielleicht ist Sam jetzt hinter einem Coyoten her. Er kann noch nicht wissen, dass John zufällig auf dem Wege des Antilopenrudels stand.«

Peggy steht mit einem Ruck auf.

John lässt die Decke sinken und hakt sie fest. Er wendet sich um und blickt sie an.

»John, was ist hier los?«, fragt sie schnappend, und ihre Nase sticht spitz und weiß aus dem schmalen Gesicht.

»Wir dachten, die Antilopen wären schon alle vor dem Blizzard letzte Woche in die Berge geflohen«, erwidert er rau. »Es war auch reiner Zufall, dass ich doch noch ein Rudel sah. Brad ist sehr krank. Und wir anderen werden auch alle krank werden, wenn wir nichts zu essen bekommen. Deshalb war ich gestern auf der Ranch. – Vergebens! – Und deshalb ist Sam jetzt nicht da.«

Sie kommt bis an den Tisch und stützt die Hände dort auf. Sie schaut ihn flammend an und ihre Lippen zucken.

»Wie soll ich das verstehen?«, fragt sie scharf.

»Wir konnten nicht wissen, dass du uns etwas bringen würdest, Peggy. Wir danken dir dafür, aber gestern konnten wir es nicht wissen. Wir hatten kein Holz mehr, und der Hunger hat uns alle um den Verstand gebracht. Die Hartherzigkeit, deines Vaters tat ein Übriges dazu.

Jesse hat schon den Balken von der Anbautür verfeuert. Trotzdem haben wir. gefroren. Und Brad verlangte immer wieder nach seinem Colt. Der Schmerz bohrt in ihm. Und er weiß nicht, dass es nicht nur die Lunge, sondern auch der hungrige Magen ist. Verstehst du jetzt?«

»Ich verstehe nicht«, sagte sie schroff. »Du musst deutlicher werden.«

Larry hat ein Brot aus dem Sack gelangt und schneidet es mit seinem Messer in mehrere Teile, die er auf den Tisch legt.

»Also vielen Dank, Miss. – Esst, Boys!« Er nimmt ein Stück und schlägt die Zähne hinein. Ein zweites Stück wirft er dem Halbblut zu, und mit einem dritten geht er zu Brad.

»Ich werde dich füttern, Partner«, hören sie ihn sagen.

John blickt auf das Brot. Er hat auf einmal keinen Hunger mehr. Er hört Larry schmatzend essen und zwischendurch leise, auf den Kranken einreden.

»John, ich rede mit dir!«, sagt Peggy scharf. »Du bist mir eine Erklärung schuldig.«

Jesse kommt mit dem Messer an den Tisch und treibt es mit einer heftigen Bewegung tief in die Eisenholzplatte.

»Er hat Ihnen doch alles gesagt!«, schreit er wie irr. »Wir hatten kein Holz, nichts zu essen, der Tee war fast alle! Wir waren verzweifelt, als John nichts brachte, und wir wussten alle, welche Überwindung es ihn gekostet hatte, zur. Ranch zu reiten. – Und dann umsonst. Umsonst bei einem Mann gebettelt, dem wir sechstausend Rinder durch die Hölle nach Kansas getrieben hatten! – Wissen Sie nicht, was das heißt? Wissen Sie wirklich nicht, wie hungrige Männer dann reagieren, wenn sie schon ihren Stolz verleugnet haben und bettelten? – Wir haben es mit Karten ausgemacht. Mit ganz simplen Spielkarten, Miss. Wir wollten Karten ziehen. Sam fing damit ab. Er zog das Kreuz As. Und dann ist er geritten. Verstehen Sie nun?«

Peggys Wangen haben sich gerötet. Steif dreht sie den Kopf und blickt von Jesse zu John, der an der Wand lehnt.

»Ich verstehe immer noch nicht«, haucht sie. »John, was soll das bedeuten?«

»Du weißt es doch. Du hast alles, verstanden, Peggy. Es war zu viel. Diesmal war der Winter zu hart für uns. Wir alle wissen auch, dass er noch lange nicht zu Ende ist. Wir hatten keine Hoffnung und keine Wahl mehr. Und ich selbst hätte gestern nicht glauben können, dass mir heute die Kuh über den Weg läuft. Es ist wie eine Ironie des Schicksals. Es will mit uns auf eine grausame Art spielen.«

»Wo ist Sam?«, schreit sie ihn an. »Wo, John?«

»Er ist nach Südosten geritten«, wirft Larry kauend hin. »Zu der Westweide Ihres Vaters, Miss. Nun wissen Sie wohl endlich Bescheid.«

Tiefe Stille senkt sich über den Raum, und das Heulen des Windes draußen an den Ecken der Hütte und unter der Dachkante dringt pfeifend herein. Und dazwischen das harte Atmen des Mädchens und ihr unbegreifliches Kopfschütteln.

»Ihr seid offenbar alle um den Verstand gekommen«, haucht sie endlich. »Ihr wisst doch, dass Dad in solchen Dingen keine Gnade kennt.«

»Wir hatten Hunger«, meint Jesse. »Ehe wir Baumrinde kauen, stehlen wir lieber Vieh, Es ist uns gleichgültig, was dann kommt. Wir dachten darüber nicht nach. Wir wollen uns wenigstens noch einmal satt essen.«

»Hast du eine Ahnung, wie es ist, aufgeknüpft zu werden, Jesse?«

»Nein«, bekennt das Halbblut. »Doch ich glaube, das Verhungern ist schlimmer, Miss.« Er zieht das Messer aus der Tischplatte und wendet sich wieder der Antilope zu.

Da dringt das Schnauben eines Pferdes durch das Pfeifen des Windes.

Larry steht mit lauschend vorgestrecktem Kopf und greift mit einer schnellen Bewegung nach dem Frontiercolt in seinem Holster.

Da schnaubt das Pferd erneut.

John hakt die Decke aus und sieht den Reiter draußen im tiefen Schnee. Das Pferd ist fast bis zu Brust eingesunken. Der Mann sitzt zusammengesunken und wie schlafend im Sattel.

»Wer ist es?«, fragt Larry scharf.

»Sam«, erwidert John dunkel und lässt die Decke fallen. Er dreht sich um. »Es ist Sam. Er hat kein Kalb bei sich.«

Larry atmet auf und lässt den Colt los. »Er scheint es sich anders überlegt zu haben«, sagt er. »Vielleicht sah er das Antilopenrudel ebenfalls.«

»Yeah, vielleicht«, nickt John und blickt zu Peggy, die ihre Augen fast ganz geschlossen hat.

Jesse geht zur Tür.

7. Kapitel

Sam Strother kommt langsam und schwer in den Raum. Er macht den Eindruck eines Mannes, der bis zur Tür eine schwere Last auf den Schultern getragen hat und die Wucht jetzt immer noch spürt. Er geht zum Herd und hält die blaugefrorenen Hände darüber.

Jesse rumort im Anbau.

»Was ist los, Sam?«, erkundigt sich Larry mit kratziger Stimme.

»Nichts.«

»John hat die Kuh geschossen. Und die Miss hat uns Proviant gebracht. Es ist sogar etwas Tabak dabei.«

»So?«

»Was ist los, Sam?« Larry dreht den Kopf, blickt zu John und zuckt die Schultern.

John Barker spürt die Gefahr, die auf sie alle wie eine Lawine zukommt. Irgendetwas ist ganz anders, als sie alle gedacht haben. Er stemmt sich von der Wand los und geht zu Sam hinüber. Neben ihm am Herd bleibt er stehen.

»Warst du dort?«, fragt er.

»Yeah.«

»Und weiter?«

Sam hebt langsam den Kopf. Unter den dichten Bartstoppeln sieht sein Gesicht so grau wie Asche aus. Er dreht sich, blickt auf die Antilopenkuh, dann zu Larry, anschließend zu Peggy und schließlich zu dem Kranken, der die Augen geschlossen hat und offenbar schläft.

»Es ist alles gegen uns«, sagt er knarrig. »Schoop war bei der Herde. Schoop und Raksin. Ich habe sie lange beobachtet. Dann ritt der Vormann weg. Raksin stand an einem Feuer hinter einem Felsen. Ich dachte, er würde dort bleiben und sich wärmen. Ich ritt zur anderen Seite. Es konnte gar nichts geschehen. Aber dann...«

»Was war dann?«, fragt Peggy drängend und kommt näher.

Sam dreht sich und schaut sie dunkel an.

»Dann, als ich das Lasso warf, war er plötzlich da. Er hatte das Gewehr in der Hand. Er sagte, ich sollte die Hände heben. Und dann schoss er. Mein Hut flog fort. Und dann... dann schoss wieder jemand. Ich glaube, das war ich.«

Er dreht sich schwer um, stampft zur Tür, zieht sie auf und blickt in das dichte Schneetreiben hinaus.

Larry schaut John an.

»Es ist seltsam«, sagt Sam Strother, ohne sich umzudrehen. »Man reitet mit einem Mann zusammen viele hundert Meilen. Man rettet ihm das Leben und umgekehrt. Man pokert zusammen, trinkt zusammen, und doch lernt man sich nie richtig kennen. Er wollte mich zur Ranch bringen. Ich weiß ganz genau, dass er das wollte. Und als er schoss, fühlte ich den Kolben des Colts zwischen den Fingern. Ich weiß nicht, warum ich schoss.«

Strother dreht, sich um und blickt sie starr der Reihe nach an.

»Aber ich wollte ihn bestimmt nicht töten«, fährt er fort. »Bestimmt nicht, hört ihr! Ich wollte nur irgendetwas tun, um nicht die Hände heben zu müssen. Dann fiel er aus dem Sattel, und hatte ein kleines, hässliches Loch in der Stirn.«

Peggy stützt sich am Herd, als müsste sie sich halten, um nicht zu fallen.

»Das ist doch unmöglich«, sagt Jesse von draußen herein. Dann kommt er in die Hütte und zieht die Tür zu.

»Yeah, das dachte ich auch«, nickt Sam. »Aber ich glaube, ich habe es genau gesehen.« Er kommt bis zum Herd zurück, und

Peggy geht vor ihm weg, als hätte er eine ansteckende Krankheit. »Meine Spur werden sie nicht finden«, sagt er, und sein Blick nimmt einen irren Ausdruck ab. »Bestimmt nicht, Freunde! Es war ein Unglück. Wir werden es abstreiten!«

»Und wo hast du deinen Hut?«, fragt Larry.

Strother streicht sich über den Kopf. Er scheint erst jetzt zu merken, dass er den Stetson nicht mehr hat.

»Ich... ich muss ihn Unterwegs verloren haben«, sagte er fad.

»Du sagtest vorhin, Raksin hätte ihn dir vom Kopfe geschossen, Sam. Hast du ihn danach wieder aufgehoben?«

»N... nein.«

»Dann werden sie alles wissen. Hast du auch dein Lasso vergessen?«

»Ich... ich weiß es nicht.«

»Es war nicht mehr am Sattel«, meldet sich das Halbblut. »John, wie lange werden sie brauchen, um hierherkommen zu können?«

John setzt sich auf die Bank hinter dem Tisch und stemmt die Ellenbogen auf die Eisenholzplatte. Er blickt ins prasselnde Herdfeuer und spürt die Wärme, die sich schnell ausbreitet.

Alles haben sie. Alles! Fleisch, Kaffee, Mehl, Tabak, eine warme Hütte.

Und nun so etwas. Vielleicht hat Sam es wirklich nicht gewollt. Aber wer wird danach fragen? – Niemand!

»Wer hat alles Karten gezogen?«, fragt Peggy in das schwer lastende Schweigen.

»Nur ich«, dehnt Sam. »Ich bin ganz allein schuld.«

»Nein«, wirft John Barker ein. »Wir haben alle mitgespielt. Du brauchst es jetzt nicht auf dich allein nehmen zu wollen, Sam.«

»Yeah, das stimmt«, bekennt das Halbblut und nickt müde. »Wir sind alle daran beteiligt. Wir hätten alle das Fleisch genommen, weil wir es brauchten. Wir konnten nicht wissen...«

Peggy unterbricht ihn durch eine scharfe Handbewegung.

»Dann seid ihr alle Mörder!«, ruft sie schrill und stürmt zur Tür hinaus.

Larry, macht eine Bewegung, als wollte, er ihr folgen. Dann aber bleibt er stehen.

John hat den Kopf etwas gehoben. Er hört Peggy im Anbau, und er weiß in dieser Sekunde, dass er sie verloren hat. Ein sinnloses, Spiel, das er nicht wollte, ist schuld daran. Sam war zu hitzig. Aber auch er hatte ihn nicht zurückgehalten. Vielleicht hätte er es gekonnt. Sie sind alle schuld. Und vielleicht hätte jeder von ihnen in seiner Lage genauso gehandelt.

Eine Tür schlägt zu. Ein Pferd wiehert, Hufe klappern...

8. Kapitel

»Sie ist fort«, sagt Jesse und schließt die Tür.

Er dreht sich um, und seine Augen schimmern wie glühende Kohlen durch das fahle Halbdunkel der Hütte. Für Minuten ist nichts als das Prasseln des Feuers zu hören.

»Wir müssen fort«, sagt Larry schließlich. »Wir haben mindestens noch drei Stunden Zeit. Der Schneesturm wird, unsere Spuren zudecken. – John, hörst du nicht! Wir müssen verschwinden!«

John Barker steht auf. Er blickt zu Brad hinüber, der die Augen wieder offen hat und zur dunkeln Decke hinaufblickt.

»Brad, kannst du aufstehen?«, fragt er.

Segal dreht den Kopf mit einer schwerfälligen Bewegung.

»Es ist etwas geschehen«, redet John flach weiter. »Etwas sehr Schlimmes. Wir müssen reiten, Brad!«

Larry und Jesse gehen zu ihm und ziehen ihn von der Pritsche herunter.

Brad hustet und erbricht Blut. Dann sinkt sein zitternder, ausgelaugter Körper zwischen den Männern, die ihn halten, zusammen.

Larry schüttelt den Kopf. Er gibt Jesse ein Zeichen. Sie lassen Segal wieder auf die Pritsche sinken.

»Nein«, sagt Goodman. »Jetzt bringen wir ihn nicht fort. Er braucht, Ruhe, Wärme und kräftiges Essen. Alles findet er hier. Draußen wird er uns unter den Händen sterben.«

»Aber wir können nicht hierbleiben!«, schreit Sam mit überkippender Stimme. »Sie werden mich holen kommen! Sie werden mich hängen! Peterson wird nicht einmal den Sheriff bemühen und schon gar nicht den Richter! – Und das würde auch nichts ändern. Sie halten alle zusammen!«

John Barker presst die Lippen fest zusammen. Er schaut zu Brad, dem das mit Speichel vermischte Blut noch aus dem Munde läuft.

»Wir bleiben«, bestimmt Larry Goodman. »Mit dem Rancher sind sie nur vier Mann. Wie ich Peterson kenne, wird er es unter allen Umständen alleine machen wollen. Wir können die Hütte gut verteidigen. Und wir haben auch genug Munition. Wir können uns lange verteidigen. Wenn es gar nicht anders geht, müssen wir kämpfen, bis der Weg frei ist. Es liegt ganz an ihnen.«

John hakt die Decke aus und schaut wieder hinaus ins Schneetreiben. Er kann den Himmel nicht sehen, aber er ahnt, dass viele graudunkle Wolken über ihnen sind und dass das Wetter noch lange so bleiben wird.

»Wenn... wenn es so weit ist, dass wir uns nicht mehr verteidigen können«, sagt Sam kratzig, »versprecht ihr mir dann, es kurz zu machen? Ich will nicht aufgeknüpft werden!«

»Sie würden uns alle aufknüpfen, Sam«, erwidert John, ohne den Kopf zu drehen. »Du musst dir darüber keine Gedanken machen.«

Larry geht zur Tür und wieder zurück zu Brad Segals Lager.

»Wenn er nicht wäre«, sagt er, »dann wäre alles sehr einfach. Wir würden reiten. Es ist bald der erste Februar. Der Zahlmeister aus Fort Stockton muss bald wieder kommen. Mit seinem Geld könnten wir fortreiten, in den besten Hotels übernachten und die saftigsten Steaks essen. – Wollen wir nicht endlich an die Antilope gehen?«

Jesse kniet neben der Kuh nieder und beginnt, das Fleisch zu zerteilen, nachdem er ein Stück des Felles abgezogen hat.

Sam hockt sich auf die Bank hinter dem Tisch und starrt auf den festgestampften Boden vor seinen Stiefelspitzen.

»Es ist seltsam«, murmelt er gepresst. »Im Sommer sind alle Männer auf der Ranch Freunde. Im Herbst versucht fast jeder, einen Winterjob zu bekommen. Und im Winter ist einer des anderen Feind. Aber am komischsten daran ist, dass man im Frühjahr wieder gut Freund ist.«

Jesse wirft ein Stück Fleisch auf die Kante des Herdes.

Larry geht mit dem Topf hinaus, gießt den dünnen Teerest aus und füllt Schnee hinein. Er kommt wieder herein und hängt den Topf an die leise klirrende Kette.

Der Schnee sinkt im Topf schnell zusammen. Larry bringt noch mehr Schnee und füllt ihn ebenfalls in den Topf.

»Wenn ich fortreite, ziehen sie sicher ab und lassen euch in Frieden«, meldet sich Sam Strother wieder.

»Du bleibst«, bestimmt John. »Wo willst du denn bei diesem Wetter hin?«

»Irgendwohin.«

»Quatsch. Du hast keinen roten Cent in der Tasche. Kein Mensch gibt dir für nichts und wieder nichts eine Unterkunft. Du wirst jämmerlich erfrieren – irgendwo! Deshalb wirst du bleiben. Ganz davon abgesehen, trifft die Schuld uns alle. Einen wie den anderen.«

»Peterson selbst ist schuld!« Schnauft Larry und ballt die Hände zu mächtigen Fäusten. »Er und alle Rinderbarone in diesem Land! Er allein trägt die Verantwortung.«

9. Kapitel

Sie beißen in das saftige Fleisch, aber es ist jedem anzusehen, dass es nicht richtig schmeckt.

John steht am Fenster und blickt in das wilde Treiben hinaus. Er fragt sich, wann sie nun endlich kommen. Neben sich hat er die Winchester stehen, und er sieht Sam, nahe der Tür, der sich die siebenschüssige Spencer unter den Arm geklemmt hat. Lustlos schiebt John sich den letzten Bissen in den Mund. Sam isst gar nichts. Er hat auch noch gar nichts angerührt. Und sein Gesicht sieht immer noch grau aus.

John dreht den Kopf und blickt wieder hinaus. Da sieht er sie sie kommen, nebeneinander über die Kuppe des flachen Walles ins Tal. Es sind vier Mann.

John greift nach dem Gewehr und schiebt es mit dem Lauf nach draußen. Er blickt auf die Reiter, deren Pferde sich mühsam durch den Schnee kämpfen. Er nimmt das Gewehr an die Schulter und drückt ab.

Sirrend streicht die Kugel durch das Schneetreiben. Die Reiter halten an.

Sam stößt die Tür mit einem heftigen Ruck auf und tritt hinaus. Er lehnt sich gegen die Wand und wartet. Er will jetzt nicht noch einmal voreilig sein. Er weiß genau, dass alles nur noch schlimmer würde.

Die Reiter scheinen zu beraten, dann kommt einer von ihnen langsam näher. John erkennt, dass es der Rancher ist.

»Sam komm herein!«, bestimmt er. »Mach die Tür zu!«

Strother kommt in die Hütte und schließt die Tür. Sein keuchendes, abgehacktes Atmen übertönt das Prasseln des Feuers.

»Du musst ganz ruhig sein«, sagt Larry. »Wir sind alle deine Freunde, Sam.«

»Yeah, Larry, ich weiß. Vielleicht hätten wir doch reiten sollen.«

»Was nützt es, wenn wir uns retten und Brad dafür opfern, Sam?«

»Yeah, du hast recht.«

Der Reiter hält knapp fünf Yards vor der Hütte. Sein Gesicht sieht weiß und verkrampft aus, und das Kinn springt eckig hervor. Er nimmt etwas vom Sattelhorn und wirft es in den Schnee.

John sieht, dass es ein Hut ist. Und an den Silbernägeln und dem Loch in der Krone erkennt er, dass es Sams Hut ist.

»Du weißt, was geschehen ist«, grollt Peterson mit tiefer, knurriger Stimme. »Wir haben den Hut, ein Lasso und einen Toten gefunden. –Du hast ein Gewehr in der Hand. Du hast also auf uns gewartet. Wir dachten, ihr wärt es alle gewesen. Aber Peggy hat zugegeben, dass sie hier war und euch helfen wollte. Sie weiß jetzt, dass ihr keine Hilfe verdient habt. Und wir wissen nun, dass es Strother war. Ihr habt ihn geschickt. Peggy hat alles gesagt.

Es wird am besten sein, wenn ihr die Waffen streckt und es schnell hinter euch bringt.«

»Was?«, fragt John leise, sodass es kaum bis an des Ranchers Ohren dringt.

»Du weißt ja, was wir mit Rinderdieben und Mördern machen. Auf dem Trail hast du es oft gesehen.«

»Ich habe nie viel davon gehalten, Peterson.«

»Yeah, ich weiß. Du hattest immer Mitleid mit den Halunken. Vielleicht nur deshalb, weil du selbst einer bist.«

»Wenn du mich noch einmal beschimpfst, schieße ich dich vom Pferd«, entgegnet John kühl. »Es stimmt, wir haben hier auf euch gewartet. Wir wussten, dass ihr kommen würdet. Und wir wussten auch, dass ihr allein kommen würdet. Es ist euch nämlich zu umständlich, aus Pecos den Richter zu holen. Aber vielleicht würde das auch nichts ändern. – Yeah, wir sind nun Rinderdiebe und Mörder. Aber wir haben noch Munition und glauben, uns hier eine ganze Zeit halten zu können. Vielleicht wird Brad darüber gesund. Er hat damit nichts zu tun. Er hat geschlafen, als wir es ausmachten. Wenn du die Sache jemals dem Richter erzählen solltest, dann vergiss das nicht. Ich lege großen Wert darauf.«

Peterson rutscht im Sattel hin und her, und dann fragt er schnaubend: »Ihr wollt euch nicht ergeben?«

»Nein. Zum Sterben ist für uns immer noch Zeit. Wenn ihr schießt, werden wir auch schießen. – Da ist übrigens noch etwas: Sam hat in Notwehr gehandelt. Er wollte Raksin nicht töten. Es war ein böser Zufall.«

»Schon gut, Barker. Erschossen ist erschossen. Rodd hat meine Herde bewacht. Er konnte nur erschossen werden, weil er einen Rinderdieb gestellt hatte. – Okay, wie ihr wollt. Wir werden euch ausräuchern. Es dauert nicht lange, dann kommt ihr von selbst.«

Der Rancher will sein Pferd wenden, als John ruft. »Wir waren uns über Brad noch nicht einig, Peterson! Wenn du einsiehst, dass er damit nichts zu tun hat, könntest du ihn doch zur Ranch bringen lassen! Einer kann hereinkommen und ihn holen.«

»Segal steht nicht auf meiner Lohnliste, Barker.« Peterson dreht sein Pferd und reitet davon.

Da steht Jesse neben John. Er hat seine Sharps in der Hand.

»Wenn ich ihm in den Rücken schieße, ist alles vorbei«, meint er gedehnt.

»Gar nichts ist vorbei, Jesse. Brad ist dann immer noch krank und nicht transportfähig. Und Schoop wird dann nicht mehr alles allein machen wollen. Er wird einen Mann in die Stadt schicken. Dann kommt der Sheriff mit einer Posse. Und dann sind wir verloren.«

»Denkst du nicht, dass Peterson auch auf den Gedanken kommt?«

»Doch. Aber er wird eine Weile dazu brauchen. Du musst dich um Brad kümmern. Vielleicht können wir ihn doch bald wieder auf die Beine bringen.«

»Du hoffst also, ausbrechen zu können?«

»Eine andere Hoffnung verbleibt uns nicht. Und natürlich nehmen wir Brad mit. Auch wenn sie ihm nichts tun, würden sie sich nicht um ihn kümmern. Sie sind wie Tiere. Die Kranken stoßen sie aus.«

10. Kapitel

Das Schneetreiben hat etwas nachgelassen, und auch der Wind heult nicht mehr ganz so laut um die Ecken der Hütte.

Die vier Männer am Fuße des flachen Hügels ziehen sich etwas auseinander und steigen von den Pferden. John sieht, wie sie sich bücken. Schnee fliegt hoch.

»Was soll das?«, fragt Jesse, der plötzlich wieder neben Barker steht.

»Sie bauen wohl einen Windschutz um die Pferde. Sie richten sich offenbar auf eine lange Belagerung ein. Damit war zu rechnen.«

Gleich darauf sehen sie einen Reiter nach Osten jagen.

»Das ist Fiddler!«, presst das Halbblut durch die Zähne.

»Er wird etwas holen«, sagt John. »Campgeräte, Waffen, Munition, Proviant. Irgendetwas.«

»Oder den Sheriff aus Pecos mit einer Posse«, meint Jesse.

»Das glaube ich nicht. Peterson wird es sich als Ehre anrechnen, uns selbst auszuheben. Du wirst sehen, sie bauen sich einen regelrechten Schneebunker.«

Da kracht ein Schuss. Die Kugel fetzt neben Johns Gesicht einen langen Splitter von der Fensterkante, weht in die Hütte hinein und fährt ratschend in die Wand hinter Brads Bank.

Der Kranke stößt einen Schrei aus.

Larry wirft die Tür auf und feuert nach draußen. Schneefontänen werden von seinen Kugeln in die Höhe gewirbelt.

Dann wird es still.

»Mach die Tür zu, ich friere«, sagt Sam mit klappernden Zähnen.

Da kracht abermals ein Schuss. Ein Projektil schrammt in die Wand. Staub rieselt von den Dachsparren. Brad fährt auf seinem Lager in die Höhe. Seine Augen stehen weit offen.

»Was ist los?«, fragt er spröde. »Wer hat geschossen?«

John geht zu ihm hinüber und drückt ihn auf die Matratze zurück.

»Draußen sind Männer, die etwas gegen uns haben«, erklärt er. »Wir werden mit ihnen fertig, Brad. – Jesse, hast du noch Fleischbrühe für ihn?«

»Yes.« Jesse geht zum Herd und kommt gleich darauf mit einer Blechtasse, aus der es dampft. John nimmt ihm die Tasse ab und hält sie dem Kranken an die Lippen.

Brad trinkt mit gierigen Schlucken.

»Ah, das tut gut«, sagt er. »Ich fühle mich schon viel besser. Wie viele Tage sind es noch, bis der Zahlmeister durch die Schlucht kommt?«

Eine Kugel reißt die Decke ganz vom Fenster und wirft sie über den Tisch. Eine zweite Kugel fährt pochend ins Deckengebälk.

Larry hat sich umgewandt und lehnt mit dem Rücken an der Wand. Er blickt zu John herüber.

»Wer hat dir das gesagt, Brad?«, erkundigt er sich leise.

»Ich«, meint Larry. »Heute Morgen, als du Holz geholt hast und die Antilope zufällig über deinen Weg lief. Ich habe dabei daran gedacht, dass in zehn Monaten wieder Winter sein wird. Immer wieder wird ein Winter kommen. Und immer wieder werden wir hungern und frieren. Einmal müssen wir es doch machen. Wenn es im Lande keine freien Rothäute mehr gibt, wird es auch keine Forts mehr geben; und keinen Zahlmeister, der mit drei Soldaten durch eine Schlucht reitet!«

»Schlag dir das aus dem Kopf, Brad«, sagt John schwer. »Wir werden niemals einen Zahlmeister überfallen.«

»Aber dann kann ich nie nach Saint Louis, John.«

»Was willst du denn dort?«

»Larry hat gesagt, da gebe es ein Sanatorium. Dort kann ich gesund werden.« John dreht den Kopf.

»Hast du das wirklich gesagt?«

»Yeah.«

»Warum machst du ihn so verrückt?«

»Verrückt? Ich mache ihn doch nicht verrückt. Ich habe es im letzten Sommer in Abilene in einer alten Zeitung gelesen. Es ist die Wahrheit. Mit seinem Anteil könnte er nach Saint Louis gehen und gesund werden!«

John gibt Brad den Rest der Fleischbrülle zu trinken und stellt den Topf dann au den Tisch. Er blickt Larry an.

»Du kannst es ruhig glauben«, sagt der. »Ich habe ihm keinen Blödsinn erzählt.«

»Wie viel kostet so eine Behandlung?«

»Das stand nicht in der Zeitung. Aber sein Anteil wird sicher reichen.«

John blickt zum Fenster hinaus. Er sieht hinter dem Schneehaufen einen Mann aufstehen, das Gewehr heben und schießen. Er wirft sich nieder, weil ihm im letzten Moment der Verdacht kommt, er könnte zu sehen sein. Jaulend kommt die Kugel herein und kratzt über die Tischplatte.

John steht neben dem Tisch wieder auf. Er sieht den weißen Strich. Er verläuft vom Fenster aus genau in die Richtung, in der er gestanden hat.

»Es wäre ein Bauchschuss geworden«, sagt Larry trocken. »Ich glaube, wir sollten nun besser zielen.«

John blickt hinaus. Der Mann mit dem Gewehr ist wieder verschwunden. Er weiß, dass es der Cowboy Ketterer war. Ihn hat er einmal vor zwei Jahren in Dodge City vor einem Revolverhai gerettet, mit dem er sich angelegt hatte. Aber daran wird der Cowboy jetzt sicher nicht denken.

Brad steht auf einmal zwischen ihnen. Er hustet leise und kratzig.

»Ich fühle mich wirklich besser«, meint er mit einem schwachen Grinsen. »Gib mir meinen Colt, Jesse!« Er dreht den Kopf. »Jesse, du hast ihn doch!«

»Heute Morgen sagtest du, Larry würde ihn haben«, meint John. »Zu was brauchst du ihn?«

»Es geht mir wirklich besser. Ich will mich nicht mehr erschießen. Ich will mit in die Schlucht, John! Und dann nach Saint Louis!«

»Du solltest dir das aus dem Kopfe schlagen, Brad. Wenn ihr etwas gegen die Armee unternehmt, werden sie euch immer und überall hetzen.«

»Das machen sie sowieso«, knurrt Sam. »Irgendwie müssen wir doch aus dem Dreck heraus. Und dazu brauchen wir Geld!«

»Es wird euch schneller unter den Fingern zerrinnen, als ihr selbst glauben könnt. Es geht sehr schnell, dann seid ihr dort, wo wir heute auch nur sind. Vielleicht vier Wochen – vielleicht auch acht.«

»Du bist verrückt«, schnaubt Sam. »Es wird uns mehrere Jahre reichen. Jesse und ich würden vielleicht sogar etwas damit anfangen. Wir haben schon alles besprochen. Wir würden Pferde, einen Wagen und Campgeräte kaufen. Und wir würden vier Männer einstellen und dann im Busch Rinder fangen. Sie gehören dem Mann mit dem längsten Lasso, die Mavericks. Das weißt du ja. Mit einer kleinen Herde ziehen wir dann nach Norden. In Dakota soll es nichts als Indianer geben. Dort nehmen wir uns ein Stück Land und bauen eine Ranch auf.«

John blickt zu Jesse hinüber.

»Habt ihr das wirklich ausgemacht?«, fragt er.

Das Halbblut nickt.

»Yes, John. Es geht so nicht weiter. Wir können nicht immer und immer für den gleichen Mann reiten und ihn reicher und reicher machen, wenn er uns schlechter als Hunde behandelt. Yes, so haben wir es besprochen!«

»Hört jetzt auf mit dem Unsinn!«, sagt John scharf. »Ihr redet euch selbst nur etwas ein.«

Das Krachen eines Schusses weht durch das Schneetreiben, das jetzt wieder zugenommen hat. Die Kugel kratzt über das Dach und schrammt irgendwo gegen eine Felswand, um quarrend zum Himmel zu ziehen.

Sam stößt die Tür auf und feuert wütend hinaus.

Brad greift plötzlich nach der Tischkante und stützt sich. Sein ganzer Körper schwankt wie ein dürrer wilder Pflaumenstrauch im Herbstwind. Er sieht gelb im Gesicht aus und zieht kämpfend die Luft in sich hinein. John springt hinzu und stützt ihn.

»Tür zu!«, ruft er. »Mit dem Zug bringt ihr ihn um!«

»Es... es ist schon wieder besser«, sagt Brad krächzend. »Mir geht es bestimmt gut, John. Du kannst loslassen.«

John tritt zur Seite.

Brad lacht hohl.

»Ich könnte reiten«, sagt er unsicher. »Bestimmt, ich schaffe es, John! Denke doch noch einmal darüber nach. Vielleicht können wir das Geld auch so bekommen, ohne den Zahlmeister und die Soldaten zu töten.«

Larry blickt zwischen den beiden Männern aus schmalen Augen hin und her.

»Jesse, mache ihm noch mehr Fleischbrühe. Sie scheint ihm wirklich zu bekommen.«

»Yeah, Larry. Es sieht so aus.« Jesse geht zum Herd und macht sich dort zu schaffen.

»Wir werden in dieser Nacht reiten, Brad«, redet Larry weiter. »Sie merken bei dem Wetter bestimmt nichts davon.«

»Ja, wir werden reiten, Larry. Hast du es gehört, John? Er glaubt auch, dass ich es schaffen kann. Du doch auch?«

»Ich würde es gern glauben, Brad. Nicht wegen dem Geld in der Schlucht. Nur, weil wir hier verschwinden müssen. Ewig können wir nicht bleiben, denn einmal wird Peterson einsehen, dass sein Plan gescheitert ist. Dass er den Sheriff mit einer Posse holen muss. Dann aber müssen wir schon fort sein. Deshalb möchte ich es glauben.«

»Diese Nacht, John. Ich lege mich noch etwas hin.« Er geht schwankend zu seiner Pritsche, setzt sich langsam und legt sich dann. »Jesse, weckst du mich, wenn die Fleischbrühe fertig ist?«

»Yeah, Brad. Schlaf nur.«

Der Kranke schließt die Augen.

Draußen krachen wieder Schüsse. Sie fallen jetzt in dichter Folge, als wollten die Männer da in der schneidenden Kälte draußen etwas erzwingen.

»Ich hätte nie gedacht, dass wir einmal in einer warmen Hütte hocken und Peterson davor stehen bleiben muss.« Larry grinst. »Ist das nicht schön, Freunde?«

John blickt Sam an. Er sieht, dass von dessen Niedergeschlagenheit nicht viel übriggeblieben ist. Er scheint den Schuss auf Raksin schon halb vergessen zu haben. Er blickt weiter zu Jesse, und ihre Blicke begegnen sich.

»Irgendetwas müssen wir doch anfangen, John«, sagt das Halbblut. »Ich will nicht immer der Bastard sein, den man herumstößt und die schmutzigsten Arbeiten machen lässt.«

»Ich kann dich bestimmt verstehen, Jesse. Vielleicht bietet sich einmal eine Chance. Aber das mit dem Zahlmeister ist keine!«

11. Kapitel

Schlürfend trinkt Brad die Fleischbrühe, und seine Wangen bekommen langsam etwas Farbe.

»Fiddler ist immer noch nicht zurück«, sagt Larry, der um die Kante des Fensterausschnittes blickt.

Er dreht sich und blickt John durch das Dämmerlicht an. »Wenn er nur zur Ranch ist, um etwas zu holen, müsste er längst wieder da sein.«

John geht näher zum Fenster. Er hat selbst schon daran gedacht. Und er weiß auch genau, dass ihnen der Cowboy nicht entgangen sein kann. Er kam nicht zurück.

»Dann ist er also nach Pecos und holt den Sheriff mit einer Posse«, sagt Sam Strother unsicher in die folgende Stille.

John dreht den Kopf. Er sieht, dass auf Sams Wangen wieder hektische Flecken brennen, und nun scheint ihm alles wieder deutlich vor Augen zu stehen. Nun lehnt er wieder schief an der Wand, den Kopf eingezogen und den Blick auf den Boden gerichtet.

Brad hustet rau und abgehackt. Dann stellt er den leeren Napf auf die Kiste neben seiner Bank.

»Ich kann mir das gar nicht denken«, sagt er schleppend. »Es passt nicht zu Peterson. Er macht sonst gern alles allein.«

»Vielleicht ist es ihm zu kalt da draußen«, meint Larry. »Er hat keine Lust zu einer langen Belagerung. Ich stelle es mir auch nicht sehr schön vor, vor einer Hütte mit rauchendem Kamin zu stehen.«

»Ob es ihm nicht komisch vorkam, dass er hierher reiten konnte und wieder zurück?«, fragt Jesse.

»Das hat er als selbstverständlich vorausgesetzt«, entgegnet Larry. »Sonst wäre er nicht erst gekommen.«

Brad steht auf und macht ein paar Schritte hin und her.

»Ich bin jetzt fit«, erklärt er bestimmt. »Wir können reiten, sobald es dunkel genug ist.«

Sam stemmt sich mit einem Ruck von der Wand los.

»Wirklich?«, fragt er.

»Yeah«, nickt Brad Segal.

»Draußen ist es sehr kalt«, wirft John Barker ein. »Bis zur Schlucht sind es zwei Tagesritte. Vielleicht müsst ihr dann noch einige Tage warten. Ihr werdet keine Hütte finden, müsst im Freien kampieren und werdet, wenn das Wetter nicht anders wird, morgens tief eingeschneit sein.«

»Wir werden Feuer machen«, sagt Brad. »Es wird euch verraten, aber kaum wärmen, Freund. Well, ich sehe, es geht dir jetzt etwas besser. Die warme Fleischbrühe hat dir gutgetan. Aber die Kälte da draußen wird alles wieder vernichten. Brad, du solltest einsehen, dass es für dich keine Chance ist!«

»Ich halte bestimmt durch.«

Draußen kracht wieder ein Schuss. Die Kugel irrt über das Dach. Noch eine Weile hängt das Sirren in der Luft, dann wird es wieder still.

»Sie wollen uns zeigen, dass sie noch da sind«, meint Larry.

»Wir sind uns also einig?«, fragt Sam. »Heute Nacht, nicht wahr, Brad?«

»Yes, Sam. Heute Nacht.«

Sam blickt zur Wand, hinter der sich der Anbau befindet.

»Wir müssen ein Loch hineinschlagen«, sagt er. »Sie dürfen davon nichts merken. Hinter der Hütte entkommen wir sicher ungesehen. Sie stehen dann vielleicht noch lange draußen in der Kälte, während wir schon lange fort sind.« Er grinst leicht und schief.

John fragt sich, ob es Sam um das Geld geht oder darum, schnell von hier wegzukommen. Er blickt wieder zu Brad. Er weiß, dass der es nicht schaffen wird. Irgendwann wird er schlappmachen. Irgendwann draußen im brüllenden Schneesturm. Und dann wird alles noch schlimmer sein als jetzt.

»Gehst du mit, John?«, fragt Jesse.

»Zur Schlucht?«

»Yeah.«

»Nein, Jesse. Die Soldaten können nichts dafür, dass die Rancher Menschen ohne Herz sind.«

»Ich habe es geahnt, John. Irgendwie bist du anders als wir. Vielleicht haben sie dich noch nicht genug getreten.«

»Vielleicht, Jesse.«

»Unsere Anteile werden sich dadurch vergrößern«, wendet Larry ein.

»Es wird trotzdem zu wenig für die Pläne jedes einzelnen sein«, meint John hart. »Vielleicht wäre es für Brad genug, wenn er durchhalten und alles allein haben könnte. Aber er wird nicht durchhalten!«

»Ich halte durch!«, ruft der Kranke schrill und bricht in bellendes Husten aus.

»Du denkst es, bist jetzt wahrscheinlich fest davon überzeugt, Brad. Die Wärme in dir, das Feuer, die Bank, auf der du geschlafen hast, das alles hat deinen Zustand gebessert. Aber glaube mir, es wird sich sehr schnell wieder verschlechtern.«

»Wir müssen noch eine Abmachung treffen, an die sich jeder bedingungslos zu halten hat«, mischt sich Larry wieder ein.

Jesse blickt ihn an. Und auch Sam hat nun den Blick wieder gehoben.

»Es geht um Folgendes«, redet Larry weiter. »Es ist kalt. Es liegt hoher Schnee, und keiner weiß, wohin sein Pferd tritt. Es kann vieles passieren. Über der Schlucht könnte einer abstürzen oder verletzt werden. Ihr versteht doch?«

»Sprich weiter!«, fordert Jesse rau. »Niemand darf erfahren, dass wir es waren, die das Geld abholten. Ein verletzter Mann, der zurückbleibt, ist eine Gefahr für die anderen. Sie könnten ihn finden und ausquetschen. Ihr versteht doch?«

»Yeah«, nickt das Halbblut. »Weiter, Larry, was willst du damit sagen?«

Goodman blickt auf John und leckt sich über die Lippen.

»Sie könnten ihn also ausquetschen, und vielleicht sind ihre Mittel geeignet, wirklich etwas aus ihm herauszuholen, selbst wenn er jetzt feierlich versprechen würde, sich eher die Zunge abzubeißen, als etwas zu sagen.« Larry blickt immer noch zu John, und der lächelt in den Augenwinkeln.

»Meinst du mich?«, fragt er.

»Ich meine jeden, John. So wie dich, kann es auch mich betreffen. Keiner darf lebend zurückbleiben. Nur die Toten sind stumm!« Jesse stößt die Luft pfeifend durch die Nase und tritt dicht auf Larry zu.

»Jetzt verstehe ich!«, ächzt er. »Du meinst, der, der nicht mitkommt, muss sterben!«

»Genau, Jesse.«

»Das ist... das ist unmöglich!«, ruft Sam mit überkippender Stimme.

»Du musst genau darüber nachdenken«, erwidert Larry. »Wir haben schließlich die Absicht, mit dem Geld unerkannt zu entkommen. Auch wenn dieser oder jener uns damit in Zusammenhang bringen sollte, so kann es keiner beweisen, wenn es keine Zeugen gibt. Und jeder von uns hofft schließlich, lebend mit dem Geld aus der Sache herauszukommen. Vielleicht haben wir sogar alle Glück.«

»Wenn... wenn ich nun wirklich nicht durchhalte?«, fragt Brad mit zitternden Lippen.

»Dann wirst du deinen Colt bekommen, Brad. Und wir werden aufpassen, dass du es richtig machst. Jeder kann es selbst machen. Wir sind doch Texaner. Harte Burschen!«

»Yeah, Larry, wir sind harte Burschen«, gibt Brad zu. »Und was hat das Leben schon noch für einen Sinn, wenn wir es nicht schaffen. – Okay, einverstanden!«

»Ich habe immer gewusst, dass du ein aufgeweckter Kerl bist, Brad.« Larry nickt ihm zu. »Gut. – Sam, wie steht es mit dir? – Einverstanden?«

»Well, ich mache mit.«

»Okay. – Und du, Jesse?«

Das Halbblut blickt zu John, der sich gegen die Wand gelehnt hat. Dann schaut er zu Brad weiter und nickt.

»Ich will nicht mehr der arme Bastard sein. Ich mache mit!«

Larry Goodman grinst stärker.

»Ich stelle fest, wir sind uns alle einig. Wir werden bestimmt an die Bucks kommen und dieses verdammte Rinderland vergessen. – Nur mit dir, John, müssen wir uns erst noch einig werden.«

»Ich mache sowieso nicht mit. Das wisst ihr doch«, entgegnet John.

»Eben, darum geht es ja. Aber du weißt davon. Du kannst uns verraten, auch wenn du jetzt feierlich versprichst, es nicht zu tun. Du weißt doch, dass Peterson ein Mann ohne Gnade ist. Wenn, er etwas erfahren will, erfährt er es auch. Wir könnten bei der Schlucht in eine Falle geraten.«

»Ich werde nichts sagen.«

»Ich glaube, darauf kann man sich verlassen«, wendet Jesse ein.

»Du glaubst das«, knurrt Larry. »Aber ich nicht. Ich werde euch mal etwas sagen: Vor Jahren ritt ich mit einem Mann zusammen, der in El Paso während des Winters von Armeewerbern unter Alkohol gesetzt worden war. Sie schoben ihm einen

Vertrag hin, und er unterschrieb. Er war betrunken. Aber auch das Handgeld lockte ihn. Er wurde Soldat und fand sich damit ab. Er blieb ein harter Bursche. Er hieß Logan. Vielleicht habt ihr schon von ihm gehört. Überall an den Trailwegen kennt man seinen Namen.«

»Ich hörte von ihm«, sagt Sam. »Er soll in Dodge City ganz allein einen Salon ausgeräumt haben.«

»Genau, das ist er gewesen. Er war also ein Kerl, auf den man sich verlassen konnte. Er ritt als Kundschafter. Quannah Parkers Comanchenhorde schnappte ihn. Die Rothäute wussten, dass Soldaten in der Nähe sind und nach ihnen suchten, um sie über die Grenze zu treiben. Aber die Comanchen fanden die Soldaten nicht, wie auch die Soldaten umgekehrt nicht wussten, wo Quannah Parker war. Das wieder lag daran, dass ihr Kundschafter Logan ausgeblieben war. Quannah Parker legte Logan nahe, das Lager der Soldaten zu verraten. Als er das nicht tat, wurde er an einen Pfahl gebunden. Als er keine Ohren mehr hatte, schwieg er immer noch. Er war wirklich hart. Da banden sie ihn so an, dass seine Füße etwa ein Fuß über dem Boden waren. Darunter machten sie Feuer. – Am nächsten Morgen wurden die Soldaten in ihrem Camp von Schüssen geweckt. Von Schüssen, die sie töteten.«

»Eine wunderbare Geschichte«, entgegnet John. »Ich frage mich nur, woher du sie weißt, wenn die Soldaten alle tot waren.«

»Ein Indianerhändler erzählte sie mir. Er hielt sich während der ganzen Zeit bei den Comanchen auf.«

»Das kann schon sein. Aber noch eine Frage: Willst du Peterson mit Quannah Parker vergleichen?«

»Nein, John. Ich will überhaupt keine Vergleiche anstellen. Ich will nur damit sagen, dass selbst die härtesten Burschen zum Reden zu bringen sind. Und dieses Risiko wollen wir von vornherein ausschalten.«

»Er hat recht, John«, versucht Jesse zu vermitteln. »Du solltest nicht so stur sein. Komm mit uns! Wenn es auch nicht viel für den einzelnen ist. Es wird ein gutes Startgeld sein.«

»Ihr seid alle verrückt. Vielleicht hat euch dieser Winter so verrückt gemacht. Die Kälte und Petersons Unduldsamkeit.«

»Seine Raffgier hat uns um den Verstand gebracht!«, schnappt Larry und beugt den Oberkörper nach vorn. »Er ist ein Mann, der über Leichen geht. Über die Leichen seiner Saisonarbeiter. Mehr sind wir doch nicht.«

»Aber das ist doch kein Grund, nun andere umzubringen, die ihn vielleicht nicht einmal kennen!«

»Sie kennen ihn sehr wohl. Jeder in zweihundert Meilen Umkreis kennt ihn!«, zischt Larry.

»Na schön. Dann kennen sie ihn eben. Aber was ändert das? – Sie haben mit ihm nichts zu tun. Vielleicht waren die Begleitsoldaten auch einmal Winterreiter, die auf der Grubline an die Werber gerieten. – Nein. Ich mache nicht mit. Wenn euch das nicht passt, dann macht, was ihr denkt, machen zu müssen.«

Larry packt den Kolben fester und stößt ein leises, grollendes Lachen aus.

John sieht, dass der Cowboy Goodman jetzt dort ist, wo viele Winterreiter vor ihm schon gewesen sind. Männer, auf deren Köpfe dann hohe Prämien standen. Männer, die man fürchtete und schließlich irgendwo aufhing. Sie alle waren einmal simple, treue Cowboys gewesen. Sie hatten vielleicht auch in einer Hütte gehaust. Ohne Essen, ohne Holz, ohne Tabak. Und in ihren Köpfen hatten sich Gedanken eingenistet, die dann immer mehr Gestalt angenommen hatten. Und dann war es passiert. Eine Postkutsche. Eine Bank. Der Tresor einer schlecht bewachten Ranch. Irgendetwas. Und diesmal nun ein Zahlmeister der Armee. Ein Mann, der wahrscheinlich mit drei Begleitern reiten würde. Eine kleine Lawine. Ein Unglück. Ein ganz simples Unglück, um einer Handvoll Dollar willen.

»Wir sind fest entschlossen und werden hier alle Meinungsverschiedenheiten ausräumen«, erklärt Larry mit dunkler Stimme. »Ich war immer ganz beachtlich schnell. – Sam, du zählst bis drei. Dann schießt jeder von uns beiden so lange, wie er kann!«

Jesse stellt sich am Tisch auf und blickt Larry an.

»Lass das«, sagt er pfeifend. »Wir wissen, dass du besser bist als er. Du bist als Coltmann geritten. Er war immer ein Cowboy. Und er ist der Einzige, der mich immer wie einen gleichwertigen Menschen behandelt hat. Er hat nie *Halbblut* zu mir gesagt. Er nannte mich auch nie *Rothaut*, wie du es oft getan hast. Er ist der Einzige, der mir wirklich immer ein Freund war.«

Jesse tritt zurück und schiebt die Hand hinter seinen Rücken.

»Es wird ein ganz fairer Kampf sein«, meint Larry unsicher. »Ich weiß überhaupt nicht, was du daran auszusetzen hast, Jesse. Wenn ich einmal *Rothaut* zu dir sagte, so war es ein Versehen.«

»Kann sein, Larry. Aber für ihn war ich immer Jesse und nicht das *Halbblut*.«

»Mit ihm kommst du nie zu dem Geld.«

»Ich gehe mit euch. Aber er kann machen, was er will.«

»Und wenn ich doch anderer Meinung bin?«, fragt Larry scharf.

Jesse bringt die rechte Hand wieder vor, und in ihr liegt sein scharfgeschliffener Bowie-Knife, dessen breite Klinge glitzert.

»Vielleicht bin ich damit noch besser als du mit dem Colt«, sagt Jesse. »Es kann sein, dass dann kein Schuss fällt.«

Larry lässt den Coltkolben fahren und verschränkt die Arme vor der Brust. Er sagt: »Wenn wir es nicht ausmachen, wird der ganze Plan hinfällig. So wie hier können wir nach unserem Gesetz immer wieder vor der gleichen Entscheidung stehen. – Jesse, willst du wirklich auf das Geld verzichten?«

»Nein, du weißt es. Ich habe einen besseren Vorschlag. Er bricht mit uns aus und reitet nach Westen.«

»Er kann gestellt werden.«

»Das ist unwahrscheinlich.«

»Stimmt. Trotzdem kann er gestellt werden. Und dann kann alles verraten werden. Warum muss ich dir immer wieder das Gleiche sagen, Jesse?«

»Wenn du auf ihn schießt, bringe ich dich um. Deine Argumente mögen gut und richtig sein. Aber es ändert nichts. Wenn du auf ihn schießt, bist du ein Mann des Todes!«

»Ich glaube nicht, dass er blufft«, sagt Sam kratzig. »In manchen Dingen hatte er schon immer eine sonderbare Meinung.«

»Willst du auch, dass er sterben soll?«, fragt Jesse den Cowboy neben sich.

»Nein, Jesse. Ich kann ihn auch gut leiden. Aber ich habe dem Gesetz zugestimmt. Und ich will das Geld, verstehst du?«

»Yeah, ich verstehe. Aber wenn er schießt, bringe ich ihn um!«

»Alter Dickschädel«, knurrt Larry. Er dreht sich um und blickt hinaus. Noch immer heult der Wind um die Hütte, und der Schnee tanzt in der kältestarren Luft.

»Was soll denn nun werden?«, fragt Brad. »Weiß ich auch nicht«, wirft Larry Goodman ein. »Frage doch Jesse.«

Brad hustet leise. Sein Körper zittert, John sieht, dass es ihm schon wieder schlechter geht.

»Du solltest dich hinlegen und schlafen«, sagt er. »Wenn du das nicht machst, bist du wahrscheinlich nicht einmal in der Lage, ohne Hilfe in den Sattel zu kommen.« Brad geht zu seiner Bank und legt sich nieder. Jesse schiebt Holz ins Feuer.

Larry blickt zwischen Jesse und John hin und her und nagt dabei an seiner Unterlippe. Er scheint mit sich selbst zu kämpfen, um zu einem Entschluss zu kommen.

Da kracht wieder ein Schuss. Eine Kugel weht durch das Fenster, schlägt klatschend gegen die Herdkannte und zirpt zur Ecke, wo sie sich ins Holz frisst. Jesse ist erschrocken zurückgesprungen. Dann kracht draußen eine ganze Salve.

»Sie schießen sich warm«, meint Larry. »Aber das bringt uns auch nicht weiter. – Kannst du nicht einen Vorschlag machen, John?«

»Doch. Ihr lasst den blödsinnigen Gedanken fallen. Die Soldaten warten auf ihren Sold. Wir reiten nach Westen.«

»Wir reiten nach Norden und holen das Geld. Jeder Vorschlag hat sich darauf zu beziehen. Ist das klar?«

»Nein, Larry.«

»Was wollen wir denn im Westen? Gold suchen? Das führt doch zu nichts. Wir haben nicht einmal Geld, um einen Claim bezahlen zu können, geschweige noch Schürfgeräte, Wir brauchen Geld! Dann können wir über alles Mögliche reden. Vielleicht bei einer Flasche guten Whisky.«

12. Kapitel

Draußen senkt sich die Dunkelheit schnell über das Land. In der Hütte hat sich nichts verändert. Noch immer stehen sie sich wachsam gegenüber; Männer, die auf dem Wege sind, zu reißenden Bestien zu werden.

Da kommt ein Reiter über den östlichen Hügel. Scharf hebt sich seine Gestalt gegen den noch helleren Himmel ab, und er ist durch das Schneetreiben gut zu sehen Der Mann hat ein zweites Pferd neben sich, das etwas hinter sich herzieht.

Jesse lässt die Pfanne, die er eben auf den Herd stellen wollte, aus der Hand fallen. Klappernd landet sie auf dem Boden.

»Es ist Fiddler«, sagt er bestimmt. »Er war auf der Ranch und hat einen Schlitten gebaut. Er bringt die Campgeräte. Sie richten sich also doch hier ein. Verdammt ist Peterson stur!«

»Dann hat er also doch nicht den Sheriff geholt«, sagt Sam aufatmend.

Larry dreht sich mit seinem Gewehr in der Hand um.

»Wie weit mag es bis zum Hügel sein?«, fragt er.

»Vierhundert Yards«, erklärt John.

»So weit trägt die Winchester«, erwidert Larry und hebt das Gewehr an die Schulter.

John ist mit einem schnellen Sprung bei ihm und reißt das Gewehr herunter.

»Was kann Fiddler dafür?«, schnarrt er. »Soll er sterben, nur weil er jetzt einen Job hat?«

Der Reiter verlässt die Hügelkuppe und verschwindet im Nichts der Dämmerung.

»Du bist ein Narr!«, knurrt Goodman. »Ich glaube, wenn sie vor dir stehen, schießt du immer noch nicht. Aber sie werden schießen. Auch Fiddler wird schießen. Er macht es ganz einfach, um seinen Job nicht zu verlieren. Und du wirst es nicht machen, obwohl es um dein Leben geht.«

Jesse hebt die Pfanne wieder auf.

»Es ist schwer, einen Menschen zu erschießen, mit dem man zusammen geritten ist«, murmelt er. »Larry, ich weiß, dass du vor Wochen auch noch anders gewesen bist. Vielleicht willst du jetzt so sein. Es ist auch deine Sache.«

»Hast du es dir noch einmal überlegt, Jesse?«

»Nein. Es gibt nichts zu überlegen. Wenn du es nur nach deinem Gesetz machen willst, verzichte ich auf die Bucks.«

»Willst du das Gesetz jetzt gar nicht mehr anerkennen?«

»Nein, Larry. Es ist nicht gut. Nehmen wir einmal an, Brad schafft es wirklich nur wenige Stunden. Es wäre dann unmenschlich, wenn er sterben soll. Genauso ist es, wenn sich mein Pferd ein Bein bricht. Soll ich deshalb sterben?«

»Wegen dem Pferd noch nicht, Jesse. Aber wenn du dabei stürzt und ein Bein brichst.«

»Na, siehst du. Wegen einem Beinbruch braucht ein Mann nicht gleich zu sterben. Ich glaube, du bist schon in der Hölle, dass du so ein Gesetz ersinnen konntest.«

»Ich war in der Hölle, als ich darauf kam«, meint Goodman. »Aber ich bin noch einmal auf der Erde gelandet, um den Plan ausführen zu können. – Du machst also auch nicht mehr mit?«

»Mit deinem Gesetz nicht.«

»Er hat recht«, sagt Brad von seinem Lager her. »Es ist gemein. Ihr wisst doch, dass ich krank bin. Nur deshalb mache ich mit! Wenn es mir unterwegs übel wird, damit muss ich rechnen, warum soll ich dann gleich keine Chance mehr haben? Ich will doch nach Saint Louis, um gesund zu werden.«

Eisiges Schweigen setzt ein, und nur Brads rasselndes Atmen erfüllt den Raum. John blickt nach draußen. Außer dem Schnee dicht vor dem Fenster ist nichts mehr zu erkennen.

»Einer von uns muss draußen Wache halten«, sagt er spröde. »Sie können sonst bis ans Fenster kommen und auf uns schießen. – Jesse, übernimmst du die erste Wache?«

»Nein, ich bleibe hier. Entweder Larry geht oder Sam. Oder du selbst.«

»Okay, dann gehe ich.«

13. Kapitel

Schneidend fährt ihm der Wind entgegen, als er vor die Tür tritt. Die Schneeflocken setzen sich zwischen seine Bartstoppeln und tauen schnell. Die grimmige Kälte spannt die Haut straff, und sie fährt wie mit spitzen Nadeln überall hin und macht das Blut zäh und träge.

John geht langsam an der Wand entlang, bis er an der Ecke ist, die den Männern draußen im Tal am nächsten ist.

Er bleibt stehen, stemmt das Gewehr mit der Kolbenplatte in den Schnee und blickt vor sich hin. Der Wind, der um die Ecke zaust, zerrt an seiner dicken Jacke und lässt das Schalende flattern.

Die Füße in den Stiefeln werden schnell kalt. Er denkt daran, dass diese Stiefel schon lange besohlt werden müssten. Der Sattler in Pecos würde das machen. Für zwei Dollar.

Er geht weiter bis zur nächsten Ecke, biegt um diese und kommt zum Anbau. Jesse hat hier einen großen Stein vor die schiefhängende Tür gewälzt, weil er den Schließbalken verfeuern musste. John geht weiter und steht bald wieder an der Ecke, die den Männern da draußen hinter dem Schneewall am nächsten ist. Er starrt in das Nichts aus Nacht, Wind und tanzenden Flocken und hört leise Stimmen aus der Hütte hinter sich dringen.

»Nein!«, sagt das Halbblut plötzlich klar. »Ob er hier ist oder nicht, spielt dabei keine Rolle. Er ist mein Freund. Er war auch dann ein Kamerad, wenn ich nicht neben ihm stand.«

»Du Narr kannst das doch gar nicht wissen«, grollt Larry.

»Ich weiß es.«

»Deine Cherokesenmutter hat dich offenbar mit dem sechsten Sinn ausgerüstet, was?«, fragt Sam Strother. »Vielleicht. Es spielt keine Rolle. Wer etwas gegen ihn unternimmt, muss sterben!« Dann wird es ruhig.

John ist es unangenehm, hier Zuhörer zu werden. Er geht langsam von der Hütte weg. Er versinkt bis zur Hüfte im Schnee und kämpft sich langsam und schwer vorwärts. Er fragt sich nicht einmal, warum er das tut. Er schiebt sich weiter, bis er ungefähr zwanzig Yards von der Hütte entfernt ist. Er tritt den Schnee in einem kleinen Kreis fest, bleibt so stehen und schaut zurück. Er sieht die dunklen Umrisse der Hütte und ein paar schmale, gelbliche Lichtstreifen, die durch die Ritzen ins Freie kriechen und vergeblich gegen die Nacht ankämpfen.

Als er sich wieder umwendet, hört er ein schnaufendes Geräusch und dann einen unterdrückten Fluch. Er krümmt sich etwas zusammen und wartet.

Zwei Minuten geschieht nichts. Dann klappern zwei harte Gegenstände zusammen, und es erschallt wieder ein Fluch.

Und plötzlich taucht die Gestalt vor ihm auf. Sie steckt ebenfalls bis zur Hüfte im Schnee, hat etwas Langes in der Hand und wischt damit den Schnee zur Seite.

John erkennt, dass es Alan Schoop, der große, kräftige und fast bullige Vormann ist. Und im gleichen Moment bleibt Alan stehen. Auch er hat John nun gesehen.

Ein pfeifender Laut kommt aus seinem Munde, dann fliegt der Gegenstand aus seiner Hand durch die Luft, verfehlt John knapp und steckt im Schnee.

John sieht, dass es ein langer mit Lappen umwickelter Stock ist, von dem ein Geruch wie nach Petroleum ausgeht. In der gleichen Sekunde weiß er, was Schoop hier will. Es ist eine Fackel. Er wollte sie bestimmt auf das Hüttendach werfen.

Weiter kann er nicht darüber nachdenken. Schoop wirft sich mit einem Knurren vorwärts und fällt ihn an.

Der Vormann kommt so gewaltig, dass John sich nicht halten kann. Sie verkrampfen sich ineinander und landen im Schnee. Eine Faust zuckt hoch, und John spürt einen stechenden Schmerz in der Brust. Er sieht das hassverzerrte Gesicht dicht über sich und riecht den Schnapsatem des Burschen. Sie haben sich da draußen mit Whisky gewärmt. Und sicher hat das auch ihre Gedanken angeheizt.

»Killer!«, keift der Vormann und zieht die Faust wieder hoch.

John dreht sich unter seinem linken Arm. Schoops; behandschuhte Hand rutscht ab. Er sinkt etwas nach links und hat einen Rammer am Kinn, ehe er sich wieder aufrichten kann. Er wird zurückgedrückt. John schlägt nach, hat für die Beine Luft und zieht sie blitzschnell an. Als Schoop sein volles Gewicht wieder auf ihn wirft, streckt er die Beine aus und stößt den Vormann mit den brüchigen, dünnen Sohlen von sich. Er springt auf und wartet.

Schoop kommt knurrend wieder auf die Beine und greift nach der Fackel, die dicht neben ihm im Schnee steckt.

»Da!«, schreit er.

John duckt sich.

Die Fackel fliegt vorbei. Barker rennt vorwärts und setzt dem Vormann einen steif angewinkelten Haken an, der ihn abermals in den Schnee befördert. Mit einem mächtigen Satz schnellt sich John hinterher und schlägt abermals zu. Er spürt das harte Knacken in seinem Handgelenk und den wilden Schmerz, der seinen Arm bis zum Schultergelenk durchzuckt. Doch er schlägt noch einmal zu.

Als er aufsteht, bewegt sich der Vormann nicht mehr. Seine Augen sind geschlossen, und am Kinn hat er einen langsam anschwellenden Fleck, der eine andere Farbe annimmt.

John sucht nach seinem Gewehr. Als er es in der Hand hat, bewegt sich Schoop immer noch nicht. Er nimmt Schnee und wirft ihn dem Vormann ins Gesicht. Da rührt sich Schoop.

Gleichzeitig ruft vom Haus her eine Stimme: »John? Wo steckst du?«

»Hier. Komm her, Jesse!«

Die kleine, drahtige Gestalt des Halbblutes taucht aus der Dunkelheit auf.

»Es ist Schoop«, sagt John. »Er wollte uns offenbar die Hütte über den Köpfen anbrennen. Wir wollen ihn ins Haus tragen.«

Schoop richtet sich in sitzende Stellung auf und wackelt mit dem Kopf, als wollte er die dumpfe Benommenheit abschütteln.

»Du Schwein, Bestman!«, sagt das Halbblut zischend. »Dafür sollte dich der Satan im finstersten Winkel der Hölle schmoren lassen!«

»Steh auf«, sagt John und hält plötzlich den 45er Bisbee-Colt in der Hand.

Schoop blickt zwischen ihnen hin und her, dann schaut er auf den Colt in der nervigen Hand des Cowboys. Er stemmt sich hoch.

Jesse tritt zurück und zeigt das Kampfmesser in der Hand.

»Wenn du fliehen willst, wird es dich in den Rücken treffen!«, knurrt er. »Los, geh vor uns zur Hütte. Wir haben Fragen an dich!«

Der bullige Vormann blickt wie hilfesuchend zu John.

»Wenn ihr mich umbringt, wird das der zweite Mord sein«, sagt er mit belegter Stimme.

»Wird man uns dann zweimal hängen?«, erkundigt sich Jesse. »Ihr wollt uns doch hängen, nicht wahr, Vormann?«

Schoop schluckt etwas die Kehle hinunter.

»Los«, sagt John. »Es ist kalt draußen. Vorwärts!«

Zögernd setzt sich der klotzige Vormann in Bewegung, geht direkt vor dem Halbblut mit dem Messer in der Hand auf die Hütte zu, deren Tür weit aufgeschwungen ist.

Sam Strother steht im Lichtschein des hohen Rechteckes.

»Wir bringen Al Schoop!«, ruft Jesse. Er beugt sich blitzschnell vor und zieht dem Vormann den Colt aus dem Holster.

Sam geht von der Tür weg. Schoop geht hinein, und Jesse schwingt den Colt hoch und schlägt ihn auf den Kopf des Mannes vor sich, sodass der auf den festgestampften Boden sinkt.

»So haben wir es leichter mit ihm«, erklärte das Halbblut finster. »Larry, mach den Stuhl frei. Wir binden ihn darauf fest.«

»Wozu diese Umstände?«, fragt Goodman. John bleibt an der Tür stehen.

»Was willst du damit sagen?«, fragt er gefährlich leise.

Larry lacht grollend.

»Weißt du es nicht?«

»Nein.«

»Du darfst raten, John.«

»Ich will aber nicht. Und ich will auch nicht, dass wir hier zu einer Killerbande werden. Wir hätten das Ende unseres Lassos schnell erreicht.«

»Wir sind hier für die Männer wie Schoop und Peterson schon so gut wie gehangen«, erklärt Larry. »Ob es nun nur um Raksin geht oder um ein paar mehr, spielt dabei für sie keine Rolle. Nur für uns macht es einen Unterschied. Jeder Feind weniger bedeutet für uns weniger Gefahr.«

Jesse steht unentschlossen.

»Mach weiter«, sagt John und nickt ihm zu. »Sam, du übernimmst draußen die Wache.«

»Okay, John. – Und weißt du, ich bin auch nicht dafür, dass wir nun zu Raubtieren werden. Vor allem hier nicht, wo es gar keinen Sinn hat. Ich habe vorhin schon zu Larry gesagt, dass man es auch mit den Bucks des Zahlmeisters anders machen könnte. Es gibt doch sicher einen Weg, es den Soldaten abzunehmen, das Geld. Meinst du nicht auch?«

»Sicher gibt es einen. Nur ist er anscheinend nicht so einfach wie das Töten.«

»Würdest du mitmachen, wenn es ohne Blutvergießen abgeht?«, fragt Larry schnell.

»Ich glaube nein, Larry. Und ich habe dir doch schon gesagt, warum es so ist. – Jesse, wann willst du nun anfangen?« Da beugt sich das Halbblut über den Vormann, greift ihm unter die Arme und zieht ihn hoch, um ihn zu dem Stuhl zu schleifen, den Larry freigemacht hat.

Sam Strother greift nach seinem Gewehr, geht in die Nacht hinaus und schlägt die Tür hinter sich zu. Seine Schritte verklingen im knirschenden Schnee.

Brad hustet leise.

»Denke doch einmal an mich, John«, sagt er vage. »Ich muss nach Saint Louis.«

»Dein Anteil dazu wird nicht ausreichen, – Hört jetzt auf damit.«

»Ein paar Stricke. Am besten ein Lasso«, fordert Jesse.

Larry geht zu einem langen, rostigen Nagel, der in die Wand geschlagen ist. Dort hängt ein Lasso, das er abnimmt und zu dem Halbblut trägt.

John geht zum Fenster hinüber und sieht nach, ob die Decke richtig festgehakt ist.

14. Kapitel

Alan Schoop öffnet blinzelnd die Augen, blickt gegen die flackernde Lampe auf dem Tisch und schaut dann die drei Männer an, die ihn in einem Halbkreis umstehen und ansehen.

Im Hintergrund hustet Brad leise und trocken, und es klingt wie das Bellen eines Hundes in der Ferne. Und der Wind rüttelt mit verstärkter Wucht an den dünnen, morschen Hüttenwänden. Schnee weht durch den Spalt der Tür.

Der Vormann hat die Augen ganz geöffnet, und die Farbe, die in sein Gesicht gestiegen ist, verschwindet wieder.

»Wir haben ein paar Fragen an dich«, sagt John. »Zunächst: Wer hat Raksin gefunden?«

»Ich.«

»Kam Peggy zur Ranch?«

»Yeah. Sie hat zugegeben, hier gewesen zu sein. Sie hat sich von dir nun endgültig losgesagt. Der Boss war darüber nicht ungehalten.«

»Kann ich mir denken.« Larry grinst.

»Was hat Fiddler geholt?«

»Alles, was wir brauchen, um euch auszuheben«, erwidert der Vormann frostig.

»Dem Sheriff hat er nicht Bescheid gesagt?«

»Wir werden mit euch allein fertig.«

»Okay, das war alles.« John dreht sich um, geht bis zur Wand und wendet sich dort wieder um. Er lehnt sich gegen die scharfe Rinde der dünnen Stämme und spürt den Wind im Rücken, der durch die Fugen bläst.

Jesse geht zu einer Ecke. Er kommt mit einer Bullpeitsche zurück, die er ausrollt. Er lässt das bleibeschwerte Ende über den Boden tanzen.

Schoops Gesicht wird grau.

»Kennst du das?«, fragt das Halbblut flüsternd. »Es ist eine Peitsche. Eine Peitsche, mit der man die Longhorns nach Norden treibt. Sie dient eigentlich keinem anderen Zweck. Nur du benutzt sie manchmal zu etwas anderem. – Weißt du es noch? Es war auf dem letzten Trail. Am vierten Tage nach dem Aufbruch. Mein Lasso hatte versehentlich dein Pferd getroffen. Gegen den Kopf. Es scheute, und du bist beinahe aus dem Sattel gefallen. Nur beinahe, Schoop. Dafür hast du mich mit deiner Peitsche geschlagen. Über den Rücken. Es hat noch viele Tage dort gebrannt, und ich habe es nie mehr vergessen können. – Jetzt werde ich dich schlagen. Nur einen Hieb! Über das Gesicht. Du wirst dann auch wissen, wie das ist, denn es brennt höllisch.«

Jesse holt mit der Peitsche aus und wirbelt das bleibeschwerte Ende hinter sich.

Schoop wird auf seinem Stuhl kleiner und zerrt an dem Lasso, das ihn festhält.

John ist mit einem Sprung neben Jesse und reißt ihm die Peitsche aus der Hand.

Das Halbblut fährt zornig herum.

John wirft die Peitsche in die Ecke zurück.

»Wenn einer ein Schwein ist, braucht der andere deshalb nicht ebenfalls dazu zu werden, Jesse«, sagt John. »Binde ihn los. Er kann gehen. Eines Tages wirst du froh sein, besser zu sein als er.«

Das Halbblut steht geduckt und hat die Augen fast geschlossen. Zischend kommt die Luft aus seinem Munde.

»Binde ihn los«, sagt John noch einmal mit harter, glasklarer Stimme, die wie der Frost draußen vor der Hütte klirrt. »Er kann gehen.«

»Wenn er tot ist, können wir unsere Gegner besser übersehen«, meint Larry. »Ich glaube, das wäre ein Vorteil für uns.«

Jesse Freed bewegt sich immer noch nicht.

»Losbinden«, sagt John wieder: »Oder soll ich es machen?«

Da geht das Halbblut auf den Vormann, zu und befreit ihn von dem Lasso.

Schoop steht auf. Er geht an Jesse vorbei und bleibt dicht vor John Barker stehen.

»Thanks«, sagt er leise. »Dafür werde ich dafür sorgen, dass sie es bei dir leicht machen.«

»Verschwinde«, gibt John eisig zurück und stößt die Tür auf.

Schoop geht hinaus.

»Sam, er kann gehen!«, ruft John hinaus.

»Wie ist es mit meinem Colt?«, fragt er.

Jesse hat die Waffe auf einmal in der Hand. Er hält sie mit dem Lauf nach oben und dreht die Trommel Raste um Raste durch. Die gelben Geschosshülsen klappern auf den festgestampften Boden. Jesse schiebt sie mit einer knappen, ruckartigen Bewegung des Beines zur Seite. Dann tritt er an die Tür und wirft dem Vormann die Waffe zu.

Schoop dreht sich um und geht davon. Er verschwindet zwischen Dunkelheit und Schneetreiben.

Sam lehnt an der Wand und schaut ihm nach.

»Ich glaube, du hast einen Fehler gemacht«, sagt er vage. »Er wird dir dafür bestimmt nicht dankbar sein. Sie kennen so etwas nicht. Es passt nicht zu ihnen. Sie werden es wieder versuchen. Diesmal vielleicht anders. Immer haben wir kein Glück. Weißt du, was passiert wäre, wenn er die Fackel hätte aufs Dach werfen können?«

»Yeah, ich weiß. Aber es hat keinen Zweck, jetzt noch darüber nachzudenken oder gar zu streiten. Wir müssen versuchen, anders klarzukommen. Es kann sein, wie es will. Wir werden niemals recht bekommen. Geh hinein, Sam. Ich übernehme jetzt wieder die Wache.«

15. Kapitel

Er stapft durch den tiefen Schnee, spürt den eisigen Wind im Gesicht und an den Händen und überall dort, wo die Mackinshaw-Jacke nicht mehr sehr dich ist.

Hinter ihm öffnet sich die Tür. Jesse kommt heraus. Er schließt die Tür, bleibt einen Moment stehen, und sein Gesicht leuchtet wie ein schmaler Nebelstreifen durch die Dunkelheit.

»Hier bin ich«, sagt John leise.

Das Halbblut bewegt sich auf ihn zu und bleibt dann neben ihm stehen. Ihr Atem steigt wie weißer Rauch in die Höhe, wird vom eiskalten Wind aufgenommen und in Fetzen gerissen.

»Warum willst du nicht mitmachen?«, fragt das Halbblut.

»Was?«

»Du weißt, wovon ich rede. Jetzt ist der günstigste Zeitpunkt. Schoop wird Peterson berichten, warum sein Plan nicht aufging. Sie werden eine Weile brauchen, auf etwas Neues zu kommen. Und dann werden sie es vorsichtiger versuchen. Wir könnten einen großen Vorsprung gewinnen.«

»Hat Larry dich geschickt?«

»Nein, ich komme von mir aus. Du weißt, dass ich es mit dir machen will. Und du weißt auch, warum das so ist.«

»Nein, Jesse. Ich habe überhaupt keine Ahnung.«

»Dann werde ich es dir sagen: Wenn wir das Geld haben, wird alles noch schlimmer sein. Wenn wir genau wissen, dass es für vier Mann zu wenig ist, wird jeder den Anteil des anderes noch dazu haben wollen.«

»Für drei«, wirft John hin. »Du weißt doch, dass Brad es niemals schaffen wird.«

»Okay, dann eben für drei. Einer wird des anderen Feind sein. Wir werden uns gegenseitig belauern und umbringen. – Davor habe ich Angst. Aber wenn du mit uns gehst, wird jeder seinen Anteil und seine Ruhe haben.«

»Ich gehe nicht mit, Jesse. Geraubtes Geld bringt kein Glück. Und dann ist da noch etwas: Ein Mann, der raubt und aus Habgier mordet, der kann nicht mehr an sich selbst glauben. Ein Mann muss aber in diesem Land an sich selbst glauben können. Es ist besser, wenn du dir alles noch einmal überlegst. Wir haben noch Zeit. Wir können nach Westen reiten.«

»Wir zwei?«

»Wir zwei und alle, die mit uns kommen wollen.«

»Ich will aber nicht ewig der arme Bastard sein, verstellst du?«

»Yeah, ich verstehe. Dann musst du eben mit ihnen gehen und auf den Moment warten, der dir das Ende bringt. Sicher hast du dir auch schon ausgerechnet, dass sie dich zuerst abschütteln wollen. Es ist alles deine Sache, Jesse.«

Das Halbblut starrt in den Schnee.

John hebt den Kopf, den er gesenkt hatte. Und da sieht er eine Gestalt, und gleichzeitig blüht vor ihm eine grellrote Mündungsflamme auf. Eine Kugel zieht einen heißen Strich über seine Hüfte.

Jesse schreit etwas. Dann krachen mehrere Schüsse gleichzeitig.

John lässt sich fallen. Er sieht, dass auch das Halbblut neben ihm im Schnee liegt. Vor ihnen ist niemand mehr zu sehen. Aber von weiter links tacken Schüsse auf, die peitschend in die Hüttenwände fahren.

»Hölle, sie haben es sich doch schneller überlegt!«, schnauft Jesse.

»Sie wollten die Überraschung für sich nutzen. Fast wäre es ihnen gelungen, wenn der Bursche vor mir nicht zu aufgeregt gewesen wäre.«

Jesse stemmt den Oberkörper hoch. Noch immer ist das Krachen eines Gewehres zu hören. Von links zucken die Flammenblitze durch die Nacht.

Jesse schießt in diese Richtung. Sofort schweigt das Gewehr.

Da kracht es auf der anderen Seite. Jesse lässt sich fallen. Seine Augen schauen zu John, und er sagt: »Sie wollen uns jetzt einkreisen. Peterson hat die Geduld verloren. Sie wollen es schnell machen. Wir müssen in die Hütte zurück.«

»Wir müssen draußen bleiben, Jesse. Sie wollen im Moment sicher weiter nichts, als uns hineintreiben. Die Hütte hat nur ein Fenster auf der Türseite. Die drei anderen Seiten, sind leicht zu erreichen, wenn wir drinnen sind. Das ist ihr Plan. – Komm zur Wand zurück!«

Sie stemmen sich hoch und weichen bis zur Wand zurück. Sie lehnen sich dagegen und starren in das Dunkel und in das wilde weiße Treiben.

Von rechts ist das Tacken eines Colts zu hören. Kugeln pflügen vor ihnen durch den Schnee. Jesse schießt, obwohl er niemanden sehen kann.

»Du gehst nach links«, bestimmt John.

Jesse nickt und schiebt sich um die Kante. John geht zur anderen Seite. Er bleibt neben der geschlossenen Tür stehen und ruft leise:

»Kommt heraus! Von drinnen ist nichts zu machen. Sie wollen uns umstellen!«

»Wir lösen euch bald ab«, gibt Larry zurück. »Geh weiter nach rechts. Die Frontseite halten wir vom Fenster aus.«

»Okay«, erwidert John und schiebt sich weiter. Es ist ihm lieber so, denn er möchte die Männer vertreiben und nicht töten, denn er weiß, dass der Hass immer größer werden muss, wenn der Tod die Bank hält. Er schiebt sich um die Kante, gleitet an der Tür des Anbaus vorbei und kommt zur Rückseite. Er hört

Gewehrfeuer und die Einschläge neben sich und überall. Und dazwischen ist das trockene Bellen von Jesses 38er Colt.

»Ergebt euch!«, schreit Peterson von irgendwo durch das Schneetreiben und das Heulen des Windes. »Ihr habt keine Chance mehr!«

»Fahr zur Hölle!«, ruft Jesse. Und dann ist wieder das Tacken seines Colts zu hören.

Ein hämisches Lachen erschallt. Dann ein verzerrter Schrei.

John rennt an der Hüttenwand entlang zur nächsten Ecke und sieht Jesse langsam in den Schnee sinken.

»Jesse!«, schreit er.

Eine Gestalt taucht vor ihm auf. Er hebt die Waffe und schießt. Die Gestalt verschwindet wieder.

»Verflucht, wir kommen nicht heran!«, schreit jemand.

John beugt sich über Jesse.

»Hilf mir doch!«, knirscht er. »Es hat meinen Arm erwischt.«

John hilft ihm auf die Beine und lehnt ihn gegen die Wand. Er sieht, dass der Arm des Halbbluts nach unten hängt. Er ist der linke Arm. Und die Rechte mit der Waffe kommt hoch und drückt ab, obwohl kein Ziel zu sehen ist.

»Es ist gut«, haucht Jesse. »Schon gut, Partner, ich kann noch.« Er versucht zu lächeln, aber es wird nur eine Grimasse.

John lässt ihn los und dreht sich. Er gleitet bis zur Ecke zurück und feuert einfach in die Nacht hinaus. Er dreht den Colt, zieht mit eisigen Fingern Patronen aus den Schlaufen seines Gurtes und schiebt sie in die Kammern der Trommel, nachdem er die schwarzverbrannten Geschosshülsen herausgeklopft hat.

Wieder krachen Gewehre. Und aus der Hütte ist ein krachendes Geräusch zu hören, das sich gleich darauf wiederholt.

»Was ist das?«, ruft Jesse.

»Ich weiß nicht«, erwidert John mit verkantetem Gesicht. Neben ihm orgelt eine Kugel in die Wand. Er zuckt zusammen, schießt dann wieder.

»Larry, was macht ihr?«, schreit das Halbblut.

»Wir schlagen die Wand zum Anbau durch!«, schallt es zurück. »Wir können dann die zweite Tür auch besetzen.« Wieder schallen harte Schläge aus der Hütte, und dazwischen ist Brads bellendes Husten zu hören. Dann ein lautes Knirschen, und Sam ruft: »Okay, das Loch ist groß genug.«

Gleich darauf bellen auch an der Anbautür Schüsse auf.

John dreht sich im Halbkreis und sucht das Nichts vor sich ab. Er sieht eine Mündungsflamme und schießt darauf. Er ist nun so weit in die Enge getrieben, dass ihm alles gleichgültig geworden ist. Aber auf seinen Schuss antwortet kein Schrei. Er schiebt sich zurück zur Ecke und sieht das Halbblut an.

»Wie geht es?«, fragt er rau.

»Alles noch okay, Partner. Nur etwas warm am Arm.«

Von der Tür des Anbaues sind immer noch wilde Abschüsse zu hören, und Sam schreit: »Am Ende seit ihr alle tot, ihr Narren!«

Larrys laut knallender Frontiercolt meldet sich auf der anderen Seite, wahrscheinlich am Fenster. Und dann hustet Brad wieder, dem der Pulverdampf in der Hütte zu schaffen macht.

16. Kapitel

Es ist ruhiger geworden. Nur Sams siebenschüssige Spencer knallt hin und wieder. Sonst ist nichts mehr zu hören.

John bleibt neben Jesse stehen und greift nach dessen verletzten Arm. Brads Husten dringt so gedämpft durch die Wand, als wäre er gar nicht mehr in der Hütte, sondern weiter hinten im Anbau. Ein Pferd schnaubt.

»Es ist nicht so schlimm«, sagt das Halbblut. »Ob sie sich zurückgezogen haben?«

»Es scheint so. – Warte, ich will es mir nur ansehen. Verbinden können wir es dann in der Hütte.«

»Wollen wir nicht hineingehen?«

»Wir müssen noch etwas warten. Vielleicht wollen sie uns nur täuschen. Es nützt uns nichts, wenn wir jetzt in der Hütte sind und plötzlich brennt sie über unseren Köpfen.«

Jesse beißt die Zähne fest aufeinander, als der Ärmel über die Wunde streift.

John sieht die tiefe Schramme und das dunkle Blut, das über den Arm läuft. Er zieht sich sein Halstuch unter dem dicken Schal hervor und schlingt es um Jesses Arm.

Da wiehert wieder ein Pferd. Und dann ist ein anfeuernder Ruf zu hören. Hufe stampfen. Sattelleder knarrt. Ein Schuss kracht.

John steht einen Moment wie erstarrt, und er kann nicht begreifen, was da geschieht.

»Sie fliehen!«, schreit Jesse. Er will losrennen, rutscht aus und liegt lang auf dem Boden. Sein Colt schlittert durch den Schnee. Er rafft sich wieder auf und greift nach der Waffe.

John biegt um die andere Ecke. Als er zur Rückfront kommt, sieht er die weit offene Tür des Anbaues und drei Reiter, die am Rande seines Blickfeldes verschwinden.

Jesse kommt auf der anderen Seite.

»Ihr Schufte!«, heult er in die Nacht hinaus. Dann kracht sein Colt.

Die drei Reiter sind verschwunden.

Jesse lässt die Hand mit dem Colt sinken.

John geht in den offenen Anbau hinein. Er sieht seinen Cayusen, der den Kopf gedreht hat und die Ohren aufstellt. Daneben steht Jesse Freeds Pinto. Zwei Sättel liegen auf der Erde im dürren Stroh.

»Wir müssen ihnen nach!«, schnarrt das Halbblut.

»Warum? Es ist jedermanns eigene Sache, was er tun will. Uns geht es nichts an, Jesse. Oder willst du immer noch an das Geld kommen?«

»Ich will nicht immer der arme Bastard sein!«, knurrt Jesse finster. »Es hat sich nichts geändert, Partner.«

»Dann reite ihnen nach. Vielleicht sind sie immer noch bereit, mit dir zu teilen. Wie das am Ende aussehen wird, sagte ich dir schon. – Geh, Jesse! Dort steht dein Pferd.«

Das Halbblut steht unentschlossen und schiebt den Paterson-Colt schließlich ins Holster.

»Es ist doch gleichgültig, ob sie es allein machen, oder ob wir mit dabei sind«, knurrt Jesse. »Die Soldaten haben gegen drei Mann, die im Hinterhalt liegen, so wenig eine Chance wie gegen fünf. Siehst du es nicht ein?«

»Doch, Jesse, das stimmt. Deshalb sollten wir vielleicht ebenfalls nach Norden reiten und die Soldaten warnen. – Wie denkst du darüber?«

»Ich will meinen Anteil! Ich will endlich etwas Geld haben, um besser durch den nächsten Winter zu kommen. Ich werde es bestimmt Zusammenhalten.«

»Du wolltest ranchen.«

»Ich will vor allen Dingen leben. Wie ein Mensch, John! Verstehst du, wie ein Mensch. Nicht schlechter als ein Hund!« John blickt durch die Tür auf den Schnee, der dort einen Wirbel bildet. Er hört ein Geräusch in der Hütte und fährt herum. Durch das Loch in der Wand sieht er den Lauf eines Gewehres im zuckenden Lichtschein des Herdfeuers, und eine grollende Stimme ruft: »Hände hoch!«

17. Kapitel

»Na also«, sagt Petersons tiefer Bass hinter John. »Den Anführer und die Rothaut haben sie uns dagelassen.«

John steht steif und spürt den Atem des Mannes im Nacken.

Da wirft sich Jesse mit einem Schrei vorwärts. Er springt genau auf das Loch in der Wand zu. Das Gewehr brüllt auf, und das grollende Donnern lässt die windige Hütte erzittern. Die Pferde schnauben und zerren an den Ketten, mit denen sie an die Wand gehalftert sind. Jesse fällt kurz vor dem Loch in der Wand auf das Gesicht.

Peterson ist mit einem Satz hinter John, als sich der Cayusen dreht und mit dem linken Hinterhuf auskeilt. Das Eisen trifft den Rancher in die Hüfte. Er strauchelt und drückt ab, während er fällt. Seine Kugel fährt peitschend ins Gebälk des Daches. Staub rieselt nieder.

Das Gewehr in der Wand brüllt abermals auf. Die Kugel streift über das Fell des Pintons. Das Tier dreht sich und verdeckt John, der zu Jesse blickt.

Er hört ein Schnaufen hinter sich, und die Erstarrung fällt wie dürrer Putz von ihm ab. Er wirbelt herum und sieht Fiddler, der eben den Colt anschlagen will. John springt ihn an und schlägt zu. Der Rammer wirft Fiddler gegen die Wand und lässt ihn dort zu Boden sinken.

Petersons lautes Schreien übertönt das Inferno. John springt vor und reißt die Kette von der Gebissstange seines Pferdes. Er dreht das Pferd in dem engen Raum, und Schoop, der durch die Tür kommt, prallt gegen das Tier und wird zu Boden geworfen. Wieder kracht ein Schuss. Fiddler schreit auf, wird schlagartig ruhig.

»Mein Gott«, ächzt der Rancher irgendwo. »Das habe ich nicht gewollt.«

John weiß nicht, wie er auf den ledigen Rücken des Pferdes und aus dem Anbau gekommen ist. Er spürt plötzlich die kalte Nachtluft um sich. Wind und Schnee peitschen über sein Gesicht. Er berührt die Flanken des Cayusen mit den Sporen und fliegt in der Spur dahin, die die Männer vor ihm in den Schnee gegraben haben. Hinter ihm krachen Gewehre und Colts, aber er wird nicht getroffen.

Er jagt zwischen die vulkanisch schwarzen Felsentürme. Das Knattern hinter ihm verstummt. Der Wind heult mit doppelter Wucht durch die Kluft zwischen den Felsen, und der Boden ist glatt und freigefegt. Er sieht keine Spur und nichts mehr vor sich. Und die Hufe des Pferdes klappern schnell über den festgefrorenen Boden.

18. Kapitel

Er hält im Schutze einer Felswand und wartet. Und als der Hufschlag aufklingt, springt er vom Rücken des Pferdes, zieht den Kopf herunter und hält dem Cayusen die Nüstern zu.

Er kann sie schemenhaft im Schneetreiben sehen. Und er zählt zwei Mann. Er erkennt, dass es Ketterer und Peterson sind.

Der Vormann ist also bei der Hütte geblieben. Vielleicht hoffen sie, er würde umkehren. Er denkt an Fiddler und hat dessen gellenden Schrei noch in den Ohren. Peterson muss ihn versehentlich erschossen haben.

Der Hufschlag verklingt. Sie sind verschwunden. John springt mit einem Satz auf den Rücken des Pferdes und lenkt es auf den Weg zurück. Er reitet auf seiner eigenen, verwehten Fährte ein Stück zurück und biegt dann nach links ab.

Es hat keinen Sinn, umzukehren. Jesse lag stumm auf dem spärlich mit Streu bedeckten Boden.

Er reitet in westlicher Richtung und biegt nach Norden ab. Er weiß nicht, warum er nach Norden reitet, und er weiß auch nicht, was er tun soll. Alles ist sinnlos. Jesse tot! Raksin tot! Fiddler wahrscheinlich auch tot, wie es nach dem Schrei zu urteilen, klang.

Alle sinnlos gestorben! Wegen einem Kalb, das sie nicht mehr brauchten und auch nie bekamen. Und die anderen auf einem heißen Trail, an dessen Ende ebenfalls das Verderben stehen wird.

Er sucht den Boden nach Spuren ab, findet aber keine. Dann, als er die Felsen hinter sich hat und weites Flachland sich vor ihm ausdehnt, findet er die tiefen Furchen, die die Pferde gegraben haben, wieder.

John Barker folgt ihnen. Vielleicht kann er sie doch noch zur Vernunft bringen, wenn er rechtzeitig kommt.

19. Kapitel

Als im Osten der Morgen graut, hat das Schneetreiben nachgelassen. Nur noch vereinzelt tanzen die Flocken hernieder. Der Wind ist fast völlig abgeflaut.

Er reitet und blickt aus geröteten, brennenden Augen nach vorn. Er kommt über einen freigefegten Hügel und sieht das Pferd unten in der Senke. Es liegt auf dem Boden und ist halb unter dem Schnee vergraben. Daneben liegt ein Mann.

John schnalzt kratzig mit der Zunge. Sein Pferd wird etwas schneller. Er kommt näher und näher und hält dann neben dem Pferd. Es ist tot. Der Mann daneben ist Brad Segal.

John gleitet vom Rücken des Cayusen und geht mit hölzernen Bewegungen näher. Er sieht den Colt, der neben Segal liegt, und das Messer, das er noch in der Hand hält. Segal scheint versucht zu haben, den Leib des toten Tieres aufzuschlitzen. Aber offenbar hat seine Kraft dazu nicht mehr ausgereicht.

John kniet neben dem Mann nieder und dreht ihn auf den Rücken. Er blickt in das blaugefrorene, froststarre Gesicht, hält Segal die Hand vor den Mund und glaubt, dass es noch etwas Wärme ist, die ihm entgegenkommt.

John sucht in allen seinen Taschen, aber er hat nichts bei sich. Keinen Schnaps, der vielleicht noch helfen könnte.

»Brad!«, ruft er.

Die Augenlider des Liegenden zucken, heben sich aber nicht.

»Brad!« John reibt das Gesicht des Kranken, und wirklich schlägt Brad die Augen noch einmal auf. Seine erfrorenen Hände machen eine Bewegung. Die Finger bewegen sich nicht mehr. Er scheint erst überlegen zu müssen. Dann sagt er: »Ah, John. Du bist es, nicht wahr?«

»Yeah.«

»Ich... ich fiel plötzlich. – Wo ist meine Hand? Ich spüre sie nicht mehr.«

»Sie ist erfroren, Brad«, sagt John.

Der Kranke scheint das nicht gehört zu haben.

»Ich habe das Pferd sofort erschossen«, redet er kaum hörbar und ächzend weiter. Dann hustet er trocken und bellend. »Ich wollte es ausnehmen und in seinem warmen... warmen Leib Schutz suchen. Ah, John, irgendwer... hat es mir... einmal erzählt.«

John sieht, wie schwer dem Mann das Reden fällt. Und er weiß, dass Brad jetzt am Ende ist. Er hat es also doch nicht schaffen können. Nur wenige Stunden hielt er durch.

»Und die anderen?«, fragt er.

»Sie ritten weiter. Ich... weiß nicht... ob sie sich umblickten. Aber sie... sie hielten... nicht.«

John nickt Er hat gewusst, dass sie es so machen würden. Sie kennen keine Gnade mehr. Sie sind nun dort, wo sich der Mensch nicht mehr vom Tier unterscheidet. Und alles haben dieser Winter und die Unduldsamkeit eines einzelnen Mannes zuwege gebracht.

»Es... es brennt so sehr«, ächzt Brad. »Gib... mir den Colt!«

John schluckt schwer, und er spürt heiße Tränen, die über seine Wangen rinnen. Er schüttelt den Kopf und sagt: »Ich bringe dich nach Pecos, Brad. Der Doc wird dir sicher helfen.«

Segal hustet wieder, röchelt und spuckt Blut aus. John dreht ihn schnell auf die Seite, um ihn vor dem Ersticken zu bewahren.

Segals ganzer Körper schüttelt sich, wird dann schlaff. John beugt sich tief über ihn. Er sieht, dass er noch lebt. Er steht auf, hebt Segal hoch und schleift ihn zu seinem Pferd.

Dann ist wieder das trockene, bellende Husten da und ein Blutstrom, der Brad aus dem Munde schießt. Er schreit etwas, sackt dann in Johns Armen völlig zusammen. Barker lässt ihn zur Erde sinken. Er dreht ihn und blickt in die gebrochenen Augen.

Brad Segal ist tot. Vielleicht ist es gut so. Er hat es schon ausgestanden. Und er, John, hat es noch vor sich.

Er wischt sich den Schweiß von der Stirn, greift dann nach dem Messer Segals und schaufelt den lockeren Schnee zur Seite. Er kommt bis auf den hartgefrorenen Boden und will mit dem Messer ein Loch hineingraben. Als ihm das nicht gelingt, presst er die Zähne aufeinander und schlägt das Messer wütend in den Boden. Die Klinge bricht ab.

John wirft das Messer von sich und steht wieder auf. Der kalte Luftzug kühlt seine Stirn, und langsam kommt ihm die Beherrschung zurück. Er geht zu dem Pferd des Toten, schnallt ihm den Sattel los und zieht ihn hervor. Er legt ihn dem Cayusen auf, hebt den Toten hinauf und schwingt sich hinter ihm in die Höhe.

So reitet er weiter.

John Barker kommt drei Stunden später zu einem Sandsteinfelsen, der wie ein großer, runder und abgeflachter Kegel mitten im Flachland steht. Er sieht eine niedrige, halb verwehte Höhle, steigt ab und macht den Zugang frei. Er schiebt den Toten hinein und sucht so lange nach Steinen, bis er genug gefunden hat, um den Zugang damit notdürftig zubauen zu können.

Als er das getan hat, steigt er wieder auf.

Drei Stunden später findet er die Furchen wieder, die die Pferde der beiden Männer in den Schnee gezogen haben. Er folgt ihnen den ganzen Tag, ohne die beiden einholen zu können.

Mitten in der Nacht sieht er Feuerschein bei ein paar trockenen Scrubbüschen im Schutze einer kleinen Mulde.

John hält an und blickt hinunter. Im Lichtkreis des Feuers sieht er die beiden in eine Decke gehüllt auf der Erde liegen. Es müssen ihre Pferdedecken sein. Die beiden Pferde stehen in der Nähe. Offenbar sind sie mit den Zügeln aneinandergebunden.

20. Kapitel

Sam Strother fährt in die Höhe und greift nach dem Gewehr, als er den leise klappernden Hufschlag im dämpfenden Schnee hört.

John hält an. Er hält genau an der Lichtgrenze des Feuers.

»Ich bin es«, sagt er.

Da steht auch Larry Goodman auf. Er hat seinen Colt in der Hand und tritt näher ans Feuer, als würde er frieren.

»Schau einer an«, sagt er grinsend. »John Barker. Ganz allein. – Was willst du hier? Und wo ist Jesse?«

»Er ist tot. Sie hatten uns nur getäuscht, als sie nicht mehr schossen. Dann waren sie plötzlich da.«

»Ach. Und du bist ihnen entkommen?«

»Yeah. Ihr doch auch. Oder hattet ihr gehofft, wir würden alle nicht mehr aus dem Tal und hinter euch herkommen können?«

Sam und Larry wechseln einen schnellen Blick. Dann sagt Strother: »Wir haben gar nicht darüber nachgedacht, John. Wir wollten unseren Plan ausführen. Du weißt ja, welcher Plan das ist.«

Sein Gewehr macht eine ruckartige Bewegung. Dann fährt er fort: »Du wolltest das nicht. Du wolltest nach Westen, und wir sollten mit dir kommen. Aber wir waren uns darüber einig, dass wir freie Männer sind, John. Männer, die machen können, was sie wollen.«

»Yeah, ich verstehe.«

»Na, siehst du. Und weil wir doch niemals unter einen Hut kommen würden, ritten wir allein los.«

John legt die Hände auf dem Sattelhorn zusammen und fixiert Sam scharf. Er weiß, dass dieser Cowboy erst durch den Schuss auf Raksin so wild geworden ist, wie er sich nun gibt.

»Es sah aus, als wäre Brad noch bei euch gewesen«, sagt er. »Er suchte doch auch nach seiner Chance, nicht wahr?«

Larry und Sam wechseln wieder einen blitzschnellen Blick.

»Er war auch bei uns«, sagt Larry dann leise. »Aber in seinem Fall hattest du recht. Er hielt nicht durch. Er kippte schon nach wenigen Meilen aus dem Sattel. Daran konnten wir auch nichts machen. Pech für ihn. Es war eben ein Versuch. Er konnte ihn gewinnen oder verlieren. Well, er hat verloren. Aber mit dir hätte er auch verloren, denn es ist überall gleich kalt. Und aus der Hütte mussten wir weg.«

John Barker weiß, wie recht Goodman damit hat. Brad Segal hatte keine Chance mehr, nachdem sie sich in der Hütte nicht halten konnten. Und sie hätten früher oder später doch aufgeben müssen. Das sollte sogar nach seinem Plan geschehen.

»Es ist nur nicht schön, dass ihr ihn einfach liegengelassen habt«, sagt er.

»Er war tot. Wir wollten ein Loch graben, aber der Boden ist zu hart gefroren.«

»Als ich ihn im Morgengrauen fand, lebte er noch, Larry.«

Goodman steht bolzengerade und stößt die Luft durch die Nase.

»So, du hast ihn also gefunden.«

»Yeah.«

»Wir hatten gedacht, er wäre tot.« Larry zuckt die Schultern. »Er rührte sich nicht mehr, als er auf den Boden gefallen war.«

»Er hat sein Pferd noch erschossen. Das müsst ihr eigentlich gehört haben. Er wollte es aufschlitzen und in den warmen Leib kriechen.«

Sam schüttelt sich und seine Zähne schlagen hart aufeinander.

»Woll... wollte er das wirklich?«, fragt er, und das Grauen springt aus seinen Augen, während sein Gewehr langsam nach unten sinkt.

»Yeah, das wollte er. Er sah wohl keinen anderen Weg mehr. Und er wollte noch nicht sterben. Aber er hat es nicht mehr geschafft. Als ich ihn fand, waren seine Hände so durchsichtig wie Glas. Er konnte sie nicht mehr bewegen. Dann ist er wirklich gestorben.«

Sam blickt zu Larry hinüber, und der hustet kratzig.

»Er hatte unser Gesetz anerkannt«, knurrt Goodman. »Dabei haben wir es gar nicht bis zur letzten Konsequenz durchgeführt. Du weißt doch, was ich sagte: Wer nicht weiterkann, muss sterben.«

»Ich weiß es, Larry. Aber außer deinem Gesetz gibt es noch andere. Eines davon besagt, dass man niemals einen Mann allein lässt, wenn der nicht mehr weiterkann.«

»Er hat gesagt, wir sollten uns nicht um ihn kümmern«, erwidert Goodman unwirsch.

»Stimmt das, Sam?«

»Yeah, es stimmt, John. – Wirklich, du kannst es glauben!«

»Du hast nie gelernt, einen Mann zu belügen, Sam. Und auch das Gewissen wird dich immer verfolgen, wenn ihr euren Plan ausgeführt habt. Eines Tages schießt du dir vielleicht selbst eine Kugel in den Kopf, wenn es nicht andere vorher besorgen. Ich will nicht euer Richter sein. Deshalb bin ich nicht gekommen. Es war Brads Schuld, dass er mit euch geritten ist. Ich werde selbst gesucht und verfolgt. Und es wäre lachhaft, würden wir einer dem anderen den Garaus machen.«

»Was soll die lange Rede?«, wendet Larry ein.

»Ich hatte gedacht, es würde dich nachdenklich stimmen, Larry. Es ist eine Gemeinheit gewesen, wie ich mir keine schlimmere vorstellen kann. Wahrscheinlich hat er so und so keine Chance mehr gehabt, denn auch Peterson wollte ihm keine geben. Aber das ändert nichts. – Ich will euch bitten, noch einmal wie Menschen zu denken. Es ist nun genug Blut geflossen. Fiddler ist auch tot. Peterson hat ihn versehentlich erschossen. Wir wollen zusammen nach Westen reiten und versuchen, alles zu vergessen.«

Larry lachte leise.

»Ohne das Geld, wie?«

»Yeah.«

»Das hast du alles schön hergesagt, Freund. Fast wie ein Prediger. Aber mir ist es gerade, als wäre es an meinen Ohren vorbeigeweht. Sam hat dir vorhin gesagt, dass wir freie Männer sind. Jeder macht, was er denkt.«

»Und du, Sam?«

»Ich habe es satt, John. Ich kann dich gut verstehen und will dir auch alles glauben. Aber ich brauche das Geld. Es geht so nicht mehr weiter. Ich habe nur noch wenige Patronen, und bei unserer Flucht nahmen wir nichts als die Pferde und Gewehre mit. Ohne Geld kommen wir nicht mehr weit. – Es muss sein.«

»Ist das dein letztes Wort?«

»Yeah, John. – Es tut mir leid.« Barker treibt sein Pferd ein paar Längen rückwärts, dreht sich dann und reitet davon. Er ist kein Sheriff und kein Richter, und er denkt, dass er sie nicht zwingen kann, von ihrem Vorhaben abzulassen.

Larry hebt die Hand mit dem Colt höher, aber Sam drückt sie nieder.

»Lass ihn«, sagt er. »Von uns allen ist er der Einzige, der etwas taugt. Es ist zu schade um ihn.«

Larry schiebt den Colt ins Holster. »Vielleicht musst du diesen Entschluss noch bereuen, Sam!«

»Warum?«

»Er kann zu einem Sheriff reiten und uns verpfeifen.«

»Das wird er niemals tun, Larry. Nein, verpfeifen wird er uns nicht.«

Der Reiter ist verschwunden.

21. Kapitel

Seit Tagen ist die Wolkendecke zum ersten Mal wieder auseinandergerissen, und ein milchiger Sonnenschein ergießt sich über das Land. Noch immer ist es sehr kalt, und ein steifer Wind weht aus nördlicher Richtung. Er zerrt an John Barkers Kleidern und scheint ihn aus dem Sattel werfen zu wollen.

Er blickt von der kahlen Bergschulter ins Tal hinunter und sieht die beiden Männer, deren Pferde sich durch den hohen Schnee kämpfen.

Sie reiten immer noch nach Norden. Es ist nun schon der dritte Tag, dass sie diese Richtung einhalten. Und sie werden die Schlucht noch vor dem Abend erreichen.

John kneift die Lippen fest aufeinander. Tränen, die der eisige Wind aus seinen Augen treibt, rinnen über seine Lippen und frieren zwischen den Bartstoppeln fest.

Nichts kann sie mehr aufhalten, solange noch ein Funken Leben in ihnen ist. Immer tiefer führt ihr Weg in den Abgrund, und vielleicht muss noch mancher Mann sein Leben lassen, bis sie eines Tages selbst an der Reihe sind.

Vielleicht atmen dann viele auf. Vielleicht gibt es dann schon Steckbriefe, und alle Menschen nennen ihre Namen mit tiefer Abscheu.

Banditen – Rinderdiebe – Mörder.

Vielleicht ist es warmer Sommer, wenn die Lassos über starke Äste geworfen werden. Niemand wird mehr an einen eisigen, texanischen Winter denken, an frostigen Wind, der übers Land fegte, und an eine kleine, windschiefe Hütte am Rande vulkanischer Berge, in der Männer hungerten. – Vergessen – ausgestoßen! Verzweifelte Männer, die an ihrem Schicksal zerbrachen.

Sie verschwinden hinter einem vorgeschobenen Felsen. Noch eine Weile ist ihre Spur zu sehen, dann deckt sie der vor dem Wind wandernde Schnee zu.

John starrt noch immer hinunter. Er hört nichts als das Singen des Windes und sieht nichts als Schnee, weites, weißes, welliges Land und ein paar kahle Büsche, die sich nach Süden biegen.

Schließlich dreht er sein Pferd und reitet von der Bergschulter. Er denkt daran, dass es noch einen Weg gibt, sie aufzuhalten. Vielleicht verstehen sie den. Vielleicht?

22. Kapitel

Kalt und grau verdrängt der neue Morgen die Nacht. Steine klappern aufeinander. Zwei yardslange Stämme, von ihren Lassos gehalten, sperren den Steinen den Weg in die Tiefe.

Larry Goodman richtet sich auf und wischt sich den Schweiß von der Stirn.

»Genug«, sagt er und blickt an den straff gespannten Lassos in die Höhe. Sie sind mit den Schlingen um zwei spitze Zacken befestigt. »Wir schneiden sie gleichzeitig durch«, redet er weiter. »Ich gebe das Kommando.«

»Glaubst du, dass die ganze Lawine so schnell fällt wie der einzelne Stein, mit dem wir es probierten?«, fragt Strother.

»Yeah. Ich habe alles ausgerechnet. Sie bekommen die Ladung genau auf die Köpfe.« Er blickt an der steil abfallenden Felswand in den Canyon hinunter, in dem es noch tiefe Nacht ist. Nur das leichte Schimmern des Schnees in der Tiefe verrät, wo der Boden ist.

Sam reißt einen trockenen Bruchkirschenstrauch aus einer Felsspalte, der dort erfroren ist. Er knickt ihn zusammen und brennt mit steifen Fingern ein Schwefel holz an. Der Wind bläst es aus.

Larry schiebt die Hände in die Taschen seiner Jacke.

»Zwecklos«, sagt er. »Du musst auf der Stelle springen. Das hält dich warm.«

Zwei Stunden später ist es richtig hell. Sam steigt auf einen erhöhten Felsen und blickt über die Berge nach Norden. Weit in der Ferne kann er das verschneite Flachland sehen.

»Nichts«, sagt er und kommt zurück.

Eine weitere Stunde später sucht er wieder den Horizont ab. Dann wieder und wieder. Und am Nachmittag sieht er sie. Vier Punkte schieben sich heran.

»Sie kommen«, sagt er aufgeregt. »Larry, das müssen sie sein!«

Goodman ist mit wenigen Sätzen neben ihm und starrt ebenfalls nach Norden.

Eine Stunde später erkennen sie, dass es Reiter sind. An dem Hut des einen blitzt etwas im klaren Sonnenlicht.

»Noch zwei Stunden«, sagt Larry. »Wenn die Nacht anbricht, haben wir Geld, Amigo! Dann reiten wir in die nächste Stadt und trinken eine Flasche. Und dann geht es nach Westen. Irgendwohin, wo man nichts von diesem verdammten Texas weiß.«

Wieder eine Stunde später sind die Reiter sehr nahe gekommen. Und dann verschwinden sie aus ihrem Blickwinkel. Larry steigt von der Felskuppe und prüft noch einmal die Steinladung, die sie aufgebaut haben. Er grunzt zufrieden.

Sam blickt ihm zu. Tief in seinem Inneren spürt er so etwas wie Widerwillen gegen sich selbst. Aber er unterdrückt dieses Gefühl. Er hat Raksin erschossen. Und wohin er auch kommt, sie werden es als Mord auslegen. Es spielt keine Rolle, was er nun noch macht. Entschlossen steigt er zu Larry hinunter und packt noch zwei Steine hinter die Barriere aus Stämmen.

Larry grinst dazu.

»Für zwei Mann ist es ein Haufen Geld«, meint er. »Ich bin froh, dass alles so gekommen ist.«

Sam richtet sich auf, dreht sich und blickt Larry an.

»Manchmal habe ich das Gefühl, als wolltest du alles allein haben«, sagt er versonnen. »Wirst du bestimmt fair teilen?«

»Na klar, Sam. Wir waren doch immer Freunde. Wieso zweifelst du denn plötzlich an mir?«

»Ich weiß nicht, Larry. Du bist so anders geworden.«

23. Kapitel

Die Soldaten zügeln die Pferde, als sie John Barker aus dem Einschnitt des Canyons kommen sehen. Der Mann mit der Goldlitze auf der Schulter greift nach dem Gewehr im Scabbard, und der mit den beiden Winkeln am Ärmel hebt die Hand im gelben Handschuh.

»Halt!«, ruft er, als wäre eine ganze Abteilung hinter ihm.

John reitet langsam auf sie zu, tippt an seinen Hut und fragt: »Wollen Sie hier durch, Sir?«

»Yes.« Der Zahlmeister aus Fort Stockton nickt. »Warum?«

»Der Canyon ist zugeweht. Der Schnee liegt gut zehn Yards hoch. Er ist nicht passierbar. Ich habe es auch eben versucht.« Die Soldaten wechseln einen Blick untereinander.

»Habe ich mir fast gedacht«, meint dann der Sergeant. »Wir müssen die Berge umgehen, Sir. Das kostet uns sechs Stunden.«

»Wo wollen Sie hin?«, erkundigt sich der Offizier an John gewandt.

»Nach Fort Davis, Sir.«

»Das ist nicht unsere Richtung.«

»Nein.«

Der Offizier blickt noch einmal prüfend in den dunklen Einschnitt des Canyons hinein.

John sieht, dass der Mann die Sache gern nachprüfen möchte, und er sagt: »Etwa ein Meile von hier steigt der Schnee hinter einer Biegung wie eine Wand in die Höhe. Er hat sich dort zwischen den Felsen verfangen. Ich muss die Berge in westlicher Richtung umgehen. So long!«

Die Soldaten tippen an ihre erdbraunen Hüte. John reitet davon. Als er sich umblickt, sieht er, dass auch die Soldaten die Pferde wenden. Sie reiten nach Osten.

Er hält an und atmet erleichtert auf. Die Männer verschwinden aus seinem Blickfeld. Noch eine Weile hört er den klappernden Hufschlag auf dem freigelegten Boden, dann verhallt er.

Eine Meile umsonst in den Canyon einzudringen, war dem Offizier offenbar zu viel. Darauf hatte John gesetzt. Er wendet sein Pferd und reitet bis zum Canyonmund zurück. Dort sitzt er ab. Er lehnt sich gegen die Felswand, zieht seinen Colt aus dem Holster und dreht die Trommel durch.

Hier wird er warten, denn er weiß, dass sie kommen werden. Und vielleicht wird sich ihr Schicksal hier endgültig erfüllen.

Hier am Rande der Berge soll etwas zu Ende gehen, das nie hätte beginnen dürfen. Sie sind alle schuld, einer wie der andere.

Und vielleicht werden sie hier alle einen Teil ihrer Schuld abtragen können.

24. Kapitel

»Lim... Limpia Canyon«, murmelt Jesse Freed abgerissen, und seine Augen, die tief in den Höhlen liegen, blicken das Mädchen an.

Peggy Peterson schluckt die Tränen hinunter, die ihr in die Augen steigen wollen.

»Danke, Jesse«, haucht sie. »Vielen Dank. Ich werde in Pecos dem Doc Bescheid sagen.«

Das Halbblut schüttelt den Kopf, und das Daunenkissen unter seinem Kopf raschelt leise.

»Es geht... zu Ende, Miss. Ich... danke Ihnen, dass... dass Sie mir... zugehört haben.«

Hufgetrappel ist draußen im Ranchhof zu hören. Dann erschallt ein lautes Kommando.

Peggy erkennt ihren Vater an der Stimme. Sie steht von der Bettkante auf, wirft noch einen kurzen Blick auf den blutverkrusteten Verband auf Jesses Brust und geht dann zur Tür.

Als sie auf die Veranda tritt, führt Ketterer die Pferde zum Korral. Schoop geht zum Bunkhaus hinüber, während der Rancher ihr entgegenkommt und müde die Stufen heraufsteigt.

»Ich habe den Kamin angeheizt«, sagt sie.

Er nickt und geht an ihr vorbei. Sie dreht sich und folgt ihm. Er geht in den großen Wohnraum und lässt sich in den Sessel neben dem prunkvollen Kamin fallen.

»Ihr habt sie also nicht gefunden?«, fragt Peggy, und so etwas wie Hoffnung schwingt in ihrer Stimme.

Peterson hebt den Kopf, blickt sie forschend an und sagt: »Nein. Bei diesem Wetter ist es nicht so einfach. Sie müssen uns getäuscht haben. Wahrscheinlich sind sie über die Grenze nach Mexiko.«

Peggy nickt. Und sie denkt daran, dass sie nicht über die Grenze nach Mexiko sind. Jesse hat ihr alles gesagt.

»Lebt das Halbblut noch?«, fragt der Rancher.

»Yes. Er war bei Besinnung. Er hat mir alles erzählt.«

»Was – alles?«

»Alles, Dad. Und alles ist etwas anders, als wir dachten. Sie haben keine Karten gezogen, wie wir annehmen. John war dagegen. Sam soll die Karten auf den Tisch geworfen haben und legte eine um. Es war das Kreuz As. John wollte ihn zurückhalten. Aber Sam hatte nun einmal gezogen und ritt fort.«

»Das hat Jesse gesagt?«

»Yeah, Dad. Ich glaube, sie waren danach sehr verfeindet. Sonst hätten Goodman und Strother doch Jesse und John nicht in der Hütte im Stich gelassen.«

»Was du glaubst ist ganz unwichtig«, knurrt der Rancher. »Sie waren zusammen in der Hütte. Sie haben sich gegenseitig verrückt gemacht. Und sie sind für alles gemeinsam verantwortlich. Ich werde den Vormann nachher nach Pecos schicken. Er wird den Richter informieren, damit er Steckbriefe anfertigen lässt. Sie dürfen uns nicht entgehen. – Jesse hat dir das alles nur erzählt, um sich ein mildes Urteil herauszuschinden.«

Peggy geht bis zum Fenster, dreht sich dort um und blickt ihren Vater eindringlich an.

»Jesse ist nicht mehr zu helfen«, erwidert sie. »Er weiß das selbst. Ich kann mir nicht denken, dass ein Mann kurz vor seinem Tode lügt.«

»Du warst doch selbst in der Hütte. Warum hat John Barker dann dir nicht die Wahrheit gesagt?«

»Er wollte wohl nicht, Dad.«

»Er wollte nicht?«

»Yeah, du kennst ihn doch. Er war mit dabei. Er hat wohl versucht, Sam umzustimmen. Aber es ist ihm nicht gelungen. Deshalb kann er doch nun kein Mörder sein!«

Peterson stemmt sich ächzend hoch und geht mit hallenden Schritten durch den Raum. Er bleibt nach einer Weile am Kamin stehen und stemmt den linken Ellenbogen auf den Sims.

»Ich hatte angenommen, es wäre alles anders geworden«, sagte er schwer. »Ich war davon überzeugt, dass du ihn dir endlich aus dem Kopf geschlagen hast, Peggy. Ich bin ein reicher Mann. Ich kann keinen armen Schlucker als Schwiegersohn gebrauchen. Wie oft muss ich dir das noch sagen?«

»Es geht um die Gerechtigkeit!«, entgegnet sie hart. »Von was anderem ist hier keine Rede.«

»Gerechtigkeit ist, wenn einer für das, was er mit verschuldet hat, zur Verantwortung gezogen wird. Ganz davon abgesehen, suchen wir auch noch nach Strother. Und dann ist da noch die Sache mit Fiddler. Gewiss, es war ein Kampf. Aber sie haben kein Recht, einen Cowboy zu erschießen. Ich habe dir doch gesagt, dass Barker es war, der Yul Fiddler erschoss.«

Er sieht sie verkniffen und prüfend an, dreht sich mit einem Ruck und nimmt seine Wanderung durch das Zimmer wieder auf.

Draußen auf der Veranda sind Schritte zu hören. Sie kommen durch den Flur und verharren vor der Tür. Eine harte Hand klopft gegen das Holz.

»Komm herein, Al«, sagt der Rancher.

Die Tür öffnet sich. Der Vormann kommt herein. Er schließt die Tür und wartet.

»Kannst du losreiten?«, fragt der Rancher.

»Yeah.«

»Al, haben Sie auch gesehen, dass John es war, der Fiddler erschoss?«, mischt sich Peggy ein.

Peterson ruckt herum.

»Natürlich habe ich das gesehen«, erwidert der Vormann schnell und wechselt dann mit dem Rancher einen Blick.

»Komisch«, sagt Peggy. »Ketterer will es auch gesehen haben. Es soll im Anbau neben der Hütte gewesen sein. Jesse lag auch dort. Demnach waren sechs Mann gleichzeitig im Anbau, und außer Jesse muss jeder gesehen haben, dass John Barker es war, der schoss. Das ist wirklich sehr sonderbar.«

»Jesse lag auf der Erde. Er konnte es nicht sehen«, dehnt der Vormann.

»Stimmt. Aber er will etwas gehört haben«, meint Peggy und wirft die Locken zurück. »Und wisst ihr, was er gehört haben will? – Ich will es euch sagen. Du, Dad, sollst gerufen haben: ›Mein Gott, das habe ich nicht gewollt!‹ Das hat er jedenfalls gesagt.«

Peterson macht einen zornigen Schritt vorwärts, fängt sich und bleibt stehen.

»Er lag wie tot auf dem Boden!«, schreit er. »Wie kann er noch etwas gehört haben!«

»Er sagte, er hätte sich nicht mehr bewegen können, und er dachte, er würde jede Minute sterben. Doch er habe alles glasklar aufgenommen, was er hörte. Und er habe nichts weiter gehofft, als das John Barker entkommen würde.«

»Ich verstehe das nicht«, presst der Vormann durch die Zähne. »Was soll denn das heißen? – Das mit ›Mein Gott‹?«

»Das wollte ich von euch wissen«, erwidert Peggy und geht zur Tür, von der der Vormann jetzt wegtritt.

»Peggy!«, ruft Peterson schnarrend. »Bleib hier!«

Sie dreht sich um und schaut ihn an.

»Du hast doch damit etwas ganz Bestimmtes sagen wollen, nicht wahr?«

»Es war eine Frage an euer Gewissen, Dad. Ich nehme an, da draußen in der Hütte ist ein Unglück geschehen. Einer hat Fiddler aus Versehen erschossen. Beinahe genauso aus Versehen, wie Sam Raksin er schoss. Ich habe mir alles noch einmal sehr genau durch den Kopf gehen lassen. – Es geht jetzt nur noch um ein bissen Gerechtigkeit. Um mehr nicht. Ich möchte nicht, dass einem Mann ein Mord angehangen wird, den er gar nicht begangen hat. Vielleicht ist es besser, wenn ihr den Richter nicht verständigt.«

Sie dreht sich und geht hinaus. Die Tür schlägt hinter ihr zu, und Peterson zieht gegen seinen Willen den Kopf ein.

»Dieses verdammte Halbblut«, knurrt der Vormann. »Ich hatte gedacht, er würde nie wieder zu sich kommen. Sonst hätten wir ihn gar nicht auf die Ranch gebracht.« Peterson geht zum Fenster, dreht sich dort und geht zum Kamin zurück.

»Du reitest nach Pecos«, sagt er kalt. »Beeile dich. Wir haben keine Zeit zu verlieren. Sie sollen nicht entkommen.«

»Okay«, nickt der Vormann. Er dreht sich um und geht hinaus.

Peterson wandert weiter durch das Zimmer. Er hat die Arme auf dem Rücken verschränkt und schaut verbissen vor sich auf den Boden. Er hört den Vormann die Verandatreppe hinuntersteigen.

»Hank, mein Pferd!«, schallt es über den Hof und durch das Fenster.

25. Kapitel

Peggy steht oben am Fenster ihres Zimmers und blickt in den Hof hinunter. Sie sieht Schoop, der seinen breiten Patronengurt um die Hüften schlingt. Ketterer kommt mit dem Wallach des Vormanns und hält Alan Schoop den Steigbügel. Der sitzt auf und reitet in nördlicher Richtung davon.

Peggy bleibt am Fenster stehen, bis der Reiter hinter den hoch mit Schnee bedeckten Hügeln verschwunden ist.

Sie dreht sich um, geht zur Tür und hinaus. Sie steigt die Treppe hinunter und betritt auf Zehenspitzen den Raum, in dem Jesse auf einem weißbezogenen Lager liegt. Sie schleicht an das Bett heran, und als sie davorsteht, stößt sie einen Schrei aus, der durch das ganze Haus schallt.

Irgendwo klappt eine Tür, und hastige Schritte kommen durch den Flur. Ihr Vater steht im Zimmer.

»Was ist?«, fragt er.

Peggy schüttelt den Kopf, spürt die Tränen, die aus ihren Augen schießen, und sie zeigt mit der Hand auf Jesse.

Peterson ist mit vier Schritten neben ihr. Er blickt das Halbblut an und sieht die starren, gebrochenen Augen, die zur Decke blicken.

»Aus«, sagt er. »Er hat es hinter sich gebracht. Er hatte Glück.« Er drückt Jesse die Augen zu und wendet sich ab.

»Geh hinaus«, fordert er rau. »Ich habe dir doch gleich gesagt, du solltest dich nicht um ihn kümmern.«

Peggy geht an ihrem Vater vorbei, ohne ihn anzusehen. Und als sie an der Tür ist, sagt sie bitter über die Schulter: »Kein Mensch hätte sich um ihn gekümmert, Dad. – Ihr seid alle fort gewesen. Ihr wolltet, dass er hier stirbt und niemanden etwas sagen kann. Aber er hat mir vieles gesagt – vieles, Dad!«

»Was denn?«

»Es ist unwichtig. Für dich spielt nur der Tod eine Rolle, den du anderen bringen kannst.« Dann schlägt sie die Tür hinter sich ins Schloss.

Peterson dreht sich brummend um.

»Sie wird sich beruhigen«, knurrt er leise. »Eines Tages hat sie alles vergessen.«

26. Kapitel

Peggy steigt die Treppe wieder hinauf, betritt ihr Zimmer und bleibt am Fenster, von der schweren Gardine verdeckt, stehen. Es dauert nicht lange, da sieht sie ihren Vater im Hof auftauchen.

»Hank!«, schreit er über den Hof, das Gesicht dem Bunkhaus zugewandt.

Dort taucht der Cowboy, der seinen Winterjob hat, auf.

»Was ist?«, fragt er.

»Die Rothaut ist tot. Spanne den Wagen an und lade zwei Hacken auf. Wir wollen ihn ein Stück von hier wegbringen und begraben.«

»Okay, Boss.« Ketterer dreht sich um und geht ins Bunkhaus zurück.

Peterson steigt wieder die Veranda hinauf und verschwindet aus Peggys Blickfeld.

Sie bleibt hinter der Gardine stehen und blickt weiter in den Hof hinunter. Ein Windstoß weht am Schuppen vorbei und wirbelt unten den Schnee in die Höhe. Ketterer kommt aus dem Bunkhaus, geht zur Scheune und stößt das große Tor auf. Er rollt den flachen Ranchwagen heraus, geht dann hinein und kommt mit Hacken und Spaten zurück.

Fünf Minuten später hat er zwei Pferde eingeschirrt. Er lenkt den Wagen vor die Veranda. Peggy wendet sich ab, als sie Schritte unter sich hört. Sie weiß, dass sie jetzt den toten Jesse Freed aufladen, und sie will das nicht sehen. Sie geht zum Tisch und sinkt daneben auf den Stuhl.

»Hoo!«, ruft der Cowboy unten. Dann schnauben Pferde und schlechtgeschmierte Buchsen knarren auf den Achsen.

Langsam verklingen die Geräusche. Es wird sehr still auf der Ranch. Peggy lauscht auf ihren eigenen Atem und spürt das Hämmern ihres Herzens.

Sie weiß, dass sie ihm Unrecht getan hat. Aber nicht nur ihm. Auch den anderen. Und es hatte erst Jesse Freed hier auf der Ranch liegen müssen, um ihr alles ins richtige Licht zu rücken.

Die letzten Worte des Halbblutes fallen ihr wieder ein »Limpia Canyon«. Er war sehr verworren gewesen, was er vorher gesagt hatte. Sie muss sich das alles erst noch einmal durch den Kopf gehen lassen. Aber langsam nimmt alles feste Formen an. Ein Zahlmeister aus Fort Stockton. Sie erinnert sich, ihn in Pecos schon gesehen zu haben. Ein paar Begleitsoldaten, und Larry und Sam, die, zusammen mit dem todkranken Brad, das Geld haben wollten.

Sie steht mit einem Ruck auf und geht wieder zum Fenster. Der Hof liegt verlassen in der kalten Sonne des Spätnachmittags. Sie hat keine Ahnung, wann der Zahlmeister bei dem Canyon sein könnte, vielleicht war er schon gestern dort, und vielleicht ist alles ganz anders, als sie denkt.

Aber nein.

Sie dreht sich um, geht zu dem niedrigen, englischen Schrank, öffnet ihn und nimmt Stück um Stück Sachen heraus, die ein Mensch braucht, wenn er eine Reise unternehmen will. Sie macht sich noch keine Gedanken, was sie eigentlich tun will. Sie packt einfach etwas zusammen, verschnürt es zu einem Bündel, verlässt das Zimmer und steigt die Treppe hinunter. Sie fühlt nichts, als sie an ihren Vater denkt, der jetzt mit Hank irgendwo ein Grab aushebt. Etwas entfernt von der Ranch, denn, so meinte er immer, die Rothäute würden stinken. Trotzdem durfte Jesse für ihn arbeiten. Er war ein flinker und zäher Bursche gewesen. Viel besser mit dem Lasso als die meisten Texaner. Vielleicht hatte er deshalb mit ihnen im Bunkhaus schlafen dürfen, und vielleicht waren sie deshalb in dem Gestank nicht umgekommen.

Sie tritt auf die Veranda hinaus. Die Kälte kühlt ihre Stirn. Sie geht zum Stall und sattelt ihre Stute. Dann schnürt sie das Bündel hinter dem Sattel fest. Als sie wieder in den Hof tritt, blickt sie das große Haus an.

Sie weiß in dieser Minute, dass sie es nie wiedersehen wird. Egal, ob sie ihn findet oder nicht. Hier auf dieser Ranch gibt es keine Gerechtigkeit. Nicht für die Männer, die sehen mussten, wie sie mit dem harten Winter fertig wurden. Und auch nicht für sie. Clifton Peterson, ihr Vater, wird sie verheiraten, wenn er die Zeit dazu für gekommen hält. Und er wird sie nicht fragen, ob das auch ihr Wille ist. Er ist das Gesetz. Und alle müssen seinem Gesetz gehorchen.

Sie steigt in den Sattel und reitet nach Nordwesten. Irgendetwas wird sie finden. Wenn nicht ihn, dann wenigstens das Recht, über ihr Leben selbst entscheiden zu dürfen.

Die Ranch bleibt hinter ihr wie ein böser Traum zurück, und sie hofft, diesen Traum eines Tages von sich abgeschüttelt zu haben. Sie dreht sich nicht ein einziges Mal um. Und dann liegen Hügel zwischen ihr und dem großen Haus mit dem Windrad darüber. Der Schnee, der über den Boden wandert, deckt ihre Spuren zu.

27. Kapitel

Sam Strother beugt sich weit nach vorn, um in die Tiefe blicken zu können. Als er sich wieder aufrichtet, schüttelt er den Kopf.

»Wir können sie unmöglich verpasst haben«, schnaubt er. »Aber vielleicht haben wir uns den verkehrten Canyon ausgesucht.«

»Unsinn. Wir sind richtig. Und wir haben doch gesehen, dass sie genau auf uns zukamen. Der Canyon kann auch nicht zugeweht sein. Davon haben wir uns überzeugt.«

»Was soll es dann sein, Larry?«

Goodman vergräbt die Hände tief in den Taschen und zuckt die Schultern.

»Sie übernachten hier auch nicht. Sie reiten in einem Zug und sind gegen Mitternacht im Fort. – Verdammt, ich weiß auch nicht.«

»Ich habe ein ganz komisches Gefühl«, brummt Strother.

»Was für eins?«

»Weiß ich auch nicht. Es ist mir so heiß unter der Haut. Richtig ungemütlich. – Larry, ich schlage vor, wir hauen ab.«

»Was?«

»Ich habe Angst. Ich wette, es passiert irgendetwas, das wir nicht eingeplant haben.«

»Wir brauchen das Geld, Sam. Du musst immer an das Geld denken, sonst an gar nichts. Dann kommen dir auch keine dummen Gedanken. Wir reiten hinunter und sehen nach. Irgendwo müssen sie schließlich geblieben sein.«

Goodman geht entschlossen zu den trockenen, erfrorenen Büschen, an denen ihre Pferde angehalftert sind. Er zieht dem seinen den Bauchgurt des Sattels an, macht die Zügel los und dreht es.

»Los!«, kommandiert er.

Strother geht zu seinem Pferd.

Larry Goodman läuft vor seinem Tier her. Er geht an einer steil abfallenden Geröllhalde vorbei und kommt zu einem Hohlweg, der in einer spitzen Kehre abwärts verläuft. Er führt das Pferd, bis sich der Weg etwas abflacht, dann sitzt er auf und reitet weiter. Hinter ihm kommt Strother, weiß im Gesicht und rote Flecken auf den Wangen. Schweiß glitzert auf seiner Stirn.

»Feigling«, knurrt Goodman über die Schulter. »Ich frage mich, warum ich dich überhaupt mitgenommen habe.«

Sam hustet verlegen.

»Wenn wir sie sehen, wird ohne zu fragen geschossen. Ist das klar?«, fragt Goodman.

»Yeah, Larry. Ich werde bestimmt nicht versagen. Glaube mir, wenn es soweit ist, habe ich keine Angst mehr.«

28. Kapitel

Die Nacht sinkt über das Land. Es ist noch kälter geworden. Die Luft ist kristallklar. Keine einzige Schneeflocke weht zur Erde. Nur der leichte, eisige Wind zaust um die Felsen und verfängt sich heulend in den Felsspalten.

John Barker spürt die Kälte nicht. Ihm ist warm. Und er wartet nun seit Stunden und weiß, dass sie kommen werden.

Die Ungewissheit wird ihnen keine Ruhe lassen. Sie müssen genau wissen, wollen wissen, wo das Geld geblieben ist.

Über der Schneedecke steht ein letzter Hauch Helligkeit, den die Nacht nicht vertreiben kann. Hufschlag klingt auf, weht aus dem Canyon und wird vom Wind aufgenommen und fortgetragen.

»Verstehe ich nicht«, sagt eine gepresste Stimme. »Es ist alles frei. Und doch können sie nicht hier entlang gekommen sein.«

John erkennt sie ganz genau, und er weiß, dass sie ihn nicht sehen, weil er dicht an der dunklen Felswand lehnt.

»Ich sehe auch keine Spuren«, meldet sich Strother. »Vielleicht haben sie uns oben auf dem Felsen stehen sehen. Die Luft war sehr klar. Und wir sahen sie ja auch.«

»Sie haben euch nicht gesehen«, wirft John hin, als die beiden Reiter genau ihm gegenüber auf der anderen Seite der Felsen sind.

Sie halten beide mit einem Ruck an und drehen sich. Und John kann sie nun auch nur noch undeutlich erkennen.

»Wer... wer ist da?«, fragt Strother fahrig.

»Wer schon, Sam. – Ich. Du weißt doch, wer ich bin.«

»Barker«, sagt Goodman verzerrt und dreht sein Pferd, sodass es mit dem Kopf zu John steht. Dann gleitet er langsam aus dem Sattel und treibt das Tier zur Seite.

Sam Strother folgt seinem Beispiel. Sie stehen ihm genau gegenüber.

»Wie kommst du hierher?«, fragt Sam.

»Das spielt doch keine Rolle. Die Soldaten sind fort. Sie haben einen anderen Weg genommen. Ich habe ihnen gesagt, der Canyon sei verschneit.«

Goodman stößt die Luft hart aus dem Munde. Dunkel glühen seine Augen durch die Nacht.

»Du hast ihnen gesagt, der Canyon wäre verschneit?«, fragte er, als könne er den Worten, die er hörte, nicht trauen.

»Genau, Larry. Sie sind nun schon viele Stunden fort. Ihr könnt sie nicht mehr einholen.«

»Fort«, ächzt Sam. »Siehst du, Larry, ich wusste doch, dass etwas dazwischen gekommen ist.«

»Halt's Maul!«, fährt Goodman ihn grob an. »So, John, du hast sie also fortgeschickt. – Darf man fragen, warum?«

»Das weißt du doch, Larry. Ich habe ganz allgemein etwas gegen das Töten. Hier aber sollte es Männer treffen, die mit unserer Sache nichts zu tun haben. Die Soldaten sind auch zu arm, als dass man sie um ihren Sold bringen könnte. Ich habe euch das alles schon viele Male erklären wollen. Aber ihr wolltet es nicht verstehen.«

»Verdammt. Und wir hatten alles so gut vorbereitet«, knirscht Sam Strother.

»So gut, dass wir diese Gemeinheit gar nicht verdauen können«, fügt Goodman hinzu. »Kannst du das verstehen, John?«

»Nein, Larry. Ich werde das wahrscheinlich nie verstehen.«

»Du wirst keine Gelegenheit mehr dazu haben. Und weißt du, warum nicht?«

»Nein.« John schüttelt den Kopf, obwohl die beiden das höchstens undeutlich sehen können. »Sprich ruhig weiter.«

»Ich werde dich töten. Das heißt, Sam und ich, wir werden es zusammen machen. Du hast keine Chance mehr, mein Junge.«

»Ich werde mindestens einen von euch mit auf den langen Trail nehmen«, gibt John zurück.

»So? Hast du vergessen, dass ich schneller bin als du?«

»Nein, ich habe es nicht vergessen, Larry. Aber ich bin darauf vorbereitet, getroffen zu werden. Und ein entschlossener Mann kann immer noch schießen. Wenn er sich nur gut genug auf den Schmerz vorbereitet hat. Ich glaube, ich werde versuchen, auf dich zu schießen.«

Goodman lacht leise.

»Er will dir Angst machen, Larry«, wirft Sam ein. »Aber du bist ja wirklich viel besser als alle anderen.«

»Natürlich bin ich das. Er ist ein ganz gewöhnlicher Kuhtreiber. Ich ritt schon als Coltmann.«

»Wollen wir nicht noch, einmal über alles reden?«, fragt John. »Ihr könnt nichts gewinnen, wenn ihr euch hier und jetzt mit einem neuen Mord belastet. Ich glaube, es ist gerade genug, was wir uns zuschulden kommen ließen.«

»Angst?«, fragt Goodman hämisch.

»Nein, Larry. Ich habe keine Angst. Hätte ich welche, konnte ich fortreiten. Ich hatte viel Zeit dazu. Ihr hättet dann wahrscheinlich nie erfahren, warum die Soldaten nicht gekommen sind. Ich habe gewartet, weil ich mit euch noch einmal über alles reden wollte. Wir sind alle daran schuld, dass Raksin sterben musste. Einer wie der andere. Es spielt keine Rolle mehr, dass ihr fortgeritten seid. Wir haben uns nichts vorzuwerfen. Ihr habt uns verlassen, und ich habe euch vor dem neuen Mord bewahrt. Vielleicht seid ihr der Meinung, dies wäre ein Ausgleich. Wir können jetzt zusammen nach Westen reiten.«

»Netter Vorschlag«, meint Larry Goodman. »Sehr netter Vorschlag, mein Junge! Ohne Geld nach Westen. Mitten im Winter. Wir haben keinen Topf, keinen Proviant, nichts. Weißt du, dass ich Hunger wie ein Steppenwolf habe?«

»Ich auch. Irgendwie schlagen wir uns sicher durch. Larry, es muss doch auch dir genug sein! Raksin ist tot. Brad schaffte es nicht. Jesse ist ebenfalls tot. Fiddler wurde erschossen. Springt dich nicht das Grauen an, wenn du das alles hörst?«

»Nein, John. Ich fühle dabei gar nichts. Es ist mir, als habe ich diese Namen nie gehört und die Männer dazu nie gekannt.

Ich kenne nur noch dich. Und du hast uns die Chance unseres Lebens verpatzt. Wir waren nur noch zu zweit. Es hätte für uns gereicht. Zumindest eine ganze Zeit. Wir wären über diesen Winter gekommen und sicher auch noch über den nächsten. Vielleicht wäre uns sogar etwas eingefallen, wie wir aus dem Geld noch mehr machen könnten. Und nun müssen wir weitersuchen.

Es bleibt uns nichts als Raub und Mord, wenn wir nicht verhungern wollen. Die Soldaten sind entkommen. – Okay. Nun bist du an der Reihe. Und dann werden andere kommen, die wir sicher niemals kennengelernt hätten. Sie alle müssen sterben, wenn sie etwas besitzen. Ich habe schon Spaß daran. Ich habe mich richtig gefreut und malte mir aus, wie sie unter der Lawine schreien würden. Sie sahen sicher alle sehr satt und zufrieden aus.«

»Du bist ein Schwein.«

»Yeah, ich weiß. Aber was macht das.

Ich kenne andere Schweine, die von vielen Menschen wie etwas Besseres behandelt werden. Peterson zum Beispiel ist so ein Tier. In Pecos behandeln sie ihn wie einen King. Und hier unten ist er das zweifellos auch. In Wirklichkeit wäre er das nie geworden, wenn er nicht so skrupellos wäre.

Er geht über Leichen. Er hat das immer getan. Er hat niemals ein Herz gehabt. Vor zehn Jahren lief ihm seine Frau davon. Sie konnte es bei ihm nicht mehr aushalten.

Die meisten Leute nehmen an, Thea Peterson wäre krank gewesen und nach dem Osten gereist. Ich weiß zufällig; dass sie kerngesund ist. Sie lief fort. Sie wollte Peggy mitnehmen, damit sie nicht einmal genauso wird wie ihr Vater. Aber sie entkam ihm mit knapper Not allein. – Das ist Peterson, ein vornehmer und mächtiger Mann. Niemand weiß, wie viele Menschen er getötet hat und auf was er seinen Reichtum begründete. Niemand fragt danach.«

»Larry hat recht, John«, sagt Strother in die Ruhe, die Goodmans hastigen Worten folgt. »Wenn man zu etwas gekommen ist, wird man nicht mehr gefragt, woher man es hat. Es ist schade, dass du das nie einsehen wolltest.«

»Du willst also auch auf diesem Trail weiter, Sam?«, fragt John müde.

»Ich habe mir diesen Weg nicht gewählt, John. Du weißt das ganz genau. Nun bin ich darauf und werde auch immer darauf bleiben. Vielleicht trifft mich bald eine Kugel. Was macht es. Wenn ich nur noch ein wenig besser leben kann als bis jetzt.«

»Wir werden dir eine faire Chance geben«, meint Goodman. »Sam zählt bis drei. Dann kannst du schießen. Alles klar?«

John antwortet nicht. Und er fühlt auch die Hitze nicht mehr, die ihn vorhin beherrschte. Er ist ganz kalt und wartet. Und vielleicht wird sich Goodman, der mit seiner Kunst schon immer prahlte, noch sehr wundern.

»Also, Sam. Zähle laut und deutlich, damit er es hören kann. Niemand soll von uns sagen, wir würden einem Mann keine Chance geben, wenn es sich einrichten lässt.«

»Du bist selbst schuld«, schnaubt Strother, als müsste er sich entschuldigen. Dann zählt er: »Eins... zwei... drei!«

Krachend entlädt sich ein Colt. Ein Schrei weht durch den Canyon, und Larry Goodman sinkt an der Felswand auf den Boden.

Sam Strother springt mit einem erschrockenen Ausruf zurück und geht hinter einem großen Gesteinsbrocken in Deckung.

Strother ist kaum verschwunden, als sein Colt kracht. Die Kugel heult über John hinweg. Ein Pferd wiehert gellend und rast davon.

John Barker springt um die Kante zurück.

»Komm hervor, Sam!«, schreit er. »Es war sein eigener Wunsch!«

»Du bist wie ein Teufel!«, ruft Strother mit zitternder Stimme. »Wieso bist du besser als er?«

»Das spielt doch keine Rolle. Vielleicht hat er sich zu sehr auf seine Schusshand verlassen.«

»Nein. Du bist viel schneller. Und ich habe gesehen, dass du den Colt vorher nicht in der Hand hattest. Wieso weiß das niemand?«

»Die, die es erfuhren, sind alle tot, Sam. Komm hervor, ich habe nichts gegen dich. Du musst nur diesen verdammten Wahnsinn vergessen!«

Die Antwort besteht aus einem Schuss. Das Projektil schrammt gegen die glatte Felswand und sirrt zum nachtdunklen Himmel. Gesteinssplitter schwirren durch die Luft.

Gleich kracht ein zweiter Schuss, dann ein dritter. Ratschend dreht sich die Trommel seines Colts.

»Sam, höre auf!«, versucht es John noch einmal. »Sam, ich stehe jetzt auf und komme zu dir. Sam, hörst du mich? Ich habe nichts gegen dich. Wir werden zusammen nach Westen reiten und alles vergessen! Sam...?«

Keine Antwort.

John fühlt den Schweiß auf der Stirn, der langsam in seine Brauen rinnt. Und von der Erde geht die Kälte aus, die ihn zugleich mit dem heißen Strom durchzieht. Er steht auf, als eine Waffe knackt.

»Sam, warum antwortest du nicht?«, fragt er, während er sich ganz aufrichtet und um die Kante geht. »Willst du immer noch nicht einsehen, dass du auf diesem Wege scheitern musst?«

»Ich bin schon gescheitert, John. Ich, du, wir alle. Und alle außer uns beiden sind tot. – Bleib stehen! Hörst du, komm nicht näher! – John, ich erschieße dich!«

Kalt und hastig kommen die Worte. John bleibt stehen, als wären seine Sohlen, durch die der Wind pfeift, am Boden festgeklebt.

»Ich gehe nicht nach Westen!«, schreit Sam Strother unbeherrscht. »Und ich gehe überhaupt nicht mit dir. Ich gehe dorthin, wohin ich will. Mein Weg wird durch die Hölle führen. Auch du kommst dorthin. Vielleicht treffen wir uns im Fegefeuer wieder. Ich werde dann etwas besser aussehen als du. Ich mache mir noch ein paar schöne Tage. Ich weiß hier in der Nähe eine Farm. – Hörst du, eine kleine Farm! Dort wohnen ein ausgelaugter Mann und eine alte Frau, die ihr Leben lang weiter nichts als gespart haben. Ich hole mir ihr Geld. Es wird ganz leicht sein.«

»Du bist verrückt, Sam. Was können diese alten Menschen dafür?«

»Nichts. Aber was kann ich dafür? Sage mir, ob ich etwas dafür kann?«

»Nein, Sam.«

»Da siehst du es. Sie werden so unschuldig sterben wie ich. Ihre einzige Schuld wird die sein, in diesem Land gelebt zu haben. Mir geht es genauso. Vielleicht war es meine ganze Schuld, immer in Texas geblieben zu sein, obwohl hier für einen armen Mann kein Platz ist.«

»Sam, du wirst nicht zu diesem Farmer reiten. Du gehst mit mir nach Westen.«

Ein wildes, verzweifeltes und irres Lachen schallt durch die Schlucht.

»Willst du mich daran hindern?«

»Yeah.«

»Dann komm her, du Narr! Na komm schon. Ich werde dich niederschießen. Du wirst neben Larry liegen, und vielleicht meinen die Leute, die euch einmal finden, ihr hättet euch gegenseitig getötet! – Na, los, John!«

»Du wirst nicht schießen, Sam! Du wirst jetzt daran denken, dass du immer ein gerader und aufrechter Mann gewesen bist Und du wirst wieder so werden, wie ein guter Texaner sein muss. – Hörst du mich, Sam?«

»Komm nur. Ich werde bestimmt schießen!«, schreit Strother.

John Barker spürt seinen eigenen Herzschlag bis hinauf zum Hals. Dieser verdammte Winter muss sie alle verhext haben. Er lehnt mit der Schulter an der kalten, glatten Wand und hat den Colt noch immer in der Hand.

»Warum kommst du denn nicht?«, fragt Sam Strother. »Glaubst du selbst nicht mehr an deine Überzeugungskraft?«

»Sam, warum willst du unbedingt den Verrückten spielen? – Denke doch einmal darüber nach! Wir brauchen beide nicht in der Hölle zu landen. Wir können in einem anderen Land wieder einer friedlichen Arbeit nachgehen.«

»Wir können es nicht. Es gibt keinen Weg zurück, John. Zwischen uns und einer ehrlichen Arbeit liegt Raksin fünf Fuß unter der Erde. Im Moment gibt es für uns beide nur einen einzigen Weg: Du nimmst dein Pferd und reitest fort. Aber nicht zu der Farm, von der ich sprach.«

»Wir reiten zusammen!«, beharrt John. Er presst die Lippen zusammen, sodass sie wie ein Messerrücken in seinem Gesicht stehen. Und so macht er den nächsten Schritt, fest davon überzeugt, dass Sam im Grunde seines Herzens noch immer der gute, treue Cowboy ist, mit dem er viele hundert Meilen über den Chisholm-Trail nach Norden ritt.

Aber Sam ist nicht mehr dieser Cowboy. Zwischen dem Trail nach Norden und dieser eisstarren Schlucht hier liegt für ihn die Hölle, die in ihm alles Gute auslöschte.

Ein fauchender Mündungsblitz zuckt durch den Canyon und John entgegen. Er spürt den heißen Schlag in der Brust und sieht die tanzenden Sterne vor seinen Augen. Er prallt gegen die Wand und sinkt an ihr langsam nieder. Er fällt auf die Knie, greift mit der linken Hand in den Schnee und stützt sich. Keuchend kommt der Atem aus seiner Brust. Er ringt die Nebel vor seinen Augen nieder, sieht die kalten, grauen Berge wieder und hat das Gefühl, als wollten sie jetzt auf ihn stürzen.

Und plötzlich steht Sam dazwischen. Er hat einen Colt in der Hand, aus dessen Mündung sich Rauch zu kräuseln scheint.

»Bist du noch nicht tot?«, schreit der Cowboy wie von Sinnen.

John will den Kopf schütteln, weiß aber nicht, ob er diese Bewegung wirklich ausführt. Er sieht, wie sich die Hand Sams wieder hebt, wie das Gesicht entstellt und hassglühend auf ihn starrt, und er glaubt, dass dieser Hass allem Leben gilt, das um ihn ist. So wird er reiten und töten – immer weiter. Ein Mann, der seine Angst überwunden hat und eine reißende Bestie geworden ist.

Er merkt, wie sich sein Arm hebt, sieht den zuckenden Mündungsblitz und spürt die Kugel, die an seiner Wange vorbeistreift. Und im Donnergrollen des Schusses drückt er selbst ab. Unbewusst, halb ungewollt. Selbst schon lange ein Opfer dieses gnadenlosen Landes.

Sam schwankt nach links, prallt mit dem Rücken gegen die Granitwand und sinkt an dieser langsam und widerstrebend zusammen.

Durch John geht ein Strom von Entspannung. Seine Finger öffnen sich. Der Colt schlittert über den Boden.

Er fällt nach vorn und spürt den Aufschlag nicht mehr.

Plötzlich ist es still. Nach einer Weile heult irgendwo ein Schakal. Aber niemand hört es.

29. Kapitel

Die Kälte muss ihn zu sich gebracht haben. Er hebt den Kopf, sieht den im kalten Mondlicht glitzernden Schnee und drüben an der Felswand Sam in seltsam verkrümmter Haltung. Er schiebt sich höher, spürt den Stich, der durch seinen Körper geht, und dann das Blut aus der Brustwunde.

»Sam?«, fragt er kratzig.

Seine Worte schallen verzerrt zurück, und er kann nicht glauben, dass er das ist, der da spricht. Er kann aber auch nicht glauben, dass es Sam ist, der da drüben liegt.

»Sam?«, ruft er wieder. »Sam, bist du das?«

Er greift mit den Händen unter seinen Oberkörper und stemmt sich hoch. In seinem Kopf pocht das Blut. Nebel ziehen auf, und wieder tanzen Sterne vor seinen Augen.

Aber irgendwie kommt er auf die Beine. Und er taumelt zu Sam hinüber, beugt sich über ihn und erkennt ihn nun.

»Sam«, sagt er kopfschüttelnd und verzerrt. »Sam, alter Junge. – Warum...?«

Er taumelt zurück, lehnt mit dem Rücken an der kalten Wand und blickt immer noch hinüber zu dem dunklen Klumpen unten an der Wand. Und ein Stück daneben Larry Goodman. Ebenfalls reglos und in einer seltsam verdrehten Haltung.

»Warum?«, fragt er wieder mit hohler Stimme. »Warum sind wir so geworden? Gab es für uns keinen anderen Weg mehr? – Keinen Weg?«

Er leckt sich den Pulvergeschmack von den Lippen und merkt, wie seine Knie wieder nachgeben wollen. Er dreht sich und tastet sich an der Wand entlang vorwärts. Aber nach drei Schritten bleibt er stehen und greift nach seinem Holster.

Er findet den Colt nicht und kehrt taumelnd um. Auch er kann ohne den Colt nicht mehr leben. Er ist ein Stück von ihm selbst geworden.

Er bückt sich, als er die Waffe sieht. Er fällt und liegt lang auf dem Boden, und ein heftiger Schmerz durchzuckt ihn.

Fünf Minuten liegt er mit rasselndem Atem, dann kommt er hoch, das Gesicht vor Schmerz verzerrt. An der Felswand entlang tastet er sich aus dem Canyon und findet sein Pferd in der Spalte, in der er es verborgen hat.

Dreimal versucht er, in den Sattel zu kommen. Er schafft es nicht. Da gibt er es auf, nimmt die Zügel und zieht das Pferd hinter sich her. Er stampft durch den Schnee und weiß nicht, in welcher Richtung er läuft. Aber vielleicht spielt es für ihn auch keine Rolle mehr.

John Barkers Gesicht ist spitz geworden. Die Augen liegen tief in den Höhlen. Er blickt vor sich auf den Boden und geht in einer wirren Linie immer weiter. Er geht nach Osten, genau dorthin, wohin er nicht gehen wollte. Er spürt jetzt keine Kälte und auch keine Hitze mehr. Alles in ihm ist hohl und leer. Nur das Blut ist noch da, das über seine Haut läuft und irgendwo versickert.

Plötzlich fällt er. Er merkt es nicht. Er liegt wie tot auf dem Boden.

Das Pferd ruckt mit dem Kopf nach hinten, als wollte es ihn munter machen. Aber die Zügel gleiten aus seinen Händen.

Das Pferd scharrt den Schnee mit den Hufen weg. Dann senkt es den langen Kopf und bläst ihm den warmen Atem aus den Nüstern entgegen.

John Barker merkt es nicht. Er hat das Bewusstsein verloren, und aus der Brustwunde rinnt unaufhaltsam der Lebensstrom.

Der Wind streicht über ihn hinweg und deckt ihn mit Flugschnee zu. Das Pferd leckt über sein Gesicht, und davon wird er wach.

Er blickt verstört um sich, ist aber augenblicklich klar, als er den Stich in der Brust merkt. Er greift nach dem Steigbügel und zieht sich daran in die Höhe. Dann fassen seine Hände wieder nach dem Sattelhorn, und diesmal schafft er es.

Krumm und schief sitzt er auf dem Cayusen, die Wangen eingefallen und dunkle Ringe um die Augen. John Barker ist nur noch ein Schatten seiner einstigen Persönlichkeit. Alles scheint zu kommen, wie Sam Strother es voraussagte. Diese Land und dieser Winter geben ihm keine Chance.

Das Pferd geht von selbst weiter. Es kann nicht wissen, dass die Richtung falsch ist. Aber was spielt das schon für eine Rolle. Er sinkt auf den Hals des Pferdes und reitet in einem Zustand zwischen Wachen und Träumen dahin.

Und plötzlich fällt er wieder. Sein Stiefel rutscht einfach aus dem Steigbügel und er schrammt mit der Schulter auf den Boden. Der Schmerz, der ihn schlagartig durchtobt, weckt ihn noch einmal. Aber die Klarheit hält nur Sekunden an.

30. Kapitel

Als der Morgen graut, sieht Alan Schoop das Pferd,, das über einem dunklen Klumpen steht. Er zieht die Augen zu winzigen Spalten zusammen und reitet schnell näher. Und er grinst auf eine harte Art in sich hinein, als er den wie tot auf dem Boden liegenden Mann erkennt.

Der Vormann springt neben dem Cayusen zur Erde und dreht den Mann auf den Rücken. Er zieht die Handschuhe herunter und hält John die Hand vor den offenen Mund.

Zufrieden brummend richtet er sich auf und blickt über das Land.

Niemand kommt.

Da bückt sich Schoop wieder, öffnet dem Verletzten die Jacke und sieht nach der Wunde. Sie ist etwa zwei Zoll höher als das Herz.

Er schüttelt den Kopf, zerrt John dann hoch und setzt ihn auf das Pferd. Er bindet ihn fest, damit er nicht herunterfallen kann.

Dann steigt, er auf seinen Wallach und reitet in der Spur zurück, in der er gekommen ist.

Er mag eine Stunde geritten sein, als ihm ein zweiter Reiter auf seiner Spur entgegenkommt. Er hält mit einem Ruck an und bringt auch den Cayusen neben ihm zum Stehen.

Schoop beschattet die Augen mit der ausgestreckten Hand, um gegen die tiefstehende Sonne und gegen das Flimmern des Schnees etwas sehen zu können. Er braucht aber noch zehn Minuten, bis er Peggy erkennt.

Verblüfft lässt er die Hand sinken und blickt zu dem Mann neben sich, der noch immer bewusstlos ist. Dann schaut er wieder nach vorn. Sie ist näher gekommen.

Alan Schoop treibt seine Pferde schließlich weiter. Erst vor Peggy Peterson hält er wieder an. Er blickt in ihr fahles Gesicht und in die erschrockenen Augen, die auf John Barker gerichtet sind.

»Da staunen Sie, was?«, fragt er grinsend.

Sie nickt schluckend.

»Yeah. Wo hast du ihn gefunden – oder warst du es?«

»Nein. Offenbar gerieten sie sich gegenseitig in die Haare. Ich weiß auch nicht, konnte keinen weiter sehen. Er muss sich noch weit fortgeschleppt haben. Hat ein Loch über dem Herzen. Aber er lebt noch. Was machen Sie hier?«

»Mein Vater hat mich nachgeschickt«, lügt sie, und sieht ihn nicken. Er macht sich also nicht die Mühe darüber nachzudenken. Er ist jetzt viel zu sehr mit seinem Fund beschäftigt.

»Wir bringen ihn zur Ranch«, sagt er. »Dort wird er hängen.«

»Er wird sterben, ehe wir die Ranch erreichen können«, gibt sie herb zurück. »Siehst du das nicht, Vormann?«

Schoops Gesicht schiebt sich in die Breite.

»Das wäre Pech«, knurrt er.

»Yeah, das wäre Pech. Aber mein Vater wird dafür, kein Verständnis haben. Er will ihn möglichst lebend, das weißt du doch. Er wird dich von seiner Lohnliste streichen, wenn ich ihm sagen muss, dass er gestorben ist, weil ihm niemand half.«

»Ich verstehe nicht, Miss.«

Peggy richtet sich in den Steigbügeln auf und blickt hinter sich. Es kommt noch niemand, der sie verfolgt. Und Schoop hat noch nichts bemerkt. Sie muss jetzt eine andere Richtung einschlagen, wenn sie entkommen will.

»Da drüben ist eine Farm«, sagt sie und nickt nach Westen. »Wir können sie in vier Stunden erreichen. Solange hält er sicher noch durch.«

»Was wollen wir mit ihm bei Bender?«, knurrt der Vormann.

»Bender ist länger in diesem Land als irgendeiner von uns. Als er hierherkam, gab es weder einen Store noch einen Doc. Niemand konnte ihm einen Rat geben oder eine Medizin verkaufen. Er musste mit allem allein fertig werden. Mit Krankheiten, mit Pfeilwunden, mit allem. Vielleicht wird er auch mit einer Kugel fertig, die über dem Herzen sitzt.«

Schoop schüttelt den Kopf.

»Wir können auch auf der Ranch...«

»Die Ranch ist zu weit«, unterbricht sie ihn kalt. »Pecos ist auch zu weit. Uns bleibt nur die Farm. Los, reiten wir!«

Sie beugt sich vor und reißt ihm die Zügel des Cayusen aus der Hand. Sie dreht das Tier.

»Komm!«, ruft sie über die Schulter. »Ich möchte, wenn er aufwacht, nicht allein mit ihm sein.«

Schoop dreht sein Pferd. Er merkt nichts. Er kann auch nicht wissen, dass Peggy weiter nichts will, als dass er bei ihr bleibt und den anderen, die vielleicht bald kommen, keinen Tipp geben kann.

Sie biegen scharf nach Westen ab, und Peggy dreht sich mehrmals im Sattel, um zu sehen, ob der Wind ihre Spuren zudeckt.

31. Kapitel

Der alte Hiram Bender, von dem niemand weiß, wie alt er wirklich ist, steht vor der Tür, und sein schlohweißes Haar flattert im Wind. Er blickt den Reitern entgegen, und als er Peggy erkennt, tritt er weiter hinaus.

Sie halten vor ihm an. Peggy springt zur Erde nieder, kommt auf ihn zu und hält ihm die Hand hin. Er schlägt mit seiner lederhäutigen, faltigen Rechten ein, und über sein mit Runzeln über und über bedecktes Gesicht zieht ein flüchtiges Lächeln.

»Wir haben einen Verletzten«, sagt sie. »Wir dachten, wir könnten ihn nicht mehr bis in die Stadt bringen, Mr. Bender. Er hat eine Kugel in der Brust. Können Sie ihm helfen?«

Der alte Mann blickt prüfend zu John hinauf, der über dem Pferdehals liegt, von den Stricken gehalten wird und immer noch ohne Bewusstsein ist.

Schoop gleitet aus dem Sattel.

»Er ist ein Bandit«, sagt er. »Wir wollen nicht, dass er so billig davonkommt. Er hat uns viel Schaden gemacht und einen Mann ermordet. Er muss hängen, verstehen Sie?«

Hiram Bender blickt von dem Vormann zu dem Mädchen neben sich.

Peggy starrt auf den Boden vor ihren Füßen.

»Bringen Sie ihn herein«, sagt der Farmer neben ihr. Er dreht sich und ruft. »Martha! Lege ein Leinen über die Bunk in der Küche!«

Schoop befreit John Barker von den Stricken. Peggy tritt neben ihn und hilft ihm, den Bewusstlosen vom Pferd zu heben und in den Räum zu tragen. Sie sehen die ebenfalls sehr alte Frau des Farmers, die ein weißes Betttuch auf eine Pritsche in der Küche deckt. Darauf legen sie John Barker, der von alledem nichts merkt.

Die Farmersfrau geht wortlos zum Herd, nimmt einen Topf und holt draußen sauberen Schnee, den sie über dem Feuer schmilzt.

»Ziehen Sie ihm die Jacke und das Hemd aus«, murmelt der Farmer.

Schoop will das machen, aber Peggy drängt ihn zur Seite.

»Vielleicht kann ich das besser.«

Schoop geht knurrend zu einer Bank an der Rückwand des Raumes und setzt sich nieder. Er bringt seinen Tabaksbeutel aus der Tasche und rollt sich eine Zigarette. An der Trommel seines Colts reißt er ein Schwefelholz an. Während er die Rauchwolken zur Hüttendecke bläst, blickt er zu Peggy hinüber, die dem Bewusstlosen das Hemd an der Wunde mit Wasser ablöst. John Barker wird davon nicht munter.

Schließlich tritt der Farmer heran. Er legt Peggy die Hand auf die Schulter und drängt sie zur Seite. Sie geht um die etwas abgerückte Pritsche herum und lehnt sich dahinter an die Wand.

Bender untersucht John Barker, blickt dann wieder auf das Mädchen. Schließlich schaut er den Vormann an.

»Bringen Sie die Pferde in den Stall«, sagt er. »Sie wollen doch sicher warten, bis Sie den Ausgang wissen.«

»Ausgang? – Wir wollen ihn mitnehmen. – Nicht wahr, Miss?«

Peggy beißt sich in die Unterlippe. Der Farmer schaut sie wieder an.

»Bringen Sie die Pferde trotzdem in den Stall. Es dauert eine Weile.«

Der alte Mann blickt prüfend zu John, den Raum und verlässt ihn. Hart schlägt die Tür hinter ihm zu. Und der Farmer blickt immer noch auf das Mädchen.

»Ich habe Sie im letzten Frühling mit ihm in Pecos gesehen«, wirft er ein. »Yeah, das kann sein.«

»Warum soll er hängen?«

»Der Vormann hat alles gesagt«, gibt sie herb zurück.

»Yeah, das hat er. Ich kann mir aber nicht denken, dass Ihr Vater Sie eine ganze Nacht durch mit dem Vormann durch die Gegend hetzt, um einen Banditen zu fangen. Und dann auch noch einen, mit dem Sie einmal sehr befreundet waren.«

Die Frau am Herd hat sich umgewandt. Peggy ist so bleich wie die Wand, die der Farmer im letzten Sommer mit frischem Kalk bestrichen hat.

»Was hat er denn gemacht?«, will die Farmersfrau wissen.

»Ich... ich kann das alles nicht erklären. Es sind schreckliche Dinge passiert. Der Winter ist so lang. Viele Jahre lag hier so gut wie gar kein Schnee. Und nun ist auf einmal alles anders. Die meisten Männer wurden entlassen, als das Vieh nach Kansas getrieben war. Manche blieben dort. Andere wieder kehrten mit um. Nur wenige behielten ihren Job. Die anderen... mussten sehen...«

»Ach so«, meint der Farmer. »Ja, ich verstehe. Er hat also seit Monaten keinen Job mehr und kein Geld verdient. – Und warum soll er hängen?«

»Es hat Kampf gegeben. Ein Cowboy wurde bei der Herde erschossen. Ein anderer hatte ein Kalb holen wollen. Es war alles ein Unglück.«

»Er ist jetzt ohne Bewusstsein«, sagt der Farmer leise. »Und es ist ein Wunder, dass er überhaupt noch lebt. Es ist grausam, wenn ein Mann hängen muss. Es gibt andere Wege...«

»Ich will, dass er lebt!«, stößt sie hart hervor. »Glauben Sie, dass ihm zu helfen ist?«

»Er ist sehr zäh, sonst wäre er schon tot. Wir werden abwarten müssen.«

Schritte nähern sich. Schoop tritt ein. Er geht wieder zu der Bank im Hintergrund und setzt sich.

32. Kapitel

Hiram Bender hat einen straffen Verband angelegt, während seine Frau die Schüssel mit dem rotgefärbten Wasser und der Kugel darin hinausträgt.

Langsam kommt in John Barkers Gesicht etwas Farbe. Zehn Minuten vergehen, dann zucken seine Lider. Und plötzlich schlägt er die Augen auf.

Schoop steht auf und kommt näher.

John blickt gegen die Decke. Anschließend schaut er Schoop an, den Farmer, dessen Frau, der Tränen über die Wangen rinnen, und schließlich Peggy, die sich auf die Lippen beißt.

»Hallo«, sagt Schoop und grinst breit, wie er immer grinst, wenn er sich stark und überlegen vorkommt. »Da bist du ja wieder. Wir fanden dich. Das heißt, ich fand dich. – Wo sind denn die anderen? Hast du sie nicht mehr gefunden?«

John blickt ihn minutenlang an, dann springen seine bleichen Lippen auseinander.

»Sie sind... alle... tot«, ächzt er.

»Alle tot?«, fragt Schoop mehr feststellend. »Was du nichts sagst. An was starben sie denn?«

John hat die Augen schon wieder geschlossen, als wäre ihm das Sprechen zu viel.

Der Farmer drängt den Vormann zurück. Schoop geht zu der Bank und setzt sich.

»Wie lange müssen wir warten, bis wir ihn mitnehmen können?«, fragt er.

»Eine Woche. Vielleicht auch zwei. Er hat viel Blut verloren. Der Schusskanal ist tief.«

»Eine Woche«, sagt Schoop gedehnt. »Das ist ein Unding, Mister.«

»Wenn Sie ihn lebend zur Ranch bringen wollen, müssen Sie so lange warten.« Das Gesicht des Farmers wirkt bei seinen Worten wie versteinert.

»Die Miss können wir im Haus unterbringen«, sagt die Frau. »Aber Sie müssen im Stall bei den Pferden schlafen. Es tut mir leid. Mehr Platz haben wir nicht.«

»Schon gut«, knurrt Schoop.

33. Kapitel

Gegen Mittag des nächsten Tages sieht Schoop über den Bergen dunkle Punkte kreisen.

»Geier«, sagt er. »Dort muss es gewesen sein. – He, Barker! War es dort?«

John, der völlig klar ist, sagt: »Es ist unwichtig, wo es war und weshalb. Es spielt für dich keine Rolle.«

»Hoo!«, schnaubt der Vormann. »Du wirst dich noch wundern, Freund! Was denkst du denn, warum du hier bist?«

»Wahrscheinlich damit ich für meine Hinrichtung gesund werde. Aber das spielt auch keine Rolle mehr.«

Schoop knurrt etwas Unverständliches. »Du könntest zur Ranch reiten und einen Schlitten bauen«, sagt Peggy an den Vormann gewandt. »Bis du damit wieder hier bist, ist er vielleicht transportfähig.«

»Ihr könnt mich auch jetzt unter euren Galgen schleppen«, wirft John bitter ein. »Ich halte das bestimmt noch durch.«

»Haben Sie das gehört?«, fragt Schoop das Mädchen, blickt dann zu dem Farmer hinüber, der bedächtig an seiner Maiskolbenpfeife zieht.

»Ich habe gesagt, du sollst zur Ranch reiten und einen Schlitten bauen«, sagt Peggy hart.

»Das können wir doch auch hier machen.«

»Mr. Bender hat kein geeignetes Holz dazu. Ich habe ihn schon gefragt.«

Bender zieht für eine Sekunde die Augenbrauen in die Höhe, dann ist er wieder ganz ruhig und schmaucht an der Pfeife. Er kann sich beim besten Willen nicht erinnern, etwas Derartiges gefragt worden zu sein.

»Kann man ihn auf einem Schlitten besser als auf einem Pferderücken transportieren?«, fragt Schoop den Farmer.

»Ohne Zweifel«, entgegnet der, ohne die Pfeife aus dem Mund zu nehmen.

»Na schön, Miss. Aber Sie haften für ihn.«

»Ich hafte sowieso für ihn«, erwidert sie kühl. »Ich vertrete hier meinen Vater, Vormann.«

Schoop geht knurrend hinaus. Er scheint wenig Lust zu haben, jetzt den weiten Weg zur Ranch zu machen.

Es dauert nicht lange, da kommt er mit seinem gesattelten Pferd aus dem Stall. Peggy lehnt an der Wand der stabilen Hütte und blickt zu ihm hinüber.

»Beeile dich«, sagt sie.

Er knurrt, schwingt sich in den Sattel und reitet davon.

Peggy blickt ihm nach, bis er nicht mehr zu sehen ist. Dann geht sie in die Hütte zurück. Sie sieht den Farmer und seine Frau an, die sie anblicken. Und sie sagt: »Ich habe nichts, das ich Ihnen dafür geben kann. Ich bin von der Ranch meines Vaters mit nichts als ein paar Sachen fort. Schoop, den ich unterwegs traf, bemerkte nichts davon. Er ist so närrisch zu glauben, ein Rancher würde seine Tochter im Winter durch die Nacht jagen, wo er das selbst erledigen könnte. Aber es ist möglich, dass er meinen Vater irgendwo unterwegs trifft. Sie können bald hier sein. Ich weiß nicht, ob Sie mir helfen wollen. Aber ich bin entschlossen, mit John Barker diese Farm jetzt zu verlassen. Wir werden uns irgendwo in ein anderes Land durchschlagen.«

Hiram Bender nimmt die Pfeife langsam aus dem Munde und legt sie auf den Herd neben die Feuerstelle.

»Wir wissen nicht, wie alles war, Miss«, sagt er. »Aber wir haben das geahnt, seit Sie in diese Hütte kamen. Haben Sie auch daran gedacht, dass Ihr Vater ein harter, unduldsamer Mann ist – und ich nur ein alter Mann?«

»Yeah, ich dachte daran. Aber es gibt für mich nur diesen einen Weg. Wir müssen sofort aufbrechen. Wenn mein Vater kommt, können Sie ihm sagen, ich hätte Sie mit einer Waffe bedroht.

Bender nickt zu John Barker hin.

»Er wird sterben«, sagt er.

Peggy dreht den Kopf und schaut John an. Ihre Blicke begegnen sich.

»Er wird sterben, wenn er noch eine Nacht hierbleibt«, gibt sie zurück. »Aber wenn wir es jetzt versuchen, haben wir vielleicht eine kleine Chance, irgendwo noch einmal ganz von vorn als freie Menschen anfangen zu können. – Ich bitte Sie, helfen Sie uns! Er wird hängen, wenn mein Vater hierher kommt. Und mein Vater kommt, weil er mich sucht!«

»Mach den Schlitten fertig«, sagt Martha Bender zu dem alten Farmer. »Wir werden es ihm irgendwie erklären. Ich lege ihm einen frischen, festen Verband an.«

Der Farmer geht hinaus, während die Frau Johns Verband wechselt. Peggy steht daneben und presst die Hände zusammen.

John schaut sie an.

»Warum?«, fragt er. »Warum tust du das?«

»Jesse lebte noch, als sie ihn auf die Ranch brachten, John. Er hat mir das mit Raksin gesagt, wie es war. Es tut mir leid, dass ich angenommen hatte, es könnte anders gewesen sein. – Und dann sagte er noch etwas wegen Fiddler. Sie haben alle behauptet, du hättest ihn erschossen. – Weißt du, wer es war?«

»Ich... ich habe es nicht so genau sehen können.«

»Hat mein Vater gesagt: ›Mein Gott, das habe ich nicht gewollt‹?«

»Es... es kann sein.«

»Warum scheust du dich, das zu sagen. Er war es doch, nicht wahr?«

»Wir wollen nicht mehr daran denken. Ich glaube, ich verstehe dich jetzt.«

Als der Farmer wieder hereinkommt, hat die Frau den frischen Verband fest angelegt.

»Es ist ein Wunder, dass er den Schlitten nicht gesehen hat«, sagt Hiram Bender. »Ich habe beide Pferde davor gespannt.« Er wendet sich John zu und blickt ihn ernst an. »Willst du es, Junge?«, fragt er.

»Wie groß ist meine Chance?«

»Ich weiß es nicht.«

»Haben wir überhaupt eine Chance?«, mischt sich Peggy ein.

»Wo Hoffnung ist, da ist auch eine Chance«, sagt der Farmer versonnen. »Ich wünsche, dass ihr es schafft!«

34. Kapitel

Er steht neben seiner Frau, die sich die Tränen aus dem Gesicht wischt. Und sie blicken beide dem Schlitten nach, der in der Ferne immer kleiner wird.

»Sie werden es bestimmt schaffen«, sagt er überzeugt. »Sie glauben fest daran. Und sie haben noch einen Grund. Vor allem sie. Sie will ihrem Vater beweisen, dass ihm nicht alles gelingt. Solange ich ihn kenne, ist es das erste Mal, dass er bestraft wird.«

»Hast du seine Frau vergessen, die ihn verlassen hat?«

»Nein. Sie war fremd in diesem Land und blieb es. Sie passte nicht zu ihm. Er hat ihr nie nachgetrauert. Wahrscheinlich hätte er sie sonst zurückgeholt. Aber hier ist er der Verlierer.

Sie blicken wieder hinter dem Schlitten her, der im weißen Nichts zu einem Punkt wird und dann verschwindet.

Zwei alte Menschen hoffen mit Peggy Peterson und John Barker, dass ihnen das Schicksal jetzt doch noch eine Chance geben möge.

ENDE

2. Im Sattel der Verdammten von John F. Beck

1. Kapitel

»Nehmt eure Schießeisen zur Hand, Freunde! Gleich ist es soweit!« Die Stimme des Anführers kam gedämpft unter dem vorgebundenen Halstuch hervor.

Das Hufgetrappel und das Holpern der Räder auf der hartgefrorenen Erde wurden lauter. Die vier maskierten Männer zogen die Revolver. Einer bewegte sich unbehaglich im Sattel.

»Hank! Sollten wir nicht...«

»Keine Reden mehr, Luke!«, winkte der vorderste Reiter ungeduldig ab. »Denkt an das Gold! Sechzigtausend Dollar in Gold! Los, vorwärts!«

Die Postkutsche kam in voller Fahrt hinter einer Straßenbiegung hervor, als die vier Banditen ihre Pferde auf die Fahrbahn trieben.

»Anhalten! Sofort anhalten!«

Der Kutscher fluchte und zerrte an den Zügeln. Steine spritzten unter den bremsenden Hufen hoch. Der Beifahrer tastete nach seinem Gewehr, zögerte jedoch, es hochzureißen. Der Anführer der Bande schwang seinen Colt in die Höhe. Der Reiter neben ihm zuckte wie unter einem Peitschenhieb zusammen. Seine Stimme war heiser vor wilder Erregung.

»Nein, Hank! Um Himmels willen, nein, das...«

Der Feuerstrahl raste bereits aus dem Lauf. Die knochige Gestalt des Postfahrers kippte plötzlich nach vorne, noch ehe das Fahrzeug zum Halten gekommen war.

Das Gesicht des Begleitmannes wurde aschgrau. Seine Augen weiteten sich vor Entsetzen und Hass. Er riss das Gewehr an sich.

»Ihr Schurken!«, krächzte er. »Ihr gemeinen...«
Zum zweiten Mal peitschte der Colt des Bandenführers...

2. Kapitel

Mit hartem Zügeldruck brachte Matt Whittaker seinen Cayuse Hengst zum Stehen. Er stellte sich in den Steigbügeln auf und lauschte mit angehaltenem Atem auf das Anschwellen der Hufschläge, das über die kahlen Hügel trieb. Es war kalt. Das Bleigrau des Firmaments und das tote Braun der Erde wirkten trostlos und öde. Der Atem des Cayuse hing in hellen Dampfwölkchen in der Luft.

Nachdem Matt die Richtung des Hufgetrappels festgestellt hatte, setzte er sich wieder im Sattel zurecht und trieb sein Pferd voran. Hell tackten die Hufe auf der harten Erde.

Matt schlug fröstelnd den pelzgefütterten Kragen seiner Mackinaw-Jacke hoch. Als er wenig später einen flachen Hügelrücken erreichte, sah er die Gäule. Sechs Tiere, und sie waren in einer Senke zum Stehen gekommen. Als Matt wiederum seinen Cayuse zügelte und das Pochen der Hufe verstummte, breitete sich bleierne Stille über das graue Land. Die bewaldeten Hänge der Big Beaver Mountains, die jenseits der Hügel hochragten, wirkten wie ein schwarzer, unheimlicher Wall. Das graue Zwielicht ließ alles drohend und unwirklich erscheinen.

Matt betrachtete die Pferde. Zuerst hatte er geglaubt, es handele sich um ein Rudel Mustangs. Jetzt sah er, dass er beschlagene Tiere vor sich hatte, typische kräftige Zugpferde, wie sie vor Frachtwagen und Kutschen gespannt wurden. Kopfschüttelnd ritt er den Hang hinab auf das Pferderudel zu. Ein Gaul warf witternd den Kopf hoch. Sein schrilles Wiehern drang durchdringend durch die dumpfe Stille. Einen Moment verharrte das Rudel in starrer Reglosigkeit, dann stob es aus der Senke davon, tiefer in die Hügel hinein.

Matt biss sich auf die Unterlippe. Er hatte das schräge »B« an den Flanken der Gäule erkannt, das Brandzeichen von Tobe Barneys Postkutschenunternehmen.

In Matts grauen Augen lag ein wachsames Funkeln. Er gab seinem Cayuse Hengst die Sporen und jagte der Poststraße zu. Er sah die Kutsche schon von weitem. Sie stand quer über der Fahrbahn. Das Pferdegeschirr lag zerschnitten auf der Erde. Es waren also die Banditen gewesen, die die Zugtiere in die Hügel hineingetrieben hatten. Dann bemerkte Matt die verkrümmte Gestalt am Boden, dicht neben dem linken Vorderrad des Fahrzeugs. Während Matt langsam auf die Kutsche zuritt, knöpfte er seine Mackinaw-Jacke auf und legte die rechte Hand auf den Kolben seines alten Walker Colts.

Matt hielt den Hengst neben der reglosen Gestalt an. Er erkannte, dass es hier keine Hilfe mehr gab. Er wollte sich aus dem Sattel gleiten lassen, da schnaubte der Hengst unruhig. Hastig schaute sich Matt um. Der Straßenrand war leer. Hinter den Felsblöcken und den verkrüppelten Kieferstämmen rührte sich nichts.

Der Kutschenschlag schwang knarrend auf. Eine gepresste Stimme befahl: »Keine Bewegung, Mister, sonst hole ich dich mit einem Stück heißen Blei aus dem Sattel!«

Matt erstarrte. Hinter sich hörte er schweres Atmen, und eine harte Stimme sagte: »Nimm die Hände hoch, Mister!«

Matt wurde sich bewusst, dass seine Rechte noch immer auf dem glatten Coltkolben ruhte. Der Gedanke, sich einfach im Sattel herumzuwerfen und die Waffe herauszureißen, schoss ihm durch den Kopf.

»Hast du nicht gehört?« Die Stimme war jetzt dicht hinter ihm. »Hände hoch, Mann – und zwar schnell!«

Es knackte trocken - ein Revolverhahn wurde gespannt.

Matt presste die Lippen zusammen und hob zögernd die Arme. Schritte schlurften über die gefrorene Erde.

»Jetzt kannst du dich umdrehen!«

Matt lenkte behutsam seinen Hengst halb herum. Einige Schritte von ihm entfernt stand ein knochiger hohlwangiger Mann breitbeinig auf der Straße. Seine Augen glänzten fiebrig. Der Revolver in seiner Rechten zitterte leicht.

»Bist wohl zurückgekommen, um dich zu überzeugen, ob wir auch wirklich alle tot sind, was?«, keuchte der Knochige. »Well, wie du siehst, habt ihr mich nicht so richtig erwischt, wie ihr es wolltet. Und glaube nur nicht, dass du jetzt noch eine Chance bekommst, erneut auf mich zu feuern.«

Er machte einen Schritt näher. Er wankte leicht. Und Matt bemerkte den dunklen Blutfleck, der an seiner linken Schulter durch den dicken Jackenstoff gesickert war.

»Hören Sie!«, sagte Matt schnell. »Ich gehöre nicht zu den Banditen, die Sie überfielen.«

»Das kannst du leicht behaupten«, knurrte der andere. »Jetzt trägst du schließlich nicht mehr dieses verdammte Tuch vor dem Gesicht! Ich glaube dir kein Wort.«

»Ich bin Matt Whittaker und besitze eine kleine Ranch drüben am Beaver Creek.«

»Und? Soll ich deshalb annehmen, dass du nicht zu diesen verwünschten Halunken gehörst?« Der Mann lachte mühsam. »Gib dir keine Mühe, ich lasse mich nicht hereinlegen.«

»Ich war in Diggers' Lodge und habe dort Pferde verkauft«, erklärte Matt eindringlich. »Auf dem Heimweg stieß ich auf die Kutschenpferde. Ich wollte nachsehen...«

»Du solltest dir keine Mühe geben, verdammt noch einmal, habe ich gesagt!« In den Augen des Knochigen sprühte Hass. »Sieh dir Duff Harrow an! Da liegt er am Boden, tot, von einer Kugel mitten in die Stirn getroffen! Seit einem halben Jahr war er mein Begleitfahrer, und ihr habt ihn einfach heruntergeschossen. Ohne Grund! So wie mich! Verlange nur nicht, du Lump, dass ich lange Geduld mit dir habe! Für einen Kerl deiner Sorte gibt es nur eines...«

Die Hände noch immer erhoben, beugte sich Matt leicht im Sattel vor. Sein Blick bohrte sich in die glitzernden Augen des Kutschers.

»Menschenskind! Mann, seien Sie vernünftig! Ich kann ja verstehen, was in Ihnen vorgeht. Aber ich gehöre wirklich nicht zu den Verbrechern. Ich kann es beweisen. Ich habe das Geld für die verkauften Pferde in meiner Satteltasche und den Verkaufsvertrag dazu. Ich werde...«

»Lass die Finger von der Satteltasche!«, fuhr ihn der Kutscher wild an. »Keinen Trick, Mann! Immer die Arme schön oben lassen!«

»Aber ich...«

»Du hast Angst, wie?«, schnaufte der Postfahrer. »Du hast es verdient! Erwarte nur keine Gnade von mir, du Verbrecher! Was meinst du, was vorher in mir vorging, als ich mit der Kugel in der Schulter neben der Kutsche lag und ihr das Gold herausholtet? Ich musste jeden Augenblick gefasst sein, dass ihr entdecktet, dass ich nicht tot bin. Kein schönes Gefühl, muss ich gestehen! Ich...« Er wankte heftiger. Es kostete ihn plötzlich Mühe, die Waffe auf Matt gerichtet zu halten.

»Mann«, sagte Matt ernst, »Sie müssen verarztet werden. Sie brauchen...«

»Halten Sie den Mund! Und keine Bewegung!« Die Revolvermündung ruckte fahrig nach oben und zielte genau auf Matts Stirn. Trotz der Kälte rann der Schweiß in dichten Strömen über das hohlwangige Gesicht des Postfahrers. Matt starrte dem Mann in die Augen und erkannte darin die tödliche Besessenheit.

Er musste handeln, ehe es zu spät war.

Einen scharfen Schrei ausstoßend, drückte er dem Hengst die Sporen in die Seiten. Während das Pferd schnaubend vorwärts schnellte, duckte er sich hastig.

Vor ihm flammte der Revolver. Die Kugel strich pfeifend über ihn hinweg. Dann war der Cayuse auf gleicher Höhe mit dem Postkutscher. Der Mann hatte mühsam eine halbe Drehung gemacht und wollte erneut schießen. Matt warf sich aus dem

Sattel auf ihn herab. Sie stürzten beide hart auf die Straße. Der Revolver schepperte davon und verschwand unter der Kutsche. Die knochige Gestalt des Postfahrers erschlaffte jäh. Schweratmend stemmte sich Matt auf die Knie.

Der Mann vor ihm war bewusstlos. Matt knöpfte ihm hastig Jacke und Hemd auf. Die Schulterverletzung war nicht gefährlich, aber der Kutscher hatte bereits viel Blut verloren. Eilig holte Matt das Verbandszeug aus seiner Satteltasche. Als er den letzten Knoten festzog, kam der Kutscher zu sich. Zuerst schaute er ihn benommen an. Dann erinnerte er sich und zuckte erschrocken zusammen.

»Keine Sorge!«, murmelte Matt. »Wenn ich Ihnen wirklich ans Leben wollte, hätte ich mir kaum diese Arbeit gemacht, oder?«

Die Haltung des Mannes entspannte sich langsam.

»Es scheint, ich habe Ihnen unrecht getan. Ich...«

»Schon gut, schon gut! Wie fühlen Sie sich, werden Sie ein paar Meilen auf einem Pferd aushalten?«

»Sie müssen mich nach *Diggers' Lodge* bringen!«, schnaufte der Postfahrer. »Ich muss sofort Barney, dem Boss, Bescheid sagen.«

»Das werde ich für Sie erledigen. Meine Ranch liegt ganz in der Nähe. Ich bringe Sie dorthin. Sie brauchen jetzt vor allem Ruhe.«

»Hören Sie!«, keuchte der Verwundete. »Die Banditen haben eine Kiste voller Gold geraubt – Gold im Werte von sechzigtausend Dollar!«

Matt pfiff leise durch die Zähne.

»Das ist allerdings eine ganze Menge!«

»Sie müssen sich beeilen!«, drängte der Kutscher. »Wenn die Kerle entkommen, ist mein Boss ruiniert.«

Matt nickte und erhob sich.

»Ich werde mich beeilen!«

Er ging zu seinem Pferd. Sein Blick streifte die Gestalt des toten Beifahrers. Über die Schulter zurück sagte er mit harter Stimme: »Für diese Verbrecher wird es im ganzen Land kein sicheres Fleckchen mehr geben. Alle werden Jagd auf sie machen – auch ich!«

3. Kapitel

Sie kamen aus den braunen Hügeln heraus, überquerten die schmale Bohlenbrücke, die über den Beaver Creek führte, und näherten sich den Gebäuden der kleinen Ranch. Virg Reynolds, der verwundete Postfahrer, hing zusammengekauert auf dem hochbeinigen Cayuse. Matt, der hinter ihm saß, hielt ihn mit einer Hand fest. Mit der anderen lenkte er das Pferd an den leeren Corrals vorbei auf den Ranchhof. Das Stalltor war nur angelehnt. Hufe polterten drinnen gegen die dicken Boxwände. Pferdeschnauben war zu hören. Ein Strom warmer Luft, vermischt mit dem Geruch von Heu und Pferdeschweiß, wehte sachte ins Freie. Matts Brüder, mit denen er das Anwesen bewirtschaftete, schienen also kurz vorher von den Weiden zurückgekommen zu sein.

Matt trieb den Hengst am Stall vorbei zum Wohnhaus hinüber. Es war ein niedriges langgestrecktes Balkengebäude mit einem vorspringenden Dach, das von schlanken Pfosten gestützt wurde. Die Tür war geschlossen. Matt hielt an, saß ab und half Reynolds vom Pferd. Der Verwundete stützte sich schwer auf ihn. Der Cayuse drehte den Kopf und rieb die Nüstern an Matts Schulter. Matt tätschelte ihm flüchtig den Hals.

»Ich muss dich enttäuschen, alter Junge! Du kommst noch nicht in den Stall. Wir beide machen uns nochmals auf den Weg nach Diggers' Lodge, verstehst du?«

Er führte Reynolds zum Eingang. Als sie über die Schwelle traten, schlug ihnen eine Woge angenehmer Wärme entgegen. Im gusseisernen Ofen knackte und prasselte das Feuer. Die Läden waren geschlossen. Die Petroleumlampe an der niedrigen Decke verbreitete trübes gelbes Licht. Reynolds tastete nach der Lehne eines Stuhls, setzte sich aufseufzend und streckte die

Beine aus. Matt schaute zur Nebentür, die halb offen stand. Dahinter lagerte graue Dämmerung.

»Ich werde meinen Brüdern sagen, dass sie sich um Sie kümmern sollen«, erklärte er Reynolds. »Ein Becher heißer Kaffee wird Ihnen jetzt sicher guttun.« Er ging zur Nebentür. Er hatte sie noch nicht erreicht, als ein Mann in den Rahmen trat. Er war kleiner als Matt und nicht so breit. Sein dunkelbraunes Gesicht war scharfgeschnitten. Pechschwarzes Haar ringelte sich ihm in die Stirn. Er schaute Matt schnell und scharf an.

»Hallo, Matt! Schon zurück?«

»Ich habe mich beeilt, Jed! Bei der Kälte kein Wunder!«

Jed Whittakers Blick flog an Matt vorbei und traf auf den verwundeten Kutscher, der die Ellenbogen erschöpft auf die Tischkante gestützt hatte. In seinen dunklen Augen glühte es kurz auf.

»Wen hast du da mitgebracht?«

»Virg Reynolds. Er arbeitet als Postfahrer für die Barney Stagecoach Line. Die Kutsche wurde überfallen und...« Aus der Dämmerung des Nebenraumes kam eine seltsam verzerrte Stimme.

»Jed! Wer ist da, Jed? Wer ist gekommen?«

Matt runzelte die Stirn. Er schaute Jed durchbohrend an.

»Das ist doch John, oder?«

»Yeah!«, nickte Jed zögernd und wich Matts Blick aus. »Er...«

Matt beugte sich etwas vor.

»Was ist mit ihm?«

Jed biss sich auf die Unterlippe.

»Er... er ist verletzt, Matt! Es ist alles...«

»Matt?«, kam Johns Stimme dumpf aus der Dämmerung. »Bist du es, Matt?« Jed wandte nervös den Kopf. In seinem scharfgeschnittenen Gesicht arbeitete es.

»Nur ruhig, John! Es ist alles in Ordnung! Ja, es ist Matt. Er ist schon aus Diggers' Lodge zurück. Du kannst ganz beruhigt sein.«

Matt fasste seinen Bruder hart an der Schulter. Seine Stimme war leise und gepresst: »Was ist passiert, Jed? Heraus mit der Sprache!«

»Warum regst du dich auf, Matt?«, knurrte Jed unwillig. »Es war ein Unfall! Er wird schon...«

»Wo ist Luke?«

»Drüben im Stall. Er kümmert sich um die Pferde.« Jed wollte die Tür hinter sich zuziehen.

»Warte!«, sagte Matt schnell und beobachtete noch immer scharf Jeds Gesicht. »Ich will erst nach John sehen.«

»Das ist nicht nötig. Ich habe ihn bereits verarztet. Er braucht jetzt nur Ruhe.«

»Ich will trotzdem nach ihm sehen.«

»Zum Teufel, Matt! Ich sage dir doch...« Er brach ab, senkte den Kopf und murrte: »Du misstraust mir, wie?«

»Habe ich nicht allen Grund dazu, Jed?«

»Kannst du denn die Sache von damals überhaupt nicht vergessen, zum Kuckuck?«

»Wegen dieser Sache jedenfalls haben wir Texas verlassen müssen und sind hierher nach Montana gegangen, Jed!«, sagte Matt Whittaker ernst zu seinem Bruder.

»Ach was! Das ist lange her! Damals war ich noch ein halbes Kind, als ich mit den Viehdieben gemeinsame Sache machte! Jetzt...«

»Ich kenne dich besser, als du vielleicht denkst, Jed«, unterbrach ihn Matt mit einem bitteren Lächeln. »Du bist seit damals fünf Jahre älter geworden, aber von deiner Wildheit und Heißblütigkeit hast du kaum etwas verloren.« Etwas sanfter fügte er hinzu: »Das soll jetzt kein Vorwurf sein. Sei vernünftig, Jed, und lass mich zu John!«

Mit abgewandtem Blick wich Jed Whittaker zur Seite. Matt trat über die Schwelle und sah John in voller Kleidung auf einem schmalen Bett liegen. Sein blasses Gesicht war ein heller Fleck im Dämmerlicht. Seine Augen schienen unnatürlich groß. Matts

Sporen klingelten silbern, als er mit langen Schritten auf John zuging.

»John, mein Junge, was ist mit dir passiert?«

Der Verletzte drehte mühsam den Kopf. Matt glaubte ein kurzes Erschrecken in seinen aufgerissenen Augen zu erkennen. Das blonde Bärtchen über Johns Oberlippe zuckte. Matt stemmte die Hände an die Hüften und beugte seinen Oberkörper vor.

»Was ist geschehen?«, wiederholte er.

Die blutleeren Lippen Johns bewegten sich einige Sekunden, ehe er einen Ton hervorbrachte.

»Eine Kugel in die Hüfte, Matt!«

»Eine Kugel?«

Matts Stimme war plötzlich rau und zitterte vor Anspannung. Johns Blick tastete an ihm vorbei zur offenen Tür, durch die gelbes Lampenlicht flutete.

»Jed!«, murmelte er schwach. »Jed soll dir alles erzählen!« Er schloss die Augen und drehte das Gesicht von Matt ab.

»Nun?«, kam Jeds ungeduldige Stimme von der Schwelle her. »Ich habe dir doch gesagt, dass er Ruhe braucht. Also, lass ihn schlafen, Matt!«

Matt biss sich auf die Unterlippe und drehte sich langsam zu Jed herum. Dessen drahtige Gestalt zeichnete sich im Türrahmen scharf gegen den Hintergrund des gelben Lampenlichtes ab.

»Jed, ich denke, du hast mir allerhand zu erzählen, wie?«

»Es ist nicht viel. Wie gesagt, es war ein Unfall. John hat...«

»Jed!« Matts Stimme war jetzt von schneidender Kälte. »Ich will keine Ausflüchte! Ich will die Wahrheit, hörst du?«

»Wieso? Ich...«

»Ihr habt nicht damit gerechnet, dass ich so früh aus der Stadt zurückkomme«, sagte Matt hart. »Nein, nein, streite es nur nicht ab, Jed! Ich bin mir sicher, dass es mit der ganzen Sache zusammenhängt!«

In Jed Whittakers dunklen Augen flackerte es.

»Matt, ich habe es satt, dauernd in diesem Ton mit mir reden zu lassen. Ich bin kein kleiner Junge mehr, zum Teufel! Ich bin nur ein Jahr jünger als du! Du hast kein Recht...«

Virg Reynolds erregter Ruf aus dem Wohnzimmer unterbrach ihn.

»Whittaker! Großer Himmel, Whittaker, sehen Sie doch!«

Jed fuhr wie von einer Schlange gebissen herum. Seine Hand zuckte unwillkürlich zum tiefgeschnallten Holster.

»Bleibe, wo du bist, Jed!«, rief Matt zwingend. Mit ein paar schnellen Schritten war er an seinem Bruder vorbei. Der verwundete Postfahrer hatte sich von seinem Stuhl hochgestemmt und beide Hände um die Tischkante gekrampft. Sein Mund stand halb offen. Pfeifend blies der Atem zwischen seinen Zähnen hervor.

»Reynolds, was ist los?« Suchend schaute sich Matt im trüb erhellten Raum um.

»Da, Whittaker!«, schnaufte der Kutscher, brachte mühsam einen Arm hoch und deutete auf die dämmrige Ecke neben dem gusseisernen Ofen. Matts Blick folgte der gewiesenen Richtung und entdeckte die schwere eisenbeschlagene Kiste, die er niemals zuvor auf der Ranch gesehen hatte. Die Kiste war mit zwei wuchtigen Eisenschlössern versehen, beide noch unversehrt. Matt fühlte, wie seine Schläfen zu brennen begannen. Mühsam riss er den Blick von der Kiste los und schaute wieder Reynolds an.

Der schüttelte wie benommen den Kopf. Seine Worte waren ein heiseres Flüstern – und trotzdem in der abgrundtiefen Stille deutlich zu verstehen: »Das Gold! Das aus der Kutsche geraubte Gold!«

4. Kapitel

Ein Schatten legte sich über das schmale tiefbraune Mädchengesicht, als sich die Heftigkeit der Männerstimme hinter der Tür noch steigerte. Die nach der Klinke ausgestreckte Hand zögerte. Schließlich atmete das Mädchen tief ein und öffnete die Tür.

»Und ich sage Ihnen nochmals, Barney, ich kann Ihnen keinen anderen Ausweg lassen. Ich glaube nicht...« Mitten im Satz verstummte die raue Männerstimme, als das Mädchen im Türrahmen erschien. Die beiden Männer standen sich am Tisch gegenüber und drehten gleichzeitig den Kopf.

Sie waren beide ungefähr im gleichen Alter, über fünfzig hinaus. Der eine war untersetzt und stämmig, besaß ein verwittertes, lederhäutiges Gesicht und einen sehr buschigen schwarzen Schnurrbart. Sein dunkles Haar war an den Schläfen wie mit grauen Fäden durchzogen. Der andere Mann war groß, hager, und sein kantiges Gesicht wirkte für sein Alter merkwürdig glatt. Sein grauer, städtisch geschnittener Anzug bildete einen Kontrast zur einfachen Kleidung des Schnurrbärtigen, der aussah wie einer der vielen Goldgräber in dieser Minenstadt.

Die dunklen Augen des Mädchens tasteten rasch über den Mann im Anzug hin und hefteten sich dann besorgt auf den Bärtigen. Ihre Stimme besaß einen seltsam kehligen Tonfall.

»Ist etwas passiert, Vater? Brauchst du mich?«

Der Schnurrbärtige wischte sich aufseufzend über die Stirn.

»Schon gut, Sue!«, murmelte er kratzend. »Du kannst hier wenig helfen.«

Sie trat über die Schwelle. Die Sorge in ihrem ausdrucksvollen braunen Gesicht wurde deutlicher.

»Was ist denn geschehen?«

»Sie wissen es noch nicht, Miss Sue?«, rief der andere erregt. »Die Kutsche ist überfallen worden! Das Gold wurde geraubt – mein ganzes Gold!«

Das Mädchen erstarrte. Tobe Barney sagte rau: »Es ist nicht nötig, Jarrett, dass Sie auch noch meine Tochter mit dieser Angelegenheit belasten.«

Renn Jarrett zuckte die hageren Schultern.

»Über kurz oder lang würde sie es ohnehin erfahren, nicht wahr? Barney, hören Sie...«

»Moment, Jarrett!«, unterbrach ihn der Besitzer der Postkutschenlinie. »Sue, es wäre besser, du ließest uns jetzt allein.«

Das Mädchen zögerte.

»Dad, ich bin kein Kind mehr. Ich glaube, diese Sache geht auch mich etwas an.«

Barney wollte antworten. Aber Renn Jarrett kam ihm zuvor. Er fächelte mit seinem flachkronigen Hut durch die Luft und sagte ungeduldig: »Ich habe genug Zeit verloren, Barney. Ich muss es kurz machen.«

»Ich weiß schon, ich weiß«, murmelte Tobe Barney mit gesenktem Kopf. »Sie wollen mich daran erinnern, dass wir einen Vertrag geschlossen haben, in dem ich Ihnen einen sicheren Transport Ihres Goldes garantierte.«

»Genau! Bisher ist es ja auch immer gutgegangen. Aber diesmal...«

Barneys Hände öffneten und schlossen sich.

»Ich habe nie damit gerechnet! Immer ist alles glatt gegangen. Ausgerechnet jetzt, wo die größte Ladung...«

»Ich kann es nicht ändern!« Bedauernd hob Jarrett die Schultern. »Es war die letzte Minenausbeute, die ich vor Einbruch des Winters nach Helena schaffen wollte. Barney, die Kiste, die geraubt wurde, stellt ein Vermögen für mich dar. Sechzigtausend Dollar in Gold, sechzigtausend!«

»Jarrett«, erwiderte Barney kratzend, »der Rest meiner Mannschaft macht sich draußen zum Aufbruch bereit. Wir werden alles tun, um die Kerle zu schnappen.«

»Sie glauben daran?«

»Sie etwa nicht?«, fragte Barney schnell.

Renn Jarrett schüttelte langsam den Kopf.

»Wie wollen Sie es denn anfangen? Der Boden ist seit Tagen hart gefroren. Sie werden kaum mit Spuren rechnen können. Überdies dauert es nicht lange bis zum ersten Schnee. Und dann sind alle Chancen gleich Null.«

»Trotzdem werden wir...«

»Was Sie unternehmen wollen, Barney, ist ganz allein Ihre Sache. Mir geht es darum, die sechzigtausend Dollar, die das Gold wert ist, nicht zu verlieren. Barney, Sie kennen unseren Vertrag! Sie haben das Risiko auf sich genommen! Ich werde die Sechzigtausend von Ihnen bekommen!«

Tobe Barney atmete scharf ein.

Sue sagte schnell und heftig: »Mister Jarrett, glauben Sie nicht, dass es ein ungünstiger Zeitpunkt ist, damit meinem Vater zuzusetzen? Er hat jetzt genug andere Dinge im Kopf und...«

»Tut mir leid, Ma'am!«, wandte sich der hagere Minenbesitzer ihr zu. »Ich muss in erster Linie Geschäftsmann sein, genau wie Ihr Vater.«

»Nur dass sechzigtausend Dollar meinen Vater ruinieren werden«, rief Sue mit blitzenden Augen.

Jarrett breitete die Hände aus.

»Glauben Sie nur nicht, dass ich diesen Verlust so einfach verschmerzen könnte. Meine Mine war nicht so ertragreich, wie Sie vielleicht denken.« Er drehte sich wieder dem Frachtunternehmer zu. »Well, Barney, können wir die Sache an Ort und Stelle regeln?« Er holte ein Blatt Papier aus der Innentasche seiner Anzugjacke. »Sie brauchen nur zu unterschreiben. Ein Scheck über sechzigtausend Dollar.«

Auf Barneys Stirn standen plötzlich Schweißperlen. Er warf seiner Tochter einen verzweifelten Blick zu – der Blick eines Mannes, der sich unversehens am Rande des Ruins sieht!

»Jarrett, können Sie denn nicht abwarten, ob ich Erfolg habe?«

Die Tür ging auf. Ein kräftiger Mann in einer dicken Pelzjacke kam herein. Er hatte einen patronenbespickten Revolvergurt über die Winterkleidung geschnallt.

»Boss!«, rief er Barney zu. »Wir sind zum Losreiten bereit! Ihr Pferd ist gesattelt! Kommen Sie?«

Barney sog scharf den Atem ein.

»Nun, Jarrett? Haben Sie es wirklich so eilig? Vielleicht haben wir doch Erfolg.«

»Ich würde mich für Sie freuen«, nickte der Minenbesitzer. »Trotzdem ist es besser, Sie unterschreiben jetzt!« Barney furchte die buschigen Brauen. »Aber es ist doch...«

»Sie müssen mich verstehen«, sagte Renn Jarrett entschuldigend. »Ich halte nicht nur die Möglichkeit, dass Sie und Ihre Leute das Gold zurückbringen, für sehr gering – ich muss auch daran denken, dass Sie vielleicht überhaupt nicht mehr zurückkommen.«

»Jarrett!«, rief Barney wütend. »Sie behaupten doch nicht...«

»Nein, nein, Barney! Verstehen Sie mich nicht falsch! Ich kenne Sie gut genug, um zu wissen, dass Sie sich nicht auf diese Weise von Ihrer Verpflichtung drücken würden. Außerdem wäre das ja völlig sinnlos für Sie. Ihr Geld liegt wie meines auf der Bank in Helena und ich... Aber lassen wir das! Well, der Haken an der Sache ist, dass die Banditen ziemlich gut mit ihren Schießeisen umzugehen verstehen, das haben sie ja leider bewiesen, nicht wahr? Wenn Sie wirklich an diese Schufte geraten, muss ich fürchten...«

»Dass ich erwischt werde, was?«

»Man muss mit allem rechnen, nicht?«

»Yeah!«, knurrte Barney düster. »Vor allem, wenn man so durch und durch Geschäftsmann ist wie Sie, Jarrett. – Geben Sie her!« Er nahm dem Minenbesitzer den Scheck aus der Hand, griff nach der Schreibfeder, die im Tintenfass auf dem Schreibtisch steckte, und setzte mit schwerer Hand seine Unterschrift auf das Blatt. Renn Jarrett wollte nach dem Papier langen, aber Barney behielt die Hand darauf. Unter gefurchten Brauen blickte er zu Jarrett hoch.

»Moment noch!«, sagte er heiser. »Die Sache muss ihre volle Richtigkeit haben. Jarrett, Sie werden mir jetzt versprechen, dass

Sie diesen Scheck erst dann zur Bank in Helena bringen, wenn unsere Aktion gegen die Banditen abgeschlossen ist. Und wenn ich Ihnen die Goldkiste zurückbringe, Jarrett, dann geben Sie mir dieses Papier zurück.«

»Das ist doch selbstverständlich, Barney.«

»Es ist ein Versprechen vor Zeugen, Jarrett!«

»Gewiss, gewiss!«

Barney reichte dem Minenbesitzer wortlos den Scheck. Jarrett faltete ihn zusammen und verstaute ihn in der Innentasche seines Rockes. Barney sagte zu dem Mann in der offenen Tür: »Bret, sage den anderen, dass ich sofort komme! Wir reiten gleich los!«

»All right, Boss!« Der Mann verschwand von der Schwelle, die Tür klappte zu.

Barney beachtete Jarrett nicht mehr. Er ging zur Nebentür. Über die Schulter sagte er: »Sue, bringe mir bitte die Winterjacke! Ich hole inzwischen mein Gewehr.«

Das Mädchen rührte sich nicht. Ihr dunkler Blick glitt zwischen beiden Männern hin und her. Ihr tiefbraunes Gesicht war merkwürdig ausdruckslos. Mit ihrer kehligen Stimme sagte sie leise: »Dad, hast du dich schon erkundigt, ob Mister Jarrett dir bei der Suche nach den Goldräubern helfen wird?«

Barney blieb ruckartig stehen. Einen Moment haftete sein Blick funkelnd an dem hageren Minenbesitzer. Dann zuckte er die kräftigen Schultern und murmelte bitter: »Warum sollte er? Er hat ja seine Versicherung bereits in der Tasche.«

»Aber«, redete das Mädchen ruhig weiter, »es arbeiten Männer für ihn, die besser mit den Waffen umgehen können als deine Leute, Dad. Und immerhin – es ist sein Gold!«

Jarrett verzog ärgerlich die Mundwinkel. Er wollte zu einer heftigen Erwiderung ansetzen. Aber Sue Barneys Blick ruhte so fest und zwingend auf ihm, als könne sie nichts aus der Ruhe bringen. Sekundenlang zögerte Jarrett, dann sagte er gepresst: »Also gut, Barney! Ich werde Ihnen meinen besten Mann mitgeben – Chess Quinton!« Er wartete keine Entgegnung ab, verließ mit steifen Schritten das Büro des Postkutschenunternehmens und warf knallend die Tür hinter sich ins Schloss.

Sue blickte ihm mit ihrer seltsam ausdruckslosen Miene nach. Barney räusperte sich.

»Danke, mein Mädel!«

Sie blickte auf. Zum ersten Mal schwang tiefe Hoffnungslosigkeit in ihrem Ton.

»Danke? Nein, Dad, das sollst du nicht zu mir sagen! Es ist wenig genug, was ich erreichen konnte.« Die Schatten der Sorge ließen ihr Gesicht noch dunkler wirken, als es ohnehin schon war.

5. Kapitel

Die Tür des Ranchblockhauses flog krachend auf. Ein eisiger Luftzug strömte herein und brachte die gelbe Flamme hinter dem Lampenzylinder zum Blaken. Ehe sich Matt Whittaker noch umdrehen konnte, rief eine harte Stimme: »Keine Bewegung, Freundchen! Lang nur nicht zum Eisen, wenn du nicht auf der Stelle eine Kugel in den Kopf bekommen willst!« Schwere Stiefeltritte kamen in den Raum. Der kalte Luftstrom dauerte an.

Draußen auf dem Hof fragte eine erregte Stimme: »Hank! Heh, was ist denn los?«

Matt kannte diese Stimme. Sie gehörte Luke, dem jüngsten seiner drei Brüder. Matt drehte sich langsam um. Nur wenige Schritte von ihm entfernt stand ein großer breitschultriger Mann. Ein rötlich blonder Stoppelbart umrahmte sein eckiges Gesicht. Seine hellen Augen blickten kalt und wachsam. Die Mündung eines langläufigen 45ers war unbewegt auf Matt gerichtet.

»Jed!«, knurrte der Stoppelbärtige, ohne Matt einen Sekundenbruchteil aus den Augen zu lassen. »Welchen Vogel hat uns denn da der Wind hereingeweht?«

Matt hörte seinen Bruder Jed hinter sich tief ausatmen. Jed zog erst die Nebenzimmertür zu, dann antwortete er: »Du kannst den Colt wegstecken, Hank! Das ist Matt!«

Ein Schimmer des Erstaunens huschte über das eckige Gesicht.

»Matt Whittaker? Der große Matt, von dem du mir immer erzählt hast?« Ein breites Grinsen verzog seine wulstigen Lippen. »Welche Überraschung!« Er ließ die Waffe sinken, steckte sie aber nicht ins Holster zurück.

Hinter ihm erschien Luke auf der Schwelle. Er stockte, als er Matt sah. Sein junges schmales Gesicht wurde schlagartig kreidebleich.

»Matt!«, schnaufte er entsetzt. »Ich... Himmel, wir dachten, du...«

»Ihr dachtet, ich würde erst morgen aus der Stadt zurückkommen, was?« Matts Stimme klirrte vor Kälte.

»Los, komm herein, Junge, und mach die Tür zu!«

Luke kam automatisch der Aufforderung nach. Der eisige Luftstrom erstarb. Der kleine gusseiserne Ofen verbreitete wohlige Wärme. Reynolds hatte den Tisch losgelassen. Auf unsicheren Beinen kam er auf Matt zu.

»Was geht hier vor?«, keuchte er. »Whittaker, haben Sie denn nicht gehört? Da ist die Kiste...«

»Setzen Sie sich wieder, Reynolds!«, unterbrach ihn Matt hart.

»Aber es ist doch...«

»Zum Teufel, Mann!«, fuhr ihn da der Stoppelbärtige mit funkelnden Augen an. »Du sollst dich setzen, wenn dir das Leben lieb ist!«

Virg Reynolds hielt mitten in der Bewegung inne. Sein Blick tastete von einem zum anderen. Seine Augen weiteten sich. Es war ganz still im Haus. Nur das Knistern der Flammen war zu hören. Reynolds' Atem ging plötzlich schneller. Langsam, Schritt für Schritt, zog sich der Postfahrer zum Tisch zurück.

»So ist das also!«, schnaufte er mühsam. »Ihr habt es also getan! Ihr...« Er stieß mit dem Rücken gegen die Tischkante und blieb stehen.

Als Matt in die Augen dieses Mannes sah, hatte er das Gefühl, sein Magen krampfe sich zusammen. Er wusste genau, was Reynolds jetzt dachte. Matts Blick flog wieder zur Ecke neben dem Ofen. Die unsinnige Hoffnung, sich vorhin getäuscht zu haben, war flüchtig in ihm. Aber da war die Kiste, die schwere eisenbeschlagene Kiste, die aus der überfallenen Kutsche der Barney Stagecoach Line stammte!

Er machte ein paar Schritte zur Seite und lehnte sich gegen die Wand. Plötzlich fühlte er sich kraftlos, wie ausgehöhlt. Er sah die Gesichter seiner Brüder wie durch einen dünnen Nebelschleier.

Da war Jed, nach ihm der Älteste – ein drahtiger schwarzhaariger Mann mit einem Profil, das an einen Raubvogel erinnerte. Keiner von ihnen trug den Revolver so tiefgehalftert wie Jed, und keiner konnte mit der Waffe so gut umgehen. Luke war fast noch ein Junge, hochaufgeschossen, mit Sommersprossen über der Nasenwurzel. Seine blauen Augen konnten manchmal sanft und träumerisch wie die eines Mädchens blicken, manchmal aber sprühte dieselbe Hitze in ihnen wie in Jeds schwarzem Blick. Und da war John, der allein und verwundet draußen im Nebenraum lag und sicher hörte, was hier drinnen gesprochen worden war. Nach Matt war er der Besonnenste unter den vier Brüdern gewesen. Ein ruhiger, schweigsamer Cowboy, der hart zu arbeiten verstand.

Matt seufzte unwillkürlich. Sein Blick fiel wieder auf Virg Reynolds. Der Postkutscher stand noch immer an den Tisch gelehnt. Die Überraschung war aus seiner Miene geschwunden. Hass verzerrte seine Lippen.

»Worauf wartet ihr denn noch, ihr verfluchten Hunde? Los, nehmt doch eure Eisen! Schießt doch, ihr...«

»Sei still, Mann!«, fuhr ihn der Stoppelbärtige an, dessen Namen Matt noch nicht kannte.

»Still?«, keuchte Reynolds. »So still wohl, wie Duff Harrow, der tot draußen auf der Straße liegt, wie? Wer von euch hat ihn denn vom Bock geschossen, heh? Wer von euch hat es getan? Dem verdammten Mörder wird es gewiss nicht schwerfallen, auch mir eine Kugel...« Sein Blick fiel plötzlich auf das Winchestergewehr, das an der Balkenwand hing. Ohne einen Augenblick zu zögern, sprang er auf die Waffe zu.

»Verdammter Dummkopf!«, schrie der Stoppelbärtige und riss seinen 45er hoch.

Mit einem wilden Satz war Matt bei ihm und schmetterte ihm die geballte Rechte an die Schläfe. Der Bandit taumelte, drehte sich mühsam und wollte die Waffe auf Matt anschlagen. Matts Gesicht glich einer steinernen Maske, als er nochmals zuschlug. Er erwischte den Mann genau am Kinn. Der schwere Körper erschlaffte jäh. Einen Stuhl umreißend, stürzte der Desperado auf die Dielen.

Matt fuhr blitzschnell herum, um sich um Reynolds zu kümmern. Der Postfahrer hatte das Gewehr vom Haken gerissen. Aber da war schon Jed bei ihm und prellte es ihm mit einem gezielten Fußtritt aus den Fäusten. Besessen von seinem maßlosen Hass wollte Reynolds mit blanken Fäusten auf seinen Gegner losstürzen. Doch Jed hielt wie durch Zauberei seinen Revolver in der Rechten und hieb Reynolds an die Schläfe. Der Kutscher brach zusammen. Jed fing ihn auf und schleppte ihn zur Bank an der Längswand. Nachdem er ihn darauf gebettet hatte, drehte er sich zögernd zu Matt um.

»Ich musste es tun!«, murmelte er flach. »Er ließ mir keine andere Wahl!«

Matt schaute ihm kalt in die Augen.

»Und das vorhin auf der Poststraße? Musstest du das auch tun, Jed?«

Jeds dunkles Gesicht wurde einige Nuancen fahler.

»Ich habe keine einzige Kugel abgefeuert. Und John und Luke auch nicht!«

»Es war also dieser Kerl?«

Matt wies mit dem Kinn auf den Stoppelbärtigen, der mit ausgebreiteten Armen auf dem Bretterboden lag. Jed nickte mit zusammengepressten Lippen.

»Und deshalb glaubt ihr, es sei alles in Ordnung?«, murmelte Matt gepresst. Ohne eine Erwiderung abzuwarten, fragte er: »Wer ist der Mann?«

Jed antwortete zögernd: »Hank Sturgess! Ich kenne ihn von Texas her.«

»Sturgess?«, wiederholte Matt nachdenklich. »Das ist doch der Bursche, der dich damals in die Viehdiebstähle am Brazos River verwickelte.« Jed schwieg. Matt ballte die Fäuste. Bitter murmelte er: »Damals konnten wir gemeinsam die Sache für dich ausbügeln, Jed. Und diesmal? Diesmal steckt ihr alle mittendrin, und es ist tausendmal schlimmer als damals in Texas.«

»Matt, lass dir erklären...«

»Erklären?«, schrie Matt plötzlich los, und die Wildheit brach aus seinen Augen. »Was willst du denn da noch erklären, Jed? Ich war bei der Kutsche! Ich habe den Toten gesehen...«

Luke sagte mit zitternder Stimme: »Wir alle dachten, es würde ohne Schießerei abgehen. Aber Hank wollte kein Risiko eingehen. John wollte ihn aufhalten, da schoss Hank bereits den Kutscher vom Bock. Der Beifahrer griff zum Gewehr, und auch ihn traf Hank. Das Gewehr jedoch ging noch los, und die Kugel erwischte John. Matt, es ist nicht mehr zu ändern.«

»Bei Gott! Da hast du recht!«, flüsterte Matt mit grauem Gesicht.

Jed schob sich neben ihn. Seine schwarzen Augen glitzerten.

»Matt, lass doch einmal vernünftig mit dir reden! Wir haben eine ganze Kiste voller Gold erbeutet. Sag bloß nicht, wir könnten das nicht brauchen. Was haben wir denn bisher für ein Leben auf dieser Ranch geführt, heh? Es war...«

»Ein ehrliches Leben, Jed!«, sagte Matt eisig.

Jed Whittaker zuckte widerwillig die Schultern.

»Du solltest dich mit den Tatsachen abfinden, Matt.«

»Tatsache ist, dass sich meine Brüder in eine Bande skrupelloser Verbrecher verwandelt haben!«

»Nein!«, rief Luke dazwischen. »Matt, sage so etwas nicht! Hast du mich denn vorhin nicht verstanden? Keiner von uns wollte, dass ein Mord geschieht! Keiner...«

»Er ist geschehen, oder nicht? Und ihr wolltet das Gold rauben, oder nicht? Luke, du suchst vergeblich nach einer Entschuldigung.«

Jed starrte düster zu Boden.

»Mit Vorwürfen kommen wir jetzt nicht weiter. Wir haben das Gold und werden damit verschwinden. Bedenke doch, Matt, wir werden reich sein – wir werden kein kümmerliches Leben mehr auf einer abgelegenen kleinen Ranch fristen. Alles andere müssen wir eben vergessen.«

»Du stellst dir die Sache zu einfach vor«, sagte Matt und schüttelte den Kopf.

»Wieso? Was meinst du, sollen wir tun?«

Matt schaute seinen Bruder eindringlich an.

»Es gibt nur eine Lösung, Jed«, sagte er rau. »Ihr müsst euch dem Gesetz stellen!«

Hinter Matt ertönte ein raues Gelächter. Matt drehte sich um. Hank Sturgess hatte sich aufgerichtet, stand mit verschränkten Armen da und musterte ihn böse.

»Er ist genauso, wie du ihn mir immer geschildert hast, Jed«, grinste er verächtlich. »Ein echter spießiger, anständiger Kuhtreiber! Und ein verdammter Dummkopf dazu!« Er spie Matt genau vor die Stiefelspitzen. Matt war mit einem langen Schritt dicht vor ihm.

»Ich habe keinen Augenblick vergessen, dass Sie ein Mörder sind, Mann! Und ich bin überzeugt, dass Sie meine Brüder in diese schmutzige Sache hineingezogen haben. Achten Sie also auf Ihre Worte, Sturgess!«

»Ach was!«, knurrte der Bandit. »In meinen Augen sind Sie weiter nichts als ein lächerlicher Narr. Da kommt Ihnen eine Kiste voll mit Goldbarren ins Haus geschneit, und Sie reden vom Gesetz. Wie kann ein Mann nur so verrückt sein?! Seien Sie doch froh, dass...«

»Hank, lass das jetzt!«, unterbrach ihn Jed hastig. Er wandte sich an Matt: »Mit dem Gold können wir ein völlig neues Leben beginnen, Matt, das ist dir doch klar! Wir gehen fort aus Montana und...«

»Und der Fluch dieser blutigen Beute wird uns überall begleiten. Nein, Jed, mach dir lieber keine Illusionen! Ein Mann ist dieses Goldes wegen schon gestorben. Wer weiß, ob er der Letzte sein wird!«

»Ich glaube, Jed«, knurrte Sturgess, »es hat keinen Sinn, wenn du ihm zuredest. Ich kenne die Burschen seiner Sorte, stur und anständig bis zum letzten Atemzug. Lass ihn doch! Wir brauchen ihn nicht. Ohne ihn lässt sich die Beute leichter teilen.« Er lachte trocken.

Jed blickte schnell von einem zum anderen. Dann murmelte er: »Also gut! Wir ziehen dich in diese Sache nicht hinein, Matt!«

»Ihr habt es schon getan!«

»Wir reiten wieder! Und wir nehmen auch John mit! Los, Luke, Hank, nehmt die Kiste! Ich werde...«

»Lasst die Kiste, wo sie ist!«, befahl Matt hart.

Die anderen schauten ihn überrascht an. Jed sagte stirnrunzelnd: »Hast du nicht gehört? Wir wollen verschwinden!«

»Das ist kein Ausweg!«

»Verlangst du im Ernst, dass wir uns stellen?«

»Yeah!«

Jed atmete scharf ein und schüttelte den Kopf. Luke stieß erregt hervor: »Matt, wir sind doch deine Brüder! Vergiss das nicht!«

»Meinst du wirklich, ich könnte es einen Moment vergessen?«, fragte Matt bitter.

»Es gibt keinen Marshal oder Sheriff in Diggers' Lodge«, knurrte Jed. »Wenn wir dorthin reiten und berichten, was geschah, werden wir auf der Stelle gelyncht.«

»Dann reitet über die Berge nach Helena!«

»Nein!«, stieß Jed heftig hervor. »Das ist alles Unsinn! Wir denken gar nicht daran aufzugeben! Los, nehmt die Kiste, Freunde, wir...«

»Ihr bleibt!«, rief Matt scharf und legte die Hand auf den Kolben seines Walker Colts.

»Was?«, flüsterte Jed. »Du willst uns mit Gewalt aufhalten?«

»Wenn ihr mir keine andere Möglichkeit lasst...«

»Seht euch diesen Kerl an!«, rief Sturgess wild. »Er will seine eigenen Brüder an den Galgen bringen!«

»Am Galgen wird nur einer landen«, erklärte Matt grimmig, »und das sind Sie, Sturgess!«

Sturgess schluckte schwer. Eine Ader schwoll an seiner Stirn.

»Matt«, raunte Jed heiser, »so weit kannst du doch nicht gehen. So viel können dir Recht und Gesetz doch nicht bedeuten, dass du...«

»Verstehst du denn nicht?«, murmelte Matt rau. »Ich tue es euretwegen!«

»Unseretwegen? Das verstehe ich nicht.«

»Jetzt habt ihr noch die Chance, mit geringen Strafen davonzukommen. Ich werde sagen, dass ihr euch freiwillig gestellt habt. Und der Mord geht auf Sturgess' Konto. Es ist das erste Mal, dass ihr...«

»Hört nicht auf ihn!«, schrie Sturgess wütend. »Lasst euch von ihm nicht einwickeln! Ihr seid keine Kinder! Er hat kein Recht, euch zu bevormunden! Denkt an das Gold, Freunde – sechzigtausend Dollar in Gold! Wir werden reich sein, Fellows! Wir werden ein prächtiges Leben führen! Kommt jetzt! Kommt und beachtet ihn nicht weiter! Wenn er auch droht, er wird ja doch nicht schießen – nicht auf seine eigenen Brüder.«

Mit einer flirrenden Bewegung kam Matts Colt aus dem Holster.

»Aber vielleicht auf Sie, Sturgess!«, sagte er kalt.

Einen Moment blitzte es in Sturgess' Augen auf. Dann hatte sich der Bandit wieder gefangen. Er rieb sein stoppeliges Kinn und grinste verschlagen.

»Das wäre Mord, mein Lieber, glatter Mord!«

»Sie unterschätzen meine Schießkünste, Sturgess! Ich brauche Sie nicht zu töten, um Sie aufzuhalten.«

Jed drängte sich schnell vor Sturgess.

»Geh hinaus, Hank! Wir regeln das schon. Matt, steck jetzt dein Eisen weg!«

»Nein, Jed! Du solltest mich gut genug kennen, um zu wissen, dass ich nicht bluffe. Ich werde euch aufhalten. Und wenn es nötig sein sollte, werde ich sogar dir oder Luke eine Kugel in die Schulter jagen.«

»Matt!«, rief Jed scharf. Matts Lippen waren ganz dünn.

»Ich werde es tun – auch wenn es mir nicht leichtfällt.«

Jed stand mit hängenden Armen da. In seinem Gesicht arbeitete es. Ein wildes Licht sprühte in seinen Augen.

»Matt«, flüsterte er gepresst, »es hat mich schon immer aufgeregt, dass du den Befehlshaber spielst. Aber jetzt – beim Himmel, jetzt fange ich an, dich zu hassen, Matt!«

Matt spürte die Bitterkeit wie einen heißen Strom in die Kehle fließen. Er wollte etwas erwidern. Da war das Schlurfen von Schritten hinter ihm. Er machte einen gleitenden Seitwärtsschritt und drehte sich halb. Die Tür zum Nebenraum stand offen. John schob sich eben über die Schwelle. Der Verband hob sich wulstig unter seinem derben Baumwollhemd ab. Auf Johns kreidebleichem Gesicht glitzerte ein Netz von Schweißperlen. Seine Augen drückten Besorgnis und Verstörtheit aus. Matt wollte ihn zurückschicken, da traf ihn von der Seite keuchender Atem. Wie ein Blitz durchzuckte es ihn, dass es ein Fehler gewesen war, die anderen aus den Augen zu lassen. Aus den Augenwinkeln sah er eine schattenhafte Bewegung. Er duckte sich instinktiv, aber da erwischte ihn bereits ein schwerer Hieb. Er stolperte, wollte die Arme zur Deckung hochreißen, da traf es ihn erneut. Er krachte mit dem Rücken gegen die Balkenwand. Keuchend rang er nach Atem. Wie durch wogende Nebelschleier sah er Hank Sturgess' eckiges Gesicht vor sich auftauchen. Dann wurde ihm bewusst, dass ihm der Colt entfallen war. Schlaff und kraftlos hingen seine Arme herab.

Sturgess holte zu einem Schwinger aus. Matt biss die Zähne zusammen, stieß sich von der Wand ab und warf sich gegen den Verbrecher. Sturgess' Faust sauste über seine Schulter weg. Matts Anprall brachte den Banditen aus dem Gleichgewicht. Matt rammte ihm die Faust in den Leib. Sturgess fluchte gepresst. Noch immer halb benommen, wollte sich Matt erneut gegen den Desperado werfen. Da wurde er von hinten gepackt. Kräftige Fäuste zerrten ihm die Arme auf den Rücken.

»Genug jetzt, Matt! Sei endlich vernünftig!« Jeds Stimme war dicht an seinem linken Ohr.

In dieser Sekunde hatte Matt das Gefühl, etwas in ihm würde zersprengt. Etliche Augenblicke herrschte eine seltsame Leere in seinem Innern. Dann breitete sich ein Brennen in ihm aus, wie er es nie zuvor gespürt hatte. Erst jetzt, da ihm Jed mit stählernem Griff die Arme auf den Rücken presste, wurde es ihm voll und ganz bewusst, wie groß die Kluft war, die ihn und seine Brüder trennte. Seine Erstarrung zerfloss.

»Lass los, Jed!«, keuchte er und wollte sich losreißen.

Die schraubenden Fäuste lockerten sich nicht. Und Matt war von Sturgess' Treffern noch zu sehr mitgenommen, dass er sich befreien konnte. Er wand sich verzweifelt. Vor sich sah er Sturgess, der gegen den Schrank geprallt war. Er wischte sich mit dem Ärmel über das stoppelbärtige Gesicht und kam langsam, lauernd wie ein Raubtier auf ihn zu. Matts Benommenheit löste sich allmählich. Seine Anstrengungen wurden heftiger.

»Luke!«, rief Jed. »Hebe seinen Revolver auf, schnell!«

Der Junge gehorchte. Sturgess war nur noch drei Schritte von Matt entfernt. Ein böses Funkeln lag in seinen Augen.

»Matt, gib doch endlich auf!«, schnaufte Jed wild.

Da kam Matt los. Doch in diesem Moment sprang Sturgess vorwärts, und erst jetzt merkte Matt, dass der Bandit einen Colt zum Zuschlagen bereithielt. Matt riss den Kopf zur Seite. Sturgess' Hieb streifte ihn schwer und schleuderte ihn auf die Dielen. Vor Matts Augen wurde es schwarz.

Als er herumrollte und hochblickte, stand Sturgess breitbeinig im Zimmer, hielt die Coltmündung genau auf ihn gerichtet und grinste überlegen.

»Nun, Freund Matt, willst du uns noch immer aufhalten?«

Matt, antwortete nicht. Mühsam drehte er den Kopf. Steckender Schmerz durchzuckte sein Gehirn. Drüben beim Ofen standen Jed und Luke neben der schweren Goldkiste. John lehnte schwitzend und schweratmend am Tisch. Keiner seiner Brüder dachte daran, für Matt Partei zu ergreifen. Beklemmende Trostlosigkeit breitete sich in ihm aus. Er hielt sich an einer Stuhllehne fest und zog sich in die Höhe. Unverwandt blieb Sturgess' Waffe auf ihn gerichtet. Der Bandit nickte den anderen Whittaker Brüdern zu.

»Bringt die Kiste hinaus und stellt die Pferde bereit! In spätestens fünf Minuten brechen wir auf!«

Wortlos bückten sich Jed und Luke und schleppten die Kiste zur Tür. Als Jed öffnete, flutete eisige Luft in das Ranchblockhaus. Die Lampenflamme blakte. Draußen lag das trübe Dämmergrau über dem Land, obwohl es erst Spätnachmittag war. Jed wollte zuerst über die Schwelle treten. Plötzlich stockte er.

»Was ist?«, fragte Luke nervös.

Ehe Jed etwas erwidern konnte, peitschte draußen ein Schuss. Mit einem scharfen Knirschen riss die Kugel eine Handvoll Holzsplitter aus dem Türrahmen dicht neben Jeds Kopf...

6. Kapitel

Jed stieß eine Verwünschung aus und ließ die Kiste fallen, sprang ins Haus zurück und schlug die Tür zu. Eine weitere Kugel bohrte sich draußen ins Holz. Undeutliche Männerstimmen trieben herüber.

»Verdammt!«, schimpfte Sturgess gepresst. »Die Leute aus Diggers' Lodge!« Er zwang Matt mit einer ruckenden Coltbewegung, an die Wand zurückzuweichen. Dann war er mit ein paar schnellen Schritten an einem der Fenster an der Vorderfront und öffnete behutsam die Läden. Jenseits der Tür spähten Jed und Luke bereits ins Freie. Über ihre Schultern hinweg sah Matt die Reiterschar, die am Ufer des Beaver Creeks angehalten hatte. Die Männer starrten angespannt zur Ranch herüber – unförmige Gestalten in ihrer dicken Winterkleidung auf unruhigen Pferden. Das Metall von Gewehren und Revolvern blinkte matt. Einer hob eben wieder ein Gewehr an die Schulter und zielte auf die Vorderfront des Ranchhauses. Ein anderer ritt neben ihn und drückte ihm die Waffe herab. Er sprach auf ihn ein, aber die Entfernung war zu groß, dass hier drinnen ein Wort zu verstehen war.

Die Wärme entwich durch die offenen Fenster. Kälte füllte den Raum. Trotzdem brannten Matt Whittakers Schläfen. Er stieß sich von der Wand ab.

Sofort fuhr Sturgess herum. Sein Finger spannte sich am Abzugshebel.

»Vorsicht, Mister!«, knurrte er wild.

»Seien Sie nicht dumm!«, fuhr Matt ihn zornig an. »Ich sitze ebenso in der Tinte wie Sie. Keiner der Männer da draußen wird glauben, dass ich nicht euer Verbündeter bin. Sie werden keinen Unterschied machen.«

»Er hat recht, Hank«, murmelte Jed. »Ich möchte nur wissen, wie uns die Kerle so rasch auf die Fährte gekommen sind. Der Boden ist doch gefroren. Es ist...«

»Du vergisst John!«, sagte Matt. »Er ist verwundet. Als ihr ihn hierher brachtet, wird er Blut verloren haben. Und das hat denen da draußen den Weg gewiesen.«

Hinter ihnen sprang Virg Reynolds von der Bank an der Längswand. Der knochige Postfahrer blickte sich wild im Raum um. Der Schimmer des Begreifens huschte über sein Gesicht. Er keuchte: »Sie sind also da! Sie haben euch schneller aufgestöbert, als ihr dachtet. Gut so, gut so! Jetzt sollt ihr bezahlen, ihr verdammten...«

»Halt dein Maul!«, schrie ihn Sturgess an. »Sonst brenne ich dir eine Kugel auf den Pelz!«

»Yeah!«, schnaufte Reynolds wild. »Das kannst du, was? Zum Teufel mit deiner Drohung!« Er drehte sich den offenen Fenstern zu. »Barney! Boss! Sind Sie da draußen?«

»Yeah!«, kam schwach die Antwort vom anderen Ufer des Beaver Creeks. »Virg! Menschenskind, bist du das? Steckst du da drinnen?«

Der Kutscher legte die Hände trichterförmig vor den Mund.

»Ja, Boss!«, brüllte er: »Sie haben mich gefangengenommen, diese verfluchten Halunken! Sie sind alle hier drinnen! Fünf Mann, Boss! Einer ist verwundet! Holt sie heraus und...«

Sturgess feuerte ihm eine Kugel dicht vor die Füße.

»Die fetzte Warnung!«, schnaubte er. »Die nächste Kugel bekommst du in den Kopf!«

Drüben war der Schuss gehört worden. Stimmen gellten aufgeregt durcheinander. Die Reiter trieben ihre Pferde voran – auf die schmale Bohlenbrücke zu, die über den mattschimmernden Bach führte.

»Verfluchte Sippschaft!«, knurrte Sturgess. »Hol euch alle der Satan!« Er schob den Coltlauf über das Fensterbrett und begann rasend zu feuern. Die Schüsse hallten dröhnend über den Ranchhof, und das Echo rollte von den braunen Hügeln. Auf der Brücke splitterte Holz. Der vorderste Reiter, der den Creek schon halb überquert hatte, riss aufbrüllend seinen Gaul zurück. Die nachfolgenden Tiere stießen gegen ihn. Pferde wieherten und steilten auf die Hinterhand. Ein wirres Knäuel entstand auf der Brücke.

Sturgess jagte schweigend die letzten Kugeln aus seinem Colt. Der Stetson des vordersten Mannes machte einen Luftsprung und wirbelte in den Bach. Ein Pferd wollte schrill wiehernd zur Seite ausbrechen und prallte voller Wucht gegen das dünne Brückengeländer. Es gab ein lautes Bersten und Splittern, dann stürzten Reiter und Pferd mit einem Teil des Geländers ins eisige Wasser. Die anderen zogen sich eilig auf das andere Creekufer zurück, wo sie außer Schussweite waren. Sturgess ließ die Waffe sinken und lud flink die leergeschossene Trommel nach.

»Ich hoffe«, knurrte er, ohne aufzusehen, »ihr lasst mich diesen Kampf nicht alleine austragen. Es geht auch um eure Haut.«

Jed streifte Matt mit einem Seitenblick.

»Ich denke, du verlangst diesmal nicht, dass wir uns stellen. Die Burschen da draußen würden uns alle ohne viel Federlesens an den nächsten Baum hängen. Auch dich!«

»Wir sollten zu verhandeln versuchen.«

»Verhandeln? Das ist doch...«

»Vielleicht können wir sie eine Weile beschwichtigen«, schlug Matt vor, »wenn wir ihnen das Gold zurückgeben.«

»Kommt nicht in Frage!«, brummte Sturgess. »Wir haben uns das Gold nicht geholt, um es einfach wieder wegzuwerfen.«

»Jed, Luke! Was meint ihr?«

»Wie kannst du nur fragen, Matt?! Das Gold hergeben? Niemals!«, stieß Jed heftig hervor.

»Da!«, schnaufte Sturgess. »Sie versuchen es wieder!«

Jed holte sofort seinen Colt hervor. Luke warf Matt einen unsicheren Blick zu, dann zog er ebenfalls. John hatte sich erschöpft auf einen Stuhl gesetzt und die Arme auf die Tischplatte gelegt – zu kraftlos, um in das Geschehen irgendwie einzugreifen.

Jenseits des Baches waren die Reiter ausgeschwärmt. Ohne die Brücke zu benutzen, trieben sie jetzt in breiter Front ihre Gäule durch den Creek. Das Wasser war seicht. Tropfen sprühten glitzernd. Als die Aufgebotsmitglieder die Gäule die Böschung zum Ranchgelände hinaufspornten, begannen sie zu feuern. Mündungsflamme um Mündungsflamme stach entlang ihrer auseinandergezogenen Linie hervor.

Kugeln schlugen mit schwerem Klatschen in die Außenwand des Ranchhauses. Drüben im Stall wieherten die Pferde. Die Reiter ließen die Böschung hinter sich und kamen im Galopp auf die Ranch zugesprengt. Sturgess feuerte, auch Jed begann zu schießen. Ihre Kugeln rissen Erdbrocken neben den Angreifern in die Höhe. Dann brach ein Gaul mit durchdringendem Wiehern in die Vorderbeine. Der Reiter flog in hohem Bogen durch die Luft, überschlug sich am Boden und kam nur mühsam auf die Füße. Die anderen verlangsamten das Tempo, aber unaufhaltsam rückten sie näher. Sie feuerten wie verrückt.

Das Krachen der Schüsse lag wie Gewittergrollen über dem frosterstarrten Land. Luke jagte nun ebenfalls die ersten Schüsse hinaus. Ein paar Angreifer erreichten die Corrals, sprangen geschmeidig von den Pferden und gingen hinter der Umzäunung in Deckung. An den Stangen und Pfosten entlang arbeiteten sie sich auf die Nebengebäude zu.

»Sie kreisen uns ein!«, keuchte Jed. »Es sind zu viele, dass wir sie aufhalten könnten!«

»Zum Teufel!«, knurrte Sturgess. »Dann sage doch deinem feinen Herrn Bruder, dass er sich endlich auch eine Waffe schnappen und in diesem verwünschten Feuerwerk mithalten soll!«

In diesem Augenblick knarrte die Tür. Reynolds war unbemerkt an sie herangekommen und wollte ins Freie. Mit pantherhafter Schnelligkeit war Sturgess bei ihm. Seine Linke krampfte sich um Reynolds' Schulter. Der verwundete Postfahrer schrie auf. Sturgess zerrte ihn in den Raum zurück. Sein Gesicht glühte vor Zorn.

»Dir werde ich es zeigen!«, schnaufte er.

»Schieß doch!«, schrie Reynolds verzweifelt. »Drück doch endlich ab, verwünschter Bandit!«

Draußen hämmerten Kugeln gegen das Balkenholz. Sturgess richtete den Colt auf den Kutscher. Seine Lippen verkniffen sich.

»Nicht, Hank!«, keuchte der junge Luke Whittaker entsetzt. »Keinen neuen Mord!«

Draußen waren die Aufgebotsmitglieder bei der Scheune angelangt. Jemand schrie zornig: »Zündet alles an! Brennt alles nieder, Leute!«

Der Ruf schien Sturgess aus seiner blinden Wut zu reißen. Langsam ließ er die Waffe sinken. Ein dünnes Grinsen glitt über seine dicken Lippen.

»Beruhige dich!«, lächelte er dem jungen Whittaker zu. »Ich werde dem Kerl nichts tun.«

Jed feuerte zwei Kugeln ins Freie und lud dann hastig seinen Revolver nach. Er drehte halb den Kopf. Sein Gesicht war angespannt.

»Wenn wir nicht bald etwas unternehmen, steht in Kürze das Dach über uns in Flammen. Das Feuer wird von der Scheune auf das Haupthaus übergreifen. Und dann...«

»So weit kommt es nicht«, erklärte Sturgess mit Bestimmtheit. Er sah die erstaunten, fragenden Blicke, und sein Grinsen wurde breiter. »Lasst mich nur machen, Fellows!« Er winkte Reynolds mit dem Colt zu. »Los, ans Fenster mit dir! Vorwärts, sonst geht es dir schlecht!«

»Ich rühre mich nicht von der Stelle!«, antwortete der Kutscher gepresst. »Ich habe keine Angst vor dir, du Lump!«

Sturgess ging schweigend auf ihn zu. Matt machte eine Bewegung.

»Sturgess, lassen Sie ihn!«

Der Bandit drehte ihm kurz das Gesicht zu.

»Misch dich da nicht ein, Whittaker! Denk nur ja nicht, dass ich lange zögere, dir eine Kugel in den Schädel zu schicken! Wegen deiner Zimperlichkeit werden wir alle nicht unser Leben auf das Spiel setzen.« Er blieb vor Reynolds stehen. »Geh jetzt ans Fenster!«

»Nein, ich...«

Der Coltlauf kam blitzschnell nach oben und traf den Kutscher an der verletzten Schulter. Virg Reynolds schrie auf und taumelte zurück, aschfahl im Gesicht. Sturgess folgte ihm.

»Nun? Gehorchst du jetzt?«

»Du Mordbandit!«, stöhnte Reynolds. »Du gemeiner...«

Sturgess holte erneut aus, und wieder traf der Schlag Reynolds verwundete Schulter. Der Postfahrer ging ächzend in die Knie. Der Kopf fiel ihm auf die Brust. Sturgess hörte die Tritte, fuhr herum und schlug den Colt auf Matt zurück.

»Zurück an die Wand, schnell!«

Matt wich zurück. Er schaute Jed und Luke an.

»Ihr könnt doch nicht dulden, dass er...«

»Da draußen wartet der Strick auf uns, Matt«, sagte Jed mit dumpfer Stimme.

Sturgess versetzte Reynolds einen Fußtritt. Taumelnd kam der Mann auf die Füße. Sturgess stieß ihn zum Fenster hinüber. Draußen waren die Schüsse verstummt. Eine entschlossene Stimme trieb zum Haus herüber: »Wir geben euch zwei Minuten. Wenn ihr dann nicht ohne Waffen und mit erhobenen Händen aus dem Haus kommt...«

»Barney, sind Sie das?«, unterbrach Sturgess schroff den Rufer. Eine Weile war es still, dann kam die schnelle Antwort: »Yeah! Ich sage euch, ihr habt keine Chance mehr!«

»Ach was, Barney!«, lachte Sturgess höhnisch. »Haben Sie vergessen, dass wir einen Ihrer Leute gefangen haben?«

Wieder war es eine Weile still. Dann trieb Tobe Barneys vor Erregung bebende Stimme wieder auf die Ranch zu.

»Gebt Virg auf der Stelle heraus!«

»Wir werden uns hüten. Er ist unser bester Trumpf!« Sturgess lachte laut und herausfordernd. »Hören Sie zu, Barney! Wenn Sie sich mit Ihren Leuten nicht sofort über den Bach zurückziehen, dann werden Sie Ihren Postfahrer niemals mehr lebend wiedersehen.«

»Ihr Schufte! Ihr elenden Halunken! Dafür werdet ihr eines Tages bitter büßen!«

»Sie sollen nicht drohen, sondern gehorchen! Also: sofort über den Creek zurück – und keinen Schuss mehr! Sehen Sie Ihren Fahrer hier am Fenster stehen? Ich lege ihn vor euren Augen um, wenn ihr nicht gehorcht!«

Hinter der Scheune wurde getuschelt und gemurmelt. Pferde schnaubten. Hufeisen klirrten auf der harten Erdkruste. Die Dämmerung verdichtete sich immer mehr. Bald würde sich Nacht über die Hügel und die bewaldeten Big Beaver Mountains senken. Schließlich klang wieder Barneys Stimme auf.

»Was verlangt ihr noch?«

»Freien Abzug, sonst nichts, und denkt immer daran, der Kutscher ist bei uns!«

»Eines Tages werdet ihr keine Geisel bei euch haben«, rief eine andere Stimme hinter der Scheune hervor. »Und dann werden wir nicht eher ruhen, bis wir den Letzten von euch an einem Ast baumeln sehen!« Es klang wie ein unheimlicher Schwur.

Dann setzten Hufschläge ein. Zögernd zog sich die Kavalkade über den Beaver Creek zurück.

7. Kapitel

Der flackernde Schein der brennenden Ranch beleuchtete gespenstisch Tobe Barneys schnurrbärtiges Gesicht. Der Postkutschenunternehmer saß gebeugt im Sattel, beide Hände auf das Sattelhorn gestützt, und starrte gedankenversunken in die lodernden, prasselnden Flammen. Das Feuer war ein riesiger glutroter Fleck im Dunkel der Nacht. Das Wasser des nahen Beaver Creek wirkte wie Blut. Hitze waberte über der freien Fläche. Die Scheune war nur noch ein rauchender Trümmerhaufen. Jetzt stürzte donnernd und berstend das Dach des Wohnblockhauses zusammen. Ein Funkenregen wirbelte vor dem samtschwarzen Nachthimmel.

Ein Reiter lenkte sein Pferd neben Barney.

»Was jetzt? Reiten wir in die Stadt zurück?«

Barney riss müde den Blick von dem tobenden Brand los. Er sah Chess Quinton vor sich, den einzigen Mann, den Jarrett ihm mitgegeben hatte. Quinton war ein großer sehniger Bursche, hart-gesichtig und mit undurchdringlichen Augen. In ganz Diggers' Lodge war er als gefährlicher Revolvermann bekannt. Er hielt ein kurzläufiges Henry Gewehr quer vor sich im Sattel. Im tanzenden Flammenschein schienen sich die dunklen Linien in seinem kantigen Gesicht zu bewegen.

»Nun, Barney?«

Der Postkutschenunternehmer schüttelte grimmig den Kopf.

»Glauben Sie, ich gebe mich zufrieden, dass die Leute diese Ranch in Brand gesteckt haben? Das bringt das Gold nicht zurück- Und Duff Harrow wird davon auch nicht lebendig.«

»Was wollen Sie tun?«

»Welche Frage! Die Schurken sind in die Big Beaver Mountains geritten! Wir folgen ihnen.«

»Ich bin ein guter Fährtenleser, Barney«, sagte Quinton trocken, »aber hier sehe ich keine Chance.«

»Wir reiten trotzdem! Wenn Sie umkehren wollen, tun Sie es! Niemand hält Sie auf!«

»So war es nicht gemeint, Barney.«

»Hören Sie, Quinton«, sagte Barney und drehte dem anderen voll sein Gesicht zu. »Sie gehören zu Jarretts Mannschaft, und ich weiß genau, dass Ihrem Boss verdammt wenig an der Wiederbeschaffung des Goldes liegt. Er hat ja mein Geld als Sicherheit.«

»Ich bin nicht mitgeritten, um über die Geschäfte zwischen Ihnen und Jarrett zu sprechen. Ich...« Quinton brach ab. Einer der anderen Reiter lenkte sein Pferd näher.

»Boss«, raunte er Barney zu, »da kommt jemand auf den Bach zu.«

Barney lauschte. Jetzt hörte auch er die Hufschläge. Er winkte rasch.

»Schnell aus dem Lichtkreis!«

Die Männer ritten in den Schatten hinein. Indessen schwoll das Hufgetrappel an. Am jenseitigen Beaver Creek Ufer schälte sich eine schwarze Reitergestalt aus der Nacht. Die Aufgebotsmitglieder luden schweigend ihre Waffen durch. Der Reiter schien das metallische Knacken zu vernehmen. Mitten auf der beschädigten Bachbrücke brachte er sein Pferd zum Halten. Für eine Weile war nichts zu hören außer dem Tosen und Prasseln des Brandes. Dann rief Barney mit harter Stimme: »Kommen Sie langsam über die Brücke und denken Sie jede Sekunde daran, dass ein Dutzend Gewehre auf Sie gerichtet sind!« Die dunkle Gestalt am Rand des Feuerscheins richtete sich steiler im Sattel hoch.

»Vater, bist du das?«

»Ihre Tochter, Barney!«, knurrte Chess Quinton kopfschüttelnd und ließ sein Henry Gewehr sinken.

»Sue!« rief Barney überrascht. »Hierher, Sue!«

Sie kam über den Bach, und der rote Lichtschimmer umflutete ihre schmale anmutige Gestalt. Sie trug fransenbesetzte Hirschlederkleidung wie ein Indianer. Ihr dichtes pechschwarzes Haar war in zwei dicke Zöpfe geflochten. Das Feuer zauberte einen seltsamen Glanz in ihre nachtdunklen Augen. Locker passte sie sich den Bewegungen des Pferdes an - eine vollendete Reiterin. Barney ritt ihr entgegen.

»Sue! Was willst du hier? Ist in der Stadt etwas geschehen?«

»Nein, Dad! Ihr seid bereits auf die Banditen gestoßen?«

Barney berichtete kurz. Sie saß ganz reglos im Sattel. Dann sagte sie schlicht: »Ich bin hier, um mit euch zu reiten!«

»Sue, das ist...«

»Du weißt, dass ich mit einer Waffe umgehen kann wie ein Mann, Dad. Und – du hast nicht vergessen, dass meine Mutter eine Ogalalla Indianerin war. Wir haben lange Jahre unter den Sioux gelebt, nicht wahr, Dad? Ich kann besser Spuren lesen als mancher Mann.«

»Ich weiß, Sue, ich weiß! Aber dies ist eine gefährliche Sache – eine Sache auf Leben und Tod!«

»Ich habe keine Angst! Dad, ich will dir helfen, das Gold zurückzubekommen.«

»Du bist ein gutes Mädel, Sue!«, murmelte Barney und schaute seine Tochter ernst an. »Aber du musst mich verstehen. Ich würde mir nur Sorgen um dich machen. Ich bitte dich, Sue, reite in die Stadt zurück!«

»Das sollten wir alle tun«, ließ sich Quinton wieder hören, der mit den anderen herangekommen war. Barney blickte sich im Kreis um.

»Jeder kann tun und lassen, was er will. Ich jedenfalls reite weiter, auch wenn ich es allein tun muss.«

»Sie sind der Boss«, rief einer der wettergegerbten Männer. »Sie können auf uns zählen, Barney. Duff Harrow, den diese verwünschten Schufte ermordeten, war uns allen ein guter Kamerad.«

»Sie sehen, Quinton, Sie stehen allein«, sagte Barney mit grimmigem Lächeln.

Der sehnige Reiter zuckte die Achseln.

»Spätestens übermorgen werden Sie mir recht geben, Barney.«

»Ich sagte schon vorher, Sie können jederzeit umkehren.«

Quinton starrte auf das Sattelhorn.

»Jarrett ist mein Boss. Er hat mich Ihrem Kommando unterstellt.«

»Hm!«, machte Tobe Barney. »Dann habe ich die richtige Aufgabe für Sie, Quinton. Bringen Sie Sue in die Stadt zurück!«

»Aber, Dad!«, rief das Mädchen. »Ich...«

»Sue, ich bitte dich, hör auf mich!«

Sie senkte den Kopf. Ein Anflug von Traurigkeit huschte über ihre Miene.

»Wie du willst, Dad!« Sie wendete langsam ihr braunweiß geflecktes Pinto Pferd.

Quinton schaute Barney fragend an. Der Frachtunternehmer nickte ihm zu.

»Bringen Sie sie zurück!«

Sue Barney ritt bereits über die Brücke in die sternenlose Nacht hinein. Quinton spornte seinen grauen Wallach an und galoppierte hinter ihr her. Barney blickte in die Richtung, bis beide Gestalten von der Dunkelheit verschluckt worden waren, dann winkte er den anderen zum Sammeln.

Chess Quinton hörte das Trommeln der Hufe vor sich und bemühte sich, das Mädchen einzuholen. Sue Barney ritt über die erste Hügelkette zwischen der Whittaker Ranch und der Poststraße und bog dann jäh nach Norden ab. Quinton runzelte die Stirn. Er gab wieder seinem Gaul die Sporen. Die Hufe wirbelten hart auf dem gefrorenen Boden.

Das Mädchen hatte ihn gehört. Undeutlich sah er in der Finsternis, wie sie sich halb im Sattel drehte. Dann beschleunigte sie noch das Tempo ihrer Pinto Stute. Quinton fluchte und schüttelte den Kopf. Sein hageres Gesicht war angespannt. Sein Revolvergurt war über der dicken Winterjacke verrutscht, und der Coltkolben schlug in gleichmäßigem Takt klirrend gegen die schweren Messingknöpfe. Allmählich holte der hochbeinige Wallach gegen die kleinere Pinto Stute auf.

»Miss Barney!«, schrie Quinton. »Halten Sie an, Miss Barney!«

Sie duckte sich tiefer auf den Pferdehals. Sie ritt wie eine echte Indianerin. Quinton schaute über dic Schulter. Das Feuer auf der Ranch war nur noch ein roter Lichtschimmer über den pechschwarzen Hügelrücken. Von Barney und seiner Crew war nichts mehr zu sehen. Quinton riss den Hut vom Kopf und schlug auf die Hinterhand seines Gauls ein. Er wurde sich kaum der Kälte bewusst, die an seinen Ohren biss.

Yard um Yard holte er auf. Als Sue merkte, dass sie nicht entkam, zügelte sie die Stute. Keuchend brachte Quinton neben ihr sein Pferd zum Stehen.

»Miss Barney! Was soll das? Diggers' Lodge liegt im Osten...«

»Ich weiß!«

»Aber dann...«

»Warum sind Sie hinter mir her geritten, Mister Quinton?«, fragte sie abweisend.

»Ihr Vater hat mich beauftragt, Sie in die Stadt zu begleiten.«

»Ich reite nicht in die Stadt.« Sue wollte ihr Pferd vorantreiben. Hastig fiel ihr Quinton in die Zügel. »Wohin wollen Sie?«

»In die Berge! Morgen früh werde ich versuchen, die Fährte der entflohenen Banditen aufzuspüren.«

»Ihr Vater...«

»Wenn er nicht weiß, wo ich bin, wird er sich nicht sorgen. Und jetzt lassen Sie mich reiten.«

»Es ist Nacht, Ma'am! Sie können nicht alleine in die Berge.«

»Ich bin eine halbe Indianerin«, erwiderte Sue unbewegt, »vergessen Sie das nicht.«

»Zum Kuckuck! Das ist doch Irrsinn! Ihr Vater hat mir den Auftrag gegeben...«

»Vergessen Sie den Auftrag! Reiten Sie alleine in die Stadt!« Sie riss die Zügel aus seinen Händen und trieb die Stute vorwärts.

»Halt!« Er blieb neben ihr, seine Augen funkelten. »Ich bin bekannt dafür, dass ich keinen Auftrag unerledigt lasse.«

»Diesmal werden Sie wohl keine andere Wahl haben«, entgegnete sie spöttisch.

Er wollte ihr Handgelenk fassen. Da stieß sie einen täuschend nachgeahmten fauchenden Pumaschrei aus. Quintons Wallach scheute schrill wiehernd zurück. Um ein Haar wäre Quinton aus dem Sattel geworfen worden. Sue jagte ihre Pinto Stute weiter in die dunklen Hügel hinein.

Es verging eine Weile, bis Chess Quinton sein bäumendes und kreiselndes Pferd unter Kontrolle gebracht hatte. Die Hufschläge von Sue Barneys Reittier waren nur noch ganz schwach in der Nacht zu hören. Bald darauf war es ganz still. Quinton knurrte eine Verwünschung und schlug die Faust auf das Sattelhorn. In seinem Gesicht arbeitete es. Schließlich straffte er entschlossen die Schultern und ritt in die Richtung, in der das Halbblut-Mädchen verschwunden war.

8. Kapitel

Das frühe Tageslicht sickerte fahl über die Berge. Es war empfindlich kalt. Die Reiter hatten ihre Gäule unter windzerzausten dunkelgrünen Fichten angehalten und spähten den Weg zurück, den sie bergaufwärts gekommen waren. Die halb durchwachte Nacht hatte Linien der Erschöpfung deutlich in ihre Gesichter gegraben. Kälte und Müdigkeit hatten alle Farbe aus ihren Mienen vertrieben. Fröstelnd zogen sie die Schultern hoch.

»Da!«, zischte Jed Whittaker plötzlich. »Da unten sind sie!« Mit ausgestreckter Hand deutete er in eine dämmerige Schlucht hinab. Schattenhafte Bewegungen waren dort zu erkennen. Hufschläge trieben fern und hohl herauf.

»Verdammt!«, knurrte Sturgess. »Wir müssen weiter!«

»Sie wissen ein Versteck?«, fragte Matt skeptisch.

»Eine verlassene Goldmine auf einem einsamen Felsplateau«, nickte der Bandit. »Dort findet uns niemand. Los, weiter!« Er lenkte sein Pferd unter den Fichten hervor auf das schmale Felsband, das in scharfen Windungen steil nach oben führte. Jed und Luke folgten ihm sofort. Matt schaute John besorgt an.

»Hältst du noch durch?«

Der Verwundete hing verkrümmt auf seinem Pferd, kreidebleich, mit abgezehrter Miene. Er nickte schwach.

»Macht euch nur um mich keine Sorgen!« Er lenkte sein Pferd an Matt vorbei ebenfalls auf das Felsband. Vor ihm trotteten die beiden reiterlosen Gäule, zwischen denen die schwere eisenbeschlagene Kiste hing – die Kiste mit den Goldbarren. Als Matts Blick sie streifte, stieg die alte grimmige Bitterkeit in ihm hoch. Er wusste, diese Flucht vor den Leuten aus Diggers Lodge war erst der Anfang. Bis jetzt konnte er nichts anderes tun, als mit seinen Brüdern und Sturgess reiten, wenn er nicht selbst ein Opfer der aufgebrachten Verfolger werden wollte. Aber die Stunde, in der er wieder vor der Entscheidung stehen würde, war vielleicht gar nicht so fern. Seit jenem Augenblick, da er die geraubte Goldkiste im Wohnzimmer der Ranch gesehen hatte, war das Gefühl in ihm wach, dass sie sich allesamt haarscharf an einem tödlichen Abgrund befanden.

Sturgess schaute über die Schulter.

»Beeilt euch! Reynolds, los, du kommst natürlich weiter mit! Matt, kümmere dich um ihn!«

Matt drehte sich langsam dem Reiter neben sich zu. Er streckte die Hand nach den Zügeln von Reynolds' Pferd aus. Da riss der Postfahrer mit einem wilden Ruck den Gaul herum, spornte ihn unter den Bäumen hervor auf den Felspfad und preschte hangabwärts davon.

»Whittaker!«, brüllte Sturgess Matt heiser zu. »Schieß ihn ab, Whittaker!«

Matt lenkte seinen Gaul auf den Pfad und rührte sich nicht mehr. Die Hufe von Reynolds' Pferd hämmerten hell auf dem nackten Gestein.

Jed riss den Colt heraus. Sturgess hielt seine Waffe bereits in der Faust und drängte seinen Braunen an Jed, Luke und John vorbei.

»Whittaker!«, schrie er mit überschlagender Stimme. »Geh aus der Schusslinie!«

Matt saß wie aus Stein gemeißelt auf seinem Cayuse Hengst. Sturgess' Colt schwang hoch. Der Bandit brüllte: »Aus der Schusslinie, verdammt noch einmal! Dieser Kerl entkommt uns...«

»Lassen Sie ihn reiten!«, sagte Matt ruhig.

»Was?« Sturgess ritt mit zornrotem Gesicht auf Matt zu. »Ich denke nicht daran! Aus dem Weg, Mann, schnell...« Matts Pferd stand quer über dem Felspfad. Sturgess konnte nicht an ihm vorbei.

»Du verfluchter Starrkopf!«, keuchte er. »Wenn du mir nicht sofort den Weg freigibst, bringe ich dich um!« Bergabwärts verschwand Reynolds bereits hinter einer Felsbiegung. Funken sprühten unter den Hufen seines Gauls.

»Whittaker!«, schnappte Sturgess. »Du Dreckskerl! Du hast ihm die Flucht ermöglicht!« Er holte mit dem Colt zum Schlag aus. Matt beugte sich hastig vor und bekam sein Handgelenk zu fassen. Aus eiskalten Augen starrte er dem Verbrecher ins Gesicht.

»Yeah!«, sagte er gepresst. »Yeah, das habe ich mit voller Absicht getan! Wir brauchen Reynolds nicht mehr. Er soll sich ruhig in Sicherheit bringen. Ich will nicht, dass Sie ihn bei passender Gelegenheit für immer zum Schweigen bringen, wie Sie es mit seinem Begleitfahrer getan haben.«

Sturgess' stoppelbärtiges Gesicht war verzerrt.

»Er wird uns das Aufgebot auf den Hals hetzen!«

»Nein, das wird er nicht! Bis er unten in der Schlucht ist, sind wir schon ziemlich weit von hier entfernt.«

»Ich habe es satt, mir von dir immer alles verpatzen zu lassen«, keuchte Sturgess, ließ die Zügel los und hieb Matt die geballte Linke ins Gesicht. Matts Oberkörper ruckte zurück. Sein Hengst scheute. Matt verlor das Gleichgewicht, hielt aber noch immer Sturgess' rechtes Handgelenk umklammert. Die beiden Pferde prallten gegeneinander. Ihr schrilles Wiehern drang scharf durch die kalte Morgenluft. Matt und Sturgess stürzten aus dem Sattel. Sie rollten über den steinigen Pfad auf die Bäume zu. Schnaufend kamen sie auf die Beine. Sturgess griff sofort an und erwischte Matt mit einem wuchtigen Schwinger. Matt prallte gegen einen Fichtenstamm, blockte Sturgess nächste Hiebe ab und brachte dann seine linke Gerade vor.

Sturgess taumelte. Matt setzte schnell nach, stolperte jedoch über eine Wurzel. Im nächsten Augenblick klatschte ihm der Haken des Banditen gegen das Kinn. Matt flog rückwärts. Zweige streiften sein Gesicht, und Fichtennadeln rieselten nieder. Ein dürrer Ast zerknackte unter seinen Stiefeln. Wieder schlug Sturgess zu. Matt fiel auf den Rücken. Er rollte herum und kam auf die Füße. Wieder war Sturgess dicht vor ihm. Matt sah die ausholende Bewegung und wollte den Schlag abfangen. Da sagte eine krächzende Stimme: »Genug jetzt! Hört sofort auf, sonst schieße ich!«

Sturgess' Faust fiel herab.

»Zum Teufel, was soll das!«

John Whittaker hielt einen Revolver in der wankenden Faust.

»Wieviel Zeit wollt ihr denn noch verlieren?«, fragte er mühsam. »Wir müssen weiter!«

»Richtig!«, nickte Matt müde. Er wischte sich über das zerschrammte Kinn. »Aber ohne Sturgess!«

»Was?«, schnaufte der breitschultrige Bandit. »Du verfluchter...«

»Fangt nur nicht wieder an!«, murmelte John schwach. »Ich stecke meinen Colt nicht früher weg, bis ihr Frieden gebt. Matt, das gilt auch für dich!«

Matt schaute John in die Augen. Er merkte, wieviel Mühe es John kostete, sich auf dem Pferd zu halten. Er war am Ende seiner Kräfte.

»Schon gut, John! Ich will keinen Kampf.«

»Dann verlange auch nicht, dass Hank zurückbleibt!«, mischte sich Jed ein. »Er kommt mit! Er war von Anfang an dabei und...«

»Yeah, von Anfang an!«, sagte Matt bitter. »Er hat euch in diese ganze schmutzige Sache hineingezerrt. Er...«

»Hör bloß auf, Whittaker!«, knurrte Sturgess. »Wenn deine Brüder reiche Leute sein werden, haben sie es mir zu verdanken.«

»Und wenn sie am Galgen landen, dann haben sie es auch Ihnen zu verdanken.«

»Das Aufgebot«, sagte der junge Luke drängend. »Ihr dürft das Aufgebot nicht vergessen!«

»Also steigt endlich auf!«, forderte John matt. Er winkte mit dem Revolver. Plötzlich begann er im Sattel zu wanken. »Ich... ich glaube...« Er kippte langsam zur Seite. Matt sprang hinzu und fing ihn auf. Sachte ließ er ihn zu Boden gleiten. Jed saß rasch ab.

»Was ist mit ihm?«

»Bewusstlos! Seine Verwundung ist schwerer, als wir dachten.«

»Verdammt!«, schimpfte Sturgess. »Wir haben wirklich keine Zeit mehr zu verlieren. Whittaker, du weißt doch immer alles besser. Was sollen wir jetzt tun? Du hast Reynolds zur Flucht verholfen. Jetzt wird er uns die Leute aus Diggers' Lodge auf den Hals hetzen. Es dauert bestimmt nicht lange, bis sie hier oben sind.«

Jed starrte Matt stirnrunzelnd an. Matt ließ seinen Blick über die kleine Schar schweifen. In seinem straffen Gesicht arbeitete es. Seine Augen folgten dem Felspfad, der steil nach oben führte und zwischen Geröllhalden und Fichtenwäldern verschwand.

»Wie weit ist es noch bis zu der Mine, wo wir uns verbergen können?«

»Mindestens zwei Stunden harten Ritts«, brummte Sturgess.

Matt biss sich auf die Unterlippe. Er kniete neben John und schaute besorgt in dessen blasses Gesicht. Bergabwärts waren ferne Hufschläge auf hartem Gestein zu hören. Sie wussten alle, was das bedeutete. Sturgess murmelte eine Verwünschung.

Matt stand ruckartig auf.

»Es gibt nur eine Möglichkeit«, sagte er entschieden.

»Und?« Jed blickte ihn fragend an. »Wir müssen eine Tragbahre anfertigen, auf der wir John mitnehmen können. Wir hängen sie zwischen die Pferde, dic jetzt die Kiste tragen.«

»Und das Gold?«

»Das lassen wir zurück«, erklärte Matt mit harter Stimme.

Die anderen starrten ihn an. Einige Sekunden herrschte tiefe Stille. Dann keuchte Sturgess: »Mann, du bist ja verrückt!«

»Wissen Sie einen besseren Vorschlag?«, fragte Matt kalt.

Sturgess ließ die Hand auf den Revolverkolben klatschen.

»Das Gold im Stich lassen? Sechzigtausend Dollar? Niemals!«

»Hier zählt nicht nur Ihre Stimme!«, sagte Matt.

Jed trat einen Schritt vorwärts.

»Matt, du verlangst wirklich zu viel! Wegen dieses Goldes haben wir alles riskiert! Wir...«

»Es ist geraubtes Gold, Jed!«

»Ach, hör damit auf!«

»Jed, es geht um John! Es geht um deinen Bruder!«

Jeds schwarze Augen blitzten.

»Er muss einfach durchhalten, Matt. Wir müssen ihn einfach irgendwie mitschleppen. Aber wir lassen auf keinen Fall die Goldkiste zurück.« Er kam noch näher, kniete ebenfalls neben dem Bewusstlosen nieder und rüttelte ihn sachte.

»John! Wach auf, John! Wir müssen weiter!«

John Whittaker rührte sich nicht. Sturgess lauschte mit schief gehaltenem Kopf bergabwärts. Das anschwellende Hufgetrappel machte ihn nervös. Er bewegte unbehaglich die breiten Schultern.

Matt drehte sich Luke zu, der mit verstörter Miene noch auf seinem Pferd saß.

»Steig ab, Junge, hilf mir die Kiste abladen!«

»Whittaker!«, schrie Sturgess heiser. »Gehen Sie nicht zu weit!« Er riss seinen Revolver heraus.

»Schießen Sie nur!«, sagte Matt eisig. »Dann wissen Barney und seine Männer genau, dass wir noch hier oben sind.«

»Du Narr! Du hirnverbrannter Dickkopf!«, keuchte Hank Sturgess. »Wenn du das Gold nicht in Ruhe lässt, jage ich dir wirklich eine Kugel durch den Pelz.«

Matt beachtete ihn nicht mehr. Sein Blick war fest auf Lukes schmales Gesicht gerichtet.

»Hilf mir, Junge!«

Luke fuhr sich mit der Zungenspitze über die trockenen Lippen. Seine Schultern waren hochgezogen, aber daran war nicht nur die Kälte schuld.

»Matt«, murmelte er zögernd und wich dem Blick seines Bruders aus, »das geht doch nicht, Matt! Das Gold... wir können das Gold doch nicht...«

Matt wandte sich ab. Bleierne Müdigkeit war plötzlich in ihm. Er fühlte sich einsam und hilflos wie nie zuvor in seinem Leben. Sein Blick fiel auf John. Der Verwundete war zu sich gekommen und hatte sich aufgesetzt. Jed stützte ihn, den Blick abweisend auf Matt gerichtet. Das dünne blonde Bärtchen über Johns Oberlippe zuckte leicht.

»Was... was ist mit dem Gold?«, fragte er brüchig.

Jed knurrte grimmig: »Matt will es zurücklassen!«

»Zurücklassen? Das darf nicht...«

»Um dich auf einer Tragbahre zu transportieren«, setzte Jed hinzu.

John hob abwehrend eine Hand.

»Nein, nein, das nicht! Wenn wir schon dies alles auf uns nehmen, dann dürfen wir die Beute nicht...«

»Hör zu, John!«, sagte Matt eindringlich. »Du bist schwer verletzt. Dein Leben muss dir mehr bedeuten als das Gold.«

»Ich halte schon durch«, schnaufte John. »Ich schaffe es schon. Jed, hilf mir hoch!«

Jed stützte ihn, als er sich hochstemmte. John wankte. Schweiß trat ihm auf die Stirn.

»Das ist doch Wahnsinn!«, stieß Matt rau hervor. »John, du warst doch immer ein vernünftiger Mann. Hat denn das Gold euch alle verrückt gemacht?«

»Wann siehst du denn endlich ein, Whittaker«, knurrte Sturgess, »dass du gegen uns nicht ankommst? Entweder fügst du dich, oder du haust ab. Letzteres wäre mir lieber.«

Matt hörte nicht auf ihn. Er sagte: »John, für dieses Gold ist bereits ein Mann gestorben. Willst du der Nächste sein?«

»Hör endlich auf mit deinen Predigten!«, fuhr Jed ihn zornig an. »John ist alt genug, um sich selber für etwas zu entscheiden. Verdammt, Matt, wir haben es satt, dass du dauernd unseren Vormund spielst. Wenn du auch der Älteste von uns bist, so hast du doch kein Recht...«

»Ich fühle mich für euch verantwortlich. Begreifst du denn nicht, Jed?! Ich bin mit euch gekommen, um euch zu helfen. Ich kann nicht glauben, dass ihr schon so weit auf dem gesetzlosen Weg seid, dass es keine Umkehr mehr für euch gibt. Ich will...«

»Du machst dir falsche Hoffnungen, Matt«, unterbrach ihn Jed heftig. Er wollte noch etwas hinzusetzen, aber John bat:

»Bringe mich zu meinem Pferd, Jed! Hilf mir in den Sattel! Ich werde reiten!«

Matt schüttelte in wütender Ohnmacht den Kopf. Er begriff, dass er mit Worten nichts erreichen konnte. Er fühlte Sturgess' spöttischen Blick auf sich gerichtet, und es kostete ihn Mühe, ruhig zu bleiben.

John war mit Jed neben seinem Pferd angelangt. Er streckte die Hand nach dem Sattelhorn aus.

In diesem Augenblick krachte bergaufwärts ein Schuss. Die Kugel prallte wuchtig gegen einen Stein und surrte dicht an den Männern vorbei in die Fichtenzweige hinein...

9. Kapitel

Sturgess fluchte wild. Jed schrie: »In Deckung! Schnell!«

Oben blitzte es erneut auf, und die Detonation hallte donnernd zwischen den Felswänden. Gesteinssplitter flogen den Männern um die Ohren. Sie zerrten hastig die Pferde unter die Bäume. Sturgess und Jed holten ihre Gewehre aus den Scabbards. Luke kniete neben John, der ermattet an einem Fichtenstamm lehnte. Matt duckte sich hinter einem moosüberzogenen Felsklotz am Pfadrand.

Bergaufwärts peitschte wieder ein Schuss. Die Kugel fetzte scharf durch das Zweigwerk und ließ einen Regen aus Fichtennadeln niedergehen. Die Gäule schnaubten nervös.

»Ein einzelner Mann mit einem Gewehr«, stellte Jed Whittaker gepresst fest. »Matt, kannst du seinen Standpunkt ausmachen?«

»Ja! Da oben bei dem Gesteinshaufen dicht am Pfad. Er hat ausgezeichnetes Schussfeld.«

»Zum Henker!«, grollte Sturgess. »Ich verstehe das nicht. Der kann doch unmöglich zum Aufgebot gehören.«

Jed knurrte: »Wir sollten uns lieber den Kopf darüber zerbrechen, wie wir hier herauskommen. Der Bursche ist zwar allein, aber wenn wir uns aus dem Wald wagen, schießt er uns wie die Hasen ab. Hank, du kennst diese Gegend. Können wir tiefer ins Gehölz hinein?«

»Nein! Wir würden nur in eine Sackgasse geraten. Unser einziger Weg führt diesen Pfad hinauf. Wir...« Eine Kugel schlug in den Baumstamm, hinter dem Sturgess stand. Rindenstücke wirbelten durch die Luft. Das Echo des Schusses rollte weithin. Jed nagte an seiner Unterlippe.

»Die Männer aus Diggers' Lodge werden sich noch mehr beeilen, wenn sie diesen Lärm hören. Ich sage euch, wir haben ziemlich wenig Zeit.«

Sturgess schob seinen Karabinerlauf durch eine Astgabel und spähte bergauf.

»Wenn sich dieser vermaledeite Bursche nur sehen ließe. Ich würde es ihm schon besorgen.«

»Ein neuer Mord, wie?«, sagte Matt beißend.

»Du Schafskopf!«, schrie Sturgess ihm wütend zu. »Kannst du dir deine dämliche Anständigkeit nicht endlich an den Hut stecken? Oder hast du noch immer nicht begriffen, dass wir in spätestens einer Stunde als Leichen an diesen Bäumen hängen, wenn wir den Kerl da oben nicht aus dem Weg räumen.«

Wie zur Antwort kam eine neue Kugel den steilen Hang herab. Moosfetzen flogen von dem Felsblock, der Matt schützte. Sturgess jagte wütend ein paar schnelle Schüsse aus seinem Karabiner. Sein stoppelbärtiges Gesicht war verzerrt. Er ließ fluchend die Waffe sinken, als er feststellte, wie sinnlos es war. Das Echo verrollte. In der eintretenden Stille war bergabwärts das Poltern von Gestein zu vernehmen. Das Wiehern eines Pferdes trieb schwach herauf.

»Das Aufgebot!«, flüsterte Luke Whittaker erregt. »Sie erwischen uns! Wir sind verloren!« Seine Worte überschlugen sich.

»Nur ruhig, mein Junge, ganz ruhig!«, murmelte Jed. »Noch haben sie uns nicht. Wir werden bis zum letzten Atemzug kämpfen.« Seine Stimme war eiskalt. Über Matts Rücken rieselte ein eisiger Schauder. Sturgess brummte heiser: »Wir haben nur eine

Wahl. Wir müssen angreifen!« Er deutete mit dem Gewehrlauf hangaufwärts.

Dort oben flammte es wieder hinter dem Gesteinshaufen auf. Das Pfeifen der Kugel lag durchdringend in der Luft. Zögernd holte Matt seinen Walker Colt aus dem Holster.

»Schießt aus allen Rohren!«, sagte er entschlossen. »Ich werde versuchen, an die Felsen da oben heranzukommen.«

»Du?«, dehnte Jed erstaunt.

Matt wog die Waffe in der Faust.

»Wenn ich auf den Pfad springe, dann fangt zu schießen an. Zwingt den Mann da oben in Deckung!«

»Matt«, sagte Jed ernst, »es ist ein weiter Weg da hinauf. Und du hast keine Deckung.«

»Ich weiß!«

»Warum willst du das tun?«

Matt dachte an das Aufgebot, das von Minute zu Minute weiter den Berg heraufkam. Wenn er und seine Brüder nicht bald den Weg fortsetzen konnten, dann würde es zu einem wilden Kampf kommen – einem Kampf, in dem viele Männer den Tod finden würden. Und es war schon mit dem einen Mann genug, der beim Postkutschenüberfall gestorben war. Matt zuckte die Schultern.

»Einer muss es schließlich versuchen, nicht wahr?« Er sah, dass Jed noch etwas sagen wollte, winkte hastig ab und rief: »Schießt jetzt!« Gleichzeitig schnellte er hinter seiner Deckung hervor auf den offenen Pfad, der sich vom Wald weg steil den Hang hinaufschlängelte. Von oben kam eine Kugel. Sie prallte klirrend gegen den Felsen, hinter dem er eben noch gelegen hatte. Dann setzte hinter ihm, zwischen den Bäumen, das rasende Hämmern der Gewehre ein. Er hörte das Schwirren und Jaulen der Kugeln schräg über sich.

Geduckt, den Colt krampfhaft umklammernd, hetzte er in langen Sätzen den steinigen Pfad hinauf. Sein Blick war starr auf die Felsen gerichtet, wo ihr unbekannter Gegner in Deckung lag.

Nichts regte sich jetzt dort. Das wilde Schnellfeuer hielt den Fremden in Deckung.

Matts Atem ging keuchend. Matt spürte nichts mehr von der beißenden Kälte. Wenn er nicht an die Deckung des Gegners herankam, ehe der andere feuern konnte, war er verloren. Steine kollerten unter seinen Stiefeln weg. Jed hatte recht gehabt - es war ein weiter Weg-

Die Felsen, auf die er zuhielt, glichen dem Trümmerhaufen eines eingestürzten Hauses. Plötzlich erkannte Matt die schattenhafte Bewegung zwischen den hohen zerklüfteten Steinen. Er verdoppelte seine Anstrengung. Unten dröhnten noch immer pausenlos die Gewehre. Und er konnte jetzt schon den Anprall der Geschosse gegen die Felsen durch seinen rasselnden Atem hören. Dann, als er nur noch wenige Yard von den Felstrümmern entfernt war, verstummte das Schießen wie abgeschnitten. Er musste sich jetzt in Schusslinie der Gewehre befinden. Nun konnten ihm seine Brüder nicht mehr helfen.

Ein Gewehrlauf erschien plötzlich zwischen dem grauen Gestein und richtete sich direkt auf ihn. Im vollsten Lauf hechtete sich Matt vorwärts. Er schlug hart auf die Steine. Ellenbogen und Knie brannten. Aus dem Gewehrlauf vor ihm zuckte ein Feuerstoß. Matt schleuderte sich zur Seite. Etwas ging wie ein scharfer Peitschenhieb über seinen linken Oberarm. Seine dicke Mackinaw-Jacke war plötzlich aufgefetzt, Blut sickerte dünn hervor. Er spürte kaum den Schmerz. Mit einem Satz war er auf den Beinen, jagte aus seinem Colt einen Warnschuss über die Felsen hin und sprang vorwärts. Ein neuer Feuerstrahl brach peitschend aus dem Gewehr. Da hatte Matt Whittaker den Gesteinshaufen schon erreicht, warf sich keuchend hinter einen kantigen Block und wartete, bis sich sein Atem etwas beruhigt hatte.

Das Tageslicht war trüb. Eine bleigraue Wolkendecke verbarg die Sonne. Hier zwischen den Felsruinen war es dämmrig und still. Behutsam verließ Matt seine Deckung und schlich, lautlos tiefer in das Gesteinsgewirr hinein. Nichts war zu sehen und zu

hören. Er arbeitete sich an die Stelle heran, wo er vorher den Gewehrlauf gesehen hatte. Aber da waren nur einige mattglänzende Patronenhülsen auf dem grauen Felsboden, sonst nichts. Er wandte sich um. Steine rollten ganz in der Nähe. Ein Schatten huschte zwischen zwei hohen Felssäulen. Geduckt glitt Matt vorwärts, bog um einen mannshohen Gesteinsklotz – und hatte plötzlich den Gegner direkt vor sich.

Alles ging blitzschnell!

Matt erkannte nicht mehr, dass es sich um eine schlanke, in fransenverziertes Hirschleder gekleidete Gestalt handelte. Schwarzes Haar fiel in zwei dicken Zöpfen geflochten auf die Schultern herab. Es war ein Indianer!

Der Rote prallte erschrocken zurück, wirbelte herum – und da bekam ihn Matt bereits an der Schulter zu fassen. Es war nur ein Gedanke in ihm: Er musste diesen Mann überwältigen, ohne dass noch ein einziger Schuss fiel!

Der andere schrie unterdrückt auf, machte eine halbe Drehung und wollte mit dem Gewehrlauf nach Matt schlagen. Für den Bruchteil einer Sekunde sah Matt zwei wild blitzende dunkle Augen vor sich. Dann war seine freie Faust schon nach oben gesaust und erwischte den anderen seitlich am Kopf. Der Indianer wurde zu Boden geschleudert. Sein Gewehr schlitterte über den steinigen Untergrund davon. Matt stand mit angeschlagenem Colt da und wartete, dass der andere auf die Füße kam. Der Ledergekleidete rollte mit einem unterdrückten Stöhnen herum und stützte sich auf die Ellenbogen. Matt machte einen Schritt auf ihn zu. Erst jetzt erkannte er das Gesicht des anderen genauer. Er verschluckte die Warnung, die er ausstoßen wollte. Sekundenlang fühlte er nichts anderes als maßlose Verblüffung.

Er hatte eine junge Frau vor sich!

Sie richtete sich langsam auf. In ihren Augen war kein Schimmer von Furcht. Mit dunkler Stimme rief sie heftig: »Worauf warten Sie denn noch? Schießen Sie doch, Sie Bandit!«

»Ma'am, es tut mir leid, dass ich...« Plötzlich verlor er seine Unsicherheit, machte einen Schritt ganz nahe an sie heran und sagte scharf: »Ist es Ihnen klar, dass Sie mich vorhin beinahe erschossen hätten?«

»Hat ein Mann wie Sie Besseres verdient?« Sie wollte zur Seite ausweichen. Er packte schnell ihr Handgelenk.

»Wer sind Sie?«

»Lassen Sie los!« Ihre Augen sprühten. Wenn nicht ihre perfekte englische Aussprache gewesen wäre, hätte er sie wirklich für eine Indianerin gehalten. Die derbe Männerkleidung, die sie trug, konnte nicht die Anmut und Biegsamkeit ihrer schmalen Gestalt verbergen. Ihr dunkles Gesicht mit den vollen Lippen war von einer ausdrucksvollen Schönheit. Sie atmete schnell. Ihre Brust hob und senkte sich unter dem straff sitzenden Lederhemd.

»Ich will wissen, wer Sie sind!«, wiederholte Matt.

»Sue Barney! Die Tochter des Mannes, den ihr ruiniert habt.«

»Hören Sie, Ma'am«, begann Matt heiser, »ich bin kein Bandit. Aber ich kann nicht...«

»Geben Sie sich keine Mühe! Ich werde Ihnen kein Wort glauben.« Sie versuchte immer noch, sich loszureißen. Er hielt sie eisern fest.

Plötzlich erstarrte Sue. Ihr Blick flog an Matt vorbei und richtete sich auf eine bestimmte Stelle hinter ihm. In ihren schwarzen Augen leuchtete es auf.

»Keinen Trick!«, murmelte Matt grimmig. »Ich falle darauf bestimmt nicht herein.«

»Quinton!«, rief das Mädchen erleichtert. »Sie kommen gerade zur rechten Zeit!«

»Ich sagte, Sie sollen keinen Trick versuchen! Ich...«

Matt brach ab, als er das Klirren von Sporen hinter sich hörte. Er hatte das Gefühl, etwas Eisiges bohre sich zwischen seine Schulterblätter. Einen Moment stand er wie versteinert. Dann ließ er Sues Handgelenk los und drehte sich schnell.

Zwischen den Felsklötzen war ein Mann aufgetaucht. Groß, sehnig und mit unbewegtem Gesicht stand er da, ein Gewehr in den nervigen Fäusten. Er hatte den patronenbespickten Revolvergurt über seine dicke Winterjacke geschnallt. Der Colt hing auffällig tief, wie es nur bei geübten, schnellen Revolverschützen der Fall war. Matt atmete scharf ein. Er hatte vorher den Colt ins Holster zurückgeschoben. Jetzt winkelte er leicht den rechten Arm an und brachte die Hand nahe an den glattgewetzten Kolben heran.

»Versuchen Sie es lieber nicht! Sie wären nicht schnell genug!« Das war wieder die Stimme des Mädchens. Aus den Augenwinkeln stellte Matt fest, dass sie eilig ihr Gewehr aufgehoben hatte und auf ihn zielte. Sie hielt den Kolben an die Hüfte gepresst, der Lauf wankte kein bisschen. Matt schwankte zwischen Bewunderung und Ärger.

Das leise Sporengeklirr setzte wieder ein. Der sehnige Fremde kam langsam näher. Matt erinnerte sich daran, ihn bei den Männern des Aufgebotes am Beaver Creek gesehen zu haben. Heiße Verzweiflung wallte jäh in ihm auf, als ihm bewusst wurde, dass nun alles verloren war. Er würde keine Gelegenheit mehr finden, seine Brüder zur Umkehr zu bringen. Sie alle würde nun dasselbe Los ereilen: eine Kugel oder der Strick.

Sue Barney befahl entschlossen: »Nehmen Sie die Hände hoch, Bandit!«

Matt gehorchte zögernd. Der sehnige Mann betrachtete ihn prüfend. Dann wandte er sich an das Mädchen.

»Gehört der Kerl zu den Banditen?«

»Ja! Seine Komplizen stecken da unten im Fichtengehölz. Ich habe ihnen den Weg abgeschnitten. Mein Vater mit seinen Leuten wird bald hier oben sein. Dann ist die Jagd zu Ende.«

»Sie sind eine tüchtige Frau, Miss Sue«, sagte Chess Quinton. »Eigentlich sollte ich Ihnen ja böse sein.«

»Wegen gestern?« Sue lachte leise – es war ein warmes dunkles Lachen. »Sehen Sie, Mister Quinton, wenn ich nicht einfach getan hätte, was ich für richtig fand, dann wäre es nie zu diesem Erfolg gekommen.«

»Wie man es nimmt«, zuckte Quinton die hageren Schultern.

»Wie kommen Sie überhaupt hierher?«, fragte Sue.

Er verzog die Mundwinkel.

»Ihr Vater gab mir den Auftrag, Sie in die Stadt zu bringen. Well, ich habe die ganze Nacht nach Ihnen gesucht. Die Schüsse haben mir schließlich den Weg gewiesen.«

»Ich bin ziemlich froh darüber.« Mit einer Kopfbewegung deutete das Mädchen auf Matt. »Er hatte mich ziemlich in der Klemme. Mister Quinton, wollen Sie ihn entwaffnen?«

»Gut! Halten Sie ihn in Schach!« Quinton schlug einen Bogen, um sich Matt von der Seite zu nähern. Matts Muskeln waren gespannt. Verzweifelt hoffte er auf eine Möglichkeit zum Handeln. Aber da war die Gewehrmündung des Mädchens, die unverwandt auf seinen Kopf zielte. Vorher hatte Sue Barney bewiesen, wie gut sie mit der Waffe umzugehen verstand. Wenn er versuchte, Quinton anzugreifen, würde sie nicht zögern abzudrücken. Matt biss sich auf die Unterlippe.

Steine rollten unter Chess Quintons Stiefelabsätzen. Er war jetzt dicht neben dem Mädchen und zögerte.

»Wir müssen uns beeilen«, sagte Sue, »sonst werden seine Kumpane argwöhnisch.«

Quinton nickte. Er machte einen Schritt in Matts Richtung. Im nächsten Moment fuhr er blitzschnell herum, sein Gewehrlauf beschrieb einen kurzen Bogen und prallte wuchtig gegen die Waffe in Sue Barneys Händen. Sue schrie auf, ihr Gewehr polterte auf die Steine. Die Augen erschrocken auf Quinton gerichtet, wollte sie sich instinktiv nach der Waffe bücken. Ein schneller Fußtritt Quintons schleuderte das Gewehr zur Seite. Mit harter Stimme sagte Quinton: »Seien Sie ganz vernünftig, dann passiert Ihnen nichts!«

Langsam richtete sich das Mädchen hoch. Ihr schmales Gesicht wirkte jetzt merkwürdig fahl.

»Nein!«, flüsterte sie. »Nein, das kann doch nicht wahr sein!«

»Ihre Überraschung kann ich verstehen«, lachte Quinton trocken. Er winkte Matt zu. »Kommen Sie her, wir müssen sie fesseln.«

Da sprang ihn Sue wie eine Tigerin an. Quinton stolperte fluchend rückwärts. Das Mädchen versuchte, ihm das Gewehr aus den Fäusten zu reißen. Er versetzte ihr einen derben Stoß, der sie zu Boden warf. Schwer atmend kam sie sofort wieder hoch. Quinton warf sein Gewehr weg, packte Sues Arme und drückte sie ihr auf den Rücken. Sie wand sich heftig in seinem Griff. Ihre Augen glühten, aber kein Laut kam über ihre Lippen.

»Mann, kommen Sie endlich!«, schrie Quinton Matt zu.

Matt kam mechanisch der Aufforderung nach. Er verstand Quintons Verhalten nicht. Aber eines war ihm klar: Das Mädchen musste vorläufig ausgeschaltet werden, wenn sie ihre Flucht fortsetzen wollten.

»Holen Sie die Lederriemen aus meiner Jackentasche und fesseln Sie diese Wildkatze!«, knurrte Quinton.

Sue trat nach seinem Schienbein. Quinton fluchte gepresst. Dann sah das Mädchen ein, dass jede Gegenwehr sinnlos war, und verhielt sich still. Als sie gebunden war, trat Quinton aufatmend zurück und wischte sich den Schweiß von der Stirn.

»Man merkt, dass sie eine halbe Rothaut ist«, murrte er finster. Er bückte sich nach seinem Gewehr und klemmte es unter den Arm.

»Und Sie werden bald merken, dass es sich nicht auszahlt, mit Verbrechern gemeinsame Sache zu machen«, fauchte Sue ihn an. Quinton lachte trocken.

»Davon bin ich nicht überzeugt.« Er drehte sich Matt zu. »Sie sind einer von den Whittakers?«

»Yeah! Ehrlich gestanden, ich verstehe das Ganze nicht so recht. Gehören Sie nicht zu Barneys Leuten?«

»Ich arbeite für Renn Jarrett, den Mann, dessen Gold ihr geraubt habt. Ich bin ein Freund von Hank Sturgess. Er hat den Tipp von der Goldkiste von mir.«

»So ist das!«, murmelte Matt nachdenklich.

»Die anderen sind unten im Wald, Whittaker?«

»Ja!« Plötzlich dachte Matt wieder an die Reiter aus Diggers' Lodge. »Wir müssen uns beeilen.«

»Well, kommen Sie!«, nickte Quinton. »Mein Pferd steht am Rand der Felsen. Auch Ihr Gaul, Miss Sue. Sie werden uns begleiten. Los, vorwärts!« Er versetzte dem Mädchen einen Stoß. Sie stolperte vorwärts, die Lippen zusammengepresst. Noch immer konnte Matt nichts von Furcht in ihren Augen erkennen. Die Wildheit war aus ihrem Blick verschwunden. Ihre Miene wirkte seltsam ausdruckslos.

Ein unbehagliches Gefühl beschlich Matt, als er daran dachte, dass sie ihn für einen Verbrecher hielt. Aber es war jetzt keine Zeit, sich darüber den Kopf zu zerbrechen. Solange seine Brüder auf dieser Seite des Zauns standen, waren ihm die Hände gebunden. Vorerst konnte er weder gegen Sturgess noch gegen Quinton etwas unternehmen. Der Tod war ihnen allen auf den Fersen. Es war keine Sekunde zu verlieren!

Chess Quinton ging mit der Gefangenen voran. Hinter ihm kam Matt mit den beiden Pferden. Unten am Waldrand war es still. Von Sturgess und den drei Whittaker Brüdern war nichts zu sehen. Das Tageslicht hatte sich etwas verstärkt. Noch immer war es beißend kalt..

Sie waren nicht mehr weit von den Fichten entfernt, als sich plötzlich Gewehrläufe hinter den Bäumen hervorschoben. Quinton schüttelte ärgerlich den Kopf.

»Zum Geier! Was soll das? Seht ihr nicht, dass wir es sind?«

Die Gewehre blieben im Anschlag. Eine heisere Stimme sagte: »Kommt nur ganz heran, ihr sauberen Früchtchen, sonst blasen wir euch voll Blei!«

Matt ließ die Pferde los und schob sich neben Quinton. Unter den Bäumen hervor kam ein metallisches Knacken. Quinton murmelte eine Verwünschung. Sue wollte an den Rand des Felspfades weichen, doch Quinton hielt sie am Oberarm fest und zog sie weiter mit sich auf den Waldrand zu.

»Lass sofort die Lady los!«, befahl die heisere Stimme aus dem Waldschatten.

Die Männer traten jetzt aus ihrer Deckung. Sie waren zu dritt, jeder mit einem Gewehr bewaffnet. Matt schaute in bärtige verwitterte Gesichter. Es waren Leute des Aufgebotes aus Diggers' Lodge. Quinton zerrte Sue hastig vor sich. Seine Augen glitzerten.

»So einfach geht eure Rechnung nicht auf. Schießt doch, wenn ihr dieses Girl umbringen wollt!«

»Quinton!«, sagte einer der Männer. »Sei vernünftig! Es ist schlimm genug, dass du mit diesen Halunken zusammenarbeitest. Wenn Barneys Tochter etwas geschieht...«

»Es wird ihr nichts geschehen«, mischte sich Matt ein. »Quinton, lassen Sie das Mädchen los!«

»Was? Whittaker, sind Sie verrückt geworden?«

Sue und die Männer aus Diggers' Lodge warfen Matt erstaunte Blicke zu. Er ging langsam auf Quinton zu.

»Sie sollen Miss Barney in Ruhe lassen, haben Sie nicht gehört?! Nur ein Feigling versteckt sich hinter einem Mädchen!«

»Darüber unterhalten wir uns noch, Whittaker!«, keuchte Chess Quinton. »Wenn Sie Lust haben, aufgehängt zu werden – nur zu. Ich werde mich sichern.« Er wollte sich pfadaufwärts zurückziehen, da sprang Matt ihn an. Quinton wurde zur Seite geschleudert. Sue reagierte blitzschnell und lief in Deckung der Bäume. Einen Moment sah es so aus, als wollte sich Quinton auf Matt stürzen. Dann zuckte er die Achseln.

»Sie hirnverbrannter Narr! Meinen Sie etwa, man wird Sie schonen, weil Sie dem Mädchen halfen?«

»Keine Reden mehr! Nehmt jetzt die Arme hoch!«, befahl der mittlere der drei Männer.

Matt und Quinton gehorchten.

Sue fragte erregt: »Wo sind Dad und die anderen?«

»Noch weiter bergabwärts! Wir drei hatten die frischesten Pferde und sind vorausgeritten. Die Aufmerksamkeit dieser Burschen war ganz auf die Felsen da oben gerichtet. Sie bemerkten uns nicht. Wir konnten sie mühelos überwältigen.« Der Mann deutete mit dem Gewehrlauf in den Wald hinein.

Jetzt sah Matt seine Brüder und Sturgess. Sie lagen gefesselt und geknebelt auf dem Fichtennadelteppich. In ihren fahlen

Gesichtern lebten nur die Augen. Nur John war nicht gebunden. Er kauerte zusammengesunken an einem Baumstamm. Es sah aus, als sei er bewusstlos.

»Whittaker«, knurrte Quinton, »wir hatten eben unsere Chance. Wenn wir alle hängen, sind Sie allein daran schuld. Haben Sie dabei auch an Ihre Brüder gedacht?«

Matt antwortete nicht. Sein Herz klopfte in harten Stößen.

Sue Barney schob sich hinter den Fichtenstämmen hervor. Die Arme waren ihr noch immer auf den Rücken gebunden. Als ihr Blick auf Matt fiel, huschte ein Schimmer von Unsicherheit über ihre Miene.

»Warum haben Sie das vorhin getan?«, fragte sie leise.

»Keine Sorge!«, murmelte Matt herb. »Ich verlange keinen Dank von Ihnen. Ich hoffe nur, ich bekomme noch Gelegenheit, einiges zu erklären.«

»Erklären?«, brummte einer der Minenleute aus Diggers' Lodge. »Ich denke, da gibt es nicht mehr viel zu erklären. Mike, lege den beiden Kerlen Fesseln an! Aber sei vorsichtig!«

»Darauf kannst du Gift nehmen!«

»Moment!«, rief hinter ihnen eine krächzende Stimme. »Bleibt alle so stehen und rührt euch nicht!«

»Verdammt! Was soll...«

»Keine Bewegung, habe ich gesagt! Lasst eure Gewehre fallen!«

John Whittaker hatte sich mühsam am raurindigen Fichtenstamm hochgezogen. Er hielt einen Revolver auf die drei Miner gerichtet. Sein schmales Gesicht wirkte unnatürlich bleich, fast durchsichtig.

»Gut gemacht!«, rief Quinton und zog blitzschnell seinen Colt. Die drei Miner tauschten schnelle Blicke, dann ließen sie mit düsteren Mienen ihre Gewehre fallen.

»Whittaker!«, knurrte Quinton Matt zu. »Binden Sie die anderen los! Das können Sie wohl tun, oder?«

Matt trat unter die Bäume. Sekunden später erhoben sich Jed, Luke und Sturgess. Sturgess rieb sich die Hände.

»Ich sah mich schon an einem Ast baumeln«, grinste er verzerrt. »Kein schöner Gedanke, kann ich euch sagen.« Er bückte sich nach seinem Revolver. Langsam kam er unter den Bäumen hervor. Jed und Luke folgten ihm. John ließ erschöpft die Faust mit dem Revolver herabfallen. Er hielt sich mit einer Hand an einem Ast fest, um nicht das Gleichgewicht zu verlieren.

Jed sagte zu Luke: »Hol die Pferde, Junge! Wir müssen so rasch wie möglich verschwinden. Bald rücken uns die anderen auf den Pelz.«

Auf den Gesichtern der Miner malte sich Unruhe.

»Was geschieht mit uns?«, fragte der Anführer heiser.

Matt sagte schnell: »Wir lassen sie gefesselt zurück!«

»Führen Sie hier das Kommando?«, fragte Quinton schneidend.

Matt runzelte die Stirn.

»Es ist die beste Lösung, nicht wahr?«

»Irrtum, Freundchen!«, knurrte Sturgess gehässig. »Die Kerle wissen über Chess Bescheid. Wenn wir sie laufenlassen, kann Chess nie mehr in die Stadt zurückkehren.«

»Aber...«

»Es gibt nur eine richtige Lösung, nicht wahr, Chess?«, grinste Sturgess gemein und wog den Revolver in der Faust.

»Ganz meiner Meinung!«, nickte Quinton und spannte den Hammer seines 45ers.

In Matt verkrampfte sich alles.

»Das könnt ihr nicht tun!«

Luke keuchte: »Nein, wirklich! Das nicht!«

Sturgess nickte Quinton schnell zu. »Los, Amigo!«

Ihre Revolver ruckten gleichzeitig.

»Um Himmels willen!«, schrie Sue Barney und wollte vorwärts. Jed Whittaker riss sie mit hartem Ruck zurück. Schon brachen die Flammenstöße aus den Waffen der Banditen. Ein Miner brach mit hochgeworfenen Armen zu Boden, der Mann neben ihm wollte sich verzweifelt nach seinem Gewehr bücken. Mitten in der Bewegung kippte er zur Seite, rollte auf den Steinen und rührte sich dann nicht mehr. Der dritte Miner rannte den Pfad entlang bergabwärts. Quintons und Sturgess' nächste Kugeln verfehlten ihn.

Matt sprang Sturgess an. Der hieb ihm den Revolverlauf gegen die Stirn. Matt taumelte zurück und prallte gegen Luke. Luke schrie schrill: »Aufhören, um Himmels willen! Aufhören!«

Inzwischen feuerte Quinton wieder. Der Fliehende zuckte unter dem Einschlag der Kugel zusammen, stolperte mühsam weiter und versuchte hinter die schützende Pfadbiegung zu gelangen. Quinton hob seinen Colt in Augenhöhe, zielte sorgfältig und drückte nochmals ab. Der Miner warf die Arme hoch, taumelte und trat über den Rand des Felspfades ins Leere. Im nächsten Moment war er verschwunden. Polterndes Gestein rollte in die Tiefe. Eine dünne Staubwolke stieg auf.

Mit unbewegtem Gesicht steckte Quinton seine Waffe ins Holster zurück.

»Ihr Mörder!«, flüsterte der junge Luke. »Ihr gemeinen...«

»Halt's Maul, Junge!«, fuhr ihn Sturgess grob an. Luke stand mit hängenden Armen da, die Augen weit aufgerissen. Er schüttelte den Kopf, Ungläubigkeit und Entsetzen im Blick.

»Ihr... ihr Mörder! Ihr blutigen Mörder!«

»Vergiss nur nicht, dass du zu uns gehörst!«, knurrte Quinton. »Das, was eben geschah, war eine reine Notwendigkeit.«

Matt stand mitten auf dem Pfad. Sturgess' Revolverhieb hatte eine blutige Strieme über seine Stirn gezogen. Eine seltsame Kälte erfüllte ihn. Er ließ seinen Blick über die Gesichter seiner Brüder schweifen. Das Grauen auf Lukes Miene war noch immer deutlich. John lehnte nach Atem ringend an einer Fichte. Auf seinem blassen, erschöpften Gesicht malte sich ebenfalls Entsetzen. Nur Jeds dunkle scharfgeschnittene Miene verriet nichts von seinen Gedanken und Empfindungen. Er hielt noch immer Sue Barneys Oberarm umklammert.

Der Blick des Mädchens wirkte abwesend. Ihre schmalen Schultern waren verkrampft. Quinton und Sturgess standen etwas abseits. Es war, als habe sich plötzlich eine Front zwischen ihnen und den Whittaker Brüdern gebildet.

Matt räusperte sich.

»Seht ihr jetzt endlich klar?«, wandte er sich rau an seine Brüder. »Begreift ihr nun, worauf ihr euch eingelassen habt? Wenn ihr weiter auf dem gesetzlosen Trail reitet, werdet ihr immer wieder auf diese Dinge stoßen: Mord, Gewalttat, Raub! Wollt ihr das wirklich? Ich kann es nicht glauben!«

»Du hast recht, Matt!«, stimmte Luke sofort zu. »Es... es war schrecklich! Ich will nichts mehr damit zu tun haben!« Seine Augen flammten Quinton und Sturgess an. »Hört ihr? Ich will euch nie mehr sehen, ihr gemeinen Mörder! Schert euch fort, ehe...«

»Verlier nicht die Nerven, Kleiner!«, murmelte Sturgess kalt. »Es könnte dir schlecht bekommen!« Die Hände der beiden Verbrecher lagen plötzlich dicht hinter den Coltgriffen.

Jed ließ das Mädchen los und schob sich näher.

»Keine Dummheiten, Leute!«, sagte er schnell. »Es hat keinen Sinn, wenn wir uns zerstreiten. Barney mit seiner Mannschaft wird bald auftauchen.«

»Jed!«, rief Matt. »Du willst weiter mit diesen Männern reiten? Obwohl du eben gesehen hast, welch kaltblütige Mordbanditen sie sind?«

»Es ist nicht mehr ungeschehen zu machen«, murmelte Jed heiser. »Ich wollte, ich könnte es. Jetzt müssen wir einzig und allein an das Gold denken.«

»Das Gold? Bruder, hat dich die Gier so sehr in ihren Krallen, dass du...«

»Ich verzichte jedenfalls nicht auf die Beute«, schrie Jed zornig. »Dies ist die einzige Gelegenheit, reich zu werden. Und ich will sie nutzen. Meinst du, ich will Tag für Tag ein kümmerliches Leben als Cowboy führen?« Er zwang sich zur Ruhe, wischte mit dem Handrücken über den Mund und fuhr mit kalter Stimme fort: »Wir haben nur eine Chance, wenn wir zusammenbleiben. Hank kennt ein todsicheres Versteck in den Bergen. Er wird uns dorthin führen. Und das Mädchen nehmen wir mit. Wir dürfen sie nicht zurücklassen. Erstens weiß sie nun über Chess Bescheid und zweitens brauchen wir sie im Notfall als Geisel.«

»Endlich ein Mann mit Vernunft!«, nickte Sturgess. Seine Haltung entspannte sich.

»Luke, John!«, rief Matt eindringlich. »Ich rechne auf euch!«

In ihren Mienen war eine Veränderung vor sich gegangen. Luke schaute Matt nicht an, als er zaghaft murmelte: »Jed hat recht! Das Gold muss vorgehen! Das andere...« Er zuckte die Achseln und wandte sich hastig ab.

Matt schaute ihm nach, als er die Gäule aus dem Wald holte. Er hatte das bedrückende Gefühl, einen wichtigen Kampf verloren zu haben.

10. Kapitel

Matt Whittaker hatte den Eindruck, eben erst eingeschlafen zu sein, als er heftig an der Schulter gerüttelt wurde. Er öffnete die Augen und sah Jeds angespanntes Gesicht über sich. Mit einem Ruck setzte er sich auf.

Schlagartig kam die Erinnerung. Sie waren hart geritten, kreuz und quer durch die Felsenwildnis der Big Beaver Mountains. Hank Sturgess hatte sie geführt, und ständig war die Furcht in ihnen gewesen, die Verfolger auftauchen zu sehen. Schließlich hatten sie das versteckte Felsplateau erreicht, auf dem die verlassene Goldmine lag. Total erschöpft hatten sie die Pferde versorgt und sich dann in einem der leerstehenden öden Gebäude zur Ruhe niedergelegt.

»Steh auf, Matt!«, murmelte Jed.

Matt schlug die Decken zurück und erhob sich.

»Hast du es dir anders überlegt, Jed?«, fragte er hoffnungsvoll.

Jed schüttelte düster den Kopf.

»Es geht um John. Er fiebert. Ich glaube, es sieht ziemlich schlimm mit ihm aus.«

Matts Müdigkeit war wie weggewischt. Er schaute sich um. Der Raum war groß und düster. Im gusseisernen Ofen in der Ecke flackerte ein Feuer und vertrieb die Kälte, die durch die Ritzen in der Bretterwand sickerte. Ein wackeliger Tisch, einige Stühle, ein leeres Regal und ein wurmstichiger Schrank bildeten das ganze Mobiliar. Vor den Fenstern hing die Dämmerung. Die Felswände, die das Plateau an drei Seiten säumten, waren schwarz und drohend. Die Konturen windzerzauster Fichten hoben sich vom fahlen Firmament ab. In den Felsen klafften große tintenschwarze Löcher: die Stolleneingänge, die seit langem nicht mehr benutzt wurden. Die Geleise, die aus diesen Höhlen führten, waren verrostet. Ein paar alte Kipploren standen am Rand einer aufgetürmten Schutthalde.

»Macht Licht!«, sagte Jed in die Dämmerung der Hütte hinein.

Ein Streichholz flammte auf und beleuchtete Lukes bleiches Gesicht. Eine Talgkerze auf dem Tisch begann unruhig zu brennen. Der gelbe Schein huschte über die Gesichter der Anwesenden.

Einen Moment haftete Matts Blick an Sue Barney. Sie saß müde auf einem Stuhl, die Hände flach auf die Tischplatte gelegt, und rührte sich nicht. Sie hatte die hirschlederne Jacke abgelegt. Die enge Bluse betonte die weichen Rundungen ihres Körpers. Ihr langes schwarzes Haar besaß einen bläulichen Schimmer. Sues Blick war völlig ausdruckslos. Flüchtig fragte sich Matt, was in dem Mädchen wohl vorging. Dann merkte er, dass Chess Quinton fehlte. Er fragte nach ihm.

Sturgess schob sich aus dem dämmrigen Hintergrund. Seine rotblonden Bartstoppeln waren lang und hart.

»Chess ist in die Stadt zurückgekehrt. Hat dort noch einiges zu regeln. Ich hoffe, das bringt Sie auf keine dummen Gedanken, Whittaker. Wir warten hier auf ihn.«

Drüben an der Längswand, nahe beim Ofen, lag John auf einer Decke ausgestreckt. Er bewegte unruhig die Hände.

»Ihr sollt es nicht tun!« Seine Stimme war matt und brüchig, eine seltsame Erregung schwang in ihr. »Es... es ist nicht richtig! Keinen Schuss mehr...«

»Fieber!«, wiederholte Jed stirnrunzelnd. »Ich habe seine Wunde gesäubert. Es hilft nichts.«

Sie gingen zusammen hinüber und knieten neben dem Verletzten nieder. Matt war erschrocken, wie eingefallen Johns Gesicht war. Schatten lagen unter seinen Augen. Seine Stirn war von winzigen Schweißtropfen übersät.

»Warum habt... ihr geschossen?«, flüsterte er wild. »Ich habe doch gesagt, ihr sollt nicht...«

»Ruhig, John, ganz ruhig!«, sagte Matt mit belegter Stimme. Er fühlte den Puls des Verwundeten. Die Falten neben seinen Mundwinkeln kerbten sich tiefer.

»Luke, mach ihm kalte Umschläge!«

»Was meinst du, Matt?«, murmelte Jed. »Wird er wieder in Ordnung kommen? Wir haben alles getan, was wir konnten.«

»Yeah!«, sagte Matt bitter. »Wir haben ihn einen halben Tag im Sattel sitzen lassen, als er längst Ruhe und richtige Pflege brauchte!«

»Es ging nicht anders!«

»Ich weiß! Das Gold ist ja wichtiger! Ich frage mich nur, ob du dieser Meinung auch noch bist, wenn John stirbt!«

»Sterben? Matt, das darfst du nicht sagen!«

Luke kam mit einem nassen Tuch und legte es behutsam auf Johns Stirn. Der Fiebernde wurde ruhiger. Matt stand auf und schaute Jed fest in die Augen.

»Du hast vorhin selber gesagt, dass es schlimm um ihn steht, nicht wahr?«

»Ja, aber...«

»Jed, du verstehst mindestens ebenso viel von Wunden wie ich. Du weißt, dass John verloren ist, wenn er nicht zu einem Arzt kommt.«

Jed schluckte und senkte den Kopf. Luke sprang auf und packte Matts Schulter.

»Das ist doch nicht wahr! Himmel, Matt, sage, dass es nicht wahr ist!«

»Tut mir leid, mein Junge!«

Hilflos schaute Luke von einem zum anderen.

»Großer Himmel, wir müssen doch etwas tun! Wir können doch nicht einfach herumstehen, während John... während er...« Die Stimme versagte ihm.

Jed nagte nervös an der Unterlippe. Matts Blick fiel auf die schwere eisenbeschlagene Kiste neben dem leeren Regal. Ein wilder Hass loderte jäh in ihm hoch. Es kostete ihn Mühe, ruhig zu bleiben. Er zwang sich zum Nachdenken. John begann wieder zu fiebern. Er stöhnte und murmelte undeutliche Worte vor sich hin. Sturgess kam näher.

»Er ist ein zäher Bursche. Er wird schon durchkommen.«

»Sei du still, Hank!«, schrie Luke los. »Dich kenne ich jetzt! Dir ist es ja nur recht, wenn du mit einem Mann weniger zu teilen brauchst, du...«

»Vorsicht!«, knurrte Sturgess. »Ich habe bald keine Lust mehr, alles Mögliche zu schlucken.«

Luke wollte etwas erwidern, aber Jed winkte scharf ab.

»Hört endlich auf, euch zu streiten! Davon wird John nicht geholfen.«

Matt hob ruckartig den Kopf. Entschlossenheit glänzte in seinen Augen.

»Ich reite nach Diggers' Lodge und hole den Doc!«

»Matt! Sei vernünftig!«, sagte Jed schnell.

»Haben wir eine andere Wahl?«, hielt ihm Matt entgegen. »Doc Clearfield ist ein guter Mann. Er wird mir seine Hilfe nicht verweigern.«

»Darum geht es nicht. Aber du wirst dem Aufgebot in die Hände reiten. Und was dann geschieht, weißt du selber gut genug.«

»Ich werde vorsichtig sein.«

»Vorsichtig? Es gibt nur einen Weg von diesem Plateau hinab, Matt. Und da unten streifen irgendwo die Miner aus Diggers'

Lodge. Vergiss nicht, dass Reynolds zu ihnen gestoßen ist. Sie werden das ganze Gebiet zwischen hier und der Stadt abgeriegelt haben.«

»Ich kenne einen Weg, wo man Sie bestimmt nicht überraschen wird«, sagte Sue Barney ruhig vom Tisch her. Die Köpfe der Männer ruckten herum. Das Mädchen erhob sich.

»Ich kenne mich in den Bergen gut aus. Wenn Sie wollen, beschreibe ich Ihnen den Pfad, auf dem Sie sicher in die Stadt kommen.«

»Halt deinen Mund, Weibsbild!«, grollte Sturgess. Er schaute die anderen an. »Traut bloß diesem Halbblut nicht!«

Matt ging langsam auf Sue Barney zu.

»Wo verläuft dieser Pfad, Ma'am?«

Hinter ihm sagte Jed rau: »Matt, sei vorsichtig! Hör nicht auf sie! Vielleicht will sie dich nur in eine Falle schicken.«

Matt blickte Sue fest in die Augen. Sie erwiderte ruhig seinen Blick. Ihre Stimme war leise und dunkel.

»Sie können mir vertrauen, Matt. Und ich glaube, Sie wissen das auch.«

»Sie hat keinen Grund, uns zu helfen«, grollte Sturgess wütend.

Matt sagte kühl: »Überlassen Sie die Entscheidung ruhig mir! Schließlich nehme ich das Risiko auf mich.« Er schaute das Mädchen noch immer unverwandt an. »Warum wollen Sie uns helfen?«

»Ihnen! Nur Ihnen und Ihrem verwundeten Bruder!«, erklärte Sue. »Ich denke, ich habe die Situation erkannt, in der Sie sich befinden. Es ist... nicht leicht für Sie, Matt, wie?« Die Wärme ihrer leisen Worte drang tief in sein Inneres. Zum ersten Mal hatte er das Gefühl, nicht mehr gar so allein zu sein.

»Beschreiben Sie mir den Weg?«

Jed fasste Matts Schulter. »Sei doch vernünftig! Du darfst nicht...«

»Lass mich, Jed! Wenn wir John helfen wollen, haben wir keine Zeit zu verlieren!« Er drehte sich Sue zu. »Reden Sie!«

In kurzen, präzisen Worten erklärte sie ihm den Weg, den er einschlagen musste, um ungesehen dicht an die Minenstadt heranzukommen. Als sie geendet hatte, nickte er ihr dankbar zu. Wortlos zog er seine Mackinaw-Jacke an, stülpte den Stetson auf den Kopf und ging zur Tür.

Jed rief nervös: »Ich habe dich gewarnt, Matt. Ich sage dir, du kommst nicht mit heiler Haut zurück!«

Hank Sturgess lachte hässlich: »Mach dir keine Mühe mehr, Jed! Einen Verrückten kann man nicht davon abhalten, in sein eigenes Verderben zu laufen.«

Matt sagte kein Wort. Er öffnete die Tür und trat über die Schwelle. Draußen umfingen ihn Dunkelheit, Stille und eisige Kälte...

Sue Barney stand am Fenster neben der Tür und schaute in die froststarre Nacht hinaus. Die Hufschläge von Matt Whittakers Pferd waren verklungen. Die Nacht hatte die Umrisse der großen hageren Reitergestalt verschluckt. Drüben im Stall brannte eine Laterne. Jed hielt sich noch da drüben auf und versorgte die Pferde. Das Stalltor stand halb offen. Das gelbe Laternenlicht flutete breit ins Freie, spülte über die morschen Wände der umliegenden Hütten und entlockte den halbverrosteten Geleisen, die hinüber zu den Minenstollen liefen, ein mattes Glänzen. Alles wirkte öde und trostlos. Am pechschwarzen Himmel über den Felsmauern war kein einziger Stern zu sehen.

Der Bretterboden knarrte hinter Sue. Sie drehte sich hastig und sah dicht vor sich Hank Sturgess' eckiges stoppelbärtiges Gesicht.

»Nun, Rothaut? Freust du dich schon darüber, dass du ihn hereingelegt hast?« Er grinste verkniffen.

»Lassen Sie mich in Ruhe!«, sagte Sue kalt und wollte an ihm vorbei zum Tisch.

Sturgess' Faust schoss hoch und umkrampfte ihre Schulter.

»Spiel dich nur nicht so auf, Mädchen! Du hast wohl vergessen, wo du bist, heh!«

»Unter Banditen und Mördern, ich weiß...«

»Bist wohl Besseres gewöhnt, was?«, knurrte Sturgess. »Eine Horde schmutziger, verlauster Rothäute wäre dir lieber, heh?«

Im nächsten Augenblick klatschte ihm Sues flache Hand mitten ins Gesicht. Der Abdruck der Finger zeichnete sich weiß auf Sturgess' Wange ab. Der Bandit fluchte.

»Warte, du Wildkatze! Dir, werde ich es zeigen!« Er schlang seine muskulösen Arme um sie und zog sie an sich. Sie wehrte sich verzweifelt und lautlos. Sturgess lachte roh. Mit einer Hand fasste er brutal ihr volles Haar und bog ihren Köpf zurück. Sein stoppelbärtiges Gesicht kam auf sie zu. Er versuchte sie zu küssen. Die Heftigkeit, mit der sie sich zur Wehr setzte, erregte ihn.

»Hank!«, rief Luke aus dem Hintergrund des Raumes. »Lass sie in Ruhe, Hank!«

Sturgess hörte nicht. Seine Linke krallte sich in Sues Schulter, seine Rechte bog ihren Kopf noch weiter zurück. Sie wollte voller Ekel das Gesicht abwenden, es gelang ihr nicht. Als seine Lippen ihren Mund berührten, wurde Sturgess zurückgerissen. Lukes blaue Augen flammten vor Empörung.

»Du sollst sie in Ruhe lassen, Hank!«

In Sturgess' Gesicht erschien ein wilder Ausdruck.

»Verdammt, Junge, du bist mir oft genug auf die Nerven gefallen! Verschwinde, wenn dir etwas nicht gefällt!« Er hielt immer noch Sue eisern fest. Luke trat blitzschnell dicht an ihn heran und schmetterte ihm die Faust unters Kinn. Der Bandit ließ das Mädchen los und krachte hart gegen die Wand. Benommen schüttelte er den Kopf.

»Das wirst du mir büßen«, stieß er heiser hervor. Seine Faust zuckte zum Holster. Da war Sue geschmeidig neben ihm - ein blitzschneller Ruck, und Sturgess' Revolver flog quer durch die Hütte in die gegenüberliegende Ecke. Fluchend schlug der Bandit nach Sue, doch sie war schon wieder wendig auf ihren lautlosen Mokassins zurückgewichen. Luke kam wieder auf Sturgess zu.

»Das kannst du, Hank!«, keuchte er, und die ganze angestaute Spannung entlud sich nun. »Wehrlose Männer ermorden und Mädchen schlagen!«

Mit einem Knurrlaut stieß sich der Verbrecher von der Wand ab und sprang auf Luke zu. Dieser duckte sich unter den schwingenden Fäusten weg und versetzte Sturgess von der Seite einen Hieb. Der Bandit krachte gegen den Tisch. Die brennende Kerze wackelte. Sturgess fing sich rasch und griff erneut an. Wieder wollte Luke unter seinen Fäusten wegtauchen. Er fand zu spät heraus, dass Sturgess ihn getäuscht hatte. Die Rechte des Banditen knallte ihm seitlich ans Kinn. Sturgess jagte sofort die geballte Linke hinterher und traf Luke mit aller Wucht. Der junge Whittaker fiel auf die Knie. Keuchend trat Sturgess vor ihn, packte ihn wild am Hemd und zerrte ihn in die Höhe. Lukes Beine wankten. Er hieb nach Sturgess' Gesicht, aber dem Schlag fehlte alle Kraft. Sturgess stieß Luke gegen die Wand und traf ihn mit der Faust unter das Kinn.

»Da hast du es! Und da und da!«

Links und rechts trafen seine Fäuste Luke am Kopf. Der junge Mann kippte vornüber. Sturgess fing ihn auf. Sein Gesicht war von Hass verzerrt. Er rüttelte Luke heftig, bis dieser wieder die Augen öffnete.

»Na los, du großer Held!«, höhnte Sturgess. »Mach weiter! Die Sache ist noch nicht zu Ende, verstehst du?«

Er schleuderte Luke wuchtig gegen die Wand. Luke stöhnte. Ein Blutrinnsal sickerte aus seinem rechten Mundwinkel. Seine linke Wange war aufgeschürft, sein Kinn geschwollen. Er starrte Sturgess benommen an.

»Komm schon!«, spottete Sturgess. »Ich warte, du Großmaul!«

Luke biss die Zähne aufeinander und stieß sich von den Brettern ab. Er holte zu einem Schwinger aus. Sturgess wollte den Schlag abblocken, doch Luke sprang hastig zur Seite, kam dem Gegner in die Flanke und stach eine Gerade vor. Sturgess fluchte laut, als er so überraschend getroffen wurde. Luke drang mit verzweifeltem Mut auf ihn ein. Er trieb den Verbrecher quer durch die Hütte. Dann fasste sich Sturgess wieder, rammte Luke seine Schulter gegen den Körper und zog einen Haken hoch, als der Junge stolperte. Luke ging zu Boden.

»Jetzt mache ich dich fertig!«, schnaufte Sturgess, zerrte Luke hoch und warf ihn über die Tischplatte. Er holte aus, um ihn mit den Fäusten zu bearbeiten. In seinem Blick war nichts Menschliches mehr.

»Es ist genug, Hank!«, drang ein raues Flüstern durch die Hütte. »Hör sofort auf!«

Sturgess' Arme fielen herab. Er fuhr herum. John Whittaker hatte sich auf seinem Deckenlager hochgestützt. Er atmete stoßweise. Der Revolver in seiner Faust zitterte leicht.

»John, Menschenskind, steck das Eisen weg!«

»Erst wenn Jed zurück ist!«, ächzte der Verwundete.

Sturgess warf einen Blick auf Luke. Der Junge lag schlaff auf dem Tisch. Er hatte die Besinnung verloren. Sturgess' Augen kniffen sich zusammen. Langsam setzte er sich in Bewegung und ging auf den Verletzten zu.

»Sei nicht verrückt, John! Weg mit dem Eisen! Du schaffst es ja doch nicht mehr, auf mich zu feuern.«

»Du irrst dich, Hank!«, keuchte John.

Ein Feuerstrahl raste aus seiner Waffe. Eine Handbreit vor Sturgess' Stiefelspitzen wirbelten Holzsplitter aus dem Bretterboden. Sturgess blieb ruckartig stehen. Sein Gesicht färbte sich grau. Draußen klopften eilige Stiefeltritte auf dem harten Fels.

»Zum Teufel! Was ist los da drinnen?« Jed erschien mit funkelnden Augen auf der Schwelle, die Hand am Colt.

»Jed!«, flüsterte John brüchig. »Er war nahe daran, Luke umzubringen. Es wird Zeit, dass dieser Mann...« Er kippte plötzlich zur Seite. Sein Revolver schepperte auf den Boden.

Jed schenkte Sturgess keinen Blick mehr. Er rannte auf John zu, heiße Furcht in den Augen. Hastig kniete er nieder und drehte John auf den Rücken.

»John! Es ist schon alles in Ordnung, John! Du musst...«

Er prallte zurück, alle Farbe wich aus seinem Gesicht. Mühsam wandte er den Kopf und starrte Sturgess an, als habe er einen Fremden vor sich.

»Er ist tot!«, murmelte er wie benommen. »Großer Himmel! Er ist tot... tot!«

Dann war es ganz still in der Hütte. Nur das Feuer im Ofen knisterte leise. Durch die offene Tür strömte kalte Luft. Die Kerzenflamme flackerte. Keiner der Männer bewegte sich, keiner sagte ein Wort. Es verging eine ganze Weile, bis ihnen bewusst wurde, dass Sue Barney verschwunden war...

Ein Streifen Helligkeit über den dunklen Bergen im Osten kündete das Nahen des neuen Tages. Es war so kalt, dass Matt seine Hände unter die pelzgefütterte Jacke schieben musste, um sie beweglich zu halten. Er hatte seinen Cayuse Hengst am Rande der Stadt bei einem alten Schuppen zurückgelassen. Vorsichtig bewegte er sich an morschen Zäunen und dunklen Hauswänden entlang auf die Hauptstraße zu. Eine verhaltene Erregung saß in ihm. Fortwährend musste er daran denken, wie sehr die Zeit drängte, wenn er John helfen wollte. Seine ganze Hoffnung galt jetzt dem alten Doc Clearfield.

Clearfield war bekannt dafür, dass er jedem Menschen half, ohne viele Fragen zu stellen. Matt war überzeugt, dass der Doc ohne weiteres mit ihm aufbrechen würde, wenn er ihm sagte, dass ein Menschenleben auf dem Spiel stand. Aber da war etwas anderes, was Matt Sorge machte: Schneegeruch hing dünn in der eisigen Luft. Es sah ganz so aus, als würde es an diesem Tag zum ersten Mal im Jahr zu schneien beginnen. Und wenn ein Schneesturm losbrach, ehe er mit Doc Clearfield droben in den Bergen war, dann schafften sie es vielleicht nicht mehr.

Geduckt und eilig überquerte Matt einen Hinterhof, bog in eine schmale Seitengasse und erreichte Sekunden später die Einmündung in die Main Street. Er drückte sich in den Schatten eines Vorbaus und spähte die Fahrbahn entlang. Es war noch ganz still in Diggers' Lodge. Die Fenster waren dunkel - wie tote Augen. Nur drüben an den Hängen, die das Tal säumten, funkelten bereits spärliche Lichtpunkte. Dort befanden sich die Goldminen. Schwacher Rauchgeruch wehte von den Schmelzöfen zur Stadt herüber.

Matts Blick heftete sich an Doc Clearfields Haus fest. Es war ein kleines unscheinbares Gebäude gleich neben dem Nugget Saloon. Matt wollte schon seine Deckung verlassen, da hörte er Hufschläge am Ortsrand aufklingen. Er staute den Atem und bewegte sich nicht.

Das Hufgetrappel wurde lauter. Eine dicht geschlossene Reitergruppe kam langsam die Straße entlang. An der Spitze ritt ein stämmiger schnurrbärtiger Mann. Seine Schultern waren leicht nach vorne gebeugt, als habe er eine schwere Last zu tragen. Es war Tobe Barney, der Postkutschenunternehmer. Hinter ihm ritten seine Leute und die Miner, die sich der Jagd nach den Goldräubern angeschlossen hatten. Sie alle wirkten erschöpft und deprimiert.

Als sie auf gleicher Höhe mit Matt waren, legte dieser unwillkürlich die Hand auf den Coltkolben. Wenn einer dieser Reiter ihn entdeckte, war er verloren. Doch sie alle blickten starr geradeaus. Gleich mussten sie an ihm vorbei sein.

Da flammte im Haus gegenüber ein Licht auf. Eine Tür knarrte, und eine hohe schlanke Männergestalt schob sich auf die Veranda. Sofort hielt die Kavalkade an.

Matt biss sich auf die Unterlippe. Das Licht aus den Fenstern fiel quer über die Straße und reichte dicht an den Verandavorbau heran, hinter dem er im Schatten stand. Der Mann da drüben trug einen städtisch geschnittenen Anzug. Es musste einer der Minenbesitzer sein. Matt kannte ihn nicht.

»Barney, sind Sie es?« Eine verhaltene Anspannung schwang in der trockenen Stimme.

»Hallo, Jarrett!«, rief Barney müde. »Sie sind ziemlich früh auf den Beinen.«

»Ich habe die ganze Zeit auf eure Rückkehr gewartet. Habt ihr sie erwischt?«

»Nein, Jarrett.«

Matt hörte die Hoffnungslosigkeit aus Barneys Stimme, und unwillkürlich stieg tiefes Bedauern in ihm auf. Noch wusste Tobe Barney nicht, dass seine Tochter den Desperados in die Hände gefallen war. Wenn er es erfuhr, würde er ein gebrochener Mann sein.

»Und das Gold?«, fragte Renn Jarrett.

Barney zuckte unwillig die Achseln.

»Sie sehen doch, dass wir es nicht haben! Zum Kuckuck! Jarrett, was soll diese Fragerei? Sie sind doch gesichert! Was interessiert es Sie, ob wir Erfolg hatten oder nicht?«

»Missverstehen Sie mich nicht«, erwiderte Jarrett kühl. »Ich reite schließlich nicht gerne nach Helena hinüber, um die Sechzigtausend von Ihrem Bankkonto zu holen. Ihr Unternehmen würde das kaum verkraften.«

»Sehr richtig!«, murrte Barney. »Aber es gibt wohl keine andere Möglichkeit.«

»Haben Sie nicht zu früh aufgegeben?«

»Zu früh? In spätestens fünf Stunden bricht ein Schneesturm los, darauf wette ich! Was sollten wir anderes tun, als zusehen, dass wir rechtzeitig in die Stadt zurückkommen? Die Banditen erwischen wir im Leben nicht mehr. Und... Virg, was ist denn?«

Barney wandte sich dem Reiter zu, der sein Pferd neben ihn gelenkt hatte. Es war Virg Reynolds, der verletzte Postfahrer. Matt sah, dass Reynolds seinen Gaul halb herumgezogen hatte und genau in die Richtung starrte, wo er sich befand.

»Boss«, murmelte Reynolds, »ich glaube, da ist jemand.«

Matts Lippen waren plötzlich ganz trocken. Die Gesichter der Reiter wandten sich alle dem dunklen Vorbau zu.

»Wer soll da schon sein?«, sagte einer der Männer unwillig.

»Es war, als hätte ich Knöpfe blinken gesehen«, antwortete Reynolds. »Los, sehen wir einmal nach!« Er trieb sein Pferd gerade auf den Vorbau zu.

Im ersten Moment war Matt versucht, seinen Colt herauszureißen. Doch es hatte keinen Sinn, sich auf einen Kampf einzulassen. Erstens fühlten sich diese Leute im Recht, und zweitens hatte er allein keine Chance. Das Gesicht den Reitern zugedreht, bewegte sich Matt zur Hausecke. Plötzlich schepperte etwas. Er war mit dem linken Fuß gegen eine leere Blechbüchse gestoßen.

»Da!«, schrie Reynolds. »Was habe ich gesagt?« Er riss seinen Revolver heraus.

Die Männer spornten ihre Gäule an. Stimmen schwirrten durcheinander. Matt wirbelte herum und begann zu laufen. Ein Streifen des Lampenlichtes aus dem gegenüberliegenden Haus huschte flüchtig über ihn.

»Es ist einer von den Goldräubern!«, hörte er Reynolds' wilden Ruf hinter sich.

Dann peitschte ein Schuss, und die Kugel bohrte sich splitternd hinter Matt in eine Hauswand. Er hetzte die dunkle Seitengasse entlang. Hinter ihm war Geschrei und Hufgetrappel. Schüsse fielen in rasender Reihenfolge. Die Kugeln fuhren in den gefrorenen Boden oder knirschten in Bretterwände. Die Stille der Dämmerstunde hatte sich in ein lärmendes Chaos verwandelt.

In den ersten Sekunden dachte Matt nur daran, so schnell wie möglich zu seinem Pferd zu kommen und aus Diggers' Lodge ohne den Doc zur verlassenen Mine in den Big Beaver Mountains zurückzukehren.

Er hörte hinter sich die Reiter die Gasse entlangpreschen. Wieder krachten die Revolver. Keuchend bog Matt in einen Hinterhof, kletterte über einen wackligen Bretterzaun und hatte das bösartige Jaulen der Geschosse über sich. Fenster und Türen wurden auf und zu geschlagen. Eine Frauenstimme schrillte. Irgendwo begann ein Kind zu weinen.

Das Hufhämmern verstummte auf dem Hinterhof.

»Herunter von den Gäulen!«, brüllte eine Männerstimme. »Wir erwischen ihn nur zu Fuß. Jim, Ben und Mike, ihr riegelt die Seitengasse ab! Jack und Rock, lauft hinüber zu Wilsons Haus! Los, los, schnell!«

Matt befand sich in einem pechschwarzen Häuserdurchlass. Vorne klaffte die Lücke zur Main Street. Stiefel polterten hohl auf den Gehsteigplanken. Pferde wieherten und Hufe stampften. Matt schob sich mit zusammengepressten Lippen an den Hauswänden entlang. Er erreichte den Rand der Hauptstraße. Direkt gegenüber befand sich Doc Clearfields Haus.

In seinen Schläfen hämmerte es. Überall in den Gebäuden flammten Lichter auf. Männer und Frauen drängten auf die Straße. Reiter galoppierten vorbei, hielten vor dem Saloon und saßen ab. Gleich darauf waren sie im Häuserschatten verschwunden. Die ganze Stadt schien sich auf die Füße zu machen, um ihn zu suchen. Hinter Matt, in dem stockfinsteren Durchgang, waren plötzlich Stimmen. Sie wurden lauter. Schritte knirschten heran. Matt zog den Walker Colt.

Er musste hier weg!

Die Schritte verstummten wie abgeschnitten. Eine zögernde Frage trieb heran: »Bist du das, Will?«

Einen Moment brachte Matt keinen Ton hervor. Dann versuchte er zu bluffen. Rau flüsterte er: »Natürlich! Geht in die andere Richtung, ich passe hier auf!«

Sekundenlang war es ganz still, dann schrie ein Mann erregt: »Joe, das ist nicht Will! Das ist dieser...«

Matt warf sich geistesgegenwärtig auf die Knie. Eine Mündungsflamme zerschnitt die Dunkelheit. Das Pfeifen der Kugel war dicht über ihm. Matt jagte zwei Warnschüsse schräg nach oben. Die Männer im Finstern prallten schimpfend zurück. Matt schnellte hoch und warf sich durch die Häuserlücke auf den Gehsteig. Dicht neben ihm war ein überraschter Aufschrei. Flüchtig schaute er in das erschrockene Gesicht eines bärtigen Mannes. Automatisch riss er schräg den Colt hoch. Er traf den Mann an der Schläfe. Der andere sackte zusammen. Matt sprang vom Gehsteig und rannte in Zickzacklinie quer über die lichterhelle Fahrbahn.

»Da ist er! Schießt ihn nieder!«, gellte es aus dem finsteren Häuserdurchlass.

Kugeln pflügten links und rechts von ihm die Erde auf. Eine Fensterscheibe zerklirrte, und eine Frau schrie hysterisch um Hilfe.

Dann hatte er die andere Straßenseite erreicht. Mit einem Hechtsprung schleuderte er sich in den Schatten neben dem Nugget Saloon. Eine Kugel streifte seine dicke Mackinaw Jacke. Er hatte den Stetson verloren, und eine braune Haarsträhne hing ihm in die Stirn.

Auf der Straße gellten Stimmen durcheinander. Schritte hasteten heran. Er raffte sich hoch und schaute sich fieberhaft nach einem Versteck um. Über dem Hintereingang des Saloons befand sich ein Vordach. Kurz entschlossen kletterte er hinauf und legte sich oben flach. Gleich darauf tauchten unten die Verfolger auf. Wütend suchten sie den Hinterhof nach ihm ab. Nach Minuten, die Matt wie eine Ewigkeit erschienen, entfernten sie sich. Er wartete noch eine Weile, dann ließ er sich herabgleiten. Die Stimmen und Stiefeltritte schienen überall zu sein.

Er schlich sich an der Hinterfront des Saloons entlang und hatte schließlich Doc Clearfields Haus vor sich. Scharfe Falten furchten seine Stirn. Was würde Clearfield tun, wenn er bei ihm auftauchte?

Es war sinnlos, sich darüber den Kopf zu zerbrechen.

Er musste das Risiko eingehen!

Auf den Zehenspitzen schlich er an den Hintereingang heran. Er legte behutsam die Hand auf die Klinke. Die Tür war nur angelehnt. Drinnen im Haus war es still. Als Matt vorsichtig die Klinke niederdrückte, musste er daran denken, dass nun alles auf des Messers Schneide stand. Die nächsten Minuten würden über Leben und Tod entscheiden.

Er kam nicht dazu, die Tür zu öffnen. Ein Flüstern war plötzlich neben ihm.

»Bleiben Sie draußen! Es hat keinen Sinn mehr, wenn Sie hineingehen.«

Er fuhr herum. Sein Colt schwang in die Höhe. Er erstarrte mitten in der Bewegung, als er Sue Barney erkannte. Sie stand ruhig und mit ernstem Gesicht vor ihm, eine Wolldecke über ihre hirschlederne Männerkleidung geworfen.

»Sue!«, flüsterte er überrascht.

»Ich bin kurz nach Ihnen in die Stadt gekommen«, erklärte sie leise. »Ich wusste, dass ich Sie hier bei Doc Clearfield finden würde.«

Sie war also geflohen. Im ersten Moment war er erleichtert. Dann begriff er, was das für ihn und seine Brüder bedeutete. Ein Schatten huschte über sein angespanntes Gesicht. Er trat einen schnellen Schritt auf sie zu.

»Verhalten Sie sich ganz still!«, raunte er scharf. »Ich werde alles tun, um zu verhindern, dass Sie mich verraten.«

»Wenn ich das wollte, wären Sie bereits geschnappt worden«, erwiderte sie herb.

Er versuchte in ihren dunklen Augen zu lesen – vergeblich.

»Was werden Sie jetzt tun?«

»Kommen Sie mit!«, sagte sie leise. »Ich weiß einen Platz, wo Sie sicher sind.«

Er musterte sie argwöhnisch.

»Sie vertrauen mir nicht?«, fragte sie.

»Ich muss zu Doc Clearfield!«

»Das ist nicht mehr notwendig!«

Er sah, wie die Undurchdringlichkeit ihres dunklen schmalen Gesichts plötzlich zerbrach. Er fasste sie hart an den Schultern.

»Sue, was heißt das?«

»Matt!« Ihre Stimme war heiser. »Bevor ich droben in den Bergen von der Mine floh, musste ich feststellen, dass...« Sie sprach nicht weiter.

Er rüttelte sie. »Was ist, Sue? Reden Sie! Ist John...«

Sie senkte den Kopf und flüsterte, ohne Matt anzusehen: »Ja, es tut mir leid. Ihr Bruder ist tot!«

Er ließ sie los. Seine Arme fielen schlaff herab. Sein Gesicht wurde fahl.

»Großer Gott!«, murmelte er brüchig. »Es war also alles umsonst!« Er schob den Colt ins Holster und wandte Sich zum Gehen. Sie hielt ihn fest. »Wohin?«

Er hörte nicht die Besorgnis in ihrem Tonfall. Eine dumpfe Leere war in seinem Kopf. Er zuckte die Schultern.

»Es ist alles sinnlos geworden«, murmelte er. »Ich gebe auf! Ich stelle mich!«

»Matt!«, flüsterte sie und schob sich dicht an ihn heran. »Das dürfen Sie nicht, Matt!« Sie versuchte ihm ins Gesicht zu sehen. Sein Blick glitt abwesend über sie hinweg. Sie fasste ihn an beiden Armen. »Denken Sie an Jed und Luke!«, raunte sie eindringlich. »Sie haben doch Ihre Aufgabe.«

Er schaute sie an. Überraschung lag in seinem Blick.

»Was wissen Sie davon?«

»Ich habe genug erkannt«, flüsterte sie hastig. »Ich weiß, dass es Ihnen darum geht, Ihre Brüder auf den richtigen Weg zurückzubringen. Matt, Sie dürfen nicht aufgeben!«

Er atmete tief ein. »Haben Sie vergessen, dass meine Brüder...«

Sie unterbrach ihn: »Keine Worte mehr! Sie müssen hier weg, ehe Sie entdeckt werden. Kommen Sie!«

Er folgte ihr schweigend. Sie führte ihn über den Hinterhof und dann durch ein Gewirr von Durchlässen und winkeligen Gassen. Dann hatten sie die dunkle Hinterfront eines hohen Gebäudes vor sich.

»Das Kutschendepot meines Vaters! Hier wird man Sie bestimmt nicht vermuten.« Sie öffnete ein Tor. Der Geruch von Leder, Öl, Lack und Holz strömte heraus.

»Verstecken Sie sich hier, Matt!«

Seine Gedanken begannen wieder klarer zu arbeiten. Er lauschte auf den Lärm, der von der Main Street kam. Sie suchten noch immer nach ihm. Die Dunkelheit im Stagedepot schien ihm unheimlich. Es sah aus wie eine Falle. Er sagte heiser: »Ich muss in die Berge zurück, Sue!«

»Sie werden nicht ungesehen aus der Stadt kommen.«

»Ich muss es versuchen.«

»Haben Sie Angst, dass ich Sie verrate?«

»Vielleicht nicht mich! Aber – Sie kennen jetzt das Versteck meiner Brüder. Und Sie können doch Ihren Vater nicht im Stich lassen, oder?«

Sie senkte den Kopf.

»Ich will Sie nicht um Ihre Chance bringen, Matt. Vielleicht schaffen Sie es, das Gold zurückzubringen.«

»Vielleicht!«, wiederholte Matt betont. »Ich denke, Sue, das wird Ihnen nicht genügen. Wenn Sie mir wirklich eine Chance einräumen wollen, dann müssen Sie mich jetzt gleich reiten lassen. Überdies besteht die Gefahr, dass Sturgess und meine Brüder die Mine verlassen, nachdem Sie ja entflohen sind und den Weg zum Plateau kennen.«

»Das ist richtig«, gab sie zögernd zu. »Trotzdem...«

»Warum wollen Sie unbedingt, dass ich bleibe?« Das Misstrauen brach wieder in ihm durch.

Sie sagte schnell: »Es wird einen Schneesturm geben, Matt. Wenn Sie unterwegs von ihm überrascht werden...«

»Das lassen Sie nur meine Sorge sein!« Der Argwohn brannte heftig in ihm. Wollte sie ihn nur in Sicherheit wiegen und dann den Leuten ihres Vaters ausliefern? Er dachte daran, dass er ohne sie wohl niemals unbemerkt überhaupt nach Diggers' Lodge gekommen wäre. Andererseits war er ein Mann, den tödliche Gefahr umgab und der sich auf kein Risiko einlassen durfte. Sie seufzte leise.

»Ich wollte, ich könnte Sie überzeugen, dass ich es ehrlich meine, Matt. Nun gut, Sie sollen Ihren Willen haben. Warten Sie hier, ich werde Ihnen ein frisches Pferd bringen.« Sie nickte ihm hastig zu, und ehe er noch ein Wort erwidern konnte, war sie im Dämmerschatten untergetaucht. Er lehnte sich in das offene Tor.

Drüben auf der Main Street klopften Pferdehufe. Türen klappten. Raue Stimmen vermischten sich. Matt verschränkte die

Arme. Es blieb ihm keine andere Wahl. Er musste hier warten. Ohne Pferd würde er sein Vorhaben nicht ausführen können.

Eine Fülle von Gedanken ging ihm durch den Kopf. Er dachte an den Wortwechsel zwischen Barney und dem Minenbesitzer Jarrett. Er hatte begriffen, dass Sues Vater am Rande des Ruins stand, wenn er das Gold nicht wieder herbeischaffte. Konnte in diesem Falle das Mädchen wirklich das Risiko eingehen, sich auf Matt zu verlassen? Er war zwar entschlossen, seine Brüder umzustimmen und die Beute zurückzuschaffen, aber er wusste selber ganz genau, wie schwierig das alles war. Und Sue musste sich darüber ebenfalls im Klaren sein.

Matt war voller Unruhe. Die Minuten verstrichen in bedrückender Langsamkeit. Er hatte das Verlangen zu rauchen, sagte sich jedoch, dass ihm die geringste Nachlässigkeit zum Verhängnis werden konnte, und bezwang sich.

Über den Talrändern wurde es allmählich heller. Der Tag kam. Der Schneehauch in der kalten Luft schien deutlicher zu werden. Der Himmel war von einem stumpfen Grau.

Dann hörte Matt das Pochen von Pferdehufen auf das Kutschendepot zukommen. Er drückte sich tiefer in den Schatten des halb offenen Tores. Seine Hand schraubte sich um den Coltkolben. Eine Gestalt tauchte hinter einer Schuppenecke auf. Er stieß den Atem zwischen den Zähnen hervor, als er Sue Barney erkannte. Sie führte ein gesatteltes Pferd hinter sich.

Sein Misstrauen war wie weggewischt. Warme Erleichterung durchströmte ihn. Er löste sich aus der Dunkelheit.

Sue blieb nahe vor ihm stehen.

»Nun, noch immer argwöhnisch?«

Zum ersten Mal sah er ein Lächeln auf ihrem Gesicht. Eine tiefe Wärme lag in ihren schwarzen Augen. Er atmete den Duft ihres Haares ein, und der Hauch von Fraulichkeit, der von ihr ausging, nahm ihn gefangen. Impulsiv streckte er die Hände aus und zog sie an sich. Ihr Körper war weich und nachgiebig. Sie schmiegte sich an ihn. Erregung stieg ihm heiß in die Kehle. Er beugte den Kopf, und sein Mund fand ihre Lippen. Sie waren warm und süß. Ihre schmalen Hände glitten zärtlich über seine Schultern und seinen Nacken.

Er vergaß die Welt um sich.

Plötzlich machte sie sich von ihm los. Der Ausdruck ihres Gesichtes hatte sich jäh verändert. Matt hörte das Scharren von Schritten hinter sich. Zorn und Enttäuschung erfüllten ihn, als er herumwirbelte. Er sah nur noch die Umrisse einer kräftigen Männergestalt. Dann traf ihn ein Hieb quer über die Stirn und schleuderte ihn zu Boden...

11. Kapitel

Dumpfer Schmerz hämmerte in seinem Kopf. Als er sich vorsichtig bewegte, merkte er, dass er auf der kalten harten Erde lag. Eine heisere Stimme drang durch seine Benommenheit.

»Er kommt zu sich! Los, stellt ihn auf die Beine!«

Derbe Fäuste packten ihn und rissen ihn hoch. Seine Kniekehlen waren weich. Wenn man ihn nicht gehalten hätte, wäre er unweigerlich zusammengesackt.

Matt Whittaker öffnete die Augen. Als er in den Kreis der finsteren, entschlossenen Gesichter schaute, verschwand seine Benommenheit. Die Erinnerung kam mit greller Schärfe und ließ ihn den bohrenden Schmerz im Kopf vergessen. Er befand sich auf der Main Street von Diggers' Lodge. Es war Tag geworden. Fahle Helligkeit lag über den verwaschenen Hausfassaden. Überall drängten sich Menschen auf der breiten Fahrbahn. Nirgends entdeckte er eine Miene, die Bedauern oder Mitleid zeigte. Ein breitschultriger Bursche mit grimmig vorgestrecktem Kinn schob sich vor ihn. »Warum bist du in die Stadt gekommen?«

»Ich wollte einen Arzt holen.«

»Das kann stimmen«, rief Virg Reynolds aus dem Kreis der Umstehenden, »einer der Verbrecher ist verwundet.«

Matt dachte wieder an John, für den jede Hilfe zu spät kam, und der Schmerz fraß wie Feuer in ihm. Der Breitschultrige vor ihm knurrte: »Well, du hast Pech gehabt, mein Lieber! Jetzt gibt es nur eines, was dich noch retten kann. Sage, wo deine Kumpane sich verkrochen haben!«

Ein lauerndes Funkeln lag in seinen hellen Augen. Matt spürte förmlich die gespannte Erwartung der Umstehenden. Er presste die Lippen zusammen.

Der Mann vor ihm sagte heiser: »Es ist wirklich deine einzige Chance, wenn du redest.«

Matt schüttelte den Kopf. Er brachte es nicht fertig, seine Brüder zu verraten, was sie auch verschuldet haben mochten.

Tobe Barney trat neben den Breitschultrigen. Grimmiger Ernst beschattete seine Miene.

»Du solltest wirklich reden, Mann! Die Leute haben nicht vergessen, dass ihr nicht nur das Gold geraubt, sondern auch ein paar gute, ehrliche Männer auf dem Gewissen habt. Sie brennen nur darauf, dir die Schlinge um den Hals zu legen.« Er deutete mit ausgestreckter Hand zur Galerie des Nugget Saloons, die gleichzeitig das Verandadach bildete. Oben war ein Lasso um das Geländer geschlungen. Die offene Schlinge baumelte über den Verandastufen, nur wenige Schritte vom Kreis der Männer aus Diggers' Lodge entfernt.

Matt stockte der Atem. Mit heiserer Stimme brachte er hervor: »Ich habe mit dem Überfall nichts zu tun. Ich...«

»Bist du nicht mit den Banditen geritten?«, grollte der Breitschultrige zornig. »Warst du nicht dabei, als dieses Mörderpack drei von uns in den Bergen niederschoss? Virg, rede! Gehört der Kerl zu ihnen?«

»Natürlich!«, knurrte der Postfahrer.

Verzweiflung wallte in Matt hoch. »Meine Brüder sind bei der Bande. Ich wollte...«

»Spar dir deine Ausflüchte, du Bandit! Wir wollen wissen, wo deine Komplizen sind – sonst nichts!«

»Ich will nach Helena gebracht werden!«, forderte Matt rau. »Dort gibt es einen Sheriff! Ich will...«

Der Breitschultrige hieb ihm die Faust ins Gesicht. Matts Kopf flog zurück. Blut sickerte aus seiner Nase.

»Werd nur nicht unverschämt, du Lump!«, knurrte der Mann. »Zum Sheriff willst du, dass ich nicht lache! Zeit willst du gewinnen, du Schuft, das ist alles! Aber dir besorgen wir es schon, du lumpiger Mörder!« Er schlug nochmals zu. Matt konnte nicht ausweichen. Links und rechts hielten ihn kräftige Fäuste fest.

»Willst du jetzt endlich reden?«

Matt schmeckte das Blut auf den Lippen. Die Kälte biss in seinem Gesicht. Dumpfes Gemurmel, voll von einer mühsam unterdrückten Wildheit, lief durch die Reihe der Umstehenden. Er hatte keine Gnade zu erwarten. Sie hielten die tödliche Schlinge nicht umsonst bereit.

Plötzlich fiel ihm Sue ein. Er dachte an den Kuss und wie er überrumpelt worden war. Bitterkeit und Zorn vertrieben alle Furcht. Er blickte über die Straße, ob er das Mädchen irgendwo entdecken konnte. Aber Sue war nirgends zu sehen. Dann fiel sein Blick auf die hagere Gestalt, die breitbeinig und reglos auf dem gegenüberliegenden Gehsteig verharrte: Chess Quinton! Obwohl er gegen diesen Verbrecher nur Hass und Abscheu empfand, loderte nun die Hoffnung wie eine Stichflamme in ihm empor.

Quinton schaute mit unbewegter Miene herüber, die Daumen hinter den patronenbespickten Revolvergurt gehakt. Er verhielt sich so, als ginge ihn dies alles nichts an.

»Es ist sinnlos mit ihm«, sagte jemand aus dem Kreis der Männer. »Für den Verbrecher hilft nur eine Medizin – der Strick! Los, schafft ihn hin!«

»Wartet, Leute!«, sagte eine hastige Stimme.

Ein Mann drängte sich in die Mitte des Ringes. Matt erinnerte sich, ihn heute bereits gesehen zu haben. Es war Renn Jarrett, der Minenbesitzer.

»Was wollen Sie?«, fragte Barney ungeduldig.

»Vielleicht sollten wir die Sache wirklich dem Sheriff von Helena übertragen. Er ist auch für dieses Gebiet zuständig.«

»Meinen Sie das im Ernst?«

»Ich würde es sonst nicht sagen.«

»Zum Donner! Der Sheriff kann nicht mehr ausrichten als wir. Außerdem ist der Weg nach Helena ziemlich weit. Bis der Sheriff in unser Tal kommt, sind die Banditen über alle Berge. Das wissen Sie genau, Jarrett.«

»Aber ich halte es nicht für richtig, einen Lynchmord zu begehen.«

»Mord? Jarrett, zum Teufel! Und was haben diese Verbrecher getan? Nein, ich...«

»Zumindest sollten wir diesen Mann zu Wort kommen lassen. Er sieht nicht wie ein Verbrecher aus!« Jarrett musterte Matt forschend.

»Danke!«, sagte Matt heiser. »Ich bin wirklich kein Bandit! Ich habe nur versucht...«

»Du sollst deinen Mund halten!«, schrie ihn der Breitschultrige wütend an. »Jarrett, geben Sie sich keine Mühe! Wir regeln diese Sache auf unsere Weise. Los, schafft ihn zum Strick!«

Der Ring schloss sich enger um Matt. Er wurde zu den Verandastufen des Nugget Saloons geschleppt. Renn Jarrett verschwand aus seinem Blickfeld.

Er wurde die Stufen hinaufgestoßen. Die offene Schlinge baumelte dicht vor seinem Gesicht. Verzweifelt versuchte er sich loszureißen. Die Arme wurden ihm schmerzhaft auf den Rücken gedrückt. Gleich darauf spürte er Lederriemen um seine Handgelenke. Trotz der Kälte brach ihm der Schweiß aus allen Poren. Übelkeit stieg ihm in die Kehle.

»Du solltest wirklich reden, Mann«, hörte er Barneys Stimme wie aus weiter Ferne. »Mir liegt nichts an deinem Tod. Aber ich muss das Gold zurückbekommen. Wenn du nicht redest, kann ich dir nicht helfen.«

Matt schwieg. In seinen Ohren rauschte es.

»Bret!«, schrie Reynolds mit einer Stimme, die angeraut vor Hass war. »Leg ihm die Schlinge um den Hals, Bret!«

Der Breitschultrige stieg neben Matt die Stufen hinauf.

»Ich gebe dir noch zehn Sekunden«, erklärte er grimmig. »Wenn du dann nicht das Versteck deiner Freunde verrätst, wirst du hängen.«

Die Gedanken wirbelten in Matts Gehirn. Wie durch wogende Nebelschleier sah er die Gesichter seiner Brüder vor sich. Er hatte verzweifelt versucht, sie vor dem Fluch ihrer blutigen Beute zu bewahren. Und jetzt traf ihn dieser Fluch selber. Dann tauchten die dunklen Augen Sue Barneys vor ihm auf. Er glaubte wieder ihre weichen Lippen auf seinem Mund zu spüren. War es möglich, dass sie ihn auf diese Weise verraten hatte? Aber es war ein Zeichen ihrer Schuld, dass sie sich jetzt nicht blicken ließ, dass sie untätig blieb, während er mit einem Stiefel bereits im Grabe stand.

»Die zehn Sekunden sind um«, hörte er Bret neben sich sagen.

Über die Köpfe der Minenleute sah Matt wieder Quinton auf dem gegenüberliegenden Gehsteig. Etwas an der Haltung des sehnigen Banditen hatte sich verändert. Er wirkte angespannt, sein Oberkörper war leicht nach vorne geneigt. Und dann sah Matt, dass Quintons rechte Hand zum Ziehen bereit auf dem Coltkolben ruhte.

Plötzlich war ihm alles klar!

Quinton stand nur aus einem Grund da drüben. Nicht um ihm zu helfen, sondern um zu verhindern, dass er – Matt – zum Verräter wurde. Matt war sich sicher, dass Quinton in dem Moment auf ihn feuern würde, wenn er versuchte, das Versteck in den Bergen zu verraten. Es gab keinen Ausweg mehr.

»Ich gebe dir noch zehn Sekunden«, sagte Bret dumpf.

Matt schüttelte den Kopf.

»Ich habe euch nur noch eines zu sagen. Lasst mich frei, dann werde ich dafür sorgen, dass ihr das Gold zurückbekommt und...«

»Hältst du uns für Idioten?«, kam es wütend aus der Menge. »Zur Hölle mit diesem Schuft! Bret, worauf wartest du noch?«

Der Breitschultrige fasste das Lasso, um die Schlinge Matt über den Kopf zu streifen.

Da kam ein merkwürdiger Heulton über die Bergkämme ins Tal herab. Die Männer zuckten zusammen. Ihre Konzentration war plötzlich von Matt abgelenkt. Sie lauschten auf das anschwellende Heulen, und Unruhe malte sich auf ihren wettergegerbten Gesichtern.

»Der Blizzard!«, murmelte jemand nervös.

Matt schaute auf. Die Farbe des Himmels hatte sich in den letzten Minuten verändert. Sie war stahlblau. Im Norden, über den Felsgipfeln der Big Beaver Mountains, schien ein fast kreisrundes helles Loch im Firmament zu klaffen. Es wirkte so, als käme das seltsame Heulen aus dieser Lücke.

Matt wurde sich bewusst, dass sich die Kälte noch gesteigert hatte. Alles wirkte wie erstarrt. Kein Lufthauch bewegte sich.

Barney sagte hastig: »Es ist besser, wir schieben die Sache auf. Sperrt den Kerl einstweilen...«

Seine nächsten Worte gingen in einem wilden Sausen unter. Über den Kämmen der Big Beaver Mountains war ein weißer Wirbel aufgetaucht. Mit unvorstellbarer Geschwindigkeit kam er über die bewaldeten Hänge ins Tal herabgefegt – ein unheimlicher Anblick.

Eine Sekunde später traf der Anprall des Sturmes die Männer vor dem Saloon wie der Fausthieb eines Riesen. Die heiseren Rufe gingen im heulenden Brausen unter. Schneekörner stachen schräg über die Häuser, so dicht, dass man kaum mehr die Hand vor den Augen erkennen konnte. Es war, als stürze eine Wand aus Schnee und Eiseskälte über der kleinen Minenstadt zusammen.

Matt Whittaker blieb der Atem weg. Er wandte das Gesicht ab, um es vor den stechenden Schnee und Eiskörnern zu schützen. Ringsum tanzte der weiße Wirbel und machte die Männer zu schattenhaft verschwommenen Gestalten.

Die Hoffnung auf Flucht war plötzlich wieder in Matt lebendig. Es war ihm, als habe der Himmel diesen Blizzard geschickt, um ihn vor dem Strick zu bewahren. Doch dann fühlte er wieder den Druck der stählernen Fäuste. Brutal wurde er über die Saloonveranda geschleift. Und da begriff er, dass er nur einen Aufschub erhalten hatte. Wenn der Schneesturm erst einmal abgeflaut war, würde alles beim Alten sein. Der Strick würde noch immer von der Saloongalerie baumeln und auf ihn warten...

12. Kapitel

Hank Sturgess hieb wütend die Faust auf die Tischplatte. Mit einer Kopfbewegung wies er zu den geschlossenen Fenstern der Hütte, vor denen der Blizzard jaulte und tobte.

»Jetzt ist es zu spät!«, schrie er zornig. »Jetzt sind wir hier festgenagelt. Verdammt noch einmal, wir sollten gleich verduftet sein, nachdem das verflixte Girl geflohen war!«

»Wohin denn, Hank?«, murrte Jed Whittaker finster.

»Ich kenne noch mehr verborgene Winkel hier in den Bergen«, grollte Sturgess. »Wir hätten schon den richtigen Unterschlupf gefunden. Jetzt hängen wir hier fest, und dieses verwünschte Frauenzimmer wird uns ganz Diggers' Lodge auf den Hals hetzen.«

»Während des Unwetters sind wir wohl sicher«, meinte Jed. »Außerdem müssen wir auf Matt warten. Er...«

»Hör mir bloß mit dem Kerl auf! Der hat uns genug Kummer bereitet. Es wäre mir lieber...«

Ein Scharren war plötzlich durch das Heulen des Sturmes vor der Tür zu hören. Mit einem Satz war Sturgess auf den Beinen. Sein Stuhl kippte polternd um. Er zog den Colt. Das Kerzenlicht verstärkte noch das Glimmen in seinen Augen.

»Wenn das nur keine unliebsame Überraschung wird«, flüsterte er heiser.

Jed holte ebenfalls den Revolver heraus. Er nickte Luke zu.

»Mach auf, Junge!«

Luke, dessen Gesicht von Sturgess' Schlägen zerschrammt und verschwollen war, durchquerte den Raum. Er hatte die Strecke erst halb zurückgelegt, da wurde die Tür aufgestoßen. Der Sturm fuhr jaulend in die Hütte und trieb einen Flockenwirbel vor sich her. Jäh war der Raum von beißender Kälte erfüllt. Die Kerzenflamme drohte zu erlöschen. Auf der Schwelle zeichnete sich eine vermummte Gestalt ab.

Sturgess und Jed schwangen gleichzeitig die Colts hoch.

»Nicht schießen!«

Die Gestalt taumelte herein und drückte mühsam die Tür hinter sich zu. Sofort wurde das Tosen des Blizzards gedämpft. Die Kerzenflamme brannte ruhiger. Auf dem Bretterboden schmolzen Eiskristalle und Schneeflocken. Der Ankömmling lehnte schwer atmend an der Tür, ganz in einen umhangähnlichen Mantel gehüllt, einen Schal vor dem Gesicht und über und über mit einer dicken Schneeschicht bedeckt.

»Luke!«, winkte Jed seinem jungen Bruder zu.

Luke trat neben den Fremden und führte ihn zum Tisch. Der Vermummte wankte. Seufzend ließ er sich auf einen Stuhl nieder. Dabei glitt sein Mantel herab, der Schal vor seinem Gesicht lockerte sich.

»Sue Barney!«, schrie Luke überrascht.

Das Mädchen lehnte sich erschöpft zurück. Ihr Gesicht war abgespannt, ein trüber Schleier lag über ihren dunklen Augen. Ihr ganzer Körper war noch wie unter großer Anstrengung verkrampft. Ihre Hände zitterten. Die Männer starrten sie an. Sturgess schüttelte langsam den Kopf und leckte sich die Lippen.

»Zum Henker! Das verstehe ich nicht!«

Sue drehte mühsam den Kopf. Ihr Blick richtete sich verschwommen auf die Männer. Ihre Lippen, blutleer vor Kälte, bewegten sich. Aber sie brachte keinen Ton hervor. Plötzlich verließen sie die Kräfte. Sie kippte zur Seite.

Luke fing sie auf. Ratlos starrte er Jed und Sturgess an.

Jed eilte zu dem Stuhl, über dem seine Satteltasche hing. Er zerrte eine halbvolle Brandyflasche hervor, entkorkte sie und hielt sie Sue an die Lippen. Sue schluckte mechanisch. Sie begann zu husten und schlug die Augen wieder auf. Langsam kehrte die Farbe in ihr fahles Gesicht zurück.

Sie begann zu zittern.

»Trinken Sie noch einen Schluck!«, sagte Jed rau.

Sie gehorchte wortlos. Allmählich entspannte sie sich. Ihr Atem wurde ruhiger.

»Ist Ihr Pferd draußen?«, fragte Jed.

»Ich habe es schon in den Stall gebracht!«, antwortete sie mühsam.

»Sind Sie alleine hier?«

Sue nickte. Jed beugte sich zu ihr hinab. Sein scharf geschnittenes Gesicht war angespannt.

»Warum sind Sie zurückgekehrt?«

Es war, als sei ein Stichwort für sie gefallen. Ein Schimmer huschte über ihr Gesicht. Sie stand schnell auf. Ihre Beine wankten, und sie musste sich an der Stuhllehne festhalten.

»Ihr müsst Matt helfen!«, stieß sie hervor. Jed fasste sie an den Schultern.

»Was reden Sie da?« Seine Stimme war scharf.

Ihre nächsten Worte überstürzten sich. Erregung brannte in ihren Augen.

»Sie haben ihn in Diggers' Lodge gefangengenommen. Er ist verloren, wenn ihr ihm nicht helft.«

Jed runzelte die Stirn.

»Und deshalb sind Sie hierher zurückgekommen?«

Sie nickte krampfhaft.

Sturgess schob sich neben Jed. Grimmig starrte er das Halbblutmädchen an.

»Lüge! Nichts als Lüge! Hört nicht auf diese Hexe!«

»Ich weiß nicht«, murmelte Jed.

»Sie will uns in eine Falle locken, nichts anderes«, knurrte Sturgess. »Wer weiß, vielleicht lauert draußen schon das Aufgebot. Nein, nein, traut ihr bloß nicht!«

Sue schaute Jed eindringlich an.

»Matt ist wirklich gefangen.«

»Ja!«, grollte Hank Sturgess. »Weil du ihn wahrscheinlich ebenfalls hereingelegt hast.«

Sue beachtete ihn nicht.

»Jed, Sie müssen mir glauben! Sie dürfen doch nicht annehmen, dass ich mich wieder in eure Gewalt begebe, nur um euch in eine Falle zu locken. Denken Sie an den Blizzard da draußen! Meinen Sie, mein Ritt war leicht? Meinen Sie, ich hätte dieses ganze Wagnis auf mich genommen, wenn es nicht dringend nötig wäre?« Ihre Stimme zitterte vor Anspannung und Erschöpfung. »Das Leben Ihres Bruders steht auf dem Spiel! Wenn Sie sich nicht rasch entscheiden, ist es zu spät!«

»Bedeutet Ihnen Matt so viel?«, fragte Jed leise.

Sie senkte den Kopf und schwieg.

Sturgess knurrte: »Du glaubst ihr doch nicht, Jed?«

Jed drehte ihm langsam das Gesicht zu. Ein tiefer Ernst lag in seinen Augen.

»Doch, Hank! Doch, ich glaube ihr!«

Zorn blitzte in Sturgess' Augen auf.

»Höllenfeuer! Das ist doch Irrsinn! Dieses verwünschte Halbblut...«

»Halten Sie den Mund!«, rief Sue heftig. »Ich lasse mich von Ihnen nicht beschimpfen!«

Sie machte einen Schritt auf Sturgess zu, Empörung in den dunklen Augen. Als sie die Stuhllehne losließ, konnte sie sich plötzlich nicht mehr aufrecht halten. Ihr Körper erschlaffte jäh. Jed fing sie auf und trug sie zu seiner Lagerstelle hinüber. Behutsam bettete er sie auf dicken Wolldecken. Ihre Augen waren geschlossen. Es sah aus, als schliefe sie.

Langsam drehte sich Jed um.

»Sie ist am Ende ihrer Kräfte. Der Ritt durch den Schneesturm war die Hölle für sie. Hank, keine Frau würde das tun, nur um uns hochgehen zu lassen. Sie hat die Wahrheit gesagt!«

Sturgess nagte an der Unterlippe.

»Und wenn! Falls dein Bruder wirklich gefangen ist, können wir ihm nicht helfen.«

»Vielleicht doch! Jedenfalls müssen wir es versuchen!«

»Ich denke nicht daran!«

»Aber Luke und ich!«, erwiderte Jed Whittaker scharf.

Sturgess verzog die Mundwinkel.

»So! Wollt ihr etwa während dieses Unwetters in die Stadt reiten?«

»Jawohl! Wenn dieses Mädchen den Weg geschafft hat, schaffen wir es auch!«

»Aber dann fängt das Problem erst an!« Ein spöttischer Unterton schwang in Sturgess' Worten. »Wollt ihr gegen ganz Diggers' Lodge mit euren Revolvern anrennen, um euren feinen Bruder herauszuhauen? Ihr denkt doch nicht im Ernst, dass euch das gelingt, he?«

Jed starrte auf seine Stiefelspitzen. In seinem Gesicht arbeitete es. Draußen heulte und tobte der Sturm mit ungebrochener Heftigkeit und jagte Schnee und Eis über das felsige Plateau. Luke ging zum Ofen und warf ein paar Holzscheite durch die Klappe. Die Flammen lohten hoch auf. Trotzdem wurde die Kälte, die durch die Ritzen sickerte, immer mehr spürbar.

Sturgess trat neben Jed und legte ihm eine Hand auf die Schulter.

»Gib es auf, Amigo! Es ist doch völlig sinnlos.«

Jed schüttelte unwillig die Hand des Desperados ab. Er hob den Kopf. Ein seltsames Glühen war in seinem Blick.

»Es gibt eine Lösung!«

Sturgess und Luke schauten ihn gespannt an.

»Das Gold!«, murmelte Jed gepresst. »Wir schaffen die Goldkiste zurück und versuchen Matt dagegen auszutauschen.«

Sturgess' stoppelbärtiges Gesicht erstarrte.

»Hast du den Verstand verloren, Jed?«, stieß er hervor.

Jeds Augen wanderten zur schweren eisenbeschlagenen Kiste hin. Dünner Schweiß glänzte auf seiner Stirn.

»Es ist die einzige Chance, um Matt freizubekommen...«

Sturgess atmete schwer. Mit mühsam erzwungener Ruhe sagte er: »Schlage dir bloß diesen Gedanken aus dem Kopf, Jed, sonst passiert ein Unglück!«

»Du kannst uns nicht daran hindern, Hank! Luke, wir reiten!«

Sturgess beugte sich mit glitzernden Augen vor.

»Menschenskind, Jed, da drinnen in der Kiste liegt Gold im Werte von sechzigtausend Dollar! Sechzigtausend, hörst du? Und das willst du so einfach zurückgeben? Denk daran, was wir dieses Goldes wegen alles riskiert haben! Jed, komm doch endlich zur Vernunft, zum Teufel!«

»Vielleicht bin ich jetzt endlich vernünftig geworden«, murmelte Jed Whittaker rau. »Vielleicht musste alles so weit kommen, um mich endlich zur Einsicht zu bringen.«

Sturgess starrte ihn entgeistert an.

»Mann, was redest du da?«

Aus brennenden Augen blickte Jed auf die Goldkiste.

»Wahrscheinlich hatte Matt von Anfang an recht. Diese Beute bringt uns nur Unglück. Wie viele Menschen sind dieses Goldes wegen schon gestorben? Es muss ein Ende haben! Matt soll nicht auch noch ein Opfer werden!«

Sturgess ließ die Hand auf den Coltkolben klatschen.

»Das Gold bleibt hier!«

Jeds Rechte bewegte sich blitzschnell. Ehe Sturgess seine Waffe herausbrachte, lag der Revolver schussbereit in Jeds Faust.

»Sei nicht närrisch, Jed!«, schnaufte Sturgess und spreizte die Hände. »Du kannst über das Gold nicht alleine entscheiden.«

»So? Kann ich das nicht?« Jed machte einen Schritt auf Studgess zu. Seine Miene drückte Wildheit aus.

»Hank, glaube nur nicht, dass ich in dir noch einen Freund sehe. Ich habe nicht vergessen, wie skrupellos du mit deinem Schießeisen umgehst. Ein Menschenleben bedeutet dir rein gar nichts. Als wir vorher John drüben in dem Stollen zur letzten Ruhe betteten, da hast du sicher nur daran gedacht, dass du mit einem Mann weniger teilen musst. Zur Hölle mit dir, Hank! Du wirst gar nichts vom Gold bekommen!«

»Aber...«

»Ja, ich bin mit dir geritten. Ich war selber ein Lump. Das Gold hat mich verrückt gemacht. Aber so viel Anständigkeit ist gerade noch in mir, um meinen Bruder nicht im Stich zu lassen. Matt ist mehr wert als das ganze dreckige Gold, zum Teufel noch einmal! – Luke, nimm ihm den Colt ab!«

Der junge Whittaker nickte.

»Jed, ich bin heilfroh, dass du dich so entschieden hast«, sagte er und ging von der Seite her auf Sturgess zu. Der Bandit machte einen blitzschnellen Seitwärtssprung und brachte Luke zwischen sich und Jed. Gleichzeitig langte er zum Colt.

»Nieder, Luke!«, gellte Jed.

Aber der junge Whittaker versuchte, Sturgess anzuspringen. Mit einem wuchtigen Fausthieb schleuderte ihn der Verbrecher zurück. Luke stolperte über einen Stuhl und krachte rückwärts auf die Bretter. Sturgess warf sich auf die Knie und feuerte. Sein Schuss verschmolz mit dem Dröhnen von Jeds Waffe. Beide Kugeln verfehlten ihr Ziel. Sturgess schnellte seitlich in die Höhe, Jed versuchte hinter das leere Regal zu kommen. Sie richteten wieder die Revolver aufeinander.

Da flog krachend die Tür auf. Der Sturm jaulte über die Schwelle. Flocken wirbelten im trüben, flackernden Kerzenlicht. Aus dem weißen Wirbel sprang eine hochgewachsene schneebedeckte Männergestalt.

»Höllenfeuer! Was geht hier vor?«

Der Lauf eines Colts schimmerte bläulich und war direkt auf Jed Whittaker gerichtet. Hinter dem Mann schoben sich zwei weitere Gestalten herein. Die Tür wurde zugeklappt und der eisige Luftstrom abgeschnitten. Nässe bildete sich unter den Stiefeln der Ankömmlinge. Der Mann an der Spitze zog den Wollschal vom Gesicht. Es war Chess Quinton. Die beiden anderen waren kräftige hart-gesichtige Männer, die ebenfalls ihre Colts schussbereit hielten.

Hank Sturgess' Haltung entspannte sich. Ein Grinsen verzog seine wulstigen Lippen.

»Das nenne ich ein rechtzeitiges Auftauchen! Chess, diese beiden Whittaker waren eben dabei, verrückt zu spielen. Es wird Zeit, ihnen zu zeigen, wie dieses Spielchen wirklich läuft!«

Ein gefährliches Funkeln in den Augen, kam er lauernd quer durch die Hütte auf Jed zu...

13. Kapitel

Matt Whittakers Gefängnis war eine dämmrige enge Kammer im rückwärtigen Teil des Nugget Saloons. Das einzige schmale Fenster hob sich als fahles Viereck aus dem Dunkel der Bretterwand ab. Draußen schien eine Woge aus Schnee über den Häusern niederzugehen. Nichts war zu sehen außer den wirbelnden Flocken. Eiskörner prasselten gegen die Holzwände. Das Brausen des Sturmes verschluckte alle Geräusche im Haus.

Matt hatte es aufgegeben, seine Fesseln zu lockern. Es ging nicht. Seine Handgelenke waren wundgescheuert. Die Kälte drang wie ein unsichtbares Ungeheuer durch die Bretterwände. Die Winterkleidung konnte kaum mehr dagegen schützen.

Matt versuchte sich etwas Wärme zu verschaffen, indem er hastig in dem Raum auf und ab ging. Aber diese Bewegung reichte kaum aus. Er merkte, wie seine Arme allmählich gefühllos wurden. Die Kälte kroch seine Beine herauf. Und sein Gesicht war völlig ungeschützt. In diesen Minuten vergaß er den Anblick der baumelnden Henkersschlinge. Der Gedanke an einen geheizten Ofen oder ein offen flackerndes Lagerfeuer drohte zur Zwangsvorstellung zu werden. Er wurde sich bewusst, dass er am ganzen Körper zu zittern begann. Seine Zähne schlugen aufeinander.

Er stockte, als er plötzlich den dünnen Lichtstreifen zwischen Schwelle und Türholz entdeckte. Eine scharfe Falte kerbte sich zwischen seine Augenbrauen. Er horchte angespannt. Aber da war nur das unablässige Heulen des Blizzards in seinen Ohren –

dieses Tosen, bei dem man das Gefühl hatte, jede Sekunde taub zu werden.

Die Klinke der Tür bewegte sich. Und dann wurde der Lichtstreifen über der Schwelle breiter. Matts Herz hämmerte schneller. Eine Flut von Gedanken zog durch sein Gehirn. Die Tür wurde einen Spalt geöffnet, ein Mann huschte herein. Der gelbe Schein einer Laterne füllte mit einem Schlag die kleine Kammer. Gerümpel lag in einer Ecke. An einer Wand waren Kisten hochgestapelt.

Matt blinzelte gegen das Licht. Es dauerte eine Weile, bis er den Mann erkannte. Es war Virg Reynolds. Er hängte die Laterne an einen verrosteten Haken, und dann hielt er plötzlich einen Revolver auf Matt gerichtet.

Matt sah den wilden Ausdruck in Reynolds' Augen, und ein bleierner Druck füllte plötzlich seinen Magen. Die Stimme des Postfahrers kam dumpf durch das Sausen des Sturms.

»Du weißt, warum ich gekommen bin?«

Matt zuckte stumm die Achseln. Reynolds schob sich nahe an ihn heran. Der Laternenschein geisterte unheimlich über sein hohlwangiges Gesicht.

»Ich will nicht warten, bis der Blizzard vorüber ist, verstehst du? Du könntest vielleicht eine Möglichkeit finden auszurücken. Und dieses Risiko gehe ich nicht ein!«

»Was soll das, Reynolds?«, fragte Matt heiser.

»Du bist doch nicht dumm, Whittaker. Du hast mich doch begriffen. Warum soll es ausgerechnet ein Strick sein, heh? Eine Kugel erfüllt denselben Zweck!« Er hob den Revolver und drückte die Mündung gegen Matts Kehle. Matt rührte sich nicht.

»Warum wollen Sie das tun?«

»Warum? Das fragst du noch?«, keuchte Reynolds wild. »Weil ich dich hasse, Mann. Weil ich dir heimzahlen will, was ihr alle angerichtet habt.«

»Reynolds, ich...«

»Halt den Mund, Whittaker! Die ganze Zeit muss ich daran denken, wie ihr Duff Harrow vom Kutschbock geschossen habt.

Er war ein guter Partner, und es lässt mir einfach keine Ruhe, wenn ich ihn immer wieder tot vor mir auf der Straße liegen sehe.«

»Reynolds, ich war doch nicht dabei. Kommen Sie doch zur Vernunft, Mann! Erinnern Sie sich nicht, wie ich Ihnen geholfen habe?«

»Geholfen?«, lachte der Kutscher heiser auf. »Zu deinen verwünschten Banditenbrüdern hast du mich geschleppt. Gib bloß dein Theater auf, es nützt dir nichts mehr!«

»Ich habe mich für Sie eingesetzt«, sagte Matt eindringlich. »Ich habe Ihnen sogar zur Flucht verholfen.«

»So? Davon habe ich nichts gemerkt. Und eure Streitereien untereinander kannst du nicht zur Entlastung anführen. Bist du etwa nicht mit den anderen geritten, heh? Hast du nicht geholfen, das Gold in die Berge zu schaffen? Nein, nein, du Bandit, gib dir nur keine Mühe mehr!« Er wich zurück. Sein Revolver zielte genau auf Matts Stirn. Sein Mund war verzerrt. Er war besessen von seinem Hass.

Matt schluckte schwer. Es hatte keinen Sinn, Reynolds von seiner Unschuld zu überzeugen – ebenso wenig wie er die anderen hatte überzeugen können. Er sagte hastig: »Reynolds, werden die anderen mit Ihrem Tun einverstanden sein?«

»Was kümmert das dich?«, knurrte der Postfahrer. »Sie werden froh sein, wenn ich ihnen die Arbeit abnehme, das ist alles.« Ein fast irres Grinsen verzog seine Lippen. »Angst, Whittaker, was?«

Matt suchte nach Worten. Aber sein Verstand sagte ihm, dass nichts mehr diesen hasserfüllten Mann aufhalten konnte. Reynolds hatte einen guten Kameraden verloren. Vielleicht war ihm dieser Verlust erst in den letzten Stunden so richtig bewusst geworden. Und jetzt konnte er nur noch an eines denken, an Rache!

Jede Faser in Matt spannte sich. Alles in ihm bäumte sich auf, wenn er an diesen Tod dachte. Er war gefesselt und hatte keine Chance. Aber er wollte nicht einfach untätig auf die Kugel warten. Er ging langsam auf Reynolds zu. Sein Gesicht war grau, von dunklen Linien durchfurcht.

Virg Reynolds' Augenbrauen zuckten überrascht.

»Bist du verrückt geworden, Whittaker? Was willst du? Bleibe sofort stehen!«

Matt hörte nicht auf ihn. Er duckte sich zu einem verzweifelten Sprung.

»Du Narr!«, schrie Reynolds scharf. »Da hast du es!«

Sein Revolver ruckte, Matt wollte vorwärtsschnellen.

Da krachte der Schuss bereits.

Matt erwartete, die Feuerlanze aus Reynolds' Waffe stechen zu sehen, und für einen schrecklichen Sekundenbruchteil glaubte er sich rettungslos verloren. Dann sah er, wie Reynolds' Faust kraftlos herabfiel. Der Revolver löste sich aus den klammernden Fingern und schlug auf die Bretter. Der Postfahrer stand wankend mitten im Raum, die Augen ungläubig aufgerissen. Mühsam wollte er sich umdrehen. Er schaffte es nicht mehr. Mit ausgebreiteten Armen stürzte er vornüber auf das Gesicht und regte sich nicht mehr.

Matt starrte auf ihn nieder, und in seinem Gehirn schien alles zu kreisen. Er hatte das Verlangen, sich zu setzen. Eine tiefe Erschöpfung war plötzlich in ihm. Er bezwang seine Benommenheit, riss den Blick von Reynolds los und schaute auf den Mann, der lautlos über die Schwelle trat.

Ein dünner Rauchfaden kräuselte vor der Mündung des Colts, den der andere in der Rechten hielt. Er schloss hastig die Tür hinter sich, erst dann wandte er Matt sein kantiges ernstes Gesicht zu.

»Jarrett!«, flüsterte Matt erstaunt.

Der Minenbesitzer hatte einen schweren Mantel über die Schultern geworfen. Er ließ den Colt darunter verschwinden. Bedauernd zuckte er die Schultern.

»Ich musste es tun! Er hätte Sie kaltblütig ermordet.«

Matt musste wieder an den Augenblick denken, da Reynolds den Stecher durchziehen wollte. Er wusste, dass er niemals zuvor dem Tod näher gewesen war. Forschend schaute er Jarrett ins Gesicht.

»Warum haben Sie das getan?«

»Sollte ich Zeuge eines Mordes werden? Ich bin nicht der Mann, der so etwas kann.«

»Aber warum sind Sie gekommen?«

»Um Ihnen zu helfen, Whittaker!« Renn Jarrett warf einen nervösen Blick über die Schulter zur Tür. Er schien beruhigt und zog ein Messer unter seinem Mantel hervor.

»Kommen Sie, ich zerschneide Ihre Fesseln!«

»Ich verstehe Sie nicht, Jarrett. Sind Sie denn nicht wie die anderen überzeugt, dass ich...«

»Nein!«, schüttelte der Minenbesitzer energisch den Kopf. »Nein, ich glaube nicht, dass Sie ein Mörder sind. Ich wollte Ihnen draußen schon helfen, es war vergeblich. Whittaker, ich komme aus dem Osten, dort gibt es Ordnung und Gesetz – vielleicht erklärt Ihnen das mehr. Ich kann einfach nicht dulden, dass vor meinen Augen ein Lynchmord verübt wird.«

»Sie riskieren allerhand.«

»Niemand wird erfahren, dass ich Sie herausholte. Whittaker, auf dem Hinterhof steht ein Pferd. Ich hoffe, Sie schaffen es, durch den Blizzard zu kommen.«

»Für mich ist alles besser als der Strick!«

Matt wollte zur Tür. Jarrett legte ihm schnell die Hand auf die Schulter.

»Noch etwas, Whittaker!«

»Ja?« Matt sah den Ausdruck von Unsicherheit über Renn Jarretts glattes Gesicht huschen.

»Vielleicht bin ich doch nicht ganz so uneigennützig, wie Sie vielleicht denken, Whittaker.«

»Reden Sie!«, forderte Matt. Er hielt es kaum noch in diesem engen, kalten Raum aus. Der Gedanke, dass draußen ein Pferd für ihn bereitstand, durchströmte ihn wie Fieber. Das Toben des Blizzards konnte ihn nicht schrecken.

»Whittaker«, begann Jarrett zögernd, »als man Ihnen vorhin die Schlinge um den Hals legen wollte, da sagten Sie etwas, was ich nicht vergessen habe.« Er räusperte sich. »Sie sagten, wenn man Sie freiließe, wollten Sie das Gold zurückschaffen.«

»Ich verstehe!«, murmelte Matt gedehnt.

»Ich kenne Sie zwar kaum«, sagte Jarrett schnell. »Aber ich vertraue Ihnen, Whittaker. Ich hoffe...«

»Ich werde mein Möglichstes tun, Jarrett«, versprach Matt.

Der Gedanke an die Freiheit war plötzlich nicht mehr so verlockend. Das Bewusstsein, eine kaum zu bewältigende Aufgabe vor sich zu haben, bedrückte ihn. Jarrett bemerkte die Veränderung von Matts Miene.

»Verstehen Sie mich recht, Whittaker«, murmelte er nervös. »Ich tue es nicht nur für mich. Ich bin schließlich gesichert, ich habe Barneys Garantie. Aber wenn ich gezwungen bin, Barneys Scheck einzulösen, ist der Mann ruiniert. Und ich will nicht, dass er mich in Zukunft hasst.«

Matt nickte. »Sie werden das Gold zurückerhalten, Jarrett!«

Der Minenbesitzer atmete tief ein. In einer impulsiven Bewegung reichte er Matt die Hand.

»Ich wünsche Ihnen viel Glück, Whittaker!«

»Danke!«, murmelte Matt. »Ich werde es brauchen können.«

14. Kapitel

Matt Whittaker hatte keine Ahnung, wie viele Stunden vergangen waren, seit er Diggers' Lodge verlassen hatte, als er endlich das einsame Felsplateau in den Big Beaver Mountains erreichte. Im tobenden Blizzard hatte er jegliches Zeitgefühl verloren. Zuerst waren ihm die Minuten wie Stunden und die Stunden wie Ewigkeiten erschienen. Schließlich hatte er nur noch das Gefühl besessen, dass es außer ihm, seinem Pferd und dem mörderischen Schneesturm nichts mehr gebe auf der Welt. Es war, als sei er dazu verurteilt, sein Leben lang durch diese weiße eisige Hölle zu reiten.

Jetzt zügelte er sein erschöpftes Pferd, als er die schwarzen Felswände, die das Plateau säumten, durch den dichten Schneevorhang schimmern sah. Er begriff kaum, wie er es geschafft hatte, in diesem brodelnden Hexenkessel nicht den Weg zu verfehlen. Er seufzte erleichtert. Seine Hände waren klamm vor Kälte. Sein Gesicht schmerzte wie von tausend Nadeln zerstochen. Er hielt den Kopf gesenkt, die Schultern hochgezogen – so wie er durch die sturmdurchtosten Schluchten und Täler geritten war, ständig gegen den Druck des Blizzards gestemmt, der ihn aus dem Sattel fegen wollte.

Das Pferd unter ihm zitterte vor Erschöpfung. Müde tätschelte ihm der Heiter den Hals.

»Gleich stehst du im Stall, mein Braver, und kannst dich ausruhen.«

Mit einem Schenkeldruck lenkte er das Tier schräg über die felsige Fläche. Durch Lücken im Schneeschleier sah er die Konturen der verlassenen Minenbaracken. Schnee häufte sich auf den Dächern und drohte die morschen Gebäude niederzudrücken. Und immer neuer Schnee stürzte in weißen gischtenden Wogen über die Felskämme herab und prallte wuchtig gegen Mann und Pferd.

Matt saß ab. Der Braune schnaubte gequält. Matt führte ihn an den Zügeln. Stellenweise sank er bis über die Knie in den Schnee. Keuchend stapfte er voran, immer wieder anhaltend, um sich an den Schatten der Bretterhütten zu orientieren. Der Sturm zerrte an seiner Kleidung. Eisnadeln zerstachen seine Wangen. Seine Lippen waren geschwollen. In seinen Händen war kaum noch ein Gefühl. Als er schließlich am Stalltor anlangte, glaubte sich Matt am Ende seiner Kräfte. Schweratmend klappte er den Balkenriegel auf. Es dauerte eine Weile, bis er mit seinen klammen Fingern das Tor aufziehen konnte. Das Pferd folgte ihm willig in die Dunkelheit des Stalles. Hinter ihm schlug der Sturm knallend das Tor zu.

Matt lehnte sich keuchend gegen einen Stützpfosten. Tief sog er den Geruch von Heu, Leder und Pferden ein. Er war glücklich über die Wärme, die ihn umgab. Das Schnauben des Braunen riss ihn aus seiner Reglosigkeit. Mit zitternden Händen holte er seine Schwefelhölzer hervor und riss eines an. Gleich darauf brannte die Laterne an einem Stützbalken.

Matt sah die Pferde in den Boxen und war erleichtert. Seine Brüder hatten die Mine also noch nicht verlassen. Matt war jetzt zu erschöpft, um an die Aufgabe zu denken, die auf ihn wartete. Er hatte nur das Verlangen, so rasch wie möglich den Braunen zu versorgen und sich dann auszuruhen.

Er führte das Pferd in eine leere Box, sattelte es ab und rieb es trocken. Der Schnee auf seiner Kleidung schmolz. Die Arme schmerzten, als sein Blut wieder gleichmäßig zu zirkulieren begann. Sein Gesicht brannte wie von Feuer versengt, und seine Hände waren noch immer taub. Müde lehnte er sich gegen die Boxwand und schloss die Augen.

Eine raue Stimme sagte in seine Benommenheit hinein: »Hallo, Whittaker! Da bist du ja endlich!«

Er riss die Augen auf. Am Ende des Stallganges standen zwei Männer. Er sah ihre Gesichter wie durch milchigen Nebel. Der eine war Chess Quinton, den anderen kannte er nicht. Matt stieß sich von der Boxwand ab.

»Hallo! Was ist...« Er brach ab, als er die schussbereiten Revolver in den Fäusten der beiden Männer sah. Schlagartig war seine Benommenheit verflogen.

»Nimm deine Hände hoch, Whittaker!«, forderte Quinton hart. »Deine Rückkehr war ganz umsonst.«

Matt verstand das alles nicht. Die Sorge um seine Brüder wühlte ihn auf. Aber er sah die eisige Entschlossenheit in den Augen seiner Gegenüber und begriff, dass keine Zeit zum Fragen blieb. Er warf sich auf die Knie, und seine Rechte zuckte zum Holster. Er war viel zu langsam. Die Erschöpfung machte sich nun doch bemerkbar. Vor ihm flammten die Revolver der Banditen. Matt schleuderte sich zur Seite. Kugeln pfiffen über ihn hinweg und rissen Holzsplitter aus der Boxwand. Der Braune bäumte sich schrill wiehernd hoch. Matts Finger fanden den glatten Kolben des Colts, den Renn Jarrett ihm mit auf den Ritt gegeben hatte. Aber sie waren noch zu lahm und kraftlos, um die Waffe blitzschnell aus dem Holster zu holen.

Schon krachten wieder die Revolver der Banditen. Ein scharfes Klirren war plötzlich schräg über Matt, dann hüllte ihn schlagartig Finsternis ein. Eine der Kugeln hatte die Laterne zerschlagen. Matt hörte Quinton fluchen. Wieder lohten Mündungsblitze auf. Matt spürte einen heißen Luftzug an der linken Wange. Auf der anderen Seite der Boxwand polterten Hufe gegen das Holz.

Matt rollte herum. Stroh raschelte, Tritte hasteten den Gang entlang. Auf Händen und Knien kroch Matt in die Box hinein, in der er eben den Braunen abgestellt hatte. Das Pferd scheute noch immer. Matt kauerte sich zusammen, um nicht von den Hufen getroffen zu werden.

»Nimm du die linke Seite, Bud!«, hörte er Quintons erregte Stimme. »Ich sehe rechts nach!«

Schritte scharrten vorbei. Matt erkannte die Schemen von Männergestalten. Zorn wühlte in ihm. Der Colt lag schwer und kühl in seinen frostklammen Fingern. Er war nahe daran, den Stecher durchzuziehen. Die Finsternis verschluckte die Männer. Sie näherten sich dem Hintergrund des Stalles. Hastig glitt Matt aus der Box.

»Whittaker!«, rief Quinton. »Gib auf, Whittaker! Ohne dein Pferd kommst du hier nicht lebend fort.«

Die Zähne zusammengebissen, hastete Matt geduckt den Stallgang entlang auf das Tor zu.

»Chess, ich glaube, da ist er«, schrie der zweite Desperado.

Dann zerschnitt wieder das Mündungsfeuer die Dunkelheit. Pulvergeruch füllte den Raum. Holz splitterte unter dem klatschenden Kugeleinschlag.

»Mach Licht, Bud!«, brüllte Quinton.

Pferde wieherten. Draußen heulte der Sturm. Das Tor schwang knarrend hin und her.

Matt war noch drei Schritte vom Ausgang entfernt, da wurde das Tor aufgerissen. Der Schein einer Sturmlaterne goss sich gelb in den Stall. Und dieser Schein spülte über Hank Sturgess' stoppelbärtiges Gesicht.

»Chess, habt ihr ihn? Wo ist...«

Matt sprang wie ein Tiger vorwärts, ehe Sturgess begriff, was vorging. Der Anprall war hart und schleuderte sie beide vor dem Stalltor in den Schnee. Die Laterne zerklirrte, die Flamme erlosch. Sturgess fluchte, im Stall schrien Quinton und Bud.

Matt kam keuchend auf die Füße. Sturgess, noch am Boden liegend, versuchte Matts Beine festzuhalten. Blindlings schlug Matt mit dem Colt nach ihm. Sturgess fiel in den Schnee zurück.

Mündungsfeuer rasten aus dem Stalltor. Die Detonationen versanken im ohrenbetäubenden Tosen des Blizzards. Der Sturm drückte mit Riesenkraft gegen Matt und peitschte ihm Eiskristalle ins Gesicht. Den Colt krampfhaft umklammernd, rannte Matt auf das Geratewohl in den Wirbel aus Schnee und Eis hinein. Kugeln jaulten an ihm vorbei. Wie aus weiter Ferne hörte er Quinton etwas schreien, verstand aber die Worte nicht. Als er über die Schulter schaute, war da nur der wogende weiße Schleier aus Schnee. Er versuchte sich zu orientieren. Aber diesmal klaffte keine Lücke im Schneevorhang, die ihn die Umrisse der Gebäude erkennen ließ.

Er hastete weiter, stolperte im hohen Schnee, stürzte und raffte sich wieder hoch. Die Kälte biss in seinem wunden Gesicht. Schnee schlug ihm in die Augen. Er rutschte, sank ein, taumelte, fing sich und hetzte immer weiter.

Plötzlich stieß er wuchtig gegen einen harten metallenen Gegenstand. Keuchend hielt er an. Er hatte eine der alten Kipploren vor sich. Die verrosteten Geleise darunter waren vom Schnee verweht. Matt duckte sich. Die Lore bremste die Wucht des Sturmes. Er konnte hier weiter als nur einen Yard sehen.

Er bog den Hammer seines Colts zurück. Er war entschlossen, sich hier zum Kampf zu stellen. Dann fielen ihm Jed und Luke ein. Ehe er nicht wusste, was aus ihnen geworden war, war es sinnlos zu kämpfen. Allein musste er ohnehin unterliegen – er hatte mindestens drei Gegner gegen sich, ausgeruhte Männer, deren Hände nicht von einem Ritt durch Eiseskälte steif waren.

Eine schattenhafte Gestalt schälte sich aus dem Flockenwirbel. Eine heisere Stimme versuchte das Heulen des Sturmes zu übertönen. Eine Mündungsflamme blitzte. Ohne nachzudenken, riss Matt den Abzugshebel durch. Er spürte den Rückstoß. Pulverqualm wehte ihm ins Gesicht. Der Schatten war jäh verschwunden. Matt schob sich an der Kipplore vorbei, jeden Augenblick darauf gefasst, auf einen Gegner zu stoßen. Nichts geschah! Er wartete geduckt, während sich der Schnee um seine Beine immer höher türmte. Wieder beschlich ihn dieses beklemmende Gefühl absoluter Einsamkeit, das er schon während seines Rittes durch die Big Beaver Mountains gespürt hatte.

Alles, was sich eben ereignet hatte, wirkte nun wie ein unwirklicher Spuk.

Matt überlegte, in welcher Richtung zu den Loren und Geleisen die bewohnte Hütte liegen musste. Dann setzte er sich zögernd in Bewegung. Der hohe Schnee behinderte ihn. Nässe drang durch seine Kleidung. Der Sturm zerrte an der Krempe seines Hutes und am hochgestellten Jackenkragen.

Nach einer Weile wuchs ein tintiger Schatten aus dem weißen Wehen hoch: die Front einer Hütte. Matt hielt den Atem an, als er den Lichtschimmer zwischen den Ritzen der geschlossenen Läden sah. Er schob sich an der Wand entlang, bis er zur Tür kam. Er lauschte. Kein Laut drang durch das Jaulen des Sturmes. Von den Banditen war nichts zu sehen. Vielleicht suchten sie ihn drüben bei den Stolleneingängen. Matt legte die Hand auf die Klinke, seine Rechte brachte den 45er in Anschlag. Er sog tief den Atem ein, dann stieß er die Tür auf. Mit einem Satz fegte er über die Schwelle, ging federnd in die Knie – und sah Jed und Luke gegenüber an der Wand reglos auf ihren Stühlen sitzen. Die

Erleichterung durchströmte ihn warm. Er ließ die Waffe sinken. Da öffnete Jed den Mund und schrie in heißer Verzweiflung: »Vorsicht, Matt!«

Matt warf sich herum, riss den Colt hoch – und schaute mitten in das Blitzen einer Mündungsflamme hinein...

Die Kugel prallte wuchtig gegen Matts Colt und schleuderte ihm die Waffe aus der Faust. Durch den zerflatternden Pulverrauch sah er das höhnisch grinsende Gesicht Chess Quintons auftauchen.

»Ich wusste doch, wo ich dich finden würde, Whittaker«, sagte der Verbrecher spöttisch.

Matt warf sich nach hinten auf die offene Tür zu, durch die es hereinschneite. Er wunderte sich, warum Quinton nicht erneut feuerte. Gleich darauf erhielt er einen schmerzhaften Stoß in den Rücken, der ihn in die Hütte hineinschleuderte. Er stolperte, ging zu Boden und rollte herum. Als er wieder auf die Füße kam, war die Tür geschlossen. Außer Quinton waren nun noch Sturgess da, Bud und noch ein finster blickender Mann mit einem Revolver in der Faust. Ihre Mienen zeigten grausamen Triumph.

»Das ist eine Stunde, auf die ich immer gewartet habe«, grinste Sturgess. »Die Abrechnung mit dir, Whittaker! Los, an die Wand hinüber mit dir!«

Jed und Luke hatten sich erhoben. Neben ihnen stellte sich Matt an die Wand. Aus den Augenwinkeln stellte er fest, dass die Holster seiner Brüder leer waren. In Lukes blauen Augen flackerte Furcht.

Jed murmelte gepresst: »Es wäre besser gewesen, die Flucht aus Diggers' Lodge wäre dir nicht gelungen, Matt. Sie wollen uns alle umbringen.« Mit einer Kopfbewegung deutete er auf die vier Banditen.

»Ihr habt euch zerstritten?«, fragte Matt überrascht.

Sturgess antwortete an Jeds Stelle: »Diese Dummköpfe wollten das Gold opfern, um dich freizukaufen!«

»Was?« Für einen Moment vergaß Matt die tödliche Gefahr. »Ist das wahr, Jed?«

»Yeah! Matt, ich habe eingesehen, was ich verkehrt gemacht habe. Und Luke war ja noch nie recht bei dieser Sache. Ich fürchte nur, jetzt ist es zu allem zu spät.«

»Sehr richtig!«, nickte Sturgess grimmig. »Du hast deinem Bruder noch nicht alles gesagt, Jed.«

»Ja«, murmelte Jed finster, »sie haben uns von Anfang an hereingelegt, Matt.«

»Wieso?«

Sekundenlang blitzte Hass in Jeds dunklen Augen auf.

»Hank steckt mit Quinton und diesen beiden anderen unter einer Decke. Sie dachten keine Minute daran, uns an der Beute zu beteiligen. Wir sollten Hank nur helfen, den Überfall auszuführen – und dann ausgeschaltet werden.«

Sturgess grinste breit.

»Was sagst du nun, Matt Whittaker? Ein feiner Plan, nicht wahr? Wir legen euch um, und damit wird die Jagd nach den Goldräubern automatisch zu Ende sein. Wir anderen können dann ungestört mit der Beute verschwinden. Und der große Vorteil liegt darin, dass man Chess, Bud und Nick weiterhin für ehrliche Leute halten wird. Wenn ich in ein paar Wochen wieder ein paar so dumme Partner finde, können wir das ganze Spiel von vorne beginnen. Auf diese Weise werden wir reiche Leute.« Er lachte schallend.

Jed keuchte heiser: »Ich wollte nur, ich bekäme noch ein einziges Mal Gelegenheit, dir mit einem Schießeisen gegenüberzustehen, Hank.«

»Leider wird es nur beim Wunsch bleiben, alter Freund«, erwiderte Sturgess höhnisch.

Jed war nahe daran, sich auf ihn zu stürzen. Matt hielt ihn zurück. Mehr um Zeit zu gewinnen, fragte er: »Eines ist mir noch unklar: Woher wusstet ihr, dass man mich in der Stadt geschnappt hat?«

Jed zeigte zur Wand hinüber, wo die Wolldecken ausgebreitet lagen. Erst jetzt bemerkte Matt die zusammengekauerte reglose

Gestalt. Die fransenbesetzte Lederkleidung und das in Zöpfe geflochtene schwarze Haar waren unverkennbar.

»Sue!«, stieß er hervor. Er wollte auf sie zueilen.

»Stehenbleiben!«, rief Quinton scharf. »Rühr dich nicht vom Fleck!«

Matt atmete schwer. Er schaute Jed aus brennenden Augen an.

»Hat sie euch verständigt?«

Jed nickte. »Es war ein Höllenritt für sie. Sie ist noch immer ohnmächtig. Matt, sie wollte alles tun, um dir zu helfen. Und jetzt...« Er zuckte bitter die Achseln.

Ein herber Geschmack füllte Matts Mundhöhle. Wenn Sue das für ihn getan hatte, konnte das nur eines bedeuten: Sie hatte ihn in Diggers' Lodge nicht verraten! Es war Zufall gewesen, dass man sie überrascht hatte, als sie ihm das Pferd gebracht hatte.

Aber er konnte jetzt darüber keine Erleichterung empfinden. In dieser Stunde, während draußen noch der Schneesturm wie ein wildes Tier um die Hütte tobte, würde alles ein blutiges Ende finden. Er wünschte, Sue Barney hätte die schützenden Häuser von Diggers' Lodge nie verlassen. Denn wenn die Verbrecher nicht verraten werden wollten, durften sie das Mädchen nicht schonen. Dieser Gedanke versetzte Matt einen Schock.

Sturgess blinzelte ihn spöttisch an.

»Überlegst du, wie du doch aus der Klemme kommen könntest? Versuch nur irgendetwas! Du wirst schon feststellen, dass euch nichts mehr helfen kann.«

»Zum Henker!«, schrie Jed wild. »Dann macht doch endlich Schluss! Worauf wartet ihr denn noch, ihr Banditenpack?«

Quinton war mit zwei langen Schritten bei ihm und schlug ihm die flache Hand ins Gesicht. Jeds Kopf knallte gegen die Bretterwand. Zähneknirschend wollte er Quinton anspringen. Matt packte ihn an der Schulter.

»Ruhig, Jed!« Seine Stimme kratzte vor Heiserkeit. Jed atmete schwer.

»Sie sollen doch schießen, diese Lumpen. Sie machen sich ein Vergnügen daraus, alles in die Länge zu ziehen, um uns zu quälen.«

»Sei still, Jed!«, sagte Matt hart. Er schaute seinem Bruder eindringlich ins Gesicht, und dann winkte er mit den Augen in die Richtung, wo sich Sue Barney befand.

Und jetzt sah es auch Jed.

Sue hatte sich lautlos auf die Ellenbogen gestützt. Mit ausgestreckter Hand tastete sie nach dem Colt, den Quintons Kugel vorher aus Matts Faust geprellt hatte. Die Banditen hielten sie noch immer für besinnungslos und drehten ihr den Rücken zu. Sues Finger waren nur noch wenige Zoll von der Waffe entfernt. Jed atmete tief ein. Seine Miene wurde ausdruckslos. Er ließ sich nichts anmerken. Matt schaute die Verbrecher ruhig an. Die Erregung glühte wie Fieber in ihm, aber seine Stimme war fest und sicher.

»Vielleicht ist alles doch nicht so einfach für euch«, sagte er. »Vielleicht schafft ihr es gar nicht, mit dem Gold von hier zu verschwinden.« Er sprach nur, um Zeit zu gewinnen. Er spürte den Herzschlag wie rasend gegen seine Rippen hämmern. Über die Schultern der Banditen sah er, wie sich die schmale Hand des Mädchens um den Coltkolben schloss. Wenn sich jetzt einer der Desperados umdrehte, war alles verloren.

Quinton schaute Matt unwillig an.

»Was redest du da! Willst du uns bluffen, heh?«

»Für uns ist das nicht mehr die richtige Zeit für einen Bluff«, antwortete Matt achselzuckend. Er wagte kaum noch, in Sues Richtung zu sehen, um die Verbrecher nicht aufmerksam zu machen. Trotzdem sah er aus den Augenwinkeln, wie sich das Mädchen behutsam aufsetzte und den Oberkörper drehte – ganz langsam, um sich nur ja nicht mit einem Deckenrascheln oder Scharren zu verraten. Das Kerzenlicht brach sich am glatten Lauf des 45ers. Matt konnte nicht verhindern, dass seine Stimme einen heiseren Unterton besaß.

»In Diggers' Lodge wird man längst gemerkt haben, dass ich geflohen bin. Wenn der Sturm abgeflaut ist, wird das Aufgebot wieder unterwegs sein. Ihr werdet nicht aus den Bergen herauskommen, ohne...«

»Ach was!«, knurrte Quinton. »Hör damit auf! Um diese Dinge brauchst du dich nicht mehr zu kümmern.«

Matt hörte kaum hin. Er fragte sich, was Sue allein gegen diese vier Banditen unternehmen konnte. Seine Hoffnung sank. Er und seine beiden Brüder waren unbewaffnet. Das Mädchen allein konnte keine Chance gegen diese vier revolvergewandten, skrupellosen Schießer besitzen.

Matt streifte seine Brüder mit einem schnellen Blick. Jed hielt den Kopf gesenkt. Luke hatte noch nichts gemerkt. Er schaute Matt verzweifelt an, als erwarte er von ihm Hilfe.

Quinton drehte sich halb Sturgess zu.

»Hank, ich denke, wir haben lange genug gewartet. Sollen wir uns länger das Gefasel dieses Kerls anhören? Ich schlage vor, wir bringen es hinter uns!«

»Einverstanden!«, knurrte Sturgess. »Aber Matt Whittaker überlässt du mir!«

Hinter den Verbrechern hatte sich Sue vorsichtig an der Wand hochgerichtet. Ihr schmales tiefbraunes Gesicht war angespannt, die dunklen Augen weit geöffnet.

Matt glaubte die Spannung nicht länger ertragen zu können. Wenn Sue feuerte, konnte sie nur einen Verbrecher erwischen. Dann würden die Colts der anderen Banditen sprechen. Keiner von diesen Männern würde zögern, auf ein Mädchen zu schießen. Matts Magen verkrampfte sich.

Er sah Sturgess' Revolvermündung auf sich gerichtet. Der Bandit wollte etwas sagen. In diesem Augenblick stieß der junge Luke Whittaker einen unterdrückten Schrei aus. Seine Augen waren aufgerissen, seine Miene verzerrt.

Er hatte Sue Barney entdeckt.

Matt glaubte alles verloren. Nick und Bud wirbelten herum. Quinton und Sturgess wollten auf die Whittaker Brüder feuern. Alles ging rasend schnell.

Ein Schuss peitschte. Sues Stimme drang schrill durch die Detonation: »Werft euch zu Boden!«

Matt ließ sich fallen. Über ihn hinweg sauste die Kugel aus Sturgess' Revolver in die Bretterwand. Gleichzeitig hüllte jähe Dunkelheit den Raum ein.

Sue hatte die Kerze ausgeschossen – das Beste, was sie tun konnte!

Matt rollte über den Boden. Mündungsflammen zerschnitten die Finsternis. Er schnellte hoch, stieß gegen einen Mann und schlug zu. Der andere sackte lautlos zusammen.

Ein gellender Schrei stieg auf. Jemand stürzte, einen Stuhl umwerfend, zu Boden. Matt bückte sich und riss dem Niedergeschlagenen den Revolver aus der Faust. Die Tür wurde geöffnet. Eisige Luft strömte herein, vermischt mit Schnee und Eiskörnern. Im fahlen Viereck der Tür hob sich eine kräftige dunkle Gestalt ab. Der Mann feuerte wie rasend in die Hütte hinein. Dicht neben sich hörte Matt das Sirren eines Geschosses. Sein Revolver schwang automatisch hoch. Er spürte den Rückstoß und sah die grelle Mündungsflamme.

Die Gestalt auf der Schwelle kippte plötzlich rückwärts und verschwand im dichten Flockenwirbel. Pulvergeruch stieg Matt in die Nase. Drüben beim Ofen polterte es. Die Klappe wurde aufgerissen. Rötlicher Feuerschein flackerte zur Decke hoch.

Matt wollte feuern, da hörte er Jed rufen: »Ich bin es! Keinen Schuss mehr!« Das Schüssepeitschen war verstummt. Noch immer jagte der Sturm Schnee durch die offene Tür. Die Flammen im Ofen lohten hoch auf. Im rötlichen Licht sah Matt eine schmale Gestalt auf sich zukommen.

»Matt, sind Sie verletzt?«

Er spürte plötzlich nicht mehr die beißende Kälte. Wortlos streckte er die Arme aus und zog das Mädchen an sich. Sein Revolver schlug achtlos auf die Bodenbretter.

»Sue, du bist das tapferste Mädchen, das ich je kennenlernte.«

Ihr Gesicht war dicht vor ihm. Er atmete den Duft ihres Haares ein.

»Ich bin bei den Ogalalla Sioux aufgewachsen, und dort habe ich mehr als nur Kochen gelernt«, antwortete sie mit dem Anflug eines Lächelns.

Im nächsten Moment schlangen sich ihre Arme um seinen Nacken, und ihre warmen Lippen berührten seinen Mund.

Jeds Stimme drang metallen durch das Prasseln des Feuers und Sausen des Sturmes: »Quinton und Sturgess sind entkommen! Ich glaube, so schnell werden sie auf das Gold nicht verzichten. Nehmt eure Waffen zur Hand, und haltet euch bereit!«

15. Kapitel

Die kleine Reitergruppe näherte sich den Häusern von Diggers' Lodge von hinten. An der Spitze ritten Matt und Jed, dahinter trotteten die beiden Gäule, zwischen denen die schwere Goldkiste hing, und den Abschluss bildeten Sue Barney und der junge Luke. Der Sturm war abgeflaut, aber es schneite noch immer. Prustend stampften die Pferde durch den hohen Schnee. Jeder von den Reitern hielt ein Gewehr vor sich im Sattel. Wachsam und ruhelos tasteten ihre Blicke in die Runde.

Jed räusperte sich.

»Das gefällt mir nicht, Matt. Ich kenne Hank und seine Gier nach dem Gold zu gut. Ich kann mir nicht vorstellen, dass er und Quinton wirklich aufgegeben haben. Ich sage dir, die Burschen halten noch irgendeinen Trumpf im Ärmel – und einen gefährlichen Trumpf.«

»Wir können nichts anderes tun, als unsere Schießeisen bereithalten«, murmelte Matt.

Die dunklen Gebäudefronten schälten sich deutlicher aus dem Flockenreigen. Alles war still. Der Schnee dämpfte die

Hufschläge. Die Minenstadt lag wie ausgestorben. Die Reiter hielten im Windschatten eines schiefen Bretterschuppens.

»Barneys Haus ist gleich da vorne«, sagte Matt. »Jed und Luke, wenn ihr wollt, könnt ihr zurückbleiben.«

»Nein!«, erwiderte Jed sofort. »Wir kommen mit! Nicht wahr, Luke?«

Der Junge nickte.

Matt sagte ernst: »Vielleicht sollten Sue und ich den Leuten in Diggers' Lodge erst alles erklären, ehe ihr euch blicken lasst. Es wäre besser...«

»Ich weiß, was du meinst«, unterbrach ihn Jed bitter. »Wir sind Banditen, nicht wahr? Well, wir reiten trotzdem mit, was auch geschieht. Ich werde den Gedanken nicht los, dass Quinton und Hank irgendwo zwischen den Häusern lauern. Matt, so dicht vor dem Ziel dürfen wir nichts mehr riskieren.«

Matt atmete tief ein. »Also gut, kommt!«

Sie trieben ihre Pferde voran, ritten einen brüchigen Bretterzaun entlang und kamen dann am Stagedepot vorbei. Die Rückfront von Barneys Haus war direkt vor ihnen.

»Wir können durch den Hintereingang!«, sagte Sue.

Sie lenkten ihre Gäule nahe ans Haus.

»Steigt ihr zuerst ab!«, murmelte Jed gepresst, stemmte den Gewehrkolben gegen seinen Oberschenkel und lud die Waffe durch. Sein Blick wanderte ständig hin und her. Linien der Anspannung kerbten sich um seinen zusammengepressten Mund.

Matt, Luke und das Mädchen saßen ab.

»Nehmt die Kiste und geht hinein!«, sagte Jed. »Ich komme nach.«

Wortlos machten Matt und Luke die Kiste von den Pferden los. Sue öffnete die Hintertür. Sie betraten den dämmrigen Korridor. Es war ganz still im Haus. Jed stellte sich in den Steigbügeln auf. Sein Blick war scharf und misstrauisch.

»Ich hätte darauf gewettet, dass sie in der Nähe sind«, murmelte er kopfschüttelnd. Dann schwang er sich geschmeidig vom Pferd, verharrte noch eine Weile mit schussbereitem Gewehr im

Freien, dann folgte er den anderen ins Haus und zog schnell die Tür hinter sich zu.

»Vater!«, rief Sue gedämpft und schaute sich suchend um. »Dad, wo bist du?«

Es kam keine Antwort. Die Stille im Haus wirkte plötzlich unheimlich.

»Dad! Hörst du mich?«, rief Sue jetzt lauter.

Eine Tür am Ende des Korridors knarrte. Ein kantiges glattes Gesicht erschien im offenen Spalt.

»Kommen Sie ruhig!«, sagte eine gelassene Stimme. »Es ist alles in bester Ordnung.«

»Mister Jarrett!«, rief das Mädchen. »Wo ist Dad?« Sie eilte den Gang entlang. Die Whittaker Brüder folgten ihr langsam. Matt und Luke trugen die Goldkiste zwischen sich.

»Barney ist drüben im Store«, antwortete Jarrett freundlich. »Er sagte, ich soll hier auf ihn warten. Kommen Sie ruhig herein!« Er setzte sich wieder in den weichgepolsterten Sessel neben dem hohen Fenster. Lächelnd betrachtete er die Männer, die die Goldkiste neben der Tür abstellten.

»Sie haben es also geschafft, Matt! Sind das Ihre Brüder?«

»Ja, Jarrett! Aber ich möchte nicht, dass etwas gegen sie unternommen wird. Sie haben nicht...«

»Ich habe das Gold zurück – alles andere lässt sich regeln.«

Jarrett holte eine Zigarre aus seiner Westentasche.

»Warum setzen Sie sich nicht? Miss Barney, wohin wollen Sie?«

Sue ging auf eine Nebentür zu, die nur angelehnt war. Über die Schulter sagte sie: »Ich hole nur etwas zum Trinken.«

»Lassen Sie doch!« Jarretts Stimme war ungewöhnlich scharf. »Wir haben erst etwas zu besprechen.«

Aber da hatte Sue bereits die Hand auf die Klinke gelegt. Die Tür ging auf. Das Mädchen prallte zurück. Die Whittaker Brüder, die in ihre Richtung schauten, sahen Tobe Barney gefesselt und geknebelt auf einem Stuhl sitzen. Matt griff zum Colt. Jed riss sein Gewehr hoch.

»Zu spät!«, sagte da jemand hinter ihnen.

Sturgess und Quinton traten nebeneinander vom Korridor herein, jeder einen Revolver in der Faust. Jed knurrte eine Verwünschung. Luke wich keuchend an die Wand zurück. Sue wollte ins Nebenzimmer zu ihrem Vater laufen..

»Bleiben Sie, wo Sie sind!«, befahl Jarrett scharf. Er erhob sich, ließ die Zigarre achtlos auf den Teppich fallen und verschränkte die Arme vor der Brust. »Ihr habt uns leider keine andere Wahl gelassen, als die Karten aufzudecken. Und das wird euch allen das Leben kosten!«

»Jarrett!«, flüsterte Sue betroffen. »Sie haben gemeinsame Sache mit diesen Verbrechern gemacht?«

Jarrett lächelte kalt. Ein böses Glimmen war in seinen Augen.

»Richtig, meine Schöne! Ich ließ mein eigenes Gold rauben, um die doppelte Summe zu verdienen. Alles war schön eingefädelt. Die Whittaker Brüder, die als die Goldräuber bekannt waren, sollten sterben. Die Beute wäre verschwunden gewesen. Niemand hätte sie wieder in meinem Besitz vermutet, und ich hätte zusätzlich die Sechzigtausend vom Konto Ihres Vaters kassiert.« Er starrte Matt gehässig an. »Leider hat uns dieser Coyote einen Strich durch die Rechnung gemacht. Es wäre zu schön gewesen, wenn ich als ehrlicher Mann weiterhin in diesem Tal hätte leben können. Well, das Gold und den Scheck Ihres Vaters haben wir jedenfalls, und das allein zählt. Bis man herausfindet, dass ihr alle tot seid, haben wir in Helena das Geld längst kassiert.« Er schnippte triumphierend mit den Fingern.

Matt fragte heiser: »Eines verstehe ich nicht, Jarrett! Warum haben Sie mir eigentlich gegen Virg Reynolds geholfen? Warum haben Sie mir die Flucht ermöglicht?«

»Ganz einfach! Ich hatte mit Chess vereinbart, dass er oben bei der verlassenen Mine auf Sie warten sollte. Ich wollte nicht riskieren, dass Sie die Bürger von Diggers' Lodge doch noch von der Wahrheit überzeugten. Deshalb wollte ich Sie Chess in die Hände schicken. Well, mit Reynolds' Vorhaben konnte ich ja nicht rechnen.« Jarrett breitete die Hände aus. »Gewiss, er hätte uns die Arbeit abgenommen. Aber dann hätte Chess umsonst gewartet und hätte vielleicht geglaubt, die Sache sei aufgeflogen.«

»Leider ging Ihre Rechnung nicht auf, was?«, murmelte Matt. »Und dieser Fehler hat Sie Nick und Bud gekostet.«

»Die beiden sind zu verschmerzen«, äußerte Jarrett brutal. »Und das andere lässt sich ja nachholen.« Er gab Quinton und Sturgess einen Wink.

»Wenn Sie sich nur nicht abermals geirrt haben«, stieß Jed Whittaker wild hervor. Er drehte sich blitzschnell. Sein Gewehrlauf flirrte.

»Jed!«, schrie Matt erschrocken. Er wusste, dass Jed keine Chance gegen die schussbereiten Colts der Verbrecher besaß.

Sturgess feuerte sofort. Gleichzeitig raste ein Feuerstrahl aus Jeds Gewehr.

Sturgess wurde von der Kugel gegen die Wand zurückgestoßen. Der Revolver entfiel ihm. Mit aufgerissenen Augen rutschte er an der Wand abwärts, kippte zur Seite und rührte sich nicht mehr.

Quintons Revolver peitschte auf, und wieder wurde Jed getroffen.

Ein großer dunkler Fleck malte sich auf seiner Jacke ab. Schlagartig war sein Gesicht mit Schweiß bedeckt. Noch während er zur Seite stürzte, zog er den Abzugshebel durch. Chess Quinton wurde herumgewirbelt. Er prallte gegen die Wand und hielt sich nur noch keuchend auf den Füßen. Mit verzerrtem Gesicht brachte er nochmals seinen Revolver in die Höhe.

Aber da war Luke Whittaker neben ihm und schmetterte ihm in verzweifelter Wildheit die Faust unter das Kinn. Quinton knickte in die Knie. Mit einem Fußtritt prellte Luke ihm die Waffe aus der Faust, hielt im nächsten Moment seinen eigenen Revolver in der Hand und schlug mit dem Lauf zu.

Der Bandit fiel auf das Gesicht und blieb reglos liegen.

Inzwischen war Matt mit zwei schnellen Sprüngen an Jarrett herangekommen. Der Minenbesitzer hatte einen doppelläufigen Derringer unter seiner Anzugsjacke hervorgerissen, kam aber nicht mehr dazu, die Waffe abzufeuern. Matt erwischte ihn mit zwei knallharten Haken.

Jarrett fiel in den weichgepolsterten Sessel. Er trat mit den Füßen nach Matt, doch dieser wich geschmeidig aus. Der Sessel kippte um. Jarrett rollte auf den Teppich, kam keuchend hoch und stürzte mitten in Matts Schwinger hinein. Schlaff kippte der Verbrecher über den Tisch.

Sofort war Matt bei Jed, der auf dem Rücken am Boden lag und beide Hände gegen die Brust gepresst hielt. Ein Würgen stieg in Matts Kehle, als er sah, wie bleich Jeds Gesicht war. Jed atmete stoßweise.

»Habt... ihr es geschafft?«, brachte er mühsam hervor. Jed war in die Knie gegangen. Matt nickte krampfhaft.

»Jed, du hast zu viel riskiert!«

»Nein, Bruder, sie... hätten uns alle... getötet. Und... ich hatte schließlich eine Menge... gutzumachen.«

Luke schob sich neben Matt. Dann kam Sue mit ihrem Vater heran, den sie losgebunden hatte.

Jeds Augen schienen größer zu werden.

»Barney!«. keuchte er mühsam. »Hören Sie, Barney, Matt... hatte mit dem ganzen... Überfall nichts zu tun. Und Luke... er ist noch ein Junge... Er... er...«

»Schon gut, Whittaker!«, murmelte Barney rau. »Ihren Brüdern wird nichts geschehen. Das verspreche ich Ihnen!«

»Dann ist es gut!«, seufzte Jed. »Wir haben... auf keinen Ihrer Leute... geschossen! Es waren...«

Er schloss plötzlich die Augen und lag ganz still. Es sah aus, als sei er eingeschlafen.

»Jed!«, schluchzte Luke trocken. »Jed!«

Matt erhob sich. Es war, als könne er sich kaum bewegen. Sein Blick fiel auf die eisenbeschlagene Kiste neben der Tür. Seine Brust schnürte sich zusammen. Das Gold hatte sein letztes Opfer gefordert.

Er spürte einen leichten Druck einer schmalen Hand auf seiner Schulter.

»Matt, wie schwer diese Stunde für dich auch ist – sie bringt gleichzeitig einen neuen Anfang.«

Er wandte den Kopf und schaute in Sues Gesicht. Traurigkeit und eine tiefe Wärme lagen in ihren samtdunklen Augen. Und gleichzeitig war da ein stummes Versprechen, das die Heftigkeit des Schmerzes in ihm minderte. Er fasste ihre Hände, und schweigend schauten sie den Flocken zu, die lautlos vor dem Fenster tanzten.

Ein langer bitterer Winter lag vor ihnen. Aber danach warteten Wärme und Sonnenschein auf sie...

ENDE

3. Der Henker wartet von Glenn Stirling

1. Kapitel

Entsetzt blickte der alte Halbindianer auf die vier Reiter.

Wie gelähmt saß der Alte auf seinem zweirädrigen Karren, der mit Trödlerwaren beladen war.

Die drei Cowboys hatten sich vor das Maultier am Karren aufgebaut.

Ihr Anführer, ein untersetzter Mann von etwa zweiundzwanzig Jahren mit dunklem Haar, ritt ein Stück weiter, sodass er jetzt mit dem Alten auf gleicher Höhe war.

»Ich hatte dir vor drei Wochen verboten, über das Gebiet der Broken-C-Ranch zu fahren, weil wir hier keine verdammten Zigeuner wie dich haben wollen!« Der Alte zitterte.

Sein welkes Gesicht erschlaffte noch mehr. Er, der seiner gemischten Abstammung wegen schon immer verspottet, vertrieben und wie der letzte Dreck behandelt worden war, wagte nichts.

Auch nicht gegen diesen jungen Burschen, der sich wunder was einbildete, nur weil sein Vater eine große Ranch besaß.

»Indianer-Joe, wir müssen dir zeigen, dass du nicht tun kannst, was wir dir verboten haben«, sagte der Schwarzhaarige. Er wandte sich seinen drei Cowboys zu, die erwartungsfroh grinsten. Sie alle waren so jung wie ihr Anführer, und das, was jetzt kommen würde, machte ihnen höllischen Spaß.

Indianer-Joe ahnte das Schlimmste. »Mr. Catlyn, bitte, lassen Sie mich!«, flehte er. »Ich bin ein alter Mann, ich lebe davon, meine Ware zu verkaufen. Es ist doch mein Brot...«

Der Schwarzhaarige lachte heiser. Dann rief er seinen Cowboys zu: »Werft ihm den Plunder vom Wagen. Werft ihn weit in die Runde, damit er das nächste Mal einen Bogen um das Gebiet der Broken-C macht. Los, Jungs!«

Er selbst zog den Revolver und richtete ihn auf den Alten, der hilflos wie ein altes Weib auf dem Bock saß und dem Heulen nahe war. Die Cowboys aber ritten beiderseits an den Wagen und rissen die Körbe, Kästen und Flaschen herunter, schlugen kaputt, was nicht widerstand, warfen es weit verstreut auf die Erde und amüsierten sich wie auf einem Rodeo.

Der alte Indianer-Joe schrie, zeterte und lamentierte, aber es feuerte sie nur noch mehr an. Binnen weniger Minuten war der Wagen abgeräumt, und die Habseligkeiten des Alten lagen mehr oder weniger ramponiert im Kreis um das wackelige Fahrzeug herum.

Dann schrie der Rancherssohn: »Sage es ruhig, wenn dich einer fragt, dass dir Perry Catlyn den Wagen abgeräumt hat. Sag es, damit sie etwas zu lachen haben. Und jetzt hast du zwei Stunden Zeit, denn wenn wir aus Concho zurückkommen, will ich dich hier nicht mehr sehen. Das nächste Mal brennen wir deinen Mist an und lassen dich barfuß am Schwanze deines Esels laufen, du verdammter Bastard!«

Der Alte sah fassungslos auf seine Waren, und im Geiste überschlug er den Verlust. Es würde Monate dauern, ehe er wieder mit einem winzigen Gewinn arbeiten konnte. Und viel hatte Indianer-Joe nie verdient.

Perry Catlyn lachte, als er das verdatterte Gesicht des Alten sah, der wie versteinert auf seinem Karren saß. Dann brüllte er: »Kommt, Jungs, erst reiten wir noch zu Ballard, dann in die Stadt!«

Sie schossen ihre Revolver in die Luft, dass es dem mickrigen Maultier des Alten in die Glieder fuhr. Vor Schreck vor dem Geknalle machte das Maultier einen Satz, und der unvorbereitete Alte flog vom Bock hinten in den Wagenkasten.

Die Cowboys und Perry Catlyn schrien vor Vergnügen, dann stoben sie wie die wilde Horde davon.

Der alte Indianer-Joe aber hatte sich aufgerappelt und drohte ihnen mit der Faust nach.

»Ich verfluche euch! Ich verfluche dich, Perry Catlyn! Sterben sollst du, sterben, du Lump!«

Einen Augenblick lang wirkte der hutzelige alte Mann wie einer der ganz großen Häuptlinge. Jetzt sah er mehr wie ein Indianer aus, und in seinen Augen leuchtete der brennende Hass auf die Weißen.

Es verflog schnell wieder. Als der Alte auf die Trümmer blickte, ernüchterte er und sank wieder in sich zusammen. Dann endlich kletterte er vom Wagen und begann, seine Habseligkeiten zu sammeln.

Während er es tat, murmelte er: »Ich bete, dass ein starker Mann kommt, und dass er es dir zeigt, Catlyn, dir und dieser verdammten Pest, die du aufgezogen hast. Dir und deinen Söhnen Perry und Ernie.«

2. Kapitel

»Das muss Concho sein«, sagte Johnny Stone und deutete auf die Ansammlung von Häusern in der flachen Talmulde.

Comanche, der neben ihm ritt, nickte.

»Ja, es ist Concho. Von da noch zweihundert Meilen bis nach Hause.« Er lachte. »Du hast ja zwölfhundert Dollar für unseren Prachtbullen in Sanders bekommen. Vielleicht lässt sich da ein Drink abzweigen. Ich bin schon ausgetrocknet wie eine Aztekenmumie.«

Der kleine, hagere Cowboy lachte rau auf und griff sich an den Hals, als wollte er demonstrieren, wie trocken es sich dort anfühlte.

Johnny nickte zustimmend.

»Klar, wir werden ein paar Stunden Rast einlegen und übernachten. Morgen früh geht es weiter. Ich bin gespannt, wie diese

Stadt ist. In Concho bin ich erst einmal gewesen, auch nur sehr kurz.«

»Wie wird sie schon sein«, meinte Comanche schulterzuckend, »Hauptsache, es gibt Whisky.«

Es war Nachmittag. Die Sonne stand schon tiefer, die Ocotillos und der Sage warfen lange Schatten. Das in mannhohen Büscheln stehende Grammagras erschien wie funkelndes Gold. Der Himmel war klar und wolkenlos, aber im Westen hatte er eine fast violette Färbung. In der tiefstehenden Sonne glitzerten und blitzten die Scheiben der Häuser, und auf der langen Straße, die durch die kleine Ortschaft führte, gab es nur tiefe Schatten oder grelles Ocker, wo die Sonne hin schien. Je näher die beiden Reiter kamen, desto deutlicher sahen sie alles.

Concho war eine jener Städte, wo noch viele Mexikaner in einem Ortsteil für sich wohnten, und ihre Häuser unterschieden sich schon im Baustil. Wie viele Menschen in diesen Adobegebräu den zusammen in einem Raum lebten, war Johnny schon immer wie ein Rätsel vorgekommen. Noch mehr aber wunderte es ihn, dass die Bewohner das jahrzehntelang aushielten.

Der amerikanische Teil der Stadt lag direkt an der Straße, mit Häusern aus Holz. Viele von ihnen waren angestrichen und wiesen die Besitzer als wohlhabend aus. Andere zeigten gar keinen Anstrich und wirkten grau und verwittert. Die Kirche war das einzige Steingebäude, aber ihr mexikanischer Baustil war unverkennbar. Wie ein Bollwerk stand sie zwischen dem amerikanischen und dem mexikanischen Teil der Stadt.

Das imposanteste Bauwerk war jedoch das Joliy-Hoke Hotel mit der Wells-Fargo-Relaisstation.

Gegenüber befand sich der einzige Saloon des Ortes in einem abgeblätterten Holzbauwerk, dessen verblasste Aufschrift »Cattlemen's Saloon« so alt zu sein schien wie das Haus selbst.

An einem Haltebalken stand ein halbes Dutzend Pferde, auf dem Verandavorbau spielten Kinder und Hunde mehr oder weniger gemeinsam.

Johnny hatte sein Pferd vor dem Hitchrack pariert und sah sich zu Comanche um, der verkniffen die Straße entlang sah. Comanches faltiges Gesicht und der bronzene Teint, der ihm zu seinem Namen verholfen hatte, wirkten im Sonnenschein wie aus Erz gegossen.

»Du hattest eine trockene Kehle, hast du gesagt«, meinte Johnny.

Comanche nickte und blickte wieder die Straße hinab.

»Sieh dir diese Kerle dort an!«, sagte er.

Johnny folgte Comanches Blickrichtung und sah ungefähr in Höhe der Kirche vier Cowboys, die hinter einer jungen Mexikanerin her ritten, ihr immer wieder den Weg zu versperren suchten, während das Mädchen wie panisch mit einem großen Tonkrug davonzulaufen suchte.

Jetzt stolperte sie, der Tonkrug fiel ihr aus den Händen und zerbrach. Die Cowboys bogen sich vor Lachen und stoben davon.

»Feine Gentlemen, muss man wirklich sagen«, brummte Johnny, der sah, wie das Mädchen die Schürze vors Gesicht presste und offensichtlich weinte. Zwei Jungen, anscheinend auch Mexikaner, kamen zu ihr und hoben die Bruchstücke des Kruges auf, was Johnny völlig sinnlos erschien, denn was sollte das Mädchen damit anfangen.

Ein alter Mexikaner tauchte auf, sah die Szene und schüttelte drohend die Faust hinter den Cowboys her, die zu weit waren, um das noch zu bemerken. Dann legte er seinen Arm um die Schulter des Mädchens und führte die Weinende auf einen Adobelehmbau zu.

Als sich Johnny umwandte, sah er den Sheriff. Er war ein älterer Mann mit einer Zigarre im Mund; die Hände über dem Bauch gefaltet, stand er mitten auf der Straße, drehte sich ruckartig um, als er sich beobachtet fühlte, und schlurfte wie ein Greis auf sein Office zu, an dem wie ein zerfetzter Lappen die Staatsfahne mit der aufgehenden Sonne hing, Symbol von Arizona.

»Der sieht auch nur zu. Feine Stadt, wie?«, meinte Johnny. Der Sheriff musste es gehört haben, aber er drehte sich nicht einmal um.

»Jetzt muss ich wirklich den Brandy haben«, meinte Comanche. »Dort drüben ist der Korral für die Pferde!«

Sie brachten ihre Tiere zum Korral und übergaben sie einem Mexikanerjungen, der aussah wie ein kleiner Rebell. Seine Augen funkelten wild, und sein Gesicht war in jäher Wut gerötet.

Johnny sah ihn an. Er hatte Kinder gern, gleich, ob sie Schwarze, Indianer oder Weiße waren.

»Was ist mit dir, Pancho?«, fragte er und legte dem etwa Zwölfjährigen die Hand auf die Schulter.

»Ich heiße Benito«, korrigierte ihn der Junge grimmig. »Das Futtergeld für einen Tag beträgt einen Dollar für zwei Pferde«, fügte er sachlich hinzu.

Comanche grinste.

»Hallo, kleiner Freund, die zwei Dollar bekommst du sicher. Aber warum bist du so böse?«

Da zuckte der kleine Benito herum und sah Comanche wütend an.

»Soll ich mich freuen, wenn dieses Gringopack meine Schwester belästigt wie eine – eine...

»War das Mädchen deine Schwester?«

Der Junge nickte.

»Und sie machen hier, was sie wollen.«

»Wer ist denn das, wer ist 'sie'?«, fragte Johnny.

»Diese Catlyns!«, zischte der Junge, und in der Art, wie er das sagte, lag ein abgrundtiefer Hass.

»So? Sind das Cowboys aus der Gegend?«

Der Junge schüttelte den Kopf.

»Rancher. Der eine von den Vieren da unten war Perry Catlyn, der eine Sohn von Catlyn. Ein Schwein ist der, ein Lump. Er hat immer drei, vier Cowboys bei sich, und die müssen alles tun, was er sagt, sonst werden sie gefeuert. Und dann machen sie hier, was sie wollen. Der Sheriff sieht weg.«

»Das haben wir auch gesehen. Na, vielleicht begegnen wir diesem Kerl auch noch. Er war nur zu weit weg, ich würde ihn nicht wiedererkennen. Du, Comanche?«

Comanche schüttelte den Kopf.

»Nein, so genau habe ich den nicht erkennen können.«

Johnny gab dem Jungen das Geld und noch zwei Quarter Trinkgeld. Der Junge bedankte sich und rief ihnen nach: »Das beste Essen gibt es drüben im Hotel, Sefiores!«

»Erst trinken wir einen«, meinte Comanche.

3. Kapitel

Der alte Rip Canning, dem dieser Saloon gehörte, stand vor einem der Spieltische, als Johnny und Comanche eintraten. Zufrieden sah der Alte auf seine bildhübsche Tochter, die gerade ein volles Tablett mit gefüllten Schnapsgläsern an einen langen Tisch trug, an dem acht Cowboys einer Ranchmannschaft saßen und nach dem Essen nun trinken wollten.

An der Theke lehnten drei Männer aus der Stadt, unter ihnen der Schuhmacher, der aussah wie ein Fass auf Beinen, massig und groß, den unheimlichen Bauch an die Einfassung des Tresens gestemmt.

Rip Canning humpelte auf seinem Holzbein zur Theke zurück, und seine Tochter warf einen schnellen Blick auf Johnny, der ihr zulächelte. Sie lächelte zurück und wäre um ein Haar gegen den Rücken von Tom Tumberley geprallt, der mit seiner Mannschaft hier am Tische saß.

»Hoppla, Kate, du willst uns doch nicht mit Schnaps taufen?«, rief der hagere Rancher und nahm Kate das Tablett mit den Gläsern ab.

»Sie ist heute zu sehr in Fahrt«, meinte einer der Cowboys, und alle lachten.

Kate machte ein spitzbübisches Gesicht und erwiderte kokett: »Ihr glaubt doch nicht, dass euer Anblick mich so in Fahrt gebracht hat, wie?«

Johnny war hinter der Tür stehengeblieben und starrte Kate fasziniert an. Dieses blonde Geschöpf war genau die Frau, von der er manchmal in einsamen Nächten am Lagerfeuer geträumt hatte. Sie hatte alles, was man einer Frau von Format anrechnete, und sie schien es sogar zu wissen. Als sie mit dem leeren Tablett zurück zum Tresen ging und die Männer fast alle hinter ihr dreinblickten, da schritt sie so graziös, so aufreizend weiblich, dass Johnny schlucken musste.

Er hatte plötzlich seinen Durst vergessen. Comanche hingegen sah zwar durchaus, dass Kate eine Rassefrau war, aber der lange Ritt durch Hitze und Staub hatten seinen Durst größer werden lassen als alle Sehnsucht nach einer schönen Frau.

Er stellte sich an den Tresen, winkte dem einbeinigen Keeper und rief dem Alten zu: »Pumaspucke für den lieben Jungen! Es darf ein großes Glas sein, Häuptling!«

Der alte Rip Canning nickte nur und schoss Flasche und Glas vom hintersten Ende der Theke über die glatte Kupferplatte. Der Schuss war so gekonnt, dass die schlitternde Flasche direkt vor Comanche stehenblieb, während das Glas danach angerutscht kam und zwei Finger breit neben der Flasche zum Stehen kam.

Comanche quittierte diese meisterliche Rutschpartie mit einem wohlwollenden Grunzen, dann schenkte er sich ein.

Johnny hatte nur Augen für Kate, und sie bemerkte es nun, blickte ihn aus ihren großen, blauen Augen an und fragte: »Sie auch ein Glas, Fremder?«

»Ich heiße Johnny«, erwiderte er und zeigte zwei Reihen perlweißer Zähne. Für einen Cowboy eine Seltenheit, und das schien auch Kate aufzufallen.

»Der Name passt zu Ihnen, Johnny. Ich bin Kate Canning.« Sie kam näher und blieb auf der anderen Seite der Theke vor ihm stehen.

Er bewunderte ihren Ausschnitt, der groß genug war, um viel ahnen zu lassen, zu klein, um Johnnys Neugier zu befriedigen. Sie bemerkte es und verschränkte die Arme vor der Brust.

»Wussten Sie, Kate, dass ich Sie seit Jahren kenne, ohne Sie je vorher wirklich gesehen zu haben?«, fragte Johnny.

Comanche, der solche Einleitungen Johnnys schon mehrfach gehört hatte, wandte sich gelangweilt ab und begann ein Gespräch mit dem dicken Schuhmacher.

Für Kate war diese Einleitung neu. Sie lächelte und fragte naiv: »Aber wie denn? Entweder haben Sie mich schon gesehen oder...«

»Ihr Bild stand vor mir schon tausendfach als Traum meiner schlaflosen Nächte. Ich träumte...«

Sie lachte glockenhell auf, beugte den Kopf zurück, und ihr langes Blondhaar fiel wie goldene Seide auf ihren Rücken. Der hellhäutige Hals verlockte Johnny, diese samtweiche Haut anzufassen.

Sie sah ihn wieder an, und ihre Blicke begegneten sich. Eine Weile waren sie beide ernst.

In diesem Augenblick erzählte Tom Tumberley, der Rancher der Cross Ranch, einen Witz. Alle, bis auf Kate und Johnny, hörten zu. Comanche wieherte wie ein alter Gaul. Dann erzählte Rip Canning einen neuen Witz. Niemand achtete noch auf Johnny oder Kate.

Die beiden sahen sich nur an. Sie mussten sich wie auf einer Insel Vorkommen, denn keiner der beiden hatte Augen für das, was um ihn geschah.

»Du gefällst mir, Cowboy«, sagte Kate leise, und es klang, als würde sie Johnny schon ein Menschenleben lang kennen.

»Wie lange hast du noch hier zu tun, Kate?«, fragte Johnny und spürte ein immer stärker werdendes Verlangen, dieses Mädchen in die Arme zu nehmen. Er legte ihr die Hand auf den Arm und zog sie etwas näher heran. Sie widerstrebte nicht, und als im Raum wieder eine Lachsalve losbrach, sagte Kate: »In zehn Minuten werde ich hinten am Stall sein.«

Johnny hatte noch immer die Hand auf Kates Arm, und sie ließ es geschehen.

Plötzlich war es totenstill im Raum. In diese Stille hinein sagte eine barsche Stimme: »Nimm die Pfoten von Kate!«

Johnny sah, wie Kate mit einem Mal steif wurde, wie ihr Gesicht erbleichte.

Er wandte sich zur Seite und sah einen großen Burschen in Cowboykleidung, mit der Hand am Revolvergriff. Der Mann war noch jung, knapp über die Zwanzig, und sein Gesicht hatte sich im Zorn dunkel verfärbt. Eine Strähne seines schwarzen Haares hing ihm wirr in die Stirn; der Hut saß schief.

Niemand im Saloon sagte etwas. Alle starrten auf den Mann hinter der Tür, der hasserfüllt auf Johnny blickte.

»Nimm die Pfote von ihr!«, schnarrte der Dunkelhaarige erneut, und seine Hand zog den Revolver ein Stück aus dem Holster.

Johnny ließ Kate los und drehte sich dem anderen zu.

»Perry, es – es war doch nichts. Ich – ich...« Kate brachte keinen vernünftigen Satz heraus. Die Angst vor dem, was kommen könnte, schnürte ihr die Kehle zu.

»Reg dich nicht auf, Kleines«, sagte Johnny beschwichtigend, ohne diesen Perry dabei aus den Augen zu lassen.

»Ich gebe dir drei Sekunden«, keuchte dieser Perry, »und dann bist du auf dem Weg zu deinem Gaul und reitest aus der Stadt. Eins...«

Johnny lächelte kalt. Es wäre das erste Mal, dass er sich so einem Burschen beugen würde. Und er sah dazu nicht den geringsten Grund.

Perry, der sich offenbar überlegen fühlte und sich dazu vielleicht für einen schnellen Schützen hielt, zumal er den Revolver bereits in der Hand hatte, wollte es wissen.

»Zwei.«

Johnny stand lässig, und niemand sah ihm die Spannung an, die in ihm war. Dass dieser Perry den Revolver herausreißen und schießen würde, war ihm klar. Das stand in den Augen dieses

Burschen geschrieben. Aber er wollte nicht einen Schritt zurückgehen. Was fiel diesem aufgeblasenen Kerl ein, sich wie ein betrogener Ehemann aufzuspielen?

»Drei.«

Perry riss den Revolver heraus, hob ihn hoch, drückte ab. Der Schuss raste genau dorthin, wo Johnny eben noch gestanden hatte. Aber Johnny war nicht mehr da. Während das Blei aus Perrys Revolver die Theke in Bauchhöhe aufmeißelte, war Johnny schon mit einem Satz zur Seite gesprungen, hatte im Sprung den Revolver gezogen und abgedrückt.

Perry hatte, als Johnny sprang, noch dessen Bewegung folgen wollen und war herumgewirbelt. Aber diese Bewegung wurde ihm zum Verhängnis. Johnnys auf die Schulter gezielter Schuss traf ihn genau in die Brust, warf ihn bis zur Pendeltür zurück und ließ ihn dort zu Boden schlagen. Zwei Sekunden später war er tot.

Entsetzen lähmte alle Menschen im Raum. Johnny, der Linkshänder, stieß eine neue Patrone in die Kammer und schob mit seiner Linken den Revolver wieder in das Holster.

Kate hatte die Hände vors Gesicht gepresst und schluchzte. Big Canning war der Erste, der den Bann der Erstarrung brach. Er kam auf seinem Holzbein angehumpelt, beugte sich über den toten Perry, hob den Kopf und sah Johnny an, der mit unbewegtem Gesicht dastand.

»Junge«, sagte der Alte, »jetzt solltest du verflucht schnell reiten. Er ist tot. Perry Catlyn ist tot!«

Unbeeindruckt meinte Johnny: »Hätte ich mich von diesem Narren umbringen lassen sollen?«

Der Alte richtete sich auf und trat vor Johnny.

»Der Narr war der Verlobte meiner Tochter. Und er war auch Jeff Catlyns Sohn. Catlyn gehört die größte Ranch hier. Der hat mehr Macht in diesem County als der Sheriff und wir alle zusammen. – Du solltest reiten, Junge, sehr schnell und sehr weit! Wenn du es überhaupt noch schaffst...«

Der Rancher Tom Tumberley war aufgestanden und stellte sich neben den Alten. Er sah Johnny an und meinte väterlich: »Er hat recht, Cowboy. Es mag tausendmal Notwehr sein, und die war es ja auch, aber für Jeff Catlyn bestehen andere Gesetze. Reite, und tu es sehr schnell!«

»Es wird ja wohl einen Sheriff hier geben«, meinte Comanche, der nun endlich auch einmal zu Worte kam.

Die Männer drehten sich zu ihm um.

»Ja«, sagte Tumberley, »den gibt es. »Aber ebenso gut kannst du den Stern einem von Catlyns Cowboys geben; es kommt aufs selbe heraus.«

In diesem Augenblick betrat der Mann den Saloon, von dem eben die Rede gewesen war: Sheriff McGhee, gefolgt von einem baumlangen Mann, der etwas vorgeneigt ging und dem man die Neigung zur Brutalität, aber auch die Feigheit offen in den Kojotenaugen ablesen konnte.

Der untersetzte, spitzbäuchige Sheriff sah den Toten, nahm den Hut ab, und sein weißes Haar leuchtete im Abendsonnenschein, der durch den freien Raum über der Tür in den Saloon fiel.

Nach kurzer Zeit hob McGhee den Kopf und blickte in die Runde. Sein Blick heftete sich auf Johnny, und er fragte knapp: »Sie?«

»Notwehr«, entgegnete Johnny. »Er zog und schoss lange vor mir.«

Johnny sah es dem Sheriff an, dass der die Tatsache der Notwehr zwar nicht bestritt, sie aber in diesem Fall absolut nicht als Freispruch für den Schuss wertete.

»Ich muss Sie verhaften. Wie heißen Sie?«

»Stone, Johnny Stone«, erwiderte Johnny gelassen. »Es gibt gar keinen Grund für eine Verhaftung.«

»Das wäre ja noch schöner!«, rief Comanche. »Dieser Kerl kommt herein und...«

Der Sheriff wandte sich dem baumlangen Mann zu, der hinter ihm stand, und jetzt sah auch Johnny den Deputy-Stern an dessen Brust.

»Phil, entwaffne ihn!«

Der Lange blickte Johnny ausdruckslos an wie eine Bulldogge. Dann schob er sich näher. Als er vor Johnny stand, den er um mehr als Haupteslänge überragte, wollte er nach Johnnys Revolver greifen.

»Bleib mir von der Figur«, fuhr ihn Johnny an, und der Lange stierte verblüfft, blieb mit ausgestrecktem Arm wie paralysiert stehen und sah sich dann hilflos nach McGhee um.

»Stone, Sie sind verhaftet, leisten Sie keinen Widerstand!«, rief der Sheriff.

»Sie können den Mann nicht wegen Notwehr einsperren!«, protestierte Comanche.

»Es war wirklich Notwehr«, sagte auch Rip Canning.

McGhee wurde unsicher. Johnny war es, als lausche der Sheriff zur Straße hin, als schien er von dort jemanden zu erwarten. Dann aber trat er auf Johnny zu und sagte scharf: »Stone, Sie lassen sich jetzt entwaffnen und festnehmen, oder Sie verstoßen gegen das Gesetz. Dann müsste ich Gewalt anwenden!«

»Reite, Junge, reite schnell!«, raunte Rip Canning. »Hau ab!«

Johnny musterte den Sheriff. Der würde ihn nicht aufhalten. Und die Männer im Saloon, vor allem jene um Tom Tumberley, würden gar nicht erst den Versuch machen. Der lange Deputy bildete auch kaum ein Hindernis.

Dennoch wollte Johnny nicht fliehen. Es kam ihm unwürdig und lächerlich vor. Wer war denn dieser Jeff Catlyn, dass ein Mann vor ihm fliehen musste, wenn er in Notwehr gehandelt hatte? Nein, sagte sich Johnny, ich bleibe. Ich will doch mal sehen, wo hier Recht und Gesetz ist.

»Hau ab!«, zischte Comanche, der dicht neben Johnny getreten war. »Ich decke die Flucht.

Der Sheriff schien wohl auch zu hoffen, dass Johnny fliehen würde. Er war etwas zur Seite getreten und zog auch den langen

Deputy am Ärmel ein Stück aus dem Weg. Deputy Phil Anderson begriff diesen plötzlichen Gesinnungswechsel nicht und sah seinen spitzbäuchigen Chef ein wenig ratlos und einfältig an.

Es war die Chance, und Johnny zögerte. Ja, er wollte sie wirklich nicht nutzen, und das verblüffte den Sheriff eigentlich noch mehr als alles andere. Er schien fest mit einer Flucht gerechnet zu haben, fand diesen Ausweg sogar als die beste Lösung, weil er die Catlyns kannte, aber auch den Text des Gesetzes noch in Erinnerung hatte.

Plötzlich erschienen drei Cowboys an der Tür. Rip Canning sah sie zuerst und murmelte: »Catlyns Cowboys, sie waren vorhin noch mit Perry zusammen...«

Die drei blickten über die Tür hinweg in den Saloon. Wie gebannt starrten sie auf den Toten. Einer von den dreien machte sofort kehrt und verschwand.

»Jetzt hast du noch zwei Stunden Zeit, Junge«, zischte Rip Canning Johnny zu. »Dann ist Catlyn mit seiner ganzen Mannschaft hier.«

4. Kapitel

Mit dem Auftauchen der beiden Catlyn Cowboys schlug im Saloon die Stimmung blitzartig um. Mit einem Mal nahmen auch Tumberley und seine Mannschaft eine drohende Haltung gegen Johnny ein. Sie kreisten ihn ein, und die beiden Männer von Catlyn traten nun in den Saloon. Der eine war ein blonder Bursche mit einem Jungengesicht, der andere wirkte verkniffen und aggressiv. Er war klein und hatte etwas von einem Kobold an sich.

Kaum war er im Saloon, rief er mit einem giftigen Unterton: »Wer war der Skunk, der Perry...«

Johnny hörte den »Skunk« und flog nach vorn. Aber jetzt hatte sich alles verändert, und er schien es nicht gemerkt zu haben. Als Johnny auf den kleinen Cowboy losgehen wollte, warf sich

Deputy Anderson mit seiner ganzen Länge dazwischen, und von hinten schlug Tumberley mit dem Revolverkolben zu.

Comanche, der das alles hatte verhindern wollen, bekam plötzlich die gemeinsame Front der Cowboys zu spüren, die vorhin noch mit ihm wie alte Freunde geplaudert hatten. Jetzt warfen sie sich auf ihn und schlugen ihn nieder. Er hatte nicht die mindeste Chance, gegen acht Männer anzukommen. So entging ihm, dass Johnny bewusstlos zusammengebrochen war, ihm von Anderson Handschellen angelegt wurden und ihn dann Deputy und Sheriff wie ein erlegtes Stück Wild aus dem Saloon über die Straße schleiften.

Als Comanche wieder klar denken und sehen konnte, lag er im Schuppen von Rip Cannings Hof. Der Alte stand vor ihm, seine Tochter kühlte Comanches Stirn.

»Junge«, sagte der Alte, »ich habe dich mit Kate hierhergebracht, da bist du sicher. – In dieser Stadt hat dein Freund keine Chancen. Gar keine. Niemand wird sich euretwegen mit Catlyn anlegen. Ihr hättet beizeiten fliehen müssen. Nun ist es zu spät – viel zu spät. Sie werden deinen Partner aufhängen.«

»Es war Notwehr«, erwiderte Comanche.

»Ja, das war es, aber das wird Catlyn nicht interessieren. Er ist hier das Gesetz, und was er sagt, das gilt. Dein Partner hat Catlyns Sohn erschossen. Dafür wird sich Catlyn rächen.«

Comanche begriff schlagartig, dass er allein nicht helfen konnte.

»Und der Sheriff?«

Rip Canning stampfte mit dem Holzbein auf.

»McGhee ist ein Niemand. Er hat gute Eigenschaften, aber er wagt nichts, was gegen Catlyn geht. Nichts, Cowboy.«

»Wo bekomme ich Hilfe?«, fragte Comanche.

Der alte Rip Canning lachte grimmig.

»Hilfe? Hier? Nirgendwo. Catlyn hat sie alle in der Tasche. Ich muss sehen, dass ich Kate wegbringe. Er wird glauben, dass sie es war, die deinem Partner Mut gemacht hat. Catlyn glaubt, er hätte sie gepachtet für seinen Sohn. Kate hat Perry nie haben wollen, aber eines Tages ist Perry gekommen, hat den Alten mitgebracht und mir gesagt, dass er sich mit Kate verloben wolle. Was sollte ich machen? Sie hätten mir das Haus über dem Kopf angezündet und mich zuvor halbtot geschlagen, wenn ich nein gesagt hätte. Ja, Junge, sieh zu, dass du wegkommst, bevor sie dich auch mit einlochen. Bis jetzt haben sie dich vergessen. Aber vielleicht erinnern sie sich noch.«

Comanche richtete sich auf, wischte sich über die Augen und sagte heiser: »Ich werde Hilfe holen. Ich werde unsere Mannschaft herbringen, vielleicht schaffe ich das noch. Wann werden sie Johnny verurteilen? Ist ein Richter in der Stadt?«

Der alte Rip Canning schüttelte den Kopf.

»Es gibt hier keinen Richter, Junge. Der nächste ist in Camp Bowie, und das ist verflucht weit. Außerdem ist es ein Militärrichter der Territoriums Verwaltung. Er wird erst einen Bundesrichter anfordern, und das dauert. Aber solange wartet Catlyn nicht. Er ist hier der Vigilante Chef. Da hat er sich auch das Amt des Friedensrichters unter den Nagel gerissen, obgleich es keine Behörde anerkennt. Die Leute hier aber nehmen es hin. Sie lassen sich alles gefallen, was von Catlyn kommt – müssen es sich gefallen lassen.«

»Dieser Tumberley ist ein Kojote«, grollte Comanche. »Mit seiner Mannschaft hätte er...«

Der alte Rip schüttelte den Kopf.

»Nein, Junge, er ist in Ordnung, aber er kann nichts tun. Wenn er sich gegen Catlyn stellt, sperrt der ihm das Wasser. Und nur auf Catlyns Weiden sind Wasserstellen. Er duldet Tumberleys Vieh nur dort. Wenn er will, lässt er Tumberleys Rinder verdursten, und es gibt kein Gesetz, das Tumberley schützt.«

»Eine feine Gegend ist das«, meinte Comanche.

»Das einzige, was hier hilft, ist eine starke Ranchmannschaft. Und das müssen eisenharte Jungs sein, damit sie mit Catlyns Crew fertig werden. Catlyn hat drei Revolvermänner in seinem Haufen. Einer ist der kleine Giftpilz, dieser Hiram Sonley, mit dem dein Partner fast zusammengeraten wäre, der andere ist dir vielleicht sogar dem Namen nach bekannt: Gus Adolphe. Und der dritte ist Steff Lion, vielleicht der anständigste von allen Catlyn-Männern. Steff ist vorhin noch in die Stadt gekommen, gerade, als wir dich aus dem Saloon geschleift haben. Bald wird auch Catlyn mit der ganzen Mannschaft hier sein. Hau ab, Junge, hau ab, bevor sie dich auch einlochen!«

Comanche sah das Mädchen an. Kate lächelte matt und nickte, aber er sah ihr an, wie groß ihre Angst war. Nichts von dem koketten, ein wenig kessen Benehmen des Mädchens war übriggeblieben. Jetzt hatte die hübsche Kate nur noch Angst vor dem Zorn Catlyns.

»Ich bringe Kate weg«, sagte der Alte, als hätte er Comanches Gedanken erraten. »Ich bringe sie zu meinem Bruder; er hat zwanzig Meilen von hier eine Farm. Da ist sie sicher.«

Comanche nickte dem Alten dankbar zu.

»Gut, ich werde reiten, aber nicht, um wegzubleiben.« Er sah Kate an und lächelte hart. »Ich komme wieder, und wir holen Johnny heraus. Hoffentlich schaffe ich es. Wo bekomme ich frische Pferde?« Die Frage richtete er an Rip, und der nickte eifrig.

»Hinten im Korral sind drei gute Pferde. Sie gehören mir. Nimm dir zwei mit, wechsele sie rechtzeitig. Wohin willst du?«

»Nach Tombstone.«

»Verflixt, das ist zu weit. Du schaffst es nicht. Ist eure Mannschaft groß?«

»Jeder Mann zählt doppelt«, erwiderte Comanche.

»Zweihundert Meilen, Junge, das ist eine lange Reise. Und wieder zurück – hmm, ich weiß nicht. Du wirst zu spät kommen, viel zu spät!«

»Abwarten!«

»Nimm dir die beiden Pferde und reite. Jetzt, sofort, gleich!«

Comanche zweifelte noch immer, ob Catlyn bis zum Äußersten gehen würde.

»Ist es sicher, dass sie Johnny hängen wollen? Das wäre doch Mord!«

Der alte Rip lachte rau.

»Catlyn hat andere Bezeichnungen dafür. Ja, Junge, es ist todsicher, dass sie ihn hängen, absolut sicher! Ich kenne Catlyn, und ich kenne diese Stadt. Die einzigen, die offen gegen Catlyn protestieren, sind die Mexikaner, aber sie haben auch keine Chance gegen ihn, gar keine.«

»Gut, ich reite!«, erklärte Comanche entschlossen.

»Gott steh dir bei, Junge«, murmelte der Alte.

5. Kapitel

Als Johnny zu sich kam, sah er über sich den abgefallenen Kalk einer Hausdecke. Er versuchte, den Kopf zu drehen, aber es schmerzte stechend im Hinterteil des Schädels. Er tastete danach und spürte das klebrige, gerinnende Blut einer Wunde.

Als es ihm endlich unter Schmerzen gelang, den Oberkörper zu heben, sah er die Zelle, in der er lag. Er selbst befand sich auf einer primitiven Holzpritsche, vor ihm die Gitterwand, die Zelle und eine Art zweiten Office-Raum.

Johnny war allein. In der Zelle roch es nach Urin, auf dem Boden krochen Asseln herum, wie meist in feuchtkühlen Gebäuden dieser Gegend.

Nur mit Mühe vermochte sich Johnny an das zu erinnern, was vor seiner Bewusstlosigkeit gewesen war, doch sein Gedächtnis verließ ihn, als er sich fragte, wie er überhaupt bewusstlos geworden war.

Allmählich fiel ihm die Geschichte mit Perry Catlyn wieder ein, der Schuss des Ranchersohns und Johnnys tödliche Erwiderung darauf.

Während er noch darüber nachdachte, quietschte die Tür des Vorraumes, und Sheriff McGhee kam herein. Ihm folgte wie ein Kettenhund der lange Deputy.

McGhee trat ans Gitter, sah Johnny beinahe nachsichtig an und meinte verdrossen: »Du bist ein Narr, mein Junge, ein riesengroßes Rindvieh! Ich hätte gehofft, du hättest gewusst, was du tun müsstest. Aber Starrsinn bringt dich jetzt an den Galgen, und ich kann es nicht verhindern.«

»Der Stern auf deiner Brust, Sheriff, scheint einen Dreck zu taugen.« Johnny spie verächtlich aus, aber schon diese heftige Bewegung verursachte solche Kopfschmerzen, dass er das Gesicht verzog.

McGhee nickte.

»Ja, er taugt einen Dreck«, erwiderte er, ohne eine Spur von Gekränktsein. »Als ich vor elf Jahren in die Stadt kam, wollte ich noch alles so machen, wie es im Buche des Gesetzes steht. Elf Jahre lang habe ich lernen müssen, dass es für mich nur auf die fünfzig Dollar, frei wohnen und frei essen ankommt. Vom Gesetz kann ich nicht leben – nur sterben. Aber ich habe dazu wenig Lust, Cowboy.«

Johnny erwiderte nichts. Er sah den in elf Jahren weich gewordenen Sheriff nur verächtlich an.

Der getreue Phil Anderson kratzte sich an seiner platt gepklopften Nase, nickte bedächtig zu den Worten seines Herrn und Meisters und sagte dann wenig überzeugend: »Das Leben ist nun mal so, Kamerad.«

»Ich bin nicht dein Kamerad, du Komiker!«, knurrte Johnny.

McGhee zuckte die Schultern.

»Der Kreis deiner Freunde wird schnell kleiner, Cowboy. Aber gleich will Catlyn dich sehen. Vielleicht hebst du dir deine schönen Worte für ihn auf. Bei ihm bist du bestimmt an der richtigen Adresse.« Er gab dem einfältig dreinblickenden Anderson einen Wink, und der ging in der Art eines Sauerkrautstampfers hinaus.

Kurz darauf hörte Johnny eine gewaltige Stimme draußen sagen: »Man sollte ihn erst in Streifen schneiden, diesen Bastard. Aufhängen ist noch zu wenig, viel zu wenig!«

Da war er schon drinnen. Jeff Catlyn, ein Berg von einem Mann, kantig im Gesicht, zwei leuchtend helle Augen darin, das Kinn wie aus Fels und mit Fäusten wie Schmiedehämmer, Rancher Jeff Catlyn, Besitzer von achtzehntausend Rindern, sechshundert Zuchtstieren, die Jahr für Jahr bis an die Westküste verkauft wurden, Boss von zweiunddreißig Cowboys und einer ganzen Stadt, die sich Concho nannte. Er sah so aus, wie ihn sich Johnny vorgestellt hatte. Wo dieser Catlyn hintrat, wuchs kein Gras mehr. Mit ungeheurer Kraft hatte dieser Mann sein Imperium geschaffen, mit brutalsten Mitteln sich voran gearbeitet und rücksichtslos alles beiseite gedrängt, was ihm in den Weg gekommen war. Ein Mann, der ein schönes Pferd jedem Menschen vorzog, der mit krankhafter Liebe an seinen Hunden hing, die er auf seiner Ranch hielt und denen er beinahe alles erlaubte. Ein Mann, der nie gefragt hatte, was seine Söhne außerhalb ihrer Arbeitszeit taten, wenn sie nur ihr Pensum schafften. Jeff Catlyn hatte oft genug lächelnd ganze Saloon oder Hoteleinrichtungen bezahlt, die seine Söhne mit ihren Freunden zertrümmert hatten, aber er selbst war mit seiner ganzen Mannschaft über einen Cowboy hergefallen, der einmal vor zwei Jahren seinem Perry einen Kinnhaken verpasst hatte.

Perry, von dem alle in der Stadt und auch in Catlyns Mannschaft wussten, dass er ein Taugenichts und Tunichtgut gewesen war, dieser Perry Catlyn lebte nicht mehr. Und jetzt stand der Vater des Jungen vor Johnny.

Catlyn zeigte keine Trauer, keinen Schmerz, keine Erschütterung. Er zeigte nur Wut und furchtbaren Hass. In seinen hellen Augen stand Mordgier, und als er sprach, schwang unversöhnlicher Hass in jeder Silbe mit.

Er sah Johnny an, maß ihn von unten bis oben, dann platzte er heraus: »Ich selbst werde dich hochziehen, du Bastard, ich selbst! Notwehr hast du gesagt, Notwehr? Einen Catlyn umbringen, und dann von Notwehr reden? Du feiges Stück, du gestreifte Ratte! Ich werde...«

»Es war Notwehr!«, rief McGhee plötzlich.

Catlyn unterbrach sich, starrte noch zwei Sekunden auf Johnny, und dann verzog sich sein Gesicht, als hätte er Essig getrunken. Langsam, als müsste er erst eine lästige Fliege abstreifen, wandte er sich um und hob die Hand wie zum Schlag. Er sah McGhee an, sein Gesicht zeigte plötzlich Ungläubigkeit, Verständnislosigkeit. Dann sagte er leise: »Hast du Notwehr gesagt, Sheriff?« Es klang fast sanft, fast kleinlaut, aber McGhee hörte den gefährlichen Unterton heraus.

Der kleine Sheriff senkte den Blick nicht. Trotzig sah er Catlyn an und zeigte sich mit einem Mal von einer Standhaftigkeit, dass Johnny diesen Mann zu verstehen begann.

Catlyn war offenbar durch diese unerwartete Gegnerschaft des Sheriffs so überrascht, dass er zunächst nichts sagte, sondern nur auf die Antwort seiner Frage wartete.

»Ich habe gesagt: Es war Notwehr«, erklärte McGhee unnachgiebig. »Perry hat zuerst geschossen und...«

»Schweig!«, brüllte Catlyn, dass es klang, als bräche ein Donner direkt über McGhee los.

Aber auch jetzt zuckte McGhee mit keiner Wimper.

Catlyn reckte sich auf. Nun war er fast zwei Köpfe größer als der Sheriff.

»In dieser Stadt, die ich gegründet habe, herrschen meine Gesetze, McGhee. Und hier wird ein Mann gehängt, der einen Catlyn umbringt. Perry war ein harmloser Junge. Aber der dort, das ist ein Revolvermann! Perry hatte auch dann keine Chance, wenn er vorher geschossen haben sollte – sollte, habe ich gesagt, McGhee. Ich habe viele Leute gefragt. Noch keiner hat es gewagt, mir zu sagen, dass es Notwehr gewesen ist. McGhee, wenn ich will, kannst du noch heute aus dieser Stadt reiten – ohne Stern!«

McGhee war alt. Ein bewegtes Leben hatte hinter ihm gelegen, als er sich vor elf Jahren hier den Stern ergattern konnte. In Concho wollte er seinen Lebensabend gesichert wissen. Jetzt war er vierundfünfzig. In diesem Land ein alter Mann, den keiner mehr haben wollte, hatte er nichts als seinen Sattel und seine Kleidung. Mehr besaß McGhee nicht. Was er hier war, geschah mit Catlyns Duldung, aber wehe, er würde sich Catlyn entgegenstellen. McGhee wusste es.

Johnny wusste es jetzt auch, und er hoffte fast, McGhee würde sich beugen. Wohin sollte der alte Mann gehen, wenn Catlyn ihn hier verstieß? Was sollte er werden?

»War es Notwehr?«, fragte Catlyn noch einmal, diesmal aber ruhiger, versöhnlicher, als wollte er dem Sheriff eine goldene Brücke bauen.

Johnny merkte, dass dieser Rancher nicht nur gewalttätig, sondern auch klug war. Er wollte es also nicht bis auf die Spitze treiben, und McGhee hatte hier seine Chance.

Aber McGhee schwieg.

Da sagte Catlyn um eine weitere Spur sanfter: »Du warst doch gar nicht dabei, McGhee. Woher willst du alles so genau wissen?«

Da fiel McGhee um. Er sah sich in Gedanken einsam durch die Prärie reiten, mit Hunger im Magen und leeren Taschen. Ein alter, gebrochener Mann, den keiner mehr haben mochte. Das gab den Ausschlag.

»Ich war nicht dabei. Aber man hat mir gesagt...«

»Gut, wir werden uns zusammensetzen und alle miteinander darüber reden. Jeder kann nochmals sagen, was er weiß.« Catlyn lachte bösartig zu Johnny hinüber. »Und ich weiß jetzt schon, was sie sagen werden. Dieser Kerl dort wird gehängt. Ich will, dass du dem Zimmermann sagst, dass er mit dem Galgen anfängt. In einer Stunde kann er damit beginnen. Wir werden morgen früh dann die Beratung abhalten. – Eine richtige Verhandlung wird es sein. Aber Bastarde, wie diesen dort, lassen wir dabei nicht zu Wort kommen. Ich dulde keine Revolvermänner, die jeden abknallen, der mal den Daumen an den Revolver drückt. Wir werden diese Burschen ausrotten. Aufhängen!«

Mit drohend erhobener Faust wandte sich Catlyn dem Gitter zu und sah Johnny an.

»Aufhängen!«, schrie er.

»Ein Wahnsinniger«, erwiderte Johnny kalt. »Jetzt weiß ich, warum dein Junge so verrückt gewesen ist. Eine Bande von Wahnsinnigen!«

Catlyn riss den Revolver heraus und machte Anstalten, auf Johnny zu schießen.

Johnny lachte nur.

»Drück nur ab! Drück ab, und man wird dich hängen, Rancher! Dich, und niemand wird für dich noch einen Meineid schwören.«

Catlyn steckte den Revolver wieder mit einem heftigen Ruck in das Holster zurück. Dann spie er zornig aus und drehte sich ruckartig um. Mit langen Schritten, die den Boden dröhnen ließen, stampfte er hinaus. Die Tür knallte hinter ihm zu, dann herrschte sekundenlang Stille, bis McGhee sagte, ohne Johnny anzusehen: »Ich hatte keine andere Wahl. Komm, Phil!«

Anderson grinste blöd, als er Johnny ansah, dann stiefelte er hinter dem müde schlurfenden McGhee her.

6. Kapitel

Die Leiche Perry Catlyns wurde aus dem Saloon zum Tischler getragen. Sechs Männer der Catlyn Circle-C-Ranch besorgten das mit bekümmerten Mienen. Hinter ihnen her marschierte, die Ledertasche in der linken Hand, Dr. Brian O'Dwyer, der Doc von Concho und Umgebung, der hier auch als Coroner fungierte. O'Dwyer war ein Mann mittlerer Größe, galt als tüchtiger Arzt und mochte etwa Mitte der Dreißig sein. Was die Leute nicht wussten: O'Dwyer war vor allem ein Idealist, der daran glaubte, dass man moderne Medizin gerade hier in der Wildnis mehr benötigte als anderswo. Arme Leute behandelte er umsonst, und so hatte er selbst auch keinerlei Reichtümer sammeln können. Ohne die Hilfe von Miss Bristol, der das Hotel gehörte, wäre er vermutlich schon verhungert.

O'Dwyer hatte eben von Catlyn den Coronerlohn von einem Dollar bekommen, und es war wenig genug, aber für den verarmten Arzt so viel wie eine reichliche Mahlzeit bei Miss Bristol, die er diesmal auch dafür entlohnen konnte.

Mit den Gedanken an die junge Hotelbesitzerin schritt er hinter dem Toten her. Er wollte gerade zum Hotel hin abbiegen, als er Indianer-Joe im Schein einer der trüben Lampen gewahrte, die vor dem Hotel leuchteten.

Indianer-Joe starrte wie gebannt auf den Toten, plötzlich verzog sich sein Gesicht zu einem gelösten Lachen.

O'Dwyer, der den Alten schon mehrmals wegen dessen hartnäckiger Ekzeme am Bein behandelt hatte, blieb stehen, wandte sich dann ganz dem Alten zu und ging zu ihm.

»Was lachst du, wenn man einen Toten vorbeiträgt?«, fragte er. »Du bist ein herzloser Bursche, Indianer-Joe!«

Der Alte schüttelte den Kopf.

»Nein, Doc, ich habe ihn nur verflucht, und es ist eingetroffen. Er und seine drei Lumpenhunde haben mir heute die ganze Ware vom Wagen geworfen, weil ich über die Circle-C-Weide gefahren bin. Und gelacht haben sie, ausgelacht haben sie mich. Jetzt ist er tot, haha. Und auch der Alte wird sterben. Auch ihn habe ich verflucht, ihn und den anderen, der noch schlimmer ist, seinen ältesten Sohn Ernie. Sie werden alle sterben. Alle! Hahaha!«

Der Arzt sah den Halbindianer erschrocken an. Das Gelächter dieses von der Natur so wenig freundlich behandelten Mannes war ihm wie eine Anklage gegen alle Weißen, gegen die Menschen, die diesen Alten ein Leben lang verhöhnt, gepiesakt und gejagt hatten, nur weil er der Sohn einer Indianerin und eines Weißen war.

O'Dwyer wusste auch, dass im mexikanischen Teil der Stadt niemand um Perry Catlyn trauern würde, im Gegenteil. Und tatsächlich meinte er in der Ferne frohe Gitarrenklänge und Gesang zu hören. Indianer-Joe hatte es auch vernommen.

»Hören Sie nur, Doc, die Greaser feiern ein Fest. Das Totenfest für diesen Catlyn, und es werden noch zwei weitere Feste gefeiert. Bestimmt.«

»Hast du dabei auch an den armen Kerl gedacht, den sie eingesperrt haben? Dem sie einen Galgen errichten wollen, obgleich er sich nur gegen Perry gewehrt hat?«, fragte O'Dwyer.

»Für den habe ich gebetet. Zu den Göttern meiner Mutter und zum Gott meines Vaters. Es wird helfen. Es hilft immer!«, behauptete der Alte.

»Hoffentlich«, brummte O'Dwyer und ging weiter.

Als er das Hotel betrat, hörte er die gewaltige Stimme Catlyns über das Foyer dröhnen. Schließlich sah er den Rancher auch, der mit seinem Sohn Ernie vor Miss Bristol stand.

O'Dwyer wusste, dass Gwen Bristol Catlyns Tochter war. Damals war Catlyn noch nicht verheiratet gewesen, und Gwens Mutter hatte bei ihm als Köchin gearbeitet. Bei Gwens Geburt war sie gestorben wie viele Mütter in der Wildnis. Gwen war bei Catlyn aufgewachsen, hatte sich aber mit ihm überworfen und war in die Stadt gezogen. Von Catlyn stammte das Geld, von dem das Hotel gebaut worden war. Stolz zahlte Gwen ihm regelmäßig das Darlehen ab. Catlyn wollte es nicht, aber sie ließ für ihn ein zweites Konto auf der Bank errichten und zahlte es darauf ein.

Der Arzt kannte die ganze Geschichte, denn mit Miss Bristol verband ihn mehr als nur berufliche Notwendigkeit. O'Dwyer hoffte, eines Tages Gwen Bristol vor den Traualtar führen zu können. Noch war er selbst ein armer Teufel, und noch war auch Gwen viel zu unternehmungslustig, um für die Ehe zu taugen. Doch eines Tages würde sie ja sagen. Darauf hoffte O'Dwyer, und er war ein beharrlicher Mann.

Gwen Bristol war – so sagten die Leute in Concho – der einzige Mensch, der sich von Catlyn nichts befehlen ließ und ihm widersprach, ohne dass er es krummnahm.

Jetzt stand sie, die Hände in die Hüften gestemmt, vor ihm. O'Dwyer hatte sich in einen der Korbstühle sinken lassen, um nicht in die Unterhaltung einzubrechen. Außerdem lag ihm wenig daran, mit Catlyn ins Gespräch zu kommen.

Er hörte, wie Gwen gerade sagte: »Du weißt selbst, dass du ihn so erzogen hast. Und dem Mädchen wirst du es wohl nicht vorwerfen wollen! Sie hat ihn nie gewollt.«

Gwen hatte dunkles Haar, das straff nach hinten gekämmt und dort als großer Knoten gewunden war. Ihr Gesicht sah jung aus, und es ließ niemanden darauf kommen, dass Gwen schon achtundzwanzig Jahre alt war. Gwen hatte eine mittelgroße Figur, war gut proportioniert und gab sich dennoch schlicht und von vornehmer Eleganz. Obgleich sie die Formen dazu hatte, ein kokettes Kleid zu tragen, war das ihre hochgeschlossen, dunkel und streng.

Catlyn räusperte sich.

»Perry war gut, wie er war. Aber dieser Coltschwinger, den hängen wir auf. Der hatte selbst da noch eine Chance, als Perry schon gezogen hatte. Und das Mädchen, das hat ja diesem Cowboy erst den Kopf verdreht. Nur ihretwegen hat der so verrückt gespielt. Sonst hätten wir ihn und nicht Perry aus dem Saloon getragen.«

Gwen sah ihren Vater missbilligend an.

»Wenn die Catlyns einen Fehler machen, ist es immer der Fehler von anderen Leuten. Dein Sohn Ernie ist genau wie Perry. Ich habe oft genug gedacht, dass eines Tages ein mexikanischer Dolch in seinem Rücken stecken müsste. Und bei Perry war es auch so. Ihr solltet vernünftig sein und diesen Cowboy in Ruhe lassen. Er hat sich seiner Haut gewehrt. Ich kenne Perry, und ich weiß auch, wie er sich oft benommen hat. Vorher noch ist er mit den drei verrückten Kerlen aus deiner Mannschaft hinter dem Mexikanermädel her gewesen, zu viert haben sie die Ärmste gejagt und dann noch ausgelacht, als ihr die Kanne zerbrochen ist. Nein, Jeff Catlyn, mir kannst du nichts erzählen. Und wenn du diesen Jungen hängen lassen willst, dann bist du ein Mörder. Tut mir leid, ich habe noch Arbeit.«

Catlyn schnaufte grimmig.

»Du hörst mir jetzt zu!«, fuhr er sie an und packte ihren Arm. »Du wirst den Totenschmaus vorbereiten. Übermorgen werden wir Perry begraben. Es werden viele Gäste kommen. Ich habe einige meiner Männer losgeschickt mit den Einladungen. Viele Gäste werden hier sein. Erst begraben wir Perry, dann werden wir bei dir essen, und danach als Nachtisch hängen wir diesen Bastard auf.«

»Dann werdet ihr sonst wo essen, nicht bei mir!«, schrie sie ihn an. »Lass mich los, du tust mir weh!«

Er stieß sie weg und fuhr sie an: »Dann ersticke in deinem verdammten Zeug! Nie wieder wird einer meiner Männer oder ein Catlyn dieses Haus betreten. Hol dich der Teufel!«

»Danke!«, schrie sie zurück. »Nun pack dich und geh! Ich bin froh, wenn ich von euch keinen mehr sehe. Geh!«

Ernie, der so groß war wie sein Vater, blickte den Alten hilflos an, als erwarte er von ihm einen Befehl. Doch der Alte schnaufte nur erneut und drehte sich dann brüsk um, entdeckte den Doktor und brüllte zu ihm hin: »Morgen Abend halten wir die Verhandlung ab. Sie werden als Beisitzer kommen. Sagen Sie auch Nicolson Bescheid. Der soll auch da sein.«

Mit klirrenden Sporen stampfte Catlyn hinaus. Sein muskelbepackter Sohn folgte ihm, und bis auf das Gesicht, das dem Alten nicht so ähnlich war, wirkte er von der Figur her wie ein jüngeres Abbild des Alten.

Gwen näherte sich O'Dwyer, lächelte bitter und sagte: »Schön, dass Sie gekommen sind, Brian. Es ist furchtbar, was mit Perry passiert ist, nicht wahr?«

O'Dwyer nickte. »Ja, aber er hat es herausgefordert. Der Mann im Jail ist unschuldig.«

»Kann ein Mensch, der einen anderen totschießt, überhaupt unschuldig sein?«, fragte sie leise.

»Hätte er sich von Perry erschießen lassen sollen?«

»Männer sind schlimm«, erwiderte sie. »Frauen mühen sich, ein Kind groß und gesund werden zu lassen. Mütter geben ihr Leben für ihre Kinder. Und wenn sie groß sind, erschießen sie sich. Gewalt, immer wieder Gewalt. Jeder muss dem anderen zeigen, dass er stärker ist. Was, Brian, unterscheidet diese Männer von wilden Tieren?«

Er blieb ihr die Antwort schuldig. Obgleich er sonst gern mit ihr diskutierte, hatte er jetzt dazu keine Lust.

»Gwen, ich würde gern etwas bei Ihnen zu Abend essen.«

Sie sah ihn verblüfft an.

»Ist das Ihre Antwort auf meine Frage, Brian?«

»Im Augenblick ja, Gwen. Selbst gezähmte Tiere haben Hunger«, meinte er lächelnd.

Sie schien einzusehen, dass er nicht von der Luft leben konnte und nickte.

»Kommen Sie, gehen wir in mein Privatzimmer. Aber wenn Sie gegessen haben, will ich von Ihnen eine Antwort darauf, was wir mit diesem armen Teufel machen können, den mein Vater eingesperrt hat.«

»Wir werden gar nichts tun können, Gwen. Wie wollen wir es erzwingen?«

Sie blieb stehen und sah ihn verwegen an.

»Aber, Brian, es darf nicht geschehen, dass mein Vater auch noch zum Mörder wird. Es darf nicht sein. Ich bin seine Tochter, und ich will es verhindern – seinetwegen.«

»Aber wie?«

7. Kapitel

Comanche ritt wie ein Teufel. Schon als Vierjähriger hatte er zu Pferd gesessen, und als Halbwüchsiger war er bei einem mexikanischen Zureiter als Fänger in eine harte Lehre gegangen. Wenn man sagte, dass Kosaken und Mexikaner im Reiten von keinem anderen Volk in der Welt übertroffen würden, so hatte man Comanche vergessen, der reiten konnte wie ein Sonora-Vaquero und sein Pferd dabei so sehr schonte wie ein Lakota-Indianer. Er verstand es, aus seinen beiden Pferden mehr herauszuholen als ein anderer Reiter und dennoch die beiden Tiere nicht zu Tode zu hetzen.

Er wechselte nach fünf Meilen die Pferde, ohne nur dabei anzuhalten. Aber nach dreißig Meilen waren die Tiere erschöpft. Es war Nacht, und Comanche sah die Lichter einer Poststation der Wells Fargo. Bewusst war er auf dem Wells Fargo Trail geritten, um immer wieder frische Pferde zu bekommen.

Comanche war mit achtzehn Jahren Postreiter beim Pony Express gewesen. Damals hatte er zum ersten Mal zeigen müssen, wie lange und wie gut er im Sattel sein konnte. Heute war er bestimmt noch um ein paar Klassen besser, und es ging um mehr als um einen Expressbrief.

In der Station tauschte Comanche die Pferde ein. Wells Fargo hatte dafür feste Preise. Zum Glück hatte Comanche von Sheriff McGhee Johnnys Brieftasche mit dem Geld bekommen. Jetzt war es vonnöten.

Der Stationer verlangte pro Tauschpferd bis zur nächsten Relaisstation vierundzwanzig Dollar. Comanche nahm zwei Pferde und zahlte, dann jagte er weiter.

Die Wells Fargo-Pferde waren noch besser als die des alten Rip Canning. Aber das hatte Comanche auch nötig, denn nun ging es bergauf in die Berge des White Mountains hinein. Der Fahrweg der Postkutscher lag im fahlen Mondlicht. Hart klapperten die Hufe der Tiere auf dem festen Untergrund. Links fiel eine Schlucht jäh ab, rechts ragte eine Steilwand in den Nachthimmel. Der Weg wurde glatt und war von Felsplatten übersät. Comanche drosselte das Tempo der Pferde nicht. Er trieb die Tiere immer wieder an, und es schien ihm den Satan zu scheren, ob er dabei Kopf und Kragen riskierte.

Dann kam die Holzbrücke. Nur kurz parierte Comanche die Pferde und ritt im Schritt über das taufeuchte Gebälk. Unter ihm, ganz tief, rauschte der Apache Creek.

Weiter, immer weiter ging es. Sobald die Pferde wieder festen Boden unter den Eisen hatten, ritt Comanche Galopp.

Diesmal betrug seine Strecke insgesamt sechzehn Meilen. Dann tauchte das Blockhaus der Relaisstation hinter einer Wegbiegung auf. Keine Lampe, kein erleuchtetes Fenster. Der Stationer schien zu schlafen.

Comanche pfiff schrill und schoss seinen Revolver ab. Eine Minute später tauchte ein Flintenlauf auf, und der Stationer brüllte: »Wer ist da?«

Kostbare drei Minuten vergingen, bis Comanche dem Alten klarmachen konnte, was er wollte. Und es war nur ein frisches Reitpferd da. Comanche bezahlte wieder seinen festen Preis, dann ritt er mit einem Pferd weiter, den Sattel des zweiten ließ er sich quittieren.

Die Strecke war wieder sechzehn Meilen lang, dann musste die Arizona-Stadt San Francisco auftauchen, ein kleines Nest, das nur den Namen seiner, großen Schwester in Kalifornien hatte und sonst nichts.

Die Luft war dünn hier oben. Der Trail führte in nahezu achtzehnhundert Meter Höhe über ein Plateau. Pferd und Reiter machte die dünne Luft zu schaffen. Comanche würde sein Tempo von fünfzehn Meilen in der Stunde nicht mehr durchhalten können.

Er selbst war völlig fertig, aber noch lag der längste Weg vor ihm. Jetzt machten sich die Erlebnisse des gestrigen Tages bemerkbar, auch der Ritt davor, und Comanche hatte noch keine Minute geschlafen. Er würde es sich auch vor seiner Ankunft auf der Ranch nicht erlauben können.

Zweiundsechzig Meilen lagen hinter ihm. Und er wusste auch, was ihm noch bevorstand. Bis jetzt war alles glattgegangen. Doch wie würde es sein, wenn er später nicht mehr auf dem Wells Fargo Trail bleiben konnte? Wenn er nicht wie bisher regelmäßig auf Relaisstationen stieß, sondern auf Ranches die Pferde wechseln musste, wobei sicher sehr viel gute Zeit verlorenging.

Er dachte noch nicht darüber nach. Mitunter hoffte er auf ein Wunder. Seine immer stärker werdende Müdigkeit, die am Morgen noch zunahm, gaukelte ihm vor, er werde in einer Ortschaft am Wege Andy Stone treffen oder sonst einen Mann der Ranch. Erst hatte er sogar an Jim Stone gedacht, aber so müde war er noch nicht, um vergessen zu haben, dass Jim noch nicht von seiner Hüftverletzung genesen war. Also würde Andy Stone helfen müssen, aber der hatte ja bei den Herden zu tun, und Comanches Wunschvorstellung, er würde vielleicht Andy auf halbem Weg begegnen, war eben nur ein Traum.

San Francisco lag da, wo sich die Hochfläche senkte, um in schluchtenreiches Bergland überzugehen. Es war eine mexikanische Siedlung, wo offenbar nur wenige Amerikaner Fuß gefasst hatten. Gerade hier in den Bergen zeigte sich der mexikanische Einfluss noch überall; hier hatten die einstigen Besitzer des Landes, eben die Mexikaner, noch ihre ganzen Eigenheiten bewahren können.

Es wurde Tag, als Comanche den kleinen Ort erreichte, der sich um eine viel zu große Kirche scharte. Hier bestand auch noch die Mission, und Comanche sah die Mönche bereits auf den kleinen, kargen Äckern. Die Mexikaner hatten es aber mit dem Frühaufstehen noch nicht so eilig, und außer einigen verschlafen dreinblickenden Männern bemerkte Comanche nur streunende Hunde, Katzen und die Morgenkühle genießende Schweine, die mitten auf der Fahrbahn lagen.

Die Wells Fargo Station befand sich der Kirche gegenüber. Comanche ritt wie ein Wilder darauf zu, ließ die Stute über aufquietschende Schweine springen und parierte sie direkt vor dem Tor der Wells Fargo. Mit einem Satz war er aus dem Sattel und schrie nach dem Stationer.

Eine dicke Mexikanerin kam watschelnd heraus, und Comanche verlangte von ihr frische Pferde.

Nachdem die Dicke ihren ersten Schreck überwunden hatte, ging alles sehr schnell. Comanche hatte nämlich nur gerufen: »Expresspost! Zwei frische Pferde!« Aus seiner Pony-Express-Zeit kannte er diese Worte, und sie wirkten auf einen Stationer wie brennendes Schwarzpulver unter den Fußsohlen.

Drei Männer tauchten noch auf, die beim Satteln halfen. Es ging so schnell, dass Comanche nicht einmal nach dem üblichen Tauschpferdpreis gefragt wurde. Er gab nur seine Sattelquittung ab und jagte weiter.

Gegen Mittag hatte er bereits zwei neue Pferde und musste nun vom Wells Fargo Trail herunter, um geradenwegs nach Süden zu reiten, während die Kutschen den Umweg über Silver City machten.

Am Nachmittag wechselte Comanche die Pferde auf einer Ranch, aber beide Pferde, die er bekam, waren nichts wert. Die Stute war rossig und gebärdete sich wie irr, und der Wallach war ein Beißer, dem nichts weiter im Kopf stand, als nach der Stute zu schnappen. Schließlich trieb Comanche die Tiere so heftig, dass sie fast zusammenbrachen.

Beide Tiere waren so gut wie am Ende, als Comanche das Lager einer Militäreinheit erreichte. Obgleich es verboten war, Armeepferde auszuleihen, zog auch diesmal Comanches Behauptung von einer Expressnachricht. Er bekam zwei Pferde, musste aber einen Pfand von zweihundert Dollar pro Tier hinterlegen. Dann jagte er weiter.

Die Armeepferde waren schnell; aber es waren sehr große Tiere, denen das Gelände schwer zu schaffen machte. Außerdem hatten sie keine Ausdauer. Schon nach zehn Meilen japsten sie, schwitzten, dass der Schweiß als weißer Schaum an Flanken und Brust hing, und Comanche musste noch weit vor Cap Bowie erneut wechseln. Diesmal traf er auf einen mexikanischen Rancho. Der Besitzer hatte nur ein Pferd frei, und das war alles andere als ein Prachtexemplar. Doch der knochige Hengst, der bestimmt schon mehr als zehn Jahre alt war, zeigte sich als ausdauernder, wenn auch nicht gerade schneller Läufer.

Mit diesem Tier kam Comanche bis nach Camp Bowie. Hier hoffte er, zwei gute Pferde zu bekommen, zumal er im Ort neben dem Militärlager eine Menge Leute kannte, die ihm helfen konnten.

Völlig ausgepumpt und am Ende seiner Kraft langte Comanche in Camp Bowie an. Die befestigten Stellungen der Armee lagen am Rande der zivilen Ortschaft, und hier wurde gerade eine kleine Rinderherde durchgetrieben, die offenbar für das Fort bestimmt war.

Comanche, der in einem Höllentempo angejagt kam, sah die Rinder, die ihm in der einzigen Straße des Ortes den Weg versperrten. Er fluchte und parierte den mageren Hengst. Das total ausgepumpte Tier fiel sofort in Schritt, und Comanche fluchte immer noch mit heiserer, gurgelnder Stimme vor sich hin.

Während er noch überlegte, wie er die Rinderherde umgehen könnte, die über die gesamte Straßenbreite gemächlich dahinwälzte, sah er plötzlich einen der Cowboys aus der Staubwolke auftauchen.

Er sah Tex Halloway. Erst hielt er es für eine Täuschung, aber er erkannte, wie Tex auf eine unnachahmliche Art die Bullpeitsche schwang. Das nur konnte Tex sein. *Das ist Tex*, dachte er.

Comanche ritt genau auf Tex zu. Der hatte es noch nicht bemerkt. Und der Lärm, das Muhen, Brüllen und Hörnerklappern, das getriebene Rinder in einer Herde verursachen, verschluckte jedes andere Geräusch. Comanche schrie, aber mehr als ein heiseres Gekrächze kam nicht aus seinem Mund.

Doch zufällig wandte sich Tex um und sah Comanche, der wie ein Indianer mit weit weggestreckten Beinen, den Rücken nach hinten gedrückt und die Arme breit gewinkelt, dahinraste. Denn nun lief der Hengst wieder Galopp.

Tex schien wohl zu ahnen, dass hier etwas nicht stimmte, dass etwas passiert sein musste. Er zog sein Pferd herum, und dicht neben ihm parierte Comanche den Hengst so hart, dass dieses Tier auf die Hinterhand sank.

»Andy – wo ist Andy? Johnny -Johnny – Johnny sitzt in... Sie wollen ihn hängen!«, sprudelte Comanche heraus.

Da tauchte schon Andy auf. Er sah Comanche in der Staubwolke nicht und schrie: »Weiter, Tex, schläfst du?«

Aber eine Minute später wusste er alles.

Seine erste Reaktion auf Comanches wirren Bericht war: »Ein Glück, dass wir die Fleischrinder nach Camp Bowie getrieben haben. Tex, du alarmierst den Richter in Camp Bowie! Ich reite sofort los. Ich muss es schaffen!«

»Willst du mit El Malo reiten?«, fragte Tex.

»Nein, ich würde ihn nur zuschanden reiten. Ich nehme den Falben aus der Remuda!«

Als Tex und Andy auf Comanche blickten, war der Cowboy aus dem Sattel gesunken und lag ausgestreckt am Boden. Tex sprang sofort ab und beugte sich über Comanche.

Besorgt fragte Andy: »Was ist mit ihm?«

»Du wirst es nicht glauben, Andy, aber er pennt.«

»Dann hat er sich ja den richtigen Fleck ausgesucht.«

8. Kapitel

Der Zimmermann hämmerte mit zwei Gesellen am Galgen. Ein ganzes Rudel Kinder umstanden den Platz zwischen Hotel und Kirche. Die Erwachsenen blickten scheu auf das rohhölzerne Gestell mit der Plattform. Von den Mexikanern ließ sich überhaupt niemand in der Nähe des Galgens sehen.

Dr. O'Dwyer stand mit dem kleinen, dickbäuchigen Wells Fargo Agenten Nick Nicolson zusammen, den man seines weißen Bürstenhaares wegen Scrubber nannte, was so viel wie Schrubber heißt. Nicolson wurde dann immer sehr böse, wenn ihn Kinder oder Cowboys so nannten. Er war ein energiegeladener kleiner Mann, der nicht eine Minute stillsitzen konnte.

Auch jetzt, als er mit dem Arzt sprach, trat er unruhig von einem Bein aufs andere.

»Wir haben keine Wahl«, sagte er nervös, »und ich kann mir nicht leisten, mit Catlyn anzuecken. Aber so weit, dass ich ein Todesurteil unterschreibe, gehe ich nicht. Wir werden fordern, dass ein Richter kommen soll. Catlyn kann nach ihm schicken.«

»Genau das ist es, worum ich Sie bitten wollte, Mr. Nicolson«, sagte O'Dwyer. »Catlyn darf hier nicht eine Selbstjustiz durchpeitschen.«

Nicolson zuckte die Schultern und sah zu O'Dwyer auf. »Er wird uns nicht fragen, Doc. Er wird ganz einfach mit der Mehrheit seiner Leute die Entscheidung fällen, dann werden die Zeugen auch nicht so sein, wie sie es vor einem Richter wären. Es ist auf alle Fälle ein Schauspiel. Ich glaube, am besten bin ich nachher krank, wenn er uns sprechen will. Ja, Doc, es wäre auch für Sie gut, wenn Sie nicht hingingen.«

»Dann hat er es noch leichter.«

Nicolson schüttelte energisch den Kopf.

»Nein, aber er wird uns nicht auf dem Zug haben, wenn wir nicht dabei sind. Und wir haben keine Verantwortung.«

»Wissen Sie, wer noch kommen soll?«, fragte O'Dwyer.

»Jenkins, der Schuhmacher«, erwiderte Nicolson, »dann Mr. Canning, Rancher Tumberley und von Catlyn aus dann einige von seinen Leuten wie Steff Lion, Jack Hill und Gus Adolphe.«

»Also seine Revolvermänner.«

»Ja, es sieht so aus.«

»Da drüben kommt Catlyn mit allen dreien. Er geht in Rip Cannings Saloon. Ist Kate nicht mehr da?«

Nicolson nickte.

»Er hat sie weggebracht. Catlyn hat dem Mädchen Ohrfeigen angedroht, wenn er sie noch einmal sähe.«

»Kommen Sie, Nicolson, wir gehen doch hin, alle beide! Vielleicht können wir der Wahrheit zum Siege verhelfen.«

Nicolson wehrte ab.

»Nein, ich gehe nicht hin. Ich will mit dieser Geschichte nichts zu tun haben. Wells Fargo hätte dafür kein Verständnis. Außerdem kommt in zehn Minuten die Abendkutsche. Ich muss da sein. Es sind eingeschriebene Sendungen unterwegs. Nein, Doktor, ich halte die Finger dort raus, wo Catlyn seine drinnen hat. Seitdem verstehen wir uns bestens. Ich bin nur ein kleiner

Angestellter der Wells Fargo. Catlyns Einfluss ist mir zu gewaltig. Adios, Doktor!«

O'Dwyer sah dem kleinen Mann wütend nach, als der mit Trippelschrittchen auf sein Frachtbüro zuging. Dann ging er entschlossen auf den Saloon zu.

Rip Canning hatte alle Tische ausräumen müssen; es standen nur noch Stühle in einem Halbkreis vor dem Tresen. Fast alle Stühle waren bereits mit Cowboys der Circle-C-Ranch besetzt. Ernie Catlyn, der auch als Vormann fungierte, lehnte mit dem Rücken am Tresen und sah auf seine Männer, die ihn anblickten.

An der hinteren Tür stand breitbeinig wie ein Wächter der junge Blondschopf Jack Hill, der sich offenbar sehr wichtig vorkam und so tat, als müsste er auf alle übrigen aufpassen.

Etwas gelangweilt lehnte Gus Adolphe, der Revolvermann mit dem Schnurrbart, am Flaschenstapel hinter dem Tresen, und ein Stück weiter, neben der Pendeltür vorn, stand Catlyns bester Revolvermann Steward »Steff« Lion.

Lion war groß, schlank wie eine Gerte, trug pechschwarze Kleidung, die Weste ebenfalls aus schwarzem Leder, und er hatte schwarzes Haar. Sein Gesicht wirkte ein wenig bleich bei dieser Schwärze, und ebenso hell leuchteten auch die mit Elfenbein verzierten Griffe seiner Revolver. Es waren beide Buntlines. Gefährliche Waffen, die weit trugen, weil sie lange Läufe besaßen. Es waren seltene und kostbare Revolver.

Lion unterschied sich von den übrigen Männern auf zweifache Weise: er wirkte intelligenter, und er war offenbar überhaupt nicht von den Hetztiraden beeindruckt, die Ernie Catlyn eben vom Stapel gelassen hatte.

Ernie glich seinem Vater, außer in der Figur, wenig, und in seinem Gesicht lag ein brutaler, gemeiner Zug. Dass er zudem ein Trinker war, verrieten seine rotunterlaufenen Augen und die vom hohen Blutdruck stark geröteten Wangen, die übersät waren mit blauroten Äderchen. Auch jetzt hielt er eine halbgeleerte Flasche in der Rechten, die er nun an den Mund setzte und daraus trank, als wäre Wasser in ihr und nicht hochprozentiger Schnaps.

Jeff Catlyn, der Rancher, stand zusammen mit Schuhmacher Jenkins, Deputy Anderson, Rancher Tom Tumberley und Sheriff McGhee hinter der Stuhlreihe in einer Ecke. Als er den Doktor gewahrte, wandte er sich von den anderen ab und rief: »Kommen Sie hierher, Doc!« Es klang freundlich und nahezu herzlich, als erwartete er in Dr. O'Dwyer einen lieben Freund.

O'Dwyer machte sich keine Illusionen. Das hier war ein abgekartetes Spiel, in dem weder Jenkins, McGhee oder Tumberley etwas zu bestellen haben würden. Dafür würde schon Catlyns Mannschaft sorgen.

Vergeblich sah sich O'Dwyer nach Rip Canning um. Aber der Salooner war nicht da.

»Nun fehlt nur noch Nicolson«, meinte Catlyn. »Wo steckt der Scrubber?«

»Er sagt, ihm wäre nicht gut«, erklärte der Arzt und sah dabei auf Tumberley, der verächtlich grinste, als er das hörte.

Catlyn hob beschwörend die Hände.

»Nun, bitte, Freunde, er ist nicht da. Gut, machen wir es ohne ihm.«

»Diese Memme!«, knurrte Tumberley verärgert.

O'Dwyer sah den Rancher an und fragte sich, ob Tumberley vielleicht auch gegen Catlyn auftreten wollte. Doch als er bemerkte, wie ergeben Tumberley seinen Weidenachbarn ansah, verwarf der Doktor diesen Gedanken wieder.

Jenkins schien am arglosesten zu sein. Der dicke, grauhaarige Schuhmacher, der auch jetzt die Schürze nicht abgebunden hatte, sagte poltrig: »Also, was willst du eigentlich von uns, Jeff?«

Jeff Catlyn sah den Alten verständnislos an.

»Natürlich will ich diesen Bastard an den Galgen schicken, hast du das nicht begriffen?«

»Gut«, meinte Jenkins, und es klang so naiv, als wüsste er wirklich nicht, was Catlyn wirklich wollte, »aber das müssen wir doch wohl dem Richter aus Camp Bowie überlassen. Wer hat ihn benachrichtigt?«

Die Cowboys lachten wie auf Kommando. Ernie lachte am lautesten. Catlyn stand mit unbewegtem Gesicht wie eine Statue, und Tumberley drehte sich um, als wäre es ihm peinlich, Catlyns todsichere Antwort auf diese Frage anhören zu müssen.

Kaum legte sich das Gelächter, sagte Catlyn gefährlich leise: »Jenkins, du alter Trottel, ich will ihn hängen. Aufhängen, Jenkins, und dazu brauchen wir keinen Richter aus Camp Bowie, der die Tatsachen auf den Kopf stellt. Dieser Kerl hat Perry erschossen. Perry ist tot, Jenkins, verstehst du? Er ist tot, und nun wird auch der Mörder sterben. Am Galgen!«

»Gut, Jeff, gut, aber du hast das Gesetz vergessen!« Jenkins blickte von Catlyn auf McGhee, der prompt so tat, als hätte er das überhört.

Etwas überraschend sagte der lange Phil Anderson auf seine einfältig klingende Art: »Das Gesetz sind wir, Jenkins. Der Sheriff und ich.«

Catlyn griff das sofort auf. Während O'Dwyer sich noch mühte, über die Rolle McGhees nachzudenken, sagte Catlyn: »Richtig, Phil, das Gesetz sind wir, nicht nur du, und McGhee, wir hier in Concho sind das Gesetz. Als ich diese Stadt gegründet habe, da gab es nur mein Gesetz. Alle sind gut damit gefahren. Nicht wahr, Doktor?« Jetzt sah er O'Dwyer an.

»Ich bin der gleichen Ansicht wie Jenkins. Ich würde den Richter holen. Es gibt keine privaten Gesetze, Catlyn, Es gibt nur das Gesetz, das für alle Menschen in unserem Lande gilt.«

Catlyns Gesicht zuckte, doch schnell hatte er sich wieder in der Gewalt. Während seine ihm ergebenen Männer durcheinander brüllten, während Ernie schrie: »Werft den Knochenflicker 'raus!« Da lächelte Catlyn plötzlich.

Kaum war Ruhe eingetreten, sagte er zu Tumberley: »Ist noch jemand der Meinung des Docs?«

Tumbeidey schüttelte verbissen den Kopf, und McGhee wandte sich ab, als fühlte er sich nicht angesprochen. Nur Anderson glotzte Catlyn wie ein Ochse an und murmelte: »Verrückt, total verrückt!«

Catlyn sah den Arzt an und meinte mit triumphierendem Lächeln: »Ich hoffe, Doc, Sie schließen sich unserer Meinung an, wie?«

Gus Adolphe war hinter dem Flaschenstapel hervorgekommen und trat nun neben den Doktor. Auch Jack Hill war wie zufällig näher getreten und stellte sich auf die andere Seite neben O'Dwyer.

In seiner gedehnten Sprechweise fragte Adolphe: »Nicht wahr, Doc, alter Freund, Sie möchten einen Mörder auch hängen?« Es klang nur für einen Narren freundlich. Jeder andere – und besonders der Doktor – hörte die Drohung heraus, die als Unterton mitschwang. Adolphe drohte nie umsonst.

Aber den Doc ritt der Teufel. Plötzlich trat er einen Schritt auf Catlyn zu und schrie ihn an: »Aha, so ist das also! Ich soll glatt erpresst werden!«

»Nein«, erwiderte Catlyn kalt, und alle scheinbare Freundlichkeit war aus seinem Gesicht gewichen. Hart und unduldsam blickten die hellen Augen auf den Arzt. »Wir möchten jedermanns Meinung hören. Die Ihre haben wir eben gehört. Sie haben noch nicht gründlich genug nachgedacht, Doktor! Gus, Jack, helft ihm draußen ein wenig beim Nachdenken!«

Bevor O'Dwyer überhaupt etwas tun konnte, hatten ihn Adolphe und Hill gepackt, rissen ihn zurück, dann tauchte noch Hiram Sonley auf, der noch nie einem Streit aus dem Weg gegangen war, und plötzlich klatschte ein nasser Lappen in O'Dwyers Gesicht. Er bekam keine Luft mehr, versuchte um sich zu treten, aber sie rissen ihn schon mit sich, und bevor er nur etwas sehen konnte, hatten sie ihn schon im Hof.

Dort schleuderten sie ihn gegen Cannings Heuschuppen, dass O'Dwyer hart mit dem Hinterkopf gegen die Bretter knallte.

Zu dritt stellten sie sich vor ihm auf. Als er wieder klar denken und sehen konnte, standen sie mit angewinkelten Armen und geballten Händen vor ihm.

»Siehst du es jetzt richtig, Doc?«, fragte der kleine Sonley und verzog das Gesicht in wilder Vorfreude auf die Prügel, die er O'Dwyer verabreichen wollte.

Adolphe lächelte kalt.

»Es gibt noch mehr Docs außer dir, O'Dwyer«, meinte er schleppend.

Hill schwieg. Von ihm hatte O'Dwyer das Gefühl, als sei ihm das alles nicht nach dem Sinn.

»Anderen im Fleisch herumschnippeln, aber nun selber Angst haben, wie?«, hetzte der streitlustige Sonley giftig. Er tanzte aufgeregt herum und schlug Schattenschläge bis dicht vor O'Dwyers Brust ab.

In diesem Augenblick sagte eine sonore Stimme von der Haustür her: »Ihr Idioten werdet doch wohl nicht auf den Doc losgehen?«

Alle drei zuckten herum.

In der Tür stand Steff Lion, die Arme über der Brust verschränkt, das blasse Gesicht kantig und hart wie vor einem Kampf.

»Ihr wisst doch, dass es weit und breit keinen zweiten Arzt gibt«, sagte er. »Der Arzt ist neutral, ihr Dummköpfe. Wenn es schon Catlyn nicht weiß, dann solltet ihr daran denken. Lasst den Doc in Ruhe und schert euch weg!«

Hill duckte sich, als hätte er Schläge bekommen. Wie ein geprügelter Hund drückte er sich an Lion vorbei zur Tür.

Sonley verzog das Gesicht, als wäre ihm Zitronensäure darüber gelaufen. Er stand noch immer wie gelähmt mit angehobenen Fäusten.

Einzig Gus Adolphe verlor die Fassung nicht. Er hatte schon immer in Lion den alleinigen Rivalen gesehen. Jetzt wollte er es wissen. Er drehte sich lässig Lion zu und stemmte die Hände in die Hüften.

»Du hast die Hosen um eine Nummer zu groß, Steff. Catlyn wird dich doch nicht dafür bezahlen, dass du hier den Lord spielst. Ich werde jetzt dem Doktor eine kleine Lektion erteilen. Und du wirst schön Zusehen und nichts tun.«

»Irrtum, Gus, du wirst in die Hölle segeln, wenn du ihn nur anrührst!«, warnte Steff Lion.

»Du machst mir keine Vorschriften!«, fauchte Gus, und alle Lässigkeit war von ihm wie fortgewischt. »Du stinkst mir schon lange, du aufgeblasener Salonkiller! Dir werde ich schon das Blei in deinen feinen Balg blasen...«

»Schwatze nicht wie ein Weib! Zieh!«, unterbrach ihn Lion kalt.

Gus Adolphe hatte Lion noch weiter reizen wollen, aber nun begriff er, dass jedes weitere Wort wirklich wie Geschwätz wirken musste.

Er beugte sich vor. Seine Hände zuckten blitzartig auf die Revolverkolben. Es ging so rasend schnell, dass weder der Arzt noch der wie hypnotisiert stehende Sonley genau verfolgen konnten, wie es geschah. Aber plötzlich hatte Gus Adolphe die Revolver heraus, sprang breitbeinig wie ein Frosch nach vorn und schoss im selben Moment.

Als die Feuerlanzen aus seinem Revolver schossen, schlug es bereits zweifach gegen Adolphes Schultern. Und dort, wo Lion eben noch gestanden hatte, war nur mehr die Tür. Lion selbst befand sich zwei Schritt seitlich, und aus seinen Revolvern kräuselten sich Rauchfahnen.

Adolphe wurde von den Treffern bis neben Dr. O'Dwyer an die Bretterwand geworfen. Dort rutschte er zu Boden und starrte fassungslos auf Lion, der unverletzt dastand und beide Revolver auf ihn richtete.

»Lass sie los!«, sagte Lion kalt, und Adolphe öffnete die verkrallten Finger, dass die Revolverkolben herausrutschten.

In die rechte und linke Schulter getroffen, hockte der Revolvermann Adolphe am Boden, nur von der Bretterwand gehalten. Blut quoll aus den Verletzungen, und plötzlich übermannte Adolphe eine Ohnmacht. Er kippte zur Seite und blieb reglos liegen.

O'Dwyer wollte sich über ihn beugen, aber Lion sagte scharf: »Gus war der Ansicht, dass er keinen Doc braucht. Lassen Sie diesen Idioten!«

»Aber, Steff, das kannst du nicht machen!«, rief der kleine Sonley aufgeregt. »Steff, er verblutet, wenn...«

Da erschien Catlyn mit seinem Sohn in der Hintertür. Verblüfft starrte er auf Adolphe, dann sah er Lion an.

»Was habt ihr gemacht?«, fragte er heftig.

Lion lächelte auf seine geringschätzige Weise. »Gemacht? Du beschäftigst die falschen Figuren, Jeff. Der da...«, er zeigte auf Adolphe, »war nicht einmal die Luft wert, die er verpestet hat.« Er wandte sich dem Doktor zu und sagte zu ihm: »Kommen Sie, Doc, ich begleite Sie nach Hause. Adolphe war ja der Ansicht, dass ein Arzt überflüssig wäre.«

»Steff!«, schrie Catlyn. »Gus braucht Hilfe, und der Doc wird...«

Lion sah den Rancher mit kaltem Lächeln an.

»So? Dann zahle ihm jetzt und hier sein Honorar dafür. Du willst einen Doc hochnehmen und vergisst, dass wir alle, wir alle, Jeff, den Doc noch brauchen! Auch du, Jeff! Was kostet es, Doc, wenn Sie diesen Kojoten zusammenflicken?«

O'Dwyer untersuchte Adolphes Wunden, dann richtete er sich auf. »Er wird nie wieder richtig die Arme bewegen können.«

Lion nickte.

»Das hat er sich offenbar so gewünscht. Also, was kostet es?«

»Schafft ihn in mein Haus. Es kostet zweihundert Dollar, denn er wird mindestens vier Wochen in Behandlung sein.«

»Zweihundert?«, brüllte Catlyn geifernd.

»Der Doc hat sich versprochen«, sagte Lion ruhig. »Er hat dreihundert gemeint, Jeff. Und wenn du noch einen Ton sagst, kostet es vierhundert. Also, besorge das Geld, Adolphe wird nicht mehr lange so liegen wollen.«

Catlyn schnappte fast über.

»Du bist entlassen, Steff!«, schrie er.

Und Ernie, der bislang geschwiegen hatte, brüllte: »Aus der Stadt jage ich dich jetzt – aus der Stadt!«

Lion sah ihn nur an.

»Wirklich?«, fragte er lächelnd.

»Lass den Unsinn, du Dummkopf!«, schnauzte Catlyn seinen Sohn an.

Ernie wurde blass, als er in Lions Augen blickte. Dann senkte er den Kopf und schob sich hinter seinen Vater.

»Los, Hiram, und du, Jack, tragt Gus zum Doc!«, knurrte Catlyn.

Sonley und Hill packten den Bewusstlosen an und schleppten ihn weg. O'Dwyer folgte ihnen und warf Lion einen dankbaren Blick zu. Lion nickte nur und sagte: »Dreihundert, Doc, ich werde sie Ihnen bringen.« Er wandte sich Catlyn zu. »Nun zur Kasse, reicher König!«

Catlyn machte eine unwirsche Bewegung und sagte zu Ernie: »Hol das Geld auf der Bank. Los, lauf!«, Dann blickte er Lion an. »Du kommst auch noch mal in mein Land nach Buttermilch, mein Junge!«

»Gewiss, Mr. Catlyn, gewiss. Aber nur, um mir meinen fälligen Lohn zu holen. Am besten schicken Sie Ernie noch mal, damit er auch dieses Geld besorgt. Ich würde da nicht vergesslich sein, Catlyn. Es könnte nämlich sein, dass ich viel mehr Spaß daran hätte, Ihnen eine Kugel zwischen die Rippen zu jagen, als ich es bei Gus hatte. Gus ist nur ein armer Irrer, aber Sie, Catlyn, Sie sind ein Tyrann. Und gegen solche Vögel habe ich eine ganze Menge. Adios, Rancher. Wenn Ernie das Geld bringen will, ich bin bei Miss Bristol im Hotel!«

9. Kapitel

Johnny lag auf seiner Pritsche und starrte die Decke an. Ein anderer wäre vielleicht wie ein gereizter Tiger hinter dem Gitter auf und ab gelaufen. Doch Johnny wollte nachdenken und einen Ausweg aus dieser Geschichte suchen. Bislang konnte er einfach nicht glauben, dass ein einzelner Mann die Macht hatte, jemanden unschuldig aufhängen zu lassen.

Doch je länger er über alles nachdachte, was er in dieser Stadt erlebt hatte, desto mehr kam ihm zum Bewusstsein, wie fest Catlyn die Menschen hier in der Gewalt zu haben schien.

Es war Nacht. Johnny sah den Mondschein durch das Fenster im Vorraum. Und im Office herrschte tiefe Stille. Seit Stunden war McGhee und sein langer Deputy Anderson verschwunden. Vorhin hatte Johnny einmal Schüsse gehört, aber es musste wohl eine unwichtige Sache gewesen sein. Vielleicht ein Cowboy, der aus lauter Spaß am Krach geschossen hatte.

Das Fenster des Vorraumes ging nicht zur Straße. Der Lärm dort war nur die ersten Abendstunden über zu hören gewesen. Nun war schon lange tiefe Ruhe.

Johnny fragte sich, was Comanche tun würde. Von ihm hatte er nichts mehr gehört und gesehen; außer dass McGhee ihm am Abend gesagt hatte, er hätte das Geld mit der Brieftasche genommen und Comanche gegeben. McGhee tat dabei sehr geheimnisvoll.

Aus dem Sheriff wurde Johnny nicht recht klug. Einerseits verstand er den Mann, andererseits spielte McGhee in dieser Stadt nur die Rolle einer Marionette, an der Catlyn die Fäden zog, wie es ihm passte. Das kurze Aufbegehren des Sheriffs würde sich nach Johnnys Meinung kaum wiederholen.

Plötzlich klappte die Tür des vorderen Raumes. Dann stampften Schritte durch das Office. Schlüssel klirrten. Ein kreischendes Geräusch drang durch den Raum, als die Vorraumtür aufgeschlossen wurde.

Johnny kannte bereits die Schritte McGhees. Der konnte es nicht sein. Vielleicht Anderson?

Die Tür ging auf. Eine Laterne erhellte alles und blendete Johnny. So sah er Andersons Gesicht erst, als der am Gitter stand.

Anderson blies die Lampe aus, kam aber nicht zu nahe ans Gitter heran. »Cowboy«, sagte er leise, »mein Boss schickt mich. Catlyn will noch diese Nacht die Verhandlung stattfinden lassen. Du sollst dabei sein. McGhee hat gesagt, du hättest eine Gehirnerschütterung. Sie kommen gleich. Tu so, als wärst du bewusstlos. Dann machen sie alles erst morgen Mittag. Vielleicht ist dein Kollege bis dahin mit dem Richter hierher unterwegs.«

»Comanche holt den Richter?«

»Wenn dein Partner Comanche heißt, dann mag das stimmen. McGhee sagt, dass er schnell weggeritten ist. Sicher holt er den Richter.«

»Weiß das Catlyn?«

Anderson lachte leise. »Natürlich nicht. Los, leg dich wieder hin! Tu so, als wärst du nicht ganz da. Da kommen sie schon...« Er hastete nach vorn, und die Tür klappte leise wieder zu.

Nach einer Weile polterten mehrere Stiefelpaare im vorderen Officeraum. Der schlurfende Schritt McGhees war für Johnny deutlich herauszuhören.

Dann wiederholte sich alles. Die Tür wurde geöffnet, eine Lampe strahlte Johnny an, der die Augen bis auf einen winzigen Spalt geschlossen hielt.

Catlyns barsche Stimme grollte: »Weckt ihn auf! Verdammt, der wird schon nicht an dem kleinen Schlag den Verstand verloren haben. Weckt ihn auf! Voran, Phil!«

Anderson tappte zum Gitter und brüllte wie ein angestochener Stier: »He, du verdammter Killer, wach auf! Eh, nun hör endlich auf zu pennen!«

Johnny regte sich nicht.

McGhee sagte triumphierend: »Ich hab's doch gesagt, dass er nicht...«

»Schweig! – Phil, hol einen Eimer Wasser!«

»Stopp!«, rief McGhee protestierend. »Es ist genug, was du vorhast, Jeff, aber wenn du den Gefangenen misshandeln willst, mache ich nicht mehr mit. Hör auf! Morgen Mittag ist alles ebenso zu machen wie jetzt. Er hat genug von dem Schlag, und ein bisschen müssen wir uns an die Regeln halten.«

Johnny sah durch seinen schmalen Augenspalt, wie Catlyn sich wütend umwandte, aber offenbar nachzugeben bereit war.

»Morgen Mittag, Punkt zwölf«, donnerte er und stampfte hinaus.

Johnny öffnete die Augen und blickte McGhee an, der jetzt die Lampe nahm und sich ans Gitter lehnte.

»Er wollte es erst ganz ohne Verhandlung machen«, sagte McGhee. »Aber nun macht er doch eine, damit man ihn nicht einen Lyncher nennt. Doch für dich, Stone, ändert sich nichts. Die Jury weiß jetzt schon, wie das Urteil aussieht, und jeder in dieser Stadt kann es dir auch sagen.«

»Du machst dich mitschuldig, Sheriff«, sagte Johnny. Es war ihm eigenartig, dass er so darüber sprechen konnte. Sie wollten ihn hängen, und er redete mit ihnen über juristische Dinge.

McGhee schüttelte den Kopf.

»Wenn er eine richtige Verhandlung abhält, bin ich aus dem Schneider. Es gibt ein altes Gesetz aus der Militärgerichtsbarkeit. Demzufolge kann ein Stadtältester Gericht halten, wenn kein Richter am Ort ist. Das entspricht dem Kriegsrecht. Arizona hat noch immer die alten Territoriumsgesetze der Armee. Catlyn weiß das, Junge, und deshalb ist alles in Ordnung, wenigstens auf dem Papier.«

»Warum lässt du mich nicht frei?«, fragte Johnny. »Du weißt, dass es Unrecht ist, was er tut, und trotzdem...«

»Vor dreißig Jahren, vor zwanzig noch, hätte ich dich rausgelassen. Aber nun? Nein, Junge, das ist nicht mehr drin.«

Anderson nickte ergeben und grunzte: »Mit Catlyn ist nicht zu spaßen!«

»Du könntest einen Fehler machen, Sheriff. Einen kleinen Fehler, dann wäre ich auf einmal draußen«, meinte Johnny.

McGhee sah ihn an.

»Nein, damit wärst du nicht draußen. Denn Catlyn traut mir auch nicht. Ums Haus hat er sechs Mann postiert. Die passen auf. Und ob die aufpassen, Junge. Nein, du hast keine Chance, vielleicht nicht mal, wenn der Militärrichter kommt. Denn womöglich erkennt der Catlyn noch mitsamt der Jury an.«

»Das ist eine verdammte Stadt, ein Teufelsnest!«, fauchte Johnny wütend.

»Ja, Junge, das ist es. Willst du, dass wir dir etwas aus dem Hotel zu essen holen? Phil kann es dir bringen.«

Johnny wollte erst ablehnen, aber dann kam ihm eine Idee.

»Ja, Chili mit Bohnen – und viel Chili«, sagte er. »Vor allem ein Steak dazu, groß und saftig – und viel Chili, vergiss es nicht, Anderson!«

Anderson nickte, dann grinste er.

»Du wirst dir dein Maul verbrennen, soviel Chili wird dran sein«, versicherte er und ging.

McGhee sah Johnny aus schmalen Augen an.

»Das, was du dir denkst, Junge, das ist nicht. Selbst wenn du uns entwischst, Catlyns Leute brennen nur darauf, dir ein Stück Blei zwischen die Schulterblätter zu jagen. Du hast zwar Glück, dass Lion nicht mehr dabei ist und Adolphe beim Doc liegt, aber Hill und Sonley sind auf ihre Art vielleicht noch schlimmer.«

Um den Sheriff zu beschäftigen, fragte Johnny: »Was hast du gesagt? Adolphe beim Doc? Das ist doch der Kerl mit dem Schnäuzer. Was ist passiert?«

»Das war so...«, begann McGhee und erzählte die ganze Geschichte, die sich zwischen Lion und Adolphe zugetragen hatte.

10. Kapitel

Steff Lion lehnte lässig an Miss Bristols hohen Gläserschrank. Seine schwarze Kleidung wirkte im matten Licht der Kerosinlampe verschwommen. Desto deutlicher leuchtete sein helles Gesicht, blinkten die Elfenbeinkolben der beiden matt glänzenden Revolver. Alles an diesem Mann wirkte gefährlich, drohend. Aber er lächelte.

Dieses Lächeln galt Miss Bristol, die dicht neben der Lampe im Plüschsessel saß, die Beine übereinandergeschlagen, sodass Lion die schmalen Schuhe und die schlanken Fesseln unter dem tiefblauen Rock sehen konnte. Es war ein Anblick, der Lion faszinierte. Alles an Gwen Bristol fesselte ihn, begeisterte ihn, und sie schien es zu wissen.

Es war ihr auch nicht unangenehm, dass er so starr auf ihre Füße blickte. Steff Lions Anwesenheit war etwas, das sie mit mancher Entbehrung als Frau in einer solchen Stadt versöhnte. Unbewusst verglich sie ihn mit Dr. O'Dwyer.

Gewiss, der Doc war ein netter, ein sehr intelligenter Mann, der interessant plaudern konnte, viele Dinge kannte, von sehr vielen Sachen etwas verstand, aber er war kein Mann wie Steff Lion.

Als Steff vor Wochen das erste Mal in ihrem Hotel gewesen war, hatte sie nur von ihm gewusst, dass er ein gefährlicher Revolvermann sein sollte. Später dann war ihr klargeworden, wie Lion noch sein konnte. Trotz des üblen Rufes, den man ihm nachsagte, hatte sie doch herausgefunden, dass es keinen besser erzogenen Gentleman in der Stadt gab als ihn. Schließlich war ihr Interesse für ihn noch gestiegen, und seit einer Woche wusste sie mehr über ihn. Er hatte nie einen Menschen »einfach so« erschossen. Es war immer in Notwehr geschehen, und zwar in wirklicher Notwehr. Vor einem Jahr noch war Steff Lion Stadtmarshal von Cheyenne gewesen; überhaupt hatte er bislang stets auf der Seite des Rechts gekämpft. Aber umso unverständlicher war es ihr, wie er auf die Ranch ihres Vaters geraten konnte. Sie wusste es bis heute nicht.

»Steff«, sagte sie leise, und in ihrer Stimme schwang ein vertraulicher Ton mit, der ihn daran erinnern sollte, dass er sie vor zwei Tagen zu küssen versucht hatte. Wäre eines ihrer Hausmädchen nicht aufgetaucht, hätte sie ihn gewähren lassen. Ja, im Grunde sehnte sie sich danach, dass er seinen Versuch von vorgestern in die Tat umsetzte.

»Ja?«, fragte er lächelnd.

»Steff, Sie haben mir erzählt, dass Sie nicht mehr für meinen Vater reiten. Was tun Sie jetzt?«

»Ich halte ein Glas in der Hand, es ist mit bestem Bourbon Whisky gefüllt, und vor mir sitzt die bezauberndste Frau Amerikas. Ehrlich gesagt, Gwen, ich bin im Augenblick ziemlich zufrieden mit der Welt und mir selbst.«

»Ich nicht«, sagte sie ernst. »Ich habe einen Vater, der einen Menschen lynchen will, der das Gesetz mit Füßen tritt, und was heute mit Dr. O'Dwyer passiert ist...«

»Es ist nichts weiter mit ihm passiert, Gwen, und das wissen Sie doch. Ich bin kein großer Freund des Docs, das kann ich einfach nicht sein, da er Sie ja verehrt und Ihnen den Hof macht.«

»Stört Sie das so sehr?«, fragte sie kokett.

Er nickte.

»Es stört mich gewaltig. Aber wir brauchen den Arzt hier. Ein Doc ist immer neutral, wenn er sich selbst halbwegs so verhält. O'Dwyer tut das. Er ist nicht dumm genug, um offen zu rebellieren. Nun, die Geschichte ist erledigt. Der Bursche im Jail geht Sie ebenso wenig etwas an wie mich. Wenn Jeff Catlyn sich da die Hände schmutzig macht, ist es seine Sache.«

Gwen Bristol blätterte in ihrer Schreibmappe, als suche sie da etwas. Dann sagte sie nach kurzem Schweigen: »Steff, würden Sie für mich arbeiten wollen?«

»Nein, gewiss nicht«, erwiderte er spontan.

Sie sah erschrocken zu ihm auf und bemerkte den harten Zug um seinen Mund.

»Warum nicht, Steff?«

»Ich würde nie für eine Frau arbeiten, die ich – hmm – die ich so schätze wie Sie.«

»Ich schätze Sie auch, Steff. Vielleicht habe ich es falsch gesagt«, erklärte sie, als müsste sie sich korrigieren. »Ich würde besser so sagen: Würden Sie mir helfen?«

Er trat einen Schritt auf den Schreibtisch zu, an dem sie saß,

»Natürlich, ich würde jeder Frau helfen, besonders aber Ihnen.«

»Gibt es dafür einen Preis?«, erkundigte sie sich.

Er lächelte.

»Wollen Sie mich unbedingt kränken?«

Sie sah ihn an und schüttelte stumm den Kopf. In ihrem Blick lag ein Wunsch, und er hatte ihn schon verstanden.

Er trat vor sie, beugte sich zu ihr herab und nahm ihren Kopf mit dem dunklen Haar in seine Hände. Als er sie küsste, schlang sie ihre Arme um seinen Nacken und hielt ihn fest, als fürchtete sie, er könnte ihr davonlaufen.

Als sie sich lösten, sagte sie: »Ich bin kein kleines Mädchen mehr, Steff. Vielleicht solltest du immer daran denken.«

Er sah sie ernst an und entgegnete: »Ich denke immer daran. Aber du wolltest Hilfe, Gwen, hast du das vergessen?«

Sie wischte sich über die Augen, als müsste sie sich erst erinnern.

»Ja, Steff, ich brauche dich. Nicht nur jetzt – immer. Aber erst musst du noch einmal etwas für meinen Vater tun.«

Er versteifte sich und richtete sich auf. Alles an ihm war Abwehr.

»Für deinen Vater? Bedaure.«

»Wir müssen diesen Gefangenen befreien, den er hängen will.«

»Nein.«

Sie sah ihn flehend an.

»Weißt du, Steff, wer dieser Junge ist?«

»Natürlich, ein Cowboy von irgendeiner Ranch bei Tombstone.«

»Ja, gewiss, aber er ist Johnny Stone.«

»Ich kenne viele, die Stone heißen.«

»Sein Bruder ist Jim Stone. Und ein weiterer Bruder heißt Andy.«

Er sah sie forschend an.

»Jim Stone? Andy Stone? Woher weißt du das?«

»Einer meiner Köche kennt die Stones aus der Bahnbauzeit bei der Union Pacific. Will war damals Koch bei Casement, und die Stones haben dort oben...

Steff nickte.

»Ich weiß, ich war in Cheyenne damals. Aber dieser Cowboy soll einer der Stones...«

»Er ist der dritte Stone Bruder. Und wenn mein Vater ihn hängen lässt, werden die Stones meinen Vater hängen. Will hat mir von diesen Männern erzählt. Steff, wenn du sie auch kennst, dann weißt du, dass du mir helfen musst.«

Steff Lion trat wieder zum Schrank, sah in die Glasscheiben und wandte ganz gegen seine Art Gwen den Rücken zu.

»Warum willst du, dass ich ihm helfe? Warum willst du das? Er hat dir nie viel Liebe gezeigt, dein Vater. Er ist im Grunde seiner Seele ein Mensch, der nur einen Menschen wirklich liebt, sich selbst. Ja, Gwen, ich kenne die Stones. Du hast auch recht, wenn du annimmst, dass sie dafür deinen Vater mit Blei spicken werden oder ihn gar aufhängen. Aber warum soll ich ihm helfen? Deinetwegen? Vielleicht willst du dafür doch diesen Preis zahlen, von dem du gesprochen hast?«

Er drehte sich abrupt um.

Sie sah ihn erschrocken an.

»Steff, ich habe nicht gespielt. Ich habe es vorhin ernst gemeint. Ganz ernst. Ich bin achtundzwanzig; in diesem Land eine Frau, die schon lange verheiratet sein sollte und viele Kinder haben müsste. Ich weiß, was ich tue, Steff.«

»Auch beim Doktor?«, fragte er ironisch.

»Du wirst zynisch, Steff. Das steht dir nicht.«

Er schwieg eine Weile, dann sagte er: »Gut, ich werde dir diesmal helfen. Dir, nicht deinem Vater. Aber groß sind meine Chancen nicht, weißt du das?«

Sie blickte betreten zu Boden.

»Ja, er wird alles tun, um sein Spiel zu Ende zu bringen.«

»Spiel?« Steff Lion lachte bitter. »Es ist kein Spiel, das er treibt. Es ist Mord, und er weiß das selbst besser als alle anderen. – Weiß er denn, dass dieser Junge einer der Stones ist?«

Sie schüttelte den Kopf und sah ihn an. In ihrem Blick lag Furcht.

»Ich glaube nicht, dass er es weiß.« Sie stand auf und ging auf ihn zu. »Steff, vielleicht verlange ich etwas, das ich gar nicht verlangen dürfte. Du wirst womöglich in große Gefahr geraten und...«

Er sah sie starr an.

»Ich werde den Jungen herausholen. Nichts weiter. Und morgen wirst du meine Frau. Das, Gwen, ist der Preis. Vielleicht willst du es so. Ich jedenfalls wollte es nicht so, nicht als Gegenleistung.«

Sie blieb erschrocken stehen.

»Steff, warum sagst du so etwas?«

»Weil ich glaube, dass es so richtig ist. – Wir sehen uns in zwei Stunden oder nicht mehr. Adios, Gwen!«

»Steff!«, rief sie, aber er ging bereits zur Tür. Sie streckte die Arme nach ihm aus, als könnte sie ihn zurückhalten, doch er drehte sich nicht einmal um. Die Tür klappte zu, und Gwen zuckte zusammen, als hätte sie einen Schlag erhalten.

11. Kapitel

Hiram Sonley presste sich dicht an die Wand des Hotels. Dann beugte er sich etwas zur Seite und flüsterte Hill zu, der hinter ihm kauerte: »Er kommt gleich heraus. Geh vor zur Tür. Wenn du ihn siehst, schieß und frage nicht. Schieß sofort, Jack!«

»Und du?«, raunte Hill.

»Ich werde auf der anderen Seite sein. Los! Lauf zu!«

Sonley hastete ums Haus, stolperte noch über einen Haufen Unrat und fluchte unterdrückt. In der Dunkelheit sah er unter den Bäumen auf der Hotel Rückseite zu wenig. Der Mondschein drang nicht durch die dichtbelaubten Zweige.

Endlich sah er die Straße, drückte sich an der Hauswand entlang und sah schon eine Gestalt aus der Tür treten.

»Steff!«, hörte er Hill rufen. »Hierher, Steff!«

Der Mann vor der Tür verwandelte sich blitzartig in eine federnde Gestalt. Wie von der Sehne geschnellt, sprang er vor, und als zwei Feuerlanzen auf ihn zuschossen, war er schon weit genug. Dann schoss er selbst.

Aber jetzt war Sonley schnell genug. Er hatte seinen Peacemaker bereits in der Hand gehalten und feuerte. Er sah, wie Steff Lion von den Füßen gerissen wurde und nach vom stürzte, zu Boden schlug, aber plötzlich zurückschoss.

Sonley spürte den Einschlag am Oberarm, wirbelte herum, wollte abermals schießen, doch da traf es ihn in den Unterleib. Er brüllte vor Schreck und Schmerz und ließ den Revolver los. Brüllend fiel er auf die Knie, bekam noch einen Treffer und stürzte aufs Gesicht. Er hörte noch die Männerstimme auf der anderen Straßenseite, dann schrie eine Frauenstimme: »Steff, Darling, Steff! Was haben sie mit dir gemacht! Steff! Nein – nein – nein!«

Sonley versank in eine endlose Tiefe.

Auf der Straße wimmelte es im Handumdrehen von Menschen. McGhee tauchte auf und schrie nach dem Arzt. Gwen Bristol kniete neben Steff Lion, der reglos am Boden lag, die

Hände um die mit Elfenbein verzierten Revolver gekrallt. Etwas weiter von ihm lag Jack Hill und wand sich vor Schmerzen. Er war zweimal im Bauch getroffen.

Lampen leuchteten, Männer mit Laternen kamen angerannt. Jemand zündete eine Fackel an, und schließlich tauchte auch O'Dwyer auf.

In die allgemeine Aufregung hinein brüllte Ernie Catlyn: »Dieser verdammte Lion hat sie beide umgebracht. Alle beide. – Wo ist mein Vater? Holt meinen Vater her! Holt Jeff Catlyn!«

Ein anderer Mann rief zurück: »Er ist auf dem Weg zur Ranch. Er ist nicht mehr in der Stadt.«

Dann wurde Steff Lion zum Arzthaus getragen. Kurz nach ihm schleppten andere Männer den brüllenden und wimmernden Jack Hill zur Praxis.

Gwen Bristol aber stand plötzlich ganz allein an der Stelle, wo Steff Lion überfallen worden war. Und sie schwang gegen Ernie Catlyn die Fäuste und schrie: »Du und dein Vater, ihr habt noch nie viel getaugt, aber jetzt, jetzt werdet ihr gegen mich kämpfen müssen. Sag das deinem Vater, sag ihm, dass seine Tochter ihn vernichten wird. Vernichten! Hast du es gut verstanden, du Sohn eines Mörders? Sag es ihm! Geh und sag ihm das!«

Ernie Catlyn stand wie vor den Kopf geschlagen. Er wusste, dass selbst sein Vater vor Gwen Respekt hatte. Doch jetzt erschien ihm die Halbschwester wie eine Furie, wie ein Wesen von einem anderen Stern, und ihm kroch plötzlich nackte Furcht den Rücken herauf.

Er ging zu seinem Pferd, saß wortlos auf und galoppierte davon.

Gwen ging zum Arzthaus hinüber, das O'Dwyer von ihrem Vater gepachtet hatte. Das kleine Gebäude war nun umlagert von Menschen. Sie machten Gwen ohne Aufforderung eine Gasse frei, und sie ging hindurch und trat ins Haus ein.

O'Dwyer war gerade mit Steff Lion beschäftigt, der bewusstlos auf dem Untersuchungstisch lag. Sein Gesicht war noch um eine Spur blasser als sonst, seine Nase wirkte spitz, die Wangen eingefallen.

O'Dwyer wurde von zwei Männern unterstützt, die beide als Pferdefänger arbeiteten und deren Saison vor wenigen

Tagen beendet war. Sie hielten jetzt Lion an den Armen, während O'Dwyer die Brustwunde des Verletzten untersuchte und nun seine Sonde in die Hand nahm.

Lions Brust lag frei, die schwarze Kleidung hatte der Arzt mit der Schere einfach aufgeschnitten. In Fetzen hing sie jetzt zu beiden Seiten herab.

Gwen stand reglos, um O'Dwyer nicht zu stören. Sie hatte auch plötzlich Angst davor, O'Dwyer ihr großes Interesse an Steff merken zu lassen und glaubte, er wüsste nichts davon. Aber sie irrte sich.

O'Dwyer hatte ihr Schreien gehört. Da war ihm alles klargeworden. Dennoch versuchte er sein Bestes.

Auf der Liege war Hill jetzt bewusstlos geworden. Er lag verkrümmt, und die Hände hatte er immer noch vor seine Bauchwunden gepresst.

12. Kapitel

Als draußen die Schüsse fielen, war Anderson gerade mit dem Essen in den Vorraum des Jails getreten. McGhee rannte an ihm vorbei nach draußen, und Anderson stand, den Tragkübel in der Hand, hilflos da. Schließlich hob er die Lampe und leuchtete Johnny an, als müsste er sich vergewissern, dass der Gefangene noch vorhanden war.

»Nun gib schon das Essen, Mann!«, rief Johnny.

Anderson tat wirklich einen Schritt auf das Gitter zu, dann setzte er in einem plötzlichen Entschluss den Kübel ab, machte kehrt und lief zur Tür hinaus. Draußen schrie jemand gellend, ein Mann brüllte, und überall wurde es so laut, dass Johnny in seiner Zelle alles hören konnte. Anderson hatte auch noch beide

Türen aufgelassen, und Johnny konnte bis auf die Straße blicken, wo es auf einmal vor lauter Lampen hell geworden war.

Aber er begriff die Ursache der Schießerei nicht. Irgendwer hatte irgendwen zusammengeschossen, aber warum? Johnny wusste dafür keine Erklärung.

Plötzlich tauchte Anderson wieder auf. Er schloss hinter sich die Türen, kam bis ans Gitter und leuchtete Johnny an.

»Du hast Pech, Bruder«, sagte er. »Sonley und Hill wollten Lion abschießen. Er war unterwegs, um dich zu befreien. Eben hat er es beim Doc gesagt. McGhee war eben auch beim Doc und hat es gehört. Lion stirbt vielleicht. Und Hill lebt auch nicht mehr lange. Zwei Bauchschüsse. Lion ist schon ein verdammt schneller Schütze. Sonley hat es ganz erwischt. Dreimal getroffen, sagen die Leute. Dabei hat er Lion von hinten erwischt, durch die Brust durch. Hinten rein, vorn raus. Der wird es nicht schaffen, denke ich.«

»Das freut dich wohl, was?«, fragte Johnny bissig.

Anderson schüttelte heftig den Kopf.

»Nein, Lion war anständig. – Weißt du, ich würde dich jetzt 'rauslassen, aber es sind noch immer vier von Catlyns Männern draußen. Du kommst nicht weg.«

»Mach auf, und ich werde mich darum kümmern«, sagte Johnny.

»Warte noch. Warte ab, gleich kommt McGhee zurück. Er wird sagen, was wir tun. Jedenfalls brauchst du keine Angst zu haben: Wir lassen dich nicht bis morgen hier, damit Catlyn, dieser Hundesohn, dich hängt.«

»Ich hatte geglaubt, ihr leckt alle Catlyn die Stiefel«, meinte Johnny.

»Nein. Aber er ist stärker als wir alle. Warte.«

Er holte die Schlüssel aus der Tasche und wollte gerade den richtigen im Lampenlicht heraussuchen, als eine Stimme von der Tür her brüllte: »Phil, was geschieht hier?«

»Catlyn, beim Teufel, wo kommt der her?«, keuchte Anderson und drehte sich erschrocken um. Laut sagte er: »Ich habe ihm Essen geholt, Mr. Catlyn.«

Der Rancher stand breitbeinig in der Tür, ein Gewehr im Anschlag, unter dem Arm, die Hand am Abzug. Jetzt, da sich Anderson umgedreht hatte, leuchtete die Lampe des Deputys auf den Rancher.

»Essen? Wozu? Damit er dir eine aufs Haupt schlägt? Das könnt ihr nur zu zweit machen. Los, schließ jetzt auf, und komm mir nicht in die Schussrichtung! Pass gut auf, Phil! Wenn du mir im Wege stehst, falls er verrücktspielt, drücke ich ab, auch wenn dir ein Stück Haut fliegen gehen sollte. – Fang an damit!«

Anderson hob die Lampe herum, und so sah Catlyn nicht, wie der Deputy Johnny zuzwinkerte. Dann steckte Anderson den Schlüssel ins Schloss der Zellentür.

Johnny beobachtete den Deputy, dann wandte er alles Augenmerk auf Catlyn, der nun sein Gewehr entsicherte und ein Stück zur Seite trat.

Anderson griff nun nach dem Essenkübel, hielt ihn in der Linken und schloss mit der Rechten den Schlüssel herum. Die Tür schwang auf. Anderson reichte den Kübel zu Johnny. Dabei verdeckte er Johnny vor Catlyn.

Johnny packte den Kübel.

»Zur Seite, du Idiot, Phil!«, brüllte Catlyn.

Johnny nahm den Deckel vom Kübel, fasste ihn nun mit beiden Händen, während der Deckel zu Boden klirrte.

Catlyn sah prompt zum Deckel, und da sprang Johnny vor, stieß das heiße Essen in Catlyns Gesicht, fasste sofort nach dem Gewehr und riss es Catlyn aus den Händen.

Catlyn torkelte, vom Essen im Gesicht verbrüht, rückwärts, hielt die Hände vor die Augen und schien nichts zu sehen. Ein Riese, der hilflos wie ein Kind herumschwankte. Aber er schrie nicht, er stöhnte nicht, er stand nur an die Wand gelehnt.

Johnny riss ihm den Revolver aus dem Holster, stieß Catlyn auf die Zellentür zu, und fuhr ihn an: »Geh, sonst drücke ich ab!«

Aber Catlyn schien plötzlich wieder etwas zu erkennen. Er wollte sich herumwerfen. Doch Johnny schlug mit dem Gewehrkolben zu, traf Catlyns Schulter und stieß ihn so genau in die Zelle hinein. Catlyn prallte mit den Kniekehlen an die Pritsche und stürzte direkt auf sie.

Als Jonny auf Anderson sah, hatte der seinen Revolvergurt abgeschnallt und ging freiwillig in die Zelle hinein.

»Los, du auch hinein, los!«, befahl Johnny, um Anderson ein Alibi zu verschaffen. Dann klappte er die Gittertür zu. Das Schloss schnappte zu. Johnny riss den Schlüssel heraus und warf ihn in eine Ecke. Dann packte er Andersons Revolvergurt und lief auf die Straße.

In diesem Augenblick begann Catlyn zu brüllen.

»Packt ihn! Er ist entflohen! Fasst ihn!«, schrie er.

Johnny war schon vor dem Office. Mit einem Blick übersah er die Straße. Links wurde gerade vor dem Hotel der tote Sonley in einen primitiven Sarg gelegt. Johnny wusste nicht, dass es Sonley war, und es interessierte ihn jetzt auch gar nicht. Wichtiger waren die drei Männer, die neben dem Sarg mit dem Toten beschäftigt waren.

Ganz links, dicht am Office, standen zwei Männer mit Gewehren. Sie drehten sich gerade jetzt um und sahen Johnny. Aber als sie ihre Gewehre in Anschlag bringen wollten, richtete Johnny schon den Revolver auf sie. Einer von beiden schrie: »Das ist der Hund! Mac, schieß!«

Johnny war es, der schoss. Er sprang sofort wieder in den Schutz der Tür, als von rechts ein Schuss krachte und dicht an Johnny vorbei ins Rahmenholz schlug.

Ohne sehen zu können, was aus den beiden Gewehrschützen geworden war, warf sich Johnny herum, sah rechts einen Mann mitten auf der Straße, den Revolver im Anschlag. Hastig wich er zurück, und der zweite ihm zugedachte Schuss schlug über ihm ins Office hinein.

Johnny kam wieder vor, sah den Mann und schoss. Sein Schuss traf, und der Mann auf der Straße wurde zurückgeworfen, stolperte rücklings, fiel aufs Gesäß und schoss ein viertes Mal.

Aber Johnny wurde nicht getroffen. Dafür feuerte er selbst zurück, und diesmal traf er endgültig. Der Mann auf der Straße kippte um.

Doch nun krachte eine Winchester. Johnny musste zurück, denn die Einschüsse saßen dicht neben ihm in der Tür.

Hinten im Office schrie und tobte Catlyn.

Johnny lief zurück, erreichte das Fenster und stieß es auf. In diesem Augenblick entdeckte er einen Mann im Dunkel, der dicht neben dem Fenster vor dem Haus gehockt haben musste und nun hoch schnellte. Das Mondlicht blitzte schwach auf einem Revolverlauf.

Johnny stieß seine Linke mit dem Colt Andersons vor und feuerte. Aber eine grelle Mündungsflamme blendete ihn, und der Donner des Abschusses machte ihn fast taub. Er sah nicht, wie der Mann zusammenbrach. Er zögerte, aus dem Fenster zu springen, und da verschenkte er eine riesige Chance.

Während er noch zögerte, um erst einmal wieder richtig sehen zu können, kamen zwei Männer aus Catlyns Mannschaft um die Hausecke herum und schossen sofort wie rasend auf das Fenster.

Johnny, noch immer halb geblendet, lief zurück ins Dunkel, stieß sich heftig an McGhees Tisch und konnte gerade noch dahinter in Deckung gehen, als die ersten Schüsse in den Raum schlugen.

Johnny, der im Dunkeln von außen nicht gesehen werden konnte, kroch bis an die Tür des Zellenvorraumes, wo Catlyn wie irr schrie und an den Stäben schüttelte.

Plötzlich sah Johnny die Silhouette eines Mannes in der vorderen Tür zur Straße.

Es war eine große Gestalt, die Johnny sofort an Ernie Catlyn erinnerte. Der Mann dort vorn hatte etwas in der Hand und schleuderte es jetzt in den Vorraum.

Eine grelle Stichflamme schoss hoch, und Johnny feuerte im gleichen Augenblick auf den Mann vorn, der nun blendend hell angestrahlt wurde. Es war Ernie.

Johnnys Schuss stieß den Mann zurück in die Dunkelheit. Aber nun war es im Vorraum so hell, dass Johnny hastig zurückkroch. Gewehrschüsse fegten durch die vordere Tür und meißelten dicht vor Johnny den Fußboden auf.

Das Kerosin brannte bis zur Decke. Ein Korbstuhl, der davon benetzt war, ging in Flammen auf.

Catlyn brüllte hinter Johnny: »Sie werden dich abbrennen wie eine Fackel, du Bastard! Sie werden dich versengen, du Ratte!«

Aber sein Gebrüll hatte ganz andere Folgen. Die Gewehrschützen hatten es gehört und wussten jetzt, dass ihr Boss hinten in der Zelle steckte, wo sie ihn womöglich mit ihren Schüssen treffen konnten.

Schon brüllte Anderson: »Schießt nicht hierher! Catlyn und ich sind eingesperrt!«

Für eine Weile brach das Schießen ab. In die plötzliche Stille hinein brüllte Catlyn: »Dieser Skunk ist hier bei mir! Kommt herein und schießt ihn ab wie eine verdammte Ratte! Kommt und holt ihn euch!«

Aber sie kamen nicht. Irgendwo draußen stöhnte ein Verletzter, und jemand rief: »Nun macht schon, er verblutet ja! Beeilt euch!«

Johnny lehnte neben der Türöffnung von Zellenvorraum und Office. Er war noch immer unverletzt, und nun hatte er sogar genug Zeit, seinen Revolver aufzuladen.

Das Kerosin brannte auf dem Lehmboden ab, und außer dem Stuhl war nichts entflammt. Der Korbstuhl aber verursachte beißenden Rauch, der nur langsam durch die offene Tür abzog.

Johnny nutzte die Gelegenheit, als der Rauch alles vernebelte, lief durch die Schwaden zur Vordertür, sah draußen die Fackeln und Lampen, entdeckte ein halbes Dutzend Männer auf der Straße und an den Hauswänden, dann sprang er hinaus.

Sie schienen damit nicht gerechnet zu haben, dass er aus der Tür kommen würde. Und so erreichte er ungehindert die Stelle, wo vier Pferde an einem Haltebalken standen. Er hechtete zwischen die Pferde, die entsetzt auskeilten oder sich auf bäumten.

Aber da brachen die Gewehrsalven los. Keiner der Schützen nahm Rücksicht auf die Pferde. Ein Tier wieherte schrill und versuchte sich loszureißen. Ein zweites, das Johnny gerade loszulösen versuchte, wurde am Hals getroffen und trat mit dem rechten Vorderhuf auf Johnny, dass er ungewollt aufschrie.

Das vorderste Pferd brach zusammen. Dann erwischte er das danebenstehende Tier aus einer ganzen Serie von Schüssen.

Johnny hatte jetzt den Zügel des dritten Pferdes los, klammerte sich an den Hals des Tieres und trieb es an, auf der Seite wie ein Indianer hängend.

Aber da traf ein Schuss das Tier ins linke Sprunggelenk. Das Pferd knickte hinten ein, stürzte mit der Hinterhand zuerst zu Boden, und Johnny sprang in letzter Sekunde seitwärts ab. Dabei stieß er sich weit vom stürzenden Pferd weg und flog bis auf die Stufen einer Veranda. Blitzschnell rollte er sich herum, um Deckung zu finden, hörte über sich die Schüsse im Holz einschlagen, dann war er schon unter der hölzernen Veranda und fand hinter einem dicken Trägerpfahl Deckung.

Die Gegner schossen wie irr. Johnny hatte nur noch den Revolver, der auf so große Entfernung nichts nutzte.

Es bestand für ihn keine andere Möglichkeit, als unter der Veranda entlang zu kriechen, vielleicht gab es doch eine Chance.

Die Dunkelheit, dazu die Führerlosigkeit seiner Gegner und deren überhastetes Handeln waren Johnnys Glück. Sie hatten ihn ganz einfach unterschätzt und schienen nicht glauben zu wollen, dass ihre Übermacht gerade jetzt sein Vorteil war, weil sie sich gegenseitig behinderten. Sie schrien sich zu, wo sie standen, um nicht von den eigenen Leuten angeschossen zu werden. Dazu kam, dass einige von ihnen in das Sheriff Office eindrangen, weil sie glaubten, dort stünde alles in hellen Flammen. Am meisten aber fehlte ihnen ein Kopf, der für sie alle dachte. Das Duell zwischen Lion, Sonley und Hill hatte Catlyn seine besten Leute gekostet. Ernie Catlyn war ebenfalls verwundet. Vier andere Männer hatten Treffer aus Johnnys Waffen abbekommen, und er selbst war noch immer unverletzt.

Aber jetzt hatten sie Catlyn befreit, und mit einem Mal formierten sie sich. Catlyn brüllte, dass es von den Häuserwänden schallte. Barsch und zielbewusst gab er seine Befehle.

Johnny war jetzt hinten unter der Veranda hervorgekrochen, kniete und sah, wie die Männer überall geduckt und geschützt von Häuserecken oder anderen Deckungen vorsprangen. Niemand schoss mehr. Die wilde Schießerei hatte ihnen nichts eingebracht, und vor allem Catlyn schien das am ehesten zu wissen. Jetzt schlichen sie heran.

Johnny sprang hoch und jagte zwischen zwei Häusern hindurch von der Straße weg. Aber da sah er die Schatten zweier Männer, die ihm entgegenkamen.

Ein Schuss blitzte auf, aber Johnny lag schon flach am Boden und feuerte zurück, schob sich sofort wieder rückwärts und sah die Schatten vor sich verschwinden. Es war ihm klar, dass die beiden ebenso Deckung suchten wie er selbst.

Da hörte er zwanzig Schritt oder noch weniger hinter sich einen Mann rufen: »Er ist vor uns! Aufgepasst!«

Die Falle war zu. Johnny begriff es, aber er wollte trotzdem nicht aufgeben. Er musste durchbrechen, sei es wie es wolle. Er musste es ganz einfach schaffen.

13. Kapitel

Draußen knatterten die Schüsse, brüllten die Männer und tobte der Kampf. In O'Dwyers Ordination sah es aus wie auf einem Hauptverbandsplatz des Bürgerkrieges. Überall auf dem Fußboden lagen Verletzte. Unter ihnen Ernie Catlyn. O'Dwyer und die beiden Pferdefänger arbeiteten wie Besessene, und ihre Kleidung war mit Blut besudelt. Zwei Frauen halfen jetzt auch noch mit, und in diesem Durcheinander, das erfüllt war von knappen Kommandos des Arztes und dem Stöhnen oder Aufschreien der Verletzten, stand Gwen Bristol wie unbeteiligt neben der Bahre, auf die Lion gelegt worden war. Und Steff Lion war tot.

Gwens so reizvolles Gesicht ähnelte jetzt einer Totenmaske, als sie neben dem Mann stand, der ihr mehr bedeutet hatte; als sie je zuzugeben bereit gewesen war. Nun lebte er nicht mehr.

Ein Lächeln lag auf den Zügen des Toten, so, als wäre er endlich von einer Last befreit und könnte sich entspannen. Aber gestorben war er unter Qualen, und Gwen war die ganze Zeit bei ihm gewesen.

Jetzt, als sie ihn ansah, begann sie zu hadern. Wer war schuld daran, dass er nicht mehr lebte? Wer hatte ihn heimtückisch zusammenschießen lassen? Hill und Sonley waren nur Puppen, dafür kannte sie das System ihres Vaters zu gut. Nein, sagte sie sich, nicht die Handlanger sind wirklich schuld. Er ist schuld, er, Jeff Catlyn, der alles niedertreten will, was sich ihm in den Weg stellt.

Ihr Hass wuchs wie eine entfachte Flamme. Und plötzlich beugte sie sich zu Steff Lion hinab, berührte leicht mit den Lippen seine kalte Stirn und murmelte: »Er zahlt dafür, er zahlt, wie er auch für meine Mutter gezahlt hat.«

Sie richtete sich auf und ging wie abwesend an den Menschen im Raum vorbei nach draußen. Sie sah das Aufblitzen der Schüsse, hörte plötzlich Catlyns Gebrüll dicht vor dem Office und wusste nun, dass sie ihn wieder befreit hatten. Mit einem Blick übersah sie die Lage. Dieser Cowboy, den sie Stone nannten, hatte sich in eine Seitengasse verzogen, und dort war er offenbar festgenagelt worden. Catlyn war jetzt dabei, seine Männer von zwei Selten heranzubringen. Und seine Befehle waren ganz eindeutig. Sie hörte, wie er brüllte: »Experimente werden nicht gemacht! Zusammenschießen!«

Ja, dachte sie, *das ist sein Rezept. Niedertrampeln, zusammenschießen, wegstoßen. Platz für den König der Prärie! Er allein will herrschen, will alles für sich haben, will sie zu seinen Kulis machen.* Als sich Steff geweigert hat, hat er ihn killen lassen. Einfach so. Ebenso einfach, wie er sich eine Frau nahm, die ihm gefiel und nachher zum Teufel jagte, wenn er sie satt war.

»Ein Vieh, eine Bestie bist du, Jeff Catlyn!«, keuchte sie und blickte hinüber zu ihm. Aber er sah sie nicht. Er hatte nur Augen für seinen Kampf, für die Hasenjagd, wie er es vielleicht nennen mochte. Nur war der Hase ein Tiger.

Gwen empfand für diesen Mann, den sie jagten, keine Sympathie. Dazu kannte sie ihn ganz einfach nicht genug, und außerdem schien er ebenso ein Mann der Gewalt zu sein wie ihr Vater, wie Steff es war, und das lehnte sie ab.

Sie musste plötzlich wieder an O'Dwyer denken, der hinter ihr im Haus einen so opferbereiten Kampf gegen den Tod kämpfte, den er nicht bestellt hatte, für den er nichts konnte und der ihn nichts anging. Er half selbst denen, die eigentlich seine Feinde waren. Und er hatte bei Steff alles getan, das hatte sie selbst gesehen. Aber man hätte Steff auch in New York nicht helfen können.

Obgleich ihr dieser Stone dort irgendwo in der Seitengasse im Grunde gleichgültig war, galt er doch als Gegner des Mannes, den sie inbrünstig hasste, der ihr Steff genommen hatte. Und der, wie sie wusste, auch O'Dwyer unter Druck setzen wollte. So sah sie nun in Johnny Stone einen Verbündeten, einen Mann, der Jeff Catlyn bereits schweren Schaden zugefügt hatte, ohne dass sie ihn bisher stellen konnten. Und sie durften ihn nicht töten.

Gwen war plötzlich entschlossen, dem Mann zu helfen. Zielstrebig, wie sie immer im Leben gewesen war, handelte sie auch jetzt. Sie rannte kurzentschlossen mit gerafften Röcken über die Straße auf ihr Hotel zu. Da befand sie sich weit hinter der Linie von Catlyns Männern. Niemand kümmerte sich um sie.

Hier hinten brannten auch nur wenige Lampen.

Gwen hastete in die Foyerhalle, lief am Pult vorbei und nahm die Schrotflinte vom Haken, die dort für gewisse Fälle bereithing.

Niemand war außer ihr im Foyer. Sie lud die Waffe auf, lief wieder auf die Straße und hörte Catlyns donnernde Stimme in Höhe des Sheriff Offices. Seine Worte spiegelten den Hass dieses Mannes auf seinen Gegner, die Wut, von ihm bisher genarrt worden zu sein, und zeigten Gwen auch, dass Catlyn keine Gnade kannte. Er wollte diesen Johnny Stone umbringen lassen und jeden dazu, der sich den Absichten eines Jeff Catlyn in den Weg stellte.

Genau das aber, nämlich sich in Catlyns Weg zu stellen, hatte Gwen vor.

Niemand achtete auf sie, als sie mit der doppelläufigen Parker auf ihren Vater zulief. Vater! Sie wollte ihn nie als Vater anerkennen, früher nicht als Kind, und erst vor kurzem hatte sie sich gesagt, dass er eben ihr Vater war und sie seine Tochter. Nun aber, seit Steffs Tod, war in ihr etwas zerbrochen. Trotzdem wusste sie schon jetzt, dass sie niemals auf Catlyn schießen würde. Aber sie kannte ihn. Es gab nur eine Sache, die er anerkannte, wenn ihm jemand den Weg versperren wollte: Gewalt. Das war seine eigene Sprache, und die verstand er.

Sie stand plötzlich vor ihm. Catlyn befand sich an der Ecke des Office, die Männer waren alle schon vor der Gasse, in der dieser Stone steckte und jetzt zusammengeschossen werden sollte.

Catlyn starrte zu seinen Männern hin und bemerkte Gwen gar nicht. Dabei lagen zwei brennende Fackeln keine drei Schritt von ihm entfernt auf der Straße und erhellten die Szene.

Gwen hob das Gewehr, richtete die Mündungen auf Catlyn und sagte schrill: »Du hast drei Sekunden Zeit, deine Leute zurückzurufen. Tust du es nicht, drücke ich ab!«

Catlyn zuckte herum, sah Gwen, in deren fahlem Gesicht sich die zuckenden Flammen der Fackeln spiegelten. Sie kam ihm in diesem Augenblick wie ein Gespenst vor. Aber er war realistisch genug, um zu sehen, dass sie eine Flinte auf ihn gerichtet hielt. Und er hatte auch sehr genau verstanden, was sie wollte.

Die Männer vorn an der Gasse sahen zu ihm hin. Aber keiner war imstande, etwas für Catlyn zu tun. Sie sahen wie gebannt herüber, und Catlyn stand steif wie aus Gips.

»Eins...«, begann Gwen zu zählen. »Ich drücke wirklich ab. Du hast Steff umbringen lassen und...«

»Das war nicht meine Absicht, du Närrin!«, schrie er.

»Du lügst. Ich hatte nicht gedacht, dass du auch feige bist. Zwei...«

Catlyn hatte nie viel Gefühl für Frauen entwickelt. Er hatte sie genommen, wie sie waren, und sich über ihre Seele nie den Kopf zerbrochen. Allerdings wusste er, dass Frauen mitunter recht eigenartig reagierten und möglicherweise genau das taten, was man nicht von ihnen erwartete. So glaubte er wirklich, dass Gwen abdrücken könnte. Er glaubte es völlig überzeugt und wusste, was es bedeutete, wenn ihm eine Schrotladung aus vier Schritt Entfernung in den Bauch flog.

Er warf einen kurzen Blick nach links, wo seine Männer immer noch tatenlos dastanden.

Nein, dachte er, *die tun nichts. Aber Gwen wird schießen. Ich sehe es ihr an. Verdammtes Weib, und ich habe sie aufgezogen. Undankbar ist sie. Steff, wer hat gedacht, dass sie ihn mag, dass sie an ihm hängt. Ich hatte doch geglaubt, sie wäre verrückt auf den Doc.*

Und nun Steff. Verflucht, warum hat mir das keiner gesagt?

»Sag es, sonst drücke ich ab!«, ermahnte ihn Gwen. Ihre Stimme klang ruhig, aber ihre Hände zitterten.

Er sah das nicht. Er hörte nur, wie ruhig sie sprach, und das bestätigte ihm den Verdacht, dass sie wirklich abdrücken würde. Er wusste nicht, wie sehr sie fürchtete, er würde es darauf ankommen lassen. Er ahnte auch nicht, dass sie zu diesem Schuss gar nicht imstande war.

Plötzlich lachte er wild auf.

»Gut, ich rufe sie zurück. Und was dann?«

»Du wirst Sie hierherrufen. Alle! Jetzt gleich. Sag es ihnen!«, befahl sie, und er wusste auch diesmal nicht, was in ihr vorging.

Sie war erleichtert, spürte aber gleichzeitig den Triumph in sich, diesen Mann, den alle fürchteten, gebeugt zu haben.

»Was hast du davon? Was geht dich dieser Kerl an?«, fragte Catlyn verständnislos. »Er hat deinen Bruder Perry umgebracht und Ernie schwer angeschossen.«

»Er hat Perry in Notwehr erschossen, und Ernie hätte das respektieren können, dann wäre ihm nichts passiert. Ruf jetzt deine Leute, oder ich drücke ab!«

Catlyn wandte sich seinen Männern zu.

»Kommt alle hierher! Alle, auch die anderen hinten sollen zurückgehen.«

»Wollen Sie ihn laufenlassen, Boss?«, rief einer der Cowboys.

»Tut, was ich sage und schert euch nicht mehr um den Kerl. Wir holen ihn uns später.« Catlyn wandte sich wieder Gwen zu und sagte leise: »Und nun?«

»Ich warte, bis alle von deinen Männern hier sind.«

Gwen sah, wie einige der Männer näher kamen. Aber jetzt machte sie ihren Fehler. Sie ließ Catlyn einen Augenblick lang unbeobachtet. Das nutzte er.

Mit einem Sprung war er vor ihr, schlug das Gewehr nieder und klatschte ihr die Linke mit solcher Wucht ins Gesicht, dass Gwen bis an die Hauswand flog und dort hinstürzte.

»Verdammte Pute!«, schrie er, hob das Gewehr auf und klemmte es unter den Arm. Ohne weiter auf Gwen zu achten, brüllte er seinen Männern zu: »Los! Weiter! Fasst den Burschen! Tot oder lebendig!«

14. Kapitel

Johnny hatte sich zum Sprung gespannt und wartete darauf, dass die beiden Männer vor ihm näher kommen würden. In diesem Augenblick brüllte Catlyn den Befehl an seine Männer, zurückzukehren.

Die beiden vorn schienen unschlüssig, dann verschwanden sie. Johnny sah, wie sie zurückkrochen, dann aufsprangen und um die Hausecke liefen.

Johnny war mit einem Satz hoch, raste bis zur Hausecke, sah die beiden um die nächste Ecke verschwinden, wo ein schmaler Gang zwischen zwei Häusern zur Straße führte.

Da hörte er, wie Catlyn brüllte: »Los! Weiter! Fasst den Burschen! Tot oder lebendig«

Eine knappe Sekunde stand Johnny wie erstarrt. Er verstand das Manöver nicht. Aber es bedeutete jetzt nichts. Er sah nur, wie die Reihe der Männer, die auf dem freien Feld hinter der Stadt zu Pferde heranrückte, immer näher kam. Und auch die beiden Kerle rechts tauchten wieder auf.

Johnny nutzte die Dunkelheit, die hier hinten herrschte. Zum Glück für ihn war der Mond nicht mehr am Himmel, und so entdeckten ihn seine Gegner vor dem dunklen Hintergrund der Häuser nicht.

Vorsichtig schlich sich Johnny dicht an der Hauswand entlang nach links, während seine Verfolger sich gegenseitig zuriefen, wo sie standen. So verrieten sie Johnny laufend ihre Standorte.

Johnny geriet wieder an eine Hausecke, und hier war so etwas wie ein Schuppen aus Brettern. Er war flach, und Johnny konnte sich ohne Mühe auf das Dach hochziehen. Hier schob er sich leise weiter nach oben, ertastete den Giebel des Hauses und richtete sich auf.

Unten blitzten jetzt wieder Fackeln auf. Die Männer liefen rund ums Haus, und Johnny sah, dass der Giebel nicht hoch war. Vom Schuppendach aus konnte er das Hausdach erreichen.

Er zog sich hoch, legte sich flach hin und wartete.

Unten wurde das Gebrüll immer heftiger. Catlyn selbst war jetzt direkt unter dem Haus und schrie: »Weiter links drüben! Matson, bring Ballards Hunde! Hol sie her, damit sie nach diesem Kerl spüren!«

Johnny schob sich indessen vorsichtig auf dem Dach entlang. Während unten die Suche mit Fackeln und Kerosinlampen fortgesetzt wurde, hatte er das Ende des Daches erreicht. Jetzt war er genau über der Stelle, wo er vorhin in der Gasse gelegen hatte.

Drüben war ein flaches Dach. Es war mindestens vier Männerschritte weit von ihm entfernt.

Er zog sich die Stiefel aus, legte sie genau auf den First, damit sie nicht hinunterpoltern konnten, richtete sich auf und nahm Anlauf.

Der Absprung glückte, und er flog auf das flache Dach zu. Als er aufsprang, meinte er, nun müssten alle den Knall gehört haben. Er legte sich sofort platt hin und lauschte.

Aber unten verfolgten sie jetzt eine andere Spur. Er hörte Catlyn brüllen: »In der Scheune ist er! In Jenkins' Scheune! Die Lampen her! Aufgepasst!«

»Das war alles weiter hinten, und Johnny lachte in sich hinein. Sie hatten ihn verloren. Aber gleichzeitig sah er vom Dach aus die Reiter, die ständig auf dem freien Feld patrouillierten. Alle hatten nun Fackeln, und sie würden jeden sehen, der durchzubrechen versuchte.

Der Gedanke, aus der Stadt hinauszukommen, taugte nichts mehr, solange Catlyns Männer dort draußen wachten. Also, sagte sich Johnny, musste er sich in der Stadt selbst verstecken. Aber wo?

Er kroch weiter. Auf dem flachen Dach war er ziemlich sicher. Von der Straße aus konnte ihn da so leicht keiner bemerken.

Doch er fand keine Luke oder so etwas, um ins Haus hinabzukommen. Er musste aber in ein Haus, denn bei Tage würde man ihn hier oben bestimmt entdecken.

Johnny beobachtete die Männer unten. Diejenigen, die zu Fuß waren, hatten sich mit Catlyn um die Scheune versammelt, die etwa hundert Schritt weit hinter Johnny lag, noch weiter entfernt, als der Schuppen war, über den Johnny auf die Dächer gelangt war.

Die Reiter draußen aber blieben verteilt. Doch Johnnys Chance war auch so groß genug.

Er spähte zur Straße. Dort war nur vor dem Haus des Arztes reges Leben. Und genau da brannten auch mehrere Lampen.

Johnny wollte nicht warten, bis er entdeckt werden würde. Er beschloss daher, noch weiter über die Dächer zu fliehen, bis er irgendwo eine Luke finden würde, um in eines der Häuser hineinzugelangen. Den Absprung vom Dach auf die Straße wagte er nicht, weil er fürchtete, von einem von Catlyns Männern gesehen zu werden.

Das nächste Haus stand ziemlich dicht an jenem mit dem Flachdach. Johnny sah unter sich eine Gasse, die nicht breiter war als ein Mann. Er konnte die Giebelwand des viel höheren Gebäudes greifen und kletterte an der Holzverschalung hoch. Plötzlich tastete seine Linke an ein Fensterbrett. Er zog sich höher und kam an einem kleinen Giebelfenster an. Es war offen.

Mit einem Ruck zog er sich hinein, kletterte ins Innere des Raumes und fand sich in abgrundtiefer Finsternis.

Er tastete den Boden ab, der aus holprigen Brettern bestand. Schließlich zog er sich die Jacke aus, schloss das Fenster und hängte es mit der Jacke zu. Dann suchte er seine Zündhölzer, riss eines am Daumennagel an und leuchtete in die Runde.

Es war ein kleiner Raum mit schrägen Decken, ein Giebelzimmer. Hier lagen von Spinnweben umwobene Kisten, altes Pferdegeschirr und zerlegte Betten.

Als das Zündholz verlöscht war, brannte Johnny ein neues an und ging bis zur Tür. Sie ließ sich leicht öffnen, und Johnny sah einen zweiten Raum, in dem noch mehr Gerümpel stand als im vorherigen. Auch hier wieder zerlegte Betten, Kisten und Stöße von verdrecktem Porzellangeschirr.

Jetzt glaubte Johnny zu wissen, wo er war. Er fand es bestätigt, als er eine Kiste fand, auf der mit Ölkreide geschrieben stand: Concho-Hotel Miss G. Bristol.

Er wusste nicht, welche Rolle Gwen Bristol in seinem Ringen um Leben und Freiheit spielte. Aber er wusste, dass ein Hotel viele Zimmer hatte und hier oben ein guter Platz war, um wenigstens einen Tag über die Runden zu kommen. Allerdings brauchte er dringend etwas zu trinken, auch zu essen, und das wollte er am besten noch in dieser Nacht besorgen, vielleicht schon jetzt, wo seine Gegner und auch die Leute im Hotel mit allem rechneten, nur nicht damit, dass er im Haus steckte.

Er fand eine steile Treppe, die zum Zimmergeschoss zu führen schien. Vorsichtig kletterte er hinab. Das Holz knarrte bei jedem Tritt, und Johnny hielt die Luft an, wenn er lauschte, ob nicht jemand kam. Doch im Haus herrschte tiefe Stille.

Endlich war Johnny unten. Er sah den Lichtschein eines Kerzendauerlichtes auf der Diele und blickte den Gang entlang, wo etwa acht Zimmertüren waren.

Eine weitere Treppe führte ins Parterre. Dort mussten Küche und Vorratsräume liegen. Er schlich auf Socken die Treppe hinunter. Jetzt sah er genug, denn unten brannte eine Kerosinlampe. Er hielt auf der Treppe inne und spähte an den Geländerstäben vorbei nach unten. Es war das Foyer.

Er wollte gerade weitergehen, als die Tür des Hotels aufflog. Eine Frau kam herein, die Hände aufs Gesicht gepresst, gefolgt von Anderson.

Johnny duckte sich und überlegte, ob er hier warten sollte oder besser wieder nach oben schlich.

Anderson blieb unten stehen, setzte seinen Hut ab und knallte ihn auf das Pult.

»Miss Bristol, kann ich noch etwas für Sie tun?«

Die Frau blieb stehen, drehte sich um und nahm die Hände vors Gesicht. Johnny konnte sogar von hier oben sehen, dass ihre linke Gesichtshälfte dunkel und angeschwollen war.

»Nein«, sagte die Frau. »Ich wünschte, McGhee wäre ein wirklicher Sheriff.«

Anderson trat näher.

»Miss Bristol, sagen Sie es keinem, aber McGhee ist mit zwei guten Pferden nach Süden geritten, um den Militärrichter in die Stadt zu bringen. Er wollte sichergehen, weil wir nicht wissen, ob dieser Cowboy, der mit Stone gekommen ist, wirklich den Richter holt. McGhee tut, was er kann, Miss Bristol.«

Die Frau stand jetzt dicht vor Anderson.

»Haben Sie Stone herausgelassen?«

Anderson nickte.

»Direkt nicht, aber ich habe mich nicht sehr geschickt angestellt. Es ist mir leichtgefallen, Miss Bristol.«

»Gibt es keine Männer in dieser Stadt, die Catlyn stoppen?«, fragte sie.

»Kaum. Die meisten haben Angst vor seiner Mannschaft. Dieser Stone hat Catlyn zwar mächtig zugesetzt, aber es ist für Catlyn nicht mehr bis jetzt als für einen Tiger ein abgehackter Schwanz. Beißen kann er immer noch, und wie.«

»Mein Gott, wie soll das nur weitergehen?«

»Sie werden diesen Stone fassen und erschießen, wenn sie ihn bekommen.« Anderson zuckte die Schultern. »Ich wollte nicht unbedingt mit ihm sterben. Vielleicht gelingt es McGhee, rechtzeitig mit dem Richter zu kommen, aber...« Er schwieg.

Die Frau fuhr fort: »Sie glauben es nicht, Phil, nicht wahr?«

»Nein.«

Einen Augenblick sahen sie sich nur an, dann fragte Anderson: »Soll ich den Doc rufen?«

»Nein, bitte nicht. Ich gehe jetzt hinauf und schlafe. Wenn ich es nur könnte. Danke, Phil, gehen Sie nur. Sie waren sehr nett, Phil!«

Er grinste wieder einfältig, nahm seinen Hut und stampfte hinaus. Die Tür klirrte hinter ihm zu.

Gwen Bristol wandte sich der Treppe zu, und da sah sie Johnny, der sich aufgerichtet hatte und sie anblickte.

Einen Augenblick lang lähmte Erschrecken die Frau, doch dann wusste sie, wer dieser Mann war. Sie hielt ihre Hand auf die geschwollene Wange und sagte: »Sie sind Stone, nicht wahr?«

»Ich bin es. Wollen Sie nicht auf die Straße gehen, um es den Leuten zu sagen, Madam?«

»Nein. – Wie kommen Sie ins Haus?«

»Hören Sie, Madam, ich brauche zu trinken und zu essen. Ich warte hier oben, wenn Sie mir etwas holen würden.«

Sie nickte und ging auf eine Tür zu.

Kurz darauf kam sie mit einem Korb wieder und ging die Treppe hinauf. Johnny wartete oben auf dem Flur und hatte die Dauerkerze ausgeblasen.

Da kam unten jemand durch die Hoteltür. Gwen Bristol setzte rasch den Korb auf einer Stufe ab und ging wieder hinab.

Johnny kauerte sich vors Geländer und sah unten einen dürren Mann ins Foyer treten.

»Hallo, Madam, noch auf?«, sagte er. »Gehen Sie nur ins Bett, Madam, ich bleibe am Pult, bis alle da sind. – Übrigens: Ernie Catlyn wollte ein Zimmer. Er hat einen Schulterschuss, und O'Dwyer kann ihn nicht bei sich unterbringen. Soll ich ihm vierzehn geben?«

»Ja, Pit, und schließen Sie nachher alles ab. In einer halben Stunde, Pit, auch wenn da noch nicht alle hier sind.«

»In Ordnung, Miss Bristol.« Der dürre Mann begab sich hinters Pult. Da sah er, wie Gwen den Korb wieder aufnahm.

»Ich helfe Ihnen tragen, warten Sie!«, rief er und kam hinter dem Pult wieder hervor.

»Danke, Pit, es ist nicht schwer. – Schließen Sie besser ab, wenn Ernie da ist. Gute Nacht!«

Pit verschwand abermals hinter dem Pult, und Gwen langte oben bei Johnny an. Sie nahm ihn mit der freien Hand am Ärmel und zog ihn wortlos mit sich.

Im dunklen Gang wäre Johnny fast noch gegen einen Pfeiler gestoßen, aber Gwen zog ihn zur Seite. Dann schloss sie eine Tür auf und schob Johnny vor sich her in den Raum.

Er roch das Parfüm einer Frau und ahnte, dass er in ihrem Schlafzimmer stand.

»Psst!«, machte sie, schloss die Tür und mahnte: »Kein Licht machen, die Vorhänge sind auf!«

Sie tappte an ihm vorbei zum Fenster. Er hörte das Rasseln des Vorhangs, dann klirrte etwas. Ein Zündholz entflammte, und der Schein beleuchtete Gwens Gesicht. Johnny sah, wie sie eine Lampe anzündete.

Sie stand da, sah ihn an, und keiner von beiden sagte etwas. Johnny schaute sich um. Es stand ein Bett im Zimmer, quer davor eine einfache Liege, dann ein Tisch mit zwei Korbstühlen, zwei Schränke und ein Waschbecken. Eine zweite Tür ging zwischen den Schränken ab.

»Was ist dahinter?«, fragte Johnny, der erst einmal auf seine Sicherheit bedacht sein wollte.

»Das ist mein Magazin für Geschirr, Wäsche und so alles, was im Hotel nötig ist. – Kommen Sie, Mr. Stone.«

Sie stellte die Lampe auf die Tischmitte und hob den Korb auf. »Das reicht für ein paar Tage, möchte ich hoffen. – Wollen Sie jetzt essen?«

Es klang unpersönlich, wie sie das sagte, und er spürte, dass sie ihn nicht unbedingt sehr schätzte. Desto mehr überraschte es ihn, als sie dann fortfuhr: »Ich werde Ihnen helfen, wo ich kann, Mr. Stone. – Übrigens heiße ich Gwen Bristol. Mr. Catlyn ist – falls Sie das nicht wissen – mein Vater. Aber durchaus nicht mein Freund. – So, setzen Sie sich jetzt und sprechen Sie leise!«

Johnny blickte sie an, rührte sich aber nicht von der Stelle. Als sie seinen Blick erwiderte, fragte er: »Wenn er Ihr Vater ist, warum tun Sie dann etwas gegen ihn? Ich bin sein Feind, Miss Bristol. Er will mich hängen, obgleich ich von seinem Sohn beschossen...«

»Ich kenne die Geschichte«, erwiderte sie sachlich. »Essen Sie jetzt! Danach besprechen wir das Weitere.«

Catlyn hatte mittlerweile alle Männer seiner Ranch in der Stadt. Tom Tumberley, dessen Vieh von Catlyns Wasserstellen soff, musste zehn Reiter schicken, die den Sicherungsgürtel um die Stadt ausfüllen sollten.

Die Hunde hatten in der Scheune Indianer-Joe aufgespürt, aber von Johnny Stone fehlte jede Spur.

Jetzt begann Catlyn, seine Männer zur Suche von Haus zu Haus einzusetzen. Ob die Bewohner protestierten oder nicht, Catlyn ließ jedes Haus durchsuchen. Jetzt war er schon mit einem Drittel der Häuser fertig. Darüber war der Tag angebrochen, und noch immer hatten sie Johnny Stone nicht entdeckt.

Am Vormittag sollte Perry begraben werden, aber von einem Totenfest war keine Rede mehr. Außer Perry waren noch andere Männer gestorben. Lion, um den Gwen Bristol trauerte, und das wusste Catlyn inzwischen. Sonley, dessen Tod höchstens Catlyn betrübte, aber selbst das war unwahrscheinlich. Beim Doc lagen Gus Adolphe und Jack Hill. Ernie war im Hotel, und sein Schulterschuss würde ihn im Bett festhalten. Außerdem waren noch vier Männer verletzt. Aber Johnny Stone war frei. Irgendwo musste er sein, und Catlyn fragte sich, ob er diesen Mann überhaupt noch fassen konnte.

Es war jetzt nicht mehr nur eine Frage von Rache und Vergeltung. Catlyn sah und spürte, dass diese Stadt in dieser Frage eine Kraftprobe für Catlyn schlechthin sah. Sie alle wussten ja, wie McGhee dachte. Auch der Doc stand mit seiner Ansicht gegen Catlyn. Aber auf den Doc konnte Catlyn nicht verzichten, ebenso wenig wollte er offen gegen McGhee Vorgehen. Zudem war McGhee verschwunden.

Catlyn konnte sich gut denken, wo der Mann steckte. Aber das bestärkte ihn noch in seiner Absicht, diesen Stone rasch zu finden, rascher als McGhee mit dem Richter hier sein konnte. Denn dass McGhee so etwas Ähnliches vorhatte, war Catlyn klar. Dazu kannte er den Sheriff zu gut.

Die meisten Männer in der Stadt warteten ab. Auch Tumberley, der sich in die Rolle des Helfers nur pressen ließ. Aber nach wie vor war Catlyn stärker als sie alle, und das wussten sie. Ihre Schadenfreude über die Niederlage der vergangenen Nacht zeigten sie nur verstohlen und schon gar nicht vor Catlyn oder seinen Leuten.

Catlyn jedoch wusste, wie sie dachten, und umso grimmiger und entschlossener ließ er suchen. Haus für Haus.

15. Kapitel

Um diese Vormittagszeit war Andy Stone ungefähr noch zwölf Meilen von der Stadt Concho entfernt. Er hatte unter sich das achte Pferd, und es war fast am Ende seiner Kraft. Nichts in Andys sonst so gutmütigem Gesicht erinnerte an den zu Späßen aufgelegten Mann. Jetzt war Andy grimmig und verschlossen, sein Gesicht zeigte harte Züge, und in seinen Augen lag ein gefährliches Feuer, das alle Stones hatten, wenn sie kämpften.

Für Andy gab es im Augenblick nur den einen Gedanken, so schnell wie möglich in diese Stadt Concho zu kommen, wo sie seinen Bruder aufhängen wollten. Er wusste nichts weiter als das, und es genügte ihm.

Irgendwo, viele Meilen weit zurück, ritten Männer der Stone Mannschaft mit dem Militärrichter. Auch Jim Stone, der Rancher, war vielleicht inzwischen informiert worden, obgleich er einen noch weiteren Weg hätte, denn er befand sich ja nicht mit auf dem Treiben der kleinen Fleischherde nach Fort Bowie. Andy glaubte auch nicht, dass Jim überhaupt schon mit seiner Hüftverletzung reiten konnte.

Es ging nur darum, den Lynchmord zu verhindern. Soviel er von Comanche wusste, war es ein Lynchmord, den dieser komische Rancher Catln oder Catlyn in Concho vorhatte.

Andy hatte auch noch kein Rezept dafür, wie er Vorgehen wollte. Aber er wusste, dass er die Hängepartie verhindern würde.

Comanche war schneller vorangekommen als Andy. Einmal vielleicht, weil er leichter war, dann aber auch, weil er mit dem Pferdewechsel riesiges Glück gehabt hatte. Andy hingegen, der sonst Pferde über alles schätzte, musste zwei seiner Pferde bis zur völligen Erschöpfung jagen, und eines der Tiere war so fertig gewesen, dass es der Stationer in Bell's Chance erschossen hatte.

Immer mehr und immer heftiger quälte Andy die Frage: Werde ich rechtzeitig kommen?

Sein Pferd, das er jetzt ritt und dem der Schaum Flanken und Hals bedeckte, gab alles, was in ihm steckte. Aber Andy kam es vor, als ritte er auf einer Schnecke.

Da sah er endlich Häuser vor sich. Das bedeutete ein frisches Pferd.

Andy war in einer Verfassung, wo er – um seinen Bruder zu retten – ein Pferd gestohlen haben würde. Und er hätte noch mehr getan, doch bislang hatte man ihm immer frische Pferde gegeben.

Auch jetzt konnte er das Pferd wechseln, obgleich er abermals viel Zeit verlor.

Im Galopp jagte er weiter. Noch zehn Meilen bis Concho!

16. Kapitel

Sie hatten abwechselnd gewacht. Jetzt saß Johnny am Fenster, den Colt auf dem Schoß. Gwen lag angezogen auf dem Bett und war eben munter geworden. Sie blinzelte zu Johnny hin, richtete sich auf und wischte sich über die Augen. Ihre linke Wange war noch mehr angeschwollen als am Abend.

Johnny wusste, wie es geschehen war, und trotzdem verstand er den Hass des Mädchens auf seinen Vater nicht. Gwen war Catlyns Tochter. Trotz allem.

Er entsann sich auch der Unterhaltung in der Nacht, in der er sich ein Bild von dieser merkwürdigen Frau gemacht hatte. Nun wusste er auch, warum sie ihm half. Es geschah nicht aus Sympathie, es geschah nur aus Rachsucht, weil man ihr Steff Lion genommen hatte. Doch auch ihr Verhältnis zu Steff hatte eigenartigen Charakter gehabt. Freimütig erzählte sie Johnny davon, und ihm wurde klar, dass dieser Steff Lion ihr im Grunde durch seine Überlegenheit, seinen Stolz und seine selbstbewusste Art Catlyn gegenüber imponiert hatte.

Jetzt, als Johnny sie ansah, kam ihm Gwen dem Rancher so ähnlich vor, dass er sich fragte, wohin das Bündnis mit ihr führen würde. Noch konnte er ohne sie gar nicht existieren. Ohne Gwen hätten ihn Catlyns Leute in ein paar Minuten. Er brauchte sie also.

Aber sie? Wenn ihre Wut erst einmal abgekühlt war, was würde sie dann tun?

Er bemerkte nicht, als er aus dem Fenster auf die Straße spähte, wie sie ihn beobachtete. Plötzlich sagte sie: »Johnny, Sie haben länger gewacht. Wir hatten doch abgemacht, dass ich . .

Er wandte sich ihr zu und erwiderte lächelnd: »Sie haben gut und tief geschlafen. Aber ich glaube, jetzt müssen Sie sich unten zeigen.«

Sie tastete vorsichtig an ihre Backe und stieß einen leisen Wehlaut aus.

»Dafür muss er bezahlen. Dieser Unmensch!«, stöhnte sie. »Eine Frau zu schlagen!«

»Für ihn sind Sie seine Tochter, Gwen.«

Sie stand auf, glättete ihr Kleid und sah in den Spiegel über dem Waschbecken. Da die Vorhänge nur etwas aufgezogen waren, konnte sie offenbar nicht viel erkennen und sagte: »Johnny, ich gehe jetzt hinunter. Sie haben ja zu essen hier, öffnen Sie niemandem außer mir. Ich huste vor der Tür, dann wissen Sie Bescheid. Wenn er das Haus durchsuchen lässt, gehen Sie in die Magazinkammer. Oben ist eine Luke, durch sie gelangen Sie in das kleine Zimmer, durch das Sie eingestiegen waren. – Aber er wird es nicht wagen, mein Haus zu durchsuchen.«

Sie machte sich ihr Haar zurecht, erfrischte ihr Gesicht und nickte Johnny lächelnd zu.

»Kommende Nacht bringe ich Sie aus der Stadt, wie wir es abgemacht haben.«

Dann war sie draußen, schloss die Tür von außen ab und schob ihm den Schlüssel unter der Tür hindurch. Er nahm ihn und steckte ihn ein.

Als er wieder am Fenster saß und auf die Straße blickte, kam gerade eine Gruppe von Catlyns Männern auf das Hotel zu. Catlyn selbst war nirgendwo zu sehen.

Drüben vor der Kirche stand noch immer der Galgen, den sie extra für Johnny gebaut hatten. Unter den Bohlen der Plattform spielten Kinder. Nach der aufregenden Nacht sah die Stadt aus wie immer, friedlich und harmlos. Und doch gab es Anzeichen dafür, dass letzte Nacht ein Kampf getobt hatte. Zerschossene Scheiben, blutiges Verbandszeug mitten auf der Straße, ein totes Pferd, das gerade von zwei Schmiedegesellen mit einem Ochsengespann weggezogen wurde, schließlich auch ein einsam liegender Hut mitten auf der Fahrbahn. Ein Hut mit einem dunklen Blutfleck an der Krempe.

Johnny wusste nicht, dass es Hiram Sonleys Hut war. Sonley selbst lag schon in der Kirche aufgebahrt neben Perry Catlyn und Steff Lion.

Die Gruppe der Männer kam jetzt wieder aus dem Hotel. Johnny sah sie zurück auf das Office zugehen, und er hatte den Verdacht, dass Catlyn selbst auch im Sheriff Office residierte. Und wahrhaftig tauchte kurz darauf Catlyn dort auf. Er kam aus der Tür, eine Schrotflinte unterm Arm, und ging mit wuchtigen Schritten über die Straße, genau auf das Hotel zu.

Aha, dachte Johnny, *jetzt kommt er selbst. Gwen hat seine Leute nicht eingelassen.*

Catlyn kam allein, und daran erkannte Johnny, dass dieser Mann sein mochte, wie immer die Leute dachten, eines aber war er nicht: feige.

Jetzt war er schon vor dem Eingang. Johnny sah, wie der Rancher einen kurzen Blick über die Fensterfront warf, dann unter dem Vordach verschwand.

17. Kapitel

Catlyn stieß die Tür auf, sah Pit am Pult, der ihn verschlafen anstarrte wie einen Geist, dann ging er weiter und sah sich plötzlich Gwen gegenüber. Sie war wie eine Furie aus der Küche gekommen und schrie jetzt mit überschnappender Stimme:

»Verlass mein Haus, du Teufel! Verlass es, oder ich weiß nicht, was ich tue!«

Er lächelte kalt.

»Du bist aus gutem Holz geschnitzt, Kind. Aus meinem Holz. So wie du hat einmal Ernie vor mir gestanden, als ich seinen tollwütigen Hund erschießen musste. Und jetzt ist es auch so. Du hast ihn hier, nicht wahr?«

»Ernie ist im Zimmer vierzehn. Du kannst ihn haben, wenn du ihn willst«, sagte Gwen zornig.

Er lachte.

»Wir reden nicht von Ernie. Wir reden von dem Bastard, der sich bei dir eingemietet hat.«

»Hier haben wir keine Bastarde und keine eingenisteten Leute. Du bist hier unwillkommen. Scher dich in die Hölle!«, schrie sie.

»Die Ohrfeige von gestern Abend ist dir wohl ein bisschen aufs Hirn geschlagen, wie?«, höhnte er. »Wo hast du den Kerl?«

»Scher dich hier weg! Ich habe niemanden!«, fauchte sie böse.

»Du bist wirklich wie ich. Temperament, wild, hart. Gute Rasse, Kind. Aber er hat einen von uns umgebracht. Dafür muss er hängen! Hast du gehört? Perry ist einer von uns gewesen. Und keiner darf es wagen, einen von uns anzurühren. Keiner darf das auch bei dir, wenn du es nicht willst!«

»Ich brauche dein blödes Gerede nicht. Ich bin keine Catlyn. Ich bin eine Bristol. Was geht mich dein Sohn an? Was schert dich denn der Mann, der mir etwas bedeutet hat? Hast du gefragt, ob es gut ist, meine Freunde umzubringen? Du hast Steff feige ermorden lassen. Von zwei solchen Kojoten wie Hill und Sonley. Hill wird auch noch daran glauben. Warte nur, wenn er auf den Beinen ist. Er wird nicht weit damit laufen. Und du brauchst mir nicht zu helfen, du nicht! Alles hätte ich dir verziehen, aber den Schlag von gestern Abend und das mit Steff, nie. Mörder!«

Er zuckte zurück wie unter einem Peitschenhieb. Dann wandte er sich wortlos um, ging zur Hoteltür, stieß sie auf, steckte zwei Finger in den Mund und pfiff schrill.

Als die ersten seiner Männer auftauchten, brüllte er: »Umstellt das Haus, und dann durchsucht es. Ich wette, er ist hier!«

18. Kapitel

Andy Stone sah die Reitergruppe, die sich auf der Straße postierte. Weiter links vor dem Wald waren noch weitere Reiter, und rechts ritt eine Gruppe langsam um die Stadt.

Dicht vor den Reitern parierte Andy seine fuchsrote Stute. Das Tier war nass und fertig, aber jetzt hatte Andy die Stadt ja erreicht.

Einer der zehn Reiter hielt den Arm hoch und rief Andy zu: »Wer sind Sie und wohin wollen Sie?«

Andy musterte den etwa vierzigjährigen Mann, der wie ein Rancher aussah, umgeben von seiner Mannschaft.

»Ich bin Duff Manners«, sagte Andy. »Scout bei der Kavallerie. Und wer sind Sie?«

»Tumberley ist mein Name. Mir gehört hier eine Ranch. Das sind meine Männer. Was tun Sie hier?«

Andy lachte hart.

»Geht es Sie etwas an?«

»Ja, wir sind die Vigilanten von Concho.« Tumberley sagte das nicht sehr überzeugend und blickte hilfesuchend zu den Reitern links hinüber, die sich nun näherten. Seine eigenen Männer sahen hingegen recht unbehaglich auf Andy.

»Meine Kompanie ist nach hier unterwegs«, erklärte Andy. »Ich sollte vorausreiten und sehen, ob es stimmt, dass man hier einen Mann hängen will, der von keinem Richter verurteilt wurde.«

Tumberley schien zu erschrecken. Er kratzte sich am Hinterkopf, sah auf seine Männer und entdeckte in ihren Gesichtern den Ausdruck seiner eigenen Gedanken. Er war hier offenbar in eine Geschichte verstrickt, die übel ausgehen würde.

»Tja«, sagte er schließlich, »es war ja noch gar nicht soweit. Aber der Mann hat sich befreit, und wir umlagern die Stadt, damit er nicht herauskommt.«

Andy atmete erleichtert auf.

»So«, sagte er dann barsch, »hoffentlich habt ihr auch eine vernünftige Anklage zur Hand.«

»Dem Mann wird nachgesagt, dass er jemanden erschossen...«

»Uns wurde gemeldet, dass es in Notwehr geschehen ist.«

Tumberley dachte an den Sheriff. Er überlegte sich nicht, dass McGhee noch gar nicht in Camp Bowie sein konnte. Vielleicht hatte McGhee die Truppe auch unterwegs getroffen. Jedenfalls sah das alles gar nicht gut aus, und Tumberley hatte wenig Lust, sich mit der Sache irgendwie in eine kitzlige Geschichte zu reiten.

»Wir wissen nichts weiter, als dass wir die Stadt absichern sollen. Unser Vigilante Captain, Mr. Catlyn, hat es so befohlen.«

»Prächtig, darüber wird sich die Armee freuen. Nun, drei Stunden Zeit habt ihr ja noch, euch etwas Passendes zu überlegen.« Andy spie aus und sah dann Tumberley an. »Sie wissen dann sicher, was Sie dem Militärrichter erzählen werden. – Ich will mir die Geschichte selbst einmal ansehen.«

Er ritt weiter, und die Männer Tumberleys machten ihm unaufgefordert Platz. Tumberley sah ihm noch nach, da kam eine Gruppe von Catlyns Leuten an.

»Was war das für einer?«, fragte Madson, ein älterer Cowboy Catlyns.

Tumberley verzog das Gesicht.

»Wir haben da einiges vor uns. Das ist ein Armee Scout der Kavallerie aus Fort Bowie. Sie sind mit einer Kompanie hierher unterwegs. McGhee scheint sie bestens informiert zu haben.«

»McGhee?«, fragte Mason. »Na also, dann hat es der alte Knacker ja doch geschafft. Ich für meinen Teil weiß jetzt Bescheid.«

Tumberley fuhr im Sattel hoch.

»Bescheid? Was weißt du?«

Madsons Faltengesicht verzog sich zu einem breiten Grinsen.

»Ich weiß nur, was mir Rip Canning erzählt hat. Demzufolge ist Perry derjenige gewesen, der zuerst geschossen hat. Für diesen Cowboy war es also Notwehr. Und nun kommt die Armee. – Es wird schwer sein, einen Job zu finden, wenn man ein so alter Bursche ist wie ich, aber ich finde schon einen. Bestimmt nicht in Concho. Adios, Hombres!«

Er zog sein Pferd herum und galoppierte die Straße entlang nach Süden.

Wortlos taten es ihm einige der anderen nach, und da hatte auch Tumberley begriffen.

»Kommt, Jungs«, sagte er, »wir reiten zur Ranch. Mit der Geschichte will ich nichts zu tun haben!«

Sie trieben ihre Pferde an, und mit einem Mal hatte Catlyns Postenkette im Süden ein riesiges Loch. Mehr als die Hälfte der gesamten Stadtsicherung war verschwunden.

19. Kapitel

Andy parierte sein Pferd vor dem Hotel, wo jetzt gerade mehrere Männer durch die Tür verschwanden.

Aufmerksam sah Andy einer zweiten Gruppe zu, die sich um das Gebäude verteilte.

Plötzlich wurde einer der Männer auf ihn aufmerksam. Bevor der noch fragen konnte, sagte Andy: »He, Cowboy, ich suche einen Mr. Catlyn. Wo finde ich ihn?«

»Catlyn? Was willst du von ihm?«

»Das werde ich ihm schon selbst sagen. Es ist verdammt wichtig. Ist er hier irgendwo?«

»Für dich ist er jetzt nicht zu sprechen«, erwiderte der Cowboy.

»So? Dann sage ihm Bescheid, dass du es gewesen bist, der dieser Ansicht ist, Cowboy. Er wird dir nämlich den Schädel spalten, falls er hört, dass ich hier war und ihn nicht erreichen konnte.«

Ein anderer Cowboy kam auf Andy zu.

»Und wenn schon, wer bist du denn? Ich werde es ihm sagen!«

»Ich bin Duff Manners, Armee Scout der Kavallerie aus Fort Bowie. Wir sind bald mit der ganzen Truppe hier.«

Andys Worte schlugen wie eine Bombe ein. Der Cowboy flitzte plötzlich ins Hotel, die anderen musterten Andy mit Blicken, in denen sich Abwehr und Sorge mischten.

Andy stieg vom Pferd, führte das erschöpfte Tier an eine Tränke, nahm ihm den Sattel ab und überließ es sich selbst. Das Pferd soff gierig im lauwarmen Wasser, und Andy zog das Gewehr aus dem Scabbard, klemmte es unter den Arm und ging auf das Hotel zu.

Keiner der Männer draußen hielt ihn auf. Als Andy in der Vorhalle stand und eine Gruppe von Männern am Pult stehen sah, tauchte ein großer Mann auf, der schon durch seine Erscheinung etwas darstellte.

Die Männer im Foyer starrten Andy an, und auch der große Mann an der Treppe tat es.

»Ist das der Scout?«, fragte er und wies auf Andy.

»Ja, der bin ich. Und Sie sind Catlyn?«

»Für Burschen wie Sie bin ich Mr. Catlyn«, grollte der Rancher.

»Fein, Mr. Catlyn«, erwiderte Andy, ging auf ihn zu und stellte sich vor ihn. Sie waren beide gleich groß, beide breit, aber Andy wirkte mit seiner muskulösen Gestalt doch schwerer und wuchtiger.

»Ich bin kein Scout, Catlyn«, sagte Andy. »Ich bin Andy Stone und werde meinen Bruder abholen. Guten Tag, Mr. Catlyn!« Und da schlug er zu.

Es kam so unvermittelt, dass Catlyn nicht mehr ausweichen konnte.

20. Kapitel

Der Schlag traf ihn mitten ins Gesicht, genau dahin, wo die Haut noch von dem heißen Essen roh und wund war. Die Wucht des Schlages aber war mit der Kraft eines auskeilenden Pferdehufes geführt worden. Catlyn flog auf die Stufen der Treppe, schlug mit dem Hinterkopf auf und blieb liegen.

Andy hatte solange gar nicht gewartet. Er zuckte herum, das Gewehr im Anschlag an der Hüfte und sagte scharf: »Wer von euch Burschen will es wissen?«

Sie standen am Pult wie angeleimt. Keiner von ihnen wagte es angesichts der Gewehrmündung, zum Revolver zu greifen. Alle vier waren sich da einig.

»Dreht euch um und schnallt ab!«, befahl Andy.

Sie gehorchten auch jetzt. Die Revolvergürtel polterten zu Boden.

»Der ganz rechts schließt jetzt die Tür ab. Ein falscher Ton, und es knallt!«

Einer der Männer ging zur Tür und stieß den Riegel vor. Dann trat er zu den anderen.

Andy zog Catlyn den Revolver aus dem Holster und trat dann bis an die Wand neben der Treppe zurück.

»He, ihr Burschen, das Gesicht an die Mauer, und die Hände ganz nach oben!«

Sie gehorchten, und Catlyn gab in diesem Augenblick die ersten Lebenszeichen von sich.

Andy trat bis zu den Waffen, hob sie auf, ohne die Männer an der Wand aus den Augen zu lassen, und warf die Revolver in die Ecke an der Wand, wo er sich nun wieder aufstellte. Durch das Geländer der Treppe beobachtete er Catlyn aus den Augenwinkeln.

Catlyn reckte sich, wischte sich schmerzvoll über die blutende Nase und kam dann hoch.

»Wo – wo ist der Bastard?«, keuchte er und sah sich um. Aber er entdeckte nur seine Männer, und als er endlich nach links blickte, sah er Andys Gesicht durchs Geländer.

»Schön ruhig, Catlyn, ganz ruhig! Steh auf und stell dich neben deine Brüder dort drüben!«

»Den Dreck werde ich!«, keuchte Catlyn, kam die Stufen herab, zog sich ums Geländer herum und fauchte: »Schieß doch auf einen unbewaffneten Mann! Schieß doch!«

»Das tue ich bestimmt! Bleib stehen, Catlyn!«, warnte Andy.

Aber der Rancher missachtete die Drohung. Wie ein angeschossener Bär kam er näher.

Andy musste sehen, dass der Mann ihm nicht ins Schussfeld zu den Männern an der Wand geriet. Außerdem ärgerte ihn die Bockigkeit des Mannes. Plötzlich sprang er vor und jagte seine mächtige rechte Faust blitzartig vor.

Catlyn, nicht mehr jung genug und zudem angeschlagen, kam auch diesmal nicht rechtzeitig weg. Er bekam den Treffer in die Magengrube, gurgelte schrill, flog rücklings und knallte mit dem Kreuz gegen das Pult. Seine Körpermassen schlugen das Holz in Stücke. Während das Pult splitternd und prasselnd zerbarst, stürzte der Rancher inmitten der Trümmer zu Boden.

Diesmal war er bei voller Besinnung. Er hielt sich den Bauch mit beiden Händen und rang um Atem.

Ungerührt beobachtete Andy diesen selbstbewussten Mann, der jetzt zum ersten Mal gedemütigt wurde wie noch nie im Leben.

»Wo ist mein Bruder, Catlyn?«, fragte Andy mit gefährlich kalter Stimme. Von dem sonst so fröhlichen Andy war nichts mehr übrig. Nun glich er einem durch nichts zu stoppenden Grizzly, der seinen Kampf durchstehen würde – oder darin umkam.

Catlyn hatte sich aufgesetzt und keuchte schwer.

»Such ihn dir, du Bastard, such ihn«, japste er.

Andy ging langsam vorwärts. Er hielt das Gewehr auf Catlyn gerichtet.

»Ich soll suchen? In Ordnung, Catlyn, aber zuvor muss ich dir die Luft abdrehen. Steh auf, du größenwahnsinniger Popanz! Steh auf und kämpfe wie ein Mann!«

Catlyn lief vor ohnmächtiger Wut blau an. Aber er versuchte, aufzustehen. Andy stellte das Gewehr beiseite, packte Catlyn und riss ihn hoch.

»So, nun los!«, fuhr er Catlyn an. »Kämpfe, du gerupfter Löwe! Kämpfe doch!«

Catlyn hatte nicht die Kraft, aber er versuchte es. Er kam mit angewinkelten Armen und wollte zuschlagen. Aber das brachte ihm nur den dritten Treffer ein. Diesmal flog er bis zu seinen Männern, und da sackte er bewusstlos zu Boden.

Die Cowboys hatten sich umgedreht und sahen fassungslos auf den Mann, dem sie immer gehorcht hatten und der jetzt nichts war als ein Häufchen Elend.

»Wo ist Johnny?«, fragte Andy und griff wieder zum Gewehr.

»Wir haben ihn noch nicht gefunden«, erwiderte einer der Männer.

»Wie viele sind von euch oben?«

»Keiner – außer Ernie Catlyn, aber der liegt mit einem Schulterschuss im Bett.«

»Zimmer?«

»Zimmer vierzehn.«

»Schert euch nach draußen. Und wenn ich einen von euch nachher noch in der Stadt sehe, schlage ich ihn noch mehr zusammen als diesen Skunk hier«, drohte Andy.

Sie hasteten wie von Furien gehetzt hinaus. Hinter ihnen schob Andy wieder den Riegel vor, nahm das Gewehr und blickte auf den Rancher, der noch immer bewusstlos war.

Um ein paar Riemen zu finden oder Stricke zum Binden, stieß Andy die Küchentür auf. Da entdeckte er eine dicke Frau und einen älteren Mann gefesselt und geknebelt am Boden. Er ging zu ihnen hin, riss ihnen die Knebel aus dem Mund und schnitt ihre Fesseln mit dem Bowiemesser durch.

Die dicke Köchin, eine Mulattin, schnappte keuchend nach Luft. Der schmale Mann erbrach sich fast, so musste er husten. Doch dann sagte er schwer atmend: »Die Chefin, Mister, unsere Chefin – sie ist oben bei Ernie Catlyn – sie haben sie zu Ernie ins Zimmer...« Weiter kam er nicht, dann musste er sich wirklich erbrechen. Er konnte gerade noch das Spülbecken erreichen.

»Wo steckt mein Bruder?«, fragte Andy die noch immer japsende Köchin.

»O diese Banditen!«, gurgelte die Frau. »Diese Schufte... Ihr Bruder? Wer – wer ist Ihr Bruder?«

»Ich bin Andy Stone. Mein Bruder sollte gehenkt werden. In dieser dreckigen Stadt!«

»Ah, dann ist – nein, Sir, ich weiß es nicht. Niemand weiß es. Sie haben ja schon gesucht hier, aber sie haben ihn nicht gefunden.«

Der hagere Mann kam zurück.

»Unsere Chefin ist von ihnen hochgeschleppt worden, Mister, man hat sie gefesselt und geknebelt wie uns. Sie ist oben in Zimmer...«

»Zimmer vierzehn, ich weiß. Ich sehe nach«, erklärte Andy. Dann trat er zur Tür und blickte durch die oberen Scheiben auf die Straße. Dort war niemand zu sehen. »Bringt ein paar Stricke. Draußen ist Catlyn, den muss ich ein wenig binden.«

Als er die Stricke hatte, fesselte er den noch immer bewusstlosen Rancher. Diesmal hatte Catlyn auf längere Zeit genug.

Er packte Catlyn und warf ihn sich wie einen Sack Mais auf die Schulter. Der hagere Mann sah zu und starrte fassungslos auf den Hünen, der mit dem schweren Rancher umging, als wöge der so leicht wie ein Bündel Federn.

Andy stapfte mit seiner Last die Treppe hinauf. Dabei benutzte er das Gewehr wie einen Stock, und die Kolbenplatte schmetterte bei jedem Stoß wie ein Schuss durch das Hotel.

Oben suchte Andy die Zimmertür. Es war ein Zimmer ganz am Ende des Ganges.

Hier lehnte Andy das Gewehr an die Wand, zog den Revolver und riss die Tür auf. Er machte sich gar nicht die Mühe, den Drehgriff zu betätigen. Er zog einfach daran, und das Holz flog in Fetzen aus der Schlosshalterung.

Die Last auf der Schulter, den Revolver gespannt in der Rechten, so trat er ein.

Was er sah, ließ ihn verblüfft dreinschauen.

Vor ihm auf dem Boden lag gefesselt und geknebelt eine junge Frau. Sie musste schon halb erstickt sein, denn die Nasenflügel bebten, und die Augen traten ihr fast aus den Höhlen.

Im Bett lag ein blutiger Verband, sonst nichts. Kein Mann, kein Ernie Catlyn.

Andy warf den noch immer Bewusstlosen auf das Bett, löste den Knebel der Frau und schnitt ihr die Fesseln durch.

Die Frau würgte und keuchte, und er drehte sie auf den Rücken und breitete ihre Arme aus, um ihr leichter Luft zu verschaffen.

Als sie endlich reden konnte, fragte er: »Wo ist Johnny Stone?«

»Er ist – sie haben ihn – ihn weg – sie haben ihn weggebracht.«

»Was? Ich denke, die haben ihn nicht gefunden?«

»Ernie – Ernie hat ihn mit zwei Männern... Er ist ihnen genau in die Falle geraten.«

Johnny hörte sie unten ins Haus kommen. Catlyn überbrüllte sie alle. Dann ertönte Gwens Schrei. Er hörte, wie sie die Treppe hinauf lief, wie eine Männerstimme brüllte: »Halt sie auf! Halt sie fest!«

Dann schrie Catlyn: »Keine Rücksicht auf diese Person! Pack sie, Adams!«

In diesem Augenblick vergaß Johnny alle Vorsicht. Gwen Bristol hatte ihm geholfen, und sie war eine Frau, die Johnny faszinierte. Wenn sie sich auch in dieser Nacht nicht nähergekommen waren, so hatte sie Johnny doch gezeigt, dass sie es wert war, sich für sie einzusetzen.

Er schloss die Tür auf, spannte den Hahn seines Revolvers und trat auf den Gang. Er hörte Gwens Schrei abermals, und das lenkte ihn ab. Sonst hätte er vielleicht nach links gesehen, so aber blickte er zur Treppe.

Plötzlich hörte er hinter sich ein Knarren. Er zuckte herum, aber er sah nur noch einen Schatten, dann traf ihn ein schwerer Schlag auf den Kopf. Er versank in tiefe Bewusstlosigkeit und spürte nicht einmal mehr seinen eigenen Fall auf den Flurboden...

Als er aufwachte, sah er über sich das breit grinsende Gesicht eines brutal wirkenden Mannes. Irgendwie erinnerte ihn dieses Gesicht an jemanden, den er schon gesehen hatte. Aber in seinem Kopf summte und schwirrte es herum. Er konnte die Gedanken noch nicht richtig ordnen.

»Noch einen Eimer!«, sagte der Mann dicht über ihm. »Gieß es ihm ins Gesicht, Ferry!«

Etwas Kaltes klatschte in Johnnys Gesicht, und er bekam kaum Luft. Als er prustend den Kopf heben wollte, wurde er am Haar gepackt und wieder zu Boden gedrückt.

»Bleib schön unten. Jetzt weißt du sicher, wo du bist, wie? Sieh mal zur Seite, mein Kleiner!«, sagte der Mann über ihm.

Johnny drehte unter Schmerzen den Kopf und sah zwei Männer vor einem Gitter stehen. Beide waren von Catlyns Mannschaft, und es schienen nicht die harmlosesten zu sein.

Das Gitter! Wo bin ich bloß?, überlegte er, und da fiel es ihm wie Schuppen von den Augen. Das war die Zelle, das Sheriff Office.

»Du bist jetzt wieder fein in Sicherheit, mein Kleiner.« Der Mann über ihm richtete sich auf, und da erkannte ihn Johnny. Ernie Catlyn, der Sohn des Ranchers. So also war es. Sie hatten ihn wieder.

»Da ist ein Mann in der Stadt«, sagte Ernie, »der führt die Armee an. Eine Kompanie allerdings nur. In drei Stunden soll die Truppe hiersein. Deshalb müssen wir dich vorher aufhängen. Getan ist getan, mein Kleiner. Notfalls machen wir es gleich hier drin. Dann sparen wir uns viel Zeit und Ärger mit dir. – Ferry, sieh zu, ob du hier nicht irgendwo einen guten Haken einschlagen kannst, der sein Gewicht aushält.«

Johnny wusste, dass sie nicht spaßten. Vor allem Ernie nicht, dessen Schulter bandagiert war und der vor Schmerzen zu allem imstande schien.

Einer der beiden Männer, dieser rotblonde Ferry, ging nach draußen. Der andere, ein blatternarbiger Halbindianer, schielte misstrauisch auf Johnny, als fürchtete er, der Gefangene würde auch im gefesselten Zustand noch alles fertigbringen.

In diesem Augenblick kam Ferry schon wieder zurück. Er war ganz außer Atem und berichtete keuchend: »Ernie, dieser Kerl, dieser Armee Scout, hat deinen Vater zusammengeschlagen und die Boys im Hotel entwaffnet. Er hat sie einfach weggeschickt und ihnen gedroht, er würde sie alle halbtot schlagen, wenn sie nicht aus der Stadt...«

»Was sagst du? Meinen Vater zusammengeschlagen und die Jungs...«

Ferry nickte heftig und fuhr fort: »Er ist kein Scout, Ernie. Er ist Andy Stone. Diesem dort sein Bruder.«

»Dessen Bruder?«, fragte Ernie ungläubig, aber da erfasste ihn wieder eine Schmerzwelle, und er musste sich mit verzerrtem Gesicht an die Gitterstäbe lehnen.

»Also ist es doch der dritte Stone! Lion hat es immer behauptet, und ich habe es nicht glauben wollen. Verdammt, dann hängen wir den hier gleich. Los, hast du den Haken?«

»Und dein Vater? Er hat deinen Vater!«

»Der wagt doch nicht, den Alten umzulegen. Keine Sorge, erst hängen wir den auf, dann werden wir uns den anderen kaufen. Er hat meinen Vater höchstens gegen sein eigenes Leben.«

»Ernie, überleg es dir gut«, mahnte Ferry. »Tumberley ist jetzt auch weg. Auch von den Jungs, die dieser Andy Stone weggeschickt hat, sind bis auf einen alle weg. Und Gus wird auch wegreiten. Die meisten wollen nicht mehr.«

»So? Dann sag ihnen, dass ich ab sofort den Lohn verdreifache. Sag es ihnen, Ferry! Gib Rieh den Haken! Er kann ihn einschrauben. Dann hängen wir diesen Kleinen hier auf.«

21. Kapitel

»Wer sind Sie?«, fragte Andy.

»Gwen Bristol.« Sie sah ihn abschätzend an. Für diese zarte Frau war er so etwas wie ein Übermensch. Sie hatte immer geglaubt, ihr Vater wäre schon nicht an Größe und Kraft zu übertreffen, aber dieser Mann stellte noch viel mehr dar. Gegen ihn war selbst Ernie kleiner und schwächer.

Ernie! Wenn sie nur an ihn dachte. Wie ein Vieh hatte er sich benommen. Ihr Bruder Ernie. Und ihr Vater? Der hatte zugesehen, wie sie von seinen Cowboys angefallen wurde. Hier in diesem Land, wo eine Frau den Respekt aller Männer genoss.

»Sind Sie das Mädchen, dessentwegen mein Bruder diesen Lumpen erschossen hat?«, fragte Andy.

»Nein, das ist Kate Canning. Ich bin die Schwester von Perry, der erschossen wurde. Die Halbschwester, genauer gesagt. Aber es hat nichts zu bedeuten.«

Andy schüttelte verständnislos den Kopf.

»Dann ist Catlyn Ihr Vater. Und er hat Sie wie einen Verbrecher fesseln und knebeln lassen? Ich begreife das nicht. Nun gut, ich muss sehen, wo Johnny ist. Wo könnte er sein?«

»Ich weiß es nicht«, erwiderte sie. »Ich habe nur gehört, wie Ernie sagte: ›Beeilt euch, der muss in einer Stunde baumeln.‹ Mehr weiß ich nicht.«

»Gut, nehmen wir uns den da mit. Bleiben Sie im Haus, Madam, verkriechen Sie sich am besten dort, wo Sie vorerst keiner findet.« Er ging zum Fenster, riss es auf und brüllte auf die Straße: »Wenn in zehn Minuten mein Bruder nicht gesund vor mir steht, hänge ich Catlyn höchstpersönlich auf.« Er klappte das

Fenster wieder zu und trat zu Catlyn heran, der allmählich zu sich kam.

»Er hat Sie auch geschlagen, nicht wahr?«, fragte Andy.

Gwen nickte.

»Das Schlimmste war es nicht. Schlimmer war, dass er seine Männer auf mich gehetzt hat.«

Catlyn sah mit glasigen Augen auf Andy, dann auf Gwen. Er schien noch nicht zu erfassen, was um ihn her vorging.

Jemand kam die Treppe herauf und polterte den Gang entlang.

»Stone!«, rief eine Männerstimme. »Mr. Stone!«

Andy legte den Finger an den Mund und bedeutete damit Gwen, nichts zu sagen.

»Mr. Stone!«, rief es draußen.

»Das ist der Doktor«, flüsterte Gwen. »Er ist auf unserer Seite.«

Andy sah sie verblüfft an, also sie von »unserer Seite« sprach. Dann öffnete er die Tür. Der Doktor stand direkt vor ihm.

»Ich bin Dr. O'Dwyer, ich muss Sie sprechen. Ihr Bruder ist im Sheriff Office. Ernie Catlyn und zwei andere wollen ihn aufhängen.«

»Dann wird es Zeit für mich«, sagte Andy. »Der dort will auch aufgehängt werden.« Andy deutete auf Catlyn, der ihn jetzt entsetzt ansah, aber irgendwie nicht imstande war, etwas zu sagen.

Andy packte ihn, riss ihn hoch und warf ihn auf die Schulter. Catlyn ächzte vor Schmerzen, aber Andy störte es nicht. Er dachte an Johnny und an das, was sie mit ihm vorhatten.

»Bleiben Sie bei dieser Lady, Doc«, sagte er zu O'Dwyer und ging mit seiner Last am Arzt vorbei. O'Dwyer sah bestürzt auf Gwen, dann auf Andys Rücken und den krebsrot angelaufenen Kopf des Ranchers.

Andy ging ruhig, als hätte er massenhaft Zeit. Er schleppte den Rancher, der nun anfing, sich zu regen und mit den gefesselten Beinen stieß. Aber Andy rammte nur kurz die Faust in die Seite des Ranchers, und sofort gab es Catlyn auf.

Für Andy gab es kein Erbarmen. Er war fest entschlossen, diesen kaltherzigen Catlyn aufzuhängen, wenn sie Johnny dasselbe antun würden. Andy war jetzt mit allem fertig, für ihn gab es in diesen Augenblicken kein Gesetz, kein Recht und keine Überlegungen über etwaige Folgen. Sie wollten seinen Bruder hängen, und er war entschlossen, das entweder zu verhindern oder Rache zu üben. Vielleicht hätte Jim Stone das alles anders angepackt. Jim war besonnener, einfallsreicher als Andy. Aber Andy handelte genau, wie es seiner Art entsprach. Stur wie ein Bulle marschierte er die Treppe hinab, ging zur Tür des Hotels, trat sie mit dem Fuß auf, dass sie gleich aus den Angeln brach und die Scheiben auf den Boden klirrten. Dann stand er bereits auf der Straße.

Ganz weit entfernt wartete eine Reitergruppe. Zu weit, um Andy irgendwie gefährlich zu werden. Sonst war keiner zu sehen.

Andy schleppte den keuchenden Catlyn weiter. Ganz ruhig, Schritt für Schritt, ohne jede Hast. Und er ging mit ihm genau auf den Galgen vor der Kirche zu.

22. Kapitel

Die Menschen standen versteckt hinter den Fenstern, hinter Hoftoren und Ecken. Wie gebannt sahen sie auf den Riesen, der Catlyn auf der Schulter trug, als wäre der Rancher ein Leichtgewicht. Das Dröhnen der Schritte auf den Gehsteigplanken drang wie Paukenschläge in die Ohren der Zuschauer. Schritt für Schritt, immer näher zum Galgen.

Sie sahen, dass der Riese einen Revolver gezogen hatte, dessen Hahn gespannt war. Und er drückte die Mündung gegen Catlyns Schläfe.

Selbst wenn ein hervorragender Schütze diesen großen Mann mit einem Schuss sofort töten würde, konnte er nicht verhindern, dass der Revolver in Andy Stones Hand noch losging. Das wäre Catlyns Tod.

Keiner schoss auf Andy Stone.

Er ging am Sheriff Office vorbei. Ungehindert. Und noch lauter schienen seine schweren Stiefel zu tappen.

Dann stand er vor der Galgenplattform.

Catlyn zitterte, und viele sahen es.

Sie sahen auch, wie ihm der Schweiß ausbrach, wie er entsetzt zur Seite starrte, wo sich Andy Stones Hand mit dem Revolver befand, der Catlyn gegen die Schläfe gedrückt wurde.

Dann schritt Andy Stone die Treppe hinauf. Dumpf dröhnten die Bohlen unter dem doppelten Gewicht. Und sie polterten auf der Plattform, als Andy Stone seinen Gefangenen abließ, ihn am Haar festhielt, dass Catlyn aufschrie, und dann hinsetzte.

Immer noch war der Revolver auf ihn gerichtet.

Mit der freien Linken haschte sich Andy die Galgenschlinge, streifte sie über Catlyns Kopf und sagte barsch: »Steh auf, alter Kojote, steh auf!«

In seiner Stimme klang kein Hass, keine Wut, nichts. Alles an Andy war kalt, und er bewegte sich wie eine Maschine.

Catlyn stand zitternd auf, und Andy zog die Schlinge stramm, dass sie glatt am Hals des Mannes lag. Der Knoten drückte seitlich am Nacken. Catlyn spürte ihn, und sein eben noch gerötetes Gesicht erbleichte.

Mit hölzernen Bewegungen, ohne eine Regung im Gesicht, machte Andy den Strang am Galgenstamm fest. Dann trat er an den Strick zur Falltür, auf der Catlyn stand. Er ergriff den Strick, steckte den Revolver ein und sah sich um.

»Nein! Nein!«, kreischte Catlyn, und in ihm war nicht der Funke des gefährlichen Tigers von einst. Jetzt winselte er, aber es beeindruckte Andy offenbar überhaupt nicht.

»Sag deinen Strolchen, dass ich jetzt bis zehn zähle. Wenn ich dann Johnny nicht frei und gesund vor mir sehe, ziehe ich die Falltür weg. Und ich ziehe sie auch dann, wenn einer auf mich anlegt. Sag es ihnen, Kojote!«

Auch jetzt klangen seine Worte nüchtern, fast gelangweilt. Und er blickte Catlyn an, als wäre der ein Kalb oder vielleicht ein

Zaun, nicht ein Mensch, dem in seiner Todesangst heiß und kalt wurde, der alle Haltung verlor und nur an sein bisschen Leben dachte.

Dieser Andy war es, den viele seiner Gegner fürchteten, wenn sie ihn jemals richtig kennengelernt hatten. Selten genug, dass Andy so sein konnte wie jetzt, aber wenn er so war, würde ihn auch Jim Stone nicht stoppen können, auf den er sonst hörte.

Hatte Catlyn vorhin noch an einen Bluff geglaubt, jetzt wusste er es besser. Als er in die kalten Augen dieses Riesen blickte, da wusste er mit Bestimmtheit, dass Andy Stone die Falltür aufziehen würde, falls sein Bruder nicht freigelassen werden sollte.

Catlyn war geschlagen. Er wusste, dass er sterben würde, und er begriff auch, wer dieser Mann war. Er erkannte es nun in seiner Todesangst mit absoluter Deutlichkeit. Erst in diesem Augenblick allergrößter Angst erinnerte sich Catlyn des Rufes der beiden älteren Stone Brüder. Sie waren knochenhart, stahlhart. Das war es, und dieser Riese da musste unendlich hart sein. Nichts hätte Catlyn außer Fassung gebracht, nicht einmal noch größere Verluste hätten das vermocht, als sie ihnen Johnny schon zugefügt hatte. Aber das hier, was dieser Andy Stone tat, war viel schlimmer. Es war zu schlimm, um von Catlyn geschluckt zu werden. Diesen Brocken würde er nie schaffen, und er wusste es jetzt ganz bestimmt.

»Sag es!«, wiederholte Andy kalt, und es klang, als hätte er nichts weiter gesagt als zum Beispiel: Nimm dir Tabak für eine Zigarette.

Catlyn wollte reden, aber ihm versagte die Stimme. Er krächzte, und dabei spürte er deutlich, wie sein Hals anschwoll und gegen die Schlinge drückte.

»Ich – ich – will, dass ihr...«, krächzte er.

»Lauter, sie hören es nicht! Rufe es so, dass sie dich gut verstehen!«, sagte Andy gelassen. »Wenn du nicht reden willst, zähle ich.«

»Nein! Ich rede, ich rede ja schon!«

Und sie alle hinter den Fenstern und Ecken beobachteten den einst so mächtigen und gefürchteten Rancher, vor dem sie alle gezittert hatten, dessen Befehle hier mehr gegolten hatten als die eines jeden anderen. Sie sahen, was aus ihm geworden war, und mancher hätte gelacht, hätte schadenfroh seine Bemerkungen gemacht, wenn der Anblick nicht so entsetzlich gewesen wäre, der Anblick des Mannes, der neben Catlyn stand wie ein Scharfrichter. Denn niemand zweifelte nur eine Sekunde, dass Catlyn sterben musste, wenn Johnny Stone nicht bald auftauchte.

»Ernie!«, kreischte Catlyn mit überschnappender Stimme, und dabei traten seine Augen voller Angst hervor. »Ernie, hör mich!«

Da tauchte Ernie Catlyn vor der Tür des Sheriff Offices auf. Breitbeinig, den Arm in der Schlinge, stand er da. Ohne eine Miene zu verziehen, blickte er auf die Szene des Galgenplatzes.

»Ernie, gib den Jungen heraus! Gib ihn heraus!«, kreischte Catlyn verzweifelt.

»Wir hängen ihn auf. Und dann werden wir den dort abschießen, falls er dir etwas antut. Aber wir hängen den Bastard da drinnen bestimmt. Ferry hat schon einen guten Haken eingeschraubt. Wir hängen ihn bestimmt!«

»Tut es nicht!«, schrie Catlyn. »Bringt ihn heraus! Er lässt mich frei. Bringt den Jungen und nehmt ihm die Fesseln ab! Um Himmels willen, tut es!«

»Nein!«, entschied Ernie und ging wieder ins Office hinein.

Da begann Catlyn zu weinen wie ein Kind. Er wimmerte vor sich hin. Ein Mann, der restlos zerbrochen war, den Andys Schläge bereits seelisch und körperlich zertrümmert hatten. Ein Zerrbild von einem Mann.

Andy reckte sich und fasste den Falltürstrick straffer.

»Eins...«, zählte er.

Catlyn schrie auf, als wäre jetzt schon sein letzter Augenblick. Und sein Schrei erschreckte die heimlichen Zuschauer so sehr, dass es ihnen eisig kalt den Rücken herunterlief.

»Zwei...«

»Nein! Bitte tun Sie es nicht! Bitte, Sir, tun Sie es nicht!«, schrie Catlyn.

Die Menschen hinter Fenstern und Ecken hatten alle gehört, was er sagte. Sir hatte er gesagt. Sir! Ein Catlyn, der einen anderen Menschen mit Sir ansprach. Ein Catlyn, der vor Todesangst zur schäbigen, feigen Kreatur wurde. Und sie alle mochten sich in diesem Augenblick fragen, wieso sie vor diesem Menschen gezittert hatten. Doch sie sprachen nicht. Niemand sprach außer Andy Stone, der jetzt zum dritten Mal zählte.

»Drei...«

In der Stadt war es totenstill. Die schreckensartige Stille schien sich sogar auf die Tiere übertragen zu haben. Kein Pferd wieherte, kein Vogel zwitscherte. Es war totenstill.

»Vier...«

23. Kapitel

Gwen Bristol sah mit Entsetzen, wie der Mann zerbrach, der ihr Vater war. Sie sah es, und gleichzeitig kam die Reue. Ja, sie hatte ihn gehasst, sie hatte ihn vernichten wollen, aber das dort, das übertraf alles. Dieser Mann starb tausend Tode, und allein all dies, was er dort mitmachte, war Sühne für seine Untaten.

Nein, dachte sie verzweifelt, *er darf nicht sterben. Ernie muss nachgeben, muss diesen Jungen freilassen, der gar kein so übler Bursche war. Ernie muss es tun*, dachte sie.

Sie hatte in dieser Stadt schon viele harte Männer gesehen, und ihr Vater und Ernie waren ihr auch immer als besonders kaltblütig vorgekommen. Aber dieser Andy Stone übertraf alles, was sie kannte. Trotzdem glaubte sie nicht, dass er so kaltherzig sein konnte, wie er ihr und allen anderen erscheinen musste, die zum Galgen hinblickten.

Vielleicht verstand sie Andy besser als irgendjemand in dieser Stadt. Womöglich verstand sie ihn auch deshalb, weil sie selbst so lange bei den Catlyns gelebt hatte. Sie kannte ihren Vater und wusste, was ihm wirklich imponierte und wovor er zurückschreckte. Dieser Riese da vorn musste es richtig erfasst haben. Er schien zu wissen, wie man einen Catlyn weich bekam. Aber sie war nicht sicher, dass es diesem Mann dort nur um das Weichbekommen ging.

»Ernie«, flüsterte sie verzweifelt, »du musst es glauben. Es ist kein Trick. Er tut es wirklich!«

Sie sah, wie Ernie auf die Straße trat, sie hörte, was ihr Vater verzweifelt schrie, und sie vernahm Ernies Antwort.

In diesem Augenblick wurde ihr klar, dass Ernie vielleicht als einziger hier nicht glaubte, wie ernst es diesem Andy Stone war.

Nein, dachte sie, *es darf nicht sein. Wenn Ernie den Jungen aufhängt, wird Vater sterben. Er wird ganz bestimmt sterben, denn Andy Stone tut, was er gesagt hat.*

Aber war ihr Vater nicht schon seelisch hundertmal gestorben? Hatte er noch den Mut, mit der Erinnerung an seine Schmach, an seine Todesangst weiterzuleben?

Plötzlich reifte in ihr der Entschluss, diesem Geschehen eine Wendung zu geben. Und mit dem Plan kam auch gleichzeitig das Handeln. Gwen Bristol hatte nie gezögert, im entscheidenden Moment etwas zu tun, ohne Rücksicht auf sich selbst, ohne an einen Gewinnvorteil zu denken.

Sie sah das Gewehr von Andy Stone. Es lehnte noch immer an der Wand. Sie nahm die matt glänzende Winchester, in deren kantigem Lauf feine Gravierungen die Kostbarkeit der Waffe unterstrichen. Und sie entdeckte die Initialen AS am Kolben.

Entschlossen nahm sie das Gewehr, verließ das Zimmer, hastete mit gerafftem Bock die Treppe hinab, ging in die Küche und verließ das Haus durch die Hoftür.

Ohne auf ihre weichen Damenstiefel zu achten, stieg sie durch den Schmutz der Schweinesuhle, durch die hindurch ein Pfad an den Hinterseiten der Häuser entlangführte.

Dann hastete sie weiter, kam hinter dem Stall von Wells Fargo an und ging an ihm vorbei. Jetzt befand sie sich genau gegenüber dem Sheriff Office. Das Gewehr war nicht gespannt. Sie betätigte den Unterhebel und hörte, wie die Patrone aus dem Röhrenmagazin in die Kammer stieß, wie die Feder sich knackend spannte. Dann hielt sie ihren Zeigefinger am Abzug, presste das Gewehr an die Hüfte und überquerte die Straße.

Totenstille ringsum. Und genau vor Gwen die Tür zum Office. Sie war offen.

Ungehindert erreichte sie die Tür und trat ein. Auch die nächste Tür war geöffnet, und dort standen Ernie, Ferry und der Halbindianer Rieh.

Niemand hatte sie bemerkt. Sie hatte leise Schuhe. Nun stand sie ganz still und lauschte.

Vom Galgen her dröhnte eine Bassstimme: »Vier...«

Gwen war es, als stieße ihr jemand ein Messer zwischen die Schultern, als sie die Zahl hörte. Die Furcht überkam sie, aber gleichzeitig wuchs wieder der Wille, das Schicksal ihres Vaters zu wenden.

In diesem Augenblick trat Ernie beiseite, und sie sah Johnny auf einem Stuhl stehen. Sie hatten seinen ganzen Körper regelrecht mit Lassos bandagiert. Um Johnnys Hals lag die Schlinge. Aber Johnny Stone winselte nicht, er schrie nicht und flehte nicht. Er stand ganz ruhig, und um seine Lippen lag ein Zug, den sie bereits bei Andy Stone entdeckt zu haben glaubte. Ein Zug von Härte, die sich durch nichts bezwingen ließ.

»Wir lassen den Schreihals bis sieben kommen, dann ziehen wir den Stuhl weg«, sagte Ernie gerade.

Ferry widersprach: »Ernie, du täuschst dich in dem Kerl. Der tut das wirklich. Der hängt deinen Vater auf, verlass dich drauf! Ernie, geh darauf ein! Dein Vater ist fertig, restlos. Tu, was er sagt! Wenn du es nicht machst, und dieser Bursche bringt ihn wirklich um, dann hast du deinen Alten auch auf dem Gewissen.«

»Der tut das nicht. Er ist ja tot, wenn er's tut.« Ernie sah zu Johnny Stone hoch. »He, glaubst du, dass er es tut? Dich hängen wir sowieso. Aber glaubst du, dass er es tut?«

»Du wirst dich fest darauf verlassen können«, erwiderte Johnny, und er lächelte dabei.

»Glaubst du denn, dass er nachher noch hier wegkommt?«, fragte Ernie.

»Es ist ihm gleich. Ihr kennt Andy nicht. Ich kenne ihn.«

Draußen erscholl es: »Fünf...«

»Ernie!«, beschwor Ferry den Ranchersohn. »Wenn du nicht darauf hörst, bringst du ihn um. Gib den Jungen frei! Tu es!«

Ernie wandte nun Gwen den Rücken zu. Und da trat Gwen vor, richtete das Gewehr auf seine verbundene Schulter und sagte mit spröder Stimme: »Ernie, bewege dich nicht. Ich habe eine Winchester in der Hand. Ich drücke ab, wenn du nur zuckst. Ich bin ebenso entschlossen wie dieser Andy Stone auf dem Galgen. Er ist entschlossen, Ernie, er ist es. Du hast ihn nicht richtig eingeschätzt, und deshalb muss ich dich zwingen, deinen und meinen Vater nicht umzubringen. Dieser Stone wird es tun, wenn du nicht nachgibst. – Ferry, machen Sie den Mann frei. – Steh ganz still, Ernie! Ich schieße wirklich, ich schwöre dir, dass ich abdrücke! – Ferry, machen Sie Johnny Stone los!«

»Tu es nicht, Ferry!«, sagte Ernie heiser. »Ich schlage dich zu Brei, wenn du es tust. Wage es nicht, ihn loszubinden.«

»Aber sie hat recht, Ernie!«, rief Ferry verzweifelt.

»Ja, Ernie, sie hat tatsächlich recht«, meinte auch Rieh, der Halbindianer.

»Er wird gehängt.«

»Nein«, widersprach Gwen. »Wenn Andy Stone draußen bei sieben ist, hast du entweder für Johnny Stones Freilassung gesorgt, oder ich drücke bei sieben ab. Genau bei sieben.«

Draußen dröhnte Andy Stones Bass: »Sechs...«

24. Kapitel

In Andy Stones Gesicht zuckte kein Muskel. Mit starrem, wie unter Hypnose stehendem Blick schaute er auf Catlyn. Es schien, als sähe er durch ihn hindurch.

Catlyn erschauderte unter diesem Blick. Er fror und zitterte. Wenn er je lebend von dieser Galgenbühne kommen sollte, würde er nie mehr so sein, wie er einst gewesen war. Nie wieder. Alles an ihm schlotterte. Und in seinem früher so festen Blick war etwas Zuckendes, etwas Unstetes gekommen, wie es bei Menschen der Fall ist, die immerzu gehetzt und verfolgt werden.

Andy Stone dachte über Catlyn nicht nach. Das einzige, was ihn bewegte, war die Frage, ob sie härter sein würden als er. Ob sie Johnny wirklich umzubringen wagten und bei ihm an einen Bluff glaubten. Er rechtfertigte sich nicht in Gedanken. Andy dachte einfach und ohne Umschweife. Er hatte sich jetzt entschlossen, die Sache so zu machen, und da war es ihm egal, wie es enden würde. Aber er hoffte, dass sie nachgaben. Nicht seiner selbst willen, der er im günstigsten Fall zum Desperado werden würde und mit größerer Sicherheit unter den Kugeln seiner Verfolger starb; nein, er wollte seinem jüngeren Bruder helfen, wollte, dass Johnny lebte.

Aber sie hatten ihn beim Zählen bis fünf kommen lassen. Und er dachte nicht daran, nun etwas langsamer zu zählen. Nein, im Gegenteil, er begann die Abstände sogar zu verkürzen. Er musste es, damit nicht der Augenblick kam, wo Catlyn womöglich die Nerven verlor und es ihm am Ende egal war, ob er starb oder nicht. Nervlich zerbrochen genug war er ja.

»Sechs...«, zählte Andy. Und er nahm sich vor, die Sieben schneller folgen zu lassen.

25. Kapitel

»Wenn er sieben sagt, drücke ich ab, Ernie! Ich schwöre es dir!«, versicherte Gwen.

Ernie stand stocksteif. Gwen konnte nicht sehen, dass sein Gesicht grau wurde. Aber es hielt nicht lange an. Plötzlich löste sich die Starre, und Ernie sackte wie nach einer Injektion zusammen.

»Warum – warum hast du das getan? – Ferry mach ihn frei!«

Gwen trat einen Schritt zurück, ließ aber das Gewehr auf Ernie gerichtet.

»Steh still, Ernie. Steh ganz ruhig!«, mahnte sie. »Ich weiß, dass dieser Andy Stone nicht blufft. Das ist alles.«

»Sieben...«, kam es von draußen.

Ernie zuckte erschrocken zusammen. Als er sich umsah, hatte Ferry mit seinem Messer schon die Stricke durchgeschnitten und die Schlinge vom Hals genommen.

»Johnny, kommen Sie! Gehen Sie vor mir her auf die Straße! Aber warten Sie noch!« Sie wandte sich wieder Ernie zu und sagte: »Geht in die Zellen, alle drei! Tut es, wenn ihr wollt, dass Andy Stone nicht doch noch wahrmacht, was er angedroht hat. Geht in die Zelle!«

»Nein, das kannst du nicht verlangen!«, rief Ernie.

»Wirklich nicht?«, fragte Johnny Stone. »Tut, was sie sagt!«

»Dieses verdammte Dreckstück!«, schrie Ernie plötzlich und griff zu seinem Revolver. Er riss ihn heraus, aber weiter kam er nicht. Bevor Johnny, der waffenlos war, oder Gwen etwas tun konnten, hatte Ferry den Sohn seines Bosses von hinten angefallen und riss ihn zurück. Rieh schlug ihn mit dem Coltkolben nieder.

»Du Idiot!«, fauchte er.

»Bringt ihn in die Zelle, und dann gebt mir meine Waffe wieder«, forderte Johnny.

»Schon gut«, erwiderte Ferry. »Pack ihn an, Rieh!«

Als sie ihn in der Zelle hatten, gab Ferry Johnny den Revolver wieder. »Hol dich und deinen Bruder der Teufel«, sagte er rau. »Aber kommt nur nie wieder in diese Stadt!«

Johnny schenkte sich die Antwort und trat auf die Straße. Sein Bruder rief gerade: »Acht...«

»Johnny«, sagte Gwen, »gehen Sie zu ihm hin. Ich bleibe hier und besorge für Sie Pferde!«

Johnny nickte und ging auf den Galgen zu. Als freier Mann, mit einem Revolver in dem Holster.

Es war, als ginge durch alle, die es sahen, ein Aufatmen. Und es waren sehr viele, die zuschauten. Auch genug von Catlyns Mannschaft waren dabei, aber sie griffen nicht ein.

Sie taten es auch nicht, als Andy Stone dem völlig verstörten und vor Freude schluchzenden Catlyn die Schlinge vom Hals streifte. Niemand tat etwas, außer Doc O'Dwyer, der auf Gwens Zuruf hin zwei Pferde holte, einem von ihnen mit Hilfe eines Mexikaners Andy Stones Sattel auflegte, der noch immer am Boden vor Rip Cannings Saloon lag.

Catlyn saß gebrochen an Leib und Seele auf der Plattform und ließ die Beine herabhängen. Er hielt die Hände vors Gesicht gepresst und schluchzte immer wieder: »Ich lebe – ich lebe!«

Andy Stone lächelte hart zu seinem Bruder hin, der Gwen dankbar anblickte. Dann sagte er: »Das war ziemlich knapp, mein Kleiner.«

Johnny antwortete nicht. Er sah nur Gwen an und sagte leise zu ihr: »Kommen Sie mit, Gwen!«

Sie schüttelte den Kopf und wies auf ihren gebrochenen Vater.

»Ich glaube, ich habe hier genug zu tun. Er wird mich brauchen. Zum ersten Mal im Leben.«

Andy saß auf, und Johnny tat es ihm nach. Dann sagte Andy viel wärmer als seine Stimme bisher in dieser Stadt geklungen hatte: »Sie sind eine großartige Frau, Madam. Lassen Sie uns wissen, wenn Sie Hilfe brauchen. Stone Ranch, Tombstone,

Arizona. Das genügt. Wir kommen, so schnell wir können. Adios!«

Sie nickte den beiden schmerzlich lächelnd zu und erwiderte: »Adios!«

Sie ritten aus der Stadt, und niemand folgte ihnen. Catlyn aber hörte auf zu schluchzen und sah Gwen an wie ein Kind.

Und sie sagte ruhig, während sie ihm unter den Arm griff: »Komm, Vater, nun gehen wir nach Hause. Steh auf, es wird schon gehen.« Er nickte schwach und murmelte: »Ja, Gwen, ja.«

Er war an diesem Tag zwanzig Jahre älter geworden.

ENDE

4. Unter Wölfen
von Heinz Squarra

1. Kapitel

Es beginnt 1876.

Noch einmal schwillt das Gewehrfeuer zu einem Inferno an, dröhnt gegen die Felswände und springt von ihnen zurück, um weit in die Prärie hinaus zu schallen. Noch einmal zucken die orangeroten Mündungsblitze durch die Nacht, und noch einmal ist das gellende Wiehern von Pferden und das Schreien getroffener Menschen zu hören.

Dann sinkt alles wie zu einem Flüstern herab und verstummt.

»Was ist denn nun?«, knurrt einer der Soldaten, der eine frische Zentralfeuerpatrone in den Lauf seines Gewehres schiebt.

Lieutenant Laarson steht langsam auf.

»Es ist vorbei«, erklärt er und schiebt sich aus der Deckung. Frei geht er auf das auseinandergerissene Feuer zu, um das erschossene Indianer und tote Pferde liegen.

Die Soldaten folgen ihm zögernd. Dort, wo der Lieutenant stehen bleibt, versammeln sie sich um ihn.

»Sergeant!«

»Sir?«

»Reiten Sie zu General Cook. Sagen Sie ihm, dass wir den vermutlich letzten Stamm der Mörder an General Custer gestellt und vernichtet haben.«

»Ja, Sir«, sagt der Sergeant, der sich wundert, wie müde die Stimme seines Vorgesetzten klingt. Dann wendet er sich ab und holt sein Pferd.

Bill Laarson geht weiter auf das Feuer zu. Ein kalter Schauer rinnt ihm über den Rücken, und seine Füße wollen stocken. Er fragt sich, warum alle Menschen hier draußen in diesem endlosen Land so brutal sind. Warum sie kämpfen, bis der Tod ihnen die Waffen mit Gewalt aus der Hand reißt. Was haben sie nun davon gehabt?

Sitting Bull, der sie in diesen Kampf trieb, ist nicht zu finden. Offenbar floh er, nachdem die Rache der weißen Männer für den grauenhaften Überfall auf Custers Regiment wie das Jüngste Gericht über die Dakotastämme hinwegfegte.

Bill Laarsons Gedanken werden jäh unterbrochen, als er das Mädchen neben dem Feuer sieht. Sie liegt dort wie tot, aber sie lebt. Ihre dunklen Augen, die ihm tief und unergründlich wie Bergseen entgegenleuchten, leben.

Laarson ist stehen geblieben und blickt sie gebannt an. Sie hat dunkles, fast schwarzes Haar, in das eine Schlangenhaut geflochten ist. Sie trägt ein Kleid aus weichem Hirschleder und hat Mokassins an den Füßen.

Er überlegt noch, wie er sich mit ihr verständigen könnte, als sie sagt:

»Vielleicht sollte man Ihnen zu diesem Sieg gratulieren, Lieutenant. Aber ich kann es nicht.«

Die Augen des großen, wettergegerbten Mannes ziehen sich zusammen. Er blickt von ihr weg und im Kreise herum.

»Kommen Sie«, sagt er rau.

Das Mädchen steht auf. Es ist mittelgroß und sehr schlank.

»Wieso verstehen Sie unsere Sprache?«, fragt er belegt.

»Als ich zu diesem Stamm kam, war es fast genauso wie jetzt«, entgegnete sie. »Nur waren es damals weiße Männer, die tot in der Prärie verstreut lagen.

»Sie... gehören nicht zu den Sioux?«, fragt er verblüfft, weil sie wie eine Indianerin aussieht.

»Nein, Wir waren auf dem Weg zum French Creek. Es ist schon sechs Jahre her. Damals wie heute war ich die Einzige, die es überlebte. ›Weiße Feder‹ nahm mich zu sich. Vielleicht wissen Sie, was das bedeutet. Und vielleicht ist Ihnen auch klar, warum ich mich nicht darüber freuen kann, befreit zu werden. Übrigens lebt der Häuptling nicht mehr. Er ist auf dem Weg hierher gestorben. Vor vier Tagen. Sie kommen zu spät.«

»Zu spät?«

»Ja. Die Armee will doch das Gold haben, das ›Weiße Feder‹ angeblich aus der geheimnisumwitterten Bonanza holte, die er und sonst niemand kennen soll. Bitte, suchen Sie! Sie werden keine Unze finden!«

»Corporal Wister!«

»Sir?«

»Suchen Sie alles nach dem Gold ab. Sie kennen unseren Auftrag ja.«

»Ja,! Sir.« Owen Wister schiebt sich die Whiskyflasche in die Hosentasche. Als er an Laarson vorbeigeht, zieht der ihm die Flasche heraus und wirft sie ins immer noch schwelende, verstreute Feuer.

Wister knurrt unterdrückt.

»Sie wissen, dass ich etwas dagegen habe«, sagt der Lieutenant. »Es ist weder für unser Kommando, noch für Sie persönlich gut. Nun suchen Sie!« Owen Wister geht weiter.

»Kommen Sie«, sagt Bill Laarson noch einmal zu dem Mädchen. »Ich bringe Sie nach Fort Kearney. Dort sehen wir weiter.«

»Ich hatte angenommen, Sie würde nichts als das Gold interessieren.«

»Ich hasse dieses Gemetzel, damit Sie es genau wissen.«

Er geht mit ihr zur Felswand zurück und sieht zu seinen Soldaten hinüber, die verzweifelt nach dem Gold suchen.

»Wie heißen Sie?«, fragt er das Mädchen.

»Früher hieß ich Bella Hooker. Die Indianer nannten mich anders, nachdem ich die dritte Frau des Häuptlings geworden war.«

»Davon brauchen wir nicht zu reden. Es ist unwichtig. Was werden Sie nun tun?« Er blickt sie forschend von der Seite an, sieht, wie sich ihre hohe Stirn umwölkt und ihre Augen noch dunkler werden. Er kann sich denken, was sie bewegt. Sie wird überhaupt nicht wissen, was sie nun anfangen soll.

»Haben Sie niemanden mehr, zu dem Sie gehen könnten?«

Sie schüttelt den Kopf.

»Niemanden. Aber darum brauchen Sie sich keine Sorgen zu machen. Irgendwie kommt jeder durch. Finden Sie, dass ich hübsch genug bin, um als Saloongirl landen zu können?«

Bill verschluckt etwas.

»Mein Vater hat eine kleine Ranch in Dakota«, sagt er. »Wenn es Ihnen recht ist, bringe ich Sie zu ihm.«

»Was soll ich dort?«

Bill weiß nicht, was er darauf antworten soll. Aber er denkt daran, dass er das Kommando zum Feuern gab und somit alles Leben auslöschte, was sie jahrelang umgeben hat. Und irgendwie fühlt er sich für sie verantwortlich. »Corporal!«, ruft er schnarrend.

Owen Wister kommt zurück.

»Nichts«, sagt er mit einem schiefen Blick auf das Mädchen. »Das verstehe ich nicht.«

»Ich sagte doch schon, dass ›Weiße Feder‹ das Gold nicht geholt hat. Gold bringt nur Unglück über die Menschen. Vielleicht hätte sich die Armee gar nicht für den kleinen Stamm interessiert, wäre nicht von dem Gold die Rede gewesen.«

»Teilen Sie die Abteilung in zwei Gruppen ein«, sagt Bill. »Die eine Hälfte reitet mit mir und Ihnen nach Fort Kearney. Sergeant Stone führt die andere Abteilung den Weg in die Black Hills hinauf, den die Dakotas herunterkamen. Vielleicht finden die Männer noch etwas.«

»All right, Sir.« Wister wendet sich ab und schreit seine Kommandos mit whiskyheiserer Stimme in die Nacht hinein.

Bill greift nach dem Arm des Mädchens und führt es zu den Pferden.

»Sie kommen mit uns ins Fort«, bestimmt er. »Dort reden wir über alles noch einmal.«

»Ich weiß nicht, was es noch zu reden geben könnte«, erwidert sie abweisend.

»Bella, versuchen Sie nicht, mir etwas vorzumachen. Ich weiß, was Sie bewegt. Ihr Leben ist bis jetzt nichts als eine Kette von tragischen Unglücksfällen gewesen. Sie ändern nichts daran, wenn Sie jetzt in verräucherten Saloons für unrasierte, schmutzige und betrunkene Männer Lieder singen, die anrüchig sind und die Männer darauf schließen lassen, dass mehr von Ihnen zu erwarten sei.«

2. Kapitel

General Cook hebt den Kopf und schiebt Bills Entlassungsgesuch mit einer unwirschen Bewegung zur Seite. »Ich brauche Sie, Lieutenant«, knurrt er.

»Zu was, Sir? Die Sioux sind geschlagen. Was noch lebt, wandert in die Reservationen. Sie haben mehr Soldaten, als Sie brauchen.«

»Ich brauche hier oben fähige Offiziere, Lieutenant. Und dann ist noch etwas: Haben Sie darüber nachgedacht?«

»Mein Vater hat eine kleine Ranch und wartet auf mich, Sir. Was soll ich noch nachdenken?«

»Davon rede ich doch nicht. Ich meine das Mädchen. Wissen Sie nicht, was es zu bedeuten hat, wenn ein weißes Mädchen sechs Jahre bei den Indianern war? Wenn sie zur dritten Frau eines Häuptlings gemacht wurde? – Wissen Sie das nicht?«

»Ich weiß nicht, was sie dafür könnte, Sir«, entgegnet Bill Laarson.

»Natürlich kann sie nichts dafür. Manche Menschen werden eben vom Schicksal hart geschlagen. Der eine so wie sie, der andere, indem er viel zu früh sterben muss. Ah, es gibt tausend Arten, für immer unglücklich zu werden. Aber wenn den einen eine Kugel trifft, so heißt das doch nicht, dass sich der neben ihm selbst eine Kugel in den Kopf jagen muss! Haben Sie jetzt begriffen?«

»Nein, Sir. Ich kann nicht einsehen, dass es für mich ein ausgesprochenes Unglück sein soll. Sie ist hübsch und...«

»Hören Sie auf!«, schnarrt der General. »Für einen Mann wie Sie gibt es viele hübsche Mädchen. – Aber natürlich ist es Ihre Sache. Soll ich das Gesuch wirklich annehmen?«

»Ich bitte darum, Sir.«

3. Kapitel

Bellas dunkle Augen blicken traurig, als er zu ihr an die Hüttenwand tritt und über ihre Schulter hinweg auf die Palisaden und den Wachturm schaut.

»Er hat es angenommen«, sagt er mit spröder, fremd klingender Stimme.

»Es tut dir leid, nicht wahr? Es war eine fixe Idee, die du noch oft bereuen musst. Übrigens darf ich nach dem Gesetz der Sioux gar nicht mehr heiraten. Eine Witwe darf das nicht.«

»Lass diese Gesetze, Bella. Nein, ich bereue es nicht.«

»Du willst mir einen Gefallen tun. Du fühlst dich irgendwie schuldig, ohne es tatsächlich zu sein. Bill, ich will nicht. Geh noch einmal zurück und sage dem General, dass du es zurückziehst.«

Er greift nach ihrem Arm und zieht sie mit sich die breite Lagerstraße zwischen den Mannschaftshäusern der Soldaten hinunter. Er spürt ihren Widerstand, lässt aber nicht locker.

»Der Vater wird schon auf uns warten.«

»Dein Vater wird entsetzt sein, wenn er alles erfährt!«, sagt sie zornig. »Lass mich los, Bill, ich kann das nicht mitmachen!«

»Mein Vater ist ein prächtiger Mann, Bella. Das wirst du noch feststellen.« Als sie am Haus des Generals vorbei wollen, steht der auf der Schwelle.

»Miss Hooker, ich habe mit Ihnen noch etwas zu besprechen«, sagt er. »Lieutenant, Sie können mit hereinkommen.«

Bella geht hinter dem General, her. Bill folgt ihr. Cook zeigt auf einen Stuhl, und Bella setzt sich. Bill bleibt an die Wand gelehnt stehen.

»Es ist wegen des Goldes«, meint der General. »Ich habe wenig Hoffnung, dass die zweite Abteilung es finden kann. Wo ist es wirklich?«

Bella zuckt die Schultern.

»Es existiert nur in der Einbildung mancher Leute«, erklärt sie mit einem dünnen Lächeln. »Der Häuptling sprach davon, das ist richtig. Aber er und seine Krieger haben niemals irgendwo eine Bonanza ausgebeutet, solange ich bei ihnen war.«

»Die Sioux wollten das Gold holen, um davon Waffen kaufen zu können. Sie hofften, die Lage damit noch einmal zu ihren Gunsten verändern zu können.«

»Davon weiß ich nichts.«

»Können Sie mir einen anderen Grund nennen, aus dem der Häuptling nach Westen zog und dann wieder umkehrte?«

»Die Frauen werden bei den Dakotas nicht in die Angelegenheiten der Männer eingeweiht, Sir. Und schon gar keine Weiße. Sie hat die schmutzigste Arbeit zu machen, nicht zu klagen und keine Fragen zu stellen. Ich weiß also von gar nichts.«

»Es ist gut, Miss Hooker. Weiter wollte ich nichts.«

Bella steht auf.

Bill geht zur Tür und öffnet sie.

»Ich wünsche euch beiden Glück«, sagt der General. »Verdient habt ihr es. Laarson, denken Sie nicht, dass ich ein engstirniger alter Mann sei.«

»Gewiss nicht, Sir.«

Bella hat das Haus schon verlassen. Bill steht noch auf der Schwelle, weil er das Gefühl hat, als wollte der General noch etwas zu ihm persönlich sagen.

»Die Armee hätte das Gold gut gebrauchen können«, sagt Cook da auch schon. »Nicht nur die Armee. Unser Land überhaupt. Stellen Sie sich vor, wir hätten von ihr erfahren können, wo die Bonanza ist. Vermutlich lagern Millionenwerte in der Erde.«

»Oder die Bonanza existiert doch nur in unserer Einbildung, Sir.«

»Oder das«, gibt der General zu. »Schade, wir werden es nun nie mehr erfahren. Ich hatte Ihnen nur noch sagen wollen, dass ich jederzeit für Sie zu sprechen bin, wenn Sie etwas Wichtiges wissen. Verheiratete Frauen sagen ihren Männern manches, das sie sonst aus irgendwelchen Gründen für sich behalten. Sie verstehen, wie?«

»Ja, Sir.«

Der General nickt, und Bill schließt die Tür. Während er Bella folgt, weiß er, dass er sie nie danach fragen wird.

4. Kapitel

1881.

Owen Wister muss sich an der Theke festhalten, um nicht zu fallen.

»Noch einen!«, knurrt er den Salooner an. »Komm, schenk noch einmal ein!« Der Keeper schüttelt den Kopf. »Nichts mehr«, sagt er durch die Zähne. »Du hast genug. Und du hast bei mir auch keinen Kredit mehr. Keinen Cent und keinen Whisky!«

Owen Wister rülpst.

»Aber du hast mir doch früher immer Whisky gegeben, ohne dass ich Geld hatte.«, widersprach er.

Der Keeper schiebt ein paar Gläser zur Seite.

»Weil du fertig bist«, sagt er zischend. »Am Ende! Du hast kein Geld mehr und wirst vermutlich nie wieder welches bekommen. Die Armee hat dich aus ihren Reihen ausgestoßen.«

Owen Wister, der ehemalige Corporal im IV. Kavallerieregiment, hält sich immer noch an der Theke fest.

»Ich bekomme also keinen Whisky?«, versichert er sich noch einmal. »Wirklich nicht, wie?«

»Nein«, knurrt der Keeper.

»Ich will... ich will aber...«

Owen Wister bricht ab, lässt die Theke mit der einen Hand los und schlägt die Faust auf das schimmernde Messingblech.

Der Keeper hinter der Theke läuft im Gesicht rot an. Er schluckt zweimal, dann sinken seine schon erhobenen Hände nieder, und er wendet sich der Küchentür zu, wo ein herkulisch wirkender Kerl am Türpfosten lehnt und der Szene grinsend gefolgt ist.

»Eddy, Arbeit für dich!«, meint der Keeper.

Eddy stemmt sich vom Türpfosten los. Sein Grinsen wird schärfer. Als er um die Theke herumkommt, spuckt er sich in die Hände, dann schnappt er Wister am Kragen und schiebt ihn vor sich her durch den Mittelgang auf die Schwingtür zu. Als er die erreicht hat, gibt er dem Betrunkenen einen Stoß in den Rücken.

Owen Wister kracht gegen die Schwingtür. Er fliegt hinaus, stolpert über den Stepwalk und die Stufen hinunter. Krachend landet er im Staub, der ihn einhüllt.

Eddy, der über die Schwingtür geblickt hat, schnauft zufrieden und zieht sich zurück.

»Stinkbesoffen«, sagt er verächtlich.

»Es ist ein Glück für die Yankees«, murmelt der Keeper. »Sie haben auch lange genug gebraucht, um zu merken, dass aus ihm niemals mehr etwas zu machen ist.«

»Vielleicht war er früher einmal ein ganz tüchtiger Kerl«, mischt sich ein Cowboy ein der am Rande der Theke steht.

Am Fenster, neben der Schwingtür, sitzen zwei Männer, die der Szene mit gelangweilten Blicken folgen. Der eine von ihnen ist ein großer, bulliger Kerl, heißt Jack Brand und mag vierzig Jahre alt sein.

Sein Nachbar, ein kleinerer, stiernackiger Mann mit brandroten Haaren, mag fünfunddreißig sein und heißt Red Broody.

»War er es auch bestimmt?«, fragt Brand.

»Natürlich«, knurrt Broody. »Ich vergesse selten ein Gesicht. Am besten ist es, wir gehen jetzt hinaus, heben ihn auf und nehmen ihn mit.«

»Aber es ist fünf Jahre her, seit du ihn zum letzten Male gesehen hast«, meint Brand. »Bist du auch ganz sicher, dass er es ist?«

Broody nickt heftig.

»Ganz sicher«, erklärt er. »Er ist einer von der Sorte. Los, komm jetzt.« Sie stehen auf. Broody geht zur Theke und wirft ein Geldstück auf die Schankplatte, dann folgt er seinem Partner auf die Straße. Auf dem Stepwalk ist Brand stehengeblieben. Als Broody neben ihm steht, sagt er: »Die Armee hat ihn also entlassen. Hast du das gehört?«

»Natürlich habe ich das gehört. Es geht ihm wie dir. Nur war bei ihm die ewig durstige Kehle schuld und bei dir die Sucht nach dem Gold, das du dann niemals gefunden hast. Hoffentlich suchen sie nicht mehr nach dir.«

Broody schüttelt den Kopf.

»Die haben mich lange vergessen«, antwortet er.

Die beiden steigen die Stufen zur Straße hinunter und heben den ehemaligen Corporal auf. Sie zerren Wister zu einem alten Klepper.

»Ist das auch der richtige Gaul?«, fragt Brand misstrauisch. »Ich möchte hier in der Stadt unter gar keinen Umständen auffallen und versehentlich noch als Pferdedieb gehängt werden. – Du weißt doch, was ich meine?«

Broody nickt.

»Ich weiß, dass die Liste deiner Straftaten verdammt lang ist«, grinst er. »Aber das ist bestimmt sein Pferd. Ich sah ihn darauf ankommen.«

Broody und Brand legen den Bewusst losen quer über den Sattel und binden ihm Hände und Beine am Sattelgurt fest.

Dann machen sie selbst ihre Pferde los, nehmen den Klepper zwischen sich und laufen die Straße hinauf.

5. Kapitel

Die Nacht ist dunkel. Sie sitzen in einer Bergschlucht und haben ein kleines Feuer angebrannt. Verkniffen sehen sie sich an.

Owen Wister lehnt an der glatt aufsteigenden, rauen Felswand. Irgendwo in der Ferne heult ein Schakal, und Wister zuckt zusammen.

»Du darfst nun langsam richtig zu dir kommen«, knurrt Brand böse. Er schiebt ein paar Holzstücke mit dem Absatz seines Stiefels weiter ins Feuer, sodass die Flammen höher schlagen und Funken in den Himmel tanzen.

Wister blickt die beiden abwechselnd an.

»Mir ist es, als hätte ich dich schon einmal gesehen«, brummt er schließlich, indem er zu Broody blickt.

Broody, der sich gerade eine Zigarette rollt, sieht den neugierigen Blick des aus der Armee ausgestoßenen Corporals.

»Da hast du gar nicht so unrecht«, meint er. »Wir waren einmal bei der gleichen Truppe. Es ist jetzt allerdings schon fünf Jahre her. Der letzte Tag, an dem wir zusammen waren, brachte ›Weiße Feder‹ den Tod. Der Siouxhäuptling war mit seinem kleinen Stamm damals auf einem Umweg aus den Black Hills herausgekommen, und weiter nach Westen zu den Bighorn Bergen gezogen. Dort sollen die Indianer Gold aus einer nur ihnen bekannten Bonanza geholt haben, mit dem sie zurückkehrten. Sie wollten nach Kanada und dort Gewehre für das Gold kaufen, mit denen sie die alte Heimat zurückzuerobern gedachten. So jedenfalls wurde damals gesagt.«

»Ich erinnere mich«, sagt Wister lahm. »Ja, ich kann mich noch gut an diese Nacht erinnern und an das Gemetzel, das dann folgte.«

»Der Stamm wurde restlos aufgerieben«, fährt Broody fort. Er bläst den Rauch aus dem Mund und über das Feuer hinweg. »Weiße Feder aber fanden wir nicht unter den Toten. Schon vorher hatte ihn eine tückische Krankheit gepackt und er starb, noch ehe sein Stamm von uns eingezingelt wurde. Seine Krieger müssen ihn irgendwo begraben haben, wahrscheinlich in einer Höhle.«

Wister gähnt.

»Kann sein«, gibt er zu. »Ich weiß es nicht mehr so genau. – Was wollt ihr eigentlich von mir?«

Broody zieht wieder an seiner Zigarette und bläst Wister den Rauch entgegen.

»Die Indianer wurden damals alle vernichtet«, meint er. »Restlos. Bis auf ein junges Mädchen.«

»Weiß ich alles«, knurrt Wister.

»Dieses Mädchen wurde zuerst für eine Indianerin gehalten, aber es stellte sich heraus, dass sie in Wirklichkeit eine Weiße ist. Sie wurde Bella genannt. Sie war damals etwa zwanzig Jahre alt und müsste jetzt ungefähr fünfundzwanzig sein. Der Trupp trennte sich. Lieutenant Laarson schickte die eine Hälfte unserer Abteilung in die Black Hills zurück, während er selbst mit der anderen Hälfte nach Fort Kearney ritt. Ich war bei der Truppe, die in die Black Hills zurückkehrte. Wir hatten den Auftrag, den Weg abzusuchen, ob wir irgendwo das Grab des Häuptlings oder das Gold finden würden. So genau war unser Auftrag nicht Umrissen, und ich denke mir, dass sich Laarson persönlich für das Gold überhaupt nicht so sehr interessierte wie mancher andere.«

Broody unterbricht sich und lacht glucksend.

»Der Lieutenant jedenfalls kehrte mit dem Mädchen um und nach Fort Kearney zurück. – Und wir sind hier, um von dir zu erfahren, wo dieses Mädchen geblieben ist. Weiter wollen wir nichts.« Aus Owen Wister ist die Trunkenheit verschwunden.

»Du bildest dir wohl ein, sie wüsste etwas von dem Gold?«, fragt er. »Das ist Blödsinn, sage ich dir. Wenn ihr euch deshalb die Mühe gemacht habt, mich hierher zu schleppen, so war sie vollkommen vergebens. General Cook hat sie ausgequetscht. Er wollte das Gold. Genauso, wie ihr es jetzt wollt. Aber es hat sich herausgestellt, dass alles Unsinn war. Vielleicht wussten die Indianer wirklich von einer Bonanza. Aber so wie das Mädchen sagte, sind sie nirgends gewesen, um Gold zu heben. Sie hätte das schließlich auch wissen müssen.«

Broody wirft den Rest der Zigarette ins Feuer.

»Ich bin nicht hierhergekommen, um dich vom Gegenteil zu überzeugen«, meint er. »Mein Partner und ich, wir geben dir fünfzig Dollar, wenn du uns sagst, wo das Mädchen geblieben ist. – Du bekommst das Geld, wenn du es gesagt hast, und dann kannst du gehen.« Wisters Augen bekommen einen funkelnden Glanz.

»Wirklich?«, fragt er und leckt sich über die rissigen, blutleeren Lippen, Broody blinzelt seinem Kumpan zu, greift in die Tasche und legt dann zehn funkelnde Geldstücke neben das Feuer.

»Fünfzig«, sagt er noch einmal. »Bitte, zähl es nach. – Und nun heraus mit der Sprache.«

Wister leckt sich noch immer über seine spröden, blutleeren Lippen. Er scheint schon nachzurechnen, wie viel Whisky er für die fünfzig Dollar bekommen kann.

»Los!«, knurrt Brand. »Starr das Geld nicht so an. Sag endlich, wo das Girl geblieben ist.«

Wister hebt den Kopf.

»Erinnert ihr euch an Lieutenant Laarson?«, fragt er.

Broody nickt sofort.

»Weiter«', knurrt Brand.

Wister lässt das Geld nicht aus den Augen.

»Irgendwie hat Laarson das Mädchen leidgetan«, sagt er. »Vielleicht hat er sie sogar geliebt. Ich weiß nicht, wie das gewesen ist. Jedenfalls waren wir kaum wieder im Fort, da reichte er seine Entlassung ein, die von General Cook genehmigt wurde. Er hat Bella noch in Fort Kearney geheiratet und ging mit ihr fort.«

Wister streckt zögernd die Hand aus. Doch als er die funkelnden Goldstücke fast berühren kann, stößt Broody seine Hand zurück.

»Langsam, mein Junge«, knurrt er. »Wir sind noch nicht am Ende. Wir wollen zunächst einmal wissen, wo Laarson mit dem Girl hingegangen ist.«

Wister scheint etwas zu verschlucken.

»Laarson ist mit ihr zu seinem Vater gegangen«, sagt er. »Es ist reiner Zufall, dass ich das überhaupt weiß. Der alte Ben Laarson hat in der Nähe von Mason im Territorium Dakota eine kleine Ranch.«

»Mason also«, meint Brand. »Das lässt sich leicht finden.«

»All right«, knurrt Broody. »Du kannst das Geld jetzt einstecken und deinen Trail ziehen. Vielleicht wartest du aber besser auf den Morgen. Es soll in den Bergen Banditen geben.«

Er grinst den Mann vielsagend an, dann wendet er sich seinem Kumpan zu.

»Bis Mason sind es von hier aus etwa vierhundert Meilen. Ich schätze, wir haben Glück. In einer Woche können wir dort sein.«

Wister greift hastig nach dem Geld und schiebt es in die Tasche.

»Ich glaube, ich breche lieber gleich auf«, meint er mit einem schiefen Blick auf Brand.

»Natürlich, geh nur«, meint der. »Vielleicht hat der Saloon in der Stadt unten noch offen.«

6. Kapitel

Broody steht am Feuer und blickt dem Mann nach. Dann geht er zu seinem Pferd, zieht die Winchester 66 aus dem Scabbard und klettert damit links eine Geröllhalde hinauf.

»Komm herauf!«, ruft Broody seinem Kumpan zu.

Brand klettert die Halde hinauf. Als er neben Broody steht, gibt der ihm die Winchester in die Hand.

»Wag soll das?«, knurrt Brand.

»Du sollst das machen«, sagt Broody.

Brand lässt ein Knurren hören und repetiert das Gewehr.

Broody klettert die Geröllhalde langsam wieder hinunter und setzt sich am Feuer nieder.

Brand wartet oben, bis er Wister hinter einem Kegel im Mondschein auftauchen sieht.

Er legt das Gewehr langsam an. Dort, wo Wister reitet, ist es so hell, dass er ihn deutlich sehen kann.

Brand zielt zwei Sekunden und krümmt dann den Finger.

Das trockene Bellen der Waffe schallt weit durch die Berge, und verweht ist der Schrei Wisters zu hören, der wie abgehackt erstirbt. Das Echo steigt über die Berge.

Brand klettert die Halde wieder herunter und schiebt die Hände in die Hosentaschen.

»Bist du auch wirklich sicher, dass in dem Grab des Häuptlings etwas zu finden ist?«, fragt er.

Broody spuckt in eine Felsspalte. Er nickt mehrmals und sehr überzeugt.

»Ganz sicher«, sagt er. »Dass das Mädchen den General angelogen hat, bedarf keiner Frage. Ich weiß, dass das Gold da ist und dass es keine Einbildung ist. Als der Häuptling starb, muss er schon gewusst haben, dass es viel zu spät war, um die Situation in den Black Hills noch verändern zu können. Wahrscheinlich wusste er, dass sein Stamm doch keine Chance hatte, und deshalb empfahl er ihnen wahrscheinlich, nichts zu tun, sondern nur nach Norden zu ziehen. Wahrscheinlich wollten die Indianer das auch tun. – Uns das Gold aber nicht geben. Also packten sie es mit in das Grab.«

»Das ist auf jeden Fall deine Vermutung«, meint Brand. »Wieso wurde das Grab damals nicht genauer gesucht? Schließlich müssen doch auf das, auf das du jetzt gekommen bist, auch andere schon verfallen sein.«

»Nur vielleicht«, schränkt Broody ein. »Ich selbst war auch erst skeptisch. Aber wir haben ja den versoffenen Indianer gefunden, der uns die Stelle zeigte, wo der Weg zu der Bonanza hinunter führt. Schade, dass die Rothaut uns nicht den weiteren Verlauf des Weges zeigen konnte. Aber es gibt keinen Zweifel daran, dass dieser Kerl einmal zu dem Stamm von ›Weiße Feder‹ gehört hat. Infolgedessen steht fest, dass die Krieger alle nur den Weg bis dorthin kannten. Den Rest besorgte der Häuptling vermutlich allein, oder mit zwei oder drei Eingeweihten. So ist also bewiesen, dass die Bonanza keine Einbildung ist. Also hat der Stamm auch Gold aus ihr geholt. Er hätte sich sonst den Weg nach Westen sparen können. Ich nehme an, die Indianer haben ihren Häuptling in einer Felsspalte beerdigt und sie ganz geschickt getarnt. Das Mädchen ist die Einzige, die die Stelle jetzt noch wiederfinden müsste. Ich glaube, General Cook hätte das Gold und vielleicht sogar die Bonanza dazu gefunden, wenn er sich mit dem Mädchen mehr Mühe gegeben hätte.«

»Ein Glück für uns«, meint Brand. »Immer vorausgesetzt, dass deine Vermutung stimmt. Wie aber, wenn sie es inzwischen ihrem Mann erzählt hat? Diesem Bill Laarson?«

»Du meinst, wenn er sich das Gold geholt hat?«

»Ja, das meine ich.«

»Glaube ich nicht. Ich kann mich an Laarson erinnern. Er ist ein komischer Typ. Kein richtiger hartgesottener Rancherssohn. Er ist auch kein Schollenbrecher, er ist ein ganz komisches Mitteldding. Jedenfalls ist er die Sorte, die sich für Gold nicht interessiert. Und deshalb nehme ich an, dass er mit ihr überhaupt nicht weiter gesprochen hat.«

»Hoffentlich hast du recht«, knurrt Brand. »Wäre ja auch schade, wenn die ganze Mühe umsonst gewesen sein sollte. Aber denkst du, dass sie es uns sagt?«

»Sicher wird sie es sagen, verlass dich darauf.«

7. Kapitel

Nachdem sie das Feuer gelöscht haben, steigen sie auf ihre Pferde und traben den Canyon hinunter. Schon bald kommen sie zu der Stelle, wo Owen Wister am Wegrand liegt.

Brand steigt ab und dreht den ehemaligen Corporal des IV. Kavallerieregiments auf den Rücken.

»Tot«, sagt er. »Herzschuss.«

Broody ist ebenfalls abgestiegen. Zusammen heben sie den Toten hoch und tragen ihn zu einer Felsspalte und schieben ihn hinein. Dann gehen sie zu den Pferden zurück und reiten den Canyon hinunter.

Sie sind nicht sehr weit gekommen, als sie Wisters lediges Pferd an einem Mesquitenbusch stehen sehen, wo es an kargen Zweigen knabbert.

Brand rollt seine Bullpeitsche aus und lässt sie klatschend durch die Luft streichen.

Erschrocken wiehert das Pferd und jagt davon. Funken stieben unter seinen Hufen hervor.

»Vermutlich wird man irgendwann nach Wister suchen«, sagt Broody. »Aber er kann nun nicht mehr reden.«

»Glaube ich nicht«, erwidert Brand. »Wer soll sich für ihn schon interessieren? Kein Mensch kümmert sich um ihn. In der Stadt wird man aufatmen, dass er nun nicht mehr kommt.«

8. Kapitel

Sie haben sich in der Stadt Mason in Dakota unauffällig nach der Ranch Laarsons erkundigt und reiten nun einen Hohlweg hinauf.

»Rund um diese Stadt gibt es nichts als Berge«, brummt Brand. »Ich kann mir überhaupt nicht vorstellen, wie hier ein Mensch Rinder züchten kann.« Broody zuckt die Schultern. Er will schon etwas erwidern, als er plötzlich ein Geräusch vor sich hört. Heftig ruckt er an den Zügeln.

Auch Brand muss es gehört haben, denn er hält sein Pferd ebenfalls an und drängt es gegen die Felswand.

Sie blicken sich kurz an, dann drängen sie die Pferde herum und reiten schnell zurück. Bald finden sie eine geräumige Höhle, die so hoch ist, dass die Männer aufrecht hineinreiten können.

Im Innern springen sie ab und schieben die Pferde ganz in den Hintergrund, der im Dunkeln liegt, zurück.

Brand bindet die Zügel der beiden Pferde zusammen. Er bleibt bei ihnen und hält ihnen die Hände auf die Nüstern, während Broody zum Eingang zurückschleicht.

Schon bald hört er das herannahende Holpern von Rädern. Ein Wagen muss sich den Weg herauf arbeiten. Das Geräusch wird immer lauter, und schließlich kann Broody zwei Pferde sehen, die sich schwer in die Sielen stemmen.

Der Wagen fährt an der Höhle vorbei. Seine Geräusche werden leiser und verklingen schließlich.

»Das war er«, meint Broody.

»Wer?«

»Laarson. Er hat sich in den fünf Jahren, die ich ihn nicht sah, überhaupt nicht verändert. Warte, ich will nachsehen, ob noch jemand hinterherkommt.«

Broody läuft den Hohlweg ein Stück hinauf. Dann kehrt er um und sieht weiter unten nach. Schließlich geht er zu der Höhle zurück.

»Nichts«, meint er. »Laarson scheint in die Stadt zu fahren. Das klappt wunderbar, finde ich. Wahrscheinlich wird er später nicht einmal erfahren, wohin wir uns gewandt haben. Hier in dieser Gegend nimmt der Boden keinerlei Spuren auf. Also wird er uns niemals verfolgen können.«

Brand lässt die Nüstern der Pferde los.

»Wenn er nicht auf die alte Geschichte tippt«, meint er.

»Das hat er längst vergessen«, entgegnet Broody.

Sie ziehen die Pferde aus der Höhle heraus, steigen in die Sättel und reiten den Hohlweg weiter hinunter. Nach fünfhundert Metern treten die Berge ein Stück vor ihnen auseinander.

Abermals halten sie. Sie steigen ab und gehen zu Fuß weiter, bis sie ganz am Ende der Felswände lehnen und ein weites Bergtal vor sich haben.

»Das ist ja großartig«, meint Brand.

Das Bergtal misst mindestens achthundert Yards im Durchmesser. Der Boden besteht aus grünen Grasmatten, und in der Mitte ducken sich ein paar flache Gebäude tief an den Boden. Rundum sind Korrals errichtet. Vor einer großen Hütte sitzt ein alter, grauhaariger Mann auf einer roh gezimmerten Bank.

Die beiden Banditen blicken eine ganze Zeit schweigend auf das grüne Salbeigras, das den Boden bedeckt.

»Ein sehr friedliches Stück Erde«, grinst Broody schließlich. »Die Frage ist nur, wie lange das jetzt noch so bleibt?«

Brand zuckt die Schultern.

»Wer soll das wissen, Partner?«, meint er. »Ich schlage vor, wir reiten hinüber und geben uns als Cowboys aus. Alles andere ist dann eine Kleinigkeit. Der Mann scheint mit dem Girl allein zu sein. Hoffentlich ist sie überhaupt hier. Wenn man sie nur sehen könnte.«

Broody hat die Stirn in Falten gezogen.

»Du bist zu ungeduldig«, schnaubt er. »Man merkt, dass du niemals Soldat gewesen bist und warten gelernt hast. Der junge Laarson braucht mindestens noch eine Stunde, um in die Stadt zu kommen. Dorthin wollte er doch offenbar. Wir haben also genug Zeit. Vielleicht gibt es hier Cowboys, die auf die Ranch, auf die Rinder und vielleicht sogar auf Laarsons Frau aufpassen. Wir wollen nichts überstürzen.«

Minutenlang stehen die Banditen an der Felswand und blicken immer noch über das Tal. Dann sehen sie ein schwarzhaariges Mädchen aus der großen Hütte kommen.

Brand pfeift leise durch die Zähne.

»Donnerwetter!«, meint er. »Ich hatte sie mir ganz anders vorgestellt. Das ist sie doch, nicht wahr?«

Broody nickt.

»Ja, das ist sie. Ich habe nie behauptet, dass sie nicht hübsch wäre. Das hast du dir wahrscheinlich nur eingebildet, weil viele Männer sich einbilden, eine weiße Frau, die in die Gefangenschaft der Sioux gerät, müsste hässlich werden. Oder es schon sein. Es stimmt aber nicht.«

Die beiden Banditen warten noch eine Viertelstunde. Wachsam spähen sie umher, sehen aber nirgends einen Cowboy oder sonst noch einen Mann auftauchen. Dann gehen sie zu ihren Pferden zurück.

9. Kapitel

Der alte Ben Laarson blickt seiner Schwiegertochter, die um das Haus herum zum Stall geht, nach. Er braucht nicht sehr lange zu warten, da kommt sie zurück.

»Wo ist denn Jim?«, fragt er.

Bella zuckt die Schultern. Sie trägt jetzt nicht mehr das weiße Hirschlederkleid, sondern einen Rock und eine Bluse aus buntbedrucktem Kattun. »Wahrscheinlich bündelt er das Heu im Schuppen«, sagt sie mit ihrer, melodisch klingenden Stimme. »Soll ich ihn rufen?«

»Nein, lass ihn nur«, sagt der alte Rancher.

Plötzlich kneift er die Augen zusammen. Obwohl er schon über sechzig Jahre alt ist, sieht er noch immer wie ein Bergfalke.

»Es kommt Besuch«, meint er und zeigt auf Brand und Broody, die jetzt langsam in das Tal geritten kommen.

Langsam steht der alte Mann auf und geht bis zur ersten Korralstange.

Brand und Broody halten vor dem alten Mann die Pferde an. Broody blickt zu dem Mädchen hinüber, das ihn kalt mustert.

Die beiden Banditen steigen ab. Broody hat das sichere Gefühl, dass sie ihn nicht erkennt.

»Wir sind Cowboys«, meint Brand an den alten Rancher gewandt. »Wie steht es hier mit einem Job, Oldtimer?«

»Leider ist es damit nichts«, brummt Laarson und schüttelt den Kopf. »Wir haben nur fünfzig Rinder, die uns gerade ernähren. Es gibt hier keine Arbeit, die wir nicht selbst erledigen könnten.«

»Ach so«, brummt Brand. »Ein Familienbetrieb gewissermaßen, was? Nun, es war nur eine Frage. Sicher gibt es aber etwas zu trinken bei euch für durstige Männer?«

Der alte Laarson dreht sich zu Bella um.

»Geh und hole eine Flasche, Bella«, ruft er. »Die beiden Männer haben Durst.«

Bella bewegt sich nicht.

»Hörst du nicht?«, fragt Laarson.

Bella rührt sich immer noch nicht.

»Die beiden Männer taugen nichts«, sagt das Mädchen.

Ben Laarson sieht verlegen aus, als er sich wieder den beiden Männern zuwendet, aber da sticht schon Brands Faust durch die Luft, trifft seinen Kopf und wirft ihn auf den Boden.

Broody ist mit einem Satz bei dem Mädchen. Sie schlägt nach ihm, kratzt und tritt, aber es nützt ihr nichts. Er hält sie fest gepackt, bis Brand heran ist. Brutal wird sie zu Boden geworfen und gefesselt.

Sie bringt noch einen heiseren Schrei aus der Kehle, dann hat sie einen Knebel im Mund und ein Halstuch darüber.

Den Schrei aber hört Jim Moore, der Cowboy, der im Schuppen das Heu bündelt. Er ist ein mittelgroßer Mann. Er ist nicht, größer als Bella, aber er ist ein kräftiger Bursche. Sein Gesicht ist rund. Ohne Zweifel kennt er sich gut mit Pferden und Rindern aus. Aber vielleicht nur damit. Doch als er den Schrei hört, kann er sich vorstellen, was da im Gange ist. Er lässt das gebündelte Heu liegen und rennt zum Schuppenausgang. Auf der anderen Seite ist der Stall, und dort sieht er seine Flinte an der Wand lehnen. Zugleich erkennt er, was sich im Hof abspielt, und er rennt zum Stall hinüber. Als er die Flinte ergreift, springt ein heiserer Fluch über seine Lippen. Er will das Gewehr schon anlegen, als ihm einfällt, dass er sehr gut den alten Mann oder das Mädchen treffen könnte. Seine Position ist hier äußerst schlecht, so zieht er sich durch die offene Tür in den Stall zurück.

Brand ist herumgefahren.

»Da war doch was?«, ächzt er. »Ist doch noch jemand hier?«

Jim Moore zieht sich ängstlich noch weiter zurück. Er schiebt sich an der Schuppenwand entlang, bis er zu einem Astloch kommt, durch das er blicken kann.

»Ich glaube, du hörst die Flöhe husten«, knurrt Broody. »Der alte Mann hat uns doch eben gesagt, dass wir es hier mit einem Familienbetrieb zu tun haben.«

»Ich habe aber etwas gehört«, beharrt Brand. »Und ich will verdammt sein, wenn ich nicht nachsehe.«

Im nächsten Moment geht er schon mit dem vorgestreckten Colt in der Faust los.

Moore sieht den Banditen kommen und zieht sich weiter in den Stall zurück. In einer Ecke liegt noch ein mächtiger Heuhaufen, und in diesen kriecht der Mann hinein.

Brand sieht zuerst im Schuppen nach, ehe er zum Stall herüberkommt. Er blickt sich überall um. Dann nimmt er eine lange Stange und schlägt sie dreimal in den Heuhaufen hinein. Schließlich lässt er sie liegen.

Er geht wieder zu seinem Kumpan hinaus.

»Los, wir wollen das Girl verfrachten.«

Broody kniet neben dem Mädchen.

»Du musst keine Angst haben«, sagt er, indem er sie angrinst. »Wir machen nur einen kleinen Trip zusammen; zu dem Grab deines allzu früh verstorbenen Mannes ›Weiße Feder‹.«

Zusammen mit Brand setzt er das hilflose Mädchen auf ein Pferd, und sie binden ihr die Beine unter dem Leib des Tieres zusammen.

Dann beugt sich Broody noch einmal über den alten Mann, aber der rührt sich nicht.

Der sich rasch entfernende Hufschlag dringt so deutlich wie die Worte bis zu Jim Moore in den Stall. Er befreit sich daraus und schleicht auf die Tür zu.

An der Tür bleibt Moore stehen. Das Heu hängt noch in seinen Haaren. Er sieht, dass die beiden mit der Frau zwischen sich das Tal in westlicher Richtung verlassen und auf einen breiten Canyon zustreben.

Gebückt geht Moore zu dem alten Rancher hinüber. Er müht sich, ihn hochzuziehen, aber es gelingt ihm nicht.

So schleift er ihn ziehend in die größte der Hütten hinein und schiebt ihn auf ein altes, knarrendes Sofa.

Danach tränkt der Cowboy einen Lappen in einer Wasserschüssel und betupft damit eine große Beule, die an Laarsons Kopf angeschwollen ist.

Es dauert nicht lange, da seufzt der alte Mann und kommt zu sich. Langsam heben sich seine Lider. Verwirrt blickt Laarson Moore an.

»Sie haben Bella mitgenommen«, sagt Moore dumpf. »Und sie haben gesagt, dass sie einen Trip zu dem Grab ihres Mannes ›Weiße Feder‹ machen wollen. Ich habe es ganz genau gehört.«

»Du musst Bill aus der Stadt holen«, kommt es schwach aus Laarsons Mund.

Moore nickt. Dann rennt er hinaus, holt sein Pferd aus dem Korral und sattelt es.

Wenig später galoppiert er aus dem Tal. Er hält sich in südlicher Richtung.

10. Kapitel

Bill Laarson lädt gerade die letzte Drahtrolle auf seinen flachen Ranchwagen, als er Moore in die Stadt gejagt kommen sieht.

Moore springt neben dem Wagen, auf dem Bill steht, von seinem Pferd, während das Tier noch ein Stück weiter läuft. Die aufquellende Staubwolke frisst sich in die Augen der Männer.

»Du bist wohl verrückt, was?«, fragt Bill.

Moore atmet keuchend. In fliegender Hast beginnt er zu berichten, was sich ereignet hat.

Bill Laarsons Augen werden dabei immer schmaler.

»Zum Grab ihres Mannes?«, fragt er schließlich.

»Ja, ich habe es ganz deutlich gehört«, gibt Moore zurück. »Es muss dort irgendetwas zu holen geben.«

Bill blickt den Cowboy Moore fast mitleidig an, aber dann wird er sofort wieder ernst.

»Ich hatte immer gehofft, es würde niemand mehr daran denken«, presst er durch die Zähne. »Ich weiß, was sie dort wollen. Ich werde dein Pferd nehmen, bring du den Wagen nach.«

»Gut«, ruft ihm der Cowboy nach, während Bill schon zu Moores Pferd läuft, das in einiger Entfernung stehen geblieben ist.

Er schwingt sich in den Sattel und galoppiert die Frontstreet so schnell hinunter, wie sie Moore heraufgekommen ist.

Indessen setzt sich Moore auf den Bock des Ranchwagens und lenkt ihn auf der Straße um.

Vor seinem Office steht der Marshal von Mason. Er tritt auf die Straße herunter und greift nach der Trense des linken Stangenpferdes, wodurch er den Wagen zum Stehen bringt.

»Ist bei euch der Teufel los?«, fragt er.

»Ich weiß auch nicht«, brummt der Cowboy. »Aber es scheint so. Lassen Sie los, ich muss weiter. Ehe mir der Storekeper den Draht wieder vom Wagen zerrt. Hoh, lauft, ihr müden Böcke!«

11. Kapitel

Bill bringt das Pferd vor der großen Hütte zum Stehen, springt aus dem Sattel und rennt in den Raum hinein.

Sein Vater liegt noch immer auf dem alten Sofa.

»Hat er es dir gesagt?«, fragt der alte Mann.

»Ja«, erwidert Bill. »Hast du die beiden Strolche genau gesehen?«

»Natürlich, sie standen doch direkt vor mir.«

»Wie sahen sie aus?«

Ben Laarson überlegt einen Moment. »Der eine war ein großer, bulliger Kerl. Der andere war kleiner, brandrot und stiernackig. Sie hatten beide Augen wie hungrige Wölfe. Ich frage mich, was sie nur mit Bella wollen?«

»Sie wollen zum Grab des Häuptlings ›Weiße Feder‹. Es ist irgendwo in den Black Hills, wo damals sein Stamm von uns vernichtet wurde. Wir hatten uns damals nicht weiter darum gekümmert, und ich war froh, dass es so kam. Und aus diesem Grund habe ich auch nie davon gesprochen, weil ich Bella nicht an etwas erinnern wollte, das ihr unangenehm sein muss.

Den Halunken muss irgendwie die Legende von dem abhanden gekommenen Gold zu Ohren gekommen sein. Ich selbst halte das alles für Blödsinn, der damals von irgendjemand aufgebracht wurde, um die Soldaten noch wilder zu machen. Vielleicht nehmen die beiden Kerle an, dass das Gold, das ›Weiße Feder‹ damals vom Bighorn River geholt haben soll, mit in dem Grab des Häuptlings liegt.«

»Auf jeden Fall ist das Mädchen in allergrößter Gefahr«, erwidert der alte Mann. »Du solltest jetzt keine Zeit verlieren. Wenn es das Gold wirklich nicht gibt, dann bringen sie Bella vielleicht vor Zorn um. Und wenn sie doch recht haben, dann können sie aus Bella etwas herauspressen, was wir zwei bis heute nicht erfahren haben. Und dann, das ist ganz sicher, beseitigen sie sie ebenfalls, weil sie keinen Mitwisser gebrauchen können. – Beeile dich!«

12. Kapitel

Bill Laarson war noch keine drei Meilen geritten, als das Peitschen eines Schusses durch den Canyon weht und eine Kugel sirrend über ihn hinwegstreift, gegen die Wand knallt und quarrend als Querschläger zum Himmel zieht.

Ein lästerlicher Fluch folgt und dann schreit eine wilde Stimme: »Verfluchte Katze! Sie hat mir den Arm hochgeschlagen.

»Bill, geh zurück!«, ruft gleich darauf Bellas gellende Stimme klirrend und rau.

Bill Laarson liegt längst am Rand des Weges, während sein Pferd zurückgesprungen ist.

»Warum hast du ihr nur den Knebel abgenommen?«, fragt eine grollende Stimme.

»Bill!«, schreit Bella wieder.

Während Bill nach einem geeigneten Aufstieg in der Felswand sucht, fragt er sich, warum die beiden Desperados hier auf ihn gewartet haben.

Voll Dankbarkeit denkt er daran, dass Bella ihm das Leben gerettet hat. Sie hat dem Kerl also die Waffe hochgeschlagen.

Bill zieht seinen Colt, steckt den Hut darauf und schiebt den Kugelfang über den Rand des Steines, der ihm als Deckung dient.

Gleich kracht ein Schuss, und die Kugel fährt durch den Filz des Hutes hindurch.

Bill Laarson zieht seinen Hut sofort zurück. Er weiß nun, dass die Burschen noch auf ihrem Posten sind und lauernd den Hohlweg herunterblicken. Sie wollen ihn gleich hier kaltstellen.

Langsam schiebt er sich, dicht an die Felswand gedrängt, zurück.

Er kommt zu der Kante, hinter der sein Pferd verschwunden ist. Er weiß, dass die Banditen ihn sehen müssen, wenn er jetzt versucht, um die Kante herumzuspringen. Aber trotzdem muss er es tun, denn es gibt keinen anderen Weg, aus dieser gefährlichen Lage zu kommen.

Er springt hoch und ist mit einem weiten Satz um die Biegung herum.

Hinter ihm weht der Schuss her, doch er kommt zu spät.

Bill lehnt sich an die Felswand. Er sieht sein Pferd ein Stück weiter unten stehen. Auf der linken Seite befindet sich ein breiter Felsriss, der in ungefähr zwei Yards Höhe beginnt und dann bis zum Gipfel der Felswand hinaufläuft.

Er läuft zu seinem Pferd, stellt es unter den Riss und klettert auf den Sattel. Es gelingt ihm, in den Riss zu turnen und in diesem weiter hinaufzukommen.

Zehn Minuten später steht er auf der Höhe der wildzerklüfteten Felsen. Hier hat er einen weiten Überblick.

Frohlockend geht Bill Laarson mit weiten Schritten los. Vielleicht hat er jetzt die Möglichkeit, die Banditen zu erwischen. Doch nach dem dritten Schritt bleibt er plötzlich wie am Boden festgenagelt stehen.

Hufschlag dringt an seine Ohren. Er läuft weiter, und dann sieht er es.

Zwei Männer sprengen in wildem Galopp den gewundenen Hohlweg hinunter. Zwischen sich haben sie ein drittes Pferd, auf dem Bella sitzt.

Bill zerbeißt einen Fluch zwischen den Zähnen.

Er läuft zurück und klettert an dem Riss wieder in die Tiefe. Er braucht fast eine Viertelstunde, bis er wieder bei seinem Pferd ist.

Er jagt in halsbrecherischer Gangart den Canyon hinunter. Nach zwei Meilen tut sich ein kleines, kahles Tal vor ihm auf. Drei Wege führen auf der anderen Seite aus dem Tal wieder hinaus.

Bill steigt aus dem Sattel und sucht nach Spuren. Er braucht zehn volle Minuten, um einzusehen, dass er keine finden wird. Es ist unmöglich, auf dem harten Boden auch nur einen Kratzer zu finden.

Auf gut Glück reitet er in westlicher Richtung weiter. Das ist der Weg, der irgendwo in die Black Hills führen muss. Aber es ist natürlich nicht gesagt, dass die beiden Desperados mit dem Mädchen diesen Weg genommen haben.

Immer wieder hält Bill nach Spuren Ausschau. Doch nach fünf Meilen weiß er, dass er nichts finden wird. Ja, er ist sicher, dass die beiden Entführer nicht hier entlanggeritten sind.

Bill fragt sich, ob er umkehren soll.

Natürlich kann er jetzt einen anderen der Hohlwege absuchen. Vielleicht stößt er irgendwo doch noch einmal auf lockeren Boden und auf Grasnarben, die Spuren aufnehmen. Aber wie groß wird dann der Abstand?

Langsam reitet er weiter.

13. Kapitel

Es dunkelt schon, als sich die Berge vor ihm zu lichten beginnen. Plötzlich hört er ein fremdartiges Klappern. Eine Weile lauscht er danach, dann springt er ab. Er hebt einen Huf seines Pferdes hoch.

Ein Eisen hängt locker am Huf.

»Auch das noch«, knurrt er und schaut ins weite; freie Weideland hinaus. In der Ferne sieht er die Lichter einer Stadt. Er weiß, dass diese Stadt Pierre ist. Und zugleich weiß er, dass es dort einen Schmied gibt, der den Schaden wieder beheben kann.

Bill steigt wieder auf und reitet weiter. Er braucht fast noch zwei Stunden, um die Stadt zu erreichen.

Indessen ist es völlig dunkel geworden.

Er reitet in die Hauptstraße hinein und steigt vor dem Haus des Schmiedes ab.

Bill geht zu einem der erleuchteten Fenster und klopft mit dem Handknöchel dagegen.

Von drinnen ist das Scharren eines Stuhles zu hören, und dann wächst die wuchtige Gestalt des Hufschmiedes hinter dem Fenster in die Höhe. Der Flügel des Fensters wird aufgerissen.

Der Mann mit dem mächtigen Brustkorb blickt heraus. Er hat eine Zigarre im Mund, die so groß wie eine Keule ist.

»Was ist mitten in der Nacht?«, fragt der Schmied mit tiefer Stimme.

»Mein Pferd verliert ein Eisen«, sagt Bill. »Können Sie mir das reparieren?« Der Schmied nickt.

»Ich kann«, brummt er. Seine Stimme klingt noch immer übellaunig. »Morgen früh. Bringen Sie das Pferd inzwischen in den Mietstall.«

Der Mann will das Fenster schon wieder zuschlagen, aber Bill stemmt den Arm dazwischen.

»Ich bin sehr in Eile, Mister«, sagt er. »Könnten Sie mir das Eisen gleich befestigen?«

»Kann ich nicht«, meint der Schmied barsch. »Meine Augen sind nicht mehr die allerbesten, und meine Hoflampe taugt auch nicht viel. Sie wissen offenbar nicht, wie gefährlich es ist, einem Pferd Hufnägel ins Horn zu schlagen. – Gehen Sie in den Saloon, dort bekommen Sie ein Bett und etwas zu essen. Sie werden sehen, morgen früh kommen Sie immer noch zurecht.«

Bill hebt beschwörend beide Hände, was der Schmied dazu benutzt, um das Fenster zuzuschlagen.

Laarson sieht ein, dass es sinnlos ist, hier noch einmal ans Fenster zu klopfen und zu versuchen, auf diesen Mann einzureden.

Bill nimmt die Zügel seines Pferdes und führt das Tier zum Mietstall weiter.

Ein halbwüchsiger Bursche nimmt ihm die Zügel ab.

Bill gibt dem Mann ein Geldstück und geht ohne ein Wort zu sagen zum Saloon hinüber.

14. Kapitel

Mitten in der Nacht wird Bill Laarson munter, als er von der Tür her ein kratzendes Geräusch hört.

Im Dunkel tastet er nach seinem Patronengurt, der auf dem Stuhl neben dem Bett liegt. Er zieht den Colt heraus und spannt den Hahn unter der vorgehaltenen Hand. Dann steht er auf und schleicht an der Wand, entlang auf die Tür zu. Reglos wartet er daneben.

Wieder ist das dünne Kratzen zu hören. Und dann springt die Tür auf.

Ein Mann, der nur als Schatten zu sehen ist, schiebt sich gebückt über die Schwelle.

Bill bohrt ihm von der Seite den Colt zwischen die Rippen.

»Hände hoch, Amigo«, murmelt er.

Der Bursche fährt zusammen.

»Nicht schießen«, ruft er leise.

Bill lässt die Waffe sinken. Er dreht sich um, geht zum Tisch, sucht nach einem Schwefelholz, um die Lampe anzustecken.

Als der Lichtschein aufflammt und das Zimmer aus der Dunkelheit reißt, dreht Bill sich um.

Zwischen Tür und Angel steht Jim Moore.

»Du bist verrückt!«, murmelt Bill. »Du. bist so verrückt, dass du nachts in ein Zimmer eindringst und dein Leben riskierst.«

»Ich dachte... ich meinte...«, stottert er und bricht hilflos wieder ab.

»Schon gut«, knurrt Bill. »Setz dich. Was willst du hier?«

Moore geht zu einem Stuhl und lässt sich langsam darauf fallen.

Bill geht zur Tür und schließt sie. Dann kommt er an den Tisch zurück, auf den er seinen Revolver gelegt hat.

»Nun?«, fragt er noch einmal.

Moore hebt den Kopf.

»Dein Vater hat mich geschickt«, meint er. »Der alte Boss ist der Meinung, dass zwei Männer mehr ausrichten können als einer.«

Bill Laarson mustert den Cowboy Jim Moore. Er weiß, dass dieser ein guter Mann ist, der von Rindern und Pferden eine ganze Menge versteht. Aber zugleich weiß Bill, dass in der Stadt Mason viele Männer behaupten, Jim Moore sei ein Feigling. Und dass in seinem Kopf irgendetwas nicht ganz richtig liefe, insofern es nicht mit Pferden und Rindern zu tun hätte.

»Woher wusstest du denn, dass ich hier bin?«, fragt Bill.

Moore grinst immer noch.

»Der Wirt hat es mir gesagt«, erwiderte er. »Ich komme mit. Du schickst mich doch nicht zurück, wie?«

Bill schüttelt den Kopf.

»Nein«, entgegnet er, »Damit würde ich nur erreichen, dass sich mein Vater selbst auf die Beine macht. Wie geht es ihm eigentlich?«

»Als ich abritt, kutschierte er mit dem Wagen in die Stadt«, sagt Moore. »Sicher wird er jetzt den Marshal mobil machen und ein ganzes Aufgebot wird, die beiden jagen, die die Frau entführten.«

Moore scheint noch etwas sagen zu wollen, als sein Blick zufällig auf Bill fällt und er abrupt verstummt.

»Was ist denn?«, fragt er verwirrt.

»Was soll schon sein«, meint Bill. »Nichts. Falls wirklich ein Aufgebot unterwegs war, so ist es sicher bereits umgekehrt, Aus dem einfachen Grund, weil die Banditen mit Bella den Distrikt, in dem der Marshal etwas zu sagen hat, längst verlassen haben. Es ist auch sinnlos, in dieser Sache einen Marshal einschalten zu wollen. Vielleicht werden die Leute nicht einmal glauben, was wir zu sagen haben. Ich weiß so ungefähr, wo das Grab des Häuptlings sein muss. Dort müssen wir hin. Einen anderen Weg gibt es nicht. Solange die Banditen dieses Grab nicht gefunden haben, ist Bella in ihren Händen immer noch ziemlich sicher. Und jetzt wollen wir uns wieder schlafen legen.«

15. Kapitel

Am nächsten Morgen geht Bill zum Schmied und lässt dem Rappen ein neues Eisen aufschlagen.

Schließlich sitzt er wieder im Sattel und reitet die Straße hinauf. Er hält nach Jim Moore Ausschau, kann ihn aber nirgends sehen.

Um sich nicht noch länger aufzuhalten, trabt er allein los. Kaum ist er aber am Ausgang der Stadt angelangt, da kommt Moore hinter ihm hergejagt und schwenkt eine Flasche in der Hand.

»Wo bist du denn die ganze Zeit gewesen?«, fragt Bill.

»Ich habe Proviant geholt«, meint Moore und grinst, dabei zeigt er auf einen Packen, den er hinter seinem Sattel festgeschnallt hat. Doch plötzlich wird er ernst.

»Was ist?«, fragt Bill. »Du wolltest doch noch etwas sagen?«

Moore druckst noch eine Weile herum, dann sagt er: »Ich weiß nicht, um was es eigentlich geht.«

Bill schaut ihn von der Seite an. Er lächelt dünn, weil er daran denkt, dass die Geschichte eigentlich schon eine Legende ist.

»Ich kann dir das genau erklären«, sagt er leise. Seine Augen blicken suchend durch die Gegend. Langsam beginnt er von der Legende zu berichten, die vor fünf Jahren die Gemüter erregte und die ein paar Banditen anscheinend jetzt noch immer nicht zur Ruhe kommen lässt.

16. Kapitel

Zur gleichen Zeit, als Bill Laarson und Jim Moore die Stadt Pierre verlassen, befinden sich die beiden Banditen mit ihrer Gefangenen schon fast zwanzig Meilen weiter westlich.

Sie haben einen Bogen geschlagen und sind dann die ganze Nacht geritten. Jetzt noch dampfen ihre Pferde, und Bella Laarson lässt den Kopf tief über den Hals des Tieres hängen.

Brand hält sein Pferd an.

»Pause«, sagt er kratzig. »Wenn Laarson unsere Spuren nicht verloren hätte, müsste er irgendwo zu sehen sein.«

Sie steigen von den Pferden, befreien Bella von den Fußfesseln. Sie wird an die Wand eines steil aufragenden, nackten Felsens gesetzt und dort gleich wieder gebunden.

»Es ist nur, damit du nicht fortläufst«, meint Broody.

Bella blitzt ihn mit ihren dunklen Augen kalt an, dann senkt sie den Kopf.

»Wir werden den Schatz heben«, fährt Broody fort. »Er liegt doch in dem Grab deines Mannes ›Weiße Feder‹, nicht wahr?«

Bella rührt sich nicht.

»He, ich rede mit dir!«, faucht Broody sie wütend an. »Wir wollen wissen, wo das Gold steckt, das ›Weiße Feder‹ aus der Bonanza holte. Wir würden dich auch viel lieber nach der Bonanza fragen, wenn wir nicht genau wüssten, dass du von ihr keine Ahnung hast.«

Die Frau hebt den Kopf nicht.

Broody blickt seinen Kumpan ratlos und hilfesuchend an. Brand lacht leise und glucksend.

»Ich fürchte, bei ihr muss man andere Saiten aufziehen, Partner«, meint er. »Ich rede von Saiten, die so dick sind wie Stricke.«

Broody kommt dichter an Bella heran und kauert sich vor ihr auf den Boden.

»Nun hör mal schön zu, Darling«, meint er feixend. »Wenn du den Mund nicht freiwillig aufmachst, kann ich verdammt grob werden. Ich hoffe, du kannst dir das vorstellen. Ich verspreche dir, dass dir die Worte irgendwann wie von selbst aus dem Mund fallen. Es ist nur dein Schaden, wenn das recht spät der Fall ist. – Also los. Wo ist das Gold?«

Bella gibt immer noch keine Antwort. Sie blickt auf den Boden.

Da reißt Broody ihren Kopf mit einem Ruck in die Höhe und schlägt ihr mit der flachen Hand ins Gesicht.

Bellas Kopf fliegt zur Seite.

Brand tritt von einem Bein auf das andere.

»Wo ist das Gold?«, schreit Broody.

Bella antwortet nicht.

Broody steht auf und geht zornig zu seinem Kumpan zurück. Neben dem setzt er sich nieder.

Sie blicken sich beide ratlos an.

»Ich fürchte, das ist alles nicht so schlimm«, sagt Brand. »Vorerst haben wir noch einen weiten Weg vor uns. Wenn wir am Ziel sind, wird sie uns das Grab schon zeigen. Ob was drin ist, stellen wir schon selbst fest. Mir lässt aber eine andere Sache keine Ruhe. Wir müssen unter allen Umständen den Rücken frei haben, verstehst du? Und deshalb wirst du allein mit ihr weiterreiten. Ich nehme an, dass Laarson unseren Weg nicht gefunden hat und über Pierre geritten ist. Das heißt, dass er noch immer hinter uns herkommt. Ich werde am Postweg auf ihn warten. Du kannst inzwischen weiterreiten und in der Nähe der Stadt Lead auf mich warten.«

»In der Nähe der Stadt Lead«, meint Broody. »Das ist ein verdammt weiter Begriff.«

»Das ist doch ganz einfach. Von Lead läuft die Poststraße der Wells Fargo nach Süden hinunter. Dort an der Straße wartest du. Sagen wir etwa zwei Meilen von der Stadt entfernt.«

Broody nickt.

Brand steht auf, geht zu seinem abgetriebenen Pferd und steigt auf.

»Los!«, knurrt er dem Pferd zu und schlägt ihm die Hand zwischen die Ohren.

Broody bleibt mit dem Mädchen zurück. Er hockt sich wieder auf die Absätze seiner hochhackigen Texasstiefel und stiert vor sich hin.

»Eines kann ich dir verraten«, faucht er. »Zum Reden bringe ich dich. Und wenn ich dich vorher windelweich prügeln muss.«

Bella hebt noch nicht einmal den Kopf.

Broody steht auf und geht ein paar Schritte hin und her und spuckt dann in eine Felsspalte. Dann geht er schließlich zu den Pferden.

Er führt sie zu einem sprudelnden Wildwasser, das aus den Bergen kommt und tränkt die Tiere.

Nach ungefähr zwei Stunden löst Broody Bellas Fußfesseln, hebt sie hoch und setzt sie wieder in den Sattel. Schweigend bindet er sie, steigt auf sein Pferd und setzt seinen Weg nach Westen fort.

17. Kapitel

Unterdessen hat Brand das rote Band der alten Poststraße erreicht und hält am Ausgang des Canyons.

Über das Land senkt sich langsam die Nacht.

Brand überlegt.

Nach einer Weile schnalzt er mit der Zunge und treibt sein Pferd vorwärts. Er braucht nicht sehr lange zu reiten, um die Lichter einer Stadt auftauchen zu sehen.

Es ist völlig dunkel, als er hinter den Häusern und Hütten ankommt, sein Pferd an einem Zaun anhält und aus dem Sattel gleitet. Er halftert die Zügel an eine Stange, und schleicht sich zwischen den Häusern hindurch.

An der Ecke zur Frontstreet bleibt er abwartend stehen und schaut sich überall suchend um.

Gegenüber befindet sich ein Saloon.

Ein paar Pferde sind davor an die Holmstange gebunden, Brand blickt von einem der Pferde zum anderen und schüttelt den Kopf, während er im Selbstgespräch sagt:

»Nicht dabei.«

Er hat sich den Rappen, den er einmal in den Bergen sah, sehr genau gemerkt.

Brand geht weiter und verschwindet im Saloon. Er stellt sich an die Theke, trinkt zwei Whisky und geht dann wieder hinaus.

Langsam schlendert er die Straße zum östlichen Ausgang hinauf.

»Ob er doch einen anderen Weg genommen hat?«, fragt er sich leise im Selbstgespräch und schüttelt gleich darauf den Kopf, als könnte er daran nicht glauben.

Er läuft die Straße wieder zurück und hockt sich am westlichen Stadtausgang hinter einer Hütte in den Schatten. Die Strapazen des langen Rittes machen sich langsam bemerkbar.

Brand hat zwei Tage und zwei Nächte nicht mehr geschlafen.

So dauert es nur einen Moment, bis sein Kopf langsam vornüber sinkt, ohne dass er es bemerkt, und plötzlich ist er eingeschlafen.

Stunden rinnen dahin.

Brand schläft fest und traumlos. Plötzlich klingt Hufschlag auf, weht aus der Stadt und an der Hütte vorbei, an der Brand sitzt.

Der Bandit fährt in die Höhe. Mit weit aufgerissenen Augen starrt er hinter zwei Reitern her, die aus der Stadt sprengen. Im Mondschein kann er deutlich sehen, dass eines der beiden Pferde ein Rappe ist.

Ein Fluch springt über seine Lippen. Natürlich hat er kein Gewehr bei sich, und mit dem Colt ist es zu weit, als dass er das jetzt noch erledigen könnte.

Jack Brand reibt sich über den Hals. Er war in einer unmöglichen Lage eingeschlafen. Weit hinter der Stadt sieht er die Berge im gleißenden Mondlicht schimmern. Es wird nicht mehr lange dauernd, und die beiden, Reiter verschwinden dazwischen.

Brand flucht kräftig. Dann läuft er über die Straße und verschwindet zwischen den Häusern. Er holt sein Pferd und jagt hinter den beiden Männern her, die er nicht mehr sehen kann.

18. Kapitel

Bill Laarson und Jim Moore bemerken von ihrem Verfolger nichts. Sie reiten die ganze Nacht hindurch, ohne mehr als einmal anzuhalten.

Als der Morgen graut, sehen sie auf kahler Berghöhe eine feste, aus Baumstämmen zusammengefügte Hütte mit einer Remise und einem Schuppen daneben auftauchen. Sie halten davor und steigen steifbeinig aus den Sätteln.

»Was ist das?«, fragt Moore.

»Eine Poststation der Wells Fargo«, gibt Bill zurück.

Sie schlingen die Zügel um die Holmstange und gehen in die Hütte hinein.

Laarson bleibt hinter der Tür stehen.

Der Raum ist nicht sehr groß. Zwei Tische stehen darin.

Bill und Jim setzen sich an einen der Tische und warten.

Ein paar Minuten vergehen, dann erscheint der Posthalter, der sich eine Schürze vor den Leib gebunden hat und daran gerade die Hände abtrocknet.

»Seid ihr die ganze Nacht geritten?«, fragt der Mann.

Bill nickt.

»So ungefähr«, erwidert er. »Wie steht es mit einem Kaffee und etwas Kräftigem zu essen? – Unsere Pferde wären für eine Handvoll Hafer auch dankbar.«

Der Wirt gähnt.

»Hafer ist im Stall«, meint er. »Aber ich habe hier niemanden, der mir hilft. Ihr müsst das selbst machen.«

Moore steht auf und geht hinaus.

Der Wirt geht wieder in die Küche, dort beginnt er gleich darauf mit Geschirr zu klappern.

Bill stützt die Arme auf den Tisch. Er merkt, wie müde er ist.

Nach einiger Zeit kommt der Wirt zurück. Er bringt eine Kanne und zwei Tassen.

»Ihr Partner scheint sich im Stall verewigt zu haben«, meint er. »Es ist vielleicht besser, wenn Sie nach ihm sehen.«

Bill weiß, dass Moore nicht sehr schnell ist, und deshalb hat er sich bis jetzt auch noch keine Gedanken über dessen Ausbleiben gemacht.

Der Posthalter steht immer noch abwartend vor dem Tisch, als würde er warten, dass Bill etwas dazu sagt.

Aber der steht wortlos auf und geht zur Tür.

Bill geht um das Haus herum. Der Stall ist dahinter fest angebaut.

Als er den Stall erreicht, bleibt er stehen und ruft: »Jim!«

Keine Antwort.

Vorsichtig geht Bill näher an den Stall heran. Er hört drinnen ein Pferd mit den Hufen scharren.

Bill nähert sich vorsichtig der Tür und tritt dann in den Stall hinein. Er tritt zwei Schritte nach links, und da sieht er plötzlich zwei Stiefelspitzen aus einer Box ragen. Er will schon darauf zugehen, als eine Winchester repetiert wird.

Bill wirft sich in die leere Box, die vor ihm ist, hinein. Hinter ihm ist ein donnerndes Krachen zu hören, und die Kugel sirrt an seinem Kopf vorbei und ratscht in die Wand.

Bill dreht sich auf der Gürtelschnalle, zieht noch in dieser Bewegung den Colt und schiebt sich wieder vorwärts.

Als er um die Kante der Box lugen kann, fällt der zweite Schuss, der grelle Mündungsblitz rast wie ein Irrlicht durch den ganzen Stall. Sofort schiebt er sich wieder zurück, springt an der Trennwand zur nächsten Box in die Höhe und jumpt darüber hinweg.

Bill springt und schickt dem heimtückischen Schützen drei Kugeln entgegen.

Der Mann zieht sich hinter die Tür zurück.

Bill springt in den Gang und schießt abermals.

Langsam bewegt sich Bill auf die Tür zu. Als er noch überlegt, ob er jetzt mit einem Satz hinausspringen soll, hört er schon Hufschlag aufklingen.

Bill jagt aus dem Stall hinaus. An der Kante, des Saloons taucht der Keeper auf, der ein überraschtes Gesicht zeigt.

Bill läuft zur Ecke des Stalles. Da sieht er den Reiter, der sich in wilder Flucht auf seinem Rappen entfernt.

Müde wendet er sich um. Er geht in den Stall zurück, und als er ihn betritt, taumelt der Cowboy Moore gerade aus der Box.

»Du bist hier überfallen worden, nicht wahr?«, fragt Bill.

»Ja, zum Teufel«, schnaubt der Cowboy. »Es war plötzlich, als käme ein Schatten auf mich zu. Er hat mir etwas auf den Kopf gehauen. Es wundert mich, dass er mich nicht tötete.«

»Das hat er sich vielleicht nur für später aufsparen wollen«, gab Bill zurück. »Im Moment wollte er vielleicht nicht mehr Krach machen, als unbedingt nötig war. Den Rappen hat er mitgenommen. Aus diesem Grund ist es sinnlos, ihn verfolgen zu wollen.«

19. Kapitel

Verbissen blicken sie vor sich hin, als sie wieder am Tisch sitzen und ihren Kaffee trinken.

»Wollen wir nun auf einem Pferd reiten?«, fragt Moore schließlich.

»Nein«, erwidert Bill. »Es ist unwahrscheinlich, dass der Bursche hierher gelaufen sein soll. Ich nehme an, dass er uns verfolgte. Er kann höchstens zehn Minuten hinter uns gewesen sein. Und natürlich muss er sein Pferd irgendwo in der Nähe versteckt haben.«

Sie stehen auf, gehen zur Theke, und Bill bezahlt die Zeche. Dann verlassen sie die Poststation und wenden sich dem Hohlweg zu, aus dem sie selbst gekommen sind.

Bill Laarson hat sich nicht getäuscht. Nach ungefähr dreihundert Yards stößt er auf einen großen, klaffenden Felsriss in der rechten Wand. Er schaut hinein und sieht das Pferd des Banditen.

Bill macht die Zügel los und zieht das Pferd heraus.

»Das Tier ist verdammt abgetrieben«, meint Moore.

Bill nickt.

Sie sitzen auf und reiten über das Plateau und dann den Passweg hinunter.

20. Kapitel

Jack Brand reitet, mit sich und der Welt unzufrieden, über das Land. Immer wieder treibt er das Pferd zum gestreckten Galopp an. Er weiß, dass er es nunmehr mit zwei Gegnern zu tun hat.

Mehrmals hält er an und blickt sich suchend nach einem guten Hinterhalt um, in den er sich legen könnte. Aber nichts, was er sieht, scheint seinem Wunsch zu entsprechen.

So reitet Brand suchend immer weiter, bis die Berge plötzlich vor ihm auseinandertreten und das Land nach Westen zu abflacht. Es ist schon Nachmittag geworden.

Links zieht sich die Kette der grauen Felsgiganten weiter nach Westen. Rechts aber sind keine Berge mehr zu sehen, und Brand weiß, dass bis hinter Cheyenne River keine mehr auftauchen werden.

Brand sieht nach ungefähr einer Stunde in der Ferne Hütten und Häuser auftauchen. Und dahinter erheben sich wieder Berge. Er weiß, dass dort hinten die Black Hills sind und die Stadt davor ist Lead. Und irgendwo dahinter in den Bergen müssen sich das Grab und der Schatz befinden.

Er blickt der Stadt entgegen. Er scheint dabei an die einsame Poststation zu denken. Es gab keinen idealen Platz, von dem aus man Laarson hätte abschießen, können. So, wie er sich das denkt, und so, wie er Wister ohne jedes Risiko abgeschossen hat.

21. Kapitel

Die Sonne steht knapp eine Handbreit über den Bergen, als Brand die Stadt erreicht. Im Schritt reitet er in die Stadt hinein. Er hält vor einem Saloon, steigt ab und schlingt die Zügel um die Holmstange. Missmutig tritt er unter den Vorbau und tritt mit dem Stiefel gegen die Schwingtür.

Er geht in den halbdunklen, verräucherten Raum hinein und schlendert zur Theke.

»Keeper«, ruft der Bandit.

In der Küche klappern Töpfe. Knarrend Öffnet sich die Tür, und ein Mann mit einem wenig begeisterten Gesicht taucht auf, nickt dem Banditen zu und schenkt dann wortlos einen Whisky ein.

Brand nimmt dem Mann gleich das Glas aus der Hand und gießt den Inhalt mit einem Ruck über die Zunge. Seine Blicke schweifen bis in die hinterste Ecke des Raumes, bleiben da an einem Punkt; haften und verengen sich plötzlich.

Eine Frau sitzt in der Ecke an dem Tisch. Sie ist groß und schlank wie er weiß, ohne dass sie deshalb aufstehen muss. Sie hat rotes Haar und grüngraue Katzenaugen.

Brand lässt das Glas mit einer mechanischen Bewegung los und es ist, als würden sich seine Beine wie von selbst in Bewegung setzen.

Er geht mit steif wirkenden Bewegungen auf den Tisch zu und bleibt davor stehen.

Langsam beugt sich sein Oberkörper vor und seine ausgestreckten Hände sinken langsam auf die Platte nieder.

»Was machst du hier?«, fragt er zischend.

Die Frau lächelt. Sie zuckt die Schultern und wirft dann die langen, roten Haare, mit einer eigenwilligen Handbewegung zurück.

»Nimm an, ich wollte nachsehen, wie es euch geht«, entgegnet sie. »Ihr habt schließlich lange genug von Lead geredet. Es müsste mir auffallen. Debora Mason lässt man nicht einfach irgendwo sitzen, Brand.«

Der Atem des sich so schlau dünkenden Desperados geht hastig und stoßweise. Irgendetwas hat er übersehen. Und wahrscheinlich ist es das, dass er sie nicht für so schlau hielt, wie sich nun zeigt, dass sie ist.

»Wir können dich hier nicht gebrauchen«, sagt er schließlich. »Du musst verschwinden!«

»Irrtum«, sagt sie. »Ich habe dir doch eben gesagt, dass ich nicht die Frau bin die man einfach sitzen lässt, wenn man ein anderes Geschäft vorhat. Da eure Geschäfte in jedem Fall sehr schmutzig sind, werdet ihr es nicht versäumen, mich zu beteiligen. Und zwar so, dass fünfzig Prozent für mich herausspringen und ihr euch den Rest teilt.«

Jack Brand, zieht mit einer langsamen, mechanisch wirkenden Bewegung einen Stuhl zurück und. setzt sich darauf. Er blickt sie minutenlang schweigend an und reibt sich über das stopplige Kinn.

Nach längerem Nachdenken sagt er: »Nun hör mir mal genau zu, was ich dir zu sagen habe: Dass Red ein Idiot war, als er sich mit dir abgab, habe ich ihm längst gesagt. Well, er hat das inzwischen auch eingesehen. Er weiß inzwischen, dass man einem Saloonmädchen nicht alles sagen darf. Und deshalb sind wir aus Kansas verschwunden. Du wirst dich in die nächste Postkutsche der Wells Fargo setzen und nach Abilene zurückkehren.«

»Um was geht es?«, fragt sie, ohne eine Antwort auf seine lange Rede zu geben. Brand presst die Lippen aufeinander. »Gold?«, fragt sie. »Ein Überfall auf einen Treck, der ins neu erschlossene Montana geht? – Jack, du weißt, dass ich die besten Beziehungen zu allen möglichen Leuten unterhalte. Es kann vielleicht für euch ein Vorteil sein, wenn ich an dem Geschäft teilhabe.« Brand lacht gegen seinen Willen dunkel auf.

»Ich werde dir genau sagen, um was es geht«, knurrt er. »Es geht darum, zwei Kerle zu beseitigen, die in spätestens einer

Stunde hier auftauchen müssen. Wenn du das schaffst, bekommst du zwanzig Prozent von unserer Beute.«

»Also ein Mord«, stellt sie trocken fest. »Gut. Dann scheint es, als würde sich die Sache lohnen. Über die Verteilung können wir uns schließlich später noch einigen.«

Brands Gesicht verzieht sich noch mehr. Er hatte wohl gehofft, sie mit seinem Vorschlag ganz aus dem Konzept und von der Sache abzubringen.

»Ich will dir noch etwas sagen«, redet er weiter. »Es ist ein Kerl dabei, der nicht nur unverschämtes Glück hat, sondern auch eine verteufelt schnelle Hand.«

»Verlass dich darauf, dass ich ihn in eine Falle locken kann. Du musst dann nur versuchen, in der Nähe zu sein. Du wirst von hinten auf ihn schießen. Darin hast du ja Übung.«

Jack Brands Gesicht wird blass. Er kommt langsam von seinem Stuhl hoch und beugt sich über den Tisch.

Die Frau winkt ab.

»Reg dich nicht auf, Jack«, meint sie. »Das gehört eben zu deinem Handwerk. Wahrscheinlich werden die beiden hierher kommen. Ich schätze, wir warten hier, und du erzählst mir inzwischen in aller Ruhe, um was es in jeder Einzelheit geht.«

Brand ist auf seinen Stuhl zurückgesunken.

»Ich werde dir alles erzählen, wenn die zwei Kerle tot sind«, meint er.

»Der Mann, von dem du eben gesprochen hast, kennt er dich?«, fragt sie.

»Es kann sein, dass er mich erkannt hat«, knurrt Brand. »Als meine Kugel daneben ging.«

Debora Masons Augen werden größer.

»Ach so ist das«, meint sie. »Du hast danebengeschossen. Wo? Das hatte ich natürlich nicht wissen können. Dann ist der Mann besser, als ich dachte. Unter diesen Umständen glaube ich, wirst du mir doch die dazugehörige Geschichte sofort erzählen müssen. – Los, Brand, fasse dich kurz.«

»Ich kann das nicht sagen«, knurrt Brand. »Red ist der Mann, der die Sache ausgeklügelt hat. Ich glaube, er wird verrückt, wenn ich mit dir angezogen komme und du auch noch alles weißt. Du musst dir das aus dem Kopf schlagen.«

»Nein, du irrst dich«, gibt sie zurück. »Ich will dir etwas anderes sagen. Ich habe gewusst, dass ich den kleinen Broody ganz sicher in der Tasche hatte.

Umso interessanter war es für mich, dass er plötzlich abreiste. Jack, ich mache das Spiel mit und du weißt, dass ich keine Skrupel kenne. Du musst mir alles erzählen. Nur dann gibt es eine Garantie, dass wir das, was du und Broody vorhabt, schaffen können. Denn es sieht mir ganz so aus, als hättest du bis jetzt schon eine ganze Menge Pech gehabt.«

Jack Brand kann das nicht abstreiten.

Er wiegt den Kopf noch bedenklich hin und her, aber Debora redet immer wieder auf ihn ein.

So ist er nach zehn Minuten endlich soweit, dass er zu erzählen beginnt.

Als er geendet hat, tippt er sich an die Stirn.

»Ihr seid verrückt«, stößt sie hervor. »Alles, was du mir bis jetzt von dem Mädchen erzählt hast, deutet darauf hin, dass sie euch das Grab niemals zeigen wird.«

»Hast du einen Gedanken, wie man ihr die Klappe öffnen könnte?«, fragt Brand.

Debora lächelt überlegen.

»Das ist doch ganz einfach«, gibt sie zurück. »Wenn sie diesen Laarson liebt, mit dem sie verheiratet ist, dann müssen wir sie anders zwingen. Wir müssen ihn in die Hand bekommen. Wir müssen ihr damit drohen, ihn zu töten. Aus diesem Grund muss er überwältigt und gut gefesselt werden. So wird er vor sie, hingelegt und das Messer an seine Kehle gesetzt.«

Jack Brand reibt sich erst über den Hinterkopf und kratzt sich dann am Kinn.

Endlich verkündet er: »Du scheinst wirklich recht zu haben, Debora. Die Frage ist nur, wie wollen wir es anstellen, ihn in die

Hand zu bekommen?« Debora Mason überlegt eine Weile, während sie eine Zigarette aus der Blusentasche fischt und ein Schwefelholz über die Tischplatte reißt und die Zigarette anzündet. Während sie das brennende Streichholz in der Hand dreht und so die Flamme ausreibt, sagt sie: »Es dürfte meines Erachtens nach gar nicht so schwierig sein. Er wird auf jeden Fall in ganz kurzer Zeit hier in der Stadt auftauchen, dcin Pferd sofort erkennen und es holen wollen. Der Hunger oder die Sehnsucht nach dir werden ihn in diesen Saloon treiben. Indessen ist es dunkel. Er muss also hier übernachten, denn es hat keinen Zweck, bei dem ungewissen Nachtlicht in den Bergen etwas suchen zu wollen. Außerdem denke ich, dass er die Rechnung mit dir auf keinen Fall offenlassen will.«

»Und sein Pferd?«, fragt Brand. »Ich schätze, er wird den Marshal alarmieren, wenn er es findet. Und der Marshal wird dann nach mir suchen. Das ist nichts, was mir gefällt.«

Die Frau schüttelt langsam den Kopf und drückt die angerauchte Zigarette im Aschenbecher aus.

»Mach dir nur keine Sorgen, Jack«, meint sie. »Ich glaube nicht, dass er den Marshal verständigt. So wie ich ihn einschätze, wird er wissen, dass er damit das Leben seiner Frau unter gar keinen Umständen verlängern kann.«

22. Kapitel

Bill Laarson und Jim Moore kommen mit der Nacht in die Stadt herein. Sie reiten langsam die Frontstreet herunter und sehen das gesattelte schwarze Pferd vor dem Saloon stehen.

Bill steigt langsam und wachsam aus dem Sattel und tritt auf sein Pferd zu.

Er legt die Hand auf den Hals des Tieres.

»Es steht schon länger als eine Stunde hier«, sagt er zu Jim gewandt. »Es ist am besten, du bleibst draußen.«

»Es ist vielleicht am besten, wenn wir den Marshal verständigen«, knurrt Moore.

Bill schüttelt den Kopf.

»Nein, das werden wir nicht tun«, gibt er zurück. »Damit warnen wir die Halunken nur.«

Bill geht auf die Stufen zu, die zum Stepwalk hinaufführen. Er rückt sich den Patronengurt zurecht, während er auf die Schwingtür zugeht. Dann schiebt er sie langsam auf und tritt über die Schwelle.

Bill Laarson sieht ungefähr zwanzig Männer, die an den Tischen sitzen oder an der Theke stehen.

Bill sieht sich schnell und gründlich um. Den Mann aus dem Stall der einsamen Poststation der Wells Fargo kann er nirgends entdecken.

So geht er zur Theke weiter. Er ist sehr sicher, dass hier weiter nichts als ein neuer Hinterhalt auf ihn und Jim Moore wartet. Aber wo?

Zugleich ist er sicher, dass es der Bandit hier im Saloon kaum versuchen wird.

Bill Laarson bleibt an der Theke stehen. Er zupft den Keeper am Ärmel und fragt ihn leise nach dem Mann, den er sucht.

»Ja. er ist hier gewesen«, sagt der Keeper. »Aber ich weiß nicht, wo er geblieben ist.«

»War er allein hier?«, fragt Bill.

Der Keeper schüttelt den Kopf.

»Er kam allein. Aber er hat hier mit einer rothaarigen Frau gesprochen, die offenbar auf ihn gewartet hat.«

Bill nickt dem Mann dankbar zu. Er trinkt seinen Whisky und schiebt sich dann wieder durch den Mittelgang auf die Schwingtür zu. Als er hinaustritt, sieht er, dass der Cowboy Moore noch immer auf der Fahrbahn steht. Bill tritt auf ihn zu.

»Er muss sich irgendwo versteckt haben«, sagt er leise. »Wir müssen irgendwie versuchen, ihn in die Hand zu bekommen. Ich werde nach ihm suchen. Du bleibst hier, Jim.«

Moore nickt und blickt Bill nach, der an den Pferden vorbei zur rechten Ecke des Hauses geht.

23. Kapitel

Debora Mason schiebt sich tiefer in den Schatten der Hauswand und zupft Brand an der Schulter, sodass er folgen muss.

»Was nun?«, fragt der Bandit. »Unser Plan läuft nicht ganz so, wie wir uns das gedacht haben.«

»Er sucht nach dir«, erwidert die Frau. »Das passt natürlich nicht in unseren Plan, aber wir haben ja schon einen anderen. Ich denke, wir schnappen jetzt den Kerl, den er noch bei sich hat. – Los, jetzt!«

Brand schiebt sich schnell hinter der Frau her und kommt mit ihr um die Ecke herum.

Brand lockert den Colt schon im Holster. Lautlos pirscht er sich an Moore heran, der ihm den Rücken zukehrt. Plötzlich steht er hinter ihm. Seine Waffe fliegt in die Höhe und schlägt auf Moores Kopf. Blitzschnell zieht der Bandit den Mann zwischen die Pferde.

Brand handelt sehr schnell. Er wirft den Cowboy einfach quer über den Sattel eines Pferdes, nimmt die Zügel des Tieres und führt es weg. Als er zu Debora kommt, nickt die ihm anerkennend zu.

»Sehr gut gemacht«, lobt sie ihn. Sie führen das Pferd schnell zwischen zwei Hütten in die tiefe Dunkelheit.

»Laarson wird die Spur des Pferdes jetzt noch gut sehen können«, fährt Debora fort.

Brand zieht den Cowboy vom Sattel des Pferdes herunter und setzt ihn an der Hüttenwand nieder.

Sie haben nicht lange hinter der Hütte gewartet, als sie den großen Schatten eines Mannes auftauchen sehen.

»Er kommt zurück«, ruft die Frau Brand unterdrückt zu. »Dort kommt er gelaufen.« Sie greift in die Tasche ihres Kattunrocks und bringt einen Derringer zum Vorschein.

Sie sehen, wie Bill immer näher kommt. Aber er geht nicht so frei und offen, wie sie sich das gedacht haben, sondern er hält sich im Schatten der Wände und bleibt dann genau an der Stelle stehen, an der Jim Moore sitzt.

Bill steht so, dass er trotz der Dunkelheit den Cowboy gegenüber genau sehen kann.

Bill tastet nach seinem Colt. Er riecht die Falle, die wahrscheinlich jetzt irgendwie zuschnappen soll.

Bill macht noch einen Schritt vorwärts. Er hat den Colt in der Hand und die Mündung erhoben. Er schaut zur rechten und zur linken Ecke der Hütte. Nirgends bewegt sich etwas.

In diesem Moment regt sich Moore. Vielleicht war der Schlag, den der Bandit mit dem Colt führte, doch nicht so hart, wie er gedacht hatte.

Der Cowboy richtet sich an der Wand auf und macht dann einen Schritt vorwärts.

In diesem Moment kommt Jack Brand wie ein Pfeil um die Ecke der Hütte geschossen.

Bill sieht den Schatten des Mannes, hebt die Waffe noch einen Zoll und drückt ab.

Ein Feuerstoß rast dem Banditen entgegen. Aber die Kugel liegt etwas zu weit links.

Brand hat nicht angehalten. Er steht im nächsten Moment schon hinter Moore und bohrt ihm seine Waffe in den Rücken.

»Laarson, wirf den Colt weg«, schreit er herüber. »Los, sonst fährt er zur Hölle!«

Bill steht wie an den Boden genagelt. Das war plötzlich alles sehr schnell gegangen. Und da drüben steht ein Kerl, der sicher fest entschlossen ist, Moore zu töten oder als Kugelfang zu benutzen. Zugleich wundert sich Bill aber, dass der Halunke jetzt nicht auf ihn schießt, wo es für ihn doch in dieser Minute ganz einfach sein müsste und wo er all das nachholen könnte, was ihm bisher nicht gelungen ist.

In diesem Moment biegt die rothaarige Frau, von der der Keeper gesprochen hat, um die andere Ecke der Hütte. Sie hält den Derringer in der Hand, auf dem sich schwach das Mondlicht spiegelt.

Bill weiß, dass er im Moment keine Chance hat, da lässt er die Waffe aus der Hand fallen und geht vorwärts.

Er überquert den Platz, bleibt vor dem Banditen und neben Moore stehen und sieht die Frau an, die herangekommen ist.

Sie grinst ihn auf eine Art an, die ihm unter die Haut geht.

»Ihr zwei passt wunderbar zusammen«, hört er sich sagen. »Ihr seid zwei saubere Kumpane, nicht wahr?« Und noch während er das sagt, stößt er Moore mit einer blitzschnellen Bewegung aus dem Weg, wirbelt herum und donnert Brand die Faust genau ans Kinn.

Der Bandit wird hart zurückgeschleudert und schlägt mit dem Rücken an die Wand.

Aber in diesem Moment bohrt sich der Derringer der Frau in Bills Rücken.

»Sie sind zu stürmisch«, sagt die Frau mit kalter, verächtlicher Stimme.

Jack Brand stemmt sich langsam von der Wand los. Er massiert sein hart getroffenes Kinn. Sein Gesicht sieht etwas verschoben aus, und der Hass glitzert in seinen Augen.

»Jack, du bindest ihm die Hände zusammen«, befiehlt die Frau.

Brand kommt noch näher. Als er dicht vor Bill steht, wirft der sich plötzlich zur Seite.

Der Derringer geht mit einem fauchenden Knall los, und die Kugel zischt hart an Brands Kopf vorbei. Der Bandit stößt einen lästerlichen Fluch über die Zunge.

»Das war nicht so gemeint«, hört Bill die Frau sagen, als er gerade herumwirbelt. Er sieht den Derringer dicht vor sich und schlägt mit der geballten Faust darauf.

Die Hand der Frau mit der Waffe zuckt nieder, der zweite Lauf entlädt sich mit einem Donnern. Die Kugel fährt in den sandigen Boden und wirbelt Staub in die Luft.

Bill springt noch weiter auf sie zu und will ihr die Waffe aus der Hand reißen, aber da bekommt er Brands Faust gegen den Kopf und merkt, wie die Erde plötzlich auf ihn zukommt.

»Verflucht! Das wäre beinahe ins Auge gegangen«, schnaubt Brand. »Der Kerl ist wie ein Feuerfresser.«

Die Frau reibt über ihre Hand, nach der Bill gegriffen hatte.

»Binde ihn. Los! Wir müssen hier verschwinden.«

Brand bückt sich schnell über Bill und bindet ihm die Hände zusammen. Er wuchtet sich den schweren Körper auf die Schulter und geht mit ihm weiter an der Hütte nach hinten.

Die Frau dreht sich um. Sie sucht nach Moore, kann ihn aber nirgends sehen. Der Cowboy ist verschwunden. Während des Kampfes muss er sich unauffällig verzogen haben.

Brand ist am Ende der Hütte stehengeblieben und dreht sich mit seiner schweren Last auf der Schulter um.

»Auf was wartest du noch?«, ruft er unterdrückt.

Die Frau sucht immer noch herum.

»Wo ist denn der andere?«, gibt sie zurück.

Brand flucht wieder.

»Woher soll ich das wissen?«, schnaubt er. »Es spielt auch keine Rolle. Er scheint geflohen zu sein. Komm, lass ihn.«

24. Kapitel

Hinter einer Hecke hocken sie zusammengekauert und sehen lauernd auf die Stadt.

Brand hat Bill Laarson richtig gefesselt, ihm einen Knebel in den Mund geschoben und das Halstuch darüber gezogen.

Schattenhaft sehen die beiden suchende Männer, die überall herumlaufen und die sich wohl fragen, wer da geschossen haben mag.

»Ich verstehe das nicht«, knurrt Brand. »Ich möchte verdammt gern wissen, wo der andere geblieben ist.«

»Es kann durchaus sein, dass er den Marshal verständigt«, sagt die Frau. »Und alles kommt nur daher, dass du ihn mit deinem Colt gestreichelt hast. Du solltest richtig zuschlagen. Dann wäre er mindestens eine halbe Stunde bewusstlos gewesen.«

Die suchenden Männer kommen immer näher.

Brand und die Frau ducken sich über den gefesselten Bill Laarson. Die Frau schiebt zwei Patronen in die Läufe des Derringers und presst die Zähne fest aufeinander.

»Hier ist niemand«, hören sie eine Stimme sagen. Dann folgt ein Murmeln, und der größte Teil der Männer entfernt sich dann zur der anderen Seite zu.

Zehn Minuten vergehen, während der den beiden der Angstschweiß aus allen Poren dringt. Sie können jetzt hier nicht fort, weil sie keine Pferde in der Nähe haben. Aber nach zehn Minuten sehen die beiden endlich, dass die Leute sich immer weiter zurückziehen und dann schließlich zur Stadtmitte verschwinden.

»Jetzt gehen sie in den Saloon«, sagt sie. »Dort werden sie über den Zwischenfall diskutieren. In dieser Zeit müsste es uns gelingen, drei Pferde hierher zu bringen.«

25. Kapitel

Jack Brand bleibt an der Ecke stehen und blickt in die Hauptstraße hinein. Fast eine ganze Viertelstunde steht er so und sucht mit seinen Blicken überall umher, und dann endlich glaubt er, dass ihm nichts passieren kann, wenn er losgeht.

Die meisten Männer scheinen in den Saloons zu sein, wo das Leben jetzt richtig in Gang kommt.

Brand bleibt neben dem Rappen stehen. Noch immer blickt er lauernd umher, während er die Zügel losmacht.

Daneben steht sein eigenes Pferd. Die Zügel schleifen noch immer auf der Erde. Beide Tiere führt er langsam zur Seite.

Brand atmet auf, als er die Ecke hinter sich hat. Er nimmt das dritte Pferd, das immer noch an der Hüttenwand steht, mit und lenkt es auf die Büsche zu.

Unangefochten kommt er zu Debora zurück.

Bill Laarson, der inzwischen zu sich gekommen ist, kann infolge des Knebels, den er im Mund hat, kein Wort sagen.

Brand grinst, als er sich über ihn beugt.

»Das haben wir doch sauber gemacht, nicht wahr, mein Junge?«, murmelt er. Dann hebt er den Mann hoch und wirft ihn quer über den Sattel eines der Pferde. Er bindet ihm Hände und Füße am Sattelgurt fest.

Debora ist zu dem Rappen gegangen, hat ihm die Zügel über den Hals gezogen und steigt in den Sattel. Als Brand das sieht, verzieht sich sein Gesicht zu einer Grimasse.

Die Frau, die das bemerkt, lacht trocken auf.

»Was hast du denn?«, fragt sie. »Steig auf! Ich hoffe, du hast inzwischen erkannt, dass ich diese Sache erledigt habe!«

Einen Moment sieht es so aus, als wollte Brand den Colt aus dem Holster reißen und auf die Frau anlegen. Aber dann steigt er knurrend in den Sattel seines eigenen Pferdes, nimmt die Zügel des Tieres, auf das sie Bill Laarson gebunden haben, und reitet hinter der Frau her.

26. Kapitel

Jim Moore erhebt sich und blickt hinter ihnen her. Unbemerkt ist es ihm gelungen, hierher zu schleichen. Er hatte sich ganz in ihrer Nähe verstecken können. Doch es war ihm nicht gelungen, seinen Plan, Bill zu befreien, auszuführen. Und nun sieht er sie verschwinden.

Müde wendet er sich um und läuft an der Hecke entlang zu der Hütte zurück, bei welcher der Kampf stattgefunden hat.

Er sucht eine Weile, dann hat er Bills Colt gefunden. Er lag dicht an der Wand und war von den Männern aus der Stadt offenbar nicht gesehen worden.

Moore schiebt sich die Waffe in sein leeres Holster, dann geht er zur Frontstreet vor. Er sieht, dass vor dem Saloon jetzt noch mehr Pferde stehen, als dort standen, als er niedergeschlagen wurde.

Jim blickt immer auf die Pferde. Seine Lippen formen unhörbare Worte. Er denkt daran, dass er einmal in Dakota gesehen hat, wie sie einen Pferdedieb aufhängten und plötzlich wendet er sich mit einem scharfen Ruck nach links und verschwindet wieder zwischen den Hütten.

Jim Moore schleicht hinter den Saloon und hockt sich an dessen Rückwand auf die Erde. Während er immer noch überlegt, ob er nun laufen und so die Spur halten soll oder ob er doch besser den Griff nach fremden Zügeln wagt, steigen ihm die Dünste aus dem Küchenfenster direkt über ihm in die Nase.

Moore richtet sich langsam auf. Mit dem Duft aus der Küche kommt ihm sein Hunger zum Bewusstsein. Er stellt sich auf die Zehenspitzen, um einen Blick in die Küche gewinnen zu können.

Er sieht, dass der Koch eine dicke Frau ist. Sie hantiert gerade am Herd und kehrt ihm den Rücken zu. Auf dem Fensterbrett steht eine Pfanne.

Da langt Jim Moore in die Pfanne hinein und zieht ein Steak aus der brutzelnden Soße.

Moore will gerade in das Steak beißen, als sich eine Hand auf seine Schulter legt.

»Leg es wieder hinein"', sagt eine ruhige Stimme, und Jim hat das Gefühl, als würde ihm das Blut in den Adern gefrieren.

Er lässt das Steak in die Pfanne zurückgleiten, ohne dass die Frau in der Küche etwas davon bemerkt hätte.

»Dreh dich um!«, kommandiert die Stimme.

Moore dreht sich langsam. Vor ihm steht ein Mann mit einem zerknitterten Gesicht und einem silbernen Blechstern an der Weste. In der Hand hält dieser einen 45er Peacemaker.

Mit der Linken zieht der Mann Bill die Waffe aus dem Holster, tritt einen Schritt zurück und riecht an der Mündung.

»Aha, das ist also der Colt, aus dem geschossen wurde«, meint er. »Auf was hast du angelegt?«

»Ich, angelegt?«, stottert Jim und bricht hilflos wieder ab.

»Ich habe dich eben erwischt, als du etwas stehlen wolltest«, meinte der Marshal. »Ich schätze, es ist am besten, du kommst mit.«

27. Kapitel

Ohne dass irgendjemand in der Stadt etwas davon gemerkt hatte, hat der Marshal seinen Gefangenen durch die Hintertür in sein Office befördert.

Auf dem wackligen, ramponierten Schreibtisch steht eine brennende Kerosinlampe. Der Marshal tritt heran und dreht den Docht etwas höher, sodass der Raum aus dem fahlen Halbdunkel gerissen wird.

»Mir hat das keine Ruhe gelassen«, erklärt der Gesetzeshüter. »Wenn irgendwo geschossen wird, dann hat das etwas zu bedeuten. Es ist am besten, wenn du dich an die Wahrheit hältst.«

Moore blickt den Mann verständnislos an. Er hat jetzt an vieles auf einmal zu denken. An mehr auf einmal, als Laarsons sonst auf der Ranch in einer ganzen Woche.

»Ich habe... wir hatten...« Er schüttelt den Kopf, während er abbricht.

»Weiter«, knurrt der Marshal.

Moore schüttelt wieder den Kopf.

»Es ist alles verdammt verworren, Marshal«, meint er. »Sie müssen... müssen...«

Der Marshal stemmt die geballten Fäuste auf die Schreibtischplatte, während es in seinem zerknitterten Gesicht heftig zu arbeiten beginnt.

»Ich weiß eine ganze Menge«, schnaubt er barsch. »Zum Beispiel, dass du nicht mehr ganz richtig im Kopf bist. Aber das ist noch lange kein Grund, Steaks zu stehlen und Aussagen zu machen, die einander am laufenden Band widersprechen. Du wirst mir jetzt schön der Reihe nach alles erzählen. Du hast also geschossen? Auf was?«

»Ich habe«, hebt Jim wieder an und schüttelt gleich darauf den Kopf. »Wir hatten also...«

»Du fängst schon wieder, an«, schnaubt der Marshal. »Bist du betrunken?«

»Ja«, bekennt Jim, weil er nicht weiß, was er sonst sagen soll. »Und außerdem habe ich wahnsinnigen Hunger«, setzt er hinzu. »Vielleicht würde ich ganz gern für einige Zeit in Ihrem Jail verschwinden, wenn die Verpflegung dort gut ist.«

28. Kapitel

Die Tür der Zelle ist hinter ihm zugeschlagen. Moore blickt sich um und sieht, dass der Bau aus dicken Stämmen zusammengefügt ist, gegen die er mit seinen Händen nichts ausrichten kann. Das Fenster ist nicht verglast. Es ist nur ein kleiner Luftschacht, der mit dicken Eisenstangen versehen ist.

Moore hockt sich auf die Pritsche, die an der Wand steht und stützt den Kopf in die Hände.

Die Schritte des Marshals haben sich entfernt. Eine Tür fällt irgendwo zu.

Eine halbe Stunde vergeht, bis Moore seine Gedanken schließlich einigermaßen geordnet hat. Als er nun aufsteht, an das Gitter tritt, die Hände darum krampft und nach dem Marshal ruft, meldet sich im Haus niemand.

Aber Moore bleibt hart. Er brüllt eine Viertelstunde lang.

Da endlich springt eine Tür auf und eine lange Lichtbahn fällt in den Gang des Jails herein. Die Gestalt des Marshals zeigt sich darin.

Moore tritt von einem Bein auf das andere und versucht das Gesicht zwischen zwei Gitterstäben hindurchzupressen. Viel zu spät bemerkt er, dass der Marshal einen gefüllten Wassereimer in der Hand hat. Er merkt das erst, als die Ladung bereits auf ihn zukommt und ihn blitzartig im Gesicht trifft.

»Ich hoffe, es ist nun ruhig«, hört er den Marshal sagen.

Das Wasser tropft von seinem Gesicht. Er will schon wieder zu schreien ansetzen, als die Tür abermals zuknallt und der Lichtschein wie abgeschnitten endet.

Moore wischt sich das Wasser aus dem Gesicht, wankt zu der Pritsche zurück und setzt sich wieder darauf.

Langsam rinnt die Zeit dahin. Die Geräusche der Stadt dringen durch den Mauerausbruch in die Zelle herein.

Nach einer ganzen Zeit steht Moore auf und tritt an das vergitterte Fenster. Als er die Hände um die Stäbe legt, merkt er, dass der Rost fast einen halben Zentimeter dick auf den Stäben sitzt und diese gar nicht so stark sind, wie es zuerst den Anschein erweckte.

Moores Hand reibt an dem Gitter auf und nieder. Und bald sind die Stäbe wirklich nur noch halb so dick. Er beginnt an dem Gitter zu rütteln und presst dann die Stäbe mit seinen kräftigen Händen auseinander. Oben in der Verankerung platzt ein ebenfalls stark angerosteter Schraubenkopf mit einem Knall ab.

Ein Grinsen steigt langsam in Jim Moores Gesicht. Er nimmt die Hände zurück, staubt den Rost davon ab und beginnt dann kichernd zu lachen. Noch einmal hebt er die Hände, greift nach dem Gitter und er zieht dann mit einem harten Ruck zurück. Er fliegt mitsamt dem ganzen eisernen Rechteck zurück, schlägt gegen die Wand und spürt den Schmerz im Hinterkopf. Als er das Gitter neben sich an die Wand lehnt, lauscht er zur Tür hin. Er hört, dass der Marshal böse flucht und dann hört er ihn brüllen:

»Wenn du es da hinten nicht aufgibst, komme ich hin und sorge für Ruhe!«

Jim lässt noch ein paar Minuten verstreichen. Der Marshal kommt nicht, um nachzusehen.

Da schwingt er sich auf den Hocker, den er unter das Fenster geschoben hat, steigt auf den Sims hinauf und springt hinaus.

Federnd kommt er auf dem Boden auf, kauert sich zusammen und späht lauernd umher. Im Hof ist es dunkel. Wie es aussieht, gibt es da hinten zur Prärieseite hin, auch keinen Zaun. Nur ein paar Bäume stehen dort und gleich dahinter fängt das Büffelgras an, das sich bis zu den Bergen ausdehnt.

Diesmal hält sich Jim Moore nicht lange bei den Vorbereitungen auf. Er zwingt seinen Hunger nieder, der ihn fast dazu bringt, noch einmal zur Rückfront des Saloons zurückzukehren.

Ohne Pferd und ohne Waffe schleicht er über den sandigen Hof und um die Bäume herum in die Prärie hinaus.

29. Kapitel

Es ist Mittag.

Über den Bergen lastet die Hitze des Hochsommertages. In einem schmalen Tal hockt Broody auf einem abgeflachten Stein.

Bella lehnt gefesselt an der Felswand und schaut zu ihrem Mann Bill hinüber, den die Banditen ebenfalls fest verschnürt haben.

Broody, der zu Debora blickt, schüttelt den Kopf.

»Deine Forderung ist unverschämt, Darling«, murmelt er. »Und Brand ist ein Narr, dass er dir überhaupt von der Sache erzählt hat. Ich habe fünf Jahre gebraucht, um das alles herauszufinden und in die Wege zu leiten. Und nun kommst du daher, Debora, und willst einfach in dieser Sache mitspielen und vielleicht hast du sogar ganz im Geheimen die Absicht, uns dann um die Beute zu prellen. Aber eines kann ich dir sagen: So weit schreibt die Kreide bei mir nicht.«

»Du sollst nicht vergessen, dass Laarson nur durch meinen Plan gefangen werden konnte«, erwidert die Frau kalt. »Ihr Narren hättet ihn abgeschossen wie einen Präriehasen. Und davon hättet ihr überhaupt nichts gehabt. Du, Broody, bist nicht der Mann, der den Weg zu dem Grab des Häuptlings gefunden hätte. Du hast für Menschen keinen Blick, sonst wäre dir aufgefallen, dass das Mädchen nur mit einem handfesten Argument zum Reden zu bewegen ist.«

Broody winkt großartig ab.

»Rede keinen Unsinn«, knurrt er. »Du kannst dich darauf verlassen, dass ich sie irgendwie zum Sprechen gebracht hätte. Natürlich gebe ich zu, dass deine Idee nicht schlecht war. Leider ist das alles, was du zu dieser Sache beigesteuert hast, und ich schätze, das ist nicht sehr viel.«

»Es wird davon abhängen, ob wir an das Gold kommen oder nicht«, sagt die Frau. »Und nun Wollen wir uns nicht länger streiten, sondern an die Arbeit gehen.«

»Nur nichts überstürzen«, meint Broody. »Zunächst wollen wir uns ganz klar über die Verteilung der Beute einigen, damit später keine Komplikationen auftreten. Also mit fünfzig Prozent ist es nichts, Darling. Das hast du dir verkehrt ausgerechnet. Aber ich bin großzügig. Du bekommst fünfundzwanzig. – Einverstanden?«

Debora schaut von Broody zu Brand, den sie anfunkelt.

Brand hustet.

»Ich würde sagen, wir teilen die Beute in drei gleiche Teile auf«, schlägt er vor. Und es ist, als hätten die grünen, kalten Augen dieser Frau ihn zu diesen Worten gezwungen, die er eigentlich überhaupt nicht sagen wollte.

Broody stößt ein dunkles, knurrendes Lachen aus.

»Es wundert mich, Jack«, murmelt er. »Ich hätte niemals gedacht, dass du auf sie hörst. Ich sage dir, lass dich von ihr nicht konfus machen. Du bist es ohnehin schon genug. Sie bekommt fünfundzwanzig Prozent.«

Er steht mit einem Ruck von seinem Stein auf. Scharf fasst er Debora Mason ins Auge.

»Versuche nicht Jack gegen mich aufzuwiegeln«, sagt er in der schleppenden Sprechweise des geborenen Texaners. »Brand hat eine sichere Hand und in gewissen Dingen ist er auch nicht auf den Kopf gefallen. Aber ehe ihr beide mal geschaltet habt, seid ihr tot. Das ist eine Warnung!«

Broody sieht zu seinem Kumpan hinüber, dann dreht er sich um und geht weiter auf Bella zu.

Brand und die Frau erheben sich gleichzeitig und treten neben Broody.

Bill Laarson zerrt verzweifelt an seinen Fesseln, aber alle seine Bemühungen haben nur den Erfolg, dass sich die Riemen noch tiefer in seine Gelenke schnüren.

»Du siehst, wir haben einen langen Arm«, hört er Broody zu seiner Frau sagen. »Wenn du uns jetzt zeigst, wo sich das Grab befindet, ersparst du deinem Mann unnötige Schmerzen.«

Bella hat den Kopf etwas gehoben.

»Ja, ihr werdet es erfahren. Es geht nicht anders.«

Broody schaut Debora Mason an.

In den Augen der Frau blitzt der Triumph.

Bill Laarson kann durch die Gasse, zwischen den Halunken seine Frau sehen.

»Bella!«, ruft er. »Bella, ist es denn wahr, dass sich Gold in dem Grab befindet?«

Sie blickt ihn an und nickt dann.

»Ich habe es nie sagen wollen, weil jedes Gold, das man irgendwie erwerben kann, mit viel Blut verbunden ist. Der Stamm der Sioux ist hier zugrunde gegangen. Vielleicht hätten sich die Soldaten damals nicht um ihn gekümmert, wenn nicht die Rede von dem Gold aus der Bonanza gewesen wäre. Der Häuptling muss das damals vorausgesehen haben. Als er todkrank hier in den Bergen lag, wollte er es nicht mehr sehen. Da beschlossen die Ältesten, es ihm ins Grab zu legen und nach Norden zu gehen, um nach Kanada zu entkommen.«

Bill Laarson atmet langsam aus.

»Du wirst es nicht sagen!«, stößt er scharf hervor. »Entweder bleibt das Gold, wo es ist oder wir sagen der Armee Bescheid. Bella, hörst du. Am besten ist es, das Gold bleibt da, wo es ist.«

Er sieht, dass sie nickt.

»Du kannst dich auf mich verlassen, Bill«, sagt sie. »Ich werde es nicht verraten.«

Debora Mason stößt ein leises, scharfes Lachen aus. Sie sieht Brand an und nickt ihm zu.

Da setzt sich Jack Brand in Bewegung, geht zu Bill hinüber, zerrt ihn hoch und schleift ihn neben Bella. Drei Yards von ihr entfernt lässt er ihn an der Felswand niederfallen. Dann zieht er mit einem triebhaften Grinsen sein Messer.

»Du musst dir jetzt ganz schnell überlegen, ob du den Mund aufmachen willst«, poltert er an Bella gewandt.

Bellas Augen stehen vor Schreck starr und weit offen.

»Nicht!«, schreit sie gellend. »Ich werde es sagen.«

»Na los!«, knurrt Brand.

»Es ist hier ganz in der Nähe«, sagt Bella. »Vielleicht noch eine Meile entfernt.«

Bill versucht, sich an der Felswand etwas aufzurichten.

»Du wirst es nicht verraten!«, schreit er.

Brand tritt, mit dem Fuß nach ihm und senkt den Bowie-Knife wieder tiefer. Die Spitze sitzt nun genau vor Bill Laarsons Gesicht.

»Ich habe verdammt nervöse Finger«, knurrt Brand. »Das kannst du dir sicher denken, weil ich so verrückt auf das Gold bin. Erschrecke mich nicht wieder.«

Bella scheint der letzte Blutstropfen aus dem Gesicht gewichen zu sein.

»Lasst ihn sofort los!«, schreit sie. »Ihr seid so gemein, dass ihr einen Gefesselten umbringt. – Ich werde euch zu dem Gold führen. Schneidet ihn los, dann führe ich euch sofort dort hin.«

Broody hockt sich vor ihr auf die Absätze seiner Stiefel.

»Du bist wohl nicht mehr ganz richtig im Köpfchen?«, fragt er. »Du wirst uns jetzt hinführen. Und er wird mit uns gehen. Brand läuft hinter ihm her. – Mit dem Messer in der Hand. Er ist damit ein verdammt fixer Junge. Los, Jack, schneide den beiden die Fußfesseln durch, damit wir sie nicht zu tragen brauchen. – Debora, du nimmst die Pferde und kommst hinter uns her.« Debora Mason blickt den Banditen geringschätzig an.

»Du hast auch nicht mehr alle beisammen, wie?«, knurrt sie. »Natürlich wirst du die Pferde nehmen. Und du machst auch den Schluss.«

Brand zerschneidet Bill die Fußfesseln. Da kassiert er einen Tritt, der ihn bis an die Steinwand schleudert. Das Messer hoch schwingend, rennt er wieder vorwärts, aber Debora stellt ihm ein Bein.

Vor seinem Ziel schlägt Brand auf den Boden. Klirrend springt das Messer noch ein Stück weiter.

Debora Mason tritt zurück. »Umgebracht wird jetzt noch niemand, du Narr!«, sagt sie mit schneidender Kälte. »Wir wollen doch das Gold, nicht wahr? Oder hat sich dein Plan geändert? – Reiß dich zusammen, wenn du noch der alten Meinung bist!« Bill schaut zu Bella hinüber. Er erkennt die Angst in ihren Augen und er hört sie sagen:

»Sie bringen uns sowieso um, Bill.«

»Ja«, erwidert er. »Wir sind für sie gefährliche Mitwisser.«

Tränen rinnen aus Bellas Augen. Indessen hat sich Jack Brand wieder erhoben, sein Messer aufgehoben und die Klinge an der Hose abgewischt. Er schaut Debora an, die die Mundwinkel verächtlich nach unten gezogen hat.

»Hoffentlich bist du jetzt etwas besonnener geworden!«, knurrt sie ihn an. »Und nun?«, fragt Brand.

Debora Mason dreht sich um. So wie es aussieht, hat sie nun einwandfrei das Kommando unter den Banditen übernommen.

»Mach ihr die Füße frei«, erklärt sie. »Und mach keine Einlagen. Die gehen mir langsam auf die Nerven!«

Brand bückt sich und zerschneidet Bellas Fußfesseln. Als er sich wieder aufrichtet, ruft Debora Mason: »Los, hoch mit dir! Führe uns!«

Bella hat sich erhoben. Ihre Augen schweifen zwischen Bill und den Banditen hin und her.

»Sage es nicht«, sagt Bill Laarson.

Jack Brand stößt ein Knurren aus, springt vorwärts und schlägt Bill die Faust an den Kopf, sodass der zurückgeworfen wird und erst an der Felswand wieder Halt findet.

Und Broody zieht schon seinen Colt und gibt einen Schuss ab. Dicht neben Bills Kopf rast die Kugel gegen die Wand, prallt ab und zirpt hoch.

Broody schickt dem Schuss ein rollendes Lachen nach und feuert dann noch einmal.

»Los!«, ruft Broody an Bella gewandt. »Wenn du noch lange zögerst, wird ihn versehentlich eine Kugel treffen.«

Und dann kracht sein dritter Schuss. Diesmal schlägt die Kugel knapp über Bill Laarsons Kopf gegen die Wand und lässt morsches Gestein überall im Kessel herumspringen.

Da geht Bella los.

30. Kapitel

Nach fast einer halben Stunde haben sie eine raue Höhe erklommen.

Broody hat die Pferde unten am Anfang des Wildwechsels zurücklassen müssen.

Bella läuft noch immer an der Spitze. Immer, wenn sie sich umwendet, sieht sie direkt in Debora Masons Derringer.

Bella fühlt, dass ihr die wahnsinnige Angst die Kehle immer mehr zuschnürt. Es ist nicht der Derringer, der sie vorwärtstreibt. Es ist das Messer, das Jack Brand noch immer in der Hand hält und womit er hin und wieder den Rücken Bill Laarsons berührt.

Nach ungefähr vierhundert Yards fällt der Wildpfad stark nach unten ab.

Tiefer und tiefer windet sich der Pfad und führt immer weiter in die Black Hills hinein.

Plötzlich treten die Berge auseinander.

Ein weites Tal von etwa einer Meile Durchmesser, dehnt sich vor ihnen aus. Die gesamte Fläche besteht aus einem See, den die kahlen, nackten Felsgiganten einschließen. Ein sanftes, kahles Ufer schiebt sich vom Wildpfad direkt an das Wasser heran.

Ausgewaschene Schmelzwasserrinnen zeigen, woher der größte Teil des Wassers gekommen sein muss, das sich hier in dem Becken sammelte. Jetzt, um diese Jahreszeit, sind die Rinnen leer. Der Stand des Wassers ist niedrig. Der etwa eine Meile im Durchmesser große See ist fast kreisrund. In der Mitte erhebt sich eine felsige Insel.

Bella zeigt mit einer Kopfbewegung über das Wasser hinweg.

»Dort drüben ist das Grab«, sagt sie. »Auf der Insel.«

Debora Mason sieht ihre beiden Kumpane an.

»Das kann nicht sein«, knurrt Broody. »Wie seid ihr denn hinübergekommen?«

Bella hat sich etwas umgewandt. Sie blickt an dem Banditen vorbei.

»Wir waren drei Tage hier«, gibt sie zurück. »Die Krieger des Stammes bauten ein kleines Floß.«

Sie macht eine Kopfbewegung zur Seite.

Dort drüben sind Büsche und verkrüppelte Kiefern zu sehen. Es sind nur sehr wenige, aber die Männer erkennen an den Baumstümpfen, dass es früher einmal mehr gewesen sein müssen.

»Gehen wir mal hin«, sagt Debora Mason.

Jack Brand hat kaum noch Zeit, auf Bill Laarson zu achten. Aber da diesen die Hände auf dem Rücken zusammengebunden sind, hat er praktisch keine Möglichkeit, irgendetwas zu unternehmen.

Sie halten bei den Büschen und bei den wenigen verkrüppelten Kiefern an.

Broody schaut auf das Wasser. Es ist hell und klar. Die Ruhe, die rundum herrscht, strahlt etwas Geheimnisvolles aus.

»Bis zur Insel sind es etwa drei bis vierhundert Yards«, knurrt er. »Ich schätze, man könnte auch hinüberschwimmen.«

Brand tippt sich gegen die Stirn.

»Und zurück?«, fragt er. »Wir wollen doch das Gold hier herüberbringen, nicht wahr?«

Broody blickt zu Debora Mason.

Die schüttelt den Kopf.

»So geht es nicht«, meint sie.

Brand geht ein paar Schritte hin und her. Plötzlich bleibt er wie angenagelt stehen und stiert zwischen die Büsche.

Debora Mason dreht sich um und blickt ebenfalls in diese Richtung.

»Was ist?«, fragt sie.

»Dort liegt etwas«, meint Brand.

Debora setzt sich in Bewegung, als würde sie eine fremde Macht treiben.

Jack Brand geht hinter ihr her. Plötzlich springt er vorwärts. Aus den Büschen lugt, wie er ganz richtig gesehen hat, die Spitze eines Kanus. Es ist ein primitives Rindenfahrzeug, aber es ist ein Boot.

»Wie kommt das Ding nur hierher?«, fragt Broody und blickt misstrauisch zu der Insel hinüber.

Dann dreht er das Boot herum und betastet den Kiel. Aber der ist trocken.

»Es gibt ohne jeden Zweifel Fallensteller und Pelztierjäger hier in den Bergen«, sagt Debora in die eintretende Stille. »Und es kann durchaus sein, dass einem solchen Jäger dieses Boot gehört.«

Jack Brand nickt mehrmals.

»Das ist eine einleuchtende Erklärung. Ein einzelner Jäger oder Fallensteller hat gegen uns keine Chance. Ich schätze, wir leihen uns das Boot aus.«

Sie ziehen das Rindenkanu aus der Umklammerung der Büsche.

Zwei Ruder liegen darin. Sonst nichts. Sie schleppen das Boot zum Ufer hinunter.

»Wenn wir hier alle einsteigen, säuft uns die Nussschale ab.«

»Bei deinem Gewicht«, meint Debora spöttisch, »kann das ohne Weiteres geschehen, Deshalb wirst du hierbleiben. Du und Laarson. Du passt auf ihn auf. Fessele ihm die Beine wieder. Broody, das Mädchen und ich fahren zur Insel hinüber. Los! Bringen wir das Ding ins Wasser.«

Sie stemmen sich alle drei gegen das Boot und schieben es ins Wasser hinein.

Broody greift nach Bella, zerrt sie brutal zu dem Kanu und stößt sie hinein.

Heftig schwankt der kleine Kahn, kippt aber nicht um.

Broody klettert hinter Bella her.

Brand nagt sich an der Unterlippe, als das Rindenkanu abgestoßen wird.

Debora hält ihren Derringer noch immer in der Hand. Die Waffe ist auf Bella gerichtet.

»Mach nicht den Fehler, ins Wasser zu springen«, sagt sie lächelnd. »Ehe du ertrunken bist, haben wir dich herausgefischt.«

Klatschend tauchen die Ruder ins Wasser.

Brand blickt eine Weile hinter dem Boot her, dann dreht er sich um, schaut Bill an und grinst ihm zu. Plötzlich hebt er die Faust und schlägt Bill ohne jede Warnung oder ohne jeden Anlass gegen den Kopf.

Bill bricht auf der Stelle zusammen. Minuten vergehen, bis er wieder bei Bewusstsein ist.

Inzwischen hat ihm Jack Brand aber die Beine gefesselt.

Bill versucht, sich aufzurichten, was ihm nach vielen Bemühungen auch gelingt.

Brand sitzt ziemlich dicht neben ihm.

»Wenn meine Frau das Gold zeigt und es ist wirklich vorhanden, was wird dann geschehen, Brand?«, fragt Bill.

Jack Brand grinst ihn an.

»Dann wirst du sterben«, gibt er zurück.

»Und was wird noch geschehen?«, fragt Bill.

»Noch? Was soll noch geschehen?«

»Woher soll ich es wissen? Streng du doch deinen großen Kopf einmal an.«

»Ich weiß nicht, was du damit sagen willst«, knurrt Brand.

»Deine prächtigen Freunde werden bei Nacht und Nebel eine andere Stelle anrudern, das ist doch klar. Dann sind sie nämlich nur noch zwei, die miteinander zu teilen haben.«

Jack Brand schielt Bill Laarson von der Seite an. Es ist ganz klar, dass die Worte Laarsons nicht ohne Eindruck auf ihn geblieben sind. Aber vielleicht müssen sie auch erst noch bis tief in sein Bewusstsein eindringen und dort wirken.

»Du bist verrückt!«, knurrt der Bandit nur mit halber Überzeugungskraft.

»Du wirst es bestimmt sehen«, sagt Bill und lehnt sich gegen die heiße Felswand zurück.

31. Kapitel

Jim Moore ist von dort aus, wo sich die Spur auf dem harten Gestein verlor, einfach in gerader Richtung weitergelaufen und in die Black Hills eingedrungen.

Instinktiv hat er den richtigen Weg gefunden und konnte die Banditen in dem Talkessel belauschen. Er hatte es aber nicht gewagt, aus seinem Versteck hervorzukommen, und es wäre, da er keine Waffe besitzt, auch glatter Selbstmord gewesen.

Jetzt sieht die Sache schon besser für ihn aus. Er ist dem Zug gefolgt, ohne bemerkt zu werden. Er hat sogar die Pferde gefunden. Und dort fand er auch vier Gewehre.

So kommt es, dass er, als der Abend anbricht, an einer Felsscharte lehnt. Er kann Jack Brand sehen. Und er hört, was der Bandit hin und wieder sagt. Und genauso gut versteht er auch Bill Laarson, der manchmal spricht.

Drei Gewehre hat er zur Seite gelegt. Nur das vierte, eine Winchester 73 behält er in der Hand und schiebt sich vorwärts.

Aus den Worten der beiden kann er bald entnehmen, was inzwischen alles geschehen ist.

Schnell wird es über den Bergen dunkler. Nach einer Weile ist die Insel nur noch als ein schattenhafter Klumpen mitten im Wasser zu sehen.

»Deine Freunde bleiben verdammt lange, Brand«, hört Moore seinen jungen Boss sagen. »Noch zwanzig Minuten, dann ist von der Insel überhaupt nichts mehr zu sehen. Und dann weißt du nicht, ob sie das Boot nicht heimlich wieder flottmachen, um an einer anderen Stelle anzulegen.«

»Halt den Mund!«, schnaubt der Bandit.

Jim Moore tritt leise weiter vor. Plötzlich springt ein Kiesel unter seiner Stiefelsohle weg und schnellt in das Wasser, wo er patschend untertaucht.

Brand fährt herum.

»Nimm die Hände hoch!«, ruft der Cowboy.

Brand stößt einen überraschten Ruf aus. Sein Messer klappert auf den Boden.

»Aufstehen!«, schreit der Cowboy ihn an.

Brand erhebt sich langsam.

Der Cowboy tritt an ihn heran und bohrt ihm den Lauf des Gewehrs in den Rücken. Er zieht ihm die Waffe aus dem Holster.

»Los, weiter!«, knurrt Moore.

Brand geht auf die Felswand zu und lehnt die brennende Stirn dagegen.

»Dort bleibst du stehen!«, sagt der Cowboy hinter ihm. Er hebt das Messer des Banditen auf und schneidet Bill die Fesseln durch.

Als Bill aufsteht, sieht er den Cowboy auf den Banditen zugehen, das Gewehr herumschwingen und zuschlagen.

Bill will vorwärtsspringen, aber es ist zu spät.

»Bist du verrückt!«, schnarrt er.

Der Cowboy blickt seinen Boss verwundert an.

»Ich? Wieso?«, fragt er. »Er ist bewusstlos, er hat nun keine Schmerzen mehr. Und im Übrigen hat mir das gutgetan. Es war nur das Echo auf das, was er selbst mir antat.«

Moore stellt das Gewehr ab und macht sich daran, Brand zu fesseln,

Bill nimmt den Patronengurt des Banditen mit dem Colt in die Hand und blickt zur Insel hinüber.

»Kannst du schwimmen?«, fragt er.

»Schwimmen? Ja, ein wenig.«

Bill nickt zu dem dunklen Klumpen der Insel hinüber.

»Wir müssen dorthin«, meint er. »Und wir dürfen jetzt keine Zeit mehr verlieren.«

Moore geht noch einmal zu dem Punkt zurück, von dem er gekommen ist und hebt die Gewehre auf, die er da zurückließ. Er schiebt sie unter die Büsche. Dann schleift er Brand zu einem Felsenriss und schiebt ihn hinein.

»Auf diese Art kann er sich an beengte Verhältnisse gewöhnen«, feixt der Cowboy.

Inzwischen hat sich Laarson wieder auf den Boden gesetzt. Er zieht seine Stiefel aus, bindet sie zusammen und hängt sie sich um den Hals. Den Waffengurt rollt, er in seine Weste. So geht er zum Wasser hinunter.

Der Cowboy folgt ihm. Auch er hat die Stiefel ausgezogen, schiebt den Fuß ins Wasser und zieht ihn sofort wieder zurück.

»Das ist verdammt kalt«, meint er. »Wenn wir hier reinsteigen, kommen wir als Eiszapfen auf der anderen Seite an, Und wenn wir ganz großes Pech haben, können wir dort nicht einmal die Waffen gebrauchen.«

»Wir müssen sie über dem Kopf halten«, erklärt Bill. »Natürlich dürfen sie nicht nass werden. Ich denke, dass wir uns jetzt wirklich beeilen müssen, denn es ist möglich, dass der Mond bald aufgeht.«

32. Kapitel

Sie ziehen sich an einer felsigen Stelle an Land, kriechen zwischen die Klippen und sinken dort erschöpft nieder.

Bill rollt seine Weste auf und nimmt den Gurt heraus. Der Stoff ist nur stellenweise nass geworden, und der Colt ist noch vollkommen trocken.

Moores Zähne schlagen hart aufeinander. Sein Gewehr ist nass geworden. Er nimmt es auseinander und säubert es sorgfältig.

Nach zehn Minuten machen sie sich auf den Weg.

Sie sind in einen Hohlweg eingedrungen, der zur Mitte der Insel führen muss. Als sie an eine Kante kommen, bleiben sie plötzlich stehen. Sie sehen Feuerschein, der an der gegenüberliegenden Felswand auf- und niederzuckt.

Im selben Moment erklingt das kalte, raue Organ der rothaarigen Frau.

»Hier ist nichts, als eine glatte Wand«, hören sie sie sagen. »Wenn du uns mit deinen Manövern noch eine Weile aufhältst, holen wir deinen Mann herüber und töten ihn.«

Bill gibt Moore ein Zeichen, und der drückt sich näher an die Felswand heran. Dann schiebt sich Bill selbst um die Kante.

Vor sich sieht er ein Feuer in der Schlucht brennen. Ein paar dürre Sträucher an der Wand zeigen, woher die Banditen das Brennholz geholt haben. Rund um die Flammen sitzen Broody, Debora Mason und Bella, deren Hände noch immer gefesselt sind.

»Du hast uns nun lange genug an der Nase herumgeführt«, schnaubt Broody. »Ich möchte fast wetten, dass der Häuptling woanders als hier auf der Insel begraben liegt.«

»Hast du gelogen?«, fragt Debora zischend.

Bella dreht langsam den Kopf.

»Das Grab ist da drüben«, sagt sie. Sie hebt die beiden gefesselten Hände und zeigt auf eine Stelle in der Felswand, wo ein Kegel schräg nach oben steht. Broody steht auf. Er geht zu dem Kegel hinüber und rüttelt daran. Aber der große, schrägstehende Stein ist so fest wie eine uralte, knochige Eiche. Broody kommt zum Feuer zurück. »Du lügst!«, schreit er. Und plötzlich hebt sich seine Faust, als wollte er nach ihr schlagen.

In diesem Moment springt Bill Laarson auf den Weg.

»Schlag zu, Broody!«, ruft er. »Dann fährst du zur Hölle.«

Die Hand des Banditen sinkt langsam. »Laarson!«, schnaubt er überrascht. »Ja«, murmelt Bill. »Ich. Nimm die Finger hoch, sonst wird deine Hinrichtung vorverlegt!«

Moore tritt nun ebenfalls in den Felsenkessel und repetiert das Gewehr. Das Gewehr des Cowboys hat sich auf Debora Mason gerichtet, die wie erstarrt am Feuer sitzt.

Bill geht um sie herum. Er winkt Broody mit dem Colt zu, und der dreht sich um und hebt die Hände.

Die Waffe wird ihm von Bill aus dem Holster gezogen, dann geht er zu der Frau am Feuer zurück und nimmt auch ihr den Derringer ab. Dann zerschneidet er Bella die Handfesseln.

Bella ist aufgestanden und reibt sich über ihre Handgelenke.

»Wir gehen jetzt zu dem Boot und rudern zurück«, sagt er. »Jim, du bleibst hier. Die Frau fesseln wir, damit nichts passieren kann. Du wirst sie bewachen. Ich komme dann zurück und hole dich.«

Broody hat sich umgewandt.

»Laarson, du bist ein Idiot!«, presst er pfeifend durch die Zähne. »Schön, du hast dieses Spiel gewonnen. Mag der Teufel wissen, wie dein Cowboy dich finden konnte. Aber trotzdem ist es Irrsinn, jetzt umzukehren. Lass uns die Sache gemeinsam machen.«

Um Bills Mund spielt ein kaltes Lächeln. Das Angebot des Banditen verblüfft ihn nicht. Er hat schon eine harte Erwiderung auf der Zunge, als plötzlich etwas Unerwartetes geschieht.

Von beiden Seiten treten Männer in den Felsenkessel herein.

Bill zählt sechs Männer. Von rechts kommen drei und von links drei andere.

33. Kapitel

Ein raues Lachen schallt durch den Talkessel und übertönt das Knistern des Feuers.

Ein schwarzbärtiger Herkules schiebt sich in den Vordergrund, ohne die Waffe, die noch immer in Bill Laarsons Hand liegt, auch nur mit einem Blick zu beachten.

Der Mann hält ein riesenlanges Haumesser in der Hand. Grollend lacht er wieder.

Jim Moore lässt vor Schreck sein Gewehr aus der Hand fallen. Es klappert auf den Boden und funkelt dann im Licht des Feuers.

Auch die anderen fünf Männer schieben sich weiter in den Vordergrund. Sie alle halten ausnahmslos schwere Revolver in den Händen.

»Ihr seid wohl verrückt, was?«, fragt der herkulische, schwarzbärtige Kerl, dessen Stimme so dunkel und dumpf klingt, als würde sie aus der Tiefe einer finsteren Gruft zu ihnen heraufsteigen. »Das hier ist mein Reich«, fährt er fort. »Ich bin Joe Parker. Hier hat niemand etwas verloren. Ihr habt mein Boot genommen. Wer hat euch denn das erlaubt?«

Der Kerl schmatzt knurrend.

»Du da?«, fährt er Bill an. »Hast du es erlaubt?«

Bill antwortet nicht.

»Los, wirf die Waffe weg!«, fährt der Herkules fort.

Bill sieht ein, dass es sinnlos wäre, hier noch Widerstand zu leisten. Er lässt die Waffe aus der Hand fallen.

»Howdy, treib die Eindringlinge zusammen«, knurrt der Herkules. »Pete, du ruderst mit dem Boot wieder hinüber. Lasse muss bald mit dem Proviant kommen. Ich möchte nicht, dass er wartet.«

Howdy schiebt sich in den Vordergrund. Er hat ein schmales Gesicht mit tiefliegenden Augen und er sieht fast wie der Teufel persönlich aus. Er hat in einer Hand den Colt und in der anderen ein Bowiemesser. Er treibt die Gefangenen an der Wand zusammen.

Bill Laarson schaut noch immer auf den großen, schwarzbärtigen Anführer, der sich Joe Parker genannt hat.

Der geht jetzt zum Feuer. Bringt eine schwarze Zigarre, die fast so groß wie eine Keule ist, aus der Tasche und zündet sie an einem schwelenden Scheit an.

Dann fasst er sie alle der Reihe nach ins Auge.

»Ihr sucht hier also nach Gold?«, knurrt er. »Nach dem Gold des Sioux Häuptlings ‚Weiße Feder‹?«

Er dreht sich zu den andern um und stößt ein raues, abgehacktes Lachen aus.

»Die Geschichte ist so alt wie mein Bart«, fährt er fort. »Nur nicht so echt. Wir sind vor vier Jahren auf diese Insel gekommen. Das war ein Jahr nach dem Tag, als die vernichtende Schlacht gegen die Sioux stattgefunden hatte. Und ich sage euch, dass das alles eine Legende ist.«

Er stößt wieder sein widerliches, raues Lachen aus, während sich sein Blick auf Debora konzentriert.

»Und du?«, fragt er.

Debora ist noch bleicher geworden.

»Die Geschichte ist wahr«, ruft sie eifrig. »Parker, ich teile mit dir!«

Broody reckt sich auf die Zehen und dreht den Kopf.

»Hinterhältige Katze!«, knurrt er. »Was machen wir nun mit diesen, Hohlköpfen«, mischt einer von Parkers Leuten ein.

Der Herkules hebt die massigen Schultern und lässt sie wieder fallen.

»Weiß der Teufel! Wenn Krieg wäre, wüssten wir es.«

»Der Krieg ist schon lange vorbei«, ruft Broody aufgeregt.

Der Bärtige blickt ihn an und nickt. »Eben«, schnappt er. »Aber eigentlich hat er für uns nie aufgehört.«

Bill Laarson glaubt plötzlich zu wissen, was das für Männer sind. Es scheint der kümmerliche Rest irgendeiner Abteilung Soldaten zu sein, die hier in den Bergen wahrscheinlich von Indianern angegriffen und aufgerieben wurde. Vielleicht sind diese sechs Männer die Einzigen, die irgendeinem Massaker entkamen und die dann keine Lust mehr hatten wieder zurückzukehren und irgendwo in einem Fort als tot registriert wurden. Irgendwann einmal vor vier Jahren, wie Parker sagte, waren sie dann zu diesem See gekommen und hatten sich auf der Insel versteckt gehalten. Vielleicht hatten sie nur einige Zeit verstreichen lassen und dann aus dem Land verschwinden wollen, um irgendwo ein friedliches Leben zu führen. Aber sie waren auf der Insel geblieben.

Bill Laarson verspürt fast so etwas wie Mitleid mit diesen Männern. Da er selbst Soldat gewesen ist, weiß er ganz genau, was in manchen vorgegangen ist. Ihm selbst ging es nie anders. Sie hatten nach der rauen Zeit, als die Indianerkriege vorbei waren, den Anschluss verpasst. Und nun war ihre Angst, doch noch vor einem Standgericht zu landen, zu verstehen. Deshalb ist auch klar, dass der, der lebend von dieser Insel kommt, ihr Geheimnis verraten kann, das sie über Jahre hinweg bewahrten.

Zwei der Männer haben sich an den Zugängen des Tales aufgebaut. Joe Parker setzt sich am Feuer nieder, dann winkt er Bill Laarson zu.

»Setz dich hierher«, knurrt er.

Laarson stemmt sich von der Wand ab, geht zum Feuer hinüber und lässt sich dem Mann gegenüber nieder.

»Ihr sucht also das Grab?«, fragt der.

Bill schüttelt den Kopf.

»Ich suche gar nichts«, erklärt er. »Ich will nur meine Frau aus den Klauen dieser Banditen befreien. Sie wurde von ihnen entführt. Sie ist als junges Mädchen in die Hände der Sioux gefallen. Sie war damals bei dem Stamm und weiß, wo der Häuptling

›Weiße Feder‹ begraben liegt. Aus irgendeiner Scheu heraus haben wir niemals darüber gesprochen. Ich hatte keine Ahnung, dass sich Gold in seinem Grab befinden soll. Aber ich glaube jetzt auch, dass es stimmt.«

Parker dreht an seinem langen, verfilzten Bart.

»So ist das also«, knurrt er. »Du meinst, es wäre an der Sache doch etwas Wahres dran.«

Bill will etwas sagen, als Broody schreit:

»Er war Lieutenant bei der 4. Kavallerie.«

Die Augen des Bärtigen werden schmaler.

»Stimmt das?«, fragt er.

»Ja, es stimmt«, gibt Bill zu. »Ich hatte damals meinen Abschied, genommen, als wir Bella aus den Händen der Indianer befreit hatten.«

Joe Parker nickt zu Broody hinüber. »Und was war er?«, will er wissen.

»Ich weiß nicht«, gibt Bill unwirsch zurück.

Parker zupft wieder an seinem Bart.

»Du willst es also nicht sagen, wie?«

»Er war nur ein einfacher Soldat«, knurrt Bill. »Ich weiß nicht, wie er zu uns gekommen ist. Vielleicht haben ihn die Armeewerber in einem Winter aufgelesen, als er keinen Job finden konnte.«

Der Blick des Bärtigen, der auf Bill ruht, wird plötzlich freundlicher.

»Du bist ein mutiger Mann«, knurrt er. »Und du scheinst sogar bereit zu sein, deine Feinde zu schützen. Du gefällst mir. Es ist schade, dass ich dich trotzdem töten muss. Dafür, das verspreche ich dir, soll es auf eine glatte Art geschehen. Ich war auch einmal Lieutenant. Aber es ist schon lange her. Ich sah meine Männer sterben, bis auf die fünf, die du hier gesehen hast und auf den einen, den du vielleicht noch einmal sehen wirst, wenn er zurückkommt.«

Parker stiert eine Weile stumpf auf den Boden.

Schließlich hebt er den Blick wieder.

»Die da ist also deine Frau?«, meint er und nickt zu Bella hinüber.

»Ja«, sagt Bill.

»Sie sieht wie eine Rothaut aus«, meint Parker und grinst.

Bill ist mit einem Satz hoch, und seine Faust zuckt über das Feuer hinweg.

Der Bärtige bekommt den Schlag voll gegen das Kinn und fällt rückwärts auf die Erde.

Aber dafür wird Bill von hinten, von einem anderen, niedergeschlagen. Nicht mit der Faust, sondern mit dem Kolben seines Colts.

34. Kapitel

Joe Parker richtet sich mit einem wütenden Schnaufen auf.

»So ein Halunke!«, schreit er.

Debora steht etwas gerader. Sie scheint ihre Chance zu sehen.

»Wollen wir das Gold nicht doch zusammen heben?«, fragt sie mit lockend klingender Stimme.

Parker wirft Debora Mason nur einen kurzen Blick zu, dann blickt er Bella an.

»Wo ist das Grab?«, fragt er.

Bella zeigt zur anderen Seite des Felsenkessels, wo der Kegel aus der Wand wächst.

»Dort«, erwidert sie.

Broody lacht komisch.

»Alles Quatsch«, meint er. »Sie blufft nur. Der Stein lässt sich nicht bewegen.«

Parker blickt Broody an und grinst.

»Du bist auch nur ein halber Mann«, meint er. »Los, Leute, kommt mal her.«

Die Männer gehen alle zu dem Kegel hinüber. Gemeinsam bemühen sie sich, ihn zu bewegen.

»Er gibt nach!«, schreit plötzlich einer.

In diesem Moment springt der Cowboy Jim Moore um die Felskante und in den Weg hinein, der nun nicht mehr bewacht wird.

Da schreit Broody.

Joe Parker ist heftig herumgefahren. Er bemerkt die Veränderung sofort.

»Einer ist geflohen!«, schreit er.

Zwei der ehemaligen Soldaten rennen sofort in den Hohlweg hinein, in dem der Cowboy verschwunden ist.

Da kommt auch Bill wieder zu sich.

Der bärtige Herkules grinst wieder.

»Ausgeschlafen?«, fragt er.

Bill richtet sich auf, bis er auf den Absätzen seiner Texasstiefel hockt.

»Du kannst, froh sein, dass einer hinter mir stand«, gibt er zurück. »Sonst wäre von dir nicht allzu viel übriggeblieben.«

Der Bärtige lacht wiehernd wie ein Pferd.

»Du bist ein prächtiger Junge«, meint er. »Vielleicht reden wir über alles noch einmal. Übrigens ist dein Gewehrträger durchgegangen. Aber meine Leute werden ihn gleich zurückbringen.«

Die Zeit vergeht. Die Männer warten.

Nach ungefähr einer halben Stunde rollen Steine im Hohlweg.

Da tauchen die beiden abgerissenen Kerle auf. – Ohne Jim.

»Das hält man nicht für möglich. Wo ist er denn?«

Die beiden zucken die Schultern.

»Fort«, sagt dann der eine von ihnen lahm.

35. Kapitel

Mitternacht ist schon vorüber, als zwei Männer den Weg heraufkommen. Der eine davon ist der, den der Anführer der Horde wegschickte. Den anderen hat Bill Laarson niemals zuvor gesehen.

»Es wird Zeit, dass ihr kommt«, knurrt Parker. »Hast du eingekauft, Lasse?«

Der Mann, der hinzugekommen ist, grinst.

»Diesmal habe ich etwas ganz Besonderes«, meint er. »Und zwar ein Rind.«

»Ein Rind?«, fragt einer aus der Meute.

Lasse nickt heftig und grinst noch mehr.

»Es war gar nicht so einfach, das nette Tier in den Kahn und dann hier herüberzubringen. Lebend ließ es sich nicht dazu bewegen.«

»Wir haben am anderen Ufer noch einen Kerl gefunden«, sagt der andere Bursche. »Er war gefesselt und lag in einer Höhle. Deshalb brauchten wir solange. Wir haben zweimal herüberrudern müssen, um ihn und das Rind auf die Insel zu bringen.«

Parker blickt sich suchend um.

»Wo ist er?«, will er wissen.

»Er liegt noch unten am Ufer«, sagt der Mann, den Parker wegschickte.

»Du darfst ihn trotzdem herholen«, sagt Parker. »Los! Beeil dich.«

Der Kerl wendet sich um und verschwindet im Hohlweg. Nach zehn Minuten kommt er zurück. Er treibt Jack Brand vor sich her.

»So«, meint Parker. »Zwei Mann passen jetzt scharf auf. Einer ist bereits geflohen.«

Zwei der Männer bauen sich drohend vor den Gefangenen auf. Die anderen gehen wieder zu dem Kegel hinüber, sie ziehen an dem Stein und diesmal haben sie Erfolg.

Der mächtige Stein bewegt sich plötzlich unter ihrer vereinten Kraft, fällt zur Seite und donnert auf den harten Boden.

Aber zwei von ihnen haben das Pech, zu sehr auf sich zugezogen zu haben. Ihr Schreien geht im Tosen des zerbrechenden, morschen Steines unter.

Parker schüttelt den Kopf.

»So etwas Dummes«, knurrt er. »Wie kann man sich nur vor den Stein stellen.«

Die anderen schieben sich rechts und links an dem umgestürzten Kegel vorbei. In der Wand dahinter klafft ein Loch. Hier war von vielen Männern auf eine sehr geschickte Art der Eingang zu einer Höhle verdeckt worden.

Joe Parker steht am Eingang der Höhle und schaut in die Dunkelheit hinein.

»Howdy, geh zur Hütte und hole eine Lampe«, meint er über die Schulter. »Lasse, du gehst ans Ufer und passt auf unseren Kahn auf.«

Die genannten Männer eilen davon.

Howdy kommt schon bald mit einer Lampe in der Hand zurück. Parker brennt den Docht an und schiebt den halbzersplitterten Zylinder darüber. So dringen die Männer in die Höhle ein.

Bill kann von seinem Platz aus, im zuckenden Lichtschein der Lampe, sehen, dass die Höhle geräumige Ausmaße haben muss.

Die anderen Kerle drängen hinter ihrem Anführer her. Die beiden Wächter schauen nur noch mit halbem Auge auf die Gefangenen. Auch sie scheint die Gier gepackt zu haben.

Aus der Höhle dringt plötzlich das wüste Geheul der Männer, das verzerrt durch den Talkessel schallt.

Die Banditen kommen aus der Höhle zurück. Sie schleppen eine gegerbte, schimmlig aussehende Büffelhaut zwischen sich, die sie neben dem Feuer niederlegen und auseinanderschlagen. Pures Gold in kleinen und größeren Nuggets funkelt im Schein des Feuers.

Wie losgelassen beginnen die Kerle darum zu springen. Ihre heiseren Rufe schallen verzerrt von den Felswänden zurück.

Parker macht dem ein Ende, indem er einen Schuss aus seinem Colt in die Luft abgibt.

Die Männer bleiben plötzlich stehen.

Dann sagt ihr Anführer: »Einer holt die Holzkiste, die wir in der Hütte haben, da packen wir den Krempel hinein. He, ihr da, passt weiter auf die Burschen auf. Sie sind jetzt nach dem Gold noch verrückter, als vorher.«

Das scheint die Männer wieder zu sich zu bringen. Drei von ihnen sind nun damit beschäftigt, die Gefangenen zu bewachen. Einer geht, um die Kiste zu holen. Als er zurückkommt, wird das Gold umgeladen und von zwei Männern weggetragen.

Joe Parker gibt den anderen einen Wink, und die treiben die Gefangenen einen Pfad entlang, aus dem Tal hinaus.

36. Kapitel

Sie sind nicht sehr weit gegangen, als der Weg stark abzufallen beginnt. Ein neuer Felsenkessel, dessen Boden mit Gras bewachsen ist, tut sich vor ihnen auf. In der Mitte des Kessels steht eine jämmerliche, aus dünnen Fichtenstämmen und Blech zusammengenagelte Hütte.

»Als wir hierher kamen, stand die Hütte schon«, meint Parker. »Da drüben wohnte ein Jäger. Er war ein uralter Mann und starb bald. Von ihm stammt auch das Boot, das wir haben.«

Parker brennt sich eine Zigarette an und schaut auf einen seiner Männer, dann wendet er sich Bill zu.

»Es tut mir direkt leid, dass ihr hierher kommen musstet. Ich fühle, dass auch mich das Goldfieber ein wenig gepackt hat. Jetzt ist es hier vorbei. Meine Männer werden wild werden. Sie wollen nun etwas dafür sehen.«

Bill versteht den Bandenführer durchaus. Er ist sicher, dass mit der Auffindung des Goldes für Joe Parker ein Leben zu Ende geht, an das er sich sicher nicht nur gewöhnt, sondern das er sogar geliebt hat. So seltsam das ist, scheint es für Bill trotzdem zu stimmen. Dieser ehemalige und genaugenommen desertierte Soldat, hatte hier draußen vermutlich die letzte Zuflucht seines Lebens gefunden.

Bill geht neben ihm her und er hat plötzlich das Gefühl, als würde er neben einem Freund gehen.

Vor der windschiefen Behausung im Talkessel halten sie an. Die beiden, die an der Spitze gegangen sind, stellen die Kiste an der Wand ab. Ihre Augen ruhen auf dem Gold, das ihnen im Mondschein entgegenfunkelt.

Brand, Broody und Debora Mason versuchen ebenfalls einen Blick in die Kiste zu werfen. Hier liegt der Schatz, um dessentwillen sie alles gewagt, ja sogar einen Menschen getötet hatten. In ihren Augen funkelt die blanke Gier.

Joe Parker steht eine ganze Zeitlang gelassen im Hintergrund und es scheint fast, als würde die Szene ihn jetzt gar nicht mehr berühren. Dabei entgeht ihm nichts.

Plötzlich kann sich Jack Brand nicht mehr halten. Er reißt zwei der Kerle zur Seite und springt vorwärts.

Da kracht ein Schuss.

Brand schreit auf. Über der Kiste bricht er zusammen.

Parker dreht seinen rauchenden Colt über den ausgestreckten Zeigefinger.

»Bringt den Mann weg«, knurrt er. »Und dann wird ein Deckel auf die Kiste genagelt!«

Debora, die mit zuckenden, bleichen Lippen zu Brand schaut, wendet sich plötzlich um. Sie blickt Parker an und versucht zu lächeln.

Sie macht einen Schritt auf ihn zu. Dann bleibt sie wieder stehen.

»Wir haben den Schlüssel zu dem Gold geliefert«, sagt sie mit kratziger Stimme. »Es ist unfair von dir, wenn du uns nicht mit daran beteiligen willst.«

Joe Parker kratzt durch den verfilzten Bart, als würde er überlegen. Langsam steigt ein kaltes Lächeln in sein Gesicht, während er den Colt ins Holster schiebt.

»Wenigstens dich, wie?«, fragt er. »Du bist verrückt!«

Debora weicht vor dem kalten Ausdruck, der in seine Augen getreten ist zurück. Gleich steht sie wieder neben Broody, der in seiner unbezähmbaren Gier, die ihn auf das Gold starren lässt, nur die Hälfte von dem verstanden hat, was sie sagt.

Parker gibt seinen Männern einen Wink.

Zwei von ihnen ziehen den Toten hoch und schleppen ihn um die Hütte herum. Gleich darauf kommen die beiden zerlumpten Gesellen zurück. Ein anderer bringt ein Brett aus der Hütte und eine rostige Säge. Damit schneidet er einen Deckel zurecht.

Parker gibt Bill einen Wink und geht mit ihm um die Hütte herum. Er zeigt auf einen schlichten Grabhügel, der neben der Wand den Boden ziert.

»Hier liegt der Jäger«, meint Parker. »Er war ein guter, alter Mann, und du kannst mir glauben, dass wir ihm nichts getan haben. Er ist nur daran gestorben, dass wir ihm die Einsamkeit, an die er sich gewöhnt hatte, nahmen.«

Bill nickt.

»Ich bin hier aber nicht eingedrungen«, gibt er hart zurück. »Meine Frau wurde entführt. Ich bin den Spuren der Banditen gefolgt, wie das jeder andere auch machen würde. Ich denke, das würdest du sogar tun, wenn du an meiner Stelle wärest. Ich bin nicht hierhergekommen, weil ich das Gold will.« Parker mustert ihn forschend.

»Du kannst mir nicht erzählen, dass dir das Gold nicht in den Kopf steigt.«

»Es ist deine Sache, was du glaubst«, knurrt Bill. »Ich jedenfalls kann dir nur sagen, dass wir auf unserer Ranch unser Auskommen haben. Wir brauchen kein Gold. Bella hält im Übrigen überhaupt nichts davon, denn sonst, das kannst du dir doch ausrechnen, wären wir in den fünf verflossenen Jahren sicher schon hier gewesen und hätten es geholt.« Parker brummt im willig zu.

»Du wirst trotzdem sterben«, meint er. »Es hat sich überhaupt nichts geändert.«

»Kann ich mir denken«, gibt Bill zurück. »Würdest du mir noch sagen, warum das sein muss? Weil deine Bande jetzt sowieso zerfällt und die Insel verlassen will? Du weißt doch, dass du sie hier nicht halten kannst?«

»Die Männer werden bleiben«, knurrt Parker. »Ich bin mit ihnen seit vier Jahren hier zusammen. Wir waren schon lange bei ein und demselben Kommando. Wir sahen alle anderen sterben. Du kannst dich darauf verlassen, dass das Gold sie nicht verrückt macht.«

Bill nickt.

»Ich hatte sie angesehen«, entgegnet er. »Und du hast sie auch angesehen. Und du weißt, dass alles was einmal gewesen ist, jetzt nicht mehr zählt.« Parker schüttelt den Kopf, als könnte er nicht an das glauben, was er selbst genau weiß.

»Wir haben heiße Kämpfe zusammen durchstanden. Wir haben Durst und Hunger gemeinsam bezwungen. Die ersten Monate hier in den Bergen waren die Hölle für uns.«

»Und trotzdem wirst du sie nicht halten können«, erwidert Bill. »Sie wollen das Gold unter die Leute bringen. In ihren Augen kannst du lesen, wie in einem aufgeschlagenen Buch. Ich möchte dich um etwas anderes bitten. – Lass wenigstens die Frauen gehen.« Parker blickt ihn überrascht an, »Die Frauen?«, knurrt er. »Du meinst, die...«

»Rede doch weiter, Parker«, meint Bill. »Sage doch noch einmal, dass sie wie eine Indianerin aussieht. Vielleicht bist du gar nicht der Erste, der das tut. Aber vielleicht bist du auch nicht der Erste gewesen, den ich dafür niederschlug. Es kommt mir nicht darauf an, es jetzt noch einmal zu tun.«

»Wirklich nicht?«, grinst Parker. »Du hast mein Wort.«

Parkers schallendes Lachen weht durch den Felsenkessel. Dann wirft er sein Messer zur Seite, schnallt den Patronengurt auf und lässt ihn zu Boden fallen.

»Na, komm«, meint er. »Versuchen wir es einmal.«

Und fast im gleichen Moment wirbeln seine Fäuste hoch und zielen auf Bills Kopf.

Aber Laarson ist zur Seite gesprungen. Die Riesenfäuste gehen vorbei, und Parker fliegt hinter seinem wilden Angriff her.

Dafür bekommt er eine Handkante ins Genick geschmettert, die ihn noch drei Meter weitertreibt.

Er wirbelt herum, schnauft und kommt wieder heran. Er hat seine Arme zu mächtigen Fängen geöffnet und wirkt wie ein großer, eiserner Greifer, der sich um sein Opfer schließen und es zermalmen will.

»Komm her!«, ruft er mit rollender, knirschender Stimme.

Bill reicht noch einen Schritt weiter zurück. Dann springt er plötzlich mit einem unwahrscheinlichen Satz in die weit geöffneten Arme hinein, reißt seine eigenen hoch und schmettert sie hart auf Parkers Kopf.

In der nächsten Sekunde springt Bill Laarson schon wieder zurück. Er sieht den Kopf Parkers nach vorn zucken und setzt seine Faust noch einmal auf dessen Kinn.

Joe Parker taumelt zurück, stolpert in ein Loch und fällt um. Neben ihm liegt das Messer. Er ergreift es und will es hochwirbeln.

Aber ehe er noch damit etwas anfangen kann, wirft sich Bill auf ihn und nimmt ihm das Messer weg. Die Spitze setzt er Parker genau aufs Herz.

»Du hast jetzt zwei Möglichkeiten«, sagt er. »Entweder du lässt meine Frau frei oder du bist ein toter Mann.«

Aus Parkers Brust kommt ein tiefes Schnaufen. Vage nickt er.

Bill wirft das Messer zur Seite und steht auf.

Parker richtet sich auf und klopft den Dreck von seinem lädierten Anzug.

37. Kapitel

An der Ecke steht plötzlich Debora. Ihr Lächeln wirkt gekünstelt. Ihre Blicke wandern von Parker zu Bill und werden herablassend.

»Du hast dich natürlich nur von ihm besiegen lassen, nicht wahr?«, lächelt sie dem Bärtigen zu.

Joe Parker massiert wieder über seinen Bart und tritt ein wenig auf Debora Mason zu.

»Du hast natürlich recht«, erwidert er knurrig. »Du scheinst überhaupt immer recht zu haben. – Welche Vorschläge willst du mir denn jetzt machen?«

Ihr Grinsen ist wilder geworden.

»Es dreht sich natürlich immer noch um das Gold, Joe«, gibt sie zurück.

Er nickt. »Das habe ich mir gleich gedacht. Deshalb brauchst du nicht gleich vertraulich mit mir zu werden. – Also, was ist mit dem Zeug?«

Debora Mason scheint etwas zu verschlucken.

»Wir zwei«, fährt sie fort, ihre Stimme klingt unsicher. »Du und ich, wir könnten mit dem Gold eine Menge anfangen. Es ist jetzt die Zeit, wo im Osten überall die Industrie aufsteigt. Es gibt manches Geschäft, von dem du sicher eine Menge verstehst. Ich will damit sagen, dass man das Gold verdoppeln, verdreifachen oder verzehnfachen kann, wenn man nur geschickt dabei ist. Joe, auf uns wartet...«

Parker massiert sich über die Handknöchel.

»Weißt du was auf dich wartet?«, fragt er plötzlich. Seine Hand schießt in die Höhe.

Debora weicht gegen die Wand zurück.

Parker lässt die Faust sinken.

Debora ist bleich geworden.

»Das wirst du wahrscheinlich noch einmal bitter bereuen«, stößt sie zischend hervor.

Parker wendet sich halb ab.

»Wenn du noch einmal das Maul aufreißt, werde ich vermutlich vergessen, dass du eine Frau bist«, meint er. »Hoffentlich hast du mich jetzt richtig verstanden. Er hat mit mir einen ganz fairen Kampf gemacht. Er hätte mich töten können, wenn er das gewollt hätte. Wenn überhaupt jemand von dem Gold bekommt, dann wird er es sein. – Und sonst niemand.«

Parker geht an der Frau vorbei. Als er bei seinen Leuten ist, bleibt er stehen.

Um Laarson kümmert sich jetzt niemand mehr. Jedoch hat er auch keine Möglichkeit, von hier fort oder an eine Waffe zu kommen.

Parker blickt auf die Kiste, die jetzt durch den Deckel verschlossen ist.

»Dieser verdammte Dreck!«, schreit er plötzlich. »Dieser verdammte Dreck vernichtet alles. Er wird euch in die Städte treiben, wo man sich jetzt vielleicht immer noch an euch erinnert. Er wird euch vermutlich nicht vor dem Galgen retten. – Wie denkt ihr darüber, wenn wir dieses verdammte Teufelszeug im See versenken. Er ist so tief, dass es niemals jemand heraufholen kann. Wäre das nicht eine Idee?«

Seine Männer sehen ihn an, als hätte er plötzlich den Verstand verloren.

»Ich verstehe dich nicht, Joe«, knurrt einer von ihnen.

Parker nickt, als habe er das erwartet.

»Also nicht«, sagt er. »Na schön. Vielleicht werdet ihr euch eines Tages nach diesem Tal zurücksehnen. Und nach dem freien Leben, das ihr hier geführt habt, während woanders überall Männer sein werden, die schlauer und gerissener sind als ihr. Und die das Gold oder das Geld, das es dann vielleicht ist, auch haben wollen.«

Der größte der Männer tritt vor.

»Es ist doch überhaupt keine Rede davon, dass wir fortgehen wollen, Joe«, meint er. »Wir bleiben hier. Schließlich können wir in Lead alles kaufen, was wir brauchen.«

Parker reibt wieder über seinen Bart.

»Dabei wird es nicht bleiben«, meint er. »Das Gold ist einige Millionen Dollar wert. Ich habe einen Blick dafür.«

Debora nähert sich wieder. Auf ihren Wangen brennen hektische rote Flecken.

Dann schaut sie zu Broody hinüber, aber der blickt offenbar durch sie hindurch.

Bill Laarson steht nur am Rande der Szene. Vieles hat sich geändert. Irgendwie kommt ihm immer mehr zu Bewusstsein, dass dieser Joe Parker, gar nicht so rau und wild ist, wie er den Eindruck macht.

38. Kapitel

Der Tag ist hell und lichtüberflutet. Sie sitzen in einem Kreis, um ein niedriges Feuer. Ein verbeulter Kupferkessel hängt an einem Spieß über den Flammen. Drei Männer Parkers umstehen die Gefangenen.

Parker winkt Bill zu.

»Komm mit«, meint er. »Mal sehen, ob du der Kerl bist, der ein Rind schleppen kann.«

Er wendet sich seinen Komplizen zu.

»Ihr bleibt hier. Ich möchte nachher alles noch so vorfinden, wie es jetzt ist.«

Dann geht er mit Bill zusammen in den Hohlweg. Sie sind kaum richtig verschwunden, da mustert Debora die Posten der Reihe nach.

»Verlasst euch darauf, dass er euch nichts geben wird«, sagt sie. »Er sucht jetzt nach einer Stelle, wo er das Gold vor euch verstecken kann. Ihr seid so dumm, euch das bieten zu lassen. Dabei genügt eine Kugel, und er gehört der Vergangenheit an.«

Die ehemaligen Soldaten blicken einander an. Was sie während der letzten Jahre nicht gekannt haben, steht plötzlich groß wie ein Schatten zwischen ihnen: Das Misstrauen.

»Sie ist verrückt«, knurrt Howdy. »Lasst euch von ihr nicht einwickeln. Sie will doch weiter nichts, als den ganzen Segen für sich allein haben.«

Debora lächelt nur. Sie steht auf und tritt näher an die Männer heran.

»Warum sagst du das?«, fragt sie an Howdy gewandt. »Du kennst mich doch gar nicht.« Ihr Lächeln wirkt irgendwie verführerisch. »Wenn wir in eine große Stadt gehen«, fährt sie fort, »können wir das Gold anlegen, sodass es ständig mehr wird und nicht weniger. Und dabei können wir noch leben wie die Großindustriellen im Osten.«

»In welcher Stadt?«, fragt einer der anderen.

Debora Mason dreht sich ihm langsam zu.

»In jeder großen Stadt«, erklärt sie. »In den Staaten gibt es jenseits des Mississippi haufenweise solche Städte. Ich kenne sie alle. Ich bin überall gewesen.«

Die Männer blicken zwischen der Frau und dem Gold hin und her.

Debora tritt noch näher an Howdy heran.

»Was wollt ihr denn hier auf der Insel«, sagt sie eindringlich. »Habt ihr keine Sehnsucht nach der Welt dort draußen? Sie ist in den Jahren nicht schlechter geworden. Natürlich muss man Geld haben, um in ihr etwas anfangen zu können. Draußen ist alles wunderbar. Es gibt hübsche Mädchen, die nur darauf warten, einen Mann mit Geld in der Tasche zu finden.«

Howdy schielt wieder zu dem Gold:

»Es stimmt schon. Mir hängt diese verdammte Insel schon lange zum Hals heraus.«

»Na also«, sagt Debora drängend, als wolle sie das Feuer schüren. »Howdy, ich wusste doch, dass du kein Greenhorn bist. Man sieht doch einem Mann so etwas an. Du bist ein Kerl, der die Welt kennt, der sie auch nehmen wird.«

Howdy streicht sich mit einem wohlgefälligen Lächeln über den Bauch. Wie Öl scheinen die Worte in ihn hineinzulaufen.

»Und die da?«, fragt er schließlich und nickt zu Bella hinüber.

Debora zuckt die Schultern.

In diesem Moment springt Bella in die Höhe und will losrennen.

Sie kommt aber nur einen Schritt weit.

Der hinter ihr stehende Posten hat blitzschnell seinen Colt nach ihr geworfen, der sie in den Rücken trifft und zu Boden wirft.

Debora geht auf die Wehrlose zu und dreht sie auf den Rücken.

»Bindet sie«, sagt sie kalt, als hätte sie hier zu befehlen.

39. Kapitel

Als Joe Parker mit Bill Laarson bei Lasse ankommt, hockt dieser halb schlafend am Rande des Bootes. Daneben liegt das Rind. Es ist abgestochen und ausgeblutet.

Lasse ist aufgestanden.

»Hast du den komischen Kerl hier gesehen?«, fragt Parker.

Lasse schüttelt den Kopf.

»Nein«, knurrt er. »Aber wenn wir das Boot gemeinsam höher schieben, bringt er es allein niemals ins Wasser.

»Ich schätze, dann bin auch ich hier überflüssig geworden.«

Parker nickt.

»Okay«, knurrt er. »Machen wir das.«

Sie stemmen sich zusammen gegen das Rindenkanu und schieben es höher auf den Kiesstreifen hinauf.

Parker wendet sich Bill zu.

»Wenn du willst, kannst du jetzt hinüberschwimmen«, meint er. »Du brauchst keine Angst vor mir zu haben. Ich schieße dir nicht in den Rücken.«

Bill hatte fast erwartet, dass es so kommen würde. Aber er schüttelt den Kopf.

»Du irrst dich«, erwidert er. »Ich habe mir den Weg hierher in die Black Hills nur gemacht, um meine Frau aus den Händen der Banditen zu befreien.«

»Du musst es schließlich selbst wissen«, schnaubt Parker. »Wirst du das Rind tragen können?«

»Nur wenn einer von euch hilft«, erwidert Bill.

Parker gibt Lasse ein Zeichen, und der fasst mit an. So stemmen sie das Rind hoch und machen sich schwer beladen auf den Rückweg.

Endlich erreichen sie den Taleingang. Parker geht an der Spitze. Er bleibt mit einem heftigen Ruck stehen und schaut auf die

Hütte. Davor brennt noch immer das Feuer. Aber niemand ist dabei zu sehen.

Fast im gleichen Moment kracht ein Schuss.

Der Schütze war wohl zu aufgeregt. Die heimtückische Kugel liegt viel zu hoch.

Fünf Sekunden später kracht der zweite Schuss. Ein Feuerstrahl rast den Männern entgegen und das Pfeifen der Kugel ist links von ihnen zu hören.

»Hinwerfen!«, schreit Parker.

Bill und Lasse haben das Rind abgeworfen und liegen auf dem Boden. Parker selbst hat sich hinter einen großen Stein gerollt.

»Was ist das?«, fragt Lasse.

»Das ist das, was ich schon immer geahnt habe«, brummt Parker. »Ich habe gewusst, dass diese Frau in der Lage ist, den Männern den Kopf vollkommen zu verdrehen. Das da drüben, Lasse, ist jetzt die andere Partei.«

Lasse hält seinen Colt in der Hand und dreht die Trommel mit dem Daumen durch.

»So eine Geschichte geht immer ins Auge«, meint Lasse. »Du hättest wahrscheinlich am besten daran getan, dich gar nicht um die Leute zu kümmern. Sie hätten die Sache unter sich ausgemacht, oder das Gold geholt und wären wieder abgezogen.«

Joe Parker antwortet nicht, seine Blicke heften sich an die Hütte, die er um die Kante des Steines herum sehen kann.

Jetzt fliegt drüben die Tür auf. Für einen Moment zeigt sich Howdy, doch er verzieht sich sofort wieder, als Parkers Colt kracht und ein langes Stück Holz von der Tür fetzt.

Eine ganze Salve hagelt herüber. Gespenstisch zirpen die Kugeln an den Männern vorbei und in den Hohlweg hinein.

Howdy zeigt sich wieder. Und diesmal hält er Bella vor sich gepresst. Parker, der den Arm mit dem Colt schon gehoben hat, dreht plötzlich den Kopf und blickt zu Bill.

Seine Waffe senkt sich wieder.

»Warte, Howdy!«, schreit er hinüber. »Dafür bringe ich dich um.«

Als Antwort krachen drüben Gewehre, aber die Kugeln fliegen harmlos an den Männern vorbei oder prallen von den Wänden ab. Immer wieder schießen die Banditen. Damit zwingen sie Parker und die beiden anderen nieder und schaffen so, unter dem Schutz des konzentrierten Feuers, die Kiste um die Hütte herum.

»Jetzt wollen sie verschwinden«, keift Lasse.

Ungedeckt rennt er vorwärts und schießt von der Hüfte aus, bis keine Kugel mehr aus der Trommel seines Colts kommt. Er hat den Kessel schon halb durchmessen, als er plötzlich wie festgenagelt stehen bleibt und das Donnern eines Colts in der Luft hängt.

Lasse beginnt zu taumeln. Schwankt noch ein Stück nach rechts und bricht dann zusammen.

»Idiot«, knurrt Parker.

Er fasst um den Stein herum und tastet nach der zweiten Waffe, die Lasse, als er aufsprang, aus dem Gürtel gefallen ist.

Wieder wirft Parker Bill einen langen Blick zu, ehe er die Hand mit dem zweiten Colt ausstreckt und diesen über den Boden schiebt. Ohne etwas zu sagen, greift er in die Hosentasche und gibt Bill eine Handvoll Patronen.

Bill macht die Waffe fertig.

»Wir müssten ein Gewehr haben«, hört er den Bärtigen sagen. »Was Lasse eben vorgeführt hat, war Wahnsinn. Nun ist er tot. Wenn wir es ihm nachmachen, sind wir auch tot.«

Ein Stück hinter der Hütte tauchen die Männer wieder auf.

Broody schleppt mit noch einem Mann die Kiste, in der sich das Gold befindet. Howdy hält Bella fest, während Debora Mason mit dem letzten der Burschen den Schluss bildet.

Debora Mason hat ein Gewehr in den Händen.

»Wir müssen zurück«, sagt Parker. »Der Weg da drüben führt ebenfalls zum Ufer. Los! Wir dürfen jetzt keine Zeit verlieren. Die Lage hat sich stark verändert.«

40. Kapitel

Als sie aus dem Hohlweg kommen und auf den breiten Uferstreifen treten wollen, erkennen sie beide schlagartig, dass sie zu spät sind.

Schüsse krachen ihnen entgegen. Bei dem Boot, das sie hoch auf den Kiesstreifen gezogen haben, steht Howdy, der Bella vor sich hält. In seiner Hand funkelt der rauchende Colt.

»Schießt nur!«, schreit er herüber. »Dann wird sie sterben!«

Parker und Bill ziehen sich noch weiter zurück. Laarson ist bleich geworden. Schweiß perlt überall auf seiner Haut.

»Eines müsste dir eigentlich klar sein. Sie töten sie ohnehin«, schnaubt Parker. »Oder bildest du dir ein, dass Howdy so lange fackelt wie ich?«

Bill lässt die Schultern sinken. Und dann hört er sich sagen:

»Solange sie lebt, ist noch Hoffnung.«

Bella hat den Mund geöffnet.

»Bill!«, schreit sie.

Howdy presst den Mund mit seiner Hand zu, sodass sie nicht mehr schreien kann.

»Los, kommt vor!«, ruft er über die Schulter. Die anderen Halunken zeigen sich.

»Macht den Kahn flott!«, sagt Debora Mason mit befehlsgewohnter Stimme. »Nur keine Angst, sie werden nichts unternehmen. Noch einen besseren Trumpf, als seine Frau in unserer Hand, gibt es für uns nicht.«

Der Kiel des Bootes kratzt über den Boden. Und da ist schon das Patschen der Ruder im Wasser zu hören. Im Boot sitzt Broody und rudert. Vor ihm Debora Mason. Ganz hinten hockt Spencer auf der Kiste und hält Bella fest. Die beiden anderen halten sich rechts und links am Rand des Rindenkanus fest und lassen sich mitziehen.

Broody rudert verbissen.

Unangefochten legt das Rindenkanu am anderen Ufer an.

41. Kapitel

Bill Laarson und Joe Parker treten vor. Die Entfernung ist nun so groß, dass die Halunken auf der anderen Seite auch mit ihren Flinten nichts mehr gegen sie ausrichten können.

Bill und Joe sehen, wie die Männer drüben das Boot ausladen, während die beiden Schwimmer an Land gehechtet sind.

Plötzlich zuckt Bill Laarson zusammen. Drüben, hoch über den Köpfen der Halunken, taucht eine Gestalt zwischen den Spitzen der Felsen auf.

»Donnerwetter!«, knurrt Parker, der das im gleichen Moment sieht. »Das ist doch der komische Kerl. Wie ist denn der da hinübergekommen?«

»Keine Ahnung«, gibt Bill zurück. »Ich habe auch immer gedacht, er wäre wasserscheu. Aber das scheint nicht zu stimmen.«

Jim Moore verschwindet schon wieder wie ein Spuk.

Die Bande verschwindet in dem Hohlweg, durch den sie alle zusammen einen Tag vorher gekommen waren.

»Es ist möglich, dass einer zurückbleibt, um uns zu überwachen. Ehe es Nacht wird, werden wir nicht hinüberschwimmen können«, meint Parker.

Er setzt sich an den Felsen und lehnt sich mit dem Rücken dagegen.

»Nimm Platz, Freund«, meint er. »Wir wollen ein wenig schlafen. Habt ihr Pferde drüben?«

Bill setzt sich neben ihm nieder.

»Vier Stück«, erwidert er.

Parker brummt etwas Unverständliches.

»Die werden weg sein, bis wir kommen«, knurrt er dann. »Das bedeutet, dass wir durch die Black Hills, zumindest bis Lead, laufen müssen. Und dort wird uns weiter nichts übrig bleiben, als Pferde zu stehlen.«

»Ich habe noch sechzig Dollar«, erwidert Bill. »Ich denke, damit kann man einiges anfangen.«

Parker nickt.

»Eine ganze Menge sogar«, meint er. »Ich weiß in den Bergen eine Farm. Für sechzig Dollar müsste es möglich sein, dem Farmer zwei Pferde abzukaufen.«

42. Kapitel

Sie haben einen Burschen am Rande des Hohlweges zurückgelassen.

Die anderen sind weitergezogen.

Der Bursche lehnt frierend am glatten Stein der Felswand und späht zu Parker und Laarson hinüber.

Debora Mason hat ein Gewehr in der Armbeuge. Sie kommt als Erste zu der Stelle, an der sie die Pferde gelassen haben. Sie sieht drei Tiere, die hier stehen.

Debora dreht sich langsam um und blickt Broody fest an.

»Hatten wir nicht vier Pferde?«, fragt sie.

Broody zuckt die Schultern.

»Woher soll ich das wissen?«, mault er aufsässig. »Ich war jedenfalls nicht hier. Das weißt du doch! Vielleicht ist es der Verrückte. Er wurde nirgends gesehen und kann indessen zurückgeschwommen sein. Vielleicht hat er sich ein Pferd genommen und ist verschwunden.«

Debora greift nach den Zügeln des einen Pferdes, zieht den Sattelgurt fest und schwingt sich auf das Pferd.

»Bindet der Gefangenen ein Lasso durch die Handfesseln!«, befiehlt sie. »Sie wird hinter mir herlaufen. Sie war lange bei den Sioux und dürfte an lange Fußmärsche gewöhnt sein.«

Broody nimmt das zweite Pferd und steigt auf. Er hat wieder einen Colt in seinem Holster und der ist geladen.

Howdy zieht Bella Laarson eine Lassoschlinge um den Riemen, der ihre Handgelenke zusammenhält, herum. Dann zieht er den Sattelgurt des dritten Pferdes fest und will aufsteigen, als Debora sagt:

»Und wohin mit der Kiste?«

Howdys Blick ruht auf Broody.

»Steig ab, Dicker«, meint er.

Broodys Hand legt sich auf den blanken, abgewetzten Kolben des Colts.

Howdy hustet und tritt einen Schritt von dem Pferd zurück.

»Willst du nicht?«

Broody schüttelt sanft den Kopf.

Debora Mason lehnt sich an dem Sattelhorn bequem zurecht und folgt der Szene mit gelassenen Blicken.

»Steig ab!«, schreit Howdy, als könnte er mit seiner Stimme irgendetwas erzwingen.

Broody schüttelt wieder den Kopf. Ein Grinsen überzieht nun sein Gesicht.

»Steig ab!«, schreit Howdy noch einmal.

Im nächsten Moment rast seine Hand zur Hüfte. Howdy ist schnell, aber nicht schnell genug für den Banditen Broody.

Sein Schuss kracht, als Howdy den Colt gerade halb aus dem Holster hat. Er bekommt die Kugel genau in die Stirn, wird gegen die Felswand geschleudert und fällt zu Boden.

Broody hebt den Colt mit der Mündung ein wenig an und bläst den Rauch weg.

Debora Mason lächelt ihm zu, aber sie ist sehr bleich.

»Jetzt kann die Kiste aufgeladen werden«, meint Broody.

Fünf Minuten später sind sie marschbereit.

»Und ich?«, fragt der Mann, der nun noch übrig ist.

»Für dich ist hinter der Kiste auf dem Pferd noch Platz«, gibt Broody zurück. »Wenn du willst, kannst du auch deinem Freund am Ufer helfen.«

»Was?«, fragt der Mann verwirrt. »Was soll das heißen? Wollt ihr ihn hier zurücklassen?«

Broody kichert leise.

»Du merkst aber auch alles!«, erwidert er. Er wendet sich Debora Mason zu: »Ich werde den Schluss machen, damit du nicht auf den Gedanken kommst, mir in den Rücken zu schießen. Los, marsch!«

Debora Mason ist noch bleicher geworden. Aus dem vor einer halben Stunde noch duldsamen Red Broody ist ein Kerl geworden, der wieder die Fäden in seine Hand gebracht hat.

Und sie hat nicht einmal mehr ihren Derringer. Broody hat also nur auf seine Chance gewartet.

»Nun los!«, meint Broody und grinst immer noch. »Du sollst den Anfang machen. Hörst du denn nicht?«

Debora Mason wendet sich nach vorn und treibt ihr Pferd an. Der Weg führt vom See weg genau nach Westen. Sie überqueren ein Plateau und halten dann mehr nach Süden.

Red Broody reibt sich hinten am Schluss des kleinen Zuges schon zufrieden die Hände.

43. Kapitel

Sie haben das Plateau noch nicht lange verlassen, als Jim Moore um die Kante eines Hohlweges biegt. Er hat die Hufe seines Pferdes mit Lappen umwickelt. In der Hand hält er einen Beutel.

In diesem Beutel hat Moore verknorpelte, schwarzrote, ausgetrocknete Früchte, die er weiter oben in einer Feldnische von einem Bruchkirschenstrauch riss.

Moore folgt nun der Spur der Bande und lässt hin und wieder die Kirschen auf den Weg fallen. Er weiß, dass Bruchkirschensträucher hier in den Bergen sehr selten sind und sicher wird niemand denken, dass sie von da oben, wo die Sträucher stehen, bis hier herunter auf den Weg fallen können.

So reitet er Stunde um Stunde dahin. Oftmals muss er anhalten und lauschen, um den Hufschlag vor sich noch hören zu können.

Es wird schon Abend, als die Berge vor ihm auseinandertreten.

Jim Moore muss den Abstand vergrößern. Er ist sicher, dass die Banditen nun bald anhalten und rasten werden.

44. Kapitel

Im Schutze der Nacht schwimmen Bill Laarson und Joe Parker durch den Bergsee.

Sie haben bald die Stelle gefunden, wo der Hohlweg in die Berge hineinführt.

Als sie dort eindringen wollen, ist ein metallisches Klicken zu hören.

Parker knickt fast automatisch in die Knie und wirft sich an der Felswand nieder. Seine Reaktion kommt keine Sekunde zu früh.

Ein greller Mündungsblitz zerreißt plötzlich vor ihnen die Nacht. Doch die Kugel liegt zu hoch.

In der nächsten Sekunde ist Parker schon wieder aufgesprungen. Er rennt vorwärts, packt den Mann, der geschossen hat, am Kragen und wirbelt ihn auf den Weg.

Klirrend fällt das Gewehr auf den Boden.

Parker zerrt den Mann zu sich heran und schaut ihm ins Gesicht. Dann stößt er ihn mit einem Wutschrei von sich.

Der Bursche schliddert über den Boden. Er kracht mit dem Rücken an die Felswand, während sich Irrlichter in seinen Augen spiegeln.

Parker will wieder hinter ihm herspringen, als der Kerl nach dem Colt greift, den er noch im Holster hat.

Parker wirft sich zu Boden.

»Achtung!«, schreit Bill und lässt sich fallen.

Ein Schuss kracht. Klirrend springt die Kugel gegen den harten Fels und jault davon.

Parker hat das Gewehr geschnappt. Er dreht sich herum, liegt auf dem Rücken und schießt.

Der Bandit stößt einen Schrei aus, wird noch fester gegen die Wand gepresst und fällt dann nach vorn.

Laarson blickt zu ihm hinunter und sieht die gebrochenen Augen.

»Er ist tot«, sagt er.

Parker knurrt nur etwas Unverständliches. Er hebt den Colt des Toten auf und dreht die Trommel durch.

Bill blickt ihn von der Seite an. Er fragt sich, was dieser Mann dabei empfindet, wenn er die Leute, mit denen er jahrelang zusammen lebte, nun plötzlich eigenhändig tötet.

»Er ist tot«, wiederholt er.

Parker bleibt dicht vor ihm stehen.

»Das wollte ich auch hoffen!«, schreit er. »Deshalb habe ich doch geschossen.«

Er hebt das Gewehr auf und gibt es Bill in die Hand.

»Los!«, sagt er über die Schulter. »Gehen wir.«

Sie laufen den Hohlweg hinauf. Halten sich aber dicht an den Wänden der Felsen, weil sie nicht wissen, was sie hier erwartet.

Sie kommen in den Kessel, in dem die Pferde sein müssen. Aber es liegt nur ein Toter auf dem Boden.

Joe ist stehengeblieben und blickt auf ihn hinunter.

»Howdy war immer ein ganz brauchbarer Bursche«, meint er. »Es ist komisch mit dem Gold. Es scheint doch jeden verrückt zu machen.«

Parker sucht bei dem leblosen Körper herum, findet dessen Waffe in der Nähe und nimmt ihm dann den Gurt ab.

»Ich schätze, wir sind jetzt ganz gut bewaffnet«, sagt er, mit immer noch rauer, spröder Stimme. »Nun fehlt uns nur noch eine gute Nase für die Fährte und dazu zwei Pferde.«

So laufen sie den Canyon hinunter und suchen den Boden ab. Aber es ist nichts zu sehen. Nur kaltes Mondlicht flutet bis auf den Schluchtboden herunter.

So kommen sie zu dem Plateau. Bill bückt sich und hebt eine der verknorpelten, trockenen Kirschen auf. Er dreht sie in der Hand und blickt sich suchend um.

»Was ist los?«, knurrt Parker.

»Seltsam«, murmelt Bill. »Wie kann eine Bruchkirsche hierher kommen?«

Parker ist zurückgekommen und betrachtet den Fund, den Bill gemacht hat. Er blickt über den Boden und sieht eine zweite Kirsche. Er hebt sie auf und dreht sie zwischen den Fingern.

»Ja, das ist seltsam«, meint er. »Solche Kirschen können nicht von selbst auf die Reise gehen. Auch der Wind kann sie nicht bis hierher getragen haben. Ich schätze, da hat jemand nachgeholfen.«

Ein Lächeln zieht für einen Moment über Bills Gesicht.

»Dein Cowboy«, meint Parker.

»Ja, es kommt wohl sonst niemand in Frage«, gab Bill zurück. »Weißt du, ob es hier in der Nähe Bruchkirschensträucher gibt?«

»Natürlich. Weiter oben, zwischen den Felsen. In den Spalten, wuchern sie direkt.«

»Also los, gehen wir«, erwidert Bill.

Immer wieder finden sie Bruchkirschen, die auf dem Boden liegen und ihnen den Weg durch viele Hohlwege und Nebenarme weisen.

»Das hätten wir niemals gefunden«, meint Parker nach längerer Zeit. »Die Schufte haben das Bergmassiv beinahe kreuz und quer durchstreift. Wenn sie aber jetzt die Richtung beibehalten, kommen wir an der kleinen Ranch vorbei, die uns oft mit Fleisch versorgte.«

Die Richtung ändert sich nicht mehr. Im Morgengrauen lichten sich die Berge vor ihnen.

Dunstiger Nebel liegt, von der Sonne niedergedrückt, über dem Land. Im Präriegras ist die Spur der Reiter noch zu sehen. Wie eine endlose Schlange windet sich die schmale Spur nach Südwesten.

»Bist du in der Lage noch zwei Stunden zu Fuß durchzuhalten?«, meint Parker.

»Ich denke«, erwidert Bill.

»Wir werden jetzt abbiegen«, fährt Parker fort. »Sonst, können wir die Ranch nicht erreichen. Gegen Mittag sind wir wieder auf der Fährte.«

Parker biegt vom Weg ab. Er läuft genau in die Prärie hinaus, wo in der Ferne ein Pinienwäldchen zu sehen ist.

Bill geht neben ihm her. Er ist müde. Größer als seine Müdigkeit ist die Sorge um seine Frau Bella.

45. Kapitel

Sie haben das Wäldchen durchquert. Dahinter erstreckt sich wieder das weite Büffelgrasland. Ein paar flache Gebäude ducken sich in einer Bodenfalte an den Boden. Sie stehen da, als wollten sie diesen Platz, den sie sich einmal erobert haben, nie wieder verlassen.

Parker lehnt sich an einen Eisenholzbaum und reibt sich über sein verfilztes Bartgestrüpp.

»Siehst du die Pferde?«, fragt er dann und nickt nach vorn.

»Ja«, sagt Bill.

Er blickt zu den Pferden, die nahe den Hütten in einem weitläufigen Lattenkorral stehen.

Parker streckt die Hand aus.

»Gib das Geld her«, meint er. »Ich werde den Kauf tätigen. Das ist die einzige Garantie, dass wir nicht betrogen werden.«

Bill sucht in seinen Taschen herum, bis er das Geld gefunden hat.

Parker schiebt es in die Hosentasche, nimmt sein Gewehr fester und geht dann langsam los.

»Es ist am besten, du sagst gar nichts«, meint er. »Ich mache das alles.«

»Gut«, meint Bill.

Als sie bis auf hundert Yards an die kleine Ranch heran sind, kommen drei Männer aus einem der flachen Gebäude.

Die Männer bleiben mitten im Hof stehen.

Parker schwingt das Gewehr am Lauf hoch und wirbelt den Kolben über die Schulter. Er geht immer mehr auf die Männer zu, bis er zehn Schritt von ihnen entfernt ist. Da bleibt er stehen.

In der Mitte der drei steht ein grauhaariger alter Mann. Die beiden jungen Männer rechts und links sehen ihm sehr ähnlich. Wahrscheinlich sind es seine Söhne.

»Wir wollen zwei Pferde kaufen«, erklärt er.

Der grauhaarige, alte Mann mustert Parker von oben bis unten. Dann schweift sein Blick zu Bill Laarson hinüber, der zwei Schritt seitlich von Parker stehen geblieben ist.

Der junge Bursche, rechts neben dem alten Mann beginnt langsam zu grinsen und stößt dann ein glucksendes Lachen aus.

»Was hast du denn?«, fährt ihn der Alte knurrend an.

»Sieh sie dir doch an«, meint der Junge. »Sie sehen wie Tramps aus. In den Kleidern, die sie anhaben, haben sie zwei Jahre geschlafen.«

Parker schiebt den Kolben des Gewehres auf seiner Schulter noch ein Stück weiter zurück.

»Wir wollen zwei Pferde«, wiederholt er gelassen. »Wir sind nicht gekommen, damit ihr Freude an unserem Anblick haben sollt. Wir haben sechzig Dollar, Mister.«

Er greift mit der Linken in die Tasche und zieht das Geld heraus.

Der Junge stößt wieder sein raues Lachen aus.

»Sie kommen sicher aus Lead«, meint er. »Wer weiß, was sie dort gemacht haben, dass sie sechzig Dollar besitzen.«

Parker knüllt das Geld in der Hand zusammen und schiebt es in die Hosentasche zurück. Langsam geht er auf den jungen Burschen zu.

»Es ist besser, du nimmst den Mund nicht so voll«, grollt er. »Es könnte sonst sein, dass du von mir einen Schlag bekommst, der dich bis da hinüber in die Scheune wirft. Wahrscheinlich bildest du dir ein, ein mächtiger Kerl zu sein. Aber du bist ein junger, unfertiger Grünschnabel, der mit dem protzen will, was sein Vater hier draußen an der Grenze erreicht hat.«

Der Junge stößt ein böses Knurren aus und kommt langsam auf Joe Parker zu.

Joe Parker nimmt das Gewehr von der Schulter, er packt den Lauf mit der linken Hand. So stellt er es neben seinen linken Fuß und wartet.

Der junge Bursche bleibt dicht vor ihm stehen und reckt sich auf die Zehenspitzen. Er ist jetzt so groß, dass er Parker genau bis ans Kinn reicht.

»Was hast du da gesagt?«, schnaubt er. »Du elender Halunke.«

Er hat das letzte Wort kaum über die Zunge, als Parkers Faust wie ein schwerer Hammer vorzuckt. Sie explodiert an seinem Gesicht und feuert ihn wie einen leichten Strohballen über den Hof, bis hinüber zur Scheune, wo er wuchtig gegen die Wand gestoßen wird. Er fällt daran nieder.

Joe Parker wendet sich wieder dem alten Mann zu, der noch immer ruhig im Hof steht.

»Mit der Erziehung deines Sohnes hast du offenbar eine unglückliche Hand gehabt«, meint er. »Wie sieht es nun mit den Pferden aus?«

Der zweite junge Mann verhält sich ruhig.

Der alte Mann nagt sich an der Unterlippe. Er kommt noch ein Stück näher heran und nimmt Parker das Geld aus der Hand, das der wieder aus der Tasche gezogen hat.

»Es ist nicht sehr viel«, brummt er. »Ich kann euch dafür nur zwei ausgediente Sättel geben.«

Bill schiebt sich nun ebenfalls etwas näher an Parker heran.

»Das reicht aus«, hört er Parker sagen. »Wir sind nicht sehr verwöhnt, alter Mann.«

Der Mann dreht sich um und gibt seinem zweiten Sohn ein Zeichen.

Der geht zum Korral hinüber, schwingt sich geschickt über den Lattenzaun hinweg, nimmt ein Lasso von einem der Pikettpfähle und geht damit in den Korral hinein, indem er einen leisen Lockruf ausstößt.

Bill hat sich etwas gedreht, um den Mann im Auge behalten zu können. Er sieht, wie der geschickt das Lasso durch die Luft wirbeln lässt, bis sich die Schlinge um den Hals eines der zurückweichenden Pferde legt und mit einem Ruck zusammenzieht.

»Na, komm schon«, hört er den jungen Mann sagen, indem er das Lasso anzieht.

Parker blickt zur anderen Seite hinüber, wo der zweite Junge immer noch am Rande der Scheune liegt.

Der junge Mann hebt die Fenz auf und führt das erste Pferd in den Hof. Dann geht er in den Korral zurück, fängt ein zweites Pferd auf die gleiche Art ein und bindet es neben dem ersten an.

Er holt Sättel und zehn Minuten später sind beide Pferde aufgezäumt und gesattelt.

Parker wendet sich Laarson zu.

»Was denkst du, werden wir die Strolche auf diesen Schindern einholen können?«

Laarson blickt ebenfalls zu den Pferden. Sie sehen nicht eben schlecht aus, aber es sind auch keine besonders guten Tiere.

»Ich weiß nicht«, sagt er. »Es ist ein gewagter Versuch. Aber wahrscheinlich bleibt uns keine andere Möglichkeit.«

»Ich meine etwas anderes«, knurrt Parker. »Du weißt, ich kenne mich nicht mehr so genau in der Welt aus. Wie steht es draußen? Was kostet ein Pferd?«

»Die beiden dort dürften zusammen vierzig Dollar wert sein«, erwidert Bill. »Aber zwischen hier und einer Stadt besteht vielleicht ein Unterschied.«

»Eben«, knurrt der alte Rancher.

Parker dreht sich ihm mit einem Ruck zu.

Der alte Mann weicht vorsichtshalber zwei Schritte zurück.

»Du hast ja gehört, was mein Partner sagte«, meint Parker. »Komm, sei ein friedlicher Mann und gib zwanzig Bucks zurück. Wir bekommen dann keinen Verdruss miteinander. Ich habe es nicht gern, wenn mich jemand über die Ohren hauen will.«

Drüben an der Scheunenwand erhebt sich jetzt der junge Bursche. Ein böses Grinsen spiegelt sich in seinen Augen.

»Verschwindet, ihr Gesindel!«, schreit er. Seine Rechte zuckt zur Hüfte hinunter und plötzlich funkelt der Lauf der Waffe im Sonnenlicht.

Parker hat sich nicht bewegt.

»Sag ihm, dass er seinen Schießprügel wieder einstecken soll, alter Mann«, meint er an den Rancher gewandt. »Und dann gib mir zwanzig Dollar zurück.«

Der alte Mann grinst plötzlich ebenfalls.

Der zweite junge Mann tritt ebenfalls weiter zur Seite. Auch er hat nun die Hand auf dem Kolben seines Revolvers gelegt. Aber noch steckt seine Waffe im Holster.

»Ihr habt noch eine Chance«, meint er. »Steigt auf und verschwindet.«

Parker stemmt sich schwer auf den Lauf des Gewehres.

»Drohen also auch noch«, meint er. Er tut, als wollte er auf die Pferde zugehen, und er dreht das Gewehr dabei. Plötzlich aber ruckt er herum und ein Feuerblitz bricht aus der Mündung.

Der Colt des Burschen an der Scheune kracht gegen die Wand und fällt zu Boden.

Der Bursche selbst heult auf und tanzt auf einem Bein. Krampfhaft hält er seine rechte Hand mit der Linken umpresst.

Parker wendet sich dem alten Mann zu.

»Ich bin immer noch geneigt, das hier als einen Spaß gelten zu lassen«, sagt er. »Es ist jetzt am besten, wenn du den anderen bremst, denn ich weiß nicht, ob ich noch einmal nur den Revolver treffe.«

Der zweite junge Mann schiebt sich noch weiter zurück.

Laarson hat seinen Colt in der Hand. Er hält ihn zwar noch zu Boden gerichtet, aber er würde ihn viel schneller hochschwingen können, als der junge Mann seine Waffe zieht.

»Gib ihm das Geld«, hören sie ihn knurrig sagen.

Der alte Mann brummt etwas Unverständliches, dann wirft er zwanzig Dollar in den Sand.

»Nimm sie dir«, schnaubt er.

Der junge Bursche drüben an der Scheune schreit noch immer.

Parker dreht sich langsam, wendet das Gewehr wieder auf den Burschen an der Wand, der plötzlich sein Schreien einstellt und starr steht. Die Farbe weicht aus seinem Gesicht.

»Komm her, mein Junge«, murmelt Parker fast freundlich. »Heb das Geld auf. Es sieht so aus, als wäret ihr alle drei aus einem Holz.«

Der Kerl hält noch immer seine Hand. Er schaut in die dunkel gähnende Mündung und setzt sich dann in Bewegung. Mit verkantetem Gesicht hebt er die Geldscheine auf und hält sie Parker hin, der sie gelassen nimmt und in die Tasche schiebt.

»So«, meint er. »Und nun schnallt ihr alle ab. Wir wollen, schließlich heil von dieser Ranch wegkommen.«

Als die Waffen der drei Männer im Hof liegen, drängt Parker die Männer zurück und befördert die Waffengurte mit einem Tritt in den großen Misthaufen, neben der Remise.

»Eigentlich sollte man euch alles abnehmen«, sagt er kalt. »Ihr seid keine Rancher, sondern Banditen.«

Bill ist zu den Pferden gegangen und hat die Zügel vom Korral losgemacht. Er führt sie über den Hof zu Parker. Drückt dem die Zügel des einen Pferdes in die Hand und schwingt sich in den Sattel des anderen.

Als sie losreiten, will der junge Bursche, der gegen die Scheunenwand geworfen wurde, nach seinem Colt suchen.

Aber der Rancher hebt die Hand. »Lass es!«, ruft er.

Bill Laarson und Joe Parker finden die Fährte bald wieder.

Nach zwei Stunden kommen sie zu einer verlassenen Feuerstelle.

Bill steigt ab und hält die Hand in die Asche. Sie ist noch warm.

»Hier haben sie gelagert. Aber wie es aussieht, nur wenige Stunden.«

Parker ist abgestiegen und vertritt sich die Beine.

Bill streift noch weiter um den Lagerplatz herum. Er findet bald die Spuren, die Jim Moore hinterlassen hat. An einer Hecke ist der Boden aufgewühlt.

Parker blickt zu Bill und blickt über dessen Schultern.

»Er hat sich angeschlichen«, meint er dumpf. »Vielleicht wollte er deine Frau befreien. Vielleicht auch nur das Gold holen. Auf jeden Fall ist er nicht nahe genug herangekommen. Dein Cowboy ist doch besser, als ich immer dachte.«

Bill ringt sich ein Lächeln ab.

»Er ist ein guter Mann«, meint er. »Treu wie Gold. Gar nicht so, wie die meisten heute sind. Es gibt zwar Dinge, die er grundsätzlich verkehrt macht, aber er hat so etwas wie Naturinstinkt.«

Bill sucht weiter. An einem Ast sieht er ein weißes Stück Papier. Es sieht zerknittert und schmutzig aus. Es ist mit einem stumpfen Bleistift beschrieben.

Bill reißt den Zettel herunter und faltet ihn auseinander.

»Der scheint das Bad im See mitgemacht zu haben«, grinst Parker, der wieder herangetreten ist. »Er kann also sogar schreiben, das hätte ich niemals angenommen.«

Bill muss eine Weile studieren, bis er die wirren Schriftzeichen entziffert hat.

»Die Halunken lassen Bella fast immer hinter dem Pferd laufen, auf dem Debora Mason sitzt. Broody hat das Kommando wieder übernommen. Sie wollen nach Nevada hinunter. Ich bleibe auf ihrer Spur, Jim.«

Parker stößt ein leises Lachen aus.

»Nicht schlecht, der Junge«, meint er. »Nevada also! Bis dahin ist es noch ein weiter Weg. Wenn sie die Richtung beibehalten, müssen sie durch Reno kommen. Das ist von hier höchstens noch fünfzig Meilen entfernt.«

Parker geht zu den Pferden zurück.

»Fünfzig Meilen sind für unsere Klepper aber eine ganz schöne Strecke«, meint er.

Bill ist ebenfalls zurückgekommen und steigt in den Sattel.

»Versuchen wir es«, meint er.

Drei Stunden lang kommen sie gut voran. Dann beginnt Parkers Pferd plötzlich zu schwanken.

Der Bärtige ist mit einem Satz aus dem Sattel, fasst die Zügel kurz und läuft vor dem Tier her. Das macht er fast eine ganze Stunde lang und wie es aussieht, wird er dabei nicht einmal müde.

Dann kommen sie zu einem schmalen Wasserlauf. Der Creek führt nur wenig Wasser.

Gewaltsam müssen sie die Pferde zurückhalten.

Die Pferde dampfen so stark, dass sie wahrscheinlich einen Herzschlag bekommen würden, wenn sie jetzt sofort von dem Wasser tränken.

Nach zehn Minuten lassen die beiden Männer die Zügel endlich locker. Die Pferde gehen zum Wasser hinunter und tauchen die Mäuler hinein.

»Wir werden eine Stunde rasten«, sagt Parker. »Dann wird es wieder gehen.«

46. Kapitel

Als die Abenddämmerung über das Land zieht, bricht Bella plötzlich zusammen. Das Lasso an ihren Händen strafft sich mit einem Ruck und reißt sie schleifend über den Boden.

Debora Mason hält ihr Pferd an. Sie dreht sich im Sattel und blickt nach hinten.

»Steh auf!«, schreit sie mit heiserer Stimme. »Los! Auf die Beine! Du kannst noch weiter. Du willst nur nicht mehr.«

Bella bemüht sich, wieder auf die Beine zu kommen. Sie bringt es halb fertig, steht noch zusammengeduckt und fällt plötzlich wieder nach vorn. Ihr Kopf fällt ins Gras.

Mit einem Fluch springt Broody aus dem Sattel. Er macht seine Peitsche vom Sattelhorn los und lässt sie klatschend durch die Luft streichen.

Die erwartete Wirkung bleibt aus.

Bella ist so erschöpft, dass sie das Knallen in der Luft gar nicht mehr richtig aufnehmen kann. Auch als Broody wieder zuschlägt und der Lederriemen diesmal über ihren Rücken streift, bemerkt sie nur einen brennenden Strich, der gleich wieder weg ist. Sie bringt noch einmal den Kopf hoch, sieht Debora Mason vor sich, die dann langsam wie in einer dichten Nebelwand verschwindet.

Und dann hält Bella Laarson eine tiefe Ohnmacht umfangen.

Broody hebt die Peitsche wieder. Vor Hass und Wut ist sein Gesicht entstellt.

»Lass es sein, du Narr!«, schreit Debora Mason giftig. »Siehst du nicht, dass sie das Bewusstsein verloren hat. Bist du so dumm, das nicht zu bemerken? Los, verdammt, steck die blöde Peitsche weg.«

Red Broody lässt die Peitsche sinken, dreht sich halb und blickt seine Kumpanin vernichtend an.

»Wenn hier irgendjemand etwas zu sagen hat«, schreit er, »dann bin ich das. Merke dir das. Schreibe dir das hinter die Ohren. Und wenn ich sie umbrächte, dann wäre das weiter nichts als meine Sache.«

Der dritte Mann, der sich hier fast ein wenig überflüssig vorkommt, sitzt hinter der Goldkiste auf seinem dampfenden Pferd und sagt nichts. Ungerührt folgt er der Szene. Vielleicht denkt er schon daran, dass er der Nächste sein wird, der aus diesem Spiel irgendwie ausscheiden muss.

»Noch lebt Laarson«, sagt Debora Mason in die eingetretene Stille. »Noch kann es sein, dass Laarson hinter uns her ist. Auch wenn wir glauben, unsere Spur gut verwischt zu haben. Und nur solange sie lebt, haben wir ernstlich ein Druckmittel gegen ihn in der Hand, wenn irgendetwas geschehen sollte. Ich kann mich entsinnen, dass das auch einmal deine Meinung gewesen ist.«

Widerwillig knurrend rollt Broody die Peitsche zusammen. Sein Zorn ist verraucht, so plötzlich wie er gekommen ist. Mit einem Wink kommandiert er den Mann, der hinter der Goldkiste sitzt aus dem Sattel.

»Lade sie auf«, schnaubt er. »Sie wird hinter der Kiste reiten. Du hast jetzt die Ehre zu laufen. Es können höchstens noch fünf bis sechs Meilen bis Reno sein.«

»Willst du dort bleiben?«, fragt Debora Mason. »Wir wollen doch weiter.«

»Das weiß ich selber!«, knurrt Broody. »Du brauchst mir das nicht zu sagen. Ich will dort nur warten. Ich möchte, dass unsere Spur gründlich verwischt ist. Und zwar beizeiten. Nicht erst an der Grenze. Oder jenseits der Bahnlinie. Ich will, dass wir vor Nachstellungen ganz sicher sind. Wir dürfen keine Verfolger mehr haben. Ich halte es für durchaus denkbar, dass Laarson irgendwie unsere Spur gefunden hat. Wir warten drei Tage. Dann wissen wir es genau. Taucht er in der fraglichen Zeit nicht auf, verschwindet sie.«

Ein bezeichnender Blick ruht auf Bella Laarson.

Debora Mason beugt sich im Sattel etwas zur Seite.

»Und weiter?«, fragt sie.

»Dann...«

Broody grinst sie plötzlich an. »Dann wird geteilt«, fährt er fort. »Aber das geschieht auf meine Art, wie du dir sicher denken kannst. Und nun wollen wir keine Zeit mehr verlieren.«

Er geht zu seinem Pferd zurück, schwingt sich hinauf, und sie setzen ihren Weg fort.

47. Kapitel

Dreihundert Yards zurück wird der Schatten einer Hecke länger und plötzlich erhebt sich Jim Moore. »Komm hoch«, murmelt er.

Neben ihm kommt das Pferd auf die Beine. Der Cowboy streichelt über den seidenweichen Hals des Tieres.

»Du bist sehr klug«, lobt er. Er zieht sich in den Sattel und reitet im Schutz der Büsche langsam auf die Stelle zu, wo Laarsons Frau zusammengebrochen war. Er nimmt sie kurz in Augenschein und reitet dann im Schutz der Büsche weiter. Als diese zu Ende sind, muss er warten, bis die Banditen im Büffelgras verschwinden. Dann erst kann er ihrer Spur folgen.

Schnell wird es dunkel. Jim Moore schließt langsam wieder dichter zu den Banditen auf.

Über zwei Stunden reitet er so dahin, bis er in der Ferne die Lichter einer kleinen Stadt auftauchen sieht. Das kann nur Reno sein. Das Nest, von dem in der letzten Nacht, als er sie schon belauschen konnte, die Rede war.

Jim folgt der Spur weiter. Auch jetzt, wo es völlig dunkel ist, kann er sie noch immer gut sehen. Er kommt schließlich an den Stadtrand und an eine verlassene Scheune, wo er absteigt. Scharf blickt er in die Stadt hinein. Ein paar Laternen hängen, an Schnüren aufgezogen, über der ausgefahrenen Straße. Im Lichtkreis sieht er Debora Mason und Red Broody reiten. Hinter ihnen folgt das dritte Pferd, auf dem Bella Laarson quer über dem Sattel liegt. Und ganz zum Schluss läuft der dritte Mann, der einmal zu Joe Parkers Haufen gehört hat.

Jim Moore glaubt, dass der Mann jeden Moment umfallen muss. Er denkt aber, dass ihm das gar nichts schadet.

Moore schnalzt mit der Zunge. Langsam reitet er in die Stadt hinein.

48. Kapitel

Broody hält sein Pferd vor dem Saloon an. Er schaut die Straße hinauf und hinunter. Die Stadt besteht aus insgesamt zwanzig Häusern, von denen die meisten nur ärmliche Hütten sind.

»Hier werden wir uns einquartieren«, meint er. »Wir nehmen die beiden Zimmer da oben!« Er zeigt dabei zum Obergeschoß. »Das gibt uns einen weiten Überblick über das Land.«

Broody steigt nicht ab, sondern reitet langsam um das Haus herum. Erst im Hof gleitet er aus dem Sattel.

Debora Mason und der andere Kerl sind mit dem dritten Pferd gefolgt, »Du bleibst hier«, sagt Broody an die Frau gewandt. »Versuche keinen Trick, wenn ich wieder herauskomme. Es hat uns doch bis jetzt niemand gesehen?«

»Es sah nicht so aus«, sagt die Frau. »Ein Wunder eigentlich, ich hatte gedacht, wir würden es anders machen.«

»Ja, du hast das gedacht«, meint Broody. »Aber ich gehöre zu den Leuten, die den Stier bei den Hörnern packen. Die Leute hier sollen ruhig wissen, dass es besser ist, mit mir nicht anzubinden.«

Der stiernackige Broody geht durch die Hintertür in den Saloon. Es sind ungefähr zehn Männer anwesend, die zum Teil an der Theke stehen, zum Teil aber auch um einen Tisch sitzen und pokern. Sie nehmen von ihm keine Notiz.

Er lehnt sich an die Seite der Theke, winkt dem Keeper zu und lässt sich einen Whisky geben. Dabei mustert er den Mann unter halb geschlossenen Augen. Der Mann ist von rundlicher Gestalt und hat ein aufgedunsenes Gesicht mit einem Doppelkinn.

Broody trinkt einen kleinen Schluck, »Ich bin mit einigen Begleitern hier«, meint er. »Wie sieht es mit zwei Zimmern aus?«

Der Keeper nickt.

»Ich habe zwei Zimmer, und die sind eben frei«, knurrt er und zeigt zur Decke. »Hier drüber.«

Broody nickt.

»All right, Mister. Die nehme ich«, gibt er zurück. »Geben Sie mir den Schlüssel. Wir haben eine Frau bei uns, die krank geworden ist.«

Der Wirt nimmt den Schlüssel von einem Wandbrett und gibt ihn Broody in die Hand.

»Wir haben aber keinen Doc in der Stadt«, meint er dumpf. »Hier in Reno ist nicht mehr viel los, seit die Armee abgezogen ist.«

»Das macht nichts«, meint Broody. »Ich nehme an, sie ist nur stark entkräftet. Das gibt sich wieder.«

Der Wirt nickt.

Broody trinkt den Rest seines Whiskys und wirft das Glas ins Spülbecken. Dann wendet er sich ab. Er verlässt den Saloon.

Als er hinter das Haus kommt, steht Debora neben ihrem Pferd. Toller, der andere Mann, hat Bella von ihrem Pferd gehoben und stützt sie. Es sieht ganz so aus, als habe sich überhaupt nichts verändert.

Aber Broody ist misstrauisch. Seit er damals desertierte, hat er gelernt, so zu sein und auf alles achtzugeben. Er nähert sich den beiden langsam und lauernd. Nach ein paar Schritten bleibt Broody stehen.

»Nimm die Kiste«, sagt er zu Toller.

»Du bist kräftig genug, sie allein zu tragen. Debora, du stützt sie.«

Er nickt zu Bella Laarson hin. »Wir haben die beiden Zimmer im Obergeschoss«, setzt er hinzu.

Toller und Debora Mason wechseln blitzschnell einen Blick, dann tun sie, was er gesagt hat.

Broody ist das nicht entgangen. Er spürt wie die Unsicherheit in ihm wächst.

Ungesehen kommen sie in den Gang hinter dem Saloon und die Treppe hinauf. Sie hören die Stimmen der Männer aus dem Gastraum dringen.

Oben, in dem einen der beiden Zimmer, brennt Broody die Hurrikanlaterne an, die auf dem Tisch steht.

Debora zieht Bella zu einem Sofa und lässt sie darauf fallen.

Toller stellt die Kiste neben die Lampe auf den Tisch, der in seinen Fugen zu ächzen und zu krachen beginnt.

»Mach das Lasso ab!«, kommandiert Broody an Teller gewandt. Dann schüttelt er plötzlich den Kopf, als sein Blick zu Debora Mason fällt. »Nein, lass es. – Debora, du legst den Colt auf den Tisch, den du in der Tasche hast.«

Die rothaarige Frau reißt die Augen auf. Mit einer fast mechanischen Bewegung greift sie in die Tasche und bringt die Waffe heraus.

Broody lächelt ein wenig. Es ist ein sehr hartes Lächeln. Er hatte die Umrisse der Waffe gesehen, die sich durch den Stoff abzeichneten.

Broody nimmt die Waffe entgegen und entlädt die Trommel. Die Patronen schiebt er in die Hosentasche. Den Colt wirft er achtlos auf ein Bett.

»Toller, du legst deinen Revolver ebenfalls dazu«, sagt er. »Du siehst zwar nicht aus, als wärst du besonders mutig, aber vielleicht bist du geradc deshalb besonders gefährlich.«

Toller legt seinen Colt und sein Geweht auf den Tisch. Broody entlädt auch diese Waffen. Dann geht er durch eine Verbindungstür und blickt ins Nebenzimmer. In der Gangtür steckt der Schlüssel.

»Bring die Kiste hier herüber«, ruft er in den anderen Raum hinein. »Wenn der Salooner hochkommt, dann braucht er nicht gleich darüber zu stolpern.«

Toller wuchtet die Kiste vom Tisch hoch und schleppt sie in das andere Zimmer. Hier stellt er sie auf die Erde.

Broody bückt sich und schiebt sie unter zwei zusammenstehende Betten. Als er wieder hochkommt, sieht er in Tollers glänzende Augen.

»Gib dir keine Mühe!«, zischt er ihn an. »Ehe du die Faust heben kannst, bist du ein toter Mann. Debora hat es dir angetan, nicht wahr? Aha, du brauchst mir das nicht zu erzählen. Ich weiß, wie das ist. Ich weiß, welche Macht sie auf Männer ausüben kann. Auch ich stand einmal im Begriff, ihr auf den Leim zu kriechen. Aber ich merkte dann doch, dass sie eine Schlange ist. Deshalb habe ich sie in Abilene verlassen und ihr nichts von dem gesagt, was ich vorhatte. Sie hat mir später bewiesen, dass sie so ist wie ich sie einschätzte.

Wenn sie sich mit der Absicht trägt, mich zu töten und wenn ihr das irgendwie gelingen sollte, dann bist du selbst der Nächste, der an der Reihe ist. Dann kannst du die Stunden, die du noch zu leben hast, vermutlich an den Fingern abzählen. Du würdest von ihr weder etwas von dem Gold bekommen, noch wäre sie dazu bereit, dich zu heiraten, wie sie es dir vielleicht vorgegaukelt hat. – Und nun gehst du in den Saloon hinunter und holst ein paar Flaschen hoch.«

Toller lächelt geringschätzig. Er scheint das, was Broody ihm erzählt hat, nicht zu glauben.

Broody bemerkt das auch. Er sagt aber nichts.

Toller geht durch die Tür. Hinter ihm fällt sie zu. Staub rieselt von der Decke.

Broody geht ins andere Zimmer zurück. »Was du vorhattest, werde ich dir nicht vergessen«, sagt er, ohne Debora Mason anzusehen. »Dein Anteil ist damit um weitere zehn Prozent gefallen. Noch so ein Trick und du bekommst überhaupt nichts mehr. Ich hoffe, wir haben uns jetzt endlich verstanden.«

Er dreht sich um und geht in den anderen Raum zurück.

Kaum hat er ihr aber den Rücken zugewandt, da springt sie von dem Stuhl hoch, auf dem sie gesessen hat.

Ein Messer funkelt in ihrer Hand. Mit ungeheurer Wucht schleudert sie ihm die Waffe nach.

Der blitzende Stahl bohrt sich in Red Broodys Rücken. Auch er ist sich so schlau vorgekommen. Er taumelt noch bis zum Türpfosten, knallt sich dort fest, kann sich aber nicht halten.

Ein Blutfaden rinnt aus seinem Rücken. Bis zum Heft steckt das Messer darin. Broody rutscht tiefer und tiefer und fällt dann krachend auf die Dielen.

Bella hört und sieht davon nichts. Erschöpft ist sie auf dem Sofa eingeschlafen.

49. Kapitel

Toller kommt mit zwei Flaschen aus dem Saloon und steigt die Treppe hinauf. Er bemerkt Jim Moore nicht, der sich in eine dunkle Nische drückt. Arglos geht er vorbei und die Treppe weiter hinauf.

Moore schiebt sich hinter ihm wieder vor. Hinter sich her zerrt er einen groben Sack, und er hat seine Last, diesen die Treppe hinunterzubringen, ohne zu viel Krach zu machen.

Auf dem ersten Absatz muss Moore anhalten und sich ducken.

Toller stößt oben die Tür auf, und eine breite Lichtbahn fällt die Treppe herunter.

»Mach zu, verdammt«, befiehlt die kalte Stimme von Debora Mason.

Die Tür knallt zu, sodass das ganze Haus zu wackeln scheint.

»Ich habe ihn erledigt«, hört Moore die Frau sagen. »Wir müssen ihn wegschaffen.«

Jim Moore zuckt zusammen. Schnell wuchtet er den Sack wieder hoch und hastet die Treppe weiter hinunter.

50. Kapitel

Toller stellt die Flaschen neben der Tür auf die Erde. Er geht zu Broody hinüber und dreht ihn auf den Rücken.

Unnatürlich weit stehen die Augen des Banditen offen, der den Plan ausgeheckt hatte. Er war also nicht mehr in den Genuss seiner Bemühungen gekommen.

Toller leckt sich über die Lippen und sieht suchend im Raum umher. Schließlich steht er auf. Von einem Bett nimmt er eine Decke. In diese wickelt er Broody. Das Messer liegt noch auf den grauen, schmutzigen Dielen.

»Hilf mir, Darling«, sagt er. »Wenn ich ihn auf die Schultern nehme, sieht jeder, was los gewesen ist.«

Toller geht zur Tür und stößt sie auf. Schräg gegenüber befindet sich noch ein Zimmer. Er schaut kurz durch ein Astloch in den Raum hinein, dann drückt er die Klinke nieder.

Das Zimmer ist leer.

Toller läuft zurück, hebt Broody zusammen mit Debora hoch und trägt ihn hinaus. Sie laufen in den anderen Raum hinüber und schieben den Toten unter das Bett. Keiner von ihnen bemerkt Jim Moore, der die Treppe mit seinem schweren Sack wieder heraufgekommen ist und sich in das Doppelzimmer hineinschiebt. Sie sind noch damit beschäftigt, den Toten unter dem Bett durch ein paar Decken, die sie über ihn werfen, so zu tarnen, damit er nicht gleich gefunden werden kann.

Dann gehen sie in die anderen Zimmer zurück und ziehen die Tür leise hinter sich zu.

»Wir haben Glück, dass das hier nur ein kleines Nest ist«', knurrt Toller. »Wenn es hier überhaupt einen Marshal gibt, dann ist das sicher ein alter Mann.«

»Broody ist einer, den niemand vermisst«, gibt die Frau ruhig zurück. »Gefährlich kann die Sache erst werden, wenn der Keeper das Zimmer gegenüber vermietet. Am besten wäre es, wenn wir jetzt sofort weiter ritten. Wir können uns jetzt, ganz unbemerkt aus der Stadt fortschleichen.«

Toller nickt ein paar Mal. Er scheint die Ansicht der Frau zu teilen.

»Was aber nun, wenn Parker und dieser Laarson uns doch verfolgen?«, fragt er. »Von hier oben aus könnten wir sie sehen, wenn sie über das Land kommen und können sie abschießen.«

Debora geht langsam zum Fenster und schiebt das als Gardine dienende Leinentuch zur Seite.

»Das stimmt schon«, gibt sie zu, ohne sich umzuschauen. »Aber ist es dann nicht auch für uns schwer, von hier noch einmal fortzukommen? Broody war ein furchtloser Kerl. Es ist nur zu dumm, dass er mein Spiel nicht mehr mitmachen wollte.«

Toller hebt das blutige Messer auf und wischt es an seiner speckigen Hose ab.

»Wir müssen jedenfalls jetzt wissen, was wir wollen«, knurrt er.

Er geht zum Tisch, entkorkt eine der Flaschen mit den Zähnen und trinkt, indem er glucksende Laute von sich gibt. Dann stellt er die Flasche ab, rülpst und schnauft zufrieden.

Als Debora sich immer noch nicht umwendet, setzt er die Flasche noch einmal an.

Da dreht sich die Frau mit einem heftigen Ruck herum, ist mit zwei Schritten neben ihm und reißt ihm die Flasche aus der Hand.

»Bist du wahnsinnig geworden!«, schreit sie ihn an. »Noch zwei solche Schlucke und du fällst betrunken um.« Toller rülpst wieder, macht eine fahrige Armbewegung und stößt, ein dummes Lachen aus.

»Rede keinen Unsinn, Darling«, murmelt er. »Und funkle mich nicht so an. Wir beide ziehen doch an einem Strang. Ohne meine Hilfe bringst du das Gold keine Meile von hier fort. Das weißt du doch ganz genau. Im Übrigen weiß ich ganz genau, wenn ich genug habe. Ich bin ziemlich trinkfest. – Was ist nun. Gehen wir oder gehen wir nicht?« Debora schneidet eine Grimasse. »Ja, wir gehen«, knurrt sie. »Du bringst zuerst diese Frau hinunter. Wir nehmen sie auf alle Fälle weiter mit. Ich bin selbst nicht sicher, ob dieser Laarson noch hinter uns her ist.«

»Vor Parker hast du wohl gar keine Angst, wie?«

Debora schüttelt den Kopf.

»Nein. Er ist ein Durchschnittsmensch.«

Toller knurrt etwas Unverständliches. Vielleicht erinnert er sich jetzt an die vielen Jahre, die er mit Joe Parker zusammen gewesen ist.

»Du bindest sie auf ein Pferd und versteckst es in der Nähe«, redet Debora weiter. »Ich warte hier, bis du zurückkommst.«

Toller nickt. Er geht zu der schlafenden Frau und hebt sie hoch. Sie erwacht davon nicht. Toller trägt sie zur Tür, die Debora Mason geöffnet hat. Dann steigt er die Treppe hinunter.

Debora Mason tritt wieder ans Fenster und blickt hinaus. Das Land ist in helles Mondlicht getaucht. Weit reicht ihr Blick über die Büffelgrasebene.

51. Kapitel

Toller kommt nach zehn Minuten zurück. »Es ist alles glatt gegangen«, murmelt er. »Jetzt nehmen wir die Kiste und dann nichts wie fort.«

Er geht in den Nebenraum hinüber, bückt sich unter das Bett und zieht die schwere, mit einem Lasso umschlungene Kiste hervor. Er lädt sie sich auf die Schulter und geht vor der Frau her, die Treppe hinunter.

Im Hof stehen ihre beiden Pferde. Toller legt die Kiste auf den Sattel und schnürt sie fest. Dann schwingt er sich dahinter auf und reitet los, ohne sich auch nur einmal nach Debora umzuschauen.

Sie sind noch nicht, weit vom Hof weg, als sich der Keeper aus dem Fenster beugt. Er muss sie immer noch sehen können, denn er ruft:

»He, ihr da!«

Toller stößt einen Fluch aus und treibt sein Pferd schneller vorwärts. An einem Zaun steht das dritte Pferd. Quer über den Sattel liegt Bella. Sie ist inzwischen erwacht.

»Schneller!«, donnert Debora Mason. »Nichts als fort von hier. Die kommen noch hinter uns her.«

Der Keeper schüttelt, mehr verwundert als alles andere, den Kopf.

»Was waren denn das für welche?«, knurrt er in seinen Stoppelbart. »Habe ich die schon mal gesehen?« Er schüttelt den Kopf.

Dann läuft er aus der Küche und stößt im hinteren Flur mit Jim Moore zusammen, der eilig die Treppe herunterkommt.

Jim hält noch immer den schweren Sack auf der Schulter, der ihn zusammenzieht wie eine Fassdaube.

Der Keeper prallt förmlich vor ihm zurück.

Jim benutzt das zu einer schnellen Flucht, weil er nicht weiß, wie er hier eine Erklärung abgeben soll.

Er läuft hinten aus dem Haus und über den Hof, sodass der Staub hochgewirbelt wird.

Der Wirt will hinter ihm herrennen, läuft aber mit dem Kopf gegen die zurückschwingende Tür und fällt zu Boden.

Fluchend rappelt er sich wieder hoch und stößt die Tür mit einem wilden Ruck auf. Dann jagt er hinter dem Fliehenden her, der infolge des schweren Sackes nicht sehr schnell vorwärtskommt.

Jim blickt sich mehrmals nach ihm um. Sein Pferd steht noch fast hundert Yards entfernt, an einer Weidenhecke.

Der Keeper holt mehr und mehr auf.

Jim muss über eine kleine Brücke, unter der ein Creek dahinsprudelt. Gleich hinter der Brücke befindet sich ein scharfer, felsiger Spalt im Boden, in dem der Creek gurgelnd verschwindet. Er scheint von hier aus ein ganzes Stück unter der Erde oder tief in dem Spalt weiterzuführen.

Jim, der den Kopf zurückgeworfen hat, sieht, dass der Keeper ihn gleich einholen wird. Es gibt für ihn nur eine einzige Rettung. Er lässt den Sack von der Schulter und über das Geländer der Brücke hinwegfallen, sodass der genau im Creek landet und von dem Sog des gurgelnden Wassers mitgerissen wird.

Nun kann Jim Moore schneller laufen. Er erreicht sein Pferd, ehe der Keeper ihn noch greifen kann. Mit einem Ruck hat er die Zügel los und springt in den Sattel.

Hinter den Hufen spritzen Staub und Sand in die Höhe – und ins Gesicht des keifenden Keepers.

Jim Moore schlägt einen Bogen nach links. Er kommt hinter der Stadt wieder auf die Straße.

»Verdammt!«, schreit er. Mit einem Ruck hält er wieder an. »Sie sind natürlich in der anderen Richtung.«

Er will schon abermals die Stadt umreiten, als er Hufschlag und Räderrasseln hört.

Moore reckt sich in den Steigbügeln. Eine Stage-Coach kommt um eine Wegbiegung und hält auf die Stadt zu.

Jim Moore will sein Pferd schon zwischen die Häuser drängen, als die Kutsche in einer Staubwolke zum Stehen kommt, der Schlag auffliegt und Bill Laarsons große Gestalt im Türrahmen sichtbar wird.

Jim Moore drängt sein Pferd mit einer schnellen Bewegung auf die Straße zurück und reitet auf den großen, schlanken Mann zu. Er sieht noch eine zweite Gestalt aus der Kutsche springen.

Es ist Joe Parker.

Jim hält bei ihnen an und gleitet aus dem Sattel.

»Sie sind wieder fort«, sagt er. »Weiter nach Süden hinunter.« Er ist noch atemlos von der vorangegangenen Hetzjagd über den Hof und so setzt er keuchend hinzu:

»Debora hat Broody ermordet. Sie haben ihn im Saloon, in einem Zimmer versteckt. Bella ist immer noch in ihrer Gewalt. Ich habe – ich...«

Er kann nicht mehr weiter, weil er keine Luft mehr bekommt.

Aber Bill reißt ihm auch schon die Zügel des Pferdes aus der Hand und springt in den Sattel.

»Kommt mir nach«, ruft er. »Vielleicht könnt ihr irgendwo Pferde auftreiben.«

Er springt an der haltenden Postkutsche vorbei und auf der anderen Seite aus der Stadt hinaus.

Joe Parker schüttelt den Kopf.

»Gehen wir zum Mietstall«, meint er. »Vielleicht können wir uns Pferde leihen.«

»Der Keeper aus dem Saloon ist hinter mir her«, knurrt Jim Moore. »Wenn der mich sieht, wird er Krach schlagen, dass alle Männer dieser kleinen Stadt zusammenlaufen. Am Ende denken sie noch, ich hätte Red Broody umgebracht. Und dann hängen sie mich.«

Parker schlägt ihm auf die Schulter.

»Mach nur kein Theater«, meint er. »Solange wir zu zweit sind, wird hier niemand gehängt. Aber ich kann das im Mietstall auch allein erledigen. Geh du hinter den Häusern entlang. Wir mussten unsere Pferde zurücklassen. Sie wollten einfach nicht mehr weiter. Es war Glück, dass wir auf der Poststraße ritten, so konnten wir in die Kutsche einsteigen, die gerade des Weges kam.«

Parker lacht, dreht sich zur Seite, aber Jim ist schon verschwunden.

Kopfschüttelnd wendet sich Parker wieder nach vorn.

Er sieht den Kutscher und daneben noch einen Mann, der eine auffallend rote Nase hat. Die beiden kommen genau auf ihn zu.

Joe Parker wartet, bis die beiden herangekommen sind.

»Sie haben noch nicht bezahlt!«, knurrt der Kutscher. »Es macht für Sie und Ihren Partner genau fünf Dollar zusammen.«

Parker nickt und greift bereitwillig in die Tasche.

»Wir waren nur etwas in Eile«, lächelt er. »Mein Partner ist schon weiter gereist.« Er gibt dem Kutscher das Geld in die Hand und wendet sich dann dem Mann mit der roten Nase zu.

»Und wer sind Sie?«, fragt er.

»Mir gehört der Saloon«, schnarrt der Mahn, »Ich bekomme nichts.«

»Dann ist ja alles in Ordnung«, knurrt Parker.

»Eben nicht«, knurrt der Dicke. »Ich suche etwas. Einen kleinen Halunken, der in meinem Haus herumgeschlichen ist. Der Kutscher hat mir eben einen Mann beschrieben, der Ihrem Partner ein Pferd gegeben hat. Und diesen Mahn suche ich. Denn er ist es. Wo ist er jetzt?«

Der Kutscher der Postgesellschaft gibt Parker ein Geldstück zurück.

Parker zuckt die Schultern.

»Woher soll ich das wissen«, meint er. »Ich habe niemanden gesehen. Ich habe wenig Zeit, Gents. So long.«

Parker geht einfach davon. Er verschwindet im Mietstall. Der Wirt reibt sich über seine Nase.

»Ich wette, der Halunke weiß, wen ich meine«, knurrt er. »Ich kenne den Burschen. Wenn ich nur wüsste, was er in meinem Haus zu suchen hatte.«

»Fehlt denn etwas?«, fragt der Kutscher.

»Ich habe noch nicht so genau nachgeguckt. Nach einem groben Überblick habe ich natürlich nichts bemerkt. Aber er hatte einen schweren Sack bei sich, den er in den Creek warf. Er tauchte in die Spalte hinein. Dort kann ihn kein Mensch herausziehen. Weiß der Satan, wie tief das Wasser in die Erde fällt.« Der Kutscher brummt und wendet sich ab. Nach ein paar Schritten bleibt er stehen und geht zurück.

»Ich würde erst einmal nachsehen, ob überhaupt etwas fehlt, ehe ich Krach schlüge. Yeah, das würde ich ganz bestimmt tun.«

Damit dreht er sich wieder um und geht zum Saloon weiter. Er ruft dem Pferdeburschen zu, der aus dem Hof des Mietstalles gekommen ist und sich nun um die Pferde, die dampfend in den Sielen stehen, kümmert.

52. Kapitel

Debora Mason hält ihr Pferd mit einem Ruck an und lauscht zurück. »Ich höre etwas«, sagt sie.

Toller hält ebenfalls an und dreht sich im Sattel um. Er blickt nach hinten. Im hellen Mondlicht sehen seine Augen den Reiter wie ein Schemen auftauchen.

»Wir werden verfolgt«, sagt er fahrig. »Verdammt, wer kann das nur sein?« Debora sieht den Reiter nun ebenfalls auftauchen. Rasch nähert er sich. Sie schaut von ihm weg auf Bella, die quer über dem Sattel des dritten Pferdes liegt und sich nicht rührt.

»Ich glaube, wir sollten uns beeilen«, knurrt sie. »Da vorn sind Berge. Die erreichen wir bestimmt, ehe er uns einholen kann.«

Sie gibt ihrem Pferd die Sporen und zieht das Pferd, das Bella trägt, mit sich fort.

Toller hat es schwer, mit seiner Goldkiste den Anschluss nicht zu verlieren.

Wie in wilder Jagd reiten sie den Bergen entgegen. Immer wieder werfen sie die Köpfe herum und blicken zurück. Toller zieht seine Winchester 73 aus dem Sattelschuh, dreht sich nach hinten und zieht die Waffe so fest ein, dass das Messingschloss seine Nase berührt.

Krachend löst sich der Schuss, und der Feuerblitz rast über das Land.

Als Toller die Waffe repetiert, weiß er wie aussichtslos die Knallerei ist. Er hat keine Chance, den Mann da hinten zu treffen.

Näher und näher schiebt sich der Reiter, den sie nicht erkennen können, heran. Aber noch schneller rücken die kahlen Berge auf sie zu.

»Schneller!«, schreit Debora. »Schneller. Wir werden es bestimmt schaffen. Wenn wir dort sind, sind wir gerettet.«

53. Kapitel

Debora und Toller rasen in einen Canyon hinein. Der Hufschlag hallt über den Boden. Sie donnern um die erste Biegung, und Toller springt aus dem Sattel.

Er lehnt sich gegen die Felswand und wartet.

Da kommt der Reiter wie ein Pfeil in den Hohlweg hereingeschossen.

In der Eile reißt Toller die Waffe etwas zu früh hoch und drückt ab.

Bill Laarson springt aus dem Sattel und hinter einen Stein. Die zweite Kugel des Banditen streicht dem Pferd über den Hals. Es steilt hoch, wiehert schrill und wirft sich auf der Hinterhand herum. Ehe es noch fliehen kann, ist Bill aber schon wieder hoch und fasst nach den Zügeln. Er zieht das erschrockene Tier um die Felskante zurück und halftert die Zügel an einen Stein, dann kriecht er wieder nach vorn.

Mit dem Colt in der Hand hält er sich dicht an der überhängenden Felswand.

Toller schießt, als wäre er verrückt geworden. Er trifft jedoch nicht. Einmal zischt eine Kugel dicht an Bill vorbei. Die nächste klatscht auf der anderen Seite gegen die rauen Steine und steigt zirpend zum Himmel, der sich dunkel und unnahbar über dem Massiv spannt.

Bill schießt nicht. Und gerade dieser Umstand macht Toller immer nervöser. Er feuert, bis auch die letzte Patrone aus dem Repetierverschluss gesprungen ist. Dann wirft er die Waffe mit einem Fluch von sich und greift an die Hüfte.

Toller wird bleich. Das Gewehr hat er mitgenommen und geladen. Seinen Colt hat er vergessen.

Er wirft sich in panischer Angst auf dem Absatz herum und läuft los. Sein Pferd kann er nicht mehr sehen. Und wo ist Debora geblieben?

Toller bleibt plötzlich stehen. Aus seinem Gesicht weicht der letzte Blutstropfen. Alle Felle scheinen ihm davon zu schwimmen.

Wo ist sie geblieben? Hat sie ihn hier im Stich gelassen? Plötzlich kommt wieder Bewegung in ihn. Er hetzt um die Kanten, dann sieht er die Pferde. Ein geräumiger Platz tut sich auf. Links klafft eine Höhle im Gestein. Lichtschein fällt heraus.

»Debora!«, schreit er wie von Sinnen. »Ich bin es, Toller.« Er läuft hinüber und tritt in die Höhle. In der Wand steckt eine Pechfackel. Bella sitzt auf der Erde, die Hände auf dem Rücken gefesselt.

Debora ist gerade dabei das Lasso von der Kiste zu lösen. Sie hat es jetzt ab und wirft es zur Seite.

Die Kiste steht auf einem abgeflachten Felsblock, der wie ein Tisch aussieht.

»Wer war es?«, fragt sie und stößt das Lasso mit dem Fuß weiter zur Seite.

»Ich weiß nicht«, murmelt er. Einmal sah ich sein Gesicht. Aber die Beleuchtung war schlecht. Ich würde denken, dass es Laarson ist.«

»Was ist?«, fragt sie und fährt heftig herum.

Toller zuckt die Schultern.

»Ich habe meinen Colt in dem Zimmer auf dem Tisch liegenlassen«, knurrt er.

»Und? – Und dein Gewehr?«

Toller zuckt wieder die Schultern und lässt sie dann nach unten hängen.

»Ich habe mich verschossen«, gibt er zurück. Er senkt den Kopf und blickt auf seine ausgetretenen Stiefel.

»Dein Colt steckt draußen in meiner Satteltasche«, sagt sie kalt. »Ich habe ihn auch geladen. Du bist ein Dummkopf. Damit du es nur ganz genau weißt. Los, hol das Ding. Er wird sicher langsam hierherkommen.«

Toller geht hinaus. Er langt den Colt aus der Satteltasche und dreht die Trommel durch. Dann bleibt er neben dem Eingang stehen.

Debora hat nun ebenfalls ihre Waffe in die Hand genommen. Verlassen steht die Kiste auf dem Stein.

Debora tritt neben Bella und blickt sie an.

»Du bist unser letzter Trumpf in diesem gnadenlosen Spiel«, sagt sie. »Wenn es wirklich Laarson ist, dann werde ich ihm einen Kompromissvorschlag machen. – Das heißt, wenn er nicht vorher ins Gras beißen muss.«

Draußen gibt Toller einen Schuss ab. Trocken steigt das Bellen des Schusses zur Höhe.

Die Fackel flackert leicht. Debora tritt an die Kante und huscht um diese herum.

Toller steht auf der anderen Seite der Höhle.

»Mir ist es, als wäre der Kerl dort drüben, am Eingang des Hohlweges gewesen.« Er redet leise und zeigt auf die Kluft zwischen den Felsen.

»Ist er wieder zurück?«, fragt Debora.

»Ja, es scheint so. Siehst du noch etwas?«

Debora blinzelt zu Toller hinüber, seine Stimme ist unsicher und ängstlich.

Im gleichen Moment ist rechts das Rollen eines Steines zu hören, der von den Felsen herunterspringt.

Die Blicke der Frau wandern in die Höhe.

Auch Toller schaut hinauf, doch er kann nichts sehen. So langsam beginnt er wieder die Angst in den Gliedern zu spüren, die ihn früher beseelte, wenn sie in blauen Uniformen auf heißen Indianerpfaden durch die Berge ritten.

Tollers Zähne schlagen hörbar aufeinander, sodass es die rothaarige Debora Mason deutlich hören kann.

»Reiß dich zusammen!«, keift sie verächtlich. »Wir werden es doch mit einem einzelnen Mann noch aufnehmen. Zur Not haben wir seine Frau noch, die wir ins Spiel werfen können. Sie ist der beste Trumpf, den man sich vorstellen kann.«

Toller blickt zu ihr hinüber.

»Was hast du mit ihr vor?«, fragt er.

»Das ist doch ganz einfach«, gibt sie zurück. »Wenn es nicht anders geht, tausche ich ihr Leben gegen das unsere ein. Auf uns entfällt dann natürlich das Gold mit.«

Sie lauschen wieder in die Nacht hinein und hängen ihren Gedanken nach.

Toller sucht die Wände ab. Sie sind hier nicht höher als vier Yards.

Auf der anderen Seite des Kessels poltert plötzlich ein großer Stein in die Tiefe.

»Laarson!«, schreit Debora.

Der Ruf hallt von den Wänden verzerrt zurück. Aber es kommt keine Antwort.

Tollers Zähne schlagen wieder laut aufeinander.

»Wir haben deine Frau in unserer Gewalt!«, schreit Debora. »Hoffentlich hast du das nicht vergessen. Wenn du dich nicht meldest, findest du sie tot vor. Hörst du mich, Laarson? – Aber wir lassen auch mit uns reden. Ich hoffe, du weißt, was ich meine.«

Wieder klatscht drüben ein Stein in die Tiefe. Es ist ungefähr in der Richtung, in der auch der Mond über den Gipfeln steht. Unter den Felsen ist es rabenschwarz.

»Los, Toller, sieh nach, ob er da drüben steckt!«, keift Debora.

Toller lässt einen Fluch hören.

»Wenn ich auf halbem Weg bin, kann er mich deutlich sehen und schießt mich zusammen«, keift er.

»Du Feigling«, sagt die Frau. Sie springt von der Wand weg und zu den Pferden. Eins davon dreht sie herum und deckt sich dahinter. In dem Moment, in dem sie vier Yards voneinander entfernt stehen, knirscht es genau über ihren Köpfen und dann springt Bill Laarson aus einer Felsscharte herunter.

Federnd kommt er zwischen ihnen auf. Sieht, wie Debora mit erhobener Waffe herumwirbelt und lässt sich fallen.

Ein Feuerstrahl bricht ihm entgegen. Die Kugel winselt über ihn hinweg und pfeift in die Tiefe der Höhle hinein.

Im gleichen Moment ist rasender Hufschlag zu hören, der sich rasch nähert.

Im nächsten Moment schießt Toller. Aber auch er hält zu hoch. Seine Kugel streicht einen Yard über Bill hinweg und trifft die rothaarige, verbrecherische Debora Mason genau in die Brust.

Ihr gellender Schrei schallt durch den Felsenkessel und übertönt das Donnern der Hufe, das zu einem Stakkato angewachsen ist.

Toller stößt einen bitteren Fluch aus und schießt wieder. Diesmal weht seine Kugel scharf an Bills Ohr vorbei und verdeutlicht ihm die Gefahr, in der er sich befindet.

Er schwingt seine Waffe herum und schießt. Aber seine Position ist so unglücklich, dass er Toller nicht treffen kann.

In diesem Moment jagen zwei Pferde in den Kessel.

»Toller!«, schreit eine fauchende Stimme.

Der Bandit fährt herum. Im hellen Mondlicht erkennt er Joe Parker, neben dem der Cowboy sein Pferd gezügelt hat.

»Fahr zur Hölle!«, schreit Parker Toller entgegen. Sein Gewehr fährt hoch und entlädt sich mit einem donnernden Knall.

Aber Toller hat sich zur Seite geworfen. In dem Moment, als er auf dem Boden landet, drückt er zweimal kurz hintereinander ab.

Bill sieht, wie der Hüne Joe Parker von den Kugeln getroffen und aus dem Sattel gestoßen wird. Im nächsten Moment fährt Toller schon wieder herum.

Aber da ist Bill Laarson schon wieder hoch und steht jetzt so, dass er die Waffe mit einer blitzschnellen Bewegung heben kann. Die Feuerlanze rast dem Banditen entgegen und die Kugel trifft ihn genau zwischen die Augen. So wie er steht, kippt er über die Spitzen seiner ausgetretenen Stiefel und bleibt liegen.

Indessen ist Debora Mason wieder aufgestanden und an Bill Laarson vorbeigeschwankt. Sie hat die Waffe aus der Hand fallen lassen. Kurz vor der Höhle knickt sie ein, kann sich aber noch einmal an der Wand festhalten.

Bill Laarson steht wie festgenagelt und schaut hinter ihr her.

Es gibt für ihn keine Frage. Sie ist tödlich verletzt. Jeder ihrer Bewegungen ist es anzusehen.

Da hat sie sich gefangen und schwankt weiter. Mit schier letzter Kraft wirft sie sich gegen die Kiste, auf dem abgeplatteten Stein und bricht über ihr zusammen. Die Kiste überschlägt sich und da der Deckel nicht mehr festgebunden ist, fällt er zur Seite. Aus der Kiste fallen graue Kieselsteine und Sand.

Debora Mason hängt halb über den steinernen Tisch. Ihre Augen werden schon langsam glasig. Noch schüttelt sie den Kopf, als könne sie nicht begreifen, wie Sand und Kieselsteine in die Kiste kommen können. Nur ganz oben auf dem Sand schimmert ein klein wenig Goldstaub, das vermutlich aus den Ritzen der Kiste gefallen ist.

Plötzlich sinkt der Kopf der Frau herunter und schlägt hart auf den Stein. Er kommt nicht mehr hoch.

Debora Mason ist tot.

Bill Laarson zieht sein Messer und schneidet Bellas Fesseln durch. Er zieht sie hoch und streichelt über ihr dunkles Haar. Ein paar Tränen rinnen über die Wangen der Frau. Sie sagt nichts.

Als sie in den Canyon hinaustreten, ist der Cowboy Jim nähergekommen. Er schüttelt müde den Kopf.

»So etwas«, meint er. »Ich begreife das nicht.«

»Was denn?«, fragt Bill.

»Parker ist tot«, sagt der Cowboy.

Bill lässt den Arm der Frau los und geht mit Jim durch den Felsenkessel. Sie bleiben vor dem Toten stehen, und Bill Laarson beugt sich nieder.

»Vielleicht ist es so das Beste für ihn«, sagt er. »Er hätte sich vermutlich in der Welt draußen gar nicht mehr zurechtgefunden.«

»Ja, vielleicht«, gibt der Cowboy zu. »Ich wollte dir übrigens noch etwas erklären. Das mit dem Gold. Aber du hattest es so eilig.«

»Ja«, sagt Bill, der immer noch auf den Toten blickt und ihm jetzt die Augen zudrückt.

»Eigentlich war es ganz einfach«, redet der Cowboy weiter. »Ich sah Toller bei den Pferden hantieren und wusste, dass sie sich in der Stadt niedergelassen hatten. Später folgte ich ihm. Debora hatte Broody umgebracht. Während sie ihn in ein anderes Zimmer schleppten, verkroch ich mich in ihren Gemächern. Ich hatte Glück, die Stelle zu finden, wo die Kiste stand. Sie stand unter einem Bett im zweiten Zimmer.

Steine und Sand hatte ich in einem Sack mitgebracht. Es war gar nicht schwer, die ganze Sache umzuladen. Aber ich musste mich sehr beeilen, denn die beiden wollten fort. Sie hatten plötzlich Angst vor der eigenen Courage bekommen. Der Tote im Nebenzimmer machte sie immer unsicherer.«

»Ja«, sagt Bill noch einmal und blickt immer noch auf das bärtige Gesicht des Toten, der nun von seinem eigenen Kumpan getötet worden ist.

»Hörst du überhaupt zu?«, fragt der Cowboy.

Bill Laarson richtet sich auf.

»Es ist alles sehr unwesentlich geworden«, sagt er. »Wir wollen sehen, dass wir von hier fortkommen. Ich will von dieser Sache nichts mehr hören. Komm, Junge.«

Er zieht den Cowboy zur anderen Seite hinüber, wo die Höhle ist und greift nach Bellas Arm.

»Gehen wir«, sagt er. »Wir haben hier nichts mehr verloren.«

Sie hören wieder Hufschlag, der vom Canyon heraufdröhnt und sich an den Felswänden bricht.

»Jetzt kommt die Posse«, sagt der Cowboy. »Ich denke, auf die sollten wir noch warten.«

ENDE

5. Der Todestrail-Kurier von John F. Beck

1. Kapitel

Der bärtige Prospektor trug einen blutgetränkten Kopfverband. »Wenn du weiterreitest, mein Junge, schaffst du keine zehn Meilen! Sie werden dich ebenso erwischen, wie sie droben am Battle Creek meinen Partner erledigt haben!« Sein Gesicht war noch von dem Grauen gezeichnet, das hinter ihm lag. Keuchend wies er mit seiner Sharps auf den pfeilgespickten Packsattel neben den erschöpfen Maultieren, die beim Ziehbrunnen standen. »Sie waren zwei Tage und zwei Nächte hinter mir her. Zwischen hier und Carson City wimmelte es von aufständischen Rothäuten. Da kommt kein Weißer mehr durch.« Der von den Pferdehufen aufgewirbelte Staub hing noch über der einsamen Station. Der junge Mann, an den der Bärtige sich gewandt hatte, schraubte den Verschluss seiner Wasserflasche zu. Er war mittelgroß, schlank und drahtig. Blondes Haar ringelte sich unter seinem breitkrempigen Hut hervor. Der weißgraue Staub der Alkalihochebene von Nevada bedeckte das schmale Gesicht und die einfache Reitertracht. Die Bewegungen des Jungen waren geschmeidig und zielstrebig. Seine blauen Augen blickten furchtlos.

Er nahm die Mochila, eine aus mehreren getrennten Boxen bestehende lederne Posttasche vom Sattel des Pferdes, auf dem er eben gekommen war. Der Stationshalter hatte schon ein frisches Sattelpferd bereitgestellt. Auf dessen Rücken schwang der Blonde nun die Mochila. Danach überprüfte er die Trommel seines 36er Navy Colts.

»Vielen Dank für die Warnung, Mister!«, nickte er dem Erzsucher zu. Und mit zum Abschied erhobener Hand zum Stationshalter: »Bis morgen, Ben! Drück mir die Daumen!«

Er landete mit einem gekonnten Sprung, ohne die Steigbügel zu benutzen, auf dem frischen Pony. Ein schriller Ruf, ein paar Fersenstöße gegen die Weichen, und schon galoppierte das Tier davon.

Der vor den Indianern geflüchtete Goldgräber konnte gerade noch zur Seite springen. Staub hüllte die niedrigen Gebäude ein. Als er sich verzog, war der Reiter nur mehr ein Punkt auf einer schon ziemlich weit entfernten Bodenwelle. Die Hitzeschleier schienen ihn aufzusaugen.

Das Trommeln der Hufe verhallte. Kopfschüttelnd wandte sich der Prospektor an den Stationer.

»Ich hab ja schon gehört, dass diese Burschen vom Pony Express wahre Teufelskerle sein sollen. Aber für die Paiutes wird er nur ein Weißer mehr sein, den sie wie ’nen Hasen jagen. Sie hätten ihn nicht reiten lassen dürfen, Harper.«

Harper hob die knochigen Schultern an. »Den kann nur eine gutgezielte Kugel stoppen! Für den und die anderen Jungs vom Pony Express ist der Wahlspruch von Russell, Majors und Waddell so was wie ein Gesetz, das um jeden Preis erfüllt werden muss. Die Post muss durch! Dafür reiten sie. Und es hat bis jetzt auch noch jedes Mal geklappt.«

»Bis jetzt waren die Paiutes auch nicht auf dem Kriegspfad«, brummte der Bärtige. »Nein, Harper, ich bin sicher, Sie sehen diesen verrückten Jungen nie wieder! Nicht lebend jedenfalls! Wie heißt er übrigens?«

»Clint Randall. Wieso?«

Der Prospektor spuckte in den heißen Staub. »Sie sollten den Namen zur Warnung für alle, die nach ihm kommen, auf ein Kreuz schreiben, Harper, und daruntersetzen: Gestorben für den Pony Express!«

2. Kapitel

Acht Meilen westlich der Whitehorse Station waren sie plötzlich da. Sie hielten auf dem salbeibedeckten Kamm eines langgestreckten Hügels. Viel zu nahe, dass Clint Randall noch eine Chance hatte, sein zähes Pony aus der Reichweite ihrer einschüssigen Gewehre zu manövrieren.

Sie waren zu dritt. Bronzehäutige, nur mit Lendenschurz und Mokassins bekleidete Krieger auf scheckigen Mustangs. Zwei mit erbeuteten Gewehren, einer mit Pfeil und Bogen bewaffnet. An ihren Gürteln hingen außerdem Tomahawk und Messer. Bunte Stirnbänder hielten ihr strähniges Haar. Wahrscheinlich waren es Späher, die zu einem der Kriegstrupps gehörten, die nach dem großen Council am Pyramid Lake das dünnbesiedelte Land auf der Skalpjagd durchstreiften. Sie waren jäh zur gefährlichen Bewährungsprobe für die erst Wochen zuvor gegründete Postreiterverbindung zwischen St. Joseph am Missouri und San Francisco am Pazifischen Ozean geworden.

Ein halber Kontinent lag zwischen diesen Städten. Eine Wildnis wogender Prärien, schroffer Gebirgszüge und wasserloser Wüsten, die von den Stafettenreitern der Firma Russell, Majors and Waddell in knappen zehn Tagen durchquert wurde. Für Clint Randall sah es nun jedoch so aus, als sei das Ende seines Trails bereits hier, acht Meilen westlich von Ben Harpers Whitehorse Station, gekommen.

Clints Brauner war diese Strecke in stetigem Tempo dahingejagt. Sein Fell war noch so trocken wie am Anfang. Seine kräftigen Lungen pumpten mit der Gleichmäßigkeit eines Blasebalgs. Nicht umsonst besaß der Pony Express die besten fünfhundert Pferde, die zwischen dem Old Man River und der Pazifikküste aufzutreiben gewesen waren. Pferde, die mit besonderem Kraftfutter verpflegt wurden und von denen es hieß, dass sie mühelos jedem nur von Gras ernährtem Indianermustang davonliefen.

Nur – solange zwei Gewehre und ein auf der Sehne hegender Pfeil den jungen Expressreiter bedrohten, war das kein Trumpf für ihn. Das Land um ihn war deckungslos. Zwischen Whitehorse und der nächsten Station am Simpson Rock gab es keinen Menschen, auf dessen Hilfe er rechnen konnte. Er stoppte.

Mit zusammengebissenen Zähnen blickte er starr auf die drei Paiute Krieger.

Ihre Gesichter wirkten steinern, als sie ihre Mustangs den Hang herabtrieben. Staubwölkchen wallten unter den dumpf pochenden Hufen empor. Es waren junge, kräftig gebaute Krieger, der Jüngste etwa so alt wie Clint, achtzehn im Höchstfall. Clints Brauner schnaubte nervös. Der Geruch von ranzigem Bärenfett, mit dem die Indianer ihre nackten Oberkörper eingerieben hatten, behagte ihm offenbar nicht. Clint hatte einen Kloß in der Kehle.

Sein Colt hing mit dem Kolben nach vorn an seiner linken Hüfte. Aber er wusste, dass er ein toter Mann war, wenn er jetzt die Hand nur in die Nähe der Waffe brachte. Die beiden Gewehrmündungen starrten ihn wie Todesaugen an. Der dritte Paiute ließ den Kriegsbogen sinken, als Clint wie versteinert im Sattel verharrte und die Stunde verwünschte, in der auf die Idee gekommen war, sich im Office von William H. Russell als Pony-Express-Reiter zu bewerben.

Sie kamen bis auf vier Schritte heran. Als sie die dicken Schweißtropfen auf seiner Stirn bemerkten, begannen sie zu grinsen. Clints Gedanken rasten. Bevor er etwas unternehmen konnte, trieb der Krieger mit der Kette aus Grizzlyzähnen seinen Pinto noch näher. Mit der Sharpsmündung schob er Clints Stetson nach hinten. Clints weizenblondes Haar leuchtete in der Sonne.

»Guter Skalp.« Der dünne Mund des Indianers verzog sich zu einem noch breiteren Grinsen. »Wie Skalp von Squaw...« Er schaute sich nach seinen Begleitern um. Alle drei lachten kehlig.

»Hört zu, Freunde«, keuchte Clint. »Ihr habt das Kriegsbeil ausgegraben, um eure Jagdgründe zurückzuerobern, auf denen sich die weißen Gold und Silbersucher angesiedelt haben. Ich bin keiner von denen! Ich will kein Krümchen von eurem Land, nur...«

Er verstummte, als er den Stahl der Sharpsmündung an der Kehle spürte. Die Augen des Kriegers glühten wie Kohlen.

»Kein Bleichgesicht Freund von Paiute. Du reden aus Angst vor Skalpmesser, Gelbhaar. Du Feigling.«

Sie lachten wieder. Der mit der Grizzlyzahnkette ließ das Gewehr sinken. Clint las sein Todesurteil in den Augen des Mannes. Er presste die Lippen zusammen. Jedes weitere Wort war vergeudet. Es gab nur mehr eines: den Colt ziehen, schießen und sterben! Wochenlang hatte Clint mit der Waffe geübt, aber noch nie auf einen Menschen geschossen. Der Pony Express war für ihn das große Abenteuer gewesen. Es hatte ihn mit Stolz erfüllt, zu denen zu gehören, die an der großartigen Leistung teilhatten, einen halben unbesiedelten Kontinent zu Pferd zu überbrücken. Nun, den Tod vor Augen, besaß das alles eine ganz andere Bedeutung. Ja, er hatte Angst. Die Indianer sahen es. Sie weideten sich daran. Und genau das war die Chance.

»Du Ponyreiter«, stellte der Anführer in seinem gebrochenen Englisch fest. »Du viel schnell auf Pferd. Du zeigen, wie schnell du auf Füßen. Du laufen, Gelbhaar! Wenn du schnell genug, behalten Skalp...« Grausamer Spott funkelte in seinen Augen.

Clint ballte die Fäuste. »Geh zum Teufel!«, knirschte er in jähem verzweifeltem Zorn. »Wenn ihr mich töten wollt, tut es gleich!«

Der Lauf der Sharps zuckte. Clint brachte gerade noch den Kopf zur Seite. Der Schlag erwischte seine linke Schulter mit einer Wucht, die ihn vom Pferd schleuderte. Heftiger Schmerz durchglühte ihn. Für Sekunden war er unfähig, sich zu bewegen.

Hufe stampften neben ihm. Wie von weither kam wieder die gutturale Stimme des Paiute. »Du laufen, Gelbhaar!«

Clint wälzte sich mühsam herum. Seine vom Körper verdeckte Rechte umschloss den Kolben des Navy Colts. In der Drehung riss er die Waffe unter der fransenbesetzten Antilopenlederjacke hervor. Er lag auf der linken, noch wie gelähmten Schulter, als er schoss.

Die Kugel traf den Anführer der Kundschafter mitten in die Stirn. In der hitzegesättigten Stille, die wie ein Panzer auf dem öden Land lag, klang das Krachen der Detonation wie ein Kanonenschuss. Clint stemmte sich rasch auf die .Knie, sah das Gewehr an der Schulter des zweiten Kriegers und feuerte nochmals. Der Paiute sank lautlos nach vorn auf den Pferdehals. Als der Mustang erschreckt zur Seite tänzelte, stürzte er leblos herab.

Clints Sechsschüsser war bereits ein Stück nach links geschwenkt. Die qualmende Mündung deutete auf den jüngsten Krieger, der keine Zeit mehr gefunden hatte, die Bogensehne erneut zu spannen. Die Hufe seines braunweiß gefleckten Pferdes waren wie am Boden festgeklebt. Clint und der Indianer starrten sich an.

Für die Länge eines Atemzugs flackerte die Angst in den Augen des Roten, nun ebenfalls von Clints tödlichem Blei vom Pferd gefegt zu werden. Dann versteinerte seine Miene, seine Schultern spannten sich. Clint stemmte sich hoch. Sein Finger blieb am Abzug. Mit einer heftigen Bewegung, die zeigen sollte, wie wenig er den Tod fürchtete, warf der Paiute den Bogen weg.

Dann rief er Clint etwas in seiner Stammessprache zu. Eine wilde, aber auch verzweifelte Herausforderung war in seiner Stimme. Als Clint nicht reagierte, drehte er halb den Kopf und spuckte aus. Die Hitze kam Clint auf einmal noch viel drückender vor. Der Geruch des Pulverrauchs, der noch in der stickigen Luft hing, erfüllte ihn mit Ekel.

»Hau ab!«, schrie er. »Spiel nicht den Helden, du Narr!«

In den Augen des jungen Indianers war Verständnislosigkeit. Misstrauisch zog er seinen Pinto mit gestrafften Zügeln mehrere Yards rückwärts. Er wagte nicht, Clint den Rücken zuzukehren. Erst als der Expressreiter seinen Colt halfterte, warf er jäh seinen Pinto herum und preschte davon. In einer Staubwolke verschwand er über dem Höhenkamm, auf dem die Paiutes zuvor so unvermittelt dem Weißen den Weg versperrt hatten.

Clint wusste, dass es jetzt nur mehr eine Frage der Zeit war, bis der Haupttrupp, zu dem der Krieger gehörte, seiner Fährte folgte. Aber er hatte einfach nicht auf den wehrlosen Gegner schießen können. Benommen stolperte er zu seinem Pferd. Sein Blick mied die beiden Toten, die zwischen den dürren Grasbüscheln lagen. Seine Knie zitterten. Eine Weile musste er sich am Sattelknauf festhalten. Er dachte flüchtig an die Bibel in der Satteltasche. Mister Majors hatte darauf bestanden, dass sie zur Ausrüstung jedes Expressreiters ebenso gehörte wie die Ersatztrommel für den Navy Colt.

Stattdessen griff Clint nun lieber zur Wasserflasche. Er trank, um den bitteren Geschmack in seiner Mundhöhle loszuwerden. Danach fühlte er sich ein wenig besser. Er hatte zum ersten Mal um sein Leben gekämpft. Und er würde es wieder tun, wenn man ihn dazu zwang.

Sein Ritt war kein prickelndes Abenteuer mehr, sondern eine Frage des Überlebens. Er schwang sich in den Sattel. Es wäre sinnlos gewesen, die Toten ohne Werkzeug begraben zu wollen. Die Stammesgefährten würden sich um sie kümmern – und um ihn! Clint spähte aus zusammengekniffenen Augen in die flimmernde Dunstschicht am westlichen Horizont.

Noch zwölf Meilen waren es zur Station am Simpson Rock. Dort würde er ein frisches Pferd für die letzte Tagesetappe zur Cold Spring Station übernehmen. Bereits eine halbe Stunde später entdeckte er die Staubwolke auf seiner Spur. Vor dem wolkenlosen Nevadahimmel wuchs sie rasch höher.

3. Kapitel

Die Staubwolke war auch noch da, als Clint Randall nach einem Nonstop-Galopp von zwölf Meilen den Simpson Rock erreichte. Doch von den Gebäuden am Fuß des rotschimmernden Felsmassivs waren nur mehr die rußgeschwärzten Lehmziegelmauern übrig. Rauch schwelte über den eingestürzten Trümmern. Die Korralzäune waren niedergerissen, die Pferde fort. Die skalpierten, blutüberströmten Leichen des Stationers und seines dunkelhäutigen Stallhelfers waren mit Stricken an vom Feuer versengte Pfosten gebunden.

Die Angst sprang Clint plötzlich wieder an. Aber es war nicht so sehr die Furcht um die eigene Haut, sondern die Besorgnis, dass es achtzehn Meilen westlich von hier auf der Cold Spring Station vielleicht schon ebenso aussah. Der alte Sam Jefford lebte dort ganz allein mit seiner Tochter. Nicht auszudenken, wenn die Paiutes sein Anwesen bereits ebenfalls gestürmt hatten, und Susan ihnen in die Hände gefallen war!

Hier konnte Clint nicht mehr tun, als die Toten losschneiden und sie mit einer steinbeschwerten Decke vor den am Himmel aufgetauchten Bussarden schützen. Zum Glück hatten die Paiutes weder den Brunnen zerstört noch das Wasser vergiftet. Clint kurbelte für den Braunen einen vollen Eimer herauf. Wenn er den Kopf nach Osten wandte, sah er die weißliche Staubwolke über einer der Station vorgelagerten Bodenwelle.

Die Sonne stand schon weit im Westen. Immer noch war es drückend heiß. Clint ließ das Pferd nicht zu viel saufen. Mit einem wassergefüllten Bauch würde es nicht mehr weit traben.

Das Tier war die ganze Strecke von der Whitehorse Station bis hierher wie eine gutgeölte Maschine gelaufen. Wenn es die nötige Ruhepause erhielt, würde es noch eine Menge Meilen durchhalten. Clint konnte ihm jedoch höchstens fünf Minuten zum Verschnaufen gönnen. Vielleicht war das schon zu viel. Denn seine Verfolger schienen entschlossen, das Letzte aus ihren Mustangs herauszuholen. Immerhin hatte er zwei Krieger getötet. Dass er dem dritten das Leben geschenkt hatte, zählte nicht. Sie würden es ihm als Schwäche auslegen und nicht ruhen, bis sie seinen Skalp hatten. Vielleicht war es sogar dieselbe Horde, die hier mit Tomahawk und Feuer so grausam gewütet hatte. Diese Überlegung weckte kalten Zorn in Clint.

Zugleich fühlte er sich einsamer und verlorener denn je. Wer mochte sagen, ob es zwischen den Ausläufern der Ruby Mountains und Carson City überhaupt noch eine unzerstörte Relaisstation gab! Wenn nicht, dann bedeutete dies, dass der Pony Express zu bestehen aufgehört hatte – nur Wochen, nachdem der erste Reiter am 3. April dieses Jahres 1860 aus St. Joseph am Missouri westwärts davongaloppiert war. Dann war das verwegene Postreiter-Unternehmen im Chaos eines blutigen Indianeraufstandes gescheitert.

Für Clint hatte damals alles mit einem der Plakate begonnen, die überall in den Siedlungen und Forts am Missouri die Bewerber anlockten. Der Text hatte sich ihm unauslöschlich eingeprägt.

»Junge, drahtige Burschen gesucht.

Nicht über achtzehn Jahre alt. Sie müssen erfahrene Reiter und bereit sein, ihr Leben täglich zu riskieren. Waisen werden bevorzugt. Lohn 25 Dollar pro Woche. Bewerbungen an Pony-Express-Gesellschaft, St. Joseph, Missouri.«

Clint rieb seinem Braunen den Schweiß und Staub aus dem Fell. Er musste etwas tun. Er konnte sich jetzt nicht irgendwo im Schatten ausstrecken, die Augen schließen und Kräfte sammeln, während der Tod von Osten auf seiner Fährte heranjagte. Immer wieder musste er dabei an Sam Jeffords Tochter denken.

Es wurden die längsten fünf Minuten, die Clint bisher erlebt hatte. Die Zeiger auf dem in der Sonne glänzenden Zifferblatt seiner Taschenuhr schienen sich nicht vom Fleck zu bewegen. Diese Uhr war das einzige Andenken an seine Eltern, die vor Jahren auf dem Trail nach Oregon verschollen waren. Clint hatte früh lernen müssen, auf eigenen Füßen zu stehen. Vielleicht war das mit ein Grund gewesen, dass William H. Russell seinen Namen in die Liste der Pony-Express-Kuriere aufgenommen hatte.

Nicht die Nerven verlieren, redete Clint sich ein, als das Pferd versorgt und noch immer eine Minute Zeit war. Alles würde nun von der Schnelligkeit und Ausdauer des Braunen abhängen und davon, dass es die Cold Spring Station noch gab!

Russell, Majors und Waddell hatten die Expressroute in insgesamt 190 Stationen unterteilt. Davon waren 165 sogenannte

»Swing Stations«, wo lediglich die Pferde gewechselt wurden. Die »Home Stations« waren die Endpunkte der jeweiligen Tagesstrecke eines Kuriers. Dort wurden die Männer verpflegt, dort hatten sie ihre Nachtquartiere. Je nach Beschaffenheit des Geländes lagen diese »Heimstationen« siebzig bis hundert Meilen auseinander.

Clints Etappenziel war an diesem Tag Sam Jeffords Cold Spring Station, von der er am nächsten Tag mit der Gegenpost aus Fort Churchill zur Ruby Mountain Station zurückkehren sollte. Dazwischen lag »sein« Trail, an dem er jeden Strauch und Felsen kannte.

Auf die Sekunde genau war er nun wieder im Sattel. Er tätschelte dem Pferd den Hals.

»Nun zeig mal, was du kannst, Fellow. Lass deine Hufe fliegen!«

Die Staubwolke war inzwischen so nahe, dass Clint im Schein der weit im Westen stehenden Sonne die dunklen Reitergestalten in ihr erkannte. Es war mindestens ein Dutzend Krieger, die Jagd auf ihn machten. Sie entdeckten ihn sofort, als er tief auf das Pferd geduckt aus dem Schatten des Simpson Rock preschte. Auf dem von unzähligen Hufen gehämmerten Trail, der sich wie ein Faden über die gigantische Entfernung von eintausendneunhundertfünfzig Meilen hinzog, jagte er nach Westen.

Niedrige, mit Fettholzstauden und Salbeigestrüpp bewachsene Hügelwellen nahmen den einsamen Reiter auf. Eine minutenlang in der unbewegten heißen Luft hängende Staubfahne markierte seinen Weg. Es war ein Land, in dem kein Gejagter sich verstecken konnte. Erst drüben bei Cold Springs, wo die Ausläufer der Shoshone Mountains den Trail berührten, wurde das Gelände rauer.

Clints Brauner hielt das Tempo eine Stunde. Dann waren seine Flanken schweißbedeckt, die Hufe kamen immer häufiger aus dem Tritt, gelblicher Schaum tropfte von den Nüstern. Clint spähte zurück. Die verdammte Staubwolke war schon so nahe über den Kämmen, dass er das Hämmern der vielen unbeschlagenen Hufe zu hören glaubte. Aber es war nur sein eigener heftiger Herzschlag. Das Blut rauschte in seinen Ohren. Hemd und Jacke klebten ihm auf der Haut.

Er hielt, sprang ab und nahm sich nur so viel Zeit, dem Pferd mit dem wassergetränkten Halstuch die Nüstern auszuwaschen. »Du schaffst das schon, Fellow, du musst es einfach schaffen!«, redete er dem Tier gut zu. Dann war er wieder unterwegs.

Der Braune schien zu ahnen, um was es ging. Er gab sein Bestes. Clint hörte nicht auf, das Pferd zu loben und es anzufeuern. Alle paar Minuten verlagerte er sein Gewicht im Sattel, um dem Tier das Wettrennen mit dem Tod zu erleichtern.

Clints Muskeln schmerzten, sein Gesäß brannte, seine Beine wurden steif. Jeden Tag achtzig Meilen zwischen der Ruby Mountain Station und Cold Spring. Zwölf Stunden im Sattel. Das war knochenbrechender Alltag beim Pony Express, auch ohne eine Meute rachsüchtiger Paiutes im Nacken.

Die Sonne stand nur mehr wenige Handbreit über dem westlichen Horizont, als die Spitzen von zwei Felstürmen über den Kammlinien vor Clint auftauchten. Sie markierten die Senke von Cold Spring. Vier Meilen noch. Kein Rauch, der Tod und Vernichtung hieß. Doch die Erleichterung darüber zerfloss, als Clint einfiel, dass Jefford die Balken, aus denen sein Stationshaus gezimmert war, mit Kupfervitriol getränkt hatte, damit sie nicht brennen konnten.

Das Pferd war jetzt so erledigt, dass Clint jede Minute bereit war, rechtzeitig abzuspringen, damit es ihn beim Sturz nicht unter sich begrub. Aber es hielt durch. Die Felstürme ragten höher und höher vor Clint empor. Kein Rauch und auch keine kreisenden Aasvögel!

Neue Hoffnung durchpulste Clint. Eine Meile noch, dann würde die Senke mit der Quelle, dem Tümpel und Jeffords Blockhütten unter ihm liegen. Eine Meile, die er notfalls auch zu Fuß schaffen konnte, mit dem Colt in der Faust, bevor die Verfolger ihn einkreisten.

Da hörte er die Schüsse.

Es war das dumpfe Dröhnen schwerkalibriger Gewehre, das von der Cold Spring Station zu ihm trieb. Die Fetzen schrillen Geschreis vermischten sich darunter. Clint ruckte an den Zügeln. Alle Farbe wich aus seinem Gesicht.

Die Paiutes waren da! In den Hügeln vor ihm wurde erbittert gekämpft!

4. Kapitel

Die Stille nach dem plötzlichen infernalischen Lärm zerrte an Clints Nerven. Er war auf das Schlimmste gefasst, als er vorsichtig die dichtbelaubten Zweige eines Wacholderstrauchs auseinanderbog. Das erste, was er sah, war die massiv gezimmerte Blockhütte. Die Bohlenläden, in denen Schießscharten klafften, waren geschlossen. Pfeile steckten in den feuerfest imprägnierten Balken. In die von innen verriegelte Blockhaustür hatte sich eine federverzierte Lanze gebohrt. Der Stahl eines Gewehrlaufs schimmerte in einer der Schießscharten. Clint atmete unwillkürlich auf.

Jefford und Susan lebten also noch! Der graubärtige Stationer hatte immer wieder behauptet, dass sein Stationshaus gegen jeden Indianerangriff gefeit sei. Damit schien er nun recht zu behalten. Die Hütte stand wie ein uneinnehmbares Bollwerk dort unten in der Senke. Ein knorriger Cottonwoodbaum reckte beschützend seine Äste über das Dach.

Aber dann sah Clint das zertrümmerte Schuppentor, die umgerissenen Korralpfosten und die verkohlten Überreste der Remise. Die Pferde waren natürlich weg und die lebenswichtige Quelle hinter dem Haus, deren Wasser sich in einem kreisrunden Tümpel sammelte, war für die Eingeschlossenen unerreichbar geworden. Clints Blick tastete die mit Gestrüpp und Felsklötzen bedeckten Hänge ringsum ab.

Nur zwanzig Schritte unter ihm lauerte ein Indianer hinter einem rissigen Steinblock. Ein pfeilgefüllter Köcher hing auf seinem Rücken. Er trug einen schwarzen Hut, an dem eine Krähenfeder steckte. Sein Haar war zu Zöpfen geflochten. Weiter rechts von ihm lud gerade ein anderer Krieger hinter einem Rotdornbusch seine alte Vorderladerflinte. Clints Rechte schloss sich hart um den Walnussholzkolben seines 1851er Navy Colts. Mit der Linken hielt er seinem Pferd die Nüstern zu, damit ihn kein Schnauben verriet.

Es waren ungefähr so viele Indianer, wie auf seiner Fährte ritten. Sie hatten sich ringsum auf den Hängen verteilt. Einige trugen nur Lendenschurz und Mokassins, andere waren in verwaschenes Kattun gekleidet. Wieder andere trugen die bei den Überfällen erbeutete Kleidung von Weißen. Wo ihre Mustangs standen, konnte Clint nicht feststellen. Vielleicht in der Nähe der Felsentürme, die wie Schwurfinger in den sich allmählich rot färbenden westlichen Himmel ragten. Es war jetzt auch nicht wichtig.

Im Krachen der Gewehre hatte Clint sich keine Mühe zu geben brauchen, lautlos heranzukommen. Jetzt, da jedes Geräusch wie unter einer unsichtbaren Glaskuppel erstickt war, wagte er nur mehr flach zu atmen. Cold Spring – das hatte für ihn Rettung, Sicherheit und ein ausgeruhtes Pferd bedeutet. In Wirklichkeit war er nun vom Regen in die Traufe geraten. Es würde nur mehr Minuten dauern, bis seine Jäger da waren, und sobald die um die Station versteckten Paiutes Wind von ihm bekamen, war sein Leben keinen rostigen Penny mehr wert.

An Flucht war nicht mehr zu denken. Der Braune war zu abgehetzt. Clint konnte es drehen wie er wollte, alles lief immer nur darauf hinaus, dass er hinab musste! Er wischte sich mit dem fransenverzierten Ärmel der Lederjacke über das staub- und schweißverschmierte Gesicht. Ein leises Grollen wie von einem fern heraufziehenden Gewitter kam über die Höhenzüge hinter ihm. Hufgetrappel. Die Krieger in der Senke hörten es noch nicht. Aber das konnte sich schnell ändern.

Der Donnerknall eines Schusses ließ Clint zusammenzucken. Ein Feuerstrahl zuckte aus der Schießscharte rechts von der

Hüttentür. Pulverdampf quoll auf. Hinter dem Rotdornbusch gellte ein durchdringender Schrei. Der Indianer, der seine Rifle inzwischen geladen hatte, schnellte mit hochgeworfenen Armen empor, drehte sich halb und stürzte schwer zu Boden.

Wutgeheul aus einem Dutzend Kehlen brandete auf. Der Krieger mit dem Krähenfederhut richtete sich geduckt neben dem Felsblock auf und ließ die Bogensehne schwirren. Pfeile fauchten von allen Seiten auf das Blockhaus zu. Gewehre donnerten.

Jetzt oder nie!, durchzuckte es Clint. Bis die Paiutes ihre Flinten nachgeladen hatten, musste er in der Senke sein! Nur die Überraschung war seine Chance. Mit einem Satz war er im Sattel, den Colt in der Faust. Das braune Pferd mobilisierte nochmals alle Kräfte. Wie ein Rammbock durchbrach es das Gebüsch. Seine Hufe wirbelten den sonnenbeschienenen Hang hinab.

Es waren Sekunden, in denen der junge Postreiter von einer seltsamen, klarsichtigen Kälte erfüllt war, die keine Panik in ihm aufkommen ließ. Sekunden, in denen er alles wie in einem von Geschrei und Schüssen durchtobten Traum erlebte. Die Erde schien unter den hämmernden Hufen seines Braunen dahinzufliegen. Die Senkensohle raste ihm entgegen.

Der Paiute mit dem schwarzen Hut war herumgezuckt. Seine zur Schulter sausende Hand brachte im nächsten Moment einen Pfeil auf die blitzschnell gespannte Bogensehne. Clint schoss ihm im Weiterjagen eine Kugel in die Brust.

In einer Staubwolke fegte der Braune an dem Felsen vorbei. Aus den Augenwinkeln sah Clint die links und rechts von ihm aus der Deckung schnellenden Gestalten. Er machte sich so klein wie möglich auf dem Pferd. Sein Gesicht berührte die flatternde Mähne. Er hatte nicht gedacht, dass der Braune noch so laufen würde.

»Schieß, Sam! Gib mir Feuerschutz!«, brüllte er zum Haus hinüber. Ein Gewehr krachte. Dann blitzten Mündungsfeuer aus einem Colt. Pfeile schwirrten an Clint vorbei. Er spürte, wie das Pferd heftig zusammenzuckte, aber es lief weiter. Drüben beim schwarzen Trümmerhaufen, der einmal die Remise mit der Feldschmiede gewesen war, tauchten zwei, drei wie Raubkatzen aus dem Staub und Pulverrauch springende Gestalten auf.

Tomahawks und Lanzenspitzen blinkten. Die Krieger versuchten dem heranstürmenden Reiter den Weg abzuschneiden. Die Feuerstöße aus dem Blockhaus warfen zwei von ihnen nieder. Der dritte schleuderte seine Lanze nach Clint, verfehlte ihn jedoch und warf sich in Deckung, als Clint auf ihn schoss.

Clint war mitten auf dem Hof, als der Braune getroffen unter ihm zusammenbrach. Geistesgegenwärtig riss er noch die Füße aus den Bügeln. Da wurde er schon ausgehoben. *Aus!*, dachte er entsetzt. Der harte Aufprall presste ihm die Luft aus den Lungen. Eine dichte Staubwolke hüllte ihn ein.

Triumphgeschrei schrillte durch die Senke. Klatschend hieb eine Kugel neben dem Jungen in den Boden. Ein Pfeil strich dicht an ihm vorbei. Clint hielt noch immer seinen Colt fest. Instinktiv rollte er sich zu seinem Pferd, dessen Hufe nicht einmal mehr zuckten. Vielleicht hatte keine Kugel, sondern ein plötzlicher Herzschlag das überanstrengte Tier getötet. So oder so war es ein Ende, das der treue Vierbeiner nicht verdient hatte.

Aus der Schießscharte neben der Hüttentür wurde heftig geschossen. Trotzdem hörte Clint die helle Stimme, die verzweifelt seinen Namen rief.

Susan...

Sein Lebenswille erwachte wieder. Er stieß die Waffe hoch und schoss über den Pferdekadaver auf die hinter einer Wand aus Staub und Pulverdampf huschenden Schatten.

»Hierher, Clint, wir geben dir Feuerschutz!« Das war wieder die Stimme von Susan. Die Blockhaustür stand einen Spalt offen. Die Mündung eines Gewehrs schob sich heraus. Als der Schuss krachte, sprang Clint geduckt auf. Aber statt nur an sich zu denken, stieß er den Colt ins Holster und begann die Lederschabracke mit den Postbehältern vom Rücken des erschossenen Braunen zu zerren.

»Clint, um Himmels willen, schnell!«, gellte es aus dem Haus. Da hatte er's schon geschafft. Keuchend schwang er sich die Mochila auf die Schulter und rannte los. Ein Pfeil streifte seinen linken Stiefel. Ein anderer blieb in einer der »Cantinas«, einer der postgefüllten Boxen der Mochila, stecken.

Der Türspalt vor Clint öffnete sich weiter. Mit einem verzweifelten letzten Satz schleuderte er sich hinein. Sofort schlug die Tür zu, ein Balkenriegel klappte herab. Draußen schmetterten Kugeln und Pfeile gegen das Holz. Das Geschrei der Paiutes klang plötzlich viel weiter entfernt. Vielleicht war aber auch die dumpfe Benommenheit in Clints Gehirn der Grund dafür.

Er taumelte gegen den Tisch, hielt sich an ihm fest und atmete stoßweise. Es dauerte eine Weile, bis er einen klaren Gedanken fassen und seine Umgebung wahrnehmen konnte. Pulverdampf vernebelte den dämmrigen Raum, in dem Clint Randall jedes Möbelstück vertraut war. Er warf die Mochila auf den Tisch und drehte sich um.

Susan lehnte noch an der Tür, bleich, mit schreckverdunkelten großen Augen. Sie trug das kastanienbraune Haar nach Art der Siedlerfrauen im Nacken verknotet. Aber in diesen Sekunden, als die Schüsse und das Geheul abermals verstummten und bleierne Stille sich ausbreitete, wirkte sie auf Clint wie ein verschrecktes Kind. Sie war keine makellose Schönheit. Ihr etwas rundliches Gesicht war von Sommersprossen übersät, die Nase ein wenig zu klein geraten.

Dennoch war sie das hübscheste Girl, dem Clint je begegnete. Sie hatte noch die Kochschürze über das einfache Kattunkleid gebunden. Wahrscheinlich waren die Paiutes gekommen, als sie gerade am Herd stand. Ihre Lippen bewegten sich nun, aber kein Ton kam über sie.

Der Mann an der Schießscharte neben der Tür ließ seinen qualmenden Colt sinken. Er hatte einen runden Tisch an die Wand geschoben. Darauf lagen zwei weitere Revolver und alles, was nötig war, diese Waffen zu laden: Schießpulver, Verdämmungspfropfen, Bleikugeln und Zündhütchen.

»Hallo, Sam!«, wollte Clint rufen. Da wandte sich der Mann um, und Clint sah, dass es nicht Susans Vater war.

Er blickte in ein eckiges, von Schweiß und Pulverschwärze bedecktes Gesicht. Der Mann war ungefähr fünfzig Jahre alt, einen halben Kopf größer als Clint und breit wie ein Schrank. Der Staub auf seinem zerknitterten Kordanzug und den klobigen Stiefeln verriet, dass er noch nicht lange in der Station war. Seine Mundwinkel waren verkniffen, und dann sah Clint auch das blutbesudelte Tuch, das er sich als Notverband um den rechten Oberschenkel gebunden hatte.

»Hallo, Postreiter, das war verteufelt knapp!« Seine heisere Stimme bewies die Anspannung, unter der er stand. Clint schaute sich beunruhigt nach Jefford um. Die Türen zu den fensterlosen Schlafkammern standen offen. Zwei Pferde streckten ihre Köpfe aus der einen. Offenbar waren sie von den Bewohnern der Relaisstation noch im letzten Augenblick vor dem Angriff hereingebracht worden. Clints Blick kehrte zu dem kreidebleichen Mädchen zurück.

»Wo ist Sam, Susan?«

Ihre Lippen zuckten heftiger. Ihre Augen begannen sich mit Tränen zu füllen. Plötzlich lief sie zu ihm. Er nahm sie in die Arme und hielt sie fest. Sie zitterte heftig.

»O Clint, ich bin so froh, dass du gekommen bist! Pa ist tot! Er wollte noch die übrigen Pferde aus dem Korral holen, als sie ihn erwischten. Es war schrecklich...« Schluchzend presste sie ihr Gesicht an seine Schulter. Sie war ein Jahr jünger als Clint, aber hier draußen in der Wildnis des Great Basin galt auch eine Siebzehnjährige schon als erwachsene Frau.

Clint wollte sie trösten, wusste aber nicht, was er sagen sollte.

Mit Jeffords Tod musste er selbst erst fertig werden. Der Mann neben der Tür war schweigend und mit verbissener Miene beschäftigt, seine drei Colts nachzuladen. Als er Clints Blick auf sich gerichtet fühlte, hielt er kurz inne.

»Sie sind Randall, stimmt's?« Und ohne eine Antwort abzuwarten: »Mein Name ist Frank Morgan. Ich besitze eine Ranch drüben in der Nähe von Carson City. Eigentlich bin ich hier nur durch Zufall gelandet...«

»Mein Glück, schätze ich.«

Morgan zuckte mürrisch die Achseln. »Das wird sich noch rausstellen. Wenn mich nicht alles täuscht, bekommen die Kerle da draußen jetzt auch noch Verstärkung. Das sieht verdammt nicht gut für uns aus.«

Clint hörte den Lärm ebenfalls. Er zog die Unterlippe zwischen die Zähne. Seine Verfolger waren da. Er hatte wirklich keine Minute mehr verlieren dürfen. Gleichzeitig hieß das aber auch, dass die Verluste, die sie den Belagerern zugefügt hatten, bedeutungslos geworden waren.

»Verfluchtes Pack!«, schimpfte Morgan. »Das sind mindestens zwanzig Halunken, die wir nun am Hals haben! Weiß der Henker, ob ich da meine Frau und meine kleine Tochter je wiedersehe!« Erklärend fügte er hinzu: »Ich war geschäftlich drüben in Salt Lake City und hatte es so eilig, heimzukommen, dass ich nicht auf die nächste Postkutsche warten wollte! Teufel, das hab ich nun davon! Ich bin völlig ahnungslos mitten in diesen verdammten Indianeraufstand hineingeritten, genau wie Sie, Randall.«

Clint schüttelte den Kopf.

»Ich wurde auf der Whitehorse Station vor den Roten gewarnt.«

Morgan starrte ihn betroffen an. Clint dachte an den Prospektor, der ihn aufzuhalten versuchte. Er ahnte, was dem Rancher jetzt auf der Zunge lag. Clint lächelte gequält. Mit einer Kopfbewegung wies er auf die auf dem Tisch liegende Mochila. »Ich werd' nun mal dafür bezahlt, die Post durchzubringen.«

Morgan brummte mit finsterem Gesicht: »So ähnlich hat auch Jefford geredet, ehe er hinauslief, um die Pferde zu holen! Dabei waren die Rothäute schon oben auf den Senkenrändern. Aber nein, er wollte auf keinen Fall... Achtung, da kommen diese Teufel schon wieder!« Entschlossen packte er einen der frischgeladenen Colts.

Clint schob Susan zur Seite. Er nahm sich keine Zeit, die Kammern seiner leergeschossenen Waffe nachzuladen, sondern setzte hastig die mit Patronen gefüllte Reservetrommel ein. Morgan warf ihm einen zweiten Revolver zu. Es war ein langläufiger Paterson Colt, den Clint geschickt auffing. Dann war er schon an einer Schießscharte an der Rückseite des Gebäudes.

Kriegsgeschrei gellte. Wieder kamen die Angreifer zu Fuß. Der vorderste war nur mehr wenige Yard entfernt. Ein riesiger geduckt an der Quelle vorbeihetzender Paiute, der einen lederumwickelten Schädelbrecher schwang. Sein rot und weiß bemaltes Gesicht glich einer unheimlichen Dämonenmaske. Clint schob die Mündung des Paterson in die Schießscharte, zielte und drückte ab.

5. Kapitel

Fünf Minuten später war der Angriff abermals abgeschlagen. Eine hereinpfeifende Kugel hatte Clint ein Büschel Haare über dem rechten Ohr wegrasiert. Mehr Schaden hatte der Pfeil und Bleihagel nicht angerichtet. Von einem Augenblick zum anderen war es nun wieder so still, als hätten sich die Paiutes in Rauch aufgelöst. Clint musste sich jedoch nicht erst groß anstrengen, etwas von den an den Hängen versteckten Kriegern zu entdecken. Er wusste auch so, dass sie noch immer da waren entschlossener und rachsüchtiger denn je.

Der Pulverrauch staute sich wie Nebel unter der niedrigen Balkendecke. Clints Ohren waren noch halb taub vom Krachen der Detonationen. Nach allem, was an diesem Tag bereits hinter ihm lag, war er so erschöpft, dass er mit seinen zitternden Fingern Mühe hatte, die Sechsschüsser wieder nachzuladen.

Schweigend trat Susan zu ihm und übernahm es. Sie hielt den Kopf gesenkt und Vermied es, ihn anzusehen. Es war, als hätte sie Angst, ihre eigene Hoffnungslosigkeit in seinen Augen wiederzuentdecken.

Die Sonne war untergegangen. Nur die obersten Senkenränder waren noch in ihr Licht getaucht. Im Blockhaus war es fast dunkel. Morgan humpelte durch den Raum und zündete den Docht der über dem Tisch hängenden Petroleumlampe an. Clints Herz zog sich schmerzhaft zusammen, als der am Bein verwundete Rancher sich danach ächzend auf den Stuhl an der Schmalseite des Tisches sinken ließ. Dort hatte sonst um diese Zeit immer Sam Jefford gesessen.

Clint erinnerte sich an das faltige Grinsen, mit dem der Graubärtige ihn jedes Mal aufgefordert hatte, nur ja tüchtig zuzulangen, damit er endlich mehr Fleisch auf die Rippen bekam und aufhörte, wie ein im Sattel hängendes Fragezeichen auszusehen. Augenzwinkernd hatte Jefford dabei stets seine am Herd stehende Tochter angesehen. Die Erinnerung legte sich wie eine Zentnerlast auf Clint. Er schwieg. Erst als Susan dann ein Tablett mit einem Krug Quellwasser, frischgebackenem Brot und kaltem Braten auf den Tisch stellte, wurde ihm bewusst, wie hungrig er war.

»Greif zu, Clint!«, forderte ihn das Mädchen leise auf, rührte selbst jedoch keinen Bissen an. Clint war nicht entgangen, wie auch Susan zusammengezuckt war, als Frank Morgan sich ahnungslos gerade auf Jeffords Stammplatz gesetzt hatte.

Susan übernahm wie selbstverständlich die Wache an der Schießscharte bei der Tür, während Morgan sich hungrig bediente. Mit keinem Wort hatte der Rancher bis jetzt seine Oberschenkelverletzung erwähnt. Er war ein harter, grimmiger Mann, der auch in der Anwesenheit von Jeffords Tochter kein Blatt vor den Mund nahm.

»Mit Ihrem Kollegen aus Fort Churchill können wir wohl kaum mehr rechnen, Randall«, meinte er zwischen zwei Bissen. »Der ist entweder umgekehrt, wenn er schlau war, oder die Rothäute haben ihn längst skalpiert. Was meinen Sie? Werden Ihre Leute vom Pony Express uns Hilfe schicken?«

Clint füllte einen Becher mit Wasser aus dem Krug und trank. »Das hängt davon ab, wie es auf den Stationen westlich von hier aussieht. Wenn sich überhaupt Freiwillige finden, die sich aus Carson City oder Fort Churchill herauswagen, werden sie zwischen Dayton, Carson Sink und Crustle Rock sicher alle Hände voll zu tun haben. Nein, Morgan, wir sollten uns lieber nicht auf sie verlassen. Cold Spring liegt nun mal ziemlich weit weg vom Schuss.«

»Nicht für die Paiutes!«, murrte Morgan. »Junge, Sie verstehen es aber, einem Mut zu machen!«

Clint lächelte rissig. »Ich wollte, ich könnte Ihnen was anderes erzählen. Aber ob Sie's glauben oder nicht, Morgan, ich bin über das Märchenalter hinaus.«

»Schon gut, Randall, 's war nicht so gemeint. Ich bin froh, dass Sie hier sind.«

»Vielleicht gibt's doch noch 'ne Chance, wenn Dave und seine Freunde rechtzeitig kommen«, sagte Susan plötzlich bei der Schießscharte. Ihre Stimme klang gefasst. Nur Clint kannte sie so gut, dass er das unmerkliche Zittern heraushörte. Er schob den Stuhl zurück und fuhr hoch.

»Dave? Ist er denn hierher unterwegs?«

»Wer, zum Henker, ist Dave?«, wollte Morgan wissen.

»Susans Bruder«, erklärte Clint schnell. »Einer, der seine Zeit lieber in den Saloons und Spielhöllen von Carson City verbringt als hier draußen in der Wildnis. Aber das geht uns nichts an. Ich will damit nur erklären, dass es mir schwerfällt zu glauben, was Susan sagt.«

Er eilte um den Tisch herum zu dem Mädchen. Als er Susans Schultern ergriff, wurde ihm wieder bewusst, wie jung und hübsch sie war und wie verloren und verletzlich in dieser Umgebung. Er hatte schon immer den Wunsch gehabt, sie eines Tages von hier wegzubringen. Er blickte das Mädchen ernst an.

»Susan, ich bezweifle ja nicht, dass Dave sich Sorgen um euch macht, wenn er erfährt, dass die Paiutes losgeschlagen haben. Doch du weißt, wie weit Carson City weg ist. Was ich über die Freiwilligen vom Pony Express sagte, das gilt auch für Dave und seine, hm, Freunde...«

»Nein, Clint, du hast mich vorhin schon richtig verstanden: Er ist bereits unterwegs!« Zum ersten Mal erschien der Schimmer eines zaghaften Lächelns auf ihrem Gesicht. »Little Ben Neal hat gestern mit der Post aus Fort Churchill seinen Brief gebracht. Dave schreibt, dass er entweder heute oder morgen hier auftauchen wird. Er will mit seinen Freunden nach Salt Lake City oder vielleicht sogar noch weiter nach Fort Laramie hinüber und hier ein, zwei Tage Zwischenstation machen. Das heißt, er ist bereits losgeritten, bevor es zu den ersten Indianerüberfällen kam.«

Das heißt auch, fügte Clint in Gedanken hinzu, dass ihm der Boden in Carson City zu heiß geworden ist! Aber eher hätte er sich die Zunge abgebissen, als Susan gegenüber ein Wort davon erwähnt.

Die Nacht brach herein. Die Einsamkeit des weiten Landes, die das Blockhaus umgab, schien sich noch zu verdichten. Clint und Morgan griffen gleichzeitig zu den Waffen, als das klagende Geheul eines Coyoten vom Senkenrand schallte. Clint blies die Lampe aus. Diesmal übernahm er die Schießscharte an der Vorderfront. Es war Neumond. Ein Meer von Sternen bedeckte zwar das Firmament, aber ihr Gefunkel reichte nicht aus, die Senke zu erhellen. Die Konturen der Felsen und Sträucher an den Hängen ringsum waren nur zu ahnen.

»Es heißt doch, dass sie bei Nacht nicht angreifen«, murmelte Morgan unsicher.

Clint zuckte die Achseln. »Das gilt vielleicht für die Sioux und Cheyennes auf der Prärie jenseits des Felsengebirges. Doch nicht mal bei denen würd' ich mich drauf verlassen.«

Der Coyote heulte wieder. Das Signal, was immer es auch bedeuten mochte, wurde von der anderen Senkenseite beantwortet. Gebannt spähten die Menschen in der Hütte in die fahle Dunkelheit hinaus. Susan stand dicht neben Clint. Er spürte die Wärme ihres Körpers durch das dünne Kleid. Morgans gepresste Atemzüge füllten die Schwärze im Raum. Anscheinend machte ihm seine Verletzung mehr zu schaffen, als er sich selbst eingestehen wollte.

Clint bemerkte eine Bewegung am Hang hinter der verbrannten Remise. Er vertauschte seinen Colt mit dem Volcanic Karabiner, der an der Wand lehnte, wartete aber noch. Die Pferde in der Kammer nebenan schnaubten und stampften. Für die Tiere war kein Futter im Haus, und das Wasser in dem großen Fass, das Jefford ständig in der Station aufbewahrte, war für die Belagerten so kostbar, dass sie die Pferde lieber hinausließen, als es für sie zu opfern. Verschwommene Geräusche drangen herein.

An der Rückseite krachte plötzlich einer von Frank Morgans Revolvern. Wie ein vielfaches Echo auf den Schuss antworteten von den Hängen mehrere Gewehre. Clint schoss auf die zuckenden Mündungsblitze. Da war schon wieder alles vorbei. Das Krachen verebbte. Ein hartes, bellendes Auflachen trieb in die Senke herab. Eine höhnische Stimme schrie etwas im Dialekt der Paiutes.

Clint hatte den salzigen Geschmack von Schweiß auf den Lippen. Die Stille und Reglosigkeit da draußen zerrten an seinen Nerven. Plötzlich flackerte ein Feuer zwischen den Felsen über der Senke auf. Sekunden später brannte weiter rechts ebenfalls eins und auch eins auf dem der Rückfront der Hütte zugewandten Senkenrand.

»Entweder sie wollen uns ’reinlegen oder sie haben tatsächlich vor, es sich für den Rest der Nacht da oben gemütlich zu machen«, knurrte Morgan. »Na ja, die Kerle können es sich leisten. Die haben Zeit. Ein paar Aufpasser genügen, uns hier festzunageln. Wenn wir nur nicht...«

Clint fuhr herum, als der dumpfe Aufschlag eines Körpers den Satz unterbrach. Morgan lag am Boden. Besorgt lief der Postreiter zu ihm.

»Lassen Sie nur, Randall!«, keuchte der Rancher, als Clint ihm hoch half. »Dieses verfluchte Kugelloch! Das brennt wie Feuer! Aber es geht schon wieder...«

Clint führte ihn zu einem Stuhl. Dann nahm er die Lampe vom Haken, stellte sie auf den Tisch und brannte wieder den Docht an. Susan drehte entsetzt den Kopf weg, als er das Tuch von Morgans blutbesudeltem, aufgeschlitztem Hosenbein wickelte.

»Sieht nicht gut aus, was?«, keuchte Morgan, jetzt aschfahl im Gesicht. Schweiß perlte über seine Wangen. Clint biss die Zähne zusammen. Eine schwerkalibrige Kugel hatte Morgans Oberschenkel getroffen. Der Rancher hatte sie mit einem Messer herausgeholt. Er hatte viel Blut verloren. Die Wunde war hässlich verfärbt, das Bein geschwollen. Clint hob den Kopf und blickte dem stämmigen Viehzüchter in die Augen. Morgans Grinsen verunglückte zur Grimasse.

»Ich weiß, ich hätte sie ausbrennen müssen, aber dazu ließen mir die Rothäute keine Zeit mehr.«

»Sie brauchen einen Arzt, Morgan!«

»Wem sagen Sie das!«, krächzte der Verwundete. »Fragen Sie doch mal die Paiuten, ob sie 'nen Medizinmann dabei haben, der mir hilft.« Er nickte Susan zu, die frisches Verbandszeug aus einer der Schlafkammern brachte. »Vielen Dank, Miss.«

Clint konnte nicht mehr tun, als das Kugelloch vorsichtig säubern und einen frischen Verband darüberwickeln. Es gab keinen Whisky im Haus, mit dem er die Wunde hätte desinfizieren können. Der fromme Mister Majors von der Pony Express Gesellschaft hatte nicht nur Karten und Würfelspiel, sondern auch jeglichen Alkoholgenuss für die Angestellten der Firma für tabu erklärt.

Bei einem der Feuer über der Senke setzte plötzlich das dumpf tönende Tamtam einer Trommel ein. Kehlige Stimmen begannen einen fremdartigen Gesang. Morgan knirschte mit den Zähnen.

»Jetzt wollen sie uns wohl so richtig mürbe machen!«

Clint erhob sich. »Für sie sind wir Eindringlinge, die ihnen ihr Land weggenommen haben und schuld daran sind, dass ihre Squaws und Kinder hungern.«

»He!«, schnaubte Morgan. »Sie reden ja so, als wären Sie ein Freund dieser Wilden, Randall!«

Clint winkte ab.

»Ich werde kämpfen.«

Morgan musterte ihn aufmerksam.

»Nach allem, was ich mitgekriegt habe, glaub ich, dass Sie's sogar schaffen.«

Clint, der sich wieder der Schießscharte zugewandt hatte, drehte sich um. »Wie meinen Sie das?«

»Ich meine, dass es noch eine Chance gibt, solange die Paiutes nicht wissen, dass wir hier drinnen zwei Pferde haben.«

»Wir sind zu dritt!«

Morgan lächelte verzerrt. »Ich hab nicht den Ehrgeiz, mit einem Pony-Express-Reiter in einem Wettrennen zu konkurrieren. Aber Sie und Miss Susan sollten es schaffen. Genauso wie Sie schon mal durchgebrochen sind, weil die Roten nicht drauf gefasst waren. Hören Sie nur, wie sicher diese Kerle ihrer Sache sind!«

Der Gesang und das Dröhnen der Trommel waren lauter geworden. Es war weithin durch die einsame Nacht zu hören. Die kehligen Stimmen und das hämmernde Tamtam ließen die Nerven der Eingeschlossenen vibrieren. Clint blickte Morgan starr an.

»Verdammt will ich sein, wenn ich mir eine Chance damit erkaufe, dass ich Sie hier vor die Hunde gehen lasse!«

»Es geht nicht nur um Sie, Randall«, erwiderte Morgan mit einem Blick auf Jeffords Tochter. Er hob eine Hand, als Susan etwas sagen wollte. »Ich weiß, Miss, Sie warten auf Ihren Bruder. Well, das tu ich auch. Nur, wer weiß, welchen Ärger Dave und seine Freunde bereits selbst am Hals haben! Wenn nicht, dann werden diese Jungs sich bestimmt ein bisschen mehr/beeilen, sobald sie von Ihnen und Randall erfahren, was hier los ist. Ich kann ja diese Burg für eine Weile auch allein verteidigen. Stimmt's, Randall?«

»Schon möglich«, murmelte Clint nachdenklich. »Aber ich wette, Sie haben dabei noch ganz was anderes im Sinn, Morgan.«

Der breitschultrige Mann richtete sich auf. Er stützte sich dabei auf sein Gewehr. »Sie sind ein kluger Kopf, Randall. Sie haben recht. Aber ich werd' erst damit rausrücken, wenn Sie sich zum Reiten entschlossen haben.«

Clint zögerte. Der Rancher wusste genau wie er, wie wenig Aussicht bestand, dass Dave und seine Freunde hier rechtzeitig aufkreuzten. Er sah das Gemisch aus Furcht und Hoffnung in Susans Augen. Die Anwesenheit des Mädchens gab schließlich den Ausschlag. Clint nickte. »Ich denke, wir versuchen es. Aber nun reden Sie, Morgan!«

Die Schultern des älteren Mannes strafften sich. Er wirkte erleichtert. »Machen wir uns nichts vor, Randall: Die Möglichkeit, dass ich meinen Skalp verliere, ist nun mal nicht abzuleugnen. Gerade darum ist es für mich wichtig, dass Sie und Miss Susan durchkommen. Well, ich sagte ja schon, dass ich Frau und Tochter habe. Und ich möchte nicht, dass sie, wenn ich hier Pech habe, auch noch die Aussicht auf eine einigermaßen gesicherte Zukunft verlieren. Warten Sie, Randall, ich erklär' Ihnen gleich alles...«

Seine Hand zitterte, als er den wassergefüllten Becher an die Lippen hob und trank. Clints Herz schlug mit der Paiute-Trommel um die Wette. Morgan humpelte zu einem Wandregal und nahm ein unscheinbares, in Ölhaut gewickeltes Päckchen heraus. Während er es neben der auf dem Tisch brennenden Lampe aufstellte, sprach er weiter.

»Damals, als die Minenstädte am Fuß der Sierra Nevada wie Pilze aus dem Boden schossen, hielt ich es für eine großartige Idee, bei Carson City eine Ranch zu gründen und die Silber und Goldsucher mit Frischfleisch von meiner Weide zu versorgen. Die Sache ließ sich auch gut an. Aber dann war ich plötzlich nicht mehr der Einzige, der auf diese Weise vom Silber-Boom profitieren wollte. Ich hatte meine Ranch als einen Ein-Mann-Betrieb aufgezogen, und nun hatte ich meine liebe Not, mit den

Größeren mitzuhalten. Dann kam auch noch die Dürreperiode vor zwei Jahren, in der alle Wasserlöcher auf meinem Land austrockneten. Die Hälfte meiner Rinder ging damals drauf. Das hat mich geschafft. Ich konnte mich nur mehr mit einem Berg von Schulden über Wasser halten. Aber ich will Sie nicht mit meinen Problemen langweilen, Randall. Mein letzter Ausweg, um nicht alles zu verlieren, war, die Hälfte meines Landes an eine Minengesellschaft in Salt Lake City zu verkaufen.«

Er hatte das Päckchen aufgewickelt. Ungläubig schaute Clint auf die Banknoten. »Achttausend Dollar«, lächelte Frank Morgan rissig.

»Eine stolze Summe, die beweist, wie sicher die Minenbosse sind, Silber auf meinem Land zu finden.«

»Du lieber Himmel, und damit sind Sie ganz allein vom Großen Salzsee bis hierher geritten!«, entfuhr es Clint.

»Die Minenleute wollten mir auch lieber ’nen Scheck mitgeben. Aber ich bin nun mal ein altmodischer Bursche, der sehen und fühlen will, was er für sein Land bekommt. Dieses Geld, Randall, wird die Zukunft meiner Frau und meiner kleinen Tochter sichern. Und Sie sind der richtige Mann, es ans Ziel zu bringen!«

Sein Blick war am Gesicht des Expressreiters festgebrannt. Clint schluckte. Wenn Morgan ihm diese Verantwortung übertrug, dann hieß das, dass er für sich selbst keine Hoffnung mehr hatte.

»Ich weiß nicht, ob ich das Recht dazu habe, Morgan. Nur die Stationshalter sind ermächtigt, Post und Expressgut in Empfang zu nehmen. Unter diesen Umständen wird die Gesellschaft für den Verlust des Geldes ganz bestimmt nicht geradestehen.«

»Das erwarte ich auch nicht. Mir ist klar, dass ich alles auf eine Karte setze. Sie sind mein einziges As, Randall. Ich werde das Päckchen an meine Frau adressieren. Miss Susan wird es anstelle ihres Vaters in die Postliste eintragen und mir eine Quittung ausschreiben. Dann ist es sogar Ihre Pflicht, das Geld mitzunehmen, Randall.« Er lachte heiser, kam um den Tisch herum und legte Clint eine Hand auf die Schulter. »Aber ich zwing Sie nicht, ich bitte Sie! Ich vertrau Ihnen mit diesem Geld die Zukunft meiner Familie an. Aber ich weiß auch, dass es nirgendwo besser aufgehoben ist als bei einem Mann, der seinen Skalp riskiert, um die Posttasche aus dem Pfeil- und Kugelregen der Paiutes zu retten.«

Clint lächelte säuerlich. »Sie werden nicht darum herumkommen, für jede Unze Gewicht fünf Dollar zu berappen, Morgan. Der Pony Express ist nicht billig.« Als der Rancher nicht reagierte, blickte Clint das Mädchen an. »Er lässt uns keine Wahl, Susan. Sei also so gut und bring das Postbuch und die Waage her.«

6. Kapitel

Die Trommel war verstummt. Kein Laut drang mehr in die Senke. Clint Randall ließ den Sprungdeckel seiner Taschenuhr zuschnappen. »Es ist Zeit«, sagte er zu Susan.

Sie hatte ein Cape umgelegt und einen dunklen Schal um den Kopf geschlungen. Ihr Gesicht wirkte bleich, aber gefasst. Nur ihre Augen verrieten die Angst. Das ledergebundene Expressbuch lag noch neben der Waage auf dem Tisch. Die Mochila hing über einem Stuhl. Clint schob das dünne Päckchen mit den achttausend Dollar in die dafür bestimmte »Cantina«. Die drei anderen Boxen waren mit Vorhängeschlössern gesichert, für die nur der für den Streckenabschnitt Nevada und Utah zuständige Superintendent die Schlüssel besaß. Jetzt erst faltete Morgan die von dem Mädchen unterschriebene Quittung zusammen und schob sie in die Innentasche seiner Jacke.

Clint brachte die Pferde aus dem Nebenraum. Zum Glück hatte Jefford Sättel und Zaumzeug im Haus aufbewahrt. Die Tiere waren schon reitfertig. Die mit Tüchern umwickelten Hufe polterten dumpf auf dem Bretterboden. Clint schwang die Mochila auf den Rücken des Schwarzbraunen. Die Schabracke mit den beiden Postbehältern links und rechts besaß ein Loch fürs Sattelhorn und einen Schlitz für die hintere Sattelpausche, sodass der Expressreiter während des Rittes praktisch auf der Post saß.

Schweigend nahm Susan die Zügel der Falbstute. Morgan humpelte heran. Zwei Revolver steckten in seinem Hosenbund. Sein breitflächiges Gesicht war von dunklen Linien zerfurcht, aber er wirkte hart und entschlossen.

»Nur Mut!«, versuchte er Susan aufzumuntern. »Wie ich Randall einschätze, jagt der eher einen ganzen Indianerstamm in die Flucht, als dass er zulässt, dass eine Rothaut Ihnen ein Haar krümmt!«

Dann reichte er Clint die Hand. »Alles Glück für Ihren Trail, mein Junge! Wenn es klappt, sehen wir uns irgendwann in Carson City wieder. Und dann, verdammt noch mal, werden wir ein Fas aufmachen, dass allen die Augen überlaufen, die dabei zusehen!«

Clint lächelte dünn. »Sie wollen doch hoffentlich nicht, dass ich meinen Job beim Pony Express verliere?«

»Im Gegenteil!« Lachend klopfte der Rancher ihm auf die Schulter. Es war ein raues Lachen, mit dem er seine Besorgnis verbergen wollte. Clint hoffte, dass die Indianer nicht misstrauisch wurden, als sie die Lampe löschten. Sie warteten eine Weile, bevor sie vorsichtig die Tür öffneten.

Draußen blieb es still. Die Lagerfeuer auf den Senkenrändern waren nur mehr Gluthaufen, die wie rote Augen durch die fahle Dunkelheit leuchteten. Im Gegensatz zur Tageshitze war die Luft merklich abgekühlt. Clint und Susan hielten ihren Pferden die Nüstern zu. Clint trug seinen Navy Colt, Modell 1851, links im Holster. Den Paterson, den Morgan ihm überlassen hatte, hatte er hinter die Gürtelschnalle geschoben.

»Ich werd' die Kerle ablenken, wenn sie merken, was gespielt wird«, flüsterte der Rancher und schob sich neben ihm zur Tür hinaus. Er zog das verletzte Bein nach. Mehr war ihm von seiner

Verwundung jetzt nicht anzumerken. Bevor Clint ihn halten konnte, war er in der Dunkelheit verschwunden.

Clint und Susan führten ihre Pferde vor die Tür. Die Nacht war vom Atem einer tödlichen Gefahr durchdrungen. Vielleicht lauerten die Vorposten der Paiutes nur ein paar Schritte entfernt an den Hüttenecken und hatten schon ihre Flinten und Pfeile schussbereit. Clint half Susan in den Sattel. Er spürte, wie verkrampft sie war.

»Bleib neben mir, was immer geschieht!«, raunte er.

Sie zögerte, als er ihr einen Colt reichte. Doch dann griff sie entschlossen zu. Die Stute schnaubte leise. Mit der Gewandtheit einer Raubkatze schwang Clint sich auf sein Pferd. Sie trieben die Pferde an der Balkenwand entlang. Clints Hand lag am Paterson. Er warf einen suchenden Blick über die Schulter, aber Morgan blieb von der Dunkelheit verschluckt.

Leise mahlte der Sand unter den Hufen. Wieder schnaubte eins der Pferde. Von rechts, wo der Schuppen stand, antwortete ein metallisches Knacken. Einen Moment war Clint wie erstarrt. Dann duckte er sich.

»Jetzt!«, zischte er Susan zu.

Sie hämmerten den Pferden die Fersen gegen die Flanken. Einen Moment später schallte ein gutturaler Ruf durch die Senke. Er ging im berstenden Krachen eines Colts unter.

Morgans Waffe!

Von der Sekunde an verwandelte sich die in Finsternis gehüllte Senke in einen von Mündungsfeuern durchglühten und von Geschrei durchtobten Hexenkessel.

Für einen Augenblick hatte Clint den verzweifelten Wunsch, seinen Schwarzbraunen herumzureißen und Morgan beizustehen. Aber da war Susan. Und da waren die achttausend Dollar in der Mochila, die der Rancher ihm anvertraut hatte. Weiter, solange das Dröhnen von Morgans Sechsschüsser den wirbelnden Hufschlag übertönte und die Paiutes ablenkte!

Das Stationshaus blieb als schwarzer Klotz in der Dunkelheit hinter Clint und dem Mädchen zurück. Vor ihnen ragten die beiden Felstürme über dem mit Gestrüpp und Steinblöcken bedeckten Hang in den Sternenhimmel. An ihnen lief die Route nach Fort Churchill vorbei, die die »Swing Stations« Crustle Rock, Sand Springs, Stillwater und Carson Sink berührte. Clint und Susan lagen fast auf den Pferdehälsen. Schatten bewegten sich vor ihnen.

Plötzlich stand eine Gestalt vor Clint. Die Metallspitze einer Kriegslanze fing den matten Sternenglanz ein. Clint stieß einen wilden Schrei aus. Sein Pferd rannte den Paiute um. Clint schoss auf einen hinter einem Felsblock hervorspringenden Krieger, der mit dem Tomahawk zum Wurf ausholte. Sand und Steine spritzten unter den Hufen seines Schwarzbraunen auf. Dann riss Susans schriller Schrei den Kopf des jungen Mannes herum.

»Schieß!«, schrie er, als er sah, wie ein Indianer Susan auf der von ihm abgewandten Seite vom Pferd zu zerren versuchte. Der Feuerstrahl aus Susans Waffe beleuchtete gespenstisch das bemalte Gesicht des Kriegers. Mit ausgebreiteten Armen stürzte der Paiute zwischen die Felsen zurück.

Susans Stute wollte ausbrechen. Rasch schob Clint den Paterson in den Hosenbund, packte die Zügel und zerrte das Pferd mit. Er war in Schweiß gebadet, als sie die Felsen am oberen Senkenrand erreichten. *Nicht anhalten!*, durchfuhr es Clint. *Nur weg, sonst ist alles umsonst*!

Sie preschten einen mit Fettholzstauden und Salbei bestandenen Hang hinab. Der wüste Lärm hinter ihnen wurde schwächer. Steile, von Felsen durchbrochene Hügel schoben sich neben sie. Die Dunkelheit wurde noch dichter. Clint ließ seinem Pferd die Zügel locker, damit es sich selbst den Weg suchte. Nach einer Meile hielt er, sprang ab und nahm den Gäulen die Lappen von den Hufen.

Die Nachtluft kühlte sein schweißnasses Gesicht, als er sich aufrichtete. Die Schüsse in der Senke von Cold Spring waren verstummt. Mit einem Würgen in der Kehle dachte Clint an Frank Morgan. Der Rancher hatte das Stationsgebäude verlassen, um einen Ausbruch vorzutäuschen. Wenn er es nicht geschafft hatte, rechtzeitig ins Haus zurückzukehren...

Clint trat neben das Pferd, auf dem Susan zusammengesunken saß. »Alles in Ordnung, Susan?«

Ihr Gesicht war ein schmaler, bleicher Fleck im Finstern. Er merkte, dass sie weinte. »O Clint, ich wünschte, ich wäre nie in dieses Land gekommen, in dem jeder kämpfen und töten muss, um selbst am Leben zu bleiben!«

Clint lauschte. Zuerst war es, als hätte die Paiute-Trommel wieder zu dröhnen begonnen. Dann merkte er, dass es Hufschlag auf ihrer Fährte war. Die Indianer brauchten sich nicht aufhalten, nach ihrer Spur zu suchen. Sie wussten, dass den Flüchtenden nur eine Richtung blieb, westwärts den Ponytrail entlang. Auch Susan hatte es gehört. Sie schauderte.

»Wir schaffen es!«, rief Clint ihr zu. »Wir haben die besseren Pferde! Komm!«

7. Kapitel

Als die Sonne aufging, lagen die Felsen von Cold Spring weit hinter ihnen. Ringsum dehnte sich die Halbwüste in niedrigen, von gleißendem Licht überfluteten Bodenwellen. Dürre Grasbüschel und verstreute Dornbuschgruppen waren hier die einzige Vegetation. Im Norden stand die gezackte Silhouette einer Gebirgskette vor dem Firmament. Nach allen anderen Richtungen erstreckte sich das Land in einer geradezu erdrückenden Leere, soweit das Auge reichte. Nicht einmal Wildspuren kreuzten hier den Pony Express Trail.

Clint entschloss sich zur Rast, als er sah, wie erschöpft Susan war. Nur mehr mühsam hielt sie sich im Sattel. Doch kein Wort der Klage kam über ihre Lippen. Als Clint jedoch im Schatten eines Stachelbirnengestrüpps eine Decke für sie ausbreitete, ließ sie sich mit einem erleichterten Seufzen darauf nieder. Clint löste die Wasserflasche vom Sattel. Als er damit zu Susan trat, war sie bereits eingeschlafen.

Auch Clint war erschöpft. Doch er traute der Stille nicht, die sie umgab. Er tränkte die Pferde. Dann aß er ein bisschen von dem Brot, das sie mitgenommen hatten, trank einige Schlucke und stieg anschließend einen Hügel hinauf, um Ausschau zu halten. Sie hatten einen Bogen nach Süden geschlagen. Das hatte zwar Zeit gekostet, doch ihre Pferde hatten dabei einen guten Vorsprung herausgelaufen.

Clint kniff die Augen zusammen. Weit im Osten, wo die Sonne wie ein Ball aus glühendem Gold über den Horizont stieg, zitterte ein Staubschleier über den Hügelrücken. Clint war nicht überrascht. Er wäre es höchstens gewesen, wenn die Paiutes schon aufgegeben hätten, das ihnen knapp entwischte Wild doch noch zur Strecke zu bringen. Clint blickte zu dem schlafenden Mädchen hinunter und überlegte, wie viel Zeit er ihm wohl gönnen durfte.

Bis Crustle Rock gab es nirgendwo einen Platz, an dem sie sich verschanzen konnten, wenn die Indianer sie einholten. Und die Staubwolke über den fernen Höhen wurde verteufelt schnell größer! Clints Blick streifte die Berge im Norden. Bisher hatte er es nicht gewagt, zu weit von der Expressroute abzuweichen, in der Hoffnung, vielleicht doch noch auf Susans Bruder und seine Begleiter zu stoßen. Aber die flachen Kämme im Westen blieben wie ausgestorben, während der Staub auf Clints und Susans Fährte mit der höher kletternden Sonne zu steigen schien.

Susan hatte noch keine Viertelstunde geruht, als Clint sie weckte. »Tut mir leid«, sagte er, eine Hand an ihrer verkrampften Schulter. »Wir müssen weiter.«

Sie nahm die Wasserflasche, die er ihr hinhielt, und trank. Das Brot lehnte sie kopfschüttelnd ab. Sie wirkte krank. Doch dann, als hätte sie die Sorge in Clints Augen erkannt, versuchte sie zu lächeln. »Keine Angst, ich halte bestimmt durch!«

Zwei Stunden später war es bereits so heiß, dass Susan ihr Cape ablegte. Clint schonte die Pferde, weil er damit rechnen musste, dass sie auf der Crustle Rock Station keinen Ersatz bekamen. Susan blickte die ganze Zeit angestrengt nach vorn. Clint wusste, wie sehnsüchtig sie darauf wartete, plötzlich ihren Bruder zu sehen.

Stattdessen entdeckten sie den Rauch, der als weithin sichtbare kerzengerade Säule vor dem strahlend blauen Nevadahimmel stand. Wie auf Kommando zügelten sie gleichzeitig ihre Pferde.

»Crustle Rock!«, flüsterte Susan. Clint hatte es befürchtet. Aber die Gewissheit, wie hoffnungslos jetzt ihre Lage war, versetzte auch ihm einen Schock. Namen und Bilder wirbelten in seinem Gehirn. Simpson Rock, Cold Spring, Crustle Rock...

Der Himmel mochte wissen, wie es um die anderen Stationen entlang der Pony Express Linie stand! Jede Meile weiter nach Westen konnte eine Meile näher zur Hölle sein! Numaga und seine Krieger schienen entschlossen, in ihren angestammten Jagdgründen kein Bleichgesicht am Leben zu lassen. Voller Entsetzen folgte Susan Clints Blickrichtung, als er auf ihrer Fährte zurückspähte. Der Staub über den Hügelkämmen wirkte harmlos. Kein Laut drang zu ihnen. Aber die Entfernung zwischen ihnen und ihren Jägern war schon merklich geschrumpft.

»Wir müssen nach Norden!«, entschied Clint. »Nur in den Felsen können wir unsere Fährte verwischen und die Kerle abhängen.«

»Denkst du, sie haben auch Dave...«

Clint schüttelte den Kopf. »Ich glaube nicht, dass Dave sich so leicht von irgendjemand erwischen lässt.«

Bevor sie noch etwas sagen konnte, ritt er an. Susans Falbstute folgte dem Schwarzbraunen. Sie ritten Stunde um Stunde, und jedes Mal, wenn sie zurückschauten, kam ihnen der von den Verfolgern aufgewirbelte Staub ein bisschen näher vor.

Langsam rückten die zerklüfteten Bergflanken im Norden heran. Als es Mittag wurde und die Sonne mit geradezu mörderischer Wucht auf das Land brannte, hatten sie noch immer zehn Meilen zu den Felsen zurückzulegen. In der Staubwolke hinter ihnen zeigten sich bereits dunkle Punkte. Dann und wann blitzte ein Gewehrlauf oder eine Lanzenspitze silbrig auf.

Immer wieder musste Clint an Morgan denken. Das Versprechen, das er dem Rancher gegeben hatte, lastete so schwer auf ihm wie die Verantwortung für Susans Unversehrtheit.

Acht Meilen vor der Gebirgskette begann Susans Stute plötzlich auf dem rechten Vorderhuf zu lahmen. Clint bezwang die aufkeimende Panik. Ängstlich schaute das Mädchen zu, als er das Bein des Tieres untersuchte. Clint hielt sein vom Hut beschattetes Gesicht gesenkt, bis er sicher war, dass seine Miene nichts mehr von dem eisigen Erschrecken verriet, das ihn durchzuckte.

»Komm«, sagte er, als er das Mädchen aus dem Sattel hob. »Wir haben ja noch meinen Schwarzbraunen, und der ist kräftig genug, uns eine Weile zu tragen.«

Die Stute hatte sich den rechten Vorderlauf verstaucht. Die Fessel war entzündet und geschwollen. Clint nahm ihr Zaumzeug und Sattel ab. Einen Augenblick dachte er daran, die Mochila zurückzulassen und so Gewicht zu sparen. Er verwarf diesen Gedanken sofort. Ein grimmiges Lächeln umspielte seine Lippen.

Als er sich Susan zuwandte, um ihr auf den Rücken des Schwarzbraunen zu helfen, legte sie ihm beide Hände auf die Arme. Ihr Blick brannte in seinen Augen.

»Versprich mir eins, Clint: Lass es nicht zu, dass ich ihnen lebend in die Hände falle!«

Seine Kehle wurde trocken. »Sie werden uns nicht erwischen!«

»Versprich's mir, Clint!« Sie klammerte sich an ihn. »Bitte!«

»Ich versprech's.«

Plötzlich lagen ihre Arme um seinen Nacken. Er drückte sie an sich und küsste sie. Es war ein schmerzlich-süßer Kuss, der ihn die Gefahr nicht vergessen ließ. Susan löste sich plötzlich von ihm. Verlegen wich sie seinen Augen aus. Ihre Wangen glühten. Nie hatte sie so hübsch und fraulich ausgesehen, trotz der Strapazen, die hinter ihr lagen. Bevor er ihr helfen konnte, saß sie auf dem Pferd. Er schwang sich hinter ihr hinauf.

Schnaubend trottete der schwarzbraune Wallach los. Die beiden jungen Menschen auf seinem Rücken waren zwar nur Leichtgewichte, aber nun machten sich doch die vielen Meilen bemerkbar, die das Pferd bereits gelaufen war. Auch die Mustangs der Verfolger waren abgetrieben. Ihre Reiter spornten sie jedoch zu einem erbarmungslosen Endspurt an.

Es waren acht oder neun Krieger. Dass die anderen zurückgeblieben waren, gab Clint Hoffnung, dass Morgan noch lebte. Dennoch waren es zu viele, als dass er es im deckungslosen Gelände mit ihnen aufnehmen konnte. Es kam ihm vor, als blieben die felsbedeckten, von Klüften zerrissenen Hänge immer gleich weit entfernt.

Die Sonne stach wie mit Feuerspeeren herab. Eine Kruste aus getrocknetem Schweiß und Alkalistaub bedeckte das Fell des Schwarzbraunen. Ätzender Staub, der in den Augen brannte, die Kleidung durchdrang, die Poren verklebte. Immer öfter musste Clint dem Pferd die Hand aufs Fell klatschen oder ihm die Hacken gegen die Flanken stoßen, damit es nicht einfach stehenblieb. Die Hitze war wie ein Bleipanzer, der das Atmen erschwerte. Die Luft über den Bodenwellen flimmerte. Das Hufgedröhn der Verfolgerpferde begann die Leere der flammenden Weite auszufüllen.

Clint und das Mädchen waren noch zwei Meilen vom Fuß der Bergkette entfernt, als die Paiutes zu schießen anfingen. Auf diese Entfernung und noch dazu vom Pferderücken aus, besaßen sie höchstens die Chance eines Zufallstreffers. Clint presste die aufgesprungenen Lippen zusammen. Sie wollten ihn nur in Panik versetzen, damit er sein Pferd zuschanden ritt, bevor er die Felsen erreichte. Zum ersten Mal spürte er einen wütenden Hass in sich.

Nach einer weiteren Meile lagen die Einschläge der schweren Sharps- und Hawkengeschosse schon bedrohlich nahe. Clint wünschte sich, er hätte den Volcanic Karabiner aus Jeffords Blockhaus mitgenommen. Für ihn ging's nur mehr darum, den

Gebirgszug zu erreichen und einen Platz zu finden, an dem er sich verteidigen konnte.

Die Paiutes sahen ein, dass sie das Rennen nicht mehr gewinnen konnten, ehe die Flüchtenden den Schutz der Felsen erreichten. Ihre Gewehre verstummten. Clint sah sie in breit auseinandergezogener Reihe auf seiner Spur. Dann schob sich ein geröllbedeckter Hang zwischen ihn und die Verfolger. Zweihundert Yard rechts klaffte dahinter der Eingang einer Schlucht. Der blonde Expressreiter lenkte sein Pferd dorthin.

Seine Beine waren nach dem langen, unbequemen Sitzen hinter dem Sattel halb taub, als er herabglitt. Susan wollte ebenfalls absteigen. Er hielt sie fest. »Sieh zu, dass du den Blackman Creek zwei oder drei Meilen weiter nördlich erreichst!«, keuchte er. »Wenn du ihm nach Westen folgst, kommst du aus den Bergen wieder heraus. Bleib immer nördlich vom Ponytrail, bis du den Rand von Carson Sink erreichst. Von dort müsstest du's schaffen, nach Fort Churchill durchzukommen. Da bist du in Sicherheit.«

Susan blickte ihn starr an. Ihre Augen weiteten sich. Sie legte eine Hand an die Kehle. »Clint, um Himmels willen, du erwartest doch nicht...«

»Du kannst es schaffen, Susan! Doch nur, wenn ich die Bande hier aufhalte! Lass das Pferd am Blackman Creek mindestens eine halbe Stunde rasten, damit...«

»Clint!« Ein Zittern war in ihrer Stimme. »Ich kann dich doch hier nicht allein zurücklassen!«

Clint lächelte rissig. »Ich hab zwei Colts und eine geladene Reservetrommel. Das sind achtzehn Schuss, die ich ohne Nachladen verpulvern kann! Die Burschen da hinten werden sich wundern! Ich bin noch lange nicht erledigt, Susan, und ich denke, dass sich daran auch so schnell nichts ändert. Wenn du Fort Churchill erreichst, sag den Männern dort, dass sie mich zwischen hier und dem Blackman Creek suchen sollen. Die Berge hier sind voll von Schlupflöchern für einen Mann, der kein Pferd mitschleppen muss.«

»Mach mir nichts vor, Clint! Die Paiutes werden dir keine Zeit lassen, dich zu verstecken...«

Er legte eine Hand auf ihr Knie. Sein Blick war beschwörend. »Vergiss Morgan nicht, Susan! Er hat mein Wort, dass ich die achttausend Dollar durchbringe. Und wenn ich es schon nicht erfüllen kann, dann tu du es für mich! Reite, Susan.«

Er wandte sich ab und lief ein Stück den mit Felstrümmern bedeckten Hang hinauf, über den das Grollen der Mustanghufe wie ein heraufziehendes Gewitter drang. Als er zurückschaute, verharrte Susan noch immer reglos.

»Reite!«, schrie er wild.

Ihre Schultern sanken ein. Kraftlos hob sie eine Hand zum Abschied. Dann zog sie das Pferd herum. Sekunden später war sie im Schatten des Schluchteingangs verschwunden.

Clint warf sich auf dem Höhenrücken neben einem Felsblock nieder, einen Colt in jeder Faust. Die staubaufwirbelnde Reiterfront war nur noch knapp fünfzig Yard vor ihm. Die Paiutes hatten ihn noch nicht entdeckt. Clint visierte den am weitesten vorn jagenden Reiter an. Noch vierzig Yard, noch dreißig...

Er zwang sich, tief und gleichmäßig zu atmen. Nun, da alles entschieden war und es kein Zurück mehr für ihn gab, durchflutete ihn kalte Ruhe. Der Paiute war ein stämmiger Krieger, der zu seinem Lendenschurz und den Mokassins eine von Weißen erbeutete Leinenjacke trug. Die Zipfel des gelben Tuchs, das er als Stirnband um den Kopf geschlungen hatte, flatterten. Weiße und rote Farbstreifen bedeckten sein Gesicht.

Clint wartete, bis er auf zwanzig Yard heran war. Dann drückte er ab.

8. Kapitel

Der Indianer riss beide Arme hoch und stürzte rücklings vom weitergaloppierenden Pferd. Dem nächsten Angreifer schoss Clint den Gaul unter dem Hintern weg. Die dritte und vierte Kugel gingen in dem staubumbrodelten Durcheinander der jäh gestoppten Mustangs und katzenhaft abspringenden Reiter daneben. Clint schoss mit verbissener Miene. Nur Fetzen des Lärms durchdrangen das Krachen seiner Waffe. Sein Blei schleuderte noch einen Paiute zu Boden.

Dann lagen die anderen hinter Bodenerhebungen, Felsbrocken und Sträuchern in Deckung. Zwei Indianer jagten die rasch zusammengetriebenen Pferde in eine geschützte Geländefalte. Ein Pfeil- und Kugelhagel überschüttete den Kamm, auf dem der Weiße lag.

Clint hatte sich bereits hinter den Felsklotz gerollt. Keuchend lud er die leergeschossenen Kammern seines Colts nach. Er benutzte neuartige Papierpatronen, die er sich bei seinem letzten Besuch in Carson City besorgt hatte. Die komplette Ladung von Pulver, Pfropfen und Kugel war in einer dünnen ölpapierhülle enthalten. So wurde die umständliche Prozedur des Ladens wesentlich erleichtert. Für Morgans Paterson Colt besaß Clint allerdings keine Reservemunition.

Clint hatte kaum die Colttrommel zugeklappt, als die Indianer wieder angriffen. Diesmal kamen sie zu Fuß. Wie Raubkatzen schnellten sie von Deckung zu Deckung. Immer drei, vier Krieger gleichzeitig, während die anderen ihre Pfeile und ihr heißes Blei zu dem in der Sonne glühenden Höhenrücken schickten.

Clint schoss wütend und verzweifelt. Die Paiutes bewegten sich unheimlich flink. Sobald er einen vor den Lauf bekam, war der Krieger im nächsten Sekundenbruchteil zwischen Felsbrocken und Dorngestrüpp verschwunden, als hätte die Erde ihn verschluckt. Nur einen traf Clint ins Bein, und einen anderen streifte seine Kugel an der Hüfte. Ihre Angriffslinie hatte sich noch weiter auseinandergezogen. Kein noch so heftiges Coltfeuer konnte sie mehr aufhalten.

Sie überrennen mich!, dachte Clint Randall entsetzt. Panik regte sich erneut in ihm. Er bezwang sie. Von Anfang an hatte er gewusst, dass es nicht mehr um ihn selbst ging, sondern darum, dass Susan diesen vom Vernichtungsrausch gepackten Kriegern nicht in die Hände fiel. Reite, Mädchen! beschwor Clint sie in Gedanken. Bring wenigstens du dich in Sicherheit!

Jedes Mal wenn er den Kopf hinter dem Felsen hervorstreckte und schoss, sausten Pfeile und Kugeln knapp an ihm vorbei. Diesmal blieb ihm keine Zeit, die Waffe nachzuladen. Er feuerte mit dem schweren Paterson weiter. Schwaden von Staub und Pulverdampf hingen in der flimmernden Luft.

Fünfzehn Yard rechts von ihm erreichten zwei Indianer die Kammlinie. Eine wuchtig geschleuderte Lanze bohrte sich dicht neben dem Expressreiter in die Erde so nahe, dass der wippende Schaft seinen Körper berührte. Clint fuhr herum, richtete sich halb auf und schoss dem Paiute, der nun mit dem Messer auf ihn losstürmte, eine Kugel in die Brust.

Der krachenden Detonation folgte der Peitschenknall eines Revolvers, den der zweite Indianer mit beiden ausgestreckten Händen auf Clint richtete. Sicher hatte der Krieger diese Waffe irgendeinem niedergemetzelten Siedler oder Goldsucher abgenommen. Ein heftiger Schlag gegen die linke Schulter riss Clint um. Er schoss noch im Fallen, konnte jedoch nicht mehr feststellen, ob er den revolverbewaffneten Gegner traf.

Er lag im Staub. Dumpfe Leere füllte seinen Kopf. Wie von weit her hörte er Geschrei und Hufgetrappel. War dies das Ende? Alles in ihm wehrte sich plötzlich dagegen. Er biss die Zähne zusammen, versuchte den Kopf zu heben und den Sechsschüsser hochzubringen. Schwarze Punkte tanzten vor seinen Augen. Er spürte noch keinen Schmerz, nur wie das Blut warm und klebrig über seine Brust lief.

»Clint!« Er glaubte an eine Täuschung als Susans Stimme die bleierne Benommenheit in seinem Gehirn durchdrang. Aber

Einbildung oder nicht, diese Stimme brachte ihn nun hinter dem Felsen auf die Knie. Er sah den Indianer mit dem Revolver nicht weit von dem, der die Lanze geschleudert hatte, auf dem Gesicht liegen. Clints Kugel hatte also doch getroffen.

Clints Kopf ruckte herum, als er die Bewegung neben sich spürte. Sein Atem stockte. Susans bleiches, staubgepudertes Gesicht war dicht vor ihm. Der Knoten in ihrem Nacken war aufgegangen. Zerzaust hing das kastanienbraune Haar auf ihre Schultern. Sie hielt Clints Navy Colt in der Hand.

»Die Reservetrommel, Clint! Um Himmels willen, schnell!«, stieß sie atemlos hervor. Er traute seinen Sinnen nicht. In seinem Kopf drehte sich alles. Mechanisch griff er in die Jackentasche. Der Schmerz packte ihn jetzt wie eine Feuerkralle.

Susans Finger zitterten, als sie die leergeschossene Colttrommel auswechselte. Unten am Hang war es still. Die Paiutes lagen in Deckung. Vielleicht rechneten sie damit, dass das Mädchen nicht allein zurückgekommen war, sondern Verstärkung mitgebracht hatte. Nach dem minutenlangen Dröhnen der Waffen war die Stille unwirklich.

Ein Rauschen war in Clints Ohren. Mühsam zerrte er sein Halstuch herab und presste es unter der Lederjacke auf das stark blutende Kugelloch. »Warum bist du zurückgekommen, Susan?«, keuchte er.

»Ich konnte nicht anders!« Mit einem halb unterdrückten Schluchzen legte sie plötzlich den Kopf an seine Brust. »Schick mich nicht mehr weg, Clint! Ich bring es nicht fertig, dich hier allein zu lassen. Wir schaffen es schon, Clint gemeinsam...«

Er war froh und verzweifelt zugleich. Wenn nur dieser höllische Schmerz nicht gewesen wäre! Ein Schmerz, der ihn von innen aushöhlte. Er fühlte sich so kraft und hilflos wie ein Wickelkind. Susan hatte sich wieder gefangen. Ihr sommersprossiges Mädchengesicht war gezeichnet.

»Sie kommen wieder!«, murmelte sie. Clint blickte auf das schwarzbraune Pferd an der den Indianern abgewandten Hügelseite. Auch wenn er wollte, es war zu spät, Susan wegzuschicken.

Er versuchte den Paterson zu heben. Aber dessen Gewicht schien sich verzehnfacht zu haben.

Susans Colt krachte. Ein hasserfüllter Schrei antwortete zwischen den Sträuchern am Fuß der Anhöhe. Alles, was Clint dann noch mitbekam, war ein Stakkato von Schüssen und wildes Geschrei. Dann war ihm, als würde er von einer schwarzen Woge gepackt und mitgerissen. Sein Denken setzte aus.

9. Kapitel

Zuerst spürte er den Schmerz. Als nächstes war er darauf gefasst, Stricke oder Lederriemen an seinen Hand- und Fußgelenken zu fühlen. Sie hatten ihn lebend erwischt! Der Gedanke an das schreckliche Schicksal, das Susan gewiss war, wenn auch sie noch lebte, riss Clint vollends aus seiner Ohnmacht.

Aber er war nicht gefesselt. Ein straffer Verband umschlang seinen Oberkörper. Eine Decke war über ihn gebreitet. Und die Männer, die in der Nähe redeten, sprachen nicht indianisch, auch wenn er noch zu betäubt war, ein Wort zu verstehen. Ein Feuer knisterte, Pferde schnaubten. Eine Hand berührte Clints Wange, an der der Bart wie blonder Flaum sprießte.

Susan...

Er schlug die Augen auf. Es war wunderschön, das Meer der funkelnden Sterne zu sehen. Dagegen wurde sogar der Schmerz bedeutungslos, der heiße Wellen durch seinen ausgemergelten Körper schickte. Er hatte keine Ahnung, wo er sich befand. Aber er lebte! Susans Hand lag an seiner Wange. Dann neigte sich ihr Gesicht über ihn. Es wurde halb von dem Feuer angestrahlt, das. zwischen mannshohen Cottonwoodbüschen und Klippen brannte.

Susan sah frisch und ausgeruht aus. Die Flammen warfen einen roten Schimmer auf ihr im Nacken zusammengebundenes Haar. Ihre Augen strahlten, als sie sah, dass er wach war. Rasch beugte sie sich tiefer. Ein scheuer, mädchenhafter Kuss berührte seine Lippen. Ihre Stimme zitterte, aber diesmal nicht vor Angst.

»Es war die Hölle, Clint, als sie wieder angriffen. Und ich kann es jetzt noch kaum fassen, dass wir davongekommen sind. Aber nun wird alles gut, auch deine Verletzung.«

»Du musst mir alles erzählen.« Clints Stimme war ein heiseres Krächzen. »Aber hoffentlich haben wir auch was zu trinken. Mir ist, als hätte ich die halbe Nevadawüste verschluckt.«

Susan hielt schon die Wasserflasche bereit. Clint trank durstig. Sein Körper brauchte die Flüssigkeit, um den Blutverlust auszugleichen. Schritte kamen heran. Sporen klirrten.

»Ich würd's lieber mal mit 'nem Schluck Brandy versuchen. Wetten, dass dich das viel schneller wieder auf die Beine bringt?« Ein leises Lachen ertönte.

Clint hatte sich auf die Ellenbogen gestützt. Er blickte auf den kräftig gebauten, dunkelhaarigen Mann, der schräg hinter Susan stand und nun mit den Zähnen den Korken aus einer bauchigen Flasche zog. Sein sonnengebräuntes Gesicht besaß einen jungenhaften, aber auch markanten Schnitt.

»Hallo, Dave!«, krächzte Clint. »Das also ist die Lösung des Rätsels...«

»Susan nennt es ein Wunder. Und wenn ich dran denke, dass die Rothäute schon drauf und dran waren, sich ihren und deinen Skalp zu holen, dann kommt es mir fast auch so vor. Obwohl ich sonst, wie du weißt, mit Wundern nicht viel im Sinn habe.« Er lachte wieder, kam näher, und Clint sträubte sich nicht gegen einen Schluck aus der Flasche, die Susans Bruder ihm hinhielt.

Der Brandy rann wie Feuer durch seine Kehle. Wohlige Wärme breitete sich gleich darauf in ihm auf. Dave Jefford grinste.

»Tut gut, was? Genau die richtige Medizin für einen, der eben noch dem Sensenmann von der Schippe gesprungen ist!« Er trank selber. »Teufel noch mal! Wir wären glatt drei oder vier Meilen an den Bergen vorbeigeritten, wenn wir die Schüsse nicht gehört hätten! Susan hat mir schon erzählt, was sonst noch alles passiert ist. Pa ist tot, und jede verdammte Rothaut, die mir von jetzt an vor die Kanone kommt, wird dafür die Hölle fressen!«

Es war typisch für Dave Jefford, dass er nicht in Kummer und Schmerz verfiel. Auch sein Racheschwur war nicht so überzeugend, dass Clint sich deswegen Sorgen machte. Von einem Moment zum anderen grinste Dave schon wieder. »Noch einen Schluck, Amigo?«

»Später vielleicht...«

Dave zuckte die Achseln. »Wie du willst. Ihr verrückten Burschen vom Pony Express wisst eben nicht, was gut ist. Dabei siehst du nicht gerade so aus, als fühltest du dich zum Bäumeausreißen aufgelegt.« Und ohne Susans mahnenden Blick zu beachten: »Na ja, es hat dich auch ganz schön erwischt, mein Junge! Das verdammte Blei steckt noch, und wir werden unsere liebe Not haben, das Ding raus zu pflücken, damit du keine Blutvergiftung bekommst!«

Clint merkte, wie ihm der Schweiß auf die Stirn trat. Er probierte ein Grinsen. »Feine Aussichten.« Er sah die Besorgnis in Susans Augen und griff nach ihrer Hand. »Keine Sorge! Du weißt doch: Unkraut vergeht nicht. Und schon gar nicht jene Sorte, die auf dem Pony Express Trail gedeiht.« Er blickte wieder Dave an. »Außerdem ist die Kugel in meiner Schulter nicht so wichtig wie Morgan, der auf der Cold Spring Station auf Hilfe wartet!«

Daves Miene verdüsterte sich. »Wie kommst du auf die Idee, dass dieser Bursche noch lebt?«

»Vielleicht bekam er dadurch eine Chance, dass die Hälfte der Krieger, die Cold Spring überfielen, Jagd auf Susan und mich machten.«

»Dafür springt keiner von uns in die Hölle!«, bemerkte der Mann, der sich lautlos neben Dave schob. Er war groß und schlank. Wie Dave trug er einen zerknitterten Stadtanzug, dazu ein weißes Hemd mit einer schwarzen Samtkragenschleife. Ein flachkroniger, dunkler Hut beschattete die obere Hälfte seines hartlinigen Gesichts. Kalte Augen musterten den Verwundeten.

»Das ist mein Freund Lee Hunter«, stellte Dave ihn mit schiefem Lächeln vor. »Lee ist sowas wie der Boss in unserem Verein. Da drüben sitzen Emmet Blake, Doc Smith und Bobby Spears. Jeder von ihnen ist an Pulverdampf gewöhnt. Trotzdem hat Lee recht, Clint. Tut mir leid, aber wir würden nur unnötig unsere Skalpe riskieren, wenn wir nach Cold Spring ritten.«

»Das ist nicht dein Ernst, Dave!«, keuchte Clint betroffen. »Das wäre das Todesurteil für Frank Morgan.«

»Für den kann doch keiner mehr was tun, falls er überhaupt noch lebt«, mischte sich Hunter achselzuckend ein. »Wir bestimmt nicht!' Sicher haben die Rothäute inzwischen Verstärkung bekommen. Entlang des Ponytrails wimmelt es ja nur so von diesen Bastarden. Nein, wir sind viel zu wenig, gegen die was auszurichten. Wir dürfen froh sein, wenn wir selbst mit heiler Haut davonkommen.«

»Es ist unsere Pflicht, es wenigstens zu versuchen!«, rief Clint heftig. »Immerhin hätten wir die Überraschung auf unserer Seite...«

»Wir?«, dehnte Hunter spöttisch. Er zündete eine dünne Zigarre an, die er sich zwischen die Zähne steckte. Seine Augen funkelten. »Ich glaub kaum, Postreiter, dass du mit dem Blei in deiner Schulter mit von der Partie sein könntest! Aber soweit wird's auch gar nicht erst kommen, Randall. So heißt du doch, oder? Well, wir lassen ganz einfach die Finger von dieser Sache! Ich fürchte, wir werden auch so noch genug Ärger mit den verdammten Rothäuten bekommen, bevor wir in Salt Lake City sind.«

Er schnippte das Streichholz weg. Tabakqualm vernebelte sein kantiges Gesicht. Clint spürte die eiskalte Entschlossenheit dieses Mannes. Er wollte sich wieder an Dave wenden. Da sah er die Männer am Feuer, die sich über die Mochila hergemacht hatten.

Susan sprang erschrocken auf. »Dave, was...«

»Beruhige dich!«, sagte Dave scharf. Rasch hielt er sie am Arm fest. »Die Jungs sorgen nur dafür, dass hier nichts Wichtiges liegenbleibt, wenn wir morgen früh weiterreiten.«

Ein schmächtiger Mann in einem verwaschenen Prinz Albert Mantel und mit einem zerknautschten Zylinderhut auf dem Kopf richtete sich neben den Flammen auf. Der Ziegenbart an seinem spitzen Kinn wirkte wie hingeklebt.

»Da ist es, Lee!«, rief er und hielt das ölhautumwickelte Päckchen mit Morgans achttausend Dollar hoch.

Clint vergaß die schmerzende Schulterwunde. Seine Rechte zuckte zum verrutschten Coltholster. Natürlich war sie leer. Hunter hatte sich nicht bewegt. Er lächelte höhnisch, ohne die Zigarre aus dem Mund zu nehmen.

»Reg dich nicht auf, Randall! Es ist doch nicht dein Geld.«

Clnt schleuderte die Decke weg. Er wollte aufspringen, hatte jedoch nicht die Kraft dazu. »Lasst die Finger von dem Geld, ihr Halunken!«

»Nur keine Beleidigung, mein Junge!«, drohte Hunter. Er schob die Anzugjacke zurück und legte wie beiläufig die Rechte auf den Kolben seines tief hängenden Revolvers. »Hoffentlich hast du jetzt wenigstens kapiert, dass du dir dein Gefasel von dem Ritt nach Cold Spring sparen kannst!«

Die drei am Feuer lachten. Später erfuhr Clint ihre Namen. Der Kleine mit dem Ziegenbart wurde von den anderen Doc Smith genannt. Bobby Spears war der bullige, schnauzbärtige Bursche, der mit seinem Overall und den derben Stiefeln wie ein ehemaliger Minenarbeiter aussah. Der hagere, fahlgesichtige Typ neben ihm hieß Emmet Blake. Er besaß tiefliegende Augen und eine gebogene Nase. Die Holster seiner beiden tiefhängenden Revolver waren mit Lederschnüren an den Oberschenkeln befestigt.

Clints Blick kehrte zu Susans Bruder zurück. Die Bitterkeit steckte wie ein Klumpen in seiner Kehle. »Da bist du ja in eine großartige Gesellschaft geraten, Dave!«

Der junge Jefford ließ Susan los und fuhr mit blitzenden Augen zu ihm herum. »Vergiss nicht, dass diese Männer dir das Leben gerettet haben!«

»Eben«, lächelte Hunter kalt. »Achttausend Bucks sind gerade ein angemessener Preis dafür.«

»Es tut mir leid, Clint«, murmelte Susan zerknirscht. »Ich hätte Dave und seinen Freunden nichts von Morgans Geld erzählen dürfen.«

»Mach dir keine Vorwürfe. Sie hätten es ja doch gefunden. Schau sie dir nur an! Das sind Aasgeier, die eine Beute auf Meilen wittern!«

Der Schmächtige kam mit dem Geldbündel zwischen seinen dürren Fingern näher. Er starrte Clint hasserfüllt an.

»Für 'nen Kerl, der 'nen Bleibrocken erwischt hat, reißt du dein Maul verdammt weit auf, Randall!«

Susan stellte sich vor ihren Bruder. Ihre Hände umklammerten die Aufschläge seiner Jacke. »Sag ihm, dass er das Geld in die Posttasche zurückstecken soll! Dave, du wirst doch nicht wirklich zulassen, dass...«

»Hör auf!«, unterbrach er sie schroff. Sein Gesicht war verkniffen. »Ich begreife gar nicht, was ihr habt! Für mich gibt's keinen Zweifel, dass die Paiutes sich Morgans Skalp geholt haben. Die achttausend Dollar sind herrenloses Geld, und wir wären ja verrückt, wenn wir nicht...«

»Das Geld gehört Morgans Familie! Dave, ich hab dir doch erzählt, wie wichtig es für ihn war, dass Clint es durchbringt.«

»Der Teufel hätte Clint samt den Moneten geholt, wenn wir nicht gewesen wären! Besser, die Dollars landen bei uns als bei den Rothäuten!«

»Wie kannst du so reden, Dave! Wenn Pa dich hören würde...«

»Lass Pa aus dem Spiel!«, rief Dave heftig. »Er war sein Leben lang damit zufrieden, den Laufburschen für irgendwelche reichen Pfeffersäcke zu spielen! Genaugenommen sind die Bosse vom Pony Express ebenso schuld an seinem Tod wie die Roten!

Für sie war Pa doch nur eine austauschbare Figur in ihrer Rechnung, mit der Postreiterverbindung von Missouri nach Kalifornien eine Menge Geld zu scheffeln. Fortschritt, Pionierleistung! Wenn ich das schon höre! Für Kerle wie Russell, Majors und Waddell geht es dabei doch immer nur um ein möglichst dickes Bankkonto! Das ist doch alles, was die interessiert. Ehrlichkeit? Anstand? Das sind Worte, die einem Mister Russell natürlich flüssig über die Lippen kommen. Pas Ehrlichkeit und sein Anstand haben ihm ein Hundeleben am Rand der Wüste eingebracht und schließlich eine verdammte Paiute-Kugel! Nein, Susan, komm mir nicht damit!«

Sie war erschreckt von der ätzenden Heftigkeit seiner Worte zurückgewichen. Grelle Flecken brannten auf ihren blassen Wangen. Sie starrte Dave wie einen Fremden an.

»Du drehst dir doch nur alles so zurecht, wie du's gern sehen möchtest, um dein Gewissen zu beschwichtigen, Dave!«, stieß Clint hervor. Daves Kopf ruckte herum. Clint war betroffen über die Wildheit in seinen Augen.

»Gewissen, Amigo was ist das?« Dave lachte schrill. Die Kumpane fielen ein. Lee Hunter grinste verkniffen und rauchte.

»Du weißt doch, Dave«, meinte er dann spöttisch, »dass die Bosse vom Pony Express mit ihren Spitzenlöhnen von hundert oder hundertfünfundzwanzig Dollar pro Monat nur Burschen ködern, deren Zuverlässigkeit für sie unbestritten ist. So einer wie Randall käme nie auf die Idee, mit dem ihm anvertrauten Geld über alle Berge zu verschwinden und auf diese Weise für den Rest seines Lebens ausgesorgt zu haben!«

»Du wirst nie begreifen, Hunter, warum das so ist!«, keuchte Clint. »Einer wie du...«

Susan stürzte plötzlich zum Feuer. Bevor die Schurken begriffen, was sie wollte, hatte sie schon eins der am Boden liegenden Gewehre gepackt. Fluchend prallten Smith und Spears zurück.

»Keine Aufregung, Jungs«, sagte Blake gelassen. »Es ist meine Knarre. Ich bin noch nicht dazugekommen, sie nachzuladen.«

Smith und Spears brachen in erleichtertes Gelächter aus. Mit einem verzweifelten Aufschluchzen ließ Susan die Waffe fallen. Hunter nahm die Zigarre aus dem Mund.

»Es ist besser, wir fesseln sie, Dave. Sie würde uns doch nur immer wieder Schwierigkeiten machen.« Auf seinen Wink setzten sich Blake und Spears in Bewegung. Smith kicherte hämisch.

Clint wollte wieder hoch, schaffte es jedoch nicht. Der Schmerz in seiner Schulter trieb ihm den Schweiß aus allen Poren.

»Dave, wenn du das zulässt, wirst du dich selbst nicht mehr im Spiegel anschauen können, ohne dass dir schlecht wird!« Und als Dave sich nicht rührte: »Ihr Dreckskerle, lasst sie los!«

»He, Dave, merkst du was?«, lachte Hunter. »Ich glaube, der Postreiter ist in deine Schwester verknallt!« Er ging nahe an Clint heran. Sein Blick war stechend. »Sei froh, dass du das Blei in der Schulter hast, mein Junge. Wer weiß, auf was für Ideen du sonst kämst. Von uns würde keiner nur die Schulter treffen, wenn er auf deinen Kopf zielt!«

Er versperrte Clint den Blick auf die Kerle, die das Mädchen fesselten. Doc Smith krächzte: »Hast du dir schon überlegt, Lee, was wir mit diesem Großmaul machen?«

Hunter betrachtete den verwundeten Expressreiter wie einen Gegenstand. »Wieso soll ich mir den Kopf darüber zerbrechen? Manche Probleme regeln sich ganz von allein. Wir reiten morgen früh einfach weiter, das ist alles. Ohne ihn!«

Smith kicherte. Dave keuchte:

»Lee, es wäre sein Ende, wenn wir ihn einfach liegenließen!«

Hunter sah ihn mit hochgezogenen Brauen mehr erstaunt als wütend an. Achselzuckend schob er wieder die Zigarre in den Mund.

»Wenn du ’nen besseren Vorschlag hast, raus damit!« Er wartete keine Antwort ab. »Steck’ das Geld wieder in die Mochila, Doc! Zum Teufel, glotz’ nicht so dumm, tu, was ich dir sage! Wir teilen erst, wenn wir aus diesem Teufelsland, in dem es von aufständischen Rothäuten wimmelt, heraus sind. Die Moneten sind nirgends besser aufgehoben als in Randalls Posttasche.«

Der drohende Unterton war nicht zu überhören. »Wie du meinst, Lee«, maulte der Ziegenbärtige.

10. Kapitel

Der Blutverlust und die vorausgegangenen Strapazen hatten Clint so geschwächt, dass auch ihn für ein paar Stunden der Schlaf übermannte. Hunters Mörderblick und das Hohngelächter seiner Kumpane geisterten durch seine wirren Träume. Kurz nach Mitternacht wachte er auf. Spears hatte inzwischen die Wache übernommen. Der bullige Mann saß in Clints Nähe auf einem Stein, ein Gewehr über den Knien. Zwischen seinen Zähnen steckte eine kalte Zigarre, auf der er lustlos herumkaute.

Das Feuer war erloschen. Fahles Sternenlicht lag auf den Klippen und Cottonwoods. Die in Decken gewickelten Männer, die ihre umgestülpten Sättel als Kopfkissen benutzten, sahen wie schwarze Bündel aus. Dave hatte dafür gesorgt, dass Susan einen Platz ein wenig abseits von den anderen bekam. Er schlief nahe bei ihr, so als wollte er jederzeit bereit sein, sie zu beschützen. Nicht nur gegen plötzlich angreifende Indianer, sondern auch gegen die Männer, die er seine Freunde nannte.

Eine Weile lauschte Clint den gleichmäßigen Atemzügen. Dann wälzte er sich vorsichtig auf die unverletzte Schulter. Die Pferde standen nicht mehr als sieben Schritte entfernt. Das einzige gesattelte Tier war sein Schwarzbrauner. Clints Herz schlug schneller, als er die Mochila auf dem Rücken des Pferdes sah. Plötzlich wusste er, was er zu tun hatte. Auch wenn er sich noch so elend fühlte und die Wunde anhaltend schmerzte – er musste fort!

Er glaubte jetzt selbst nicht mehr, dass es eine Rettung für Morgan gab. Gerade deshalb musste er alles tun, sein Wort einzulösen. Seine Chance bestand darin, dass er in den Augen der

Halunken nur mehr nutzloser Ballast war. Die einzige Gefahr erwarteten diese Kerle von den Indianern.

Vorsichtig streckte er eine Hand aus. Seine Finger umschlossen einen faustgroßen Stein. Spears merkte nichts. Er hatte Mühe, wach zu bleiben, war jedoch zu faul, aufzustehen und um den Lagerplatz zu patrouillieren. Hier in den Bergen, weit weg vom Pony Express Trail, fühlten sich die Banditen verhältnismäßig sicher.

Lautlos schälte Clint sich aus der Decke, immerzu den Blick auf Spears gerichtet, der ihm halb den Rücken zukehrte. Er hatte Angst vor dem Aufstehen. Doch der Schlaf hatte ihn gestärkt. Er schaffte es. Seine Knie waren allerdings verflixt wacklig, und der Schmerz in der verletzten Schulter zauberte ihm einen Funkenwirbel vor die Augen. Zähne zusammenbeißen, durchhalten!, beschwor er sich. Alles war besser, als von diesen geldgierigen Schurken ohne Waffe und Pferd in der Wildnis zurück gelassen zu werden!

Schritt für Schritt schob Clint sich von hinten auf den bulligen Wachtposten zu. Sein Herz schlug zum Zerspringen. *Jetzt…!*, dachte er immer wieder. *Jetzt hört er mich!* Doch Bobby Spears kramte in den Taschen seines Overalls. Als er dann endlich ein Schwefelholz fand, um sich nun doch die Zigarre anzuzünden, war Clint, schweißnass gebadet und dem Umfallen nahe, dicht hinter ihm. Spears hielt gerade das züngelnde Flämmchen an die Zigarre. Da schlug Clint mit dem Stein zu.

Spears gab keinen Laut von sich. Wie ein Mehlsack kippte er zur Seite. Sein massiger Körper erstickte den Aufschlag des Gewehrs. Keuchend kniete Clint nieder und zog ihm den Sechsschüsser aus dem Holster. Sein Blick flog zu den Schläfern, darauf gefasst, dass sie im nächsten Moment aus den Decken springen und die Revolver auf ihn richten würden.

Keiner bewegte sich. Nur eins der Pferde schnaubte leise. Der Schwarzbraune hatte den Kopf gedreht und äugte neugierig zu ihm. Clint musste eine Weile verschnaufen, bevor er sich hochstemmte. In seiner linken Schulter schien ein glühendes Messer zu bohren. Die Wunde war aufgebrochen und blutete. Weder Dave noch Hunter hatten ein weiteres Wort darüber verloren, dass es höchste Zeit war, die Kugel herauszuholen. Seine Schwäche und dieser Schmerz, der ihm das Wasser in die Augen trieb, erfüllten den jungen Postreiter mit wütender Verzweiflung.

Schwankend erreichte er das Pferd und klammerte sich am Sattelhorn fest. Das Tier rieb die Nüstern an ihm. Clints Schläfen glühten. Zitternd strich seine Hand über Sattel und Mochila. Die Vorhängeschlösser an den »Cantinas« waren aufgebrochen, aber der Inhalt war noch da – auch das Ölhautpäckchen mit Morgans Geld.

Die Schwärze zwischen den Felsen war wie ein Vorhang, der eine tödliche Gefahr verbarg. Clint spürte die Stille der Nacht wie eine Last. Er zögerte. Nicht nur, weil sich sein Magen verkrampfte bei dem Gedanken, allein in den Sattel zu müssen. Susan... Gab es wirklich keine andere Möglichkeit, als sie bei diesen Halunken zurückzulassen? Aber sie hatte ja Dave. Wie tief er auch gesunken sein mochte, er würde doch nicht dulden, dass einer der anderen Susan zu nahe trat. Clint biss die Zähne zusammen. Hunter und seine Spießgesellen würden wie Wölfe hinter ihm her sein. Dann war Susan bei ihrem Bruder besser aufgehoben als bei ihm.

Er spähte zu ihr. Schlief sie oder war sie wach und hatte alles gesehen? Wenn er sich jetzt aufs Pferd zog, war es vielleicht ein Abschied für immer.

Er band das Pferd los. Die anderen Tiere schnaubten. Clint richtete seinen Colt auf die in Decken gehüllten Männer. Blake rollte sich im Schlaf auf die Seite, sonst geschah nichts. Clint wartete ein paar Sekunden. Dann brachte er einen Fuß in den Steigbügel. Und da war es Daves Stimme, die peitschend die Stille über dem einsamen Camp zerriss: »Sei nicht verrückt, Clint, bleib hier!«

Für die Länge eines Herzschlags schien alles verloren. Es war nicht mehr der Gedanke an Morgans Vermächtnis, sondern die Gewissheit, dass gleich die Revolver blitzen würden, die Clint dann mit einem Schwung in den Sattel trieb. Dave war schon auf den Beinen. Der Colt glänzte matt in seiner vorgestreckten Faust.

Hunter, Smith und Blake schleuderten die Decken weg und griffen ebenfalls zu den Waffen. Es war bezeichnend für Hunters raubtierhafte Gefährlichkeit, dass er sofort voll da war und die Szene im Nu überschaute.

»Leg ihn um, Dave!«, schrie er.

Clint packte die Zügel, warf den Wallach herum. Susans entsetzter Aufschrei vermischte sich mit dem Dröhnen von Daves Colt. Hatte Dave absichtlich danebengehalten oder versucht, das Pferd zu treffen? Die Kugel fetzte knapp neben dem Tier durch die Sträucher. Smith kreischte, als wollte ihm ein Dutzend Paiutes an die Kehle. Dann knallte und blitzte es aus mehreren Colts.

Eine Kugel streifte Clints rechten Steigbügel, eine andere zupfte an seinem flatternden Haar. Er presste sich auf den Pferdehals, den Colt in der Faust, das Gesicht schmerzverzerrt. Blei klatschte gegen die Felsen neben ihm. Zerschossene Zweige wirbelten durch die Luft. Dann trug das Pferd ihn in die rettende Schwärze. Die Hufe trommelten den vertrauten Rhythmus.

Clint ließ das Tier einfach laufen. Er hatte genug zu tun, sich auf seinem Rücken zu halten. Es war ihm gleich, wohin es lief. Nur fort! Die Waffen hinter ihm schwiegen. Aber Clint konnte sich vorstellen, wie fieberhaft Hunter und seine Männer jetzt ihre Gäule sattelten, um die Jagd auf ihn zu beginnen.

Clint schob Spears 45er Colt ins Holster. Der Verband an seiner Schulter war blutdurchtränkt. Jeder Sprung des Pferdes traf ihn wie ein Messerstich. Schließlich wurde der Schwarzbraune langsamer. Am Fuß einer steilen Felsmauer blieb er stehen. Für eine Weile hatte der Junge nur den Wunsch, sich herabfallen zu lassen und aufzugeben. Er würde ja doch keine Meile mehr durchhalten! Es war einfach zu viel! Schließlich hatte er das Blei aus einer Paiute-Rifle in der Schulter.

Aber er lebte! Er saß noch auf dem Pferd, hatte eine wassergefüllte Flasche am Sattel und ein Schießeisen an der Hüfte! Also weiter! Er ruckte an den Zügeln. Das Pferd warf den Kopf hoch, schnaubte und trabte wieder los. Die Hufe klapperten auf felsigem Grund. Immer weiter, tiefer in die Berge hinein. Die Sterne leuchteten kalt über dem Labyrinth der Täler und Schluchten.

Ein bleierner Druck war in Clints Kopf. Seine Gedanken wurden wirr, zusammenhangslos. Der Blackman Creek! versuchte er sich zu konzentrieren. Nach Norden! Er musste sich an den Sternen orientieren. Aber als er den Kopf hob, war ihm, als rasten sie wie funkensprühende Feuerwerkskörper über den Himmel.

War da nicht Huf schlag hinter ihm? Sein Atem ging stoßweise. Das Blut rauschte in seinen Ohren. Weiter, nur weiter! Er fror und schwitzte nun abwechselnd. Der Schmerz in der Wunde ließ zwar nach, dafür hatte ihn jetzt das Fieber in den glühenden Krallen. Er schwankte wie betrunken auf dem Pferd. Die Nacht wurde zum Alptraum, in dem ihn von überall her Dämonenfratzen anzugrinsen schienen.

Plötzlich krachten Schüsse hinter ihm. Clint schreckte hoch. Er sah die Reiter wie Schatten auf einem steilen Hang hinter sich. Mündungsfeuer blitzten. Das bösartige Fauchen von Kugeln lag in der Luft. Clint preschte in die nächste Schlucht hinein. Als sie sich hinter der ersten Biegung in mehrere Richtungen gabelte, zögerte er nicht lange. Jede Sekunde war kostbar. Der Schwarzbraune lief auf die rechte Felskerbe zu, und Clint ließ ihm seinen Willen. Die Hufe dröhnten wie in einem steinernen Trichter. Strauch- und Felsgruppen huschten gleich Gespenstern vorbei.

Clint hatte keine Ahnung, ob sie noch hinter ihm her waren. Vor seinen Augen verschwamm alles. Er wehrte sich verbissen gegen die Schwäche. Wenn es eine Chance gab, die Verfolger abzuhängen, dann in diesem Schluchtengewirr. Er ritt, bis er sich plötzlich in einem von zerklüfteten Hängen umschlossenen Tal befand. Wasser plätscherte zwischen bemoosten Felsen. Sie wirkten auf den ersten Blick wie Überreste einer verfallenen Burg.

Clint brauchte eine Weile, bis er begriff, wo er war. Er hatte die Quelle des Blackman Creek erreicht. Damit war er weiter vom Ponytrail entfernt, als er geglaubt hatte. Durstig drängte der Schwarzbraune zum Wasser. Der Creek floss als schmales Rinnsal zwischen den Felsen hervor. Am gegenüberliegenden Talausgang war er schon ein breiter, buschgesäumter Graben.

Clint lauschte. Hufschlag trieb durch die sternklare Nacht. Er wusste nicht, von wo. Fest stand, dass sie ihn noch immer suchten. Clint erschauerte, als hätte ein eisiger Windhauch ihn berührt. Das verfluchte Fieber! Es war sinnlos, sich was vorzumachen. Zwei, drei Meilen noch, dann musste er froh sein, wenn er einen Platz fand, wo er sich wie ein krankes Tier verkriechen konnte! Vielleicht hatte er hier seine letzten klaren Minuten, bevor er endgültig auf der Nase lag. *Das Geld*, dachte er verbittert, *ist jetzt sein einziger Trumpf, wenn sie ihn doch noch erwischen!*

Er stieg ab, obwohl er nicht wusste, ob er je wieder aufs Pferd kommen würde. Während der Wallach seinen Durst stillte, zerrte Clint die Mochila herab. Keuchend und schwitzend schleppte er sie zu den Felsen. Er verbarg sie in einem schmalen Spalt, den er danach mit Steinen füllte. Er hätte nicht sagen können, woher er noch die Kraft dazu nahm. Es war wie ein letztes verzweifeltes Aufbäumen.

Danach schleppte er sich zum Wasser, kühlte sein glühendes Gesicht und trank. Er war in einem Stadium, in dem die Erinnerung an die mitleidlose Kälte in Lee Hunters Augen keinen Schrecken mehr für ihn besaß. Dennoch widerstand er der Versuchung, einfach liegenzubleiben. Sogar jetzt verlor er sein Ziel, Morgans Geld und die übrige Post zu retten, nicht aus den Augen.

Er brauchte zehn Minuten, bis er wieder in den Sattel kam. Er hatte kein Zeitgefühl mehr. Waren Stunden oder nur Minuten vergangen, seit er das Tal verlassen hatte, als die Reiter plötzlich wie hingezaubert auf einem Felsrücken dreißig Yard rechts von ihm erschienen. Ein heiserer Schrei riss Clints Kopf hoch.

Seine Augen waren blutunterlaufen. Sein Gesicht besaß nichts Jungenhaftes mehr. Es war das Gesicht eines verzweifelten Mannes, der nur mehr den Wunsch hatte, seinen gnadenlosen Jägern nicht kampflos in die Hände zu fallen. Er brachte noch den Colt hoch. Aber schon beim ersten Schuss prellte ihm der Rückstoß die schwere Waffe aus der Hand. Er wartete darauf, dass sie jetzt Bügel an Bügel herabstürmen würden. Wartete auf den mörderischen Feuerstoß aus ihren Gewehren und Colts.

Clint traute seinen Augen nicht, als sie ihre Pferde herumrissen und so jäh wie sie gekommen waren wieder von der Felskante verschwanden. Plötzlich war er von anderen Reitern umringt.

Fackelschein zuckte über wild bemalte Gesichter. Gewehrläufe, Lanzenspitzen und Tomahawks funkelten. Ein Durcheinander kehliger Stimmen vermischte sich mit Hufgestampfe und schrillem Gewieher. War alles nur eine wüste Fieberphantasie?

Clint spürte noch, wie er vom Pferd gezerrt wurde. Dann schwanden ihm die Sinne.

11. Kapitel

Er fühlte sich seltsam leicht, fast so, als würde er schweben. Mühsam öffnete er die Augen. Grelle Helligkeit blendete ihn, sodass er den Kopf zur Seite drehte. Eine glatte Felswand war dicht vor ihm. Langsam kam die Erinnerung. Da er noch lebte, musste alles doch eine Halluzination gewesen sein. Das Gefühl der Leichtigkeit schwand.

Er spürte wieder die Schwäche in seinen Gliedern, aber auch, dass er frisch verbunden war. Eine kühle Salbe linderte die Schmerzen seiner verletzten Schulter. Kein Zweifel, jemand hatte die Kugel herausgeholt. Doch wer?

Er wälzte sich vorsichtig auf den Decken herum, auf die man ihn gebettet hatte. Da war wieder dieses gleißende, in den Augen schmerzende Licht. Er kniff die Augen zusammen, bis er sich daran gewöhnte. Er lag am Eingang einer geräumigen Höhle.

Die Sonne füllte das ausgetrocknete, von schroffen Hängen gesäumte Flussbett davor wie mit weißem Feuer. Die Luft über den Kakteen am gegenüberliegenden Hang zitterte. Abgrundtiefe Stille lastete auf dem Land.

Dann veranlasste ein Schnauben Clint, den Kopf zu heben. Sein Pferd stand weiter hinten in der Höhle. Clints Waffengurt mit dem Colt hing am Sattel. Daneben stand ein kurzbeiniges, braunweiß geflecktes Indianerpferd. Clint stützte sich auf die Ellenbogen, um mehr von der Höhle zu sehen. Vor Anstrengung wurde ihm schwindlig.

Ein bronzefarbenes Gesicht war plötzlich vor ihm. Augen, die wie Kohlen glühten. Eine Hand fasste seinen Nacken, die andere hielt ihm eine Tonschale mit einer herb riechenden Flüssigkeit an den Mund. Clint schluckte mechanisch. Der Kräutertrank schmeckte bitter, aber der Indianer ließ Clint erst los, als er die Schale geleert hatte. Erschöpft sank Clint auf die Decken zurück. Das Gesicht über ihm war ausdruckslos. Clint konnte sich nicht erinnern, wo er es schon gesehen hatte.

Wo bin ich? Was ist geschehen?, wollte er fragen. Aber er war zu erledigt, einen Ton herauszubringen. Schleier senkten sich vor, seine Augen. Er fiel in einen ohnmachtsähnlichen Schlaf.

Als er wieder zu sich kam, war alles wie zuvor: der Verband an seiner Schulter, das Deckenlager, die Höhle, das öde, wie von Glut übergossene Arroyo. Auch der Schwarzbraune war da. Seine Kinnbacken mahlten, vor ihm lag noch ein Häufchen Wildhaferkörner. Der Mustang war fort. Die Stille drückte wie ein Panzer auf das Land. Und die Erkenntnis, dass er allein war, unfähig, aufzusteigen, geschweige denn sich auch nur einen Yard fortzubewegen, traf den jungen Expressreiter wie ein Keulenhieb.

Susan, Dave, Morgan... Das waren Namen und Gesichter wie aus einer weit zurückliegenden Vergangenheit. Clints Hände tasteten über den sandigen Höhlenboden. Er bekam die lederumwickelte Wasserflasche zu fassen. Leer! War er so krank, dass er sich die Anwesenheit des Indianers nur eingebildet hatte?

Aber da waren die Decken, auf denen er lag. Da war der Wildhafer, den der Schwarzbraune fraß.

Ein dumpfes Pochen näherte sich der Höhle. Clint wandte den Kopf. Zuerst sah er nur den vor dem Reiter wanderden Schatten, dann tauchten Mann und Pferd in seinem Blickfeld auf. Der Rote! Eine frischerlegte Wüstenantilope lag vor ihm auf dem braunweißen Pinto. Es war ein kräftig gebauter junger Krieger, nicht älter als Clint. Sein bronzefarbener Oberkörper glänzte in der Sonne. Ein mit Glasperlen besticktes Stirnband hielt sein rabenschwarzes, schulterlanges Haar. Clint erkannte ihn jetzt. Es war der junge Paiute-Kundschafter, dessen Gefährten er zwischen Whitehorse und der zerstörten Simpson Rock Station erschossen hatte. Ihn hatte er entkommen lassen.

Dicht vor der Höhle saß der Indianer ab. Er beachtete Clint nicht. Der wartete auf das Auftauchen weiterer Paiutes. Doch er und der Jungkrieger blieben allein. Eine merkwürdige Situation, aus der Clint nicht schlau wurde. Hatte der Paiute ihm das Leben gerettet oder war er, Clint, sein Gefangener, den er nur pflegte und versorgte, damit er dann den Rachetod am Marterpfahl starb?

Der Indianer zerlegte die Jagdbeute, behielt nur die besten Stücke und schleppte den restlichen Kadaver zu Pferd in die Wildnis hinaus, damit sie hier im Arroyo nicht von Coyoten und Bussarden belästigt wurden. Er kam mit einem Packen Reisig zurück. Als dann das Feuer knisterte und der am zugespitzten Stock aufgespießte Braten brutzelte, brach schon die Dämmerung herein.

Clints Magen knurrte. Ein gutes Zeichen, das ihm sagte, dass er auf dem Weg der Genesung war. Später schnitt der Paiute das gare Fleisch mundgerecht für ihn. Er fütterte Clint wie ein krankes Kind. Nach ein paar Bissen war Clint wieder so ermattet, dass er sich zurücklegte.

»Wo sind wir hier?«, fragte er erschöpft. »Was hast du mit mir vor, Fellow?«

Die Miene des Indianers zeigte nicht, ob er ihn verstanden hatte. Stumm kehrte er sich ab, und Clint war gleich darauf wieder eingeschlafen. Heftiger Durst weckte ihn. Es war bereits Mittag, wie er am kurzen Schatten der Felsblöcke und Kakteen vor der Höhle erkannte. Der Indianer kauerte bei ihm. Er hatte wieder einen Kräutertrank vorbereitet. Clint fühlte sich gleich viel besser, als er die Schale geleert hatte. Er starrte dem jungen Indianer ins Gesicht.

»Warum tust du das alles?«

Und als er wieder keine Antwort erhielt: »Sag doch endlich was, verdammt noch mal! Wer bist du? Was hast du vor?«

Schweigend verließ der Indianer die Höhle. Clint fuhr sich mit der Hand über das Gesicht. Der Bart verriet, dass er nicht erst seit einem Tag und einer Nacht in dieser Höhle lag. Er setzte sich auf. Der Schwarzbraune begrüßte ihn mit lautem Prusten. Clint starrte auf den Coltgurt am Sattel. Er begann zu schwitzen, als er an Susan dachte, an Morgan und an die Mochila mit dem Geld, die er bei den Felsen an der Quelle des Blackman Creek versteckt hatte.

Er kämpfte sich hoch. Der Boden schien unter seinen Füßen zu schwanken. Er lehnte sich an die Felswand, schloss die Augen. Als er sie öffnete, stand der Paiute im Höhleneingang. Clint war darauf gefasst, dass er zum Messer griff, das an seinem Gürtel hing. Der junge Krieger rührte sich nicht. Die Ausdruckslosigkeit seiner Miene machte Clint wütend. *Jetzt erst recht!*, dachte er und bewegte sich auf das Pferd zu.

Drei Schritte, vier, dann trugen ihn die Beine nicht mehr. Kräftige Arme fingen ihn auf, dann war wieder Nacht um ihn.

Als Clint Randall diesmal zu sich kam, waren beide Pferde verschwunden. Der Paiute saß mit dem Rücken zu ihm an dem zum Gluthaufen herabgebrannten Feuer. Die Nacht hing wie ein schwarzer Vorhang vor der Höhle. Weit jenseits des Arroyos heulte ein Coyote den Mond an.

Keuchend ballte Clint die Fäuste. Der Indianer hatte die Gäule versteckt, damit er nicht weg konnte. Also doch ein Gefangener!, durchglühte es ihn.

»He, Rothaut!«, rief er heiser. Der junge Krieger reagierte nicht.

»Stell dich nicht taub!«, keuchte Clint wütend. »Ich weiß, dass du mich verstehst! Wie lange willst du mich hier noch festhalten? Was hast du vor?«

Der Paiute zog die Decke enger, die er um die Schultern gelegt hatte. Kalte Nachtluft strömte herein. Auch Clint war zugedeckt. Außerdem war seine Schulter frisch verbunden. Es erschien ihm verrückt, wie eifrig sich der Rote um ihn kümmerte. Wozu? Clint gab es auf, darüber nachzudenken. Er schloss die Augen und versuchte zu schlafen.

12. Kapitel

Die nächsten drei Tage vergingen damit, dass Clint schlief, wartete und aß und trank, was der Indianer ihm vorsetzte. Er hatte es aufgegeben, die Mauer des Schweigens zu durchbrechen, die der junge Krieger um sich errichtet hatte. Seine Unruhe wuchs. Je kräftiger er sich fühlte, umso drängender wurde die Sorge um Susan. Jedes Mal wenn der Indianer die Höhle verließ, um zu jagen, die Gegend auszukundschaften oder sich mit seinen Stammesbrüdern zu treffen, probierte er seine langsam zunehmenden Kräfte. Nachdem er es schaffte, sich überhaupt auf den Beinen zu halten, ruhte er nicht, bis es ihm gelang, das Arroyo zu betreten. Vergeblich hoffte er, den Schwarzbraunen zu finden. Wahrscheinlich nahm der Paiute ihn auf seinen Streifzügen mit.

Clint dachte in einer Mischung aus Zorn und Dankbarkeit an ihn. Er hätte viel dafür gegeben, zu wissen, was hinter der Stirn des Paiute vorging. Clints Entschluss, sobald wie möglich zu verschwinden, stand fest. Die Wunde heilte. Von Tag zu Tag stand der Expressreiter fester auf den Beinen. Ein dichter, flaumiger Bart umrahmte nun sein schmales Gesicht. In seinen blauen Augen war ein harter Glanz, der verriet, dass sie bereits in die Hölle gesehen hatten. Seiner Schätzung nach war er nun fast schon zwei Wochen in diesem Versteck.

Die Ungewissheit darüber, was sich inzwischen außerhalb der Berge in den Siedlungen und Stationen am Ponytrail abgespielt hatte, setzte ihm zu. Schaudernd dachte er an die Möglichkeit, dass außer ihm vielleicht kein Weißer mehr in diesem Gebiet am Leben war. In seinen Träumen sah er Susan ständig auf der Flucht vor Scharen kriegsbemalter Indianer und Morgan am pfeilgespickten Marterpfahl. Diese Schreckensbilder ließen ihn auch tagsüber nicht los.

Auch am vierten Tag ließ der Indianer Clint allein. Als er am Spätnachmittag zurückkam, war der Postreiter bereit. Er kauerte hinter einigen Felstrümmern außerhalb der Höhle. Es war so, wie er vermutet hatte: Sein Schwarzbrauner war am lederüberzogenen Holzsattel des Indianermustangs festgeleint. Der Indianer brachte diesmal einen toten Fasan mit. Der pfeilgefüllte Köcher und der federgeschmückte Bogen hingen ebenfalls am Sattel.

Nahe bei Clints Versteck stieg der Indianer ab. Noch hatte er nicht bemerkt, dass die Höhle leer war. Clint duckte sich. Er wartete nur noch, bis der Rote von den Pferden wegtrat und ihm den Rücken zuwandte. Da schnellte Clint auf ihn zu.

Die ineinander verschränkten Fäuste hatte er über den Kopf gehoben, um sie dem Paiute wie eine Keule ins Genick zu schmettern. Jetzt! Doch im entscheidenden Augenblick, so als hätte er in einem Spiegel gesehen, was hinter ihm vorging, drehte der Indianer sich blitzschnell weg. Der eigene Schwung riss Clint an ihm vorbei.

Er stürzte. Heftiger Schmerz durchbohrte seine verletzte Schulter. Clint stieß einen dumpfen Schrei aus. Er warf sich herum. Der Paiute stand drei Schritte vor ihm, leicht geduckt, die Hand am Messer.

»Los doch!«, keuchte Clint. »Komm her, versuch's! Leicht werd' ich's dir bestimmt nicht machen!«

Er stemmte sich hoch. Der Indianer richtete sich auf, nahm die Hand vom Messer und grinste plötzlich. Clints Rechte flog empor, ein Stein sauste auf den Kopf des Kriegers zu. Geistesgegenwärtig duckte der sich. Da warf sich der blonde Expressreiter erneut auf ihn. Sein Anprall stieß den Paiute gegen den Schecken. Aber Clints Hände rutschten an dem eingefetteten Leib ab.

Der Rote hatte plötzlich das Messer in der Hand. Clint erstarrte, als die dolchscharfe Spitze seine Kehle berührte. Ihre Blicke prallten gegeneinander. Clint atmete stoßweise. Seine Fäuste sanken herab. Der Indianer trat ein Stück zurück. Als Clint sich nicht bewegte, schob er wieder die Klinge in die Lederscheide.

»Ich sehe, was ich schon geahnt habe, Gelbhaar«, sagte er ruhig. »Du brauchst mich nicht mehr. Es ist nicht nötig, dass du um dein Pferd kämpfst. Es gehört immer noch dir. Ich wollte nur nicht, dass du zu früh losreitest.«

Clint starrte ihn benommen an. Sein Gesichtsausdruck veranlasste den Paiute zu einem erneuten Grinsen.

»Aber...«, keuchte Clint.

»Ich bin Tahato«, sagte der Indianer ernst. »Numaga, der die Krieger am Pyramid Lake zum Frieden aufrief und nun doch ihr Anführer in diesem Krieg gegen euch unersättliche Bleichgesichter sein muss, ist der Bruder meiner Mutter. Es war sein Befehl, dass du leben sollst, nachdem du auch mir das Leben geschenkt hattest.«

»Aber...«, begann Clint wieder.

»Du hast Donnerwolke und Krähenpfeil getötet, als sie deinen Skalp wollten«, redete der Paiute mit harter Stimme weiter. »Sieh deshalb zu, dass wir uns von dieser Stunde an nie wieder begegnen. Ich habe nur eine Schuld bezahlt. Wenn wieder die Sonne aufgeht, Gelbhaar, gibt es nur noch Feindschaft zwischen dir und mir.» Er wies auf den schwarzbraunen Wallach, an dessen Sattel nach wie vor Clints Waffengurt hing. »Reite! Kehre dahin zurück, von wo du gekommen bist! Dies ist das Land von Numagas Kriegern!«

»Wo sind die anderen?«, keuchte Clint. »Was ist...«

Eine Handbewegung des Indianers schnitt ihm die Frage ab. Tahatos Miene war wieder eine undurchdringliche Bronzemaske, die verriet, dass er kein Wort mehr sprechen würde. Clint schluckte. Er hatte sich kaum jemals Gedanken über die Rechte der Ureinwohner dieses Landes gemacht. Tahatos Verhalten zwang ihn dazu.

Plötzlich tauchten Reiter bei einer Biegung des ausgetrockneten Flussbetts auf. Clint traute seinen Augen nicht. Neben ihm war Tahato wie erstarrt. Es waren Weiße. Derbgekleidete, bärtige Männer mit breitkrempigen Hüten. Sie waren staubbedeckt und schwerbewaffnet. Überrascht blickten sie auf die beiden jungen Männer vor der Höhle.

Der zum Teil knöcheltiefe Staub im Arroyo hatte das Hufgetrappel ihrer Pferde gedämpft. Für zwei Sekunden waren das Klirren der Gebissketten und Prusten der Gäule die einzigen Geräusche. Tahato begriff die Gefahr, in der er schwebte. Als der schwarzbärtige Anführer des Reiterpulks mit einem heiseren Schrei sein Gewehr aus dem Sattelfutteral zog, schnellte er aufs Pferd.

Auch Clints Erstarrung zerfloss.

»Nicht schießen!«, schrie er verzweifelt, während Tahatos Pinto wiehernd vorn hochsteilte.

Clint lief den Reitern entgegen. Die Hufe des Mustangs trommelten hinter ihm los. Der Schwarzbärtige schoss zuerst. Zwischen den Steilhängen des Flussbetts krachte der Schuss, als würde eine Haubitze abgefeuert. Clint stolperte, fiel auf die Knie.

»Aufhören!« Seine Stimme versank im Dröhnen der Salve, die den jungen Indianer vor der rettenden nächsten Arroyobiegung vom weiterjagenden Pferd schleuderte.

Die Reiter preschten in einer Staubwolke heran. Sie schwangen die Gewehre. Ihre Jacken flatterten. Clint sprang auf. Die Schulterwunde brannte, aber er achtete nicht auf den Schmerz.

Keuchend hastete er zu Tahato, der mit ausgebreiteten Armen auf dem Rücken lag. Er blutete aus mehreren Wunden. Seine Augen waren geweitet. Er atmete noch schwach, als Clint sich über ihn beugte.

»Amigo, Freund«, murmelte Clint mit halberstickt klingender Stimme. Die Lippen des Indianers bewegten sich. Sein Kopf fiel zur Seite.

Clint sank auf die Knie. Seine Augen brannten, seine Mundwinkel zuckten. Er blickte erst auf, als er von stampfenden, staubaufwirbelnden Gäulen umringt war. Ein Kreis finsterer, misstrauischer Gesichter umgab ihn. Es waren zwölf bis fünfzehn Mann, jeder mit mindestens einem Gewehr und zwei Revolvern bewaffnet. Einige trugen Verbände, andere hatten Pflaster im Gesicht. Alle sahen aus, als wären sie gerade quer durch die Hölle geritten.

Der Schwarzbärtige war ein stämmiger Mann, der einen verstaubten Kordanzug und eine goldene Uhrkette an der ebenfalls staubigen Weste trug. Er hielt Clint die nach Pulver stinkende Gewehrmündung vors Gesicht.

»Nun behaupte bloß nicht, mein Junge, dass dieser rote Wilde dein Freund war!«

Clint stand mit geballten Fäusten auf. Seine Stimme zitterte vor mühsam unterdrückter Erregung.

»Er hat mir das Leben gerettet.«

»Was du nicht sagst!« Der Schwarzbart drehte den Kopf zur Seite und spuckte aus.

»Es war Mord!«, schrie Clint. »Niederträchtiger, feiger...«

»Nun mach' mal 'nen Punkt, mein Junge!«, fuhr ihn der Reiter an. »So kannst du mit mir nicht reden! Nicht nach allem, was hinter mir und meinen Partnern liegt! Und damit du gleich weißt, mit wem du's zu tun hast, Indianerfreund: Ich bin Phil Rutland, Captain der Carson City Miliz. Meine Männer und ich gehörten zu einer hundertfünf Mann starken Truppe aus Prospektoren, Minenarbeitern, Farmern und Städtern aus Carson City, Genos und Virginia City. Lauter tüchtige Burschen, dic entschlössen waren, den Frieden in diesem verdammten Land wieder herzustellen. Aber die roten Teufel haben uns in einen Hinterhalt gelockt. Wir konnten mit knapper Not entkommen. Sechsundvierzig von uns blieben auf der Strecke. Sechsundvierzig ehrliche weiße Männer! Und da willst du uns vorwerfen, dass wir auf jeden dieser Teufelssöhne schießen, der uns vor die Gewehre läuft? Wer bist du eigentlich, he?«

Zwischen den Reitern hinter ihm entstand Bewegung.

»Das ist der Bursche, von dem ich Ihnen erzählte, Rutland!«, rief ein Mann. »Clint Randall, der abtrünnige Pony Express Reiter. Dass er gemeinsame Sache mit den Rothäuten macht, hätte nicht mal ich erwartet. Aber es passt zu diesem Halunken.«

Clints Kopfhaut kribbelte. Diese Stimme! Dann sah er auch schon den Mann, der sein Pferd an Rutlands Seite lenkte. Der dunkle Anzug und der flachkronige Hut waren staubbedeckt. Die stechenden Augen in dem harten Gesicht musterten den Postreiter voller Hass.

Lee Hunter! Er grinste spöttisch, als er Clints Zusammenzucken bemerkte.

»Überrascht, Randall? Dieses Wiedersehen hast du nicht erwartet, stimmt's? Rutland, sagen Sie Ihren Leuten, sie sollen da drüben in der Höhle nachsehen. Vielleicht liegt da das Geld, mit dem diesen Früchtchen abgehauen ist.«

»Cormack, McKeen, seht nach!«, befahl der Anführer.

Clint rief: »Was immer Hunter über mich erzählt hat, Rutland, es ist gelogen! Er ist ein Kartenhai, ein Abenteurer, der versucht hat...«

»Gib dir keine Mühe, Clint!«, sagte Dave Jefford mit gepresster Stimme hinter Clint. »Dass wir dich hier zusammen mit einem Indianer geschnappt haben, genügt, um dir in Carson City einen Strick daraus zu drehen! Ich habe Rutland alles erzählt, nicht Lee. Und Rutland weiß, dass ich der Sohn eines Mannes bin, der seine Pflicht beim Pony Express so ernst nahm, dass er dafür gestorben ist.«

Clint war herumgezuckt.

»Du also auch, Dave! Wo sind die andern? Wo ist Susan?«

»Hör auf, Theater zu spielen, Randall!«, herrschte Hunter ihn an. Gespannt blickte er zu den Männern bei der Höhle. »Habt ihr's?«

»Nichts, nur ein paar alte Decken.«

Hunter beugte sich im Sattel vor. Seine Augen funkelten. »Hast du's versteckt oder sind deine roten Freunde damit abgehauen?«

Clint beachtete ihn nicht. Er starrte Dave an, dessen eingefallene Wangen mit einem dunklen Stoppelbart bedeckt waren. Ein unstetes Flackern war in Daves Augen.

»Wo ist Susan?«, wiederholte Clint verzweifelt.

»Tu bloß nicht so, als würdest du dich um sie sorgen!«, knurrte der junge Jefford. Er wandte sich an Rutland. »Weiß der Henker, was mit meiner Schwester geschehen wäre, wenn wir nicht zufällig auf sie und diesen verdammten Verräter gestoßen wären! Der hätte sie glatt zu den Paiutes verschleppt! Susan hat bestätigt, dass er von Anfang an mit dem ihm anvertrauten Geld verschwinden wollte. Er...«

»Das ist nicht wahr!«, keuchte Clint.

Daves Blick irrte zur Seite. »Früher hab ich große Stücke auf dich gehalten, Clint! Mir dreht sich jetzt noch der Magen um, wenn ich dran denke, wie du...«

Clint war mit zwei Schritten dicht bei ihm. »Dave, ist dir denn gar nichts mehr heilig? Nicht mal das Wort deiner Schwester?«

»Fesselt ihn!«, kommandierte Rutland. »Wir nehmen ihn mit nach Carson City! Verdammt will ich sein, wenn ich nicht dafür sorge, dass man ihm dort einen Strick um den Hals legt! Randall, deine ehemaligen Kameraden vom Pony Express werden vor dir ausspucken, wenn sie erfahren, was du getan hast!«

»Ich hab versucht, die achttausend Dollar zu retten, die Frank Morgan mir für seine Familie anvertraut hat!« Clints Hand zitterte, als er auf Hunter und Dave deutete. »Diese Männer wollten mir das Geld abjagen. Sie...«

»Natürlich waren wir hinter ihm her«, bestätigte Hunter eisig. »Wir haben alles versucht, ihm die Beute abzujagen, mit der er sich aus dem Staub machte. Vielleicht hätt's auch geklappt, wenn seine roten Freunde nicht dazwischen gekommen wären.«

»Er lügt, Rutland! Das Geld...«

»Wo ist es?«

»Ich hab's gut versteckt, Hunter!«, erwiderte Clint gepresst. »Und ich werd' auch jetzt noch alles tun, damit es dir nicht in die Hände fällt! Eher lass' ich's dort, wo's liegt, verfaulen.«

»Das ist sein wahres Gesicht!«, lachte Hunter zornig. »Aber der Richter und die zuständigen Männer vom Pony Express werden schon aus dir 'rauskitzeln, wo du's verscharrt hast!«

»Ich werd' es ihnen gern erzählen, sobald du nicht in der Nähe bist, und das weißt du!«

Ein kurzes hasserfülltes Aufblitzen war in Hunters Augen. »Du hoffst, dass die Rothäute das Geld inzwischen in Sicherheit bringen, was? Rutland, vielleicht ist es besser, wenn wir ihn gleich zum Reden bringen.«

Ein paar grimmig aussehende Männer waren abgesessen. Sie hatten Clint gepackt. Abwartend blickten sie auf ihren Captain. Der Schwarzbärtige schüttelte nach kurzem Nachdenken den Kopf.

»Mein Job ist es, die Indianer niederzukämpfen, nicht, nach irgendwelchem Geld zu suchen. Darum sollen sich die Bosse vom Pony Express selbst kümmern. Wir jedenfalls müssen auf dem schnellsten Weg nach Carson City zurück, bevor die Rothäute auf die Idee kommen, auch noch die Stadt anzugreifen.«

»Aber...«

»Wenn Ihnen was nicht passt, Hunter, reiten Sie allein los und suchen nach dem Geld! Nur werden Sie in dieser von Rothäuten wimmelnden Wildnis nicht weit kommen, fürchte ich. Randall bleibt bei uns. Wir liefern ihn beim Sheriff ab. Fesselt ihn endlich! Wir haben schon genug Zeit verloren. Wir werden uns anstrengen müssen, damit wir vor Sonnenuntergang wenigstens noch die Stillwater Station am Expresstrail erreichen. In diesen verdammten Bergen ist kein Weißer mehr seines Skalps sicher.«

13. Kapitel

Stillwater Station lag wie eine Oase in einem Meer aus Sand, Steinen, Dornbüschen und verdorrtem Bunchgras. Knorrige Weißeichen umstanden die aus Lehmziegeln gemauerten Gebäude. Mais- und Haferfelder dehnten sich dahinter bis zum Fuß einer mit Kiefern bewachsenen Anhöhe. Die Pferde im weitläufigen Korral waren gutgenährt und ausgeruht. Rauch stieg aus dem Kamin. Im Schein der sinkenden Sonne bot das Ganze ein Bild des Friedens. Die Vernichtungswoge, die den Pony Express für einen Monat lahmlegen sollte, war nicht hierhergekommen. Die Männer, in deren Mitte Clint mit zusammengebundenen Händen ritt, entspannten sich, als die Gebäude vor ihnen auftauchten.

Rutland war seiner Truppe vorsichtshalber vorausgeritten. Als die staubaufwirbelnde Kavalkade auf den Hof bog, standen er und Sanderson, der Stationer, unter dem Vordach des Wohnhauses. Sandersons Blick auf den jungen Gefangenen war voll eisiger Verachtung. Dann drehte sich Sanderson zur offenen Tür um.

»Er ist da!«

Rutland kam auf die staubbedeckten Reiter zu. Aber Clint blickte nicht ihn, sondern den Mann an, der über die Türschwelle humpelte und sich dabei auf einen knorrigen Stock stützte.

»Morgan!«, stieß Clint ungläubig hervor.

Er war es wirklich. Er sah krank aus. Kein Wunder nach allem, was er auf Sam Jeffords Cold Spring Station durchgemacht haben musste. Seine breiten Schultern waren eingesunken, sein Gesicht grau, die Wangen eingefallen. Er trug einen alten Anzug, den Sanderson, der ungefähr seine Statur besaß, ihm wohl überlassen hatte. Obwohl Morgan unter dem Vordach stehenblieb, erkannte der Postreiter das fiebrige Glühen in seinen Augen.

»Morgan, ich hab das Geld in Sicherheit gebracht!«, rief Clint. »Rutland irrt, wenn...«

Ein Kolbenstoß warf ihn vom Pferd. Er bekam Sand zwischen die Zähne. Hufe stampften ringsum. Rutland rief: »Sanderson will den verfluchten Verräter nicht in seinem Haus haben! Sperrt ihn in den Bretterverschlag drüben beim Schuppen! Bradley, du übernimmst die erste Wache! Ich werd' dafür sorgen, dass du was zu essen bekommst. Später lass' ich dich dann ablösen.«

»Morgan, hören Sie doch!«, schrie Clint, als sie ihn hochzerrten und zum Schuppen schleppten. »Es ist alles ganz anders...«

Morgan war bereits ins Haus zurückgetreten. Rutlands Männer nahmen keine Rücksicht darauf, dass Clints Schulter noch immer schmerzte. In ihren Augen war er ein gewissenloser Halunke, der keine Schonung verdiente. Sie stießen Clint in den fensterlosen Bretterverschlag, wo er vor lauter Kisten und Fässern kaum Platz fand, sich niederzusetzen. Der Riegel klappte hinter ihm zu. Ein bisschen Licht fiel durch die Bretterritzen.

Nirgends entdeckte Clint ein Werkzeug oder eine scharfe Kante, wo er seine Fesseln zersägen konnte. Wozu auch? Die Tür war versperrt, obendrein hielt einer von Rutlands Reitern davor Wache. Rasch brach die Nacht herein. Clint musste immerzu daran denken, wie Morgan und der Stationshalter ihn angestarrt hatten. Ihn graute, wenn er an Carson City dachte.

Schritte kamen über den Hof. Morgans Stimme drang herein. »Lassen Sie nur das Gewehr unten, Bradley! Ich will ihn bestimmt nicht rausholen. Schließlich ist es mein Geld, mit dem dieser Bandit floh. Holen Sie sich was zu essen im Haus, Bradley, während ich auf ihn aufpasse.«

»Ich weiß nicht, ob Captain Rutland damit einverstanden ist, Sir. Er...«

»Gehen Sie nur! Ich trage die Verantwortung.«

Clint hatte den Atem angehalten. Eine jähe verrückte Hoffnung war in ihm. Geräusche entfernten sich. Dann sagte Morgan dicht vor der Tür: »Ich hatte Ihr Wort, Randall, und ich hätte meine Hand dafür ins Feuer gelegt, dass Sie's einlösen! Sie wussten, dass ich Ihnen mit dem Geld die Zukunft meiner Familie anvertraute. Der Teufel soll Sie holen!«

Die Stimme klang gepresst. Clint hörte die Bitterkeit heraus. Er war aufgesprungen.

»Hören Sie mir nur ein paar Minuten zu, Morgan! Das Geld ist nicht verloren. Es waren Lee Hunter und seine Freunde, die es für sich wollten. Deshalb musste ich in die Berge fliehen...«

»Sie sind verrückt, Randall, wenn Sie denken, dass ich Ihnen das abkaufe! Sie vergessen Dave Jefford und seine Schwester. Deren Aussage wird es sein, die Sie an den Galgen bringt!«

»Morgan, haben Sie erfahren, wo Susan ist?«

»Rechnen Sie etwa damit, dass das Mädchen noch immer zu Ihnen steht, Randall? Oder hoffen Sie, dass die Rothäute sie erwischt haben, damit sie nicht mehr gegen Sie aussagen kann?«

»Mein Gott, Morgan, trauen Sie mir das wirklich zu?«

»Was erwarten Sie denn?«

»Die Achttausend sind wirklich an einem sicheren Platz versteckt!«

»Das haben Sie schon Rutland erzählt.«

»Aber ich hab ihm nicht gesagt, wo.«

»Dann hätten Sie auch keinen Trumpf mehr, mit dem Sie Ihr lausiges Leben zu retten hoffen, was?« Morgans wütendes Auflachen versetzte Clint einen Stich, mühsam zwang er sich zur Ruhe.

»Ich wollte verhindern, dass Hunter und Dave sich von dem Trupp absetzten und das Geld holten...«

»Sie sind ein raffinierter Bursche, Randall. Ich hab mich noch nie in einem Menschen so sehr getäuscht wie in Ihnen. Jetzt erwarten Sie wohl, dass ich Sie befreie und mich von Ihnen zum Versteck Ihrer Beute führen lasse? Womöglich dorthin, wo Rutland und seine Leute Sie aufgelesen haben! In die Berge zu ihren

Paiute-Freunden, damit die nachholen können, was ihnen auf Cold Spring nicht gelang!«

Er lachte wieder voller Zorn und Verbitterung. »Sie stellen sich die Sache ein bisschen zu einfach vor, Randall! Kein Mensch wird Ihnen je wieder trauen! Ich hatte eine Menge Glück, dass ich, nachdem Sie weg waren, vor den Roten gerettet wurde. Es waren ebenfalls Männer der Carson City Miliz, die sich wie Rutlands Gruppe zum Ponytrail durchschlugen. Dieses Glück werde ich nicht aufs Spiel setzen, indem ich mich von Ihnen in eine Falle locken lasse!«

»Warten Sie, Morgan, gehen Sie noch nicht!«, rief Clint, als der Rancher von der Tür wegtrat. »Sie brauchen das Geld doch, um Ihre Ranch zu retten.«

»Dazu ist es wahrscheinlich zu spät – durch Ihre Schuld!«

»Ich werde Ihnen sagen, wo...«

»Erzählen Sie dem Sheriff in Carson City Ihre Geschichten, Randall! Wenn das Geld dann wirklich noch zu retten ist, wird er es tun. Bevor die Rothäute nicht vernichtend geschlagen sind, gibt es sowieso keine Chance dazu.«

»Hunter wird verhindern, dass jemand...«

»Hören Sie endlich auf damit, Mann! Ich bin nur hergekommen, Ihnen zu sagen, dass ich dabei sein werde, wenn man Sie hängt! Ich... Ah, Bradley, da sind Sie ja wieder! Nur keine Aufregung, es ist alles in Ordnung!«

Clint schlug verzweifelt gegen die Tür.

»Morgan, nur wenn Sie mich hier ’rausholen, kann ich beweisen...«

Er verstummte, als der Posten heran war. »Der Captain ist verdammt wütend, Sir, dass ich meinen Platz verlassen habe.«

»Ich kläre das schon«, versprach Morgan. »Passen Sie nur gut auf den Kerl da drinnen auf! Ich bin sicher, dass er alles versuchen wird, zu fliehen. Er weiß jetzt, dass es ihm in Carson City an den Kragen geht. Wenn Sie was Verdächtiges bemerken, Bradley, schießen Sie sofort! Lieber verzichte ich auf das ganze Geld, als dass ich zulasse, dass er entkommt!«

»Sie können beruhigt sein, Mister Morgan, er schafft es bestimmt nicht.«

»Das hoffe ich. Gute Nacht, Bradley.«

»Gute Nacht, Sir.«

Clint biss die Zähne zusammen, um nicht zu toben anzufangen.

14. Kapitel

Irgendwann versank Clint trotz seiner Fesseln, der Enge seines Gefängnisses und der bohrenden Ungewissheit in einen unruhigen Schlummer. Das Schaben des Eisenriegels an der Außenseite der Tür weckte ihn. Sofort war er hellwach. Die Tür bewegte sich, bleiches Mondlicht sickerte herein.

Morgan!, durchfuhr es Clint. Hatte es sich der Rancher vielleicht doch anders überlegt?

Eine schemenhafte Gestalt glitt herein, stieß gegen eine Kiste und verharrte reglos. Nein, das war nicht Morgan, der sich mit seinem verletzten Bein nur mühsam bewegen konnte! Plötzlich wurde Clint die Stille auf dem einsamen Gehöft bewusst und wie wehrlos er war.

»Wo zum Teufel steckst du, Clint?«

Der Gefangene zögerte. Da tastete sich der andere schon weiter, stieß gegen ihn und kauerte bei ihm nieder.

»Verdammt, was ist los, Clint? Warum antwortest du nicht?«

Es war Dave. Er hielt ein Messer, suchte Clints vorn zusammengebundene Hände. Clint starrte über seine Schulter auf den mondlichtgefüllten Türspalt. Draußen blieb alles still.

»Was ist mit Bradley?«

»Bradley? Ach, du meinst den Kerl, der draußen Wache hielt? Bradley wurde schon vor zwei Stunden abgelöst. Der andere wird uns keinen Ärger machen. Ja, er ist bewusstlos! Er war knapp vorm Einschlafen und bekam gar nicht mit, was geschah. Los jetzt, komm, Clint!«

Die Fesseln lagen zerschnitten am Boden. Dave war schon wieder bei der Tür. Der Hof und die Gebäude waren in fahle Helligkeit getaucht. Clint griff nach Daves Arm.

»Komm, verdammt!«, zischte Jefford. Er riss sich los und huschte dicht an der Bretterwand um den Schuppen herum. Zwei Pferde standen bereit. Jedes hatte einen Scabbard mit einem Volcanic Karabiner am Sattel. Clint war froh, dass es wieder der Schwarzbraune war, an den er sich gewöhnt hatte. Die Packtaschen waren prall von Proviant und Munition. Hinter jedem Sattel war ein Deckenbündel festgeschnallt. Das Gefühl der Freiheit ließ Clint den dumpfen Schmerz in der linken Schulter vergessen.

Der junge Postreiter wandte sich seinem Befreier zu. Feine Schweißperlen glänzten auf Daves Stirn. Sein mondbeschienenes Gesicht war verkniffen.

»Dave, ich werd' nie vergessen, dass du das für mich tust. Ich bin froh, dass du...«

»Du bedankst dich beim Falschen, Randall!«

Das leise, spöttische Lachen riss Clint herum. Gleichzeitig streckte er eine Hand nach dem Gewehr im Sattelfutteral aus.

»Dreh bloß nicht durch, sonst bringst du uns alle drei in Teufels Küche!«, warnte Lee Hunter. Seine sehnige Gestalt löste sich von der dunklen Schuppenecke. Er hatte wieder seine beiden tiefhängenden Revolver umgeschnallt. Die Jacke war offen, seine Hände lagen auf den Kolben der Waffen. Von seinem Gesicht war unter der schattigen Hutkrempe nur der schmale, höhnisch verzogene Mund zu sehen.

Clints Haltung versteifte sich. »Das hätte ich mir denken können! Aber wenn du glaubst, du hast mich inzwischen so in der Klemme, dass mir nichts anderes übrig bleibt als dich zu dem Geld zu führen, dann irrst du dich, Hunter!«

»Willst du lieber in Carson City am Galgen baumeln? Wegen Mädchenraub, Unterschlagung, Mordversuch und Unterstützung der aufständischen Rothäute? Nachdem jetzt Kriegsrecht im

Land herrscht, werden die Pfeffersäcke garantiert nicht lange fackeln, wetten?«

»Ich werde nicht hängen, solange ich der Einzige bin, der weiß, wo die achttausend Dollar versteckt sind.«

Hunter kam langsam näher. Seine Bewegungen wirkten katzenhaft.

»Du hältst dich wohl für besonders kaltschnäuzig, was? In Wirklichkeit bist du ein dummer Junge, der nur noch nicht kapiert hat, dass er mir aus der Hand fressen wird!«

Seine Rechte schnellte plötzlich hoch. Hinter dem blitzartigen, scheinbar mühelosen Hieb steckte eine Wucht, die Clint auf den Rücken warf. Die Pferde schnaubten erschreckt. Clints kaum verheilte Schulter schmerzte heftiger. Der Schmerz entfachte einen wilden Zorn in ihm. Er federte hoch, blind dafür, dass Lee Hunters Hände bereits wieder drohend auf den Sechsschüssern lagen. Clint sah nur mehr den Mann, der ihn zum Verbrecher gestempelt hatte. Er stürzte auf ihn zu. Im letzten Moment sprang Dave dazwischen.

»Sei nicht verrückt, Clint! Er hat Susan! Willst du, dass sie dafür büßt, wenn du jetzt die Nerven verlierst?«

Clint hatte zu einem Schwinger ausgeholt, der Dave zur Seite fegen sollte. Sein Atem stockte, seine Faust sank herab. Hunter hatte sich nicht gerührt. Sein höhnisches Grinsen wirkte wie festgefroren.

»Glaubst du jetzt immer noch, Randall, dass ich das Geld nicht bekomme?«

Der Postreiter starrte den Verbrecher wild an. »Wenn deine Freunde Susan auch nur ein Haar krümmen...«

»Ihr wird nichts geschehen, wenn du tust, was ich verlange!«, unterbrach Hunter ihn kalt.

»Dave, warum hast du das zugelassen?«

»Was hätte er tun sollen gegen vier schussbereite Revolver?«, lächelte Hunter spöttisch. »Es gefällt ihm so wenig wie dir.«

»Du bist ein Schwein, Lee!«, knirschte der junge Jefford. »Wenn wir jemals lebend aus den Bergen zurückkommen...«

»Spar dir deine Drohungen. Ich will das Geld. Wenn dir meine Methoden, es zu bekommen, nicht passen, dann ist eben kein Platz mehr für dich in meiner Crew.«

Clint hatte seine Erregung niedergekämpft. Mochte Hunter den Sieger spielen! Er, Clint, war überzeugt, dass seine Stunde kommen würde. Von dieser Minute an würde er nicht ruhen, bis er Lee Hunter erledigt hatte.

»Also gut, ich führ' euch zu dem Geld«, erklärte er.

Hunter zog eine seiner dünnen, schwarzen Zigarren aus der Brusttasche seiner Anzugjacke. Er benahm sich so, als wären sie ganz allein auf der Stillwater Station. »Du irrst dich, Randall, wenn du glaubst, ich riskiere da draußen in den verdammten Bergen meinen Skalp für die achttausend Bucks.«

Er brannte die Zigarre an. Eine Rauchwolke verschleierte sein Gesicht.

»Er verlangt, dass wir beide allein reiten!«, keuchte Dave.

Clint hatte sich schon gewundert, dass nur zwei Pferde da waren.

»Du bist auch noch ein Feigling, Hunter!«, stellte er fest.

Hunters Grinsen verflog. »Darüber sprechen wir noch!«, zischte er.

»Ich seh' jedenfalls nicht ein, dass ich was riskieren soll, wenn es anders auch geht.«

»Smith, Spears und Blake haben Susan zur Cold Spring Station gebracht«, berichtete Dave heiser. »Nachdem die Paiutes die Station verwüstet haben, rechnen sie damit, dort sicher zu sein. Lee will dort auf uns warten.«

»Und auf das Geld!«, fügte Hunter selbstgefällig hinzu. »Ich lass' euch drei Tage Zeit. Wenn ich dann nichts von euch höre, übernehme ich für die Sicherheit des Mädchens keine Garantie mehr.«

Dave ballte die Fäuste. »Du Dreckskerl! Du elender...« Diesmal war es Clint, der Jefford zur Ruhe mahnte.

»Vielleicht musste alles so kommen, Dave, damit du begreifst, mit welchen Leuten du dich in Carson City eingelassen hast.

Hunter, hast du keine Angst, dass das Geld für immer verschollen bleibt, wenn die Paiutes uns erwischen?«

»Ich denke, du stehst mit den Kerlen auf gutem Fuß.«

»Das ist ein Irrtum, der Dave und mich das Leben und dich achttausend Dollar kosten kann!«, versetzte Clint hart.

Hunter kniff die Augen zusammen. »Wann wirst du endlich aufhören, mich einseifen zu wollen, Randall, eh?« Er deutete mit der glühenden Zigarrenspitze auf Clint. »Du bringst mir das Geld! Wie du mit den Rothäuten fertig wirst, ist deine Sache! Es bleibt bei den drei Tagen, von Sonnenaufgang an gerechnet.«

»Hast du keine Angst, dass Morgan und Rutland Verdacht schöpfen, wenn ich weg bin?«

»Dave ist ja mit dir verschwunden. Das wird es erklären.«

»Moment noch!«, rief Clint gedämpft. »Welche Garantie haben wir, dass du Susan wirklich frei lässt, wenn wir das Geld nach Cold Spring bringen?«

Hunter hatte sich schon halb abgewandt. Der Mond beschien sein höhnisch verzogenes Gesicht von der Seite. Er spuckte aus. »Keine!«

15. Kapitel

Zwölf Stunden später lagen Clint und Dave nebeneinander auf einem felsbedeckten Höhenkamm, jeder ein Gewehr in den Fäusten, staubgrau, sodass sie mit dem Gestein wie verschmolzen wirkten. Die Luft über dem zerklüfteten Land kochte. Der Feuerball der Sonne schien den ganzen Zenit auszufüllen. Aus zusammengekniffenen, von der Hitze entzündeten Augen spähten die beiden Männer auf die Staubwolke, die zwischen den kakteenbestandenen Hügeln im Süden herankam.

Ein Grollen wie von einem rasch heraufziehenden Gewitter erfüllte die Wildnis. Bald darauf stoben die Reiter aus einer nur eine halbe Meile entfernten Geländefalte. Es waren acht Mann. Jeder hatte an seinem Pferd ein zweites gesatteltes Tier festgebunden. Rutland galoppierte an der Spitze. Kein Zweifel, dass er die Härtesten und Verwegensten seiner Truppe mit auf die Jagd genommen hatte. Männer, die nicht lange reden, sondern sofort schießen würden, wenn sie die Flüchtenden zu Gesicht bekamen. Die trommelnden Hufe ihrer Pferde schleuderten eine dichte Staubfahne hoch, die minutenlang in der heißen Luft hing und weithin ihren Weg markierte.

Clints Kopf ruckte herum, als Dave keuchend eine Patrone in den Lauf seiner Volcanic hebelte. »Wenn du jetzt zu schießen anfängst, ist alles aus!«

»Erst recht, wenn wir sie rankommen lassen!«, knirschte Dave. In seinem schweiß- und staubverschmierten Gesicht zuckte es. »Verdammt, siehst du denn nicht, dass sie von der Spur abgebogen sind, die wir für sie gelegt haben? Da, sie reiten direkt auf uns zu!«

Clint drückte schnell sein Gewehr herab. »Reiß' dich zusammen! Sie weichen doch nur der Bodenrinne aus. Rutland ist ein vorsichtiger Mann, der überall auf einen Hinterhalt gefasst ist. Schau, jetzt reiten sie wieder in die alte Richtung zurück, wo die Hufabdrücke sind, die sie in die Irre führen sollen! Ich bin sicher, dass der Trick klappt!«

Dave schluckte und wischte sich fahrig über das Gesicht, als die Kavalkade tatsächlich wieder nach Westen abschwenkte. »Mann, du hast vielleicht Nerven!«

»Die werden wir auch brauchen, wenn wir's schaffen wollen, Susan herauszuhauen!«

Während das Hufgetrappel leiser wurde und die Reiter allmählich in dem Staub verschwammen, starrte Dave seinen Partner betroffen an. »Wie meinst du das? Wir werden Susan freikaufen und basta!«

»Ich wollte, es wär' so einfach.«

»Verdammt noch mal, deswegen sind wir doch hier!«

»Wir brauchen das Geld nur, um überhaupt nochmals an Hunter ranzukommen«, murmelte Clint gepresst. »Der Schurke weiß genau, wie er mit uns dran ist. Der rechnet doch fest damit, dass wir sofort hinter ihm her sind, wenn er kein Pfand mehr hat, mit dem er uns erpressen kann!«

»Das ist...«

»Es hat keinen Zweck, wenn wir uns jetzt schon den Kopf zerbrechen«, winkte Clint ab. »Eins nach dem anderen. Erst das Geld. Komm, die Pferde werden schon unruhig.«

Sie hatten die Tiere zwischen den Wacholderbüschen und Felsen am Fuß der Anhöhe zurückgelassen. Clint hatte sich schon halb aufgerichtet, als Dave ihn mit einem Zischlaut warnte. Sofort lag Clint wieder am Boden.

»Großer Lord, auch das noch!«, entfuhr es dem jungen Jefford entsetzt.

Er starrte auf den zweiten Reitertrupp, der hinter Rutland und seinen Männern aus der Geländefalte kam. Trotz der Sonnenglut überlief auch Clint ein Frösteln. Es waren mindestens dreißig Paiutekrieger. Ohne besondere Eile folgten sie der Spur der Weißen. Viele von ihnen trugen erbeutete Kleidungsstücke. Sie waren mit ebenfalls erbeuteten Gewehren und Revolvern ausgerüstet.

Nur ihr Anführer war ganz in fransenverziertes Wildleder gekleidet. Als Einziger trug er eine Feder in dem zu Zöpfen geflochtenen Haar. Er hielt einen Karabiner quer vor sich auf dem Holzsattel.

Dort, wo Rutlands Pulk der Bodenrinne ausgewichen war, stoppte die Schar. Unwillkürlich duckten Clint und Dave sich tiefer, als der Blick des Chiefs die Höhen abtastete. Bildeten sie es sich nur ein, dass er ein paar Sekunden länger in ihre Richtung spähte als anderswohin? Die Gefahr, die von den nur eine halbe Meile entfernten Reitern ausging, schnürte ihre Kehlen zu. Vor Clints Augen standen wieder die verkohlten Trümmer und skalpierten Toten, die er auf der Station am Simpson Rock gefunden hatte.

Der Ledergekleidete winkte einem der neben ihm haltenden Indianer. Dieser trug einen mit künstlichen Blumen und bunten Bändern geschmückten Strohhut. Zu einem anderen Zeitpunkt hätte er damit lächerlich auf die versteckten Beobachter gewirkt. Aber für Komik hatten Clint und Dave jetzt keinen Sinn. Der Krieger zog einen runden Spiegel unter seinem Leinenkittel hervor. Er hielt ihn so, dass sich die Sonne in bestimmten Abständen darauf brach.

Gespannt blickten alle zu den Bergflanken hinüber, zwischen denen Rutland und seine Reiter verschwunden waren. Es dauerte nur Sekunden, dann entdeckten auch Clint und Dave das rhythmische Aufblitzen auf einem weit entfernten Felsgrat. Anfeuernd stieß der Anführer der Paiutes sein Gewehr empor und trieb den Mustang weiter. Eine Staubwolke vernebelte die losprescheride Schar.

»Ich wette die achttausend Dollar und meinen Skalp dazu, dass kein Weißer Rutland und seine Männer jemals wiedersieht!«, keuchte Dave.

Clint sprang auf. »Wir müssen sie warnen!«

Er war schon auf halbem Weg zu den Pferden, als Dave ihn einholte. »Mach keinen Blödsinn! Du kannst nichts mehr für sie tun!«

»Die Paiutes ahnen nichts von unserer Anwesenheit. Das ist vielleicht eine Chance.«

Dave hielt ihn am Arm fest. »Du vergisst, weswegen Rutland und seine Männer hier draußen sind!«, rief er heftig. »Dazu haben wir genug eigene Probleme. Es wird schwer genug sein, die Mochila mit dem Geld aus diesen verdammten Bergen 'rauszubringen und Lees Frist einzuhalten. Wenn Rutland und seine Leute währenddessen die Rothäute beschäftigen, kann uns das nur recht sein!«

»So kannst auch nur du reden, Dave!«

»Denk, was du willst!«, fauchte Jefford. »Wenn dir Susans Leben auf einmal egal ist – mir nicht!« Er trat jäh zurück und richtete seinen Colt auf Clint. »Das erleichtert dir hoffentlich die Entscheidung!«

Die Miene des jungen Postreiters wurde ausdruckslos. »Vielleicht hast du recht, Dave, und wir können wirklich nichts mehr für Rutland tun. Aber geht es dir tatsächlich nur um Susan?«

Dave grinste verkniffen. Seine Augen funkelten. »Du traust mir nicht, wie?«

»Ich würde viel dafür geben, wenn ich wüsste, auf welcher Seite du stehst, Dave.«

»Immer nur auf meiner.«

16. Kapitel

Der Geruch von Rauch in der kalten Nachtluft warnte sie. Auf Schleichpfaden immerzu eine Hand an der Waffe, hatten sie die Nähe des hochgelegenen Tals erreicht, in dem der Blackman Creek entsprang. Nun ließen sie die Pferde in einer halb mit Gestrüpp zugewachsenen Felsspalte zurück und legten das letzte Stück zur Kante über dem Tal von Felsblock zu Felsblock huschend zurück.

Die zitronengelbe Mondsichel hing über einem weit entfernten Felsturm. Der Himmel glich einer mit funkelnden Diamanten besetzten Kuppel. Ein Gewirr undeutlicher gutturaler Stimmen drang zu den beiden jungen Männern herauf. Sie hatten die Gewehre mitgenommen. Trotz der Kühle perlte Schweiß auf ihren Gesichtern.

Plötzlich sanken sie lautlos nieder. Die Silhouette eines gedrungenen Indianers stand zwischen den Felsen vor ihnen. Ein Wachtposten. Er hatte sie nicht bemerkt. Mit einem Gewehr in der Armbeuge bewegte er sich langsam am Talrand entlang. Er kam dem Felsklotz, hinter dem Clint und Dave sich duckten, immer näher. Die Partner starrten sich an.

Wenn sie jetzt nichts unternahmen, war es nur eine Frage von Sekunden, bis der Alarmschrei des Wächters die. übrigen Krieger alarmierte. Dave zog sein Bowiemesser. Ein paar Steine kollerten auf der anderen Seite des Felsens. Der Indianer war schon so nahe, dass sie sich auch nicht mehr flüsternd verständigen durften. Clint packte Daves Schulter und schüttelte heftig den Kopf.

Dave starrte ihn wild an. Geduckt richtete er sich auf. Clint dachte an Tahato. Vielleicht hatte der gerade zu diesen Kriegern gehört, vor denen sie sich nun verbargen. Seit jenen Tagen im Höhlenversteck hatte sich für Clint einiges verändert.

Mit dem Gewehr in den Fäusten glitt er hinter dem Felsblock hervor.

Der Indianer stand nur mehr knapp vier Schritte vor ihm. Seine Augen weiteten sich. Er brauchte nur den Bruchteil einer Sekunde, sein Gewehr hochzureißen. Sein Mund öffnete sich zum Schrei. Clint schnellte auf ihn zu. Sein Hieb mit dem Karabinerlauf schleuderte den Paiute nieder. Sofort ging Clint in die Knie und blickte wild um sich. Nirgends war eine verdächtige Bewegung.

Dave kam heran. »Ich glaub, du hast sie nicht mehr alle!«, schimpfte er leise. »Bist du dir klar, was du eben riskiert hast?«

Clint hatte sich schon abgewandt. Dave folgte ihm zu den Felsen, aus deren Schatten sie den Talkessel überschauen konnten. Der Mond versilberte die ruinenähnlichen Steinmonumente und den von Büschen gesäumten Wasserlauf. Mehrere Feuer flackerten. In Decken gehüllte Gestalten saßen an ihnen. Tabakpfeifen qualmten. Federgeschmückte Lanzen steckten in der Erde. In einem aus Lassos gespannten Korral ruhten struppige Pferde.

Es waren etwa zwei Dutzend Paiutes, die in dem einsam gelegenen Tal lagerten. Es waren nicht die Krieger, die sie auf Rutlands Fährte gesehen hatten. Clint spürte das Pochen seines Herzens bis in die Kehle.

Susan! Ihr Leben hing von dem Geld ab, das er ausgerechnet da unten versteckt hatte!

»Wo, zum Teufel, liegt es?«, wollte Dave gepresst wissen. Schweigend wies Clint die Richtung. Nichts deutete darauf hin, dass die Paiutes die mit Steinen bedeckte Mochila in der Felsnische gefunden hatten. Dave fluchte leise.

»Den Weg hätten wir uns sparen können! Wenn ich nicht genau wüsste, dass du nicht mit den Rothäuten unter einer Decke steckst, würde ich jetzt auf die verrücktesten Gedanken kommen!«

Clint ging nicht darauf ein. Er überlegte angestrengt. Alles in ihm sträubte sich dagegen, dass dieser Ritt umsonst gewesen war.

»Worauf wartest du noch?«, raunte Dave. »Wir müssen verschwinden! Irgendwann wird ja schließlich einer kommen, um den Posten abzulösen. Dann wird hier die Hölle los sein! Komm jetzt! Wenn wir unsere Skalps verlieren, ist Susan auch nicht geholfen!«

Clints Augen blieben an den Felsen in der Talmitte wie festgebrannt. Es musste eine Möglichkeit geben, doch an das Geld heranzukommen!

»Ich reite hinab!«, erklärte er plötzlich entschlossen.

Daves Kopf ruckte herum. »Da werden sich die Kerle da unten aber freuen!«, knirschte er.

»Ich muss Susan retten.«

»Verdammt, sie ist meine Schwester! Glaub nur nicht, ich würd' nicht ebenfalls alles tun, wenn es nur einen Sinn hätte! Zum Teufel, ich hab keine Lust, mich mit 'nem Verrückten herumzustreiten! Tu, was du willst, aber warte damit, bis ich weit genug weg bin!«

»Ich brauche dich, Dave.«

Die kalte Entschlossenheit seines Gefährten hielt Jefford zurück. »Nun sei doch vernünftig, Clint! Vielleicht lässt Lee mit sich handeln. Vielleicht verlängert er sein Ultimatum.«

»Glaubst du das wirklich?«

»Nein, zur Hölle! Aber es steht nun mal fest, dass du keine Chance hast, die Moneten da unten wegzuholen.«

»Ich nehme mir jetzt mein Pferd«, redete Clint entschlossen weiter. »Ich werd' da drüben auftauchen, wo die Hänge auseinanderklaffen, so, als wär' ich nicht drauf gefasst, hier auf ein Indianerlager zu stoßen. Ich bin sicher, dass sie mich sofort sehen. Mit ein paar Schüssen werde ich sie so in Wut versetzen, dass sie hoffentlich alle hinter mir herjagen. Wenn wirklich ein paar Zurückbleiben, musst du sie übernehmen. Dave. Ich sehe keinen anderen Ausweg. Sobald sie hinter mir her sind, musst du jedenfalls hinab und dir die Mochila schnappen!«

Dave musste eine Weile darüber nachdenken. Er nickte widerstrebend.

»Es könnte klappen vielleicht. Aber mit mehr als zwanzig Paiutes auf der Fährte bist du fast schon ein toter Mann.«

»Fast!«, lächelte Clint rissig.

Dave keuchte: »Warum vertauschen wir nicht die Rollen?«

»Weil es mein Plan ist und ich als Pony Express Reiter besser für den Sattel ausgebildet bin. Außerdem wird sich erst noch rausstellen, wer von uns beiden mehr riskiert.«

Dave schluckte. »Mir dreht es den Magen um, wenn ich mir vorstelle, dass du dich den Kerlen wirklich zeigen willst!«

»Du kennst den Grund.«

Dave griff impulsiv nach Clints Hand. »Verdammt will ich sein, wenn du nicht auf mich zählen kannst!«

»Ich hab nicht dran gezweifelt.«

»Wenn alles klappt, wo treffen wir uns?«

»Ich werd' versuchen, mich zum Wagonhill dreißig Meilen nördlich von Cold Spring durchzuschlagen. Wer von uns beiden zuerst dort ist, wartet auf den andern. Aber nicht länger als bis zum nächsten Sonnenuntergang! Übermorgen läuft Hunters Frist ab. Wenn du das Geld hast und ich ausbleibe, such' nicht nach mir. Es wäre verlorene Zeit!«

»Clint, ich...«

»Für Susan hängt alles davon ab, dass du dich von Hunter nicht aufs Kreuz legen lässt!«, beschwor der Postreiter ihn. »Und vergiss nicht, Dave, dass das Geld, auch wenn du Susan damit freikaufen musst, immer noch Frank Morgans Eigentum ist! Ich hoffe, Susan wird Morgan davon überzeugen...«

»Denk jetzt nicht an diesen dickschädeligen Kühezüchter, sondern an dich!«, unterbrach Dave ihn heftig. »Gibt's denn wirklich keine andere Möglichkeit?«

»Und wenn auch!«, murmelte Clint. »Wir haben nicht so viel Zeit, darüber nachzudenken. Bevor der Posten aufwacht oder von der Ablösung gefunden wird, muss alles entschieden sein!«

17. Kapitel

Erst zwei Stunden nach Sonnenuntergang wagte Clint sich aus seinem Versteck. Er hatte nur wenig geschlafen. Die Erinnerung an die Schüsse, das Geschrei und Loshämmern der Hufe hatte ihn bis in seine wirren Träume verfolgt. Alles war so gelaufen, wie er es sich vorgestellt hatte. Sein jähes Auftauchen hatte auf die Paiutes wie eine einschlagende Granate gewirkt. Stundenlang waren sie kreuz und quer durch das Labyrinth der Täler und Schluchten hinter ihm her gewesen. Endlich war es ihm auf felsigem Gelände, von der Dunkelheit unterstützt, gelungen, sie abzuschütteln. In dieser tief eingeschnittenen, hinter Klippen versteckten Felskerbe hatte er gerade genug Platz für sich und das Pferd gefunden. Der Schwarzbraune hätte zu diesem Zeitpunkt sowieso nicht mehr lange durchgehalten.

Clint zweifelte nicht daran, dass sie noch immer nach ihm suchten. Wenn er jetzt weiterritt, musste er darauf gefasst sein, dass der Tod hinter jedem Felsen und Strauch auf ihn lauerte. Wenn er nur gewusst hätte, ob Dave es geschafft hatte! Es war diese Ungewissheit, die Clint nun aus seinem Schlupfwinkel trieb. Er musste zum Wagonhill, bevor der Tag verging.

Außerhalb der Felsspalte, in die nie ein Sonnenstrahl drang, war es schon sengend heiß. Geröllhalden und Felswände reflektierten das gleißende Licht. Ein paar Eidechsen huschten davon. Ansonsten wirkte die Wildnis verlassen. Kein Laut durchdrang die Stille. Trotzdem hatte Clint das Gefühl, von unsichtbaren Augen beobachtet zu werden. Reglos, mit dem Finger am Abzug der Volcanic, stand er neben seinem Pferd. Eine Minute verging so. Als sich dann nichts rührte, saß er auf.

Nach hundert Yard entdeckte er eine Rauchspirale auf einem fünf oder sechs Meilen entfernten Bergrücken im Norden. Im Osten, wohin er wollte, stand ebenfalls eine Rauchsäule wie ein Kreidestrich über einer Felskette. Clints Rechte schloss sich fester um den Karabiner, den er quer vor sich auf dem Sattel hielt. Sein Blick schweifte nach rechts, nach Süden, und auch da stieg Rauch in den mehr und mehr von der Glut der Sonne übergossenen Nevadahimmel. Der Teufel mochte wissen, wie viele Paiutes inzwischen darauf aus waren, sich seinen Skalp zu holen!

Gegen Mittag erreichte er den Rand der Berge. Inzwischen war es so heiß wie in einem Backofen. Hemd und Jacke klebten ihm auf der Haut. Seine Wasserflasche war leer. Aber Clints einziger Wunsch war jetzt, rechtzeitig zum Wagonhill zu gelangen.

In flimmernden Wellen breitete sich die Wüste bis zum im Süden verlaufenden Ponytrail vor ihm aus. Da draußen würde der von den Hufen aufgewirbelte Staub jeden Reiter schon auf viele Meilen Entfernung verraten. Deshalb ritt Clint in den Ausläufern der Blackman Creek Mountains nach Osten weiter.

Eine Stunde lang hielt er diese Richtung, ohne dass er auch nur den Schatten eines Indianers irgendwo in der Nähe entdeckte. Dann waren auf einmal gleich ein Dutzend da. Mit jähem Gebrüll, eine Wand aus Staub hinter sich, stürmten sie hundertfünfzig Yard schräg vor Clint einen langgestreckten Hang herab. Pfeile schwirrten an Clint vorbei, Kugeln warfen Sandfontänen neben ihm hoch.

Er zerrte sein Pferd herum. Siedendheißes Entsetzen durchfuhr ihn. Da waren sie ebenfalls! Vier in verschlissenes Kattun gehüllte Krieger, die auf seiner Spur aus einer Hügelfalte herausritten, nicht mehr als vierzig Schritte entfernt.

Clint blieb keine Zeit zum Nachdenken. Der Schwarzbraune raste im vollen Galopp auf die Gruppe zu. Rasch schlang der

Expressreiter die Zügel ums linke Handgelenk und riss die Volcanic hoch. Ein Pfeil fauchte ihm entgegen, der gefiederte Schaft streifte seine Wange. Dann krachte Clints Gewehr.

Er schoss blind drauflos, verzweifelt entschlossen, sein Leben so teuer wie möglich zu verkaufen. Der Tod fegte in einem Pulk brüllender, staubumbrodelter Reiter hinter ihm her. Einer der Krieger vor Clint stürzte wie von einem Keulenhieb getroffen seitlich vom Pferd. Dann war Clint schon zwischen den anderen.

Sein Wallach rannte einen Mustang um. Dessen Reiter sauste mit wild schlagenden Armen durch die Luft. Ein Tomahawk blitzte dicht vor Clints Gesicht. Er bog den Kopf zur Seite und schlug mit dem Gewehrlauf zu. Alkalistaub brannte in seinen Augen. Wieder gab es einen dumpfen, heftigen Zusammenprall, dann war Clint durch. Pferde und Männer wälzten sich hinter ihm im Staub.

Clint drehte sich halb im Sattel. Von der Hüfte aus jagte er einen Schuss auf die dichtgeschlossene Meute der Verfolger. Dann bog er hinter dem Hügel rechts ab. Eine Viertelmeile voraus klaffte der Eingang eines Canyons. Doch in einem jähen, verwegenen Entschluss preschte der Postreiter vollends um den Hügel herum, bis er wieder die eigene Spur neben sich hatte. Dadurch befand sich die Anhöhe noch immer zwischen ihm und seinen weitergaloppierenden Jägern.

Clint wollte kein Versteckspiel mehr, sondern die Jagd im offenen Rennen entscheiden. Kein Trumpf war für einen Reiter von Pony Express wichtiger als das Pferd, auf dem er gerade saß. Clint hatte dem Wallach in der Nacht den letzten Hafer verfüttert, sein letztes Wasser mit ihm geteilt. Nun würde sich herausstellen, ob das Tier wirklich zu den fünfhundert schnellsten und ausdauerndsten Rennern im Westen gehörte.

Nun, da er nichts mehr zu verlieren hatte, lenkte er es ins offene, von der Sonne ausgeglühte Gelände hinaus. Die Paiutes folgten ihm auf Gewehrschussweite.

»Zeig's ihnen, Kamerad, lauf ihnen davon!«, feuerte Clint seinen Schwarzbraunen an. Der Sandboden schien unter den hämmernden Hufen wegzufliegen. Wie viele Meilen schon war Clint so durch dieses einsame Land gejagt!

Eine Stunde später hatte sich der Abstand zwischen ihm und den Paiutes auf mehr als eine Meile vergrößert. Der junge, drahtige Weiße war wie verwachsen mit dem immer noch in vollem Tempo dahinstiebenden Pferd. Nun zahlte es sich aus, dass die Bosse vom Pony Express nur Leichtgewichte für diesen gefährlichen Job verpflichteten. Die Indianerponys fielen nun immer mehr zurück.

Am Spätnachmittag, als weit voraus die unverkennbare Silhouette des Wagonhill über den salbeibewachsenen Bodenwellen auftauchte, erreichte Clint ein Wasserloch. In den Steigbügeln auf gestellt, die Hand zum Schutz gegen die tiefstehende Sonne über den Augen, spähte er auf seiner deutlichen Spur zurück. Keine Staubwolke mehr, nichts! Er hatte sie abgehängt!

Clint lobte den Wallach, als er abstieg. Das Pferd hatte sich eine ausgiebige Rast redlich verdient. Mit der sinkenden Sonne im Rücken erreichte Clint endlich den den Bergen vorgelagerten Wagonhill. Es war eine mit Felsen und Gestrüpp bedeckte runde Kuppe, an deren Fuß sich vor ein paar Jahren die Mitglieder eines Goldsuchertrecks gegen angreifende Banditen verschanzt hatten. Die Überreste halbverbrannter Planwagen ragten dort noch immer aus dem Wüstensand. Wind und Wetter hatten die Grabhügel, die damals zurückgeblieben waren, längst eingeebnet.

Im Näherreiten vergaß Clint die Verfolger. Wo war Dave? Wenn er da oben zwischen den Klippen wartete, musste er ihn doch längst bemerkt haben. Die Röte des Sonnenuntergangs flammte auf den Felsen. Die Schatten verdichteten sich. Keine Bewegung. Kein Laut außer dem monotonen Schaufeln der Hufe.

Clint begann zu schwitzen. Nein, Dave durfte nicht den Paiutes in die Hände gefallen sein! So grausam konnte ihr Plan nicht scheitern! Vielleicht hatte er's nur nicht mehr ausgehalten, hier untätig auf ihn zu warten, überzeugt, dass es doch umsonst sein würde. Clint schüttelte den Kopf. Aber der Gedanke war da, und er musste mit ihm fertig werden. Es war gar nicht so lange her, da war Dave noch ebenso wie Hunter auf einen Anteil an der Achttausend-Dollar-Beute versessen.

Nein, zum Teufel!, dachte Clint. Auch für eine Million würde Dave das Leben seiner Schwester nicht aufs Spiel setzen! Er wollte nicht ungerecht sein. Er wusste, wie nahe sich die Jefford-Geschwister trotz allem standen.

Ein Pferd schnaubte zwischen den Klippen. Clints Kopf ruckte hoch. Er erkannte die verschwommenen Umrisse eines Reiters zwischen den Felsen. Es war nicht Dave.

Bevor Clint den Karabiner aus dem Sattelfutteral brachte, sprangen mehrere Männer zwischen den Felsen und Sträuchern hervor. Colts und Gewehre zielten auf ihn.

»Eine falsche Bewegung, dann pumpen wir dich so voll Blei, dass sogar den Coyoten der Appetit an dir vergeht!«, schrie ein bärtiger Mann.

Clint erstarrte. Langsam kam der Reiter den Hang herab. Frank Morgan! Obwohl ihm sein verletztes Bein sicher noch Beschwerden machte, saß er kerzengerade im Sattel. Sein schwerkalibriger Colt wies auf Clints Brust.

»Es hat sich also doch gelohnt, mit einem zweiten Trupp Stillwater Station zu verlassen!«, triumphierte er rau. »Ein zweites Mal wirst du uns nicht ausrücken, du Halunke! Packt ihn, holt ihn vom Gaul!«

18. Kapitel

Clint gab es auf, an seinen Fesseln zu zerren, als ihm einer von Morgans Begleitern das Gewehr an die Kehle drückte. Der aufgehende Mond beschien die verkniffenen Gesichter der Männer vor Clint. Ein matter Silberglanz legte sich auf Wagonhill. Morgan starrte mit geballten Fäusten auf den an einem Felsblock kauernden Gefangenen.

»Du gibst also zu, du Schuft, dass du mit meinem Geld nach Cold Spring wolltest!«

»Zum Teufel, ja!«, rief Clint. »Aber ich hab Ihnen doch erklärt, weshalb! Hunter hat Daves Schwester in seiner Gewalt. Er erpresst uns. Die Frist läuft in vierundzwanzig Stunden ab. Hölle, Morgan, wir hatten doch gar keine andere Wahl...«

»Hör auf!«, schnaubte der Rancher. »Die ganze Geschichte klingt mir zu verdreht.«

»Susans Leben hängt davon ab, dass Sie mir glauben, Morgan! Wenn Dave es mit dem Geld nicht geschafft hat...«

»Es ist immer noch mein Geld, Randall! Jefford hat dich 'reingelegt, was? Möglich, dass ihr euch tatsächlich der Paiutes wegen getrennt habt. Aber dann hat Jefford nicht im Traum daran gedacht, sich hier mit dir zu treffen! Wir hätten ja sonst was von ihm sehen müssen. Mit achttausend Dollar in den Taschen braucht er nur über die Sierra nach Kalifornien oder hinab nach Mexiko zu reiten, um als feiner Caballero dazustehen, den niemand danach fragt, wie er zu seinem Reichtum gekommen ist!«

»Morgan, können Sie denn immer nur das Schlechteste von einem Mann denken!«, keuchte Clint. »Ich wollte...«

Das Aufblitzen in Morgans Augen ließ ihn verstummen. Ein harter Zug spannte Morgans Mund.

»Ich will dir sagen, woran ich denke, Randall: An meine Frau und Tochter, die wohl jede Hoffnung aufgegeben haben, mich je wiederzusehen! An die verdammten Burschen von der Bank, die meine Ranch wahrscheinlich schon versteigert haben! Und ich denke daran, dass du, Randall, meine einzige und letzte Hoffnung gewesen bist, dies zu verhindern! Nein, zum Teufel, fang nicht wieder von vorn an mit deinen Lügengeschichten! Die Flucht von der Stillwater Station hat dich entlarvt!«

»Morgan, wie oft muss ich denn noch sagen, dass Hunter mich gezwungen hat...«

»Du sollst überhaupt nichts mehr sagen, Bandit! Es wäre besser, du bereitest dich auf deinen Tod vor. Denn wenn Rutland und seine Männer nicht mehr aus den Bergen zurückkehren, geht das auch auf dein Konto!«

»Warum belasten wir uns eigentlich noch mit dem Kerl?«, murrte einer der Umstehenden. »Kein Mensch wird uns einen Vorwurf machen, wenn wir...«

»Ich halte nichts von Lynchjustiz!«, unterbrach Morgan ihn scharf. »Der Richter soll das letzte Wort haben. Wir bringen ihn zur Stillwater Station und von dort nach Carson City. Die Nacht ist hell genug, dass wir uns gleich auf den Weg machen. Harper, Jones, bringt die Pferde!«

Zwei Männer verließen die Gruppe. Clint war erschöpft zusammengesunken. Es schien, als hätte er es endgültig aufgegeben. Doch seit er wusste, dass Dave sich nicht in der Nähe des Wagonhill hatte blicken lassen, brannte die Sorge um Susan wie Gift in ihm. Auch wenn der Richter in Carson City ihm mehr Glauben schenkte als Morgan für Susan würde es zu spät sein! Er musste nach Cold Spring! Auch ohne das Lösegeld.

Harper und Jones brachten die Pferde. Der Mann mit dem Gewehr zog Clint am Arm hoch. »Vorwärts! Du hast dich lange genug ausgeruht!«

Clint stolperte. Der Mann merkte nicht, dass es Absicht war. Auch die anderen waren nicht darauf gefasst, dass Clint mit den Fesseln an den Handgelenken noch etwas versuchen könnte.

Clint fuhr herum. Bevor sein Aufpasser begriff, was geschah, schmetterte ihm der Postreiter die vorn zusammengeschnürten Fäuste ins Gesicht.

Der Mann stürzte mit einem Aufschrei gegen den Felsen, an dem Clint gelehnt hatte. Das Gewehr fiel in den Staub. Mit den gefesselten Händen konnte Clint sowieso nichts mit dieser Waffe anfangen. Wie ein Panther sprang er den nächsten Gegner an. Es war ein bärtiger, bulliger Mann, der ächzend auf die Knie sank, als Clint ihm das Knie in den Bauch stieß. Blitzschnell riss er dem Mann den Sechsschüsser aus dem Holster.

»Auch wenn ihr mich tötet, hab ich immer noch Zeit, Morgan mit einer letzten Kugel zu erwischen!«, schrie er wild.

Sieben Stahlläufe zielten auf ihn. Sieben Finger brauchten sich nur zu krümmen, um sein Leben zu beenden. Das Mondlicht verstärkte die kreidige Blässe auf Clints Gesicht. War es die auf Frank Morgan gerichtete Waffe oder das wilde Funkeln seiner Augen, das die Männer bannte? Ungläubig und erschrocken starrten sie ihn an.

»Du bist verrückt, Randall«, stieß Morgan tonlos hervor. Schweißtropfen glänzten auf seiner Stirn.

Clint zischte: »Sie lassen mir keine Wahl, Rancher! Ich muss nach Cold Spring, bevor es für Susan zu spät ist. Deshalb werde ich schießen, wenn hier nicht sofort alles so läuft, wie ich das will!«

»Wir sind zu viele, Randall! Wir...«

»Ich will nichts weiter als mein Pferd, mein Gewehr und freien Abzug! Sagen Sie Ihren Leuten, sie sollen endlich die Schießeisen verschwinden lassen! Ich bin nicht mehr sehr geduldig, Morgan,

das ist Ihnen doch hoffentlich klar!«

Der Rancher zögerte. Clint richtete sich aus seiner geduckten Haltung auf und trat drohend einen Schritt auf ihn zu. »Wird's bald!«

Die Waffen ringsum sanken auch ohne Morgans Befehl herab. Nur der Colt des Viehzüchters blieb angeschlagen. Wut packte Clint.

»Hören Sie auf, den Helden zu spielen, Morgan!«, fuhr er ihn an. »Denken Sie an Ihre Frau und Tochter!«

Das wirkte. Morgans Colt verschwand. »Gebt ihm, was er verlangt!«, murmelte der breitschultrige Mann rau.

»Schiebt ein Messer in die Satteltasche, damit ich diese verflixten Armbänder zerschneiden kann, wenn ich hier weg bin!«, rief Clint den Männern zu.

»Du wirst nicht weit kommen, Randall!«

Clint schüttelte den Kopf. »Sie sind stur wie ein Büffel, Morgan! Wollen Sie unbedingt, dass ich Sie als Gefangenen mitschleppe?«

»Das wagst du nicht!«

Clint lachte zornig. »Wer hat denn dafür gesorgt, dass ich nichts mehr zu verlieren habe? Nur Sie! Ich werde...«

Der Bärtige, der auf die Knie gesunken war, befand sich schräg hinter Clint. Er hatte nicht mitbekommen, was geschehen war. Als nun seine Benommenheit verflog und er Clint mit der auf Morgan gerichteten Waffe vor sich sah, handelte er ohne Zögern. Er warf sich vorwärts, umschlang Clints Beine und riss ihn um.

Clint prallte so hart auf, dass er den Colt verlor. Verzweifelt stieß er mit den Füßen den Bärtigen zurück, der ihn festhalten wollte. Keuchend rollte er sich herum und versuchte wieder die Waffe zu packen.

Morgan war schneller. Er stellte seinen Fuß darauf. Alles ging so schnell, dass er nicht begriff, wie leicht der Expressreiter noch auf ihn hätte schießen können.

Clints hochzuckender Blick traf das vor Zorn versteinerte Gesicht des Ranchers. Morgans Coltmündung war nur mehr eine Armlänge vor ihm. Morgans Finger begann sich am Abzug zu krümmen.

»Ein Reiter!«, schrie da einer der anderen. Und nach einer Sekunde, in der die Zeit stehenzubleiben schien: »Himmel, das ist ja Dave Jefford!«

Er war unbemerkt bis auf hundert Yard herangekommen. Zusammengekrümmt hing er auf dem Pferd. Morgans Faust mit dem Sechsschüsser zitterte plötzlich und sank dann herab. Niemand rührte sich, als Clint sich keuchend erhob. Wie betäubt blickten alle auf den mondbeschienenen Wüstenstreifen vor dem Wagonhill, wo das Pferd jetzt ermattet stehen geblieben war.

Sein Sattel war leer. Der offensichtlich Verletzte war herabgestürzt. Clint spürte ein Ziehen in der Brust, als er die staubbedeckte Mochila auf dem Rücken des Tieres entdeckte. Er rannte los. Niemand hielt ihn. Zögernd kamen Morgan und die anderen hinter ihm her. Clint kniete bereits bei Dave nieder.

Er war bewusstlos. Ein abgebrochener Indianerpfeil steckte eine Handbreit über seinem Herzen. Sein Hemd war blutverkrustet, die Coltholster leer.

»Dave, Amigo!«, krächzte Clint.

Er verwünschte sich dafür, dass er jemals an Susans Bruder gezweifelt hatte. Tritte mahlten hinter Clint. Daves Lider zuckten, seine aufgesprungenen Lippen bewegten sich.

»Wasser!«, rief Clint Morgans Begleitern zu. »Gebt ihm zu trinken!«

Einer hielt dem Verwundeten eine Flasche an den Mund. Dave schluckte mechanisch. Dann öffnete er die Augen. Es dauerte eine Weile bis er Clint erkannte.

»Das Geld«, stöhnte er. »Die Mochila... ich habe...«

»Du hast es geschafft, Dave, du bist in Sicherheit! Morgan ist hier, Dave. Er will mir nicht glauben, was geschah. Sag du ihm, dass Susan...«

Daves Kopf sank zurück. Er hatte wieder die Besinnung verloren. Clint ließ ihn los. Er blickte auf die Riemen zwischen seinen Handgelenken. Niedergeschlagen stand er auf. Einer der Männer aus Carson City reichte Morgan gerade das ölhautumwickelte Päckchen mit den achttausend Dollar.

Er ging zu Clint und zerschnitt die Fesseln.

»Es ist nicht nötig, dass Jefford wiederholt, was Sie bereits berichtet haben, Randall«, sagte er langsam. »Ich muss verrückt gewesen sein, dass ich an Ihnen zweifelte. Es tut mir leid. Machen Sie sich keine Sorgen um Jefford. Sanderson von der Stillwater Station ist fast ein halber Doc, und ich werd' mich darum kümmern, dass er alles für Ihren Freund tut! Und Jeffords Schwester...«

Morgan schluckte. Er wagte nicht, Clint anzusehen.

»Vielleicht können Sie ihr doch noch damit helfen...« Er drückte Clint das Banknotenbündel in die Hand. »Wenn Sie unsere Unterstützung benötigen, kommen wir selbstverständlich alle mit, bis auf zwei, die Jefferson zu Sanderson zurückbringen.«

Clint nickte. Neue Hoffnung erfüllte ihn, auch wenn er wusste, welche schwierige Aufgabe ihn erwartete.

»Danke, Morgan! Aber ich werde allein versuchen, Susan freizubekommen. Dann aber, Morgan, tun Sie alles, um Hunter Ihr Geld wieder abzujagen. Nur keine Minute früher!«

»Sie können auf mich zählen, Randall!« Er folgte Clint zu seinem Pferd. In seiner Miene arbeitete es. »Himmel, ich bin wohl nicht nur der sturste, sondern auch dämlichste Büffel, der Ihnen je über den Weg gelaufen ist!«, platzte er schließlich heraus.

Clints Lächeln war für den schwitzenden Rancher wie eine Erlösung.

»Vergessen Sie's.«

19. Kapitel

Fünf Minuten lang blickte Clint reglos auf die pfeilgespickte und von Kugeln zernarbte Blockhütte hinab. Kein Rauch aus dem steingemauerten Kamin, keine Bewegung an einer Fensterluke verriet, dass es Leben in der Senke gab. Clint hatte wieder das Krachen der Schüsse und das Kriegsgeschrei der Paiutes in den Ohren, die immer wieder gegen Jaffords Stationshaus angestürmt waren. Ihm schien, als wäre es erst gestern gewesen. Alle Einzelheiten waren wieder in ihm lebendig; der beißende Pulverqualm, Morgans raue Stimme, die Angst in Susans Augen, als sie neben ihm an der Schießscharte gestanden hatte.

Der Tag war so heiß und windstill wie alle vorangegangenen. Fern im Westen hingen ein paar Wolkenschleier hinter den wie Schwurfinger aufragenden Felstürmen, dem Wahrzeichen von Cold Spring. Clints Schultern strafften sich. Er trieb das Staub bedeckte Pferd den felsbedeckten Hang hinab. Seine Rechte lag am Kolben des Colts, den Morgan ihm mitgegeben hatte. Das Pochen der Hufe und Knarren des Sattelleders waren die einzigen Geräusche,

Neben den Trümmern der niedergebrannten Remise hielt der Postreiter an.

»Hunter!«

Ein Pferd wieherte hinter dem Blockhaus. Dann schwang langsam die Bohlentür auf. Clints Muskeln verkrampften sich, als Lee Hunters sehnige Gestalt im dämmrigen Viereck erschien. Hunters dunkler Anzug war zerknittert, die Jacke stand offen, die Kolben seiner beiden tiefgeschnallten Revolver ragten hervor. Sein fahles Gesicht verzog sich zu einem Grinsen.

»Hallo, Randall! Ich wusste, dass es klappen würde. Du hast das Geld doch, oder?«

Clints Blick versuchte die Dämmerung hinter dem Banditen zu durchdringen. Er bemerkte nur ein kurzes metallisches Glänzen, sonst nichts. »Ja, ich hab' das Geld«, antwortete er ruhig.

»Worauf wartest du dann? Komm her!«

»Damit deine Partner mich bequem abknallen können, was?«

Hunter lachte. »Du kommst auf die verrücktesten Ideen, Randall! Ich will das Geld, stimmt. Aber was hätte ich davon, wenn du tot bist?«

Vor allem die Garantie, dass kein hartnäckiger Verfolger hinter dir her sein wird, du Lump!, dachte Clint verbittert. Aber er behielt es für sich. Stattdessen fragte er: »Wo ist Susan?«

»Hier natürlich«, grinste Hunter verschlagen. »Bestens aufgehoben. Sie hat trotzdem Sehnsucht nach dir.«

Clints Herz klopfte hart. Plötzlich glühte der Wunsch, mit dem Colt in der Faust auf den spöttisch grinsenden Verbrecher los zu jagen, wie ein Fieber in ihm. Seine Miene verriet nichts davon. Alles hing davon ab, dass er nicht die Nerven verlor.

Achselzuckend erklärte Hunter: »Sie kann gehen, wohin sie will, wenn ich das Geld habe. Ich halte mein Wort.«

»Das bezweifle ich.«

Hunter kniff die Augen zusammen. »Hör zu, Randall, ich...«

»Hör du zu, Bandit!«, unterbrach Clint ihn scharf. »Ich will Susan, du willst das Geld. Das ist alles, worüber wir zu reden haben. Schick Susan zu mir rüber, dann gehören die achttausend Dollar...!«

»Verdammt, wer stellt hier eigentlich die Forderungen?«

»Es war deine Idee, ein Geschäft mit mir abzuschließen«, erwiderte Clint kalt. »Ich hab deine Bedingungen erfüllt. Aber du wirst keinen Dollar von Morgans Geld sehen, bevor Susan frei ist.«

Hunter duckte sich. Einen Moment sah er aus, als wollte er die Waffen ziehen. Dann richtete er sich kopfschüttelnd auf.

»Wir werden ja sehen, Randall, nach welchen Regeln unser, hm, Geschäft abgewickelt wird!« Er wandte halb den Kopf. »Bringt sie 'raus!«, befahl er wild.

Schritte scharrten im Blockhaus. Ein Kribbeln war in Clints Fäusten, als der hagere Emmet Blake das Mädchen neben sich auf die Schwelle zog. Susan wirkte bleich und erschöpft. Schatten umränderten ihre Augen. Das Haar hing zerzaust auf ihre Schultern. Ihre Hände waren gefesselt. Blakes knochige Linke umschloss ihren Arm. In der Rechten hielt der Bandit seinen Colt. Hinter ihm tauchten die lauernden Gesichter von Spears und Smith auf.

Susans Lippen zuckten.

»Trau ihnen nicht, Clint!«, rief sie. »Sie wollen...« Sie verstummte, als Blake ihr drohend die Waffe an die Schläfe hielt. Unauslöschlich brannte sich dieses Bild in Clint Randalls Gedächtnis.

»Seit unbesorgt, Susan!«, rief er heiser. »Was immer Hunter vorhat, bald bist du frei!«

»Ich will die achttausend, nicht mehr und nicht weniger!« Hunters Stimme klirrte. »Wenn ich sie in einer Minute nicht habe, war für dich alles umsonst, Randall! Dann stirbt das Girl vor deinen Augen!«

Susan schwankte plötzlich. Clint rief: »Er blufft, Susan! Sie werden dir nichts tun!«

»Randall, du begehst einen nicht mehr gutzumachenden Fehler, wenn du uns unterschätzt!«

Jeder Nerv in Clint war zum Zerreißen gespannt. Doch er musste hart bleiben. Hunter dachte nicht daran, seine Abmachung einzuhalten, wenn er das Geld hatte. Clint antwortete: »Gerade weil ich dir und deinen Freunden alles zutraue, geb ich das Geld nicht aus der Hand, bevor Susan in Sicherheit ist!«

Blanker Hass war in Lee Hunters Augen, aber er war nicht der Mann, der sich zu einem Wutausbruch hinreißen ließ. Er dachte nach.

»Hast du den Zaster überhaupt?«

Clint zog das Päckchen aus der Jackentasche, öffnete es und hielt die Geldscheine hoch. Seine Rechte lag dabei am Colt. Gier flackerte in den Augen der Banditen. Hunter grinste wieder. Doch Clint hatte sein Todesurteil in den Augen des Verbrechers gesehen. Er blieb wachsam. Hunter hatte einen Plan, und das gab ihm seine Sicherheit zurück.

»Du verlangst 'ne Menge von mir, Randall, wenn du erwartest, dass ich dir mehr traue als du mir. Aber ich will's riskieren. Nicht jedoch, bevor ich mit Sicherheit weiß, dass du wirklich allein bist. Du hast mir nicht gesagt, wo Dave steckt, Randall.«

»Er wurde von den Paiutes verwundet und wartet in der Stillwater Station auf Susan und mich.«

»Doc!«, winkte Hunter. »Sieh trotzdem nach, ob die Luft rein ist.«

Der schmächtige, ziegenbärtige Bandit rannte hinter die Hütte. Gleich darauf preschte er auf seinem Schecken den gegenüberliegenden Hang hinauf. Es dauerte mehrere Minuten, bis er wieder zwischen den Felsen auftauchte. Er schwenkte seinen zerbeulten Zylinder.

»Alles in Ordnung, Lee!«

Hunter zögerte. »Lasst sie gehen!«, befahl er dann.

Widerwillig gab Blake das Mädchen frei. Hunter und Spears duckten sich.

Sie warteten jetzt nur darauf, dass Clint Susan entgegenkam. Doch Clint bewegte sich nicht.

Susan legte die ersten Yards mit unsicheren Schritten zurück. Dann begann sie zu laufen. Keuchend langte sie bei Clint an. »Sie wollen nicht nur das Geld, Clint, sie wollen dich töten!«

Der Expressreiter ließ die Männer beim Blockhaus nicht aus den Augen. Grinsend streckte Hunter eine Hand aus. Es war ein Grinsen, das den Hass nicht aus seinen Augen vertrieb.

»Jetzt bist du dran, Randall! Her mit dem Geld!«

»Erst, wenn Susan ein Pferd hat.«

»Davon war keine Rede!«

»Jetzt ist die Rede davon!«, entgegnete Clint kalt. Seine Rechte umschloss den Coltknauf. Er würde so oder so kämpfen müssen. Wenn Hunter es schon jetzt wollte, dann war er bereit. Spears fluchte. Blake spuckte wütend aus.

»Ruhig Blut, Amigos!«, mahnte Hunter. Seine Stimme verriet, wie mühsam er sich beherrschte. »Hol ihr einen Gaul, Blake.«

Der hagere Revolvermann gehorchte. Hunter nahm ihm die Zügel aus der Hand. Mit verkniffener Miene führte er das Tier über den Hof. Die ganze Art wie er sich bewegte, verriet seine Entschlossenheit. Er blickte nur Clint an, der nun vom Pferd glitt. Dicht vor ihm blieb er stehen.

»Bist du nun zufrieden, Randall?«, knirschte er. Nie zuvor hatte Clint einen so mörderischen Blick gesehen.

»Steig auf, Susan!«, sagte er leise. »Reite voraus.«

»Clint, um Himmels willen...«

»Tu, was ich dir sage!«, unterbrach er sie hart und ohne den Blick von Hunter zu wenden. »Nimm keine Rücksicht auf das Pferd! Sieh zu, dass du auf schnellstem Weg die Stillwater Station erreichst!«

Hunter und er standen sich auf nur eine Armlänge gegenüber. Gehetzt blickte Susan von einem zu ändern. Dann griff sie mit den noch immer zusammengebundenen Händen nach dem Sattelhorn, schwang sich aufs Pferd und nahm die Zügel. Clint hörte das Schnauben von Smith' Schecken auf der anderen Senkenseite.

»Reite!«, drängte er. Susan lenkte das Tier herum. Die Hufe pochten dumpf.

»Ich will jetzt endlich das Geld, Randall!«, verlangte Hunter mit einem gefährlichen Zittern in der Stimme.

Clint hielt ihm das Geldscheinbündel hin. Die Hufe von Susans Pferd trommelten jetzt schon droben bei den Felsen am Senkenrand. Hunter griff mit der Linken blitzschnell zu. Sofort wich er vier, fünf Schritte zurück. *Jetzt versucht er's*, dachte Clint.

Hunter schien seine Gedanken zu erraten. Er grinste verzerrt.

»Nein, Randall, ich wär' ja verrückt, im Besitz von achttausend Dollar noch meinen Skalp zu riskieren!«

Er steckte das Geld ein und wandte sich ab. Er wusste, dass der junge Postreiter auch seinem gefährlichsten Feind nicht in den Rücken schießen würde. Susan war verschwunden. Nur mehr ein Staubschleier wies die Richtung, in der ihr Pferd lief. Smith hielt die Zügel seines nervös tänzelnden Schecken straff. Blake und der bullige Spears standen nach wie vor reglos beim Blockhaus. Hunter ging mit festen Schritten auf das Gebäude zu.

Clint zögerte. Er wusste, worauf die Schurken warteten. Aber er hatte keine Wahl. Er schob sich neben seinen Schwarzbraunen. Hunter war noch sechs Schritte vor der Hütte. Mit einem Satz sprang Clint in den Sattel.

Hunter schnellte herum. Noch in der Drehung brachte er seine beiden Revolver heraus.

»Hol das Mädchen zurück, Doc!«, schrie er. Und im selben Atemzug: »Knallt ihn ab!« Dann versank alles im Krachen der Schüsse.

20. Kapitel

Clint versuchte nicht, den Banditen zuvorzukommen. Er war Expressreiter, kein Revolverheld. Als die Waffen der Schurken blitzten und krachten, war der Sattel des Schwarzbraunen leer.

»Wir haben ihn!«, brüllte Spears, und damit bekam Clint die entscheidende Sekunde. Seitlich am Pferd hängend, riss er den Colt heraus. Er feuerte unter dem Hals des Schwarzbraunen vorbei. Hunter stieß einen Schrei aus. Das Blei erwischte ihn hoch in der rechten Schulter und warf ihn um.

Spears brüllte, als hätte es ihn getroffen. Mit wutverzerrtem Gesicht rannte er schießend auf den Hof. Clint schwang sich in den Sattel zurück und schoss wieder. Spears blieb ruckartig stehen, ließ die Waffe fallen und griff sich mit beiden Händen an die Brust. Clint sah nicht mehr, wie er stürzte.

Er schoss auf Blake, dessen Kugel einen blutigen Kratzer über seine linke Wange zog. Der hagere Schurke hatte die Blockhaustür erreicht. Clints Blei hieb neben ihm in die Balken. Mit einem Tigersatz verschwand der Bandit im Gebäude. Hunter wälzte sich im Staub herum. Seine Linke umklammerte noch immer den Revolver. Keuchend brachte er die Waffe hoch.

»Knallt ihn endlich ab!«, kreischte er.

Clint riss sein Pferd herum. Das Geld, das Hunter eingesteckt hatte, war nicht so wichtig wie Susan. Wenn Smith sie erwischte, hatten die Halunken wieder einen Trumpf, gegen den er machtlos war. Clint schlug dem Wallach die Fersen gegen die Weichen. Nur fort aus dieser Hölle von Schüssen, Schreien und Pulverdampf!

Kugeln pfiffen an ihm vorbei. Während das Pferd den Hang hinaufgaloppierte, schoss Clint aufs Geratewohl auf die Stationshütte. Mündungsflammen zuckten aus der Tür. Hunter, der sich auf die Knie gestemmt hatte, schoss ebenfalls. In seiner Wut schien er den Schmerz der heftig blutenden Wunde nicht zu spüren.

»Die Pferde her, Blake!«, hörte Clint ihn noch brüllen. Dann tauchte der Schwarzbraune in den Schatten der Felsen am oberen Senkenrand ein. Geschosseinschläge schleuderten Sand und Steine hinter ihm empor. Aber Clint blickte nicht mehr zurück. Nur ein Gedanke beherrschte ihn: Susan!

Er richtete sich in den Steigbügeln auf. Das Trommeln der Hufe füllte die Leere des öden Landes. Dort, wo sich der Ponytrail an den Felstürmen vorbei nach Westen wand, zitterte noch eine dünne, lichtgetränkte Staubfahne über den schroffen Hohlwegrändern. Clints Colt war leergeschossen, aber er hatte ja noch die im Scabbard steckende Volcanic. Er beugte sich weit im Sattel vor, um sein Gewicht möglichst gleichmäßig zu verlagern. Der Wallach kannte den Weg. Mit geradezu traumhafter Sicherheit jagte er zwischen den Felsen dahin. Seine Hufe schienen den Boden nicht zu berühren.

»Wenn du's schaffst, Kamerad, werd' ich dafür sorgen, dass du nie mehr Wüstenstaub schlucken musst!«, feuerte Clint ihn an. »Dann sollen die saftigsten Weiden gerade gut genug für dich sein!«

Das Pferd schien die Worte zu verstehen. Sein Körper streckte sich noch mehr. Die flatternde Mähne war dicht vor Clints angespanntem Gesicht. Zwei Meilen westlich von Cold Spring traten die zerklüfteten Hänge mehr und mehr zurück. Der von unzähligen Hufen getrampelte Pfad schlängelte sich durch heiße Senken, in denen der Staub knöcheltief lag. Da und dort wuchsen Salbei und Fettholzstauden. Dornbüsche huschten an dem Reiter vorbei.

Dann lief der Trail einen langgestreckten Hang hinauf. Droben hing noch der von Smith' Pferd aufgewirbelten Staub. Clint presste die Lippen zusammen. Im Weiterjagen zog er die Volcanic aus dem Sattelfutteral. Noch hundert Yard zum Höhenkamm, dann fünfzig, zwanzig, zehn...

Da sah er sie schon!

Susans Pferd war gestürzt. Es schien verletzt zu sein. Jedenfalls schaffte es das Tier nicht mehr, hochzukommen. Susan hatte sich von ihm weggerollt. Im wallenden Staub richtete sie sich taumelnd auf. Ihr Kleid war an der Schulter zerrissen. Irgendwie hatte sie's geschafft, die Fesseln loszuwerden. Doch sie war unbewaffnet. Doc Smith befand sich auf halber Strecke zwischen ihr und Clint. Die Schöße seines Prinz Albert Rocks flatterten. Der vom Kinnriemen gehaltene Zylinder thronte schief auf seinem Kopf. Er trieb sein Pferd mit brutalen Kolbenstößen an.

Zu spät!, war Clints erster entsetzter Gedanke. Susan hatte ihn entdeckt. Sie warf sich herum und rannte auf einen mit Felstrümmern übersäten Hang zu, wo Smith ihr mit dem Pferd nicht würde folgen können. Der schmächtige Halunke versuchte ihr den Weg abzuschneiden. Da jagte Clint einen Schuss in die Luft.

Smith riss den Kopf herum. Seine Augen weiteten sich. Aber der Schurke wusste genau, dass die Entfernung für Clints Karabiner noch zu groß war. Die Hufe seines Schecken wirbelten weiter.

Clint preschte die Anhöhe hinab. Eine dichte Staubwolke hing auf seiner Spur. Er schoss wieder, diesmal gezielt, doch das Blei schlug vor dem Banditen in den Boden. Susan lief so schnell sie konnte, aber im Gegensatz zu ihrem auf dem Pferd dahinfliegenden Verfolger schien sie kaum vom Fleck zu kommen.

Im rasenden Galopp repetierte Clint und feuerte abermals. Er hatte aufgeholt. Diese Kugel lag nun endlich auf gleicher Höhe mit dem tief aufs Pferd geduckten Entführer.

Plötzlich hatte Smith nicht mehr den Nerv, Clint den Rücken zuzuwenden. Er stoppte so jäh, dass sein Schecke hinten einknickte. Wie ein Gummiball federte der schmächtige Bandit aus dem Sattel. Im nächsten Moment kniete er, den Kolben seines Gewehrs an der Schulter.

Blitz, Knall und brodelnder Pulverdampf waren eins. Clint hörte das Fauchen der Kugel. In vollem Tempo preschte er auf den von Pulverrauch umwallten Gegner zu. Fluchend repetierte Smith, zielte und schoss wieder. Die Kugel durchlöcherte Clints wehende Lederjacke. Hundert Yard hinter Clint hatte Susan inzwischen die Felsen erreicht.

Als Smith' Waffe erneut blitzte, warf Clint sich vom weitergaloppierenden Pferd. Der Sand dämpfte seinen Aufprall. Mit der Volcanic in den Fäusten rollte Clint herum. Im nächsten Moment war er auf den Füßen. Smith' Tier war ein Stück zur Seite gelaufen. Zwischen den beiden Männern war offenes Gelände.

»Gib auf, Doc!«, schrie Clint. Die Antwort war ein Schuss. Aber Lee Hunters Kumpan feuerte viel zu hastig. Clint machte keine Anstalten, sich niederzuwerfen. Hoch aufgerichtet stand er im zerflatternden Staub, er schoss.

Seine erste Kugel ließ dicht vor Smith eine Sandfontäne aufspritzen, die nächste fetzte dem Banditen den Zylinder vom Kopf. Mit einem heiseren Schrei warf der Halunke sein Gewehr fort.

»Aufhören, Randall, aufhören!«

Clints Gesicht wirkte wie versteinert, als er die Volcanic durchlud und entschlossen auf den ziegenbärtigen Mann zuging. Smith erhob sich. Zitternd streckte er die Hände hoch. »Schieß nicht, Randall, ich hab genug!«

Aber seine Miene veränderte sich jäh, als dumpfes Hufgetrappel von der Höhe kam, über die Clint zuvor geritten war.

Hunter und Spears!, durchzuckte es Clint.

Die Waffe im Anschlag, entschlossen, auch diesen letzten Kampf durchzustehen, wirbelte er herum. Es waren Hunter und Spears – aber sie waren nicht allein. Sie kamen inmitten eines Reiterpulks, an dessen Spitze Frank Morgan den Hang herabsprengte. Der Rancher aus Carson City winkte.

Für einen Moment überkam den jungen Postreiter die Erleichterung wie eine Schwäche. Bis Susans Schrei ihn erneut herumriss.

»Clint!«

Smith hatte einen kurzläufigen Revolver unter seinem Prinz Albert Rock hervorgezogen. Die Mündung hob sich. Hass verzerrte das Gesicht des Banditen. Clint war schneller. Er schleuderte sich zur Seite und schoss. Smith schrie. Dann lag er im Sand, eine Hand auf das blutende Bein gepresst, den Blick starr auf die hinter Clint heranjagenden Reiter gerichtet.

Drüben kam Susan zwischen den Felsen hervor. Ihr Kleid war ein heller Tupfer in dem von der Sonne verbrannten Land.

ENDE

6. Aus Freundschaft wurde Hass von Glenn Stirling

1. Kapitel

»Ein Prachtpferd«, sagte der Schmied und wischte sich mit dem Ärmel den Schweiß von der Stirn. Bewundernd blickte er auf den braunen Hengst, auf dessen Fell nur an einer einzigen Stelle ein weißer Fleck war, ein sogenannter Stern auf der Stirn. Die beiden Hinterbeine waren von den Sprunggelenken an schwarz gestiefelt, die Vorderbeine ebenfalls an den Fesseln schwarz. Der Hengst blickte nervös auf den Mann mit der Lederschürze und witterte unruhig den Geruch des Feuers. Red River Joe trat an die Vorderhand des Hengstes und tätschelte leicht das linke Vorderbein.

»Fuß!«, sagte er, und der Braune hob zwar widerstrebend, aber doch gehorsam das Bein an. Red River Joe nahm die Fessel in seine hornigen Pranken und rief dem wartenden Schmied zu: »Fangen Sie an! Er hat nicht das Zeug zu einem Denkmal.«

Der Schmied löste die alten Nägel, zog das Eisen ab und begann damit, die Trachten zurechtzuschneiden und zu raspeln. Ab und zu warf er einen verstohlenen Blick auf den Mann, dem dieses herrliche Pferd gehörte.

Red River Joe mochte dreißig oder vierzig sein, es war unbestimmt. Er hatte schon graue Haare an den Schläfen, was täuschend wirkte. Tatsächlich war er etwas über vierunddreißig, und es musste ein hartes Dasein gewesen sein. Das Gesicht war von Runen und tiefen Kerben gezeichnet. Narben an Kinn, Wangen und Stirn verrieten Zweikämpfe mit aufgeregten Bullen. Die Hände trugen die Spuren knochenharter Lassoarbeit, und der ganze Körper dieses Hünen schien nur aus rohlederzähen Muskeln zu bestehen. Was den bulligen Schmied aber noch mehr faszinierte, war der Revolver dieses Mannes, der nicht so aussah, als würden damit nur Krampen in Weidezäune geschlagen. Alles an der Waffe wirkte blank und abgegriffen wie bei einem Geländer, an das täglich Dutzende von Menschen fassen.

Der Schmied hantierte geschickt und routiniert. Zwischendurch fragte er: »Sind Sie von weither gekommen?«

»Stimmt«, knurrte Red River Joe, der keine Freude zu einem Gespräch zeigte. Er fand immer wieder, dass Hufschmiede in dieser Beziehung den Barbieren ähnelten, die sich oft auch als wandelnde Nachrichtenbüros vorkamen.

»Wie gefällt Ihnen Holdford?«, fragte der Schmied weiter, doch diesmal bekam er keine Antwort darauf. Und auch damit fand sich der Mann ab. Er begann nun von sich aus die Stadt am Fuße des Gebirges zu rühmen, erzählte, wie sie vor achtzehn Jahren entstanden war, berichtete von den Wagenzügen, die hier vor der Überquerung des Gebirges auf dem Wege nach Idaho zum letzten Male Rast machten. Aber das alles konnte sich Red River Joe auch so denken, denn einmal gab es nur diesen Weg nach Oregon und zweitens hatte er die vielen Murphywagen, Conestogaschoner und Studebakers in der Stadt bereits bei seiner Ankunft gesehen. Holdford besaß nicht weniger als zwölf Ausrüstungsstores für Proviant, Material und sonstige Utensilien. Zwei Schmiede hatten unentwegt zu tun, und ein Stellmacher beschäftigte sieben Gesellen, um den vielen Reparaturen an durchkommenden Wagen gerecht werden zu können. Es interessierte Red River Joe so wenig wie die Tatsache, dass an Kalkwänden die Fliegen zuhauf in der Sonne sitzen.

Der Schmied plapperte wie ein Mühlrad. Aber er arbeitete rasch, und darauf kam es Red River Joe vor allem an, weil Star, sein Hengst, nicht sehr große Geduld beim Beschlagen zeigte. Als dann die heißen Eisen probiert wurden und dicker Hornqualm aufstieg, begann Star prompt aufgeregt herumzutanzen. Aber Red River Joe hielt ihn wie mit einer Stahlklammer fest, und der Braune wusste, dass er wenig Aussichten hatte, die Prozedur zu verhindern.

Als die Eisen schon abgekühlt waren und der Schmied damit begann, die Vorderhufe mit den neuen Eisen zu benageln, tauchte ein Mann auf, den Red River Joe, der das rechte Vorderbein gerade aufhielt, zunächst gar nicht sah. Dann aber entdeckte er ein Paar Stiefel auf der anderen Seite des Pferdes, und der Schmied, der sich gerade aufrichtete, sagte: »Gus, du bist das? Den Türriegel habe ich noch nicht fertig. Gus, du siehst ja, ein Pferd nach dem anderen. Dieser Braune ist heute schon der siebte Gaul. Man läuft fast im eigenen Schweiß davon.«

Jetzt trat jener Gus um das Pferd, und Red River Joe sah mit einem Seitenblick einen mageren, knochigen Mann von etwa fünfzig oder mehr Jahren. Keine auffällige Erscheinung bis auf den Marshalstern, den er an seinem schweißdurchnässten Hemd trug. Deputy Marshal – Holdford County stand darauf.

Interessiert musterte der Marshal das Pferd, dann den Mann, dem es gehörte. Da der Schmied gerade mit diesem Bein fertig war und das andere Eisen holte, ließ Red River Joe den Fuß ab und richtete sich auf. Einen Augenblick sahen er und der Marshal sich stumm an.

Dann fragte der hagere Mann mit barscher Stimme: »Sind Sie Cowboy?«

»Geht Sie das etwas an?«, fragte Red River Joe knapp.

Das Gesicht des ohnehin schwitzenden Marshals wurde noch um eine Nuance dunkler. »Ich habe Sie etwas gefragt, und Sie werden darauf manierlich antworten, Mensch!«, bellte er.

»Sind Sie der liebe Gott? Ihre Neugierde geht mich einen feuchten Staub an, Marshal.« Red River Joe sah den Schmied zurückkommen, das Eisen in der Hand. So ging er, ohne weiter auf den Marshal zu achten, zur Hinterhand des Hengstes und hob das rechte Hinterbein auf.

Der Schmied wollte mit dem Nageln beginnen, aber da trat der Marshal neben Red River Joe, fasste ihn an der Schulter an und sagte: »He, so reden Sie nicht mit mir! Ihr Revolver gefällt mir so wenig wie der ganze Kerl. Wie heißen Sie?«

»Smith, Miller oder Baker«, erwiderte Red River Joe verächtlich. »Suchen Sie sich was Passendes aus.«

»So? Frech werden Sie auch noch. Ich will Ihnen was sagen, Mister! Sie sind Brazos-Jim, nicht wahr?«

»Ihre Phantasie ist bemerkenswert. Sie haben Ihren Beruf verfehlt, Marshal. Warum schreiben Sie keine Theaterstücke – falls Sie überhaupt schreiben können«, fügte er geringschätzig hinzu.

»Sind Sie wirklich Brazos-Jim?«, erkundigte sich der Schmied, der vor Neugier fast platzte.

»Unsinn«, knurrte Red River Joe. »Er wird Jim Dallart meinen, und der ist mir so ähnlich wie ein Longhornbulle einem Bison. Machen Sie weiter, Schmied. Mein Pferd wird ungeduldig. Nachher vernageln Sie es noch.«

Aber der Deputy Marshal wollte es wissen. »Hören Sie, Mann! Entweder nennen Sie mir jetzt Ihren Namen, oder ich nehme Sie fest!«

»Gibt es einen Grund dafür?«, fragte Red River Joe, während der Schmied nagelte.

»Ja, den gibt es. Sie sehen aus wie Brazos-Jim, und selbst wenn Sie der nicht sind, so haben Sie eben zugegeben, dass Sie ihn kennen.«

»Natürlich kenne ich ihn. Sein Bild ist auf vielen Steckbriefen zu sehen. Eine Zeichnung zwar, aber immerhin. Ich kenne ihn auch in Natura. Er war mit mir zusammen auf zwei Trails, wenn Sie überhaupt wissen, was ich meine.«

»So! Dann wissen Sie genug, um dem Marshal dieser Stadt Auskünfte zu geben. Wie also heißen Sie?«

»Joe Hastings.«

Der Marshal verfärbte sich. »Red River Joe!«, stieß er hervor.

Joe grinste. »So nennen mich einige Leute. Das stimmt. Und was wollen Sie noch?«

»Nichts, es ist gut – es ist schon gut«, brummte der Deputy und ging rückwärts ein Stück von Joe und dem Pferd weg. Dann drehte er sich um und hastete im Schutz des Gebäudes davon.

»Was ist denn mit dem los?«, fragte Joe lachend.

Der Schmied sah ihn schräg an. »Ihr Name, Mister, ist sehr bekannt. Sie sind ein Revolvermann, nicht wahr?«

»Nein. Wer hat Ihnen den Unsinn erzählt?«

»Ich habe von einem Red River Joe gehört, der auf dem Chisholm Trail ganz allein neun Banditen erschossen hat und die übrigen zwang, seine Herde bis Abilene zu treiben.«

Red River Joe lachte. »Was Sie nicht sagen! Es waren nur drei Banditen, und die anderen, die ich gezwungen habe, die Herde über den Red River zu treiben, waren sechs Mann. Die sind auch nicht bis Abilene dabei gewesen. Wir gerieten im Indianerland an Kiowas, und da sind die sechs alle umgekommen.«

»Und die Herde?«, fragte der Schmied und ließ den Hammer sinken.

»Die Herde? Die wurde natürlich nach Abilene gebracht, was sonst?«

»Von Ihnen allein?«

Joe lachte wieder. »Natürlich nicht. Ich kann keine zwölfhundert Rinder allein treiben. Das haben die Kiowas besorgt, wenigstens bis Kansas. Dort habe ich mir Leute angeworben.«

»Mein Gott, aber wieso haben die Rothäute...«

Joe grinste breit. »Ich hatte die Häuptlingstochter im Sattel. – Und jetzt machen Sie schneller, Mann! Star tanzt schon!«

2. Kapitel

Red River Joe stand gerade im Generalstore, um seinen Proviant aufzufüllen, als sie in den mit Säcken, Büchsen, Flaschen und Kisten bestehenden Raum kamen. Sie waren fünf. Voran ein Riese von Mann mit einem Stern auf der Hemdbrust, hinter ihm zwei weitere Männer mit Sternen, einer davon war jener Deputy, den Joe schon kannte.

Die beiden Clerks des Stores hielten im Verpacken inne und starrten verblüfft auf den Marshal.

Joe ahnte, dass dieser Einmarsch ihm selbst galt und wandte sich halb herum. Er sah nun die Männer an, doch konnte er nicht allzu viel von ihren Gesichtern erkennen, weil sie das Licht der Tür im Rücken hatten.

»Ich bin County Marshal Johnston«, sagte der Riese, und sein Bass dröhnte wie der Brunftschrei eines Bisonbullen. »Sie sind Red River Joe, nicht wahr?«

»Stimmt, und was weiter?«, fragte Joe.

»Was wissen Sie von Brazos-Jim?«, fragte der Marshal nun und verschränkte die gewaltigen Arme vor der massigen Brust.

»Ich habe ihn zum letzten Mal vor sechs Jahren gesehen, ja, vor sechs Jahren sind wir mit McClellans Herde nach Abilene. Da war er einer meiner Männer.«

»Sie wollen uns doch nicht verkaufen, dass Sie ihn seitdem nicht mehr gesehen haben? Hören Sie, Red River Joe, Sie sind aus Atlantic City hierhergekommen. Von dort hierher gibt es eine Telegrafenlinie, falls Ihnen das nicht aufgefallen sein sollte. Also, lieber Freund, dann wissen Sie auch, dass der Bursche, von dem ich die ganze Zeit rede, vor einer Woche die Bank von Atlantic City geknackt hat.«

»Nein, ich weiß es nicht, denn ich bin schon vor vierzehn Tagen aus Atlantic City weggeritten.«

»Und wo waren Sie in der Zwischenzeit? Man kann in fünf Tagen von dort hierher reiten, wenn man nicht gerade jede Stunde rastet.«

Joe nickte. »Kann man, wenn man will. Ich wollte nicht.«

»Was aber wollten Sie dann?«

Joe grinste. »Es gibt Dinge, Marshal, die gehen Sie nichts an. Die würde ich nicht einmal dem Präsidenten in Washington verraten.«

Der Marshal schien das erwartet zu haben. Ungerührt sagte er: »Aha! Aber ich will Ihnen etwas nachhelfen. Sie sind bei dem Hit auf die Bank dabei gewesen. Es waren drei Mann. Brazos-Jim, Steward Cobble und noch einer, dessen Namen wir bisher nicht kannten. Die Beschreibung, die wir haben, passt gut auf

Sie, Red River Joe. Und Ihre Vergangenheit war ja auch nicht gerade ein stiller See.«

»Da fragen Sie am besten Ihren Deputy, der weiß sicher mehr über mich als ich selbst«, spottete Joe.

Der Marshal schüttelte den Kopf. »Nein«, sagte er sanft, »ich glaube, da weiß ich selbst schon eine ganze Menge. Sie haben eine Menge Herden nach Kansas getrieben, Herden aus Texas. Aber zuletzt hatten Sie einen ziemlich bösen Tanz in Dodge City, nicht wahr?«

»Möglich, aber außer Ruhestörung war selbst für Bat Masterson nichts drin.«

»Ich sehe das anders. Für mich ist es nämlich keine Ruhestörung, wenn man einen Saloon restlos in Trümmer legt, sieben Männer zusammenschlägt, dass sie noch nach Wochen im Bett liegen und dann noch einen Marshal reif für den Doc macht.«

»Der Marshal hätte sich nicht einmischen sollen. Ich sehe schon, dass alle Marshals dieser Erde geradezu verrückt darauf zu sein scheinen, sich in Dinge zu mischen, die sie nichts angehen, nur um

zu zeigen, was sie für große Kerle sind. Der Marshal in Dodge hieß übrigens Bassett, und ich hoffe, er wird sich recht lange an mich erinnern. Bat Masterson hatte ihm geraten, uns in Ruhe zu lassen, aber der neunmalkluge Bassett wusste es besser als sein Boss. Doc McCarthy hat ihn aber ganz gut zusammengeflickt.«

»Hier im Territorium Wyoming haben wir auch schon mit Ihnen Ärger gehabt«, erklärte Johnston. »Deshalb bin ich hier.«

»Bis jetzt verdächtigen Sie mich nur«, meinte Joe gelassen.

»Sie haben etwas vergessen, Red River Joe! Sie haben Fort Steele vergessen.«

Joe grinste. »Richtig, Sie meinen diesen Idioten, der meinen Jungs den Frachtlohn nicht auszahlen wollte, weil sieben Schuss Munition gefehlt haben. Sieben Schuss von fünfzehntausend.«

»Der Idiot, wie Sie ihn nennen, Red River Joe, war Captain Clark und Commander von Fort Steele. Und Sie haben ihn verprügelt und den Kassenführer dazu.«

»Richtig. Man hätte ihn ertränken sollen. Wir sind mit sieben Wagen über achthundert Meilen weit durch tausend Höllen gefahren, und dieser Skunk verweigert uns den Lohn, weil sieben Schuss Munition gefehlt haben. Außerdem wollte er uns nicht einmal zu essen geben. Die ganze Fortmannschaft hat sich gefreut, als Clark zwei blaue Augen hatte.«

»Die Armee findet das weniger komisch, Red River Joe. Sie hat Haftbefehl gegen Sie erlassen.«

»So? Das hat aber lange gedauert. Gegen meine Jungs auch?«

»Nein, nur gegen Sie. Ihre Männer sind ja wohl zurückgeritten nach Kansas oder gar bis Texas.«

»Hoffentlich. – Und was wollen Sie nun tun?«

»Ich werde Sie nicht festnehmen, Red River Joe. Ich werde stattdessen mit Ihnen das machen, was Sie so gerne mit anderen tun. Ich verprügle Sie, bis Sie so aussehen wie der Captain. – Rod, nimm meinen Gurt. Ich fange am besten schon hier mit ihm an!«

Mit zwei Griffen hatte Johnston den Waffengurt abgeschnallt und gab ihn dem hageren Deputy, der schräg hinter ihm stand.

Red River Joe hatte keine große Lust, sich mit diesem Marshal zu schlagen. Aber was sein musste, sollte eben sein. Er war noch nie einem Kampf aus dem Weg gegangen. Aber er fragte noch: »Wenn ich Sie aufs Kreuz lege, Johnston, dann fallen Ihre Deputys über mich her?«

»Nein, das werden sie nicht tun. Ich bin keine Ratte, Red River Joe. Ich bin Tob Johnston, und den Namen vergessen Sie gewiss nie mehr in Ihrem Leben.«

Dann kam er an. Joe hatte gerade den Waffengurt ab, da schoss Johnston schon eine Gerade auf ihn ab, der er eben noch ausweichen konnte. Er tänzelte zurück, prallte aber gegen ein Regal, und Johnston war schon vor ihm, um ihn festzunageln.

Ein Haken Johnstons kam mit der Schnelligkeit eines austretenden Pferdehufes. Joe zuckte zur Seite, erwischte aber den Schlag des Riesen noch am Ohr und war fast betäubt vor Schmerz. Doch da bot ihm Johnston das ungedeckte Gesicht.

Joe schlug mit beiden Fäusten zu, und er tat es in der festen Absicht, diesen Schlag zu einem raschen Schlusspunkt zu machen.

Johnston bekam beide Fäuste voll unter die Augen. Er flog zurück, sein Kopf wurde ins Genick geschleudert. Joe sprang nach, schlug aufs ungedeckte Kinn, und Johnston flog rücklings auf das Packregal. Er stieß es mit dem Rücken um, fiel zur Seite, war aber so schnell wieder auf den Beinen wie ein Bulle, wenn er am Lasso gefällt wurde und das Lasso sich lockert. Joe geriet regelrecht in das angezogene Knie hinein, als er vorsprang, um abermals zuzuschlagen. Der Stoß gegen den Unterleib an der empfindlichsten Stelle, die ein Mann hat, brachte Joe vor peitschenden Schmerzen fast um den Verstand. Er schrie unbewusst auf, torkelte zurück und nahm die Hände instinktiv nach unten.

Der offenbar gar keine Wirkung zeigende Hüne Johnston wirbelte vor, schlug auf Joes ungeschützte Kinnpartie und warf mit diesem Schlag Joe bis unter das Flaschenregal. Das Regal schwankte, und plötzlich polterte mehr als ein Dutzend Flaschen herab, zerschellte, und mit einem Mal stank es im Raum nach Kerosin.

Joe, der kaum noch wusste, wie ihm geschehen war und nur den rasenden Schmerz im Unterleib spürte, der nicht weichen wollte, hing apathisch an den Sparren des Regals. Es bot ihm wenigstens eine Stütze, sonst wäre er gefallen.

Die noch immer herabfallenden Flaschen hielten Johnston für Sekunden auf. Lange genug für Joe, der plötzlich wieder neue Kräfte spürte, dessen Schmerzen allmählich wichen und der mit einem Mal empfand wie ein angeschossener Tiger. Jetzt erst war Joe in der richtigen Kampfstimmung.

Sein Kinn war aufgeplatzt. Johnston schien einen Ring zu tragen, und der hatte Joes Haut aufgerissen. Dieser brennende Schmerz stachelte Joe auf.

Er schoss plötzlich nach vorn. Für Johnston kam das völlig unerwartet. Der Riese wollte ausweichen, aber Joe flog ihm förmlich mit dem Kopf gegen den Bauch. Das hatte die Wirkung einer Ramme.

Johnston wurde zurückgestoßen, prallte mit einem seiner Deputys zusammen, der nicht rechtzeitig ausweichen konnte, und beide Männer stürzten über einen Ballen Stoff.

Joe, nun erst richtig in Fahrt, schoss um den Ballen herum. Er kam bei Johnston an, als der sich gerade auf die Beine rappelte. Da traf den Marshal Joes Faust am Hals, dann die Linke auf die Nase, und ehe Johnston die Hände hochbekam, schlug Joe ein drittes Mal zu. Diesmal rutschte der Schlag zur Schulter ab, doch davon wurde Johnston herumgewirbelt und stürzte bäuchlings auf das ausgelaufene Öl und die zertrümmerten Flaschen.

Er brüllte auf wie ein Stier, als seine Hände und seine Brust in die Scherben gerieten.

Joe ließ ihm Zeit aufzustehen. Johnston sah gräulich aus. Überall waren Schnittwunden am Körper, und er blutete wie abgestochen. Aber das besagte bei diesem Manne nichts, und genau das war Joe klar. Johnston war darauf aus, ihn zu zertrümmern, und auf die Länge der Zeit würde ihm das womöglich gelingen. Joe hatte nicht diese urige Kraft wie der Hüne, vielleicht auch nicht das Stehvermögen und die körperliche Fähigkeit, solche harten Schläge einfach zu schlucken. Joe musste den Kampf rasch zu Ende bringen, wenn er nicht zum Krüppel geschlagen werden wollte, und dass Johnston genau das beabsichtigte, stand für Joe außer Zweifel.

Joe stieß sich ab und flog abermals gegen Johnston, diesmal aber mit angewinkelten Knien. Er traf Johnston auf dieselbe Art, wie der ihn vorhin erwischt hatte.

Johnston brüllte fürchterlich auf, schwankte und stürzte ein zweites Mal in die Scherben. Joe krallte die Hand in Johnstons Haar, riss ihm den Kopf zurück und schlug mit Vehemenz zu. Johnston kippte zur Seite und lag reglos in den Trümmern des Regals, der Flaschen und mancherlei anderer Dinge, die zuvor auf dem Regal gestanden hatten.

Joe sah die wie gelähmt starrenden Deputys an, wischte die Hände ab und sagte zum Storekeeper, der entsetzt auf das Durcheinander im Laden sah: »Die Rechnung dafür senden Sie am besten diesem Gentleman da. Er wollte es so haben.« Dabei zeigte er auf Johnston.

Ohne sich noch um jemanden zu kümmern, nahm Joe seinen Gurt, schnallte ihn um und ergriff seinen Proviantsack. »Bezahlt hatte ich vorhin schon«, sagte er und stieg über Johnstons Beine hinweg.

»Moment mal!«, rief plötzlich jener hagere Deputy Marshal, den Joe schon von der Schmiede her kannte. »So kommen Sie nicht davon!«

Joe wandte sich um. Der Deputy hatte einen Revolver in der Hand, den er auf Joe gerichtet hielt.

»Also ist dieser Tob Johnston wohl doch eine Ratte?«, fragte Joe.

»Nein, aber Sie bleiben hier stehen, bis wir wissen, dass er noch lebt! Keine Bewegung. – Chris, sieh nach, was mit Tob ist!«

Ein anderer kauerte sich neben den Marshal, wischte ein paar Scherben beiseite und untersuchte den Bewusstlosen. Dann sagte er: »Er lebt, Rod, er atmet. Aber er ist mehr zerschnitten als eine mexikanische Pluderhose. Holt den Doc und helft mir noch, ihn aus diesem Öl zu ziehen!«

Der Deputy Rod Kingsman steckte den Revolver ein und knurrte widerwillig: »Verlassen Sie die Stadt, Red River Joe! Wenn Sie in fünfzehn Minuten noch hier sind, lasse ich auf Sie schießen!«

3. Kapitel

Zwei Tage später lagerte Red River Joe auf einer einmalig schönen Plattform, von der aus er weit hinunter in eine Schlucht sehen konnte. Außerdem hatte er von da aus einen Rundblick bis zum äußersten Horizont der Vorberge.

Schade, dachte er, *wenn dieser Platz nicht so klein wäre, müsste man hier ein Haus bauen.* Ihm kam es wie der schönste Fleck dieser Erde vor. Es duftete nach Tannennadeln, Moos und kühler Erde. Obgleich es jetzt kurz vor Mittag schon entsetzlich heiß war, fächelte hier oben auf dieser Plattform ein sanfter Wind ein wenig Kühle in Joes Gesicht.

Den Hengst hatte Joe sicherheitshalber etwas weiter hinten am Berg gelassen, weil er nicht wusste, ob das Tier nicht vor dem steilen Abgrund scheuen würde.

Das kleine Plateau, nicht größer als sechs mal sechs Männerschritte, befand sich direkt auf einer weit über die Schlucht springenden Felsnase. Unten in der Schlucht schlängelte sich ein Weg zum Pass, der gar nicht mehr weit entfernt war. Aber seit gestern Abend war kein Wagen mehr hier entlanggekommen. Auch kein Reiter.

Joe hatte nicht vorgehabt, länger hier zu warten, aber dieser herrliche Fleck, den er schon gestern Abend entdeckt hatte, gefiel ihm so, dass er sich hier von dem Kampf mit Johnston ausgiebig erholen wollte. Noch immer schmerzten seine Leisten, und auch die aufgeplatzten Knöchel waren noch nicht wieder abgeschwollen. Er massierte fast jede zweite Stunde seine Hände, auf deren Geschmeidigkeit er großen Wert legte. Es war dies eine schmerzhafte Prozedur, bei der er fluchte und ächzte, sie aber dennoch nicht unterließ.

Nun, dachte er, *Johnston wird mich so schnell nicht vergessen.* Und umgekehrt hat er es vorgehabt. *Merkwürdig*, überlegte er weiter, *dass ich immer von einem Kummer in den nächsten gerate. Aber in Oregon soll sich das ändern. Ich will ein Stück Land kaufen, und dann wird ein neues Leben, ein sesshaftes, beginnen.*

Er war fest dazu entschlossen. Geld genug hatte er ja gespart, und es befand sich in einem Geldgurt, direkt über den Leib geschnallt. Einen weiteren Teil seines Besitzes hatte er in die schweren Chaparals eingenäht, übrige Geldscheine zwischen dem Lederboden seiner Arbeitshose und dem Drillichstoff versteckt. Es waren gut achttausend Dollar, die er sich im Laufe vieler Herdentreiben und zuletzt bei der Fahrt mit Munition und Waffen für die Armee gespart hatte. Das war, so sagte er sich, ein prächtiger Start in Oregon.

Er genoss die Stille der Natur, sah den schwankenden Bussarden zu, die über den in der Schlucht stehenden Tannen segelten. Er hörte das Schreien eines Adlers und das ängstliche Gepiepse vieler kleiner Vögel, die den Greif fürchteten.

Die Luft wurde immer unerträglich heißer. Selbst die leichte Kühlung infolge des fächelnden Windes blieb mit der Zeit aus. Nichts regte sich mehr, und nun wurden auch die Vögel immer stiller.

Als sich Joe einmal zu Star hin umblickte, der am Hang graste, von wo aus das Plateau sich in die Schlucht hinein erstreckte, sah Joe die schwarze Wolkenwand. Sie schob sich kaum merklich über die Gipfel der gigantischen Wind River Mountains. Grellweiß leuchtete der Schnee auf dem Union Peak, einer der drei mächtigen Viertausender dieses Gebirges.

Zwei Dinge verrieten Joe die Gefahr. Einmal waren die Wolken an ihren Rändern schwefelgelb. Das bedeutete Hagel. Und zum Zweiten kam dieses Unwetter über die Berge hinweg. Dort würde es sich abkühlen, warme und kalte Luftmassen würden zusammenprallen, also gab es ein Gewitter. Gewitter in den Rocky Mountains waren kein Witz. Das hieß Wolkenbrüche, gefährliche Blitze, Lawinen, Sturmböen und womöglich im Gefolge selbst jetzt im Sommer mitunter auch jäh auftretende Schneegraupelschauer, die jeden Pfad binnen Sekunden in eine Eisbahn verwandelten.

Fluchend ging Joe auf sein Pferd zu, ergriff den Sattel und legte ihn dem unwillig schnaubenden Tier auf.

»Wir müssen weg, Alter, und das, so schnell uns die Füße tragen!«, raunte er dem Hengst zu.

4. Kapitel

Sie hatten Johnston in sein Bett gebracht, und der Arzt war noch damit beschäftigt, ihn zu verbinden und mit Desinfiziens zu bepinseln, als der Marshal aufwachte.

»Liegen Sie ruhig«, sagte der Arzt. »Sie haben ganz schön eine abbekommen. Das ist eine Gehirnerschütterung.«

Johnston schielte nach Deputy Rod Kingsman, der als einziger von den Deputys mit im Zimmer war. Mehr als schielen konnte Johnston nicht, denn seine Augen begannen immer mehr zuzuschwellen. Auch sonst sah alles ziemlich übel aus, viel schlimmer, als es wirklich war. Und das schien auch Johnston selbst zu wissen.

»Gut«, knurrte er. »Heute Bett, morgen wieder Dienst. Dieser Bursche hat ziemlich gut gekämpft, wie?«

Kingsman nickte. »Zu gut, Tob.«

»Schön, morgen bin ich wieder fit.«

»In drei Wochen!«, widersprach der Arzt. »Sie müssen eine ganze Zeit ruhig liegen und...«

Johnston betastete seine unförmig aufgequollene Nase. »Ist was gebrochen?«

»Nein, nur Prellungen und... eigentlich nichts gebrochen. Die Gehirnerschütterung braucht dringend Ruhe.«

»Bekommt sie, wenn ich Zeit habe. – Rod, schaff den Doc hinaus! Ich brauche einen Whisky, und sonst ist alles all right.«

Der Arzt wollte protestieren, aber Rod Kingsman grollte: »Wenn wir Sie brauchen, holen wir Sie schon. Es ist gut, und Tob meint es auch nicht so. Danke, Doc!«

Der Arzt schimpfte noch auf dem Weg zur Tür. Dann waren Johnston und Kingsman allein.

Der um mehr als ein Jahrzehnt ältere Deputy betrachtete grinsend seinen Vorgesetzten. »Dein Anblick würde Red River Joe ziemlich erfreuen.«

»Hat er nichts mitbekommen?«, fragte Johnston mürrisch.

»Zu wenig, um sich aufhalten zu lassen. Er ist weg. Er hat dich weniger zugerichtet als die verdammten Flaschen. Deshalb siehst du so schlimm aus.«

»Er hat mir auch sonst ziemlich eine verpasst. Nun gut, irgendwann bekommt er es wieder.«

»Du hättest ihn verhaften sollen, Tob!«, meinte Kingsman.

»Ach was! Überlege doch: Er und seine Jungs bringen der Armee vierhundert Gewehre und fünfzehntausend Schuss Munition. Sie schleifen das Zeug über achthundert Meilen durch ein Gebiet, durch das sich die Armee nur mit fünfzig Mann starken Patrouillen traut. Überall dort sind noch immer versprengte Trupps der Sioux. Die sind auf Munition so scharf wie ein Rasiermesser. Am Little Big Horn haben sie zwar Custer erledigt, aber die Munition ist ihnen dabei auch draufgegangen. Nun suchen sie jedes Körnchen Pulver zusammen. – Durch dieses Gebiet hat Red River Joe die Wagen gebracht. Ich habe mir erzählen lassen, dass die Wagen gespickt voller Pfeile waren. Und da wagt es so ein Idiot von Offizier, ihm wegen fehlender sieben Schuss den Lohn für die Höllenfahrt zu verweigern. Was hättest du da getan?«

»Ich finde dich verrückt, Tob. Vorhin hast du Red River Joe fertigmachen wollen, weil er...«

Johnston hob die Hand. »Sicher, dieser Kerl macht Ärger, wohin er auch kommt. Aber sei doch mal ehrlich: Er ist ein Teufelsbraten. Er hat mir das Fell vermöbelt, dass ich noch in drei Wochen daran denke. Mann, soll ich ihn deshalb hassen? Ich werde mich wieder mit ihm prügeln, und das nächste Mal bekommt er sie von mir, ist doch klar. Aber ein toller Hund ist er trotzdem.«

»Du bist wirklich verrückt. Es gibt einen Haftbefehl, Tob, und du bist hier der Marshal.«

»Na und? Wegen der Fort Steele-Geschichte würde ich ihn nie festnehmen. Da hat er getan, was ich selbst ebenfalls gemacht haben würde. Was mir nur nicht gefällt, und das wollte ich aus ihm herausprügeln, das ist der Bankhit in Atlantic City.

Das nämlich ist unklar. Er ist zwar vierzehn Tage schon von dort weg, das mag stimmen, aber er kann ebenso gut vor acht Tagen beim Hit auf die Bank dabei gewesen sein. Er und Brazos-Jim kennen sich, das hat er nicht geleugnet. Vielleicht haben sie das Ding gemeinsam gedreht.«

»Ich bin sogar sicher, das es so war«, meinte Kingsman.

»Sicher? Nein, das nicht. Er ist hier allein, aber...«

»Es würde mich nicht wundern«, unterbrach ihn Kingsman, »wenn die beiden anderen auch bald hier wären.«

»Brazos-Jim und Stewart Cobble?«

»Genau die«, erwiderte Kingsman.

5. Kapitel

Am nächsten Morgen ritten drei Reiter in die Stadt. Zunächst beachtete sie niemand. Da die Reiter aus Osten kamen, also nicht vom Pass her, waren sie an diesem Morgen sowieso im Gefolge eines großen Wagentrecks, der sich auf dem Weg zum Pass befand. Immer mehr Menschen trailten in Richtung Oregon, und der Sommer war die einzige Zeit, da die Pässe befahrbar waren.

Kingsman langweilte sich um diese Zeit im Marshal Office, und Johnston war dabei, seine unzähligen Schnittwunden mit einer Salbe zu beschmieren, die er nach einem indianischen Rezept angefertigt hatte und für einzigartig hielt.

Das war der Augenblick, da Kingsman die Tür öffnete und die drei Reiter sah. Er hatte keinen der drei je zuvor gesehen. Und doch stand ihre Beschreibung schlagartig vor seinen Augen. Er fragte sich, wie er bei Red River Joe glauben konnte, der könnte Brazos-Jim gewesen sein. Jetzt, wo er den Reiter dort auf dem mächtigen Rapphengst sah, da wusste er, wie Brazos-Jim in Wirklichkeit aussah. Das dort war er!

Auch auf den zweiten Mann passte die Beschreibung Stewart Cobbles so einzigartig, dass Kingsman sich fast einbildete, die beiden schon seit Jahren zu kennen.

Brazos-Jim war groß, größer als Red River Joe, hatte breite Schultern und wirkte eigentlich eher wie ein Rancher, der es zu etwas gebracht hatte. Seine Kleidung sah ordentlich aus, seine Waffen und der Gürtel verrieten – ebenso wie das Pferd – gewisse Wohlhabenheit. Auch stimmte das Alter. Brazos-Jim war Mitte der Vierzig, hatte eisgraue Haare und eine in langen Jahren des Lebens im Freien zerfurchte lederne Gesichtshaut.

Stewart Cobble wirkte völlig anders. Er war nicht nur ein Bandit, er sah auch so aus. Da er auf einem Auge blind war – man hatte es ihm vor Jahren durch einen Steinwurf verletzt –, schien er zu schielen. Das blinde Auge hatte eine weiße Pupille. Im Gegensatz zu Brazos-Jim war Cobble unrasiert, trug schmutzige Kleidung und wirkte, bis auf seinen wohl gepflegten Revolver, verkommen.

Der dritte Mann, das musste also der sein, für den Red River Joe von Johnston gehalten worden war. Dieser dritte Mann sah Red River Joe tatsächlich – bis aufs Gesicht – ähnlich. Dieselbe Gestalt, normale Cowboykleidung, Chaparals, die von den beiden anderen nicht getragen wurden, und ein braunes Pferd. Wer der Mann war, wussten die Behörden noch nicht.

Die drei Reiter sehen und reagieren, war bei Kingsman eins. Mit einem Satz, den niemand diesem nicht mehr jungen Deputy zugetraut hätte, sprang Kingsman ins Office zurück, flog förmlich zum Gewehrständer und riss eine Winchester heraus. Während er das tat, keuchte er: »Brazos-Jim und zwei seiner Burschen!«

Kingsman sprang wieder zur Tür, Johnston fuhr wie von der Tarantel gestochen hoch. Sein verpflasterter und gesalbter Oberkörper schwang herum. Dann sprang auch Johnston zum Gewehrständer, ohne die Schmerzen zu beachten, die durch seinen zermarterten Leib zuckten.

Kingsman stand in der Tür, und gerade waren die drei Reiter in gleicher Höhe, ohne überhaupt auf das Office zu blicken.

»Stopp!«, schrie Kingsman, riss das Gewehr an die Schulter und zielte.

Brazos-Jim parierte seinen Hengst. Cobble tat dasselbe etwas härter mit seinem Fuchswallach, und das Tier sank gleich auf die Hinterhand. Der dritte Mann reagierte überhaupt nicht, sondern ritt einfach weiter.

Da drückte Kingsman ab. Sein Schuss traf das Pferd. Der Braune brach wie vom Blitz gefällt zusammen. Sein Reiter stürzte ganz unglücklich in eine Wagenfurche, schrie schrill auf und blieb mit verrenktem Körper liegen.

Was jetzt kam, ging so schnell, dass Kingsman kaum alles verfolgen konnte.

Brazos-Jim hing plötzlich wie ein Comanche neben seinem Pferd, schoss unter dem Bauch des sich aufbäumenden Rappen hinweg auf die Tür des Office. Kingsman sprang zurück, während Johnston durch die Scheiben des Office auf Brazos-Jim schoss, ihn aber verfehlte, da der Rappe einen Satz nach vorn machte.

Überall waren Passanten auf den Gehsteigen. Unter anderem Diana Derrick, die junge Lehrerin, die seit Kurzem hier die Kinder unterrichtete. Sie trug einen Einkaufskorb in der Hand und stand wie erstarrt direkt vor dem Materialstore. Sie schien nicht eine Sekunde lang auf die Idee zu kommen, dass sie in höchster Gefahr schwebte. Ein Sprung durch die offene Ladentür hätte sie retten können. Aber ihr erging es offenbar wie dem Kaninchen, das vor einer Klapperschlange hockt. Sie stand wie angenagelt.

Und in diesem Augenblick hatte Cobble sie schon erspäht und handelte. Er trieb mit brutaler Wucht seinem Fuchswallach die Sporen in die Weichen, und der Fuchs schoss förmlich auf den Gehsteig zu. Da war Cobble schon neben Miss Derrick, beugte sich aus dem Sattel und hatte, ehe überhaupt jemand nur die Hand rührte, das Mädchen vor sich im Sattel.

Diana kreischte. Ihr blondes Haar flatterte. Das Gesicht war tiefrot vor Empörung und Angst. Sie schlug um sich, biss Cobble in die Hand, doch er presste sie fest an sich und schrie: »Ich bringe sie um, wenn noch ein Schuss fällt!«

Brazos-Jim tauchte wieder neben dem Pferd auf, setzte sich aufrecht in den Sattel und wendete sein Pferd.

»Er bringt sie um! Denkt daran!«, rief er und hielt neben dem gestürzten Partner an, saß ab, hob den ächzenden Mann auf und schob ihn in den Sattel. Dann löste er den Zügel eines am Hitchrack des Materialstores angebundenen Falben, setzte sich darauf und nahm seinen Rappen am Hanfstrick.

Cobble presste seinen Revolver in Diana Derricks Rücken. Das dreiundzwanzigjährige Mädchen hatte so etwas noch nie erlebt, nicht einmal davon gehört. Jetzt zitterte sie am ganzen Leib vor Entsetzen.

Die Menschen, die zusahen, rührten sich nicht. Wie gebannt starrten sie auf die Szene, und niemand wagte, nur nach der Waffe zu greifen. Die Männer fluchten, bissen sich die Lippen wund, aber keiner wollte das Leben des Mädchens aufs Spiel setzen. Auch Johnston und Kingsman nicht.

Ungehindert jagten Brazos-Jim, Cobble und jener verletzte dritte Bandit mit der Geisel aus der Stadt. Diana Derrick schrie vor Angst, und doch konnte ihr niemand helfen, der sie nicht gleichzeitig damit umbringen wollte.

Johnston, noch vom Kampf mit Red River Joe angeschlagen, stürzte auf die Straße und brüllte: »Ein Aufgebot! Wer mitkommt, auf die Pferde!«

Kingsman rannte schon japsend nach seinem Pferd, aber dann musste er doch langsamer gehen, denn sein Rheuma plagte ihn seit dem Morgen wieder, und da lähmte ihn fast der Schmerz im rechten Bein bis zur Hüfte. Er humpelte und zog sich dann mühsam den Sattel vom Bock.

Als Kingsman endlich sein Pferd fertig hatte und aufsaß, raste das Aufgebot schon aus der Stadt. Allen voran Johnston, der sich einen Deut daran störte, was die Männer hinter ihm über seine geschwollenen Augen und das zerschnittene Gesicht dachten.

Kingsman fluchte, weil er jetzt schon abgehängt worden war. Und er wusste, dass er mit seinem rheumatischen Bein auch keinen schnellen Ritt über eine längere Strecke durchhalten würde.

Als er der Posse folgte, holte ihn ein Reiter auf einem Schecken ein. Kingsman blickte zur Seite und erkannte Jack Derrick, Dianas Bruder. Der Junge schien außer Rand und Band zu sein. Im Blick des sommersprossigen Vierzehnjährigen stand nackte Verzweiflung. Er sah Kingsman an und schrie: »Ich muss sie finden. Ich muss sie retten!«

»Kehr um, Junge, kehr um!«, riet Kingsman väterlich, aber der Junge war schon vorbei.

Kingsman trieb fluchend sein Pferd an, um den Jungen einzuholen. Er musste den Jungen zur Umkehr bringen. Kinder hatten bei einer Banditenverfolgung nichts zu suchen, sagte er sich. Aber er kannte Jack Derrick nicht.

6. Kapitel

»Ein Glück, dass du die Berge kennst«, sagte Brazos-Jim zu Cobble und sah von dem schmalen Felspfad hinab in das von hohen Tannen bestandene Tal. »Haben wir sie abgehängt?«

»Ich denke schon. Aber Mac geht es verflucht mies«, erwiderte Cobble. »Ich meine, wir müssen die ganze Nacht über hier rasten. Sie werden uns so leicht nicht finden.«

Brazos-Jim nickte nur und wandte sich dem Mädchen zu, das an einem Felsquader lehnte und wie verloren an sich hinabsah.

»Ihnen passiert nicht das Geringste, Miss«, sagte Brazos-Jim. »Aber wir hatten keine andere Wahl. Bis Idaho müssen wir Sie mitnehmen. In Idaho gelten die hiesigen Gesetze nicht mehr.«

Diana Derrick schaute ihn an, sagte aber nichts. Ihr infolge der Strapazen blasses Gesicht glich dem eines Erzengels. Brazos-

Jim bemerkte diese Schönheit der ebenmäßigen Gesichtszüge, und er war viel zu viel Mann, um nicht festzustellen, dass ihr grünes Baumwollkleid zwar alles verhüllte und doch sehr viel verriet. Diana war das, was ein Mann ein göttlich schönes Weib nennt.

Cobble schien ähnliche Gedanken zu haben, denn er sagte scherzend: »Wir werden Ihnen bestimmt nichts tun, was Ihnen wehtut, Miss. Im Gegenteil, ganz im Gegenteil«, fügte er hinzu und meckerte wie ein Ziegenbock über die Zweideutigkeit seiner Bemerkung.

Brazos-Jim sah ihn in plötzlichem Ernst an. »Nichts da! Wir haben ein Ziel, und das geht vor! Keine Geschichten, Stew! Sieh mal nach Mac!«

Mac lag auf dem Rücken. Er hatte furchtbare Schmerzen an der Hüfte, die mitunter bis zum Herzen ausstrahlten. Etwas war mit dem Becken. Der Bauch Mac O'Neills war aufgedunsen, und überall im ganzen Unterleib hatte O'Neill Schmerzen, wenn man ihn nur berührte.

Brazos-Jim vermutete, dass O'Neills Becken gebrochen war. Aber es war nicht Brazos-Jims Art, einen Mann zurückzulassen. Solange Mac lebte, sollte er mitgenommen werden. Es sei denn, er wollte selbst nicht mehr.

Das Schlimmste für Mac war, dass ihn nicht einmal eine Bewusstlosigkeit von diesen Schmerzen erlöste. Im Gegenteil, Mac war seit seinem Sturz völlig klar und empfand die höllischen Schmerzen in vollem Umfang.

Cobble kam zu Brazos-Jim zurück. »Er muss einen Doc haben, Jim. Wir können ihn in diesem Zustand nicht mit durch die Berge schleppen.«

»In Idaho gibt es Docs genug. Er muss bis dahin. Wenn sie ihn hier gesundpflegen, dann nur, um ihn anschließend aufzuhängen. Nein, Stew, wir müssen ihn mitnehmen. Er wird es schon schaffen.«

Cobble deutete mit dem Kopf auf Diana Derrick. »Ganz nette Biene, was?«

»Hör auf, Stew, mit solchen Gedanken dürfen wir uns jetzt nicht abgeben. Du weißt so gut wie ich, dass dieses Aufgebot auch die Berge kennen wird. Und es sind immerhin fast dreißig Mann. Sie haben keinen Verwundeten mitzuschleppen wie wir. Ich bin froh, dass wir sie zunächst abgehängt haben.«

»Das kannst du auf mein Konto buchen, Jim«, meinte Cobble prahlerisch. Er blickte in die Runde. »Was mir verdammt nicht gefällt, ist das Wetter. Diese dünnen Wolkenstreifen da über den Bergen, weißt du, was das heißt?«

»Nein.«

»Aufsteigende heiße Luft. Ich wette, morgen haben wir ein niedliches Gewitter. Wenn das Mädchen und Mac nicht wären, würde ich noch jetzt weiterziehen, um die Berge hinter mich zu bekommen.«

»Du wirst im Gewitter nicht gleich aufweichen, Stew«, spottete Brazos-Jim.

Cobble knurrte: »Dann hoffe ich nur, dass du nicht erlebst, wie ein Gewitter hier oben in den Rockys sein kann. – Nun gut, bleiben wir also hier. Der Platz ist gut. Ich werde jetzt einmal etwas mit unserer Lady plaudern.«

»Lass sie zufrieden!«, brummte Brazos-Jim mürrisch. »Du hast gehört, was ich vorhin gesagt habe.«

Cobble lachte geringschätzig. »Du kommst mir vor wie eine englische Gouvernante. Oder wie ein Erzengel. Wo ist eigentlich der Heiligenschein, he?« Er lachte noch einmal glucksend.

Mac stöhnte: »Ihr lacht, und ich gehe kaputt vor Schmerzen.«

Cobble zuckte nur die Schultern, während Brazos-Jim zu Mac ging und sich neben ihn setzte.

Cobble aber schlenderte zu Miss Derrick hinüber, die noch immer an diesem Felsquader lehnte und Cobble wie ein wildes Tier musterte.

Der Bandit rieb sich übers Stoppelkinn. Es kam ihm dabei der Gedanke, dass er mit einem Stoppelbart nicht sehr anziehend zu wirken schien. Er bemerkte deutlich die Abscheu in Diana Derricks Augen.

Doch seine unbekümmerte Art ließ ihn das wieder vergessen. »Dass Sie Derrick heißen, haben Sie uns schon erzählt. Aber wie ist Ihr Vorname?«, fragte er.

Sie sagte es ihm, und er schnalzte mit der Zunge. »Hmm, klingt herrlich. Passt direkt zu Ihnen. Was machen Sie in Holdford?«

»Ich bin die Lehrerin«, erwiderte sie ruhig.

Sie hatte eine dunkle Stimme, die ihn aufreizte. Er hatte seit Wochen keine Frau mehr in den Armen gehalten und spürte, wie das Verlangen immer größer wurde, dieses traumhaft schöne Mädchen zu besitzen. Er konnte sich nicht erinnern, jemals ein so ebenmäßig hübsches Mädchen gesehen zu haben. Sie war so ganz anders, diese Diana Derrick. Nicht aufgepulvert und aufgedonnert wie die Mädchen in den Saloons. Auch nicht so auf Reiz gemacht. Sie wirkte ganz natürlich, und doch hatte sie etwas an sich, das einen Mann verrückt nach ihr machen musste. So ähnlich dachte Cobble in diesem Augenblick, und wieder betrachtete er sie auf seine unverfrorene Art. Er grinste und sah ihr ins Gesicht, aber sie wurde nicht rot wie andere Mädchen, die aus sogenanntem anständigem Hause kamen.

»Ich gefalle Ihnen nicht, wie?«, brummte er und grinste wieder.

Sie schien durch ihn hindurchzublicken. »Ich habe darüber noch nicht nachgedacht«, sagte sie kühl.

»Na hören Sie mal!« Cobble lachte albern. »Immerhin bin ich ein Mann!«

»So?«, fragte sie spitz, und jetzt war es Cobble, der dunkelrot anlief vor Wut

»He, etwa nicht?«, fauchte er sie an.

Sie blieb so gleichgültig, als sei von den Merkmalen einer indischen Schlange die Rede. »Vielleicht schon, aber zählen Sie sich selbst zu den Menschen?«, fragte sie gelassen.

Cobble schnappte nach Luft. Diana Derrick verzog keine Miene.

»Ich habe noch nie eine Frau geschlagen«, keuchte Cobble, »aber Ihnen möchte ich dafür am liebsten eine 'runterhauen!«

»Tun Sie es doch. Es passt zu Ihnen«, entgegnete sie ruhig.

Ihre gewählte Sprache, ihre dunkle Stimme und die herablassende Art brachten Cobble fast um den Verstand. Er spürte, dass er hier mit seinem Latein am Ende war. Diese Frau fühlte sich ihm geistig hoch überlegen und ließ es ihn sehr deutlich merken. Doch gerade das konnte und wollte Cobble nicht zugeben.

»He, du denkst wohl, so könnte man mit mir fertig werden? Aber da, nimm meine Antwort, kleines Biest!« Er packte sie blitzschnell an den Schultern, fasste mit der Linken ihren blonden Haarschopf und küsste sie mit brutaler Gewalt, der sie einfach nicht gewachsen war. Sie stieß mit dem Knie nach seinem Unterleib, aber er wich aus, ohne sie dabei loszulassen. Dann aber stieß er sie mit einem Aufbrüllen von sich und presste die rechte Hand auf die Lippen.

Als er die Hand wegnahm und sie anstarrte, sah er das Blut. »Verfluchtes Weibsstück, so zu beißen!«

Er wollte ihr nachlaufen, doch sie floh. Brazos-Jim sprang ihr in den Weg, packte sie und sagte barsch: »Hiergeblieben! – Und du, Stew, bekommst von mir ein spitzes Stück Blei zwischen die Rippen, wenn du sie noch einmal anrührst! – Setzen Sie sich vor den Felsen, Miss«, sagte er zu Diana und ließ sie los. »Er wird das nicht noch einmal tun. Es tut mir leid.«

»Wenn es Ihnen leid tut, dann lassen Sie mich gehen«, erwiderte sie heftig.

»Nichts zu machen, Miss. Ohne Sie haben wir um fünfzig Prozent geringere Chancen, über die Grenze zu kommen. Ich verspreche Ihnen, dass Sie direkt hinter der Grenze freigelassen werden. Setzen Sie sich jetzt an den Felsen dort.«

Sie gehorchte und wischte sich das Gesicht mit einem Taschentuch ab. Der Ekel stand ihr im Gesicht dabei.

»Ich kriege dich noch, Baby!«, rief Cobble. »Aus der Hand wirst du mir noch fressen, du kleine Katze.«

»Hör mit dem Unsinn auf!«, schnauzte ihn Brazos-Jim an. »Wir haben verdammt andere Sorgen!«

»Ach, quatsch doch nicht so blöde. Immer spielst du dich auf wie ein Apostel. Ich bin Stewart Cobble, und ich bin, verflucht noch mal, kein kleines Kind! Kümmere dich um dich und Mac. Da hast du genug zu tun. Bist du vielleicht der Vater von diesem Mädchen? Was geht dich an, was ich mit ihr tue?«

»Noch ein Wort, Stew, und ich bringe Mac allein über die Grenze. Dich aber werden die Kojoten bestaunen, mein Junge!«

Cobble schwieg. Er wusste, dass er mit dem Revolver und im fairen Duell gegen Brazos-Jim ungefähr so viele Chancen hatte wie eine Steinschleuder gegen eine Kanone. Aber das dämmte seine Wut nicht ein. Missvergnügt starrte er auf Brazos-Jim und schwor ihm Rache für diese Maßregelung.

Wenn wir erst in Idaho sind, dachte er, *dann pfeift ein anderer Wind!*

7. Kapitel

Am nächsten Vormittag waren Brazos-Jim, Diana Derrick und der vor Schmerzen wimmernde Mac wieder unterwegs.

Mac O'Neill hatte einen Punkt erreicht, wo die Nervenkraft nicht mehr mit den Schmerzen fertig wurde. Er hatte bis zum Morgen die Marter wie ein Mann ertragen, aber nun, als sie wieder unterwegs waren, wurde es für ihn so schlimm, dass er gar nicht mehr anders konnte als wie ein Kind zu wimmern. Er war fertig, restlos fertig, doch sein Herz hatte die Kraft eines nicht umzubringenden Dampfmotors. Es ließ Mac O'Neill nicht im Stich, und so dauerte seine Marter an.

Die Hitze wurde selbst hier oben in den Bergen unerträglich. Für Mac war das eine zusätzliche Qual. Die Luft schien immer ärmer an Sauerstoff zu werden, und es wehte nicht das geringste Lüftchen.

Dann entdeckte Brazos-Jim die Wolkenwand, die sich über die Berge schob und den schneebedeckten Gipfel des Union

Peak einhüllte. Cobble, der sich hier auskannte, sah es auch und machte ein entsetztes Gesicht.

»Jim«, sagte er aufgeregt, »das gibt Hagel, womöglich Schnee!«

»Jetzt im Hochsommer?«, fragte Brazos-Jim ungläubig.

»Hier oben ist das alles drin. Und es wird furchtbar. Wir müssen weiter, wir müssen ganz schnell zum Passweg hinunter!«

»Bist du verrückt? Damit uns dort das Aufgebot...«

Cobble unterbrach ihn mit einer Handbewegung. »Jim, ich kenne dieses Land hier. Das Aufgebot ist völlig unwichtig. Wir müssen nur noch an das Gewitter denken. Wenn wir keinen Schutz finden, sind wir verloren. Ich habe das einmal erlebt. Auch im Sommer. Gar nicht weit von hier brach ein Gewitter los, und auf einmal begann es zu hageln und kurz darauf sogar zu schneien. Ein Schneesturm, der nur ein paar Minuten gedauert hat, aber alles war glatt. Lawinen kommen von den Felsen, und du kannst dich nicht mehr auf den Beinen halten. – Wir müssen zum Passweg!«

Brazos-Jim widersprach nicht mehr. Cobble hatte bislang immer gut geführt, wo er das Land kannte. Also fügte sich Brazos-Jim, obgleich er es war, der alle Unternehmungen angeführt hatte.

Sie mussten einen Serpentinenpfad hinab, zeitweise zu Fuß. Nur Mac blieb auf dem Rappen. Unten war der Weg breiter, denn es fuhren ja auch Wagen hier. Die Steigung, die er zum Pass hinaufführte, betrug vielleicht zwanzig Prozent. Aber der Pass, so äußerte Cobble mehrmals, war nicht mehr weit.

Dann war schon der Himmel dunkler. Über den höchsten Gipfeln der West River Mountains zuckten Blitze, grollte Donner. Und immer kürzer wurden die Abstände zwischen Blitz und Donner.

Immer näher kam das Gewitter heran. Schwefelgelbe Wolken mischten sich mit tiefschwarzen. Obgleich es um Mittag war, wurde es immer dunkler, als sei es nahezu Nacht.

Wind kam auf, ein böiger, tückischer Wind, dessen Stöße in Intervallen mit Orkanstärke heranfegten. Sofort danach war es wieder ruhig, bis eine erneute Bö heranschoss. Die Wucht war so groß, dass die Pferde fast umgeworfen wurden.

Es begann zu regnen. Erst noch in wenigen großen Tropfen. Doch das Unwetter würde gleich losbrechen, das erkannte auch Brazos-Jim, obgleich ihm diese Gegend hier nicht vertraut war.

Cobble, der Macs Pferd am Zügel hielt, wandte sich um und schrie: »Da vorn ist die Hütte!«

Brazos-Jim sah sie auch. Das Holzhaus, ganz aus unbearbeiteten Baumstämmen gebaut, stand unmittelbar unter der etwas überhängenden Felswand, ein Stück oberhalb des Passweges.

»Schneller!«, schrie Cobble. »Bevor es losgeht, müssen wir über den Pfad!«

Kurz darauf sah auch Brazos-Jim diesen Pfad. Er führte über einen Felsgrat vom Passweg zur Hütte hinauf. Zunächst wirkte er harmlos. Doch dann hatten sie ihn erreicht. Cobble saß ab und führte sein Pferd am Zügel zur Hütte hinauf. Da sah Brazos-Jim, dass der Pfad diesseits zwar nur ein paar Meter abfiel, auf der anderen Seite aber der Felsen sich steil in eine Schlucht hinunter senkte.

Cobble balancierte wie ein Seiltänzer mit dem Pferd, und jede Sturmbö drohte ihn in die Tiefe zu werfen. Aber er kam gut oben an. Dann kehrte er zurück, holte Mac mit dessen Pferd, und alles wiederholte sich. Schließlich führte Brazos-Jim sein Pferd hinauf, auf dem Diana Derrick saß. Das Mädchen schloss vor Angst die Augen, als es die unendlich scheinende Tiefe zu seiner Linken sah.

8. Kapitel

Red River Joe hatte den Passweg erreicht, als es anfing zu gießen. Die Sturmböen hatten vorübergehend nachgelassen, aber nun schüttete das Wasser wie aus Eimern vom Himmel. Im Handumdrehen waren er und das Pferd völlig durchnässt. Star, der braune Hengst, stapfte mit hängendem Kopf den steilen Weg bergan.

Als wieder ein Blitz zuckte, sah Joe die Hütte. Sie lag weiter oben, und er entdeckte auch ein Pferd dicht davor. Ein zweiter Blitz zeigte ihm, dass er sich wirklich nicht getäuscht hatte. Es standen zwei Pferde vor der Hütte, und zwei Männer stiegen gerade ab.

Die Hütte kam Joe wie ein Geschenk des Himmels vor. Er trieb den Braunen an und erreichte kurz darauf den Pfad. Er sah, dass er ihn nicht zu Pferde bewältigen konnte, zumal er jetzt vom Regen glitschig und gefährlich war. So saß Joe ab, nahm den Braunen kurz und führte das widerstrebende Tier hinüber und dann hinauf zur Hütte.

Joe ging vorsichtig und atmete auf, als er vor der Hütte auf einer Art Plateau ankam. Da sah er den Verschlag neben dem Gebäude, eine Art primitiver Stall. Er entdeckte beim Niederzucken eines Blitzes, dass hier schon Pferde standen, und brachte den Hengst dorthin.

Pferde schnaubten, eines wieherte schrill. Und da merkte Joe, dass es mehr als nur zwei Tiere waren. Doch es interessierte ihn nicht. Er wollte nur Schutz für seinen Hengst und sich.

Jetzt begann es zu hageln. Es war nicht der kleinkörnige Hagel, den er schon oft im Flachland erlebt hatte. Dieser Hagel hier bestand aus Eisbällen, die bis zu Faustgröße wie Steine vom Himmel fielen.

Hastig zog Joe den Hengst unter das Dach. Eine Tür hatte dieser Stall nicht, aber er war solide aus dicken Baumstämmen gebaut. Drinnen drängten sich bereits fünf Pferde aneinander. Mit etwas Mühe konnte Joe den Hengst unterbringen und an der hinteren Wand anleinen. Sofort begannen die Pferde auszukeilen. Der Hengst biss nach einem großen Rappen, doch bald hatten sie mehr Sorgen mit dem Unwetter, das sie alle miteinander ängstigte.

Joe zog den Sattel ab und türmte ihn auf die anderen, die schon vorn in der Ecke lagen. Er fasste sein Gewehr und rannte dann im prasselnden Hagel hinaus zur Tür der Hütte hin. Es stürmte wieder.

Ein faustgroßer Eisbrocken schlug ihm auf den Kopf, und trotz des Hutes wurde Joe fast davon betäubt. Er taumelte gegen die Tür, versuchte sie zu öffnen, aber sie gab nicht nach. So trat er gegen das Holz, und plötzlich wurde sie von innen aufgestoßen.

Joe sprang förmlich ins Haus und fiel einem Mann praktisch in die Arme.

»Mensch, was ist denn das für ein Irrer?«, schrie ihm eine Männerstimme ins Ohr. »Tritt mir noch auf die Zehen, dieser Verrückte!«

»Mach die Tür zu, Stew!«, brüllte jemand von weiter hinten.

Joe sah im ersten Augenblick nun zwei Dinge: den Mann, der dicht vor ihm stand und jetzt mit Joes Hilfe die Tür zuzog, die der Sturm festhalten wollte.

Das zweite, was er sah, war eine flackernde Lampe.

Als die Tür geschlossen war, lehnte Joe sich keuchend mit dem Rücken dagegen, zog seinen Hut vom Kopf und tastete nach einer Stelle, wo eine Beule wuchs.

Ein Mann im Hintergrund der Hütte lachte. »Kopfschmerzen?«, fragte er.

Allmählich hatte sich Joe an das Schummerlicht gewöhnt. Er entdeckte neben sich den stoppelbärtigen Stewart Cobble, aber er kannte ihn nicht. Nur dass Cobble einen Revolver in der Hand hielt und auf ihn richtete, störte ihn. Aber erst wollte er sich umsehen. Hinten im Raum neben der Lampe waren noch drei Menschen, eine Frau, ein Junge und ein Mann, dessen Gesicht Joe so leicht nicht vergessen würde: Deputy Marshal Rod Kingsman.

Überrascht starrte Joe auf den Marshal, sagte aber nichts, sondern blickte weiter nach rechts und entdeckte ein Kastenbett an der Wand, wo noch jemand war, aber von dem erkannte er nur den Rücken. Der Mann war halb ausgezogen und vielleicht verletzt.

Den Mann aber, der hinter dem Kastenbett stand, den erkannte Joe sofort. Der andere aber wusste ebenso, wer da eben gekommen war.

Brazos-Jim brüllte plötzlich, dass es sogar den Donner übertönte: »Red River Joe! Verdammt, du bist es wirklich! Wie, zum Teufel, kommst du hierher?«

Joe entspannte sich. »Also hatte der Marshal in Holdford recht gehabt. Wenn er uns jetzt sehen könnte, würde er sich freuen. Er hat gleich gesagt – und der dort auch«, er wies auf den Deputy, »dass ich zu euch gehöre. – Was machst du Schönes, Brazos?«

Brazos-Jim kam hinter dem Bett hervor, sah Cobble an und sagte: »Steck das Ding weg, Joe ist ein alter Freund von mir. Einer der wenigen, die ich jemals hatte.« Er reichte Joe die Hand, und Joe schlug ein.

»Alter Häuptling aller Treibherden zwischen San Antonio und Abilene, wie sieht man sich wieder, he?«, rief Brazos-Jim, und er freute sich wirklich.

»Das möchte ich lieber dich fragen. Ich bin auf dem Weg nach Oregon. In Holdford war man dagegen der Meinung, ich könnte dir bei einigen Hits geholfen haben. Der dort dachte am Anfang sogar, du und ich, wir wären ein und derselbe.« Joe sah auf Kingsman, der ihn böse anstarrte.

Da fiel ihm auf, dass Kingsman entwaffnet war. Der Junge neben ihm, der ihn ebenfalls anstarrte, hatte eine merkwürdige Ähnlichkeit mit dem hübschen Mädchen.

»Wer ist das?«, fragte Joe.

Brazos-Jim wollte antworten, aber gerade donnerte es so laut, dass er warten musste. Überhaupt konnten sie sich nur sehr laut redend, fast brüllend, verständigen, denn auf das Dach trommelte der Hagel. An einigen Stellen waren Eisbröckchen sogar durch das Dach in die Hütte gekommen.

»Das ist ein Mädchen aus Holdford. Unsere Freunde vom Marshal Office wollten uns auf den Bauch legen. Wir hatten keine andere Chance, als mit einer Geisel aus der Stadt zu kommen. Da hat Stew dieses Mädchen aufgegabelt und mitgenommen. Wir lassen sie hinter der Grenze frei.«

»Und der Junge?«

»Er ist uns praktisch zusammen mit dem Deputy in die Hände gefallen. Kurz bevor du gekommen bist. Wir wissen selbst nicht, wie es kommt.« Brazos-Jim wandte sich an Kingsman. »Eh, Deputy, wieso seid ihr hier? Seit wann schleppt ein Marshal ein Kind durch die Berge?«

»Er ist der Bruder von Miss Derrick, und ich wollte ihn aufhalten und in die Stadt bringen. Erst kurz vor dem Unwetter habe ich ihn eingeholt. Da hatte es aber keinen Sinn mehr, und ich musste sehen, dass wir Schutz fanden.« Kingsman machte ein säuerliches Gesicht. Manchmal ächzte er, als ob er Schmerzen hätte.

»Bist du verwundet?«, fragte Joe.

»Nein, nur das Rheuma. Bei diesem Wetter ist es schlimmer als ein Steckschuss.«

»Im Bein?«, fragte Joe.

Kingsman nickte.

»Na prima«, höhnte Cobble. »Einen besseren Deputy können wir uns gar nicht wünschen.«

Kingsman schnaubte wütend: »Lacht nicht zu früh! Das Aufgebot ist garantiert in der Nähe.«

»Das haben wir sachte abgehängt«, meinte Cobble amüsiert. »Und mit dir in unserer Gesellschaft passiert uns ja nun so gut wie überhaupt nichts mehr. Weißt du, Marshal, was du für uns bist? Die beste Lebensversicherung, die sich ein Mann nur wünschen kann. Zusammen mit dem Mädchen, dem Jungen und dir sind wir Weltmeister!«

Brazos-Jim wandte sich an Joe. »Wann haben wir uns zum letzten Male gesehen, Joe? Das muss doch schon sieben Jahre her sein?«

»Sechs. Aber inzwischen hast du ein paar Sachen gemacht, die dir noch Ärger bringen könnten«, sagte Joe, der es nicht fassen konnte, dass aus dem einstigen Freund und Kameraden ein

Bandit geworden war, auf den der Strick wartete. Sicher, ein rauer Bursche war Jim schon immer gewesen, genau wie Joe selbst. Aber das, was er in den letzten Jahren getan hatte, war etwas mehr, als Joe tun würde.

»Du meinst die Bank in Atlantic City?«

»Nicht nur die. Es sind auch noch ein paar Kutschen dabei.«

»Klar, man muss auch Kleinvieh schlachten.« Brazos-Jim lachte. »Kleinvieh gibt auch Mist und einen Braten.«

»Du bist auch in Idaho nicht sicher, Jim«, erwiderte Joe. »Die Sache mit der Bank war ein Fehler. Es ist eine Bank, die der Wells Fargo gehört.«

»Na und?«, rief Cobble.

Joe sah sich nach dem stoppelbärtigen Banditen um. »Das ist ein überstaatliches Unternehmen, Mann. Und wenn du mit der Wells Fargo etwas machst, sind die US Marshals hinter dir her. Außerdem ist hier ein Territorium. Das ist sowieso etwas für die Marshals. Ich weiß nicht, Jungs, aber Idaho ist auch nicht der Platz, auf den ihr eure Decke legen könnt.«

»Wo dann?«, fragte Brazos-Jim.

»Kanada, Mexiko, sonst wo. In den Staaten suchen sie euch.«

»Wer sucht, hat noch lange nicht gefunden«, meinte Cobble meckernd.

»Sie finden euch!«, rief Kingsman in den wieder aufheulenden Sturm. »Und sie hängen euch!«

»Das darf dich doch nicht stören, Kingsman. Dich legen wir vorher auf den Bauch. Sieh mal!« Cobble richtete den Revolver auf Kingsman. »Ich drücke ab, und du bist tot. So einfach ist das.«

Kingsman verzog das Gesicht zu einer Grimasse und schwieg.

Joe lauschte. Der Sturm heulte noch, aber das Prasseln des Hagels hatte aufgehört. Er trat an die geschlossenen Läden des einzigen Fensters, aber die Schlitze waren offenbar zu dicht, oder draußen war es stockdunkel. Er sah nichts von dem, was außerhalb der Hütte vorging.

»Es schneit!«, rief Brazos-Jim und starrte zur Decke, durch die es an mehreren Stellen leise rieselte. Der Sturm trieb den Schnee durch die Ritzen. Und nun sah es Joe auch an den Läden. Schnee stiebte durch die Fugen.

»Dann gute Nacht!«, rief Cobble. »Wir können uns auf eine längere Pause einrichten.«

9. Kapitel

Die Hütte lag in über zweitausend Meter Höhe. Was unten in den Tälern als Regen oder Graupel niederging, hatte sich hier oben von Hagel in Schnee verwandelt. Blitzschnell war das ganze Hochgebirge mit einer weißen Decke überzogen, die sich durch neue Schneestürme immer noch verdichtete. Und das mitten im Sommer. Vom Wind wurden Wehen in den Passweg geblasen, sodass er nicht mehr passierbar war. Der Grat, der als Pfad zur Hütte diente, war in Hagel und Schnee zu einem bizarr geformten Eiskamm geworden. Auf dem Dach der Hütte lag bald hoher Schnee, und vor dem offenen Eingang zum primitiven Stall türmte sich angewehter Schnee bis unter die Hinterbeine der dicht gedrängt stehenden Pferde.

In den Tälern fing sich das Unwetter, drehte sich, zog wieder zu den Gipfeln hoch, wurde von Kaltluft erneut nach unten gepresst und kam einfach nicht von der Stelle. Zwei entgegengesetzte Strömungen, die eine von Westen, die andere wärmere von Osten, prallten dicht vor der Wasserscheide des Passes immer wieder aufeinander.

So hielt sich das Unwetter am Osthang des Gebirges, ließ immer nur kurze Zeit nach, um dann erneut loszubrechen, wenn die aus Westen kommende Kaltluft darauf prallte.

So verging die Nacht, und als der Morgen kam, herrschte plötzlich Windstille. Aber es schneite, als sei Weihnachten.

Vier Meilen von der Hütte entfernt hatte das Aufgebot unter Johnstons Führung in einer Höhle Unterschlupf gefunden. Die

Höhle befand sich schon jenseits des Passes. Hier tobte das Unwetter längst nicht so arg wie über der Hütte. Johnston und seine Leute verließen gegen Morgen die Höhle und ritten weiter nach Westen im tiefverschneiten Gebirge über den Wagenweg, der zum Teil so verweht war, dass die Männer für die Pferde eine schmale Gasse trampeln mussten. Doch je weiter die Posse nach Westen kam, und je tiefer der Weg bergab führte, desto weniger Schnee lag noch, zumeist begann er schon zu tauen. Und während hinter ihnen über dem Pass noch der Schneesturm wütete, strahlte vor ihnen im Westen die Sonne.

So erreichten sie gegen Mittag die Relaisstation, die von einem Weißen und seiner indianischen Frau unterhalten wurde. Hier wurden, wenn die Wagen der Fracht und Postlinie fuhren, die Pferde gewechselt.

»Dort bleiben wir, bis der Pass wieder frei ist«, erklärte Johnston. Er hatte nicht mehr viel Hoffnung, Brazos-Jim und das Mädchen zu finden. Andererseits hielt er es nicht für möglich, dass die Bande mit ihrer Geisel schon über den Pass geritten war.

Das wurde ihm nahezu zur Gewissheit, als er mit seinem Aufgebot die Relaisstation erreichte und dort von dem Stationer erfuhr, dass die Bande nicht hier vorbeigekommen war.

Johnston beschloss, der Bande den Weg nach Westen zu verlegen.

10. Kapitel

Am Morgen nach der ersten Nacht in der Hütte wütete wieder ein Schneesturm.

»Verrückt«, sagte Cobble. »Im Juli so ein Wetter! Aber hier oben ist alles möglich.« Cobble stieß die Tür wieder zu und wandte sich an Red River Joe, der ein Sauerteigbrot aus der Satteltasche zog und ein Stück mit dem Bowiemesser abschnitt.

»Sieht aus, als hättest du für drei Jahre zu fressen bei dir. Gib mir auch ein Stück.«

»Für dich?«, fragte Joe.

Cobble sah ihn an wie einen Schwachsinnigen. »Hast du gedacht, für mein Pferd?«

»Ich dachte, du gibst es erst einmal dem Mädchen.«

»Selber essen macht fett«, knurrte Cobble. »Los, gib schon was her!«

»Du wirst warten müssen, bis ich es dir gebe, mein Freund. Ladys first!« Joe schnitt noch ein Stück Speck ab und ging mit Brot und Speck zu Diana Derrick, die ihm misstrauisch entgegensah.

Er hielt ihr das Brot hin. »Nehmen Sie!«

Sie zögerte, griff aber doch zu, während der Junge mit wässrigem Mund auf den Speck starrte.

Joe sah es und meinte: »Du wirst es bei mir abholen. Komm, Junge!«

Jack stand auf und blieb neben Joes Sattel stehen. »Sind Sie ein Bandit wie die anderen?«, fragte er.

»Was sind das für Fragen, Junge?«, brummte Joe.

»Wenn Sie ein Bandit sind, will ich nichts von Ihnen«, erklärte er trotzig.

Joe hatte Speck und Brot abgeschnitten. »Da, rede nicht, nimm und iss!«

»Sie haben noch nicht gesagt, was Sie sind.«

»Jack, nimm es!«, rief Diana.

Cobble fluchte, und Brazos-Jim, der neben Macs Lager stand, lachte.

»Der Kleine hat Stolz, was? Aber der Deputy hier will ja auch gern wissen, auf welcher Seite du stehst, Joe«, meinte Brazos-Jim. »Sag es ihm, sonst macht er sich noch falsche Hoffnungen.«

»Ist das für dich so wichtig, Jim?«, erkundigte sich Joe, während der Junge das Brot nahm. Jack ging zurück zu seiner Schwester, die ihm zulächelte. Dann biss er heißhungrig ab.

Brazos-Jim lehnte hinten an der Wand und blinzelte zu Joe hinüber. »Wir sind einmal gute Freunde gewesen, Joe, aber seitdem sind eben sechs Jahre vergangen, und bei dir könnte sich manches geändert haben.«

»Geändert? Ich war Treibherdenboss, Jim, kein Bankräuber.«

Brazos-Jim lachte schallend. »Klar, aber ein Marshal wärst du auch nie geworden.«

»He, hört auf mit dem Gequatsche!«, protestierte Cobble. »Ich will etwas zu fressen haben. Euren blöden Käse könnt ihr euch ein andermal erzählen. – Red River, wir haben keinen Proviant, und dir quillt der Sack davon über. Gib schon endlich ein Stück Brot her, oder muss ich es mir holen?«

Wieder lachte Brazos-Jim, und Joe grinste. »Dann hol's dir doch!«, meinte er aufmunternd. »Von mir bekommst du erst etwas, wenn euer Verletzter etwas hat.«

Brazos-Jim blickte auf O'Neill und schüttelte den Kopf. »Er hat Fieber, Joe. Ich glaube nicht, dass er überhaupt etwas will. – Mac! Eh, Mac, hörst du mich?«

Mac O'Neill stöhnte nur. Joe teilte das Brot auf. Cobble griff gierig danach.

Brazos-Jim sah Joe an. »Er müsste einen Doc haben, aber woher nehmen? Ich denke, dass es ein Beckenbruch ist.«

»Warum habt ihr ihn überhaupt mitgenommen?«, fragte Kingsman, der neben dem Jungen an der Wand lehnte. »Ihr hättet ihn in der Stadt lassen können.«

»Damit ihr ihn schön gesundpflegt und anschließend fein säuberlich aufhängt?«, fragte Cobble scharf. »Eure Moral kennen wir doch. Ihr seid so edel, so gut, und vor allem tut ihr alles schon nach dem Gesetz. Ein Halbtoter wird nicht gehängt, nein, nein, erst muss er gesund sein. Und wenn das Jahre dauert. Erst nachher hängt ihr ihn auf. Weißt du, verdammter Bulle, was das ist? Das ist schlimmer, als einen Mord zu begehen. Ihr quält so einen Mann hundertmal an einem Tag, wochenlang, bis ihr ihn endlich gesund habt. Jede Minute stirbt dieser Mensch im Voraus, und es sind verflucht viele Minuten, bis ihr ihn endlich unter den Strick stellt. Nein, dann soll er lieber hier vor die Hunde gehen.«

»Er selbst wird das nicht wollen«, erwiderte Kingsman.

»Er selbst will leben, jeder will das. Jeder hofft, dass es ihn verschont, dass bei ihm alles viel besser geht.« Cobble lachte schrill. »Aber er ist hier ebenso verloren wie in der Stadt. Nur geht es schneller.«

»Stew, reg dich nicht auf«, sagte Brazos-Jim. »Ich habe eine prächtige Idee. Unser Freund, der Marshal, der so wohltätig und so edel denkt, soll etwas tun. Wie wäre es, Kingsman – so heißt du doch? –, wenn du einen Doc zu uns bringst. Wir haben das Mädchen und den Jungen. Wenn du dich beeilst, kannst du doch sicher in drei Tagen mit einem guten Doc hier sein, nicht wahr?«

»Damit er das Aufgebot vor unsere Nase schleppt?«, schrie Cobble aufgebracht.

»Na wenn schon, Stew! Wir haben das Mädchen und den Jungen. Ist das nicht die reinste Lebensversicherung? Ein Glücksfall, Stew, und das weiß auch der Marshal. Die können uns nichts, gar nichts.«

Red River Joe stieß die Hüttentür auf. Eiskalter Wind und wirbelnde Schneeflocken kamen herein. »Er kommt nicht durch«, rief Joe über die Schulter zurück. »Überlegt euch etwas. Ich kümmere mich jetzt um mein Pferd.«

»Ja, ich komme auch mit!«, erwiderte Cobble. »Bei dem Gequatsche hier kommt doch nichts 'raus.«

Joe war am frühen Morgen schon einmal im Stallverschlag gewesen, um seinen Sattel mit dem Proviant zu holen. Jetzt war die Gasse im Schnee schon wieder verweht.

»Verdammt«, schrie Cobble hinter Joe. »Wenn ich das hier sehe, diese Schneewüste, dann könnte ich glauben, jeden Moment wächst mir ein Rentiergeweih. Und das alles im Juli!«

Joe blieb stehen und blickte in die Runde. Zwar wehte noch Wind, aber es schneite nicht. Was an Schnee herumwirbelte, war nur vom Wind hochgeweht. Grellweiß war der Schnee überall. Die Wolken begannen sich ein wenig über dem Kamm des Gebirges zu lichten. Schwarzgrau ragten Felskanten aus dem Leichentuch des Schnees heraus. Man konnte in dem vielen Weiß kaum erkennen, wo Tal und Berg war. Doch allmählich gewöhnten sich Joes Augen an diese grelle Helligkeit. Da machte er eine verblüffende Feststellung.

Er winkte Cobble und zeigte auf den Grat, über den sie zur Hütte gekommen waren. Vielmehr deutete er auf die Stelle, wo er den Grat in Erinnerung hatte. Jetzt war dort nichts.

»Sieh mal dahin, Stew! Ist das nicht vorhin anders gewesen?«

Cobble starrte in jene Richtung, wusch sich über die Augen, starrte wieder und blickte dann zur Felswand hinauf. Dort oben war eine Stelle im überhängenden Fels, an der weder Schnee noch Reif hing. Zackiger schwarzer Felsen, wie frisch ausgebrochen, war dort oben zu erkennen.

»Moment mal!«, meinte Cobble. »Der Grat ging dort, führte hinab zum Passweg. Aber, wo zum Teufel, ist der Passweg?«

Joe hatte es schon erraten. »Während wir heute Nacht gefroren oder geschlafen haben, ist etwas oben abgebrochen, hinuntergestürzt und hat den Grat weggerissen und den Pass weg verschüttet.«

»Das hätten wir doch hören müssen, Mann!«, meinte Cobble.

»In dem Sturm?«

Cobble kratzte sich am Kinn. »Es hat ja mehrmals gedonnert und ist hinunter geprasselt, aber das...« Er starrte wie gebannt hinauf zu dem Loch in der Felswand.

»Weißt du, ob wir überhaupt noch hier wegkommen?«, fragte Joe. »Ich kann mich nicht so genau an die Einzelheiten erinnern. Als ich hier ankam, hatte ich Not, überhaupt auf dem Weg zu bleiben.«

»Man sieht in diesem grellen Licht nicht gut. Außerdem weiß kein Mensch, was unter dem Schnee los ist«, erwiderte Cobble nachdenklich. »Wenn der Grat fort ist, bekommen wir die Pferde nicht mehr von hier weg.«

»Ohne Pferde habt ihr verspielt, nicht wahr?«, meinte Joe.

Cobble nickte, dann sah er Joe an. »Der Junge hat dich vorhin etwas gefragt. Ich interessiere mich für die Antwort noch mehr als er. Wo stehst du, Red River? Bist du noch immer Jims Freund, oder würdest du womöglich eine Menge für das Mädchen tun wollen?«

»Wie kommst du darauf?«

Cobble ging an Joe vorbei auf den Stallverschlag zu. Die Pferde schnaubten, einige scharrten mit den Vorderhufen. Die Tiere hatten Durst.

»Warum? Weil ich nicht blind bin, Red River. Ich habe Augen im Kopf, die genau gesehen haben, wie sehnsüchtig du die Kleine angestiert hast. Haha, sie ist hübsch, wie? Aber mach dir keine falschen Hoffnungen. Ich werde mir das schöne Kind an Land ziehen. Sie fällt in Stewart Cobbles Arme, darauf kannst du Gift nehmen. Ich denke, jetzt weißt du Bescheid!«

»Ja«, entgegnete Joe ruhig. »Jetzt weiß ich Bescheid.«

Cobble wandte sich um, als sei die Angelegenheit nun ein für alle Mal bereinigt. »Wir müssen Schnee auftauen, Red River, damit die Gäule Wasser kriegen.«

»Dort neben dem Haus liegt Brennholz. Machen wir also davon ein Feuer«, stimmte Joe zu.

11. Kapitel

Gegen Mittag kam die Sonne durch. Im Handumdrehen rann Wasser von den Felswänden, taute der Schnee unmittelbar um die Hütte herum weg. Es wurde so hell, dass Joe nur mit fast geschlossenen Lidern in das grelle Weiß der Schneelandschaft sehen konnte.

Ringsum wirkte alles wie ausgestorben. Kein Vogel, kein Lebewesen sonst war zu sehen. Am Himmel segelten abziehende Wolkenberge, aber das Blau überwog. In der Sonne schmolz der Schnee allerorten. Das Rauschen abfließenden Schmelzwassers war jetzt das einzige Geräusch außer dem Schnauben und Stampfen der Pferde.

Aus dem Kamin der Hütte quoll Rauch, auch das Feuer auf dem kleinen Vorplatz des Blockhauses qualmte. Die angesengten Holzstangen lagen daneben. Sie waren von Cobble und Joe zusammengefügt worden wie zu einem Floß. Schräg gestellt hatte man sie mit Schneebergen bedeckt und über dem Feuer aufgebaut. Das Schmelzwasser war anschließend in den Tränktrog geronnen. Nun wirkte das alles sinnlos und überflüssig. Für die Pferde war nun mehr Wasser da, als sie saufen konnten. Aber das hatte am Morgen noch keiner wissen können.

Brazos-Jim, Kingsman und Cobble standen vorn an jener Stelle, wo jetzt das Ausmaß des Felssturzes sichtbar wurde. Der Schnee taute weg, und so ließ sich abschätzen, wie es um die Menschen hier oben bestellt war.

Red River Joe hatte es sich vorhin schon angesehen und fragte sich, wie es weitergehen würde. Von der Hütte aus gab es keinen Weg zur Passstraße hinunter, keinen, den die Pferde hätten gehen können. Der Felsgrat war weggerissen worden, und selbst auf dem Passweg hatten die Trümmer eine haushohe Schuttwand errichtet. Der Pass war nach Westen zu gesperrt. Zurück nach Osten konnte man erst, wenn die Verwehungen weiter unten abgetaut waren. Aber es lag nahe, dass auch dort möglicherweise Lawinen den Hohlweg verschüttet hatten.

Joe dachte an Diana Derrick. Seit dem Morgen besaß niemand mehr etwas zu essen. Brazos-Jim und seine beiden Begleiter waren ja schon ohne Vorräte nach Holdford gekommen und hatten sie dort ursprünglich auffüllen wollen. Die überhastete Flucht ließ sie nicht dazu kommen. Kingsman besaß auch nicht einen Krümel Brot, und Diana und der Junge ebenfalls nicht. Joes Vorräte waren aufgeteilt und verzehrt worden. Der Anblick des zugeschütteten Passweges und des weggerissenen Grates schmälerte aber die Hoffnung der Menschen hier oben, schnell wieder von hier wegzukommen.

Die wärmende Sonne ließ es zunächst leichter ertragen. Joe machte sich keine großen Sorgen, zumal er sich aus der ganzen Geschichte, was Kingsman und die Bande betraf, heraushalten wollte. Aber seit dem Morgen beschäftigte ihn Diana Derricks Schicksal. Er hatte sich erst dazu zwingen wollen, sich nur um sich selbst zu kümmern, diesmal allen Problemen anderer Leute aus dem Weg zu gehen. Immerzu waren es die Sorgen anderer gewesen, weshalb er selbst dann von seinem Ziel abgekommen und in Schwierigkeiten geraten war. Noch gestern war er von seinem Vorsatz überzeugt gewesen. Er wollte nach Oregon, wollte dort neu anfangen. Keine Schießereien mehr, keinen Streit mit anderen, nicht den Kopf für irgendwelche Rancher hinhalten, nur weil er auf deren Lohnrolle stand. Jetzt wollte er sein eigenes Heim aufbauen, für sich und all jene, die einmal zu ihm gehören würden.

Aber sein Vorsatz schmolz so rasch wie jetzt am Mittag der Schnee. Diana Derrick war kein Mensch, an dem er hätte vorbeisehen können. Und nicht nur deshalb, weil sie hübsch war. Doch fast ebenso wie das Mädchen beschäftigte ihn Jack, der Junge. Irgendwie erinnerte ihn Jack an seinen Bruder Randolf, der jetzt siebzehn sein musste. *Ja*, dachte Joe, *sie ähneln sich wirklich.*

War es die Erinnerung an zu Hause, die Sehnsucht nach der Mutter und dem jüngeren Bruder? Er wusste es selbst nicht, aber er wollte auch nicht darüber nachdenken. Der Entschluss, dem Mädchen und dem Jungen zu helfen, kam plötzlich und wie selbstverständlich. Und als er sich darüber klar war, den beiden helfen zu wollen, war es ihm, als sei ihm durch diese Entscheidung ein Stein von den Schultern genommen worden.

Etwas anders lag die Sache mit Brazos-Jim. Früher hatten sie sich immer gern gehabt, und im Grunde mochte Joe den großen Texaner auch heute noch. Wenn nur diese bösen sechs Jahre in Brazos-Jims Leben nicht gewesen wären, diese Zeit der Banküberfälle, der Postkutschen Hold-ups und mancher anderer üblen Geschichten, die nach Joes Ansicht gar nicht zu Brazos-

Jim passten. Cobble, ja, der war dieser Typ. Schon sein Äußeres stand dazu. Aber Brazos-Jim?

Joe stand in der Tür der Hütte. Er hörte Mac O'Neill stöhnen und im Fieber aufschreien. Lange würde es der schwerverletzte Bandit nicht mehr aushalten.

Joe wandte sich um und blickte ins Dämmerlicht, das in der Hütte herrschte. Er sah, wie Diana Derrick feuchte Tücher auf Mac O'Neills Stirn legte. Der Junge stand neben ihr und blickte zur Tür. Joe lächelte, und der Junge griente über sein sommersprossiges Gesicht. Offenbar war sein Misstrauen geschwunden. Vielleicht, so sagte sich Joe, hatte ihm die Schwester zugeredet.

»Wie geht es ihm?«, fragte Joe und blickte auf Mac.

Diana sah auf. Ihr schmales Gesicht war gerötet. Sie wischte sich eine Locke ihres goldblonden Haares aus der Stirn und schüttelte den Kopf. Dann wandte sie sich von Mac ab, ging Joe ein Schritt entgegen und flüsterte: »Sehr schlecht, Mister Joe...«

Joe lachte. »Mister Joe? Sagen Sie einfach Joe zu mir. Mein Nachname ist Hastings, aber das hat seit mindestens zehn Jahren noch niemanden interessiert.«

»Es geht dem Kranken schlecht«, wiederholte Diana, ohne auf Joes Erklärung einzugehen. Sie sah ihn ernst an. »Sie könnten helfen, Joe.«

»Dem Kranken oder Ihnen?«

»Erst dem Kranken.«

»Der Mann ist ein Verbrecher, wussten Sie das nicht?«

»Er mag gewesen sein, was er will, jetzt jedenfalls ist er bedauernswert und braucht Hilfe.«

»Das weiß ich auch, aber wie sollen wir helfen? Haben Sie einmal aus der Tür gesehen?«

»Ich habe zugehört, als Brazos-Jim mit Cobble von Ihnen gesprochen hat. Da ist von allerlei Dingen die Rede gewesen, die ein normaler Mensch nicht vollbracht hätte. Deshalb sollten Sie sich hier auch einsetzen. Für einen Mann wie den da!« Sie wies auf Mac, der wieder in Fieberträume versunken war.

Joe betrachtete Diana, und der Eifer, mit dem sie sich für Mac einsetzte, hatte ihr Gesicht gerötet. Sie war nicht nur schön, wie Joe schon von Anbeginn bemerkt hatte, sie war auch ein guter Mensch. Das Verlangen, diese Frau für sich zu gewinnen, überkam Joe wie ein spontanes Ereignis.

Er trat auf sie zu, blickte sie ernst an und fragte: »Wissen Sie, was Ihnen bevorstünde, wenn ich Sie Cobble und Brazos-Jim überließe?«

»Überließe? Die haben mich ja schon.«

Joe tippte an seinen Revolver. »Noch nicht. Der da ist auch noch da. Und ich ebenfalls. – Was meinst du, Jack?«

Jacks Augen leuchteten. »Sie halten nicht zu Brazos?«, fragte er begeistert.

»Man nennt mich Red River Joe, mein Junge, und der ist immer eigene Wege gegangen. Auch jetzt.«

Joe hörte Schritte an der Tür und wandte sich um. Es war Brazos-Jim.

»Na?«, fragte Brazos-Jim. »Plant unsere Venus einen Aufstand?«

»Du wirst lachen, Jim, aber sie wollte, dass ich euren Mac vor dem sicheren Tod rette. An sich hat sie nicht gedacht.«

Brazos-Jims Ledergesicht verzog sich. »Wenn du das sagst, ist es auch wahr. Wie edel von der Lady!«

Diana wandte sich ab und wurde rot. »Ich hätte nicht gedacht, Joe, dass Sie es ihm gleich sagen.«

»Miss, es ist ein Pluspunkt für Sie selbst, dass er es erzählt hat«, widersprach Brazos-Jim. »Aber es sieht draußen mies aus. Ich wüsste nicht, wie wir Mac wegbekommen sollten. Was meinst du, Joe?«

»Die Sonne ist auf unserer Seite.«

»Und auf der des Aufgebots«, ergänzte Brazos-Jim. »Immerhin haben wir das Mädchen und den Jungen. Aber nichts zu essen.«

»Und kein Pferd, wenn wir weg wollen.«

Brazos-Jim nickte. »Weißt du einen Tipp? Cobble redet und redet, aber was Vernünftiges kommt nicht heraus. Er kennt zwar die Gegend, aber nun ist er mit seinem Latein auch restlos am Ende.«

»Ich biete dir eine Chance, Jim«, sagte Joe plötzlich. »Lass uns allein darüber reden!«

Brazos-Jim nickte. Er sah kurz auf Diana und wandte sich wieder an Joe. »Du machst doch keine Zicken, Joe?«

»Zicken?«

»Ich habe dir die Kanone gelassen, Joe. Cobble hat eben noch gekeift. Ich weiß, dass du mich nicht anschmierst, Joe, aber...«

»Das aber hättest du dir sparen sollen, Jim. Gehen wir!«

Sie verließen die Hütte, und draußen blendete sie der sonnenüberflutete Schnee. Joe kniff die Augen zu schmalen Schlitzen zusammen und blinzelte zu Cobble und Kingsman hinüber, die beide noch vor dem Grat standen, oder vielmehr da, wo der Grat gewesen war.

»Du hast von einer Chance gesprochen, Joe. Ich bin gespannt«, sagte Brazos-Jim mit gedämpfter Stimme.

»Du hast keinen umgebracht in den Jahren?«

»Im fairen Kampf, ja, aber nicht so, dass sie es Mord nennen können.«

Red River sah Joe nicht an. Und in diesem Augenblick erinnerten sie sich beide sehr deutlich der Jahre, als sie noch jünger und wilder gewesen waren, als ihnen manches Mal nach einem harten Treiben der Teufel im Genick gesessen hatte. Damals in Abilene, Wichita und Dodge. Ja, es war eine wilde und doch gute Zeit gewesen. Die Kameradschaft, der gemeinsame Kampf, die Herde durchzubringen, gegen die Naturgewalten, gegen die Indianer, gegen die Männer der Todeslinie in Kansas.

Sie dachten daran, aber keiner von ihnen nahm es in den Mund.

Joe nickte, als sei es eine Antwort auf Brazos-Jims Erklärung, keinen Menschen außer im fairen Kampf erschossen zu haben. »Du solltest in Oregon einen neuen Anfang nehmen – wie ich.«

»Du? Neuen Anfang? Aber hinter dir ist doch kein Sheriff her.«

»Doch, sogar die Armee. Du kennst doch die Geschichte.«

»Ja, kenne ich, und dafür wollen die dich...«

»Stimmt, aber Oregon wäre dennoch ein neuer Anfang, einer, wo wir etwas aufbauen könnten. Vielleicht wir beide, Jim. Ohne Cobble.«

Brazos-Jim sah Joe verblüfft an. »Ohne Cobble?«

»Du wirst doch einen neuen Anfang wollen. So wie damals, als wir getrieben haben. Hart und unerbittlich, aber kein Blut, verstehst du. Etwas, das sich sehen lassen kann. Weshalb man nicht weglaufen muss. Denn in Oregon will ich bleiben, Jim. Ich bin es satt. Bis jetzt war meine Heimat dort, wo meine Decke gelegen hat. Nun will ich ein Dach über dem Kopf haben, das mir gehört.«

»Tja, hört sich gut an. Alt genug sind wir nun dazu«, meinte Brazos-Jim nachdenklich und blickte auf die vielen Rinnsale im Schnee.

»Ja, Jim, es ist wie mit dem Schnee. Unsere Zeit geht auch dahin, und eines Tages sind wir alte Knaben und haben leere Hände.«

»Ohne Cobble?«, fragte Brazos-Jim noch einmal.

»Er bleibt ein Bandit. Immer.«

»Möglich, aber was wollen wir mit ihm machen?«

»Er ist kein Baby. Er wird eigene Wege finden.«

»Wie hast du es vor?«

»Wir übergeben Kingsman den Jungen und das Mädchen. Sobald der Weg frei ist, lassen wir ihn mit beiden abziehen. Dann trennen wir uns von Cobble und gehen allein nach Oregon.«

»Cobble wird uns folgen. Und außerdem ist Mac...«

»Mac überlebt die Nacht nicht, Jim, dafür kannst du mich ansehen. Also?«

»Ich wette, dieses Aufgebot lauert nur darauf, dass wir irgendwo nach Westen...«

»Nach Westen?«, unterbrach ihn Joe.

»Natürlich, da lauern sie. Wir gehen erst zurück und begleiten Kingsman ein Stück. Dann nehmen wir den Pass bei Fort Piney.«

Brazos-Jim zerrte seinen Tabakbeutel aus der Tasche, bekam aber nicht mehr genug Tabak für eine Zigarette zusammen. Joe gab ihm etwas dazu und sagte: »Wir müssen uns entscheiden, Jim! Jetzt!«

»Ich habe zu lange mit Cobble gearbeitet.«

»Gearbeitet? Das war keine Arbeit. Gib es auf. Jetzt!«

Brazos-Jim zögerte noch. Er war unentschlossen. Die Aussicht auf eine Zukunft war für ihn bestechend, aber die Zeit mit Cobble schien schon tief gewirkt zu haben.

Plötzlich sah Brazos-Jim auf, blickte Joe fest an und fragte: »Geht es dir um das Mädchen?«

»Natürlich auch. Entführung ist eine üble Geschichte.«

»Wenn ich nicht einverstanden bin, was würdest du tun?«, wollte Brazos-Jim wissen.

»Dann, Jim, hast du mich gegen euch.«

»Wegen des Mädchens also.«

»Und wegen des Jungen.«

»Mir gefällt das Mädchen auch, Joe.«

»So habe ich das nicht gemeint. Natürlich ist sie hübsch. Jeder von uns würde sie gerne anfassen. Aber sie passt weder zu dir noch zu mir. Mit uns würde so ein Mädchen nicht glücklich.«

»Aber ich würde es, darauf kannst du Gift nehmen. Sie gefällt mir. Sie gefällt mir sogar sehr.« Er grinste Joe an.

Joe schüttelte den Kopf. »Du redest wie Cobble.«

»Ich sagte doch, dass wir zu lange zusammen gewesen sind.« Brazos-Jim schnippte die Kippe seiner Zigarette in ein Rinnsal schmelzenden Schnees. »Es ist sinnlos, Joe. Geh du deinen Weg, wir gehen unseren.«

Joe blickte zu Cobble hinüber, der an die Glut des erloschenen Feuers getreten war und darin herumstocherte. »In Ordnung«, sagte Joe, »dann also nicht. Aber das Mädchen und der Junge kehren um.«

»Ohne die beiden kommen wir nicht durch, Joe«, widersprach Brazos-Jim.

Joe wollte erst etwas sagen, das Brazos-Jim auf eine Möglichkeit hingewiesen hätte, auch ohne das Mädchen und den Jungen durchzukommen. Doch bevor er das sagen konnte, kam Cobble vom Feuer herüber.

»Habt ihr nun lange genug gequatscht?«, fragte er und warf einen Blick zu Kingsman hinüber, der dort stand, wo einmal der Pfad zur Hütte hinauf gewesen war und nun die tiefe Schlucht gähnte.

»Joe«, sagte Brazos-Jim, ohne auf Cobble zu achten, »du bist mir noch eine Antwort schuldig.«

»Ich sagte, ohne das Mädchen kommen wir nicht durch.«

»Nehmt doch Kingsman mit. Bei dem wäre es mir egal. Aber, was zum Teufel, kann das Mädchen dafür, dass ihr gejagt werdet? Was hat ein Junge damit zu tun?«

Cobble mischte sich ein: »Na, hör mal! Der Junge und dieser Bulle, die sind uns doch nachgelaufen. Das Mädchen kann nichts dafür, aber das Leben ist nun mal so ungerecht. Was kann ich dafür, Red River, das mein Vater kein Millionär gewesen ist, he? Glaubst du, dass ich es dann nötig gehabt hätte, anderen das Geld aus der Bank zu holen? Eh, Red River, kann ich etwas dafür, dass ich schon als armes Schwein auf die Welt gekommen bin?«

»Vielleicht hättest du es mit Arbeit versuchen sollen.«

Cobble lachte abfällig. »Arbeit? Jetzt glaube ich doch, dass du einen kleinen Stich hast. Wir nehmen das Mädchen mit, Red River, und damit du nicht bis dahin auf dumme Gedanken kommst, solltest du jetzt abschnallen!«

Cobble hatte die Hand in der Nähe seines Revolvers. Brazos-Jim, der seitlich von Joe stand, ließ den Arm sinken. Seine Hand schwebte über dem Revolvergriff.

Das war eindeutig genug.

»Tut mir leid, Joe«, sagte Brazos-Jim, »aber ich sehe auch keinen anderen Weg mehr. Schnall ab, und wir bleiben Freunde.«

Für Joe war nur Brazos-Jim eine Gefahr. Erstens, weil er seitlich stand, zweitens, weil er von Jim wusste, wie gut der mit dem Revolver war. Cobble wollte er keinesfalls unterschätzen, aber er hielt ihn trotz aller Vorsicht für einen Kläffer, allerdings einen bösartigen.

Cobble höhnte: »Nun, jetzt machst du große Augen, wie? Den Gürtel ab, aber sehr behutsam, Junge, sonst spicke ich dich mit blauen Bohnen!«

Joe reagierte überhaupt nicht darauf, sondern sah Brazos-Jim an und fragte: »Du würdest auf mich schießen?«

Brazos-Jim biss sich auf die Lippen und schwieg. Die Frage quälte ihn wie eine Lanzenspitze in der Hüfte.

»Aha«, sagte Joe, »du willst es also tun. Hast du die Nacht am Arkansas vergessen?«

»He, hör auf, den Moralprediger zu spielen!«, rief Cobble. »Was geht uns deine Nacht am Arkansas an?«

»Halt dein Maul, Stew!«, fauchte ihn Brazos-Jim an. Dann wandte er sich an Joe: »Nein, Joe, ich denke gerade jetzt dauernd daran. Das macht es ja für mich so schwer, Joe.«

Red River Joe nickte bedächtig. »Deshalb hatte ich dir vorhin auch den Vorschlag gemacht. Es hätte sein können wie damals.«

»Hört auf, in Rätseln zu quatschen!«, rief Cobble. »Entweder schnall ab, Red River, oder zieh deinen Revolver! Das ist eine Sprache, die ich verstehe, nicht euer dämliches Gerede vom Arkansas.«

»Du sollst dein verdammtes Maul halten!«, schrie ihn Brazos-Jim an, und diesmal verlor er seine Beherrschung. »Joe hat damals sieben Menschen aus dem Wasser gezogen, die ohne ihn abgesoffen wären. Der erste, den er herauszog, das war ich. Aber beim siebten Mann ist er selbst bald ertrunken. Und da habe ich ihn herausgeholt. Was damals war, Stew, das wirst du in deinem ganzen Leben nie begreifen können. Wir sind eine verschworene Gemeinschaft gewesen, jeder von uns hätte sich für den anderen schlachten lassen. Das kannst du nicht verstehen. – Pshaw! Was rede ich nur? – Joe, mach es mir leicht und schnall ab. Ich bürge dafür, dass du deine Waffen und alles, was du hast, zurückbekommst, wenn wir uns trennen. Du hast mein Wort.«

»Deines würde mir genügen. Aber das von dem dort, das wäre mir einen Dreck wert, selbst wenn er es feierlich aussprechen sollte«, sagte Joe und wies auf Cobble.

Der bullige Mann mit dem Stoppelbart wurde weiß vor Zorn. Seine Hand zuckte, aber er griff nicht zum Revolver.

»Wenn du jetzt ziehst, Stew, würde ich dir nicht helfen«, sagte Brazos-Jim. »Schnall du auch ab! Tu es, und ich denke, damit wäre Joe einverstanden. Ich will keine Schießerei hier. Schnallt beide ab, und es bleibt alles fair.«

»Den Teufel werde ich!«, schrie Cobble. Dann fuhr seine Hand zum Revolver. Er riss ihn heraus, schwenkte den Lauf nach oben und schoss.

Joe flog durch die Luft, prallte gegen Brazos-Jim, und beide stürzten zu Boden. Nachdem der erste Schuss Cobbles gefehlt hatte, wollte der Bandit zum zweiten Mal schießen. Doch da fuhr ihm von Joe her ein Feuerstrahl entgegen.

Cobble wollte sich herumwerfen, aber es war zu spät. Der Schuss traf ihn seitlich zwischen die Rippen. Cobble stand fast zwei Sekunden lang wie eine steife Säule. Dann schien er noch größer zu werden, riss den Mund weit auf, ohne nur einen Laut auszustoßen. Dann brach er blitzartig zusammen. In einer Reflexbewegung drückte sein Zeigefinger noch dreimal auf den Abzug des Revolvers, aber es löste sich kein Schuss mehr.

Joe sprang auf die Beine, aber Brazos-Jim war schon vor ihm hoch. Beide hielten ihre Revolver in den Händen, sahen sich an, dann senkten sie die Waffen.

»Verdammt, warum hast du ihn gleich erschossen?«, fragte Brazos-Jim wütend.

Kingsman. der jetzt näher humpelte, gab Brazos-Jim an Joes Stelle die Antwort: »Sollte er sich von ihm umbringen lassen?« Er blickte auf den leblos liegenden Cobble, kniete sich neben ihn und richtete sich nach kurzer Untersuchung auf. Dabei verzog er vor Schmerzen, die ihm sein rheumatisches Bein bereitete, das Gesicht. »Er ist tot. Herzschuss, möchte ich annehmen.«

Brazos-Jim steckte den Revolver in die Halfter, und Joe tat es ebenfalls. »Es steht jetzt ausgeglichen«, meinte Joe. »Nur wir beide müssten es nun austragen. Ich bin nicht dafür.« Er sah Brazos-Jim an.

Der große Texaner starrte auf Cobble und wandte sich dann der Hütte zu, in deren Tür das Mädchen und der Junge mit schreckgeweiteten Augen auf den Toten sahen.

»Ja«, murmelte Brazos-Jim, »es steht ausgeglichen, aber von nun an, Joe, werde ich mich beim besten Willen nicht mehr an den Arkansas erinnern können.« Er blickte ruckartig zu Joe hin und fuhr mit schneidender Stimme fort: »Von jetzt an sind wir Gegner, Joe, es sei denn, du tust, was ich dir sage.«

»Willst du es mit mir ausschießen?«, fragte Joe mit kaltem Lächeln.

»Wir sind gleich gut, denke ich. Wir würden uns beide schwer verletzen. Wenn es einen ganz erwischt, ist der andere auch so gut wie tot. Nein, Joe, kein Duell. Wenn zwei Gegner gleichstark sind, werden sie sich nicht auf offenem Feld angreifen. Dann, Joe, müssen wir andere Möglichkeiten wählen. Du hast deine Waffen, und ich habe meine. Es kommt darauf an, wer von uns beiden zuletzt schießen wird.«

Kingsman lächelte bitter. »Du machst einen Fehler, Brazos! Der Fehler ist, dass du nicht siehst, wie viele gegen dich sind. Red River Joe ist vielleicht noch dein nachsichtigster Gegner. Aber ich, mein Junge, ich werde die geringste Gelegenheit wahrnehmen, dich aufs Kreuz zu legen. Und mir wäre es egal, wie das geschieht. Mach nur einen Fehler, dann weißt du es.«

»Er redet große Töne«, meinte Brazos-Jim geringschätzig. »Dabei ist er schon so verkalkt, dass er kaum noch laufen kann. Ich bin froh, Joe, dass du dich für den da bestimmt nicht übernehmen wirst.«

»Nein, für den nicht«, bestätigte Joe, der Kingsman nicht ausstehen konnte. Und das nicht nur, weil Kingsman ein Marshal war. Er kannte diese selbstherrliche Sorte, die mit Gesetz und Recht im Rücken zu gerne Macht demonstrierte. Aber wenn diese Leute dann mit einer Sache nicht mehr zurechtkamen, kniffen sie. Kingsman hatte bei der Schmiede gekniffen, und er würde auch hier kneifen, sobald einer auf ihn losging. Seine großen Worte, sagte sich Joe, kamen nur jetzt, nachdem Cobble tot war. Vielleicht glaubte Kingsman, Joe werde ihn als Partner betrachten.

Kingsman spürte, dass Joe mit ihm nichts zu tun haben wollte. Und so keifte er mit überschnappender Stimme: »Gegen dich haben wir auch einen Haftbefehl. Warte nur, Johnston wird mit einer Vollmacht bis nach Oregon hinter dir sein.«

»Da hast du es. Eine Ratte!«, meinte Brazos-Jim. »Nun gut, es geht mich nichts an. Ich kümmere mich um Stew.« Er ging zu dem Toten und beugte sich über ihn.

12. Kapitel

Den Nachmittag über taute fast der ganze Schnee dort ab, wo nicht gerade in einer Schlucht die Sonne nicht hinkam. Damit wurde offenbar, wie schwer es werden würde, die Pferde vom Plateau herab auf den Weg zu bringen. Der von der abgerissenen Felsecke weggedrückte Pfad auf dem Grat konnte nur durch eine Art Brücke ersetzt werden. Um diese Brücke zu bauen, schleppten Joe, Brazos-Jim und Kingsman den ganzen Nachmittag Teile der Hütte, die sie demontierten, zu der abschüssigen Stelle.

Joe zimmerte eine Art Übergang aus Baumstämmen, aber niemand wusste, ob die Pferde nicht vor diesem etwas wackeligen Übergang scheuen würden. Einen anderen Ausweg gab es nicht.

Kingsman ließ sich Zeit und musste immer wieder von Brazos-Jim als auch von Joe angetrieben werden. Hier waren sich die beiden Männer einig. Aber sonst belauerten sie sich, denn Joe wusste, dass Brazos-Jim nur auf eine Chance lauerte, ihn entwaffnen zu können.

Joe selbst konnte von nun an auch keine Rücksicht mehr nehmen. Sobald sich eine Gelegenheit bot, Brazos-Jim zu überwältigen, musste er sie nützen.

Kingsman verhielt sich abwartend. Er versuchte immer wieder, mit Diana oder dem Jungen zu reden, doch weder Brazos-Jim noch Joe wollten das zulassen.

Diana Derrick war nicht der Typ Frau, die Rivalität der beiden Männer auszunutzen. Wohl spürte sie, dass beide etwas für sie empfanden, doch das machte sie nur noch scheuer. Sie vermied es, Joe oder Brazos-Jim anzusehen, wenn sie kamen. Sie verkroch sich immer wieder in der nun dachlosen Hütte, kümmerte sich ausschließlich um den verletzten Mac und um ihren Bruder.

Der Junge hatte sich eine eigene Meinung gebildet. Er setzte auf Red River Joe, verachtete den alten Kingsman, der nur große Worte wagte, wenn weder Joe noch Brazos-Jim in der Nähe waren.

Einmal wurde Jack gegen Abend Zeuge einer kurzen Debatte zwischen Kingsman und Brazos-Jim.

Joe war gerade einem menschlichen Bedürfnis nachgegangen, als sich Kingsman an Brazos-Jim heranmachte und raunte: »Wenn du eine Chance haben willst, Brazos, dann hilf mir, Red River auszuschalten! Cobble ist tot, ich würde die Augen zumachen, wenn du abhaust.«

»So?«, fragte Brazos-Jim mit kaltem Lächeln. »Das würdest du also?«

»Gewiss, nur das Mädchen und der Junge...«

»Und Joe willst du aufs Kreuz legen?«

»Wenn ich eine Waffe hätte.«

»Von hinten?«

»Das wäre egal. Er wird gesucht.« Brazos-Jim sah den Alten an. »Ich habe noch nie einen alten Mann geschlagen, Kingsman. Aber dich würde ich am liebsten in Stücke hauen. Du bist das dreckigste Stück Mist, das ich kenne. Verschwinde jetzt, bevor ich vergesse, dass du nichts als ein giftiger, verkalkter alter Wolf bist, der weder Zähne noch Haare hat. Aus dem Weg, du Kojote! Und wenn ich sehe, dass du auf Jim losgehen willst, werde ich dich erschießen. Was Joe und ich miteinander haben, geht dich einen feuchten Dreck an. Verschwinde hier!«

Jack wusste nichts von der jahrelangen Kameradschaft Joes und Brazos-Jims. Er konnte sich nicht einmal vorstellen, wie es ist, wenn Männer eine Herde über tausend Meilen von Texas nach Kansas treiben, quer durch tausend Höllen. Weil er das alles nicht verstand, begriff er auch nicht, wieso Brazos-Jim und Joe Feinde waren und sich doch immer wieder schonten.

Im Übrigen baute Jack auf Johnston und das Aufgebot. Er glaubte, dass jetzt, wo der Schnee schwand, das ganze Abenteuer nicht mehr lange dauern würde. Andererseits fühlte er sich wie ein Erwachsener, weil er das alles miterlebte, und im Geiste sah er sich schon vor seinen Kameraden in Holdford stehen und meinte, in ihre verblüfften, staunenden Gesichter zu blicken.

Jack hatte keine Angst, er vermischte Wirklichkeit und Traum, Wunschvorstellung und blutigen Ernst. Den toten Cobble sehen zu müssen, das hatte ihm einen Schock verpasst, aber schon bald ließ die Wirkung nach, und er dachte schon wieder an die Gegenwart.

Diana Derrick hatte Angst. Es war die beherrschende Empfindung, der sie alle ihre Handlungen unterwarf. Natürlich entgingen ihr die Blicke nicht, die ihr Brazos-Jim zuwarf, überhörte sie den warmen, besorgten Unterton in Red River Joes Stimme ebenso wenig. Aber gerade das stärkte ihre Angst noch, ließ sie wie ein Kaninchen handeln, das in der ersten Reaktion in den schützenden Bau kriechen will. Diana begriff, was es bedeutete, von beiden Männern verehrt zu werden. Diese Verehrung hätte sie nutzen können, und das wusste sie sogar. Aber es auszuführen, war eine zweite Sache. Dazu jedoch war sie nicht imstande. Sie zitterte vor einer Auseinandersetzung zwischen

Red River Joe und Brazos-Jim, und ein wenig empfand sie dabei Sorge um Red River Joe.

Sie versuchte immer wieder, nicht daran zu denken. Sie redete sich ein, der stämmige, starke Texaner Joe Hastings sei ein Mann, der nie zu ihr passen würde. Sie empfand Angst vor ihm, fürchtete sich, wenn er mit seinem schleppenden Schritt an ihr vorbeiging. Dann wieder aber hätte sie sich am liebsten hinter seinem breiten Rücken verborgen, wenn Brazos-Jim auftauchte. Brazos-Jim war viel älter als Joe, für Dianas Begriffe ein halber Vater. Sie konnte sich nicht vorstellen, dass sie es als schön empfände, von diesem Manne nur berührt zu werden. Dennoch war es auch hier diese eigenartige alte Freundschaft zwischen Joe und dem Banditen, die sie unsicher machte und irritierte.

Kingsman hatte weder das Vertrauen des Jungen, noch das von Diana. Sie glaubte, der Deputy wolle Jack und sie selbst retten, aber andererseits mochte sie Kingsman nicht, spürte seine Feigheit und seine Verschlagenheit.

Um sich abzulenken, pflegte sie Mac O'Neill. Und diese Pflege war nicht umsonst. Zwar gab es nichts zu essen, doch sie hatte in einem Leinensäckchen auf einem Bord der Hütte Tee gefunden. In der Hoffnung, dass dieser Tee nicht schaden, womöglich sogar nutzen konnte, gab sie Mac davon, sobald er nur aus seinen Fieberträumen erwachte.

Der Verletzte war zäh. Er war zwar in der kurzen Zeit um Jahre gealtert und hatte ein eingefallenes Gesicht, doch das Fieber sank schon am Abend wieder, und von da an schien es ihm sichtlich besser zu gehen. Sein Blick wurde klarer.

Am Nachmittag, als Mac einmal in hohem Fieber bewusstlos gewesen war, hatte Diana ihn entkleidet und mit Jacks Hilfe untersucht und auf den Rücken gelegt. Vorsichtig hatte sie die Beckenknochen abgetastet, und dazu musste sie sich überwinden. Als Kind war sie nicht so erzogen worden, dass ihr der Anblick eines Nackten gleichgültig gewesen wäre. Auch einen fremden Menschen am Leib zu berühren, war ihr anfangs unheimlich. Doch sie zwang sich dazu und sagte sich, dass hier ein

Mensch Hilfe brauchte, ob er nun ein Verbrecher war oder nicht. Zum Helfen war sie schon als Kind immer angehalten worden.

Ihre vorsichtigen Betastungen der Beckenknochen stärkte in ihr den Verdacht, dass dort nichts gebrochen war. Mac O'Neill musste an einer anderen Stelle verletzt sein. Aber sie fand nur eine Schwellung vom Zwerchfell ab nach unten, noch deutlicher aber in der Lebergegend dicht unterhalb des Brustkorbes.

Der Gedanke, der Verletzte könne eine Leberquetschung, einen Leberriss oder dergleichen haben, wurde noch von der etwas grünlichen Hautfarbe untermauert, die sich über den ganzen Körper des Mannes ausgebreitet hatte.

Diana machte von da an kühle Umschläge auf Mac O'Neills Bauch, und außerdem fertigte sie aus den Fetzen einer Decke Wadenwickel.

Die Wadenwickel senkten das Fieber, und so war der Verletzte am Abend wieder klar im Kopf. Mittlerweile stand von der Hütte nur noch der Umriss. Das Dach hatten die Männer restlos für die

merkwürdige Brücke verbraucht, die Red River Joe entworfen hatte.

Jetzt, als es bald dunkel werden musste, begann Red River Joe, die Pferde über sein Bauwerk auf den noch immer schneebedeckten Passweg zu bringen. Zuerst führte er sein eigenes Pferd hinüber. Der Braune mit dem Stern auf der Stirn tappte sehr vorsichtig hinüber, und alles ging gut. Nun kam Brazos-Jim mit seinem Rapphengst. Der Rappe war schon aufgeregt, bevor er auf den Bohlen stand. Doch dann kam er wider Erwarten über die etwa sieben Meter lange Brückenstrecke, unter der die Schlucht gähnte.

Joe kehrte zurück und holte Kingsmans Falbstute. Die Stute schien zuerst ganz friedlich. Doch als sie halbwegs auf den Bohlen stand und Joe schon gar nicht mehr daran dachte, dass sie Mätzchen machen würde, wieherte sie schrill und riss den Kopf hoch.

Joe versuchte sie mit einem Schwung nach vorn mitzunehmen, aber sie bäumte sich auf, verlor das Gleichgewicht und neigte sich nach rechts. Joe ließ die Zügel los und sprang mit einem Satz auf festen Boden. Die Stute aber stürzte in die Tiefe. Kingsman schrie auf, noch bevor das Pferd unten mit einem Klatsch aufschlug.

Danach brachte Joe alle anderen Pferde heil hinüber. Zuletzt ging Brazos-Jim hinunter und holte Kingsmans Sattel.

Diana hatte alles gesehen und wandte sich nun Mac zu, der sie wie ein Kind ansah, das die Krise einer Erkrankung überwunden hatte.

»Was ist dort los?«, fragte er mit schwacher Stimme.

»Sie haben über den Abgrund so etwas wie eine Brücke gebaut und nun die Pferde hinübergeführt.« Sie berichtete, wie Kingsmans Pferd abgestürzt war.

»Was tut Stew?«, fragte Mac plötzlich. »Sie haben gar nicht von Stew gesprochen. Was...«

»Er ist tot.« Diana wandte sich ab.

»Tot? Er war mein Freund – mein einziger Freund«, sagte Mac.

»Aber er war ein Mörder.«

Mac dachte an einen erschossenen Bankclerc und schwieg. Das hatte Diana gar nicht so gemeint.

»So, wir sind soweit. Kann er mit?«, fragte Brazos-Jim von der Tür her.

Diana zuckte hoch. »Was?«, rief sie überrascht. »Aber er muss doch ruhig liegen!«

Brazos-Jim antwortete nicht, kam auf das Wandbett zu, von dem aus Mac nun den Himmel sehen konnte. »Na, Alter?«, fragte ihn Brazos-Jim, stemmte die Hände in die Hüften und lächelte Mac an. »Dir scheint es besser zu gehen. Wir wollen weg hier.«

»Ich kann nicht weg, Jim«, erwiderte Mac, und die Angst, zurückgelassen zu werden, schnürte ihm die Kehle zu.

»Dann bist du verloren, Junge. Du musst! Wir könnten dir höchstens diesen Narren von Marshal hierlassen, und der würde beizeiten seine eigene Haut sichern und dich zurücklassen. Außerdem weißt du doch, was sie mit dir machen, wenn sie dich finden.«

»Aber er kann doch nicht aufstehen!«, sagte Diana empört. »Es würde ihn umbringen. Wenigstens noch eine Nacht müssten Sie...«

Brazos-Jim wandte sich ihr zu. Jetzt im Licht des roten Abendhimmels wirkte sein Gesicht wie gemeißelt. »Sie sind ein guter Kerl, Miss, aber Mac hat nur ein Leben. Morgen früh ist das Aufgebot hier. Dann ist es zu spät. Wir haben ziemlichen Massel, dass noch keiner von diesen Burschen hier aufgekreuzt ist. Also, Mac, wie ist es?«

»Jim – es – es geht nicht. Die Schmerzen werden wiederkommen – nein, nein – ich werde hierbleiben.«

»Mr. Dallart, lassen Sie mich mit Jack bei ihm! Bitte, ich will nur sein Bestes. Er braucht jemanden. Allein ist er verloren. Jetzt, wo hier kein Dach mehr ist...«

Brazos-Jim war vielleicht eine Sekunde lang unschlüssig, doch dann sagte er barsch: »Nein, Sie müssen mit. Sie sind unsere Lebensversicherung.«

»Es geht doch nur noch um Sie allein. Warum wollen Sie nicht wenigstens Jack...«

»Hilf mir hoch, Jim, ich werde es probieren«, sagte Mac.

»Aber das ist doch Mord!«, schrie Diana.

Da sagte Red River Joe von der Tür her: »Jim, steh ganz still. In meiner Hand ist ein Revolver, und die Mündung zeigt auf deinen Rücken. Dem Mädchen zuliebe würde ich abdrücken. Diana, ziehen Sie ihm von der Seite her den Revolver aus der Halfter!«

Brazos-Jim stand stocksteif. Er kannte Joe zu gut. Das war kein Bluff und keine leere Drohung.

Jack kam seiner Schwester zuvor und riss den schweren Peacemaker aus Brazos-Jims Halfter, sprang einen Schritt zurück und hob triumphierend die Waffe. »Ich habe ihn, Joe!«

»Joe«, sagte Brazos-Jim schleppend, ohne sich umzudrehen, »du machst jetzt einen Fehler. Willst du uns diesem Kingsman in die Hand drücken?«

»Nein.«

»Dann sieh einmal kurz nach links. Oben am Rand, wo die Wand zu Ende ist. Unser Freund Kingsman hat ein Gewehr. Du bist sehr unvorsichtig gewesen. Es muss deine Winchester sein.«

Bevor Joe hinsehen konnte, rief Kingsman von oben, wo er außen bis zum Rand der seitlichen Hüttenwand geklettert war und nun in die dachlose Hütte schaute: »Red River, werfen Sie Ihren Revolver auch weg! Es würde mir sogar genügen, wenn Sie sich sofort auf ein Pferd setzen und verschwinden. Das ist mein letztes Wort.«

»Putz ihn weg, Joe!«, raunte Brazos-Jim.

Joe dachte nicht daran, auf einen Marshal zu schießen. Aber Kingsman sollte ruhig damit rechnen. »Kingsman«, sagte er ruhig, »lassen Sie diesen Unsinn! Ich bringe Ihnen Brazos-Jim hinaus, dann können Sie ihn wegschaffen. Sagen Sie, dass Sie einverstanden sind, sonst werde ich schießen.«

Da drückte Kingsman ab. Aber Joe, der zu ihm hingesehen hatte, war durch Kingsmans verkrampfte Gesichtszüge gewarnt. Er sprang rechtzeitig weg, und Brazos-Jim nutzte diese Möglichkeit blitzartig. Während Kingsman den Unterhebel vorstieß und repetierte, einen zweiten Schuss abgab und abermals fehlte, hatte Brazos-Jim dem Jungen den Revolver aus der Hand gerissen, war mit einem Satz auf dem hinteren Wandbord und befand sich mit Kingsman auf einer Höhe.

Kingsman erkannte die Gefahr, wollte sich hinter die Wand ducken, aber da schoss Brazos-Jim schon. Sein Schuss streifte Kingsman leicht über die Kopfhaut. Der Deputy war so erschrocken, dass er das Gleichgewicht verlor und von der Wand auf den Boden des Plateaus stürzte. Das Gewehr fiel ihm aus der Hand.

Joe, schon nach dem ersten Schuss aus der Hütte gesprungen, war mit zwei Sätzen bei Kingsman, riss das Gewehr hoch und warf sich hinter einen der liegengebliebenen Felsbrocken, die der Felssturz zurückgelassen hatte.

Brazos-Jim stürmte um die Ecke und blieb wie angewurzelt stehen, als er den Revolverlauf sah, der über den Felsen ragte. Der große Texaner senkte die eigene Waffe und steckte sie ein. »Es ist gut, Joe, mach es wie ich.«

Kingsman kam mit blutender Kopfhaut wieder auf die Beine und starrte wild zu Brazos-Jim hinüber. »Dafür hänge ich dich eigenhändig!«, schrie er.

Der große Texaner antwortete nicht, sondern sagte zu Joe: »Hast du eine Ahnung, wie es jetzt weitergeht? Dein Freund mit dem Stern auf der Brust hat dir eine Menge verpatzt, nicht wahr?« Er lachte leise.

Joe steckte den Revolver ein, klemmte das Gewehr unter den Arm und stand auf. »Es ist am Ende meine eigene Schuld. Er will unbedingt deinen Skalp, Jim, daran hat es gelegen. – Kingsman, dich sollte man in die Schlucht werfen. Leider bin ich für so was nicht der Kerl. – Diana, verbinden Sie diesen mutigen Narren bitte. Ohne ihn wäre alles schon gelaufen.«

»Ja, das wäre es.« Brazos-Jim nickte zustimmend.

Kingsman wischte sich das Blut aus der Stirn und sagte bissig: »Dieser Lump hat das ganze Geld von dem Bankraub bei sich!« Er zeigte auf Brazos-Jim. »Ich habe gesehen, wie er Cobbles Anteil auch noch aus dessen Hose gefischt hat.«

»Na und? Sollte er es mit unter die Felsbrocken legen, fragte Joe. »Hingesetzt, Kingsman, damit dich Diana verbinden kann. – Jim, ich würde dir raten, jetzt zu verschwinden. Es wäre die eleganteste Lösung für dich.«

»Red River, damit unterstützt du einen Banditen!«, schrie Kingsman.

»Der Bandit, wie du sagst, ist einmal mein Freund gewesen und hat mir mein Leben gerettet, Kingsman. Und wenn es tausend Paragraphen gibt, ich kann das nicht vergessen, und ich werde das auch nicht vergessen! – Jim, nimm dein Pferd und reite. Ich glaube, wenn du über den Pass bei Fort Piney gehst, kommst du durch. Also zurück nach Osten, dann nach Süden und dann...«

»Nein!«, widersprach Brazos-Jim. »Du hast Mac vergessen.«

»Mac hat keine Sorgen mehr, Jim. Sieh ihn dir an!« Joe war in die Hüttentür getreten und deutete auf das Wandbett.

Brazos-Jim stürzte an ihm vorbei, kniete sich neben das Bett und sprang plötzlich wieder auf. »Kingsman, du Schwein, das war dein Schuss!«

Erschrocken sah nun auch Diana auf den Mann im Bett. Macs Schläfe war zertrümmert. Blut sickerte aus einer bösartigen Wunde. Mac war tot. Kingsmans zweiter Schuss hatte ihn zufällig getroffen.

Brazos-Jim wollte sich auf Kingsman stürzen, der verdattert dreinblickte und nicht wusste, was überhaupt geschehen war.

»Nein, Jim, das wirst du nicht tun!«, brüllte Joe. »Er ist alt, verkalkt und unbewaffnet! Jim!«

Brazos-Jim stoppte ab und drehte sich wütend und blind vor Zorn zu Joe um. »Er hat ihn umgebracht!«

»Er hat es nicht gewollt. Und er ist ein Marshal, der hier nicht aus persönlichen Motiven kämpft. Mac ist für ihn ebenso ein Verbrecher wie du, und weil dieser Kerl uns alle gegen sich hat, scheut er keine Mittel und Wege. Lass ihn zufrieden, Jim, am Ende war es für Mac besser so!«

Diana war jetzt mit aller Beherrschung am Ende. Sie lehnte sich gegen die Hüttentür und schluchzte. Jack schrie Brazos-Jim an: »Ihr seid wirklich alle Teufel! Alle! Alle!« Dann lief er zu seiner Schwester und legte seinen Arm um ihre Schultern.

Joe spie wütend aus. »Verdammt, der Junge hat recht, Jim. Wir sind Teufel, und ich hatte vor, nie mehr einer zu sein. Jetzt bin ich wieder mitten drin.«

13. Kapitel

Es war schon dunkel. Joe und Brazos-Jim wussten, dass sie unmittelbar vor der Entscheidung standen. Kein Weg führte daran vorbei. Gemeinsam wollten sie nichts tun, und so gab es nur noch den einzigen Weg. Einer von ihnen beiden konnte nur die Initiative ergreifen.

Sie standen vor der Hütte, die zu Mac O'Neills Totenlager geworden war. Diana weinte noch immer, aber sie tat es kaum hörbar und lehnte an einem der Tragbalken vom Stallschuppen.

Kingsman hockte auf dem Felsbrocken, der vorhin noch Joe als Deckung gedient hatte.

Brazos-Jim hatte die Hand auf dem Revolver und lehnte an der Wand neben der Tür zur Blockhütte.

Zwei Schritte entfernt stand Joe, das Gewehr mit gespanntem Schloss in der Armbeuge.

Jack, der Junge, kauerte neben seiner Schwester.

»Wie weit wird Johnston von hier sein?«, fragte Brazos-Jim.

»Wenn ich an seiner Stelle wäre, würde ich hinter dem Pass warten«, sagte Joe. »Deshalb solltest du reiten. Jetzt!«

»Ich weiß nicht, ob ich durchkomme. In der Schlucht liegt der Schnee noch zu hoch.«

»Er ist durch die Tageswärme fest geworden. Das Pferd steigt darüber.«

»Joe, ich schlage dir vor, mir Diana mitzugeben. Ich verspreche dir...«

»Nein, Jim!«

»Allein komme ich nicht durch, wenn Johnston doch nicht hinter dem Pass warten sollte. Ich lasse sie sofort an der Grenze frei.«

»Nein«, wiederholte Joe. »Sie ist eine Frau und...«

Da rief Diana von der Seite her: »Und wenn Sie mich mitnehmen, Brazos, was ist mit den anderen hier?«

»Die kümmern mich nicht.«

Joe rief zornig: »Dieser Handel findet nicht statt. Da müsstest du erst mit mir kämpfen, Jim!«

»Wenn ich aber freiwillig mit ihm gehe?«, sagte Diana mit erstaunlich gefasst klingender Stimme. »Sie werden mich doch nicht daran hindern wollen, Joe?«

»Miss Derricks, das ist verrückt!«, rief Kingsman.

»Halte du dein Maul!«, fauchte ihn Brazos-Jim an. »Gut, Diana, Sie tun es freiwillig, sehr gut.«

»Nein, Diana, das darfst du nicht tun!«, protestierte Jack und sprang auf, packte seine Schwester an den Armen und schrie sie an: »Er bringt dich um! Er macht sonst was mit dir!«

Brazos-Jim lachte böse. »Bis jetzt habe ich noch keiner Frau etwas getan, was sie nicht wollte.«

»Ich habe auch gar keine Angst«, meinte Diana, aber Joe glaubte ihr nicht eine Silbe dieser Behauptung.

»Diana«, sagte er mahnend. »Sie wissen nicht, was Sie reden. Ich bin sicher, dass Jim Ihnen nichts antut, aber er wird verfolgt. Irgendwann ist das Aufgebot hinter ihm, und er muss sich hinter Ihnen verstecken. Deshalb sollen Sie doch mit. Wer aber weiß, ob nicht doch ein Verrückter schießt und Sie trifft, wie Kingsman Mac O'Neill getroffen hat. – Jim, das kannst du nicht tun. Reite allein, und tu es jetzt!«

»Lassen Sie die anderen wirklich in Ruhe?«, fragte Diana, an Brazos-Jim gewandt.

»Ich habe es gesagt. Es sei denn, ein Narr schießt auf mich.«

»Diana!«, protestierte Jack erneut. »Diana, du bist völlig verrückt. Bleib hier!«

Diana stieß ihn weg und ging auf Brazos-Jim zu.

»Stehenbleiben!«, schnarrte Kingsman, aber niemand beachtete ihn.

Joe wollte Diana in den Weg treten, dadurch musste er Brazos-Jim unbeachtet lassen. Und darauf hatte der große Texaner nur gewartet. Jetzt hatte er die Chance, die er brauchte.

Er sprang mit einem Satz auf Joe zu, den Revolver zum Schlag erhoben. Joe musste es gespürt haben, wollte noch ausweichen, aber der Revolverlauf traf dennoch seine Schläfe. Mit letzter Kraft

wollte Joe das Gewehr heben, aber er schaffte das nicht mehr. Um ihn versank alles in rote und gelbe Schleier, dann schlug er zu Boden.

14. Kapitel

Das Erste, was er spürte, waren stechende Kopfschmerzen. Dann öffnete er die Augen und hatte dabei das Gefühl, an seinen Lidern hinge Blei. Mühsam versuchte er etwas zu erkennen, doch alles tanzte und schwamm vor seinem Blick.

Endlich entdeckte er die Sterne am Himmel, den bleichen Mond, der einen gelblichen Hof hatte. Und schließlich sah er Jack. Der Junge hielt etwas in der Hand, was Joe nicht gleich deuten konnte.

»Er ist wach, Marshal«, sagte der Junge.

Da tauchte Kingsman auf. Trotz der diffusen Mondscheinbeleuchtung konnte Joe einen Verband um Stirn und Haupt des Marshals erkennen.

»Aha, er ist also wach«, sagte Kingsman mit krächzender Stimme. »Lange genug hat es gedauert.«

»Wo ist Diana?«, fragte Joe, und seine Stimme kam ihm vor, als spräche er durch ein Rohr.

»Miss Derrick ist mit ihm gegangen.«

»Ja, Joe«, sagte Jack, »freiwillig ist sie mit ihm gegangen, und er hat auch den Marshal noch niedergeschlagen. Gegen die Stirn, deshalb war Mr. Kingsman schneller wieder munter als Sie.«

Joe stützte sich auf. »Er ist mit Diana weg?«, fragte er Kingsman.

»Ja, nach Osten zurück. Er wird deinem Rat folgen, denke ich.«

»All right, und ich kümmere mich um die beiden. Sind noch Pferde da?«

»Ja, aber er hat sie ein Stück mitgenommen, damit wir nicht gleich nachkommen. Und die Waffen sind entladen. Die Munition, hat er gesagt, wäre in den Satteltaschen. Die Pferde müssten wir morgen suchen.«

»Morgen? Ho!« Joe tastete auf seine Kopfbeule. »Hm, ganz schön dick. Nein, bis morgen warte ich nicht. Wo ist das Gewehr – der Revolver?«

»Nehmen Sie mich bitte mit, Joe«, bat Jack, als Kingsman Joe die Waffen gab.

»Nein. – Kingsman, nimm den Jungen mit in die Stadt.«

»Gut, obgleich ich dich am liebsten...«

»Geschenkt. Bring ihn zurück, und pass auf ihn besser auf, damit er nicht noch mal in so eine Sache gerät. – Hast du verstanden, Jack?«

»Ich will nicht in die Stadt! Ich will hinter Diana...«

»Nein!«, widersprach Joe schroff.

»Sie ist meine Schwester!«

»Ja, aber du bist ein Kind!«

»Zum Teufel, ich bin vierzehn!«

»Dann sollst du hoffentlich auch siebzig werden, Junge! Wenn du jetzt nicht hörst, kann es sein, dass du nie älter als vierzehn wirst. Brazos-Jim ist kein Mann, der Kinder über den Haufen schießt, aber manchmal weiß ein Mann nicht, dass ihn ein Kind verfolgt. Junge, ich verstehe dich, aber es ist besser, wenn du nicht mitkommst. – Kingsman, bring ihn zurück nach Holdford. Ich reite jetzt.«

15. Kapitel

Das Mondlicht wurde besser, und für Joe auch unten in der Schlucht die Sicht gut genug. Im Schnee waren deutlich die Hufspuren von zwei Pferden zu erkennen, aber bald lag gar kein Schnee mehr. Hier konnte Joe nur raten.

Er hatte die Pferde eine Meile weiter östlich in einem kleinen Seitental gefunden. Dort waren sie gerade dabei, sich die Bäuche voll saftigem Gras zu schlagen. Aber Joe konnte nicht warten, bis sie damit fertig waren. Er selbst hatte noch viel mehr Hunger, und doch wollte er weiter.

Er suchte den Braunen heraus, störte sich nicht an dem Sträuben des Hengstes und saß auf. Bald war er wieder auf der Spur. Brazos-Jim hatte sich zwei Pferde mitgenommen. Wie Diana im Kleid auf dem Chihuahua-Sattel von Cobbles Pferd lange im Herrensitz aushalten würde, war Joe ein Rätsel.

Es ging Joe nicht mehr darum, so schnell wie möglich nach Oregon zu kommen. Jetzt wollte er Brazos-Jim das Mädchen abjagen. Diana hatte ihren Bruder schützen wollen. Deshalb war sie mit Brazos-Jim geritten. Darüber war sich Joe völlig klar. Doch er glaubte nicht mehr daran, dass Brazos-Jim sie an der Grenze freilassen würde. Brazos-Jim wollte Diana für sich.

Und ich? Was will ich von ihr?, fragte sich Joe. Wenn ich ehrlich bin, will ich sie auch. Ebenso wie er.

Das Geld fiel ihm ein, das viele Geld, das Brazos-Jim besaß. Wenn es stimmte, was behauptet wurde, mussten damals in Atlantic City mehr als zwanzigtausend Dollar erbeutet worden sein. Geld genug, um ein Rinderreich zu kaufen.

Es ging bergab. Fast nirgendwo lag noch Schnee. Die Hufe des Hengstes klapperten auf dem harten Gestein. Schließlich war es auch damit zu Ende, und das Gelände ringsum wurde immer flacher, der Boden weicher. Das Pferd lief durch Gras und ließ ab und zu ein paar Büschel mitgehen, wenn Joe die Zügel locker gelassen hatte.

Als er von einer Spur gar nichts mehr sehen konnte, hielt Joe an, sattelte ab, nahm dem Hengst das Gebissstück aus dem Maul und ließ ihn grasen. Mit hungrigem Magen versuchte Joe ein Nickerchen zu machen, aber er bekam wieder Kopfschmerzen und konnte ewig nicht einschlafen. Dann endlich versank er in tiefen Schlaf.

Der grelle Schein der Morgensonne weckte ihn auf. Er fand den Hengst neben einem Wildbach, wusch sich dort, trank und sattelte auf. Kurz darauf ritt er weiter und spähte in die Runde, ob er nicht Beeren, Wild oder sonst etwas Essbares finden würde.

Erst mitten am Vormittag entdeckte er in einem Waldstück Brombeeren. Er saß ab und pflückte wie besessen. Um die Maden kümmerte er sich nicht. Der Hunger war größer.

Dann ritt er weiter. Die Spuren waren noch zu erkennen.

Kurz nach Mittag befand er sich auf offener Prärie. Und hier entdeckte er in der Ferne ein Rudel Wapitihirsche.

Im Geiste sah er schon die Lendenstücke über dem Feuer brutzeln. Der Gedanke daran trieb ihm das Wasser in den Mund. Der Hunger, bis jetzt schon schlimm genug, übertraf alle anderen Empfindungen. In diesen Minuten vergaß er Diana, Brazos-Jim und alles Übrige. Er sah nur noch die großen Wapitis, die, weiter als sein Gewehr reichen würde, im hohen grüngelben Gras standen. Und der Wind kam aus ihrer Richtung auf Joe zu.

Joe nahm das Gewehr aus dem Scabbard, füllte die Patronen hinein, die ihm Brazos-Jim in die Satteltaschen gesteckt hatte, und lud durch.

16. Kapitel

Brazos-Jim deutete auf den Bach, der vom Gebirge her sprudelnd in die Prärie schoss, um irgendwo zwischen den Dornensträuchern einer Bodensenke zu verschwinden.

»Dort in den Bach, Diana!«, sagte er und trieb sein Pferd ins Wasser. Schäumend quirlte der Bach um die Fesseln des Hengstes.

Diana stützte sich schwer aufs Sattelhorn und blickte zum Himmel. Die Sonne stand schon hoch, und die Hitze hier in der Niederung kam Diana nach den kalten Tagen vor dem Pass unerträglich vor. Schlimmer aber war das Reiten. Sie musste wie ein Mann im Sattel sitzen. Das war sie nicht gewohnt, und das Kleid war dabei hinderlich.

Brazos-Jim bemerkte ihr Zögern und sah sich um. Dann parierte er sein Pferd. »Was ist denn? Weiter, Diana, wir müssen weiter!«

Ihr Blick glich dem eines verwundeten Hirschkalbs. »Bitte«, sagte sie leise, »nur eine halbe Stunde. Ich kann nicht mehr sitzen.«

Er unterdrückte einen Fluch, sah in die Runde, aber nirgendwo war ein Verfolger zu erkennen. Und trotzdem war sich Brazos-Jim darüber klar, dass ihn Red River Joe verfolgen würde.

»Noch ein Stück den Bach entlang, nur ein Stückchen! Kommen Sie! Sonst muss ich die Zügel des Wallachs bei mir anbinden.«

Sie trieb mit schmerzverzerrtem Gesicht das Pferd wieder an und folgte Brazos-Jim durch den Bach auf die Berge zu. Schließlich erreichten sie eine Stelle, wo Felsboden beiderseits des Baches aufragte.

Brazos-Jim trieb seinen Rapphengst hinauf, saß ab und führte auch Dianas Wallach an Land. Der Fuchswallach war einst Cobbles Pferd gewesen.

Als beide Pferde weit genug vom Bach weg waren, bückte sich Brazos-Jim und rieb Erde über die Kratzer auf dem Felsen, die von den Hufeisen hervorgerufen worden waren. Dann kehrte Brazos-Jim zu Diana zurück und half ihr vom Pferd.

Die Berührung ihres Körpers wirkte auf Brazos wie elektrischer Strom. Er umfasste ihre Hüften noch, als Diana längst sicher auf dem Boden stand, beugte den Kopf über ihr Haar und atmete den zarten Duft, den es verströmte.

Sie wollte sich von ihm frei machen und griff nach seinen Händen. Aber er hielt sie fest, drehte sie plötzlich wie einen Kreisel, sodass sie sich von Angesicht zu Angesicht gegenüberstanden. Und noch immer hatte er seine Hände auf ihren Hüften liegen.

»Lassen Sie los, bitte!«, keuchte sie gepresst.

Da überkam es ihn wie ein Rausch. Er schlang seinen rechten Arm um ihre Schultern, zog sie mit einem Ruck an sich und küsste sie, bevor sie den Kopf zur Seite biegen konnte.

Sie versuchte ihn mit den Händen wegzudrücken, presste die Lippen verzweifelt zusammen, und als er endlich aufhörte, schrie sie entsetzt auf.

Aber er ließ nicht von ihr ab. Er griff in ihr Haar und hielt es fest, während sein anderer Arm sie weiter umfasst hielt. Gegen seine Kraft konnte sie nicht an, und von den Tricks mancher Frau, sich eines Mannes zu erwehren, kannte sie nicht einen einzigen. Sie kratzte, biss und stieß mit dem Knie, aber ebenso gut hätte sie so versuchen können, einen Baum umstoßen zu wollen. Brazos-Jim lachte schallend und versuchte, sie abermals zu küssen.

»Sie Tier! Sie Bestie!«, kreischte Diana. Da ließ er sie abrupt los, dass sie zu Boden stürzte. Dabei rutschte ihr das Kleid bis über die Knie hoch, und er stierte sie wie irr an. Der Anblick ließ ihn die letzten Hemmungen vergessen.

Diana sah in seine brennenden Augen und spürte, was er vorhatte. Entsetzt warf sie sich zur Seite, versuchte aufzustehen, aber schon war er bei ihr.

»Nein! Nein!«, schrie sie gellend. »Hilfe!«

Da blieb er stehen, sah auf sie herab, fluchte und wirkte ernüchtert. *Das habe ich noch nie getan*, dachte er. *Ich bin verrückt. Diese Einsamkeit macht mich noch wahnsinnig. Über eine Frau herzufallen – nein!*

Er wischte sich über die Stirn, während Diana aufstand und vor Angst am ganzen Körper zitterte.

Reuig sah er sie an und sagte mit spröder Stimme: »Ich muss total übergeschnappt gewesen sein. Es tut mir leid, Diana. – Das wiederholt sich nicht. Verzeihen Sie mir!«

Plötzlich tat er ihr leid, und sie suchte Verständnis für ihn aufzubringen. »Ich habe solche Angst vor Ihnen gehabt«, flüsterte sie. Dann glättete sie ihr Kleid und schlug mit der Hand den

Schmutz herunter. Ihre Bluse war an der linken Schulter aufgerissen, und nun versuchte sie den Riss irgendwie zusammenzustecken.

Brazos-Jim beobachtete sie, aber es geschah nicht mehr mit dieser tierischen Gier von eben. Er sagte sich, während er ihre schlanke Gestalt betrachtete, dass er sie mit Gewalt nie bekommen würde. Er bereute sein Verhalten, aber er konnte es damit nicht ungeschehen machen.

»Diana«, sagte er weich, »ich liebe Sie. Ich bin verrückt nach Ihnen, und ich habe eine Frau wie Sie noch nie gesehen. Sie sind schön, Sie sind klug, und Sie haben ein weiches Herz. Aber vorhin hat es bei mir ausgehakt. Ich war von Sinnen nach den Monaten ohne Kontakt mit Mädchen, zumal mit einem wie Sie es sind.«

»Es ist gut, aber löschen Sie Ihre Gefühle für mich«, sagte sie kühl. »Ich liebe Sie nicht, und ich würde Sie nach dem, was Sie eben tun wollten, auch nie lieben können.«

Das war für ihn mehr als eine kalte Dusche. Er wurde tiefrot im Gesicht, vor Scham und Zorn, und plötzlich erfasste ihn blinde Wut.

»Bin ich Ihnen nicht gut genug?«, keuchte er in kaum zu unterdrückender Empörung.

Sie sah ihn an, und in ihren Augen zeigte sich etwas Anteilnahme. »Sie sind nicht anders als alle wilden Männer. Aber ich mag Wilde nicht. Sie töten, rauben und kämpfen. Das ist in Wahrheit auch Ihr Leben. Eine Frau passt nicht hinein. Höchstens eine Frau, die ebenso empfindet wie Sie. Ich tue das aber nicht. – Sie schleppen mich mit…«

»Sie sind freiwillig mitgekommen!«, rief er.

»Um wenigstens meinen Bruder und den armen Mr. Kingsman frei zu sehen.«

»Der arme Mr. Kingsman? Reden Sie mir nicht ein, dass Sie etwas für ihn übrig haben.«

»Mehr als für Sie, Brazos-Jim. Denn er ist ein anständiger Mensch. Was er sonst ist, geht mich nichts an. Ein Verbrecher ist er jedenfalls nicht.«

»Danke!«, knurrte Brazos-Jim wütend. »Und jetzt ziehen wir weiter. Aufs Pferd, Miss Rühr-mich-nicht-an!«

17. Kapitel

Red River Joe hatte sein Lager in einem Hochtal aufgeschlagen. Die Finte Brazos-Jims, im Bach zu reiten, war für Red River Joe keine Täuschung gewesen, die ihn vom Wege abgebracht hätte. Nach zehn Minuten war er wieder an die Spuren gekommen. Seit Stunden ritt er dann weiter in die Berge hinein, und der Abstand zu Brazos-Jim und dem Mädchen schmolz zusehends. Damit aber wuchs die Gefahr eines Hinterhalts.

Hier im Hochtal hatte Star, der Hengst, genug Gras, Wasser und auch Platz, sich zu bewegen. Joe hatte noch Stücke vom Wapitihirsch, die er nach dem glücklichen Schuss auf Vorrat gebraten hatte, damit sie nicht schlecht wurden. Jetzt aß er kalt davon, hatte wegen der Entdeckungsgefahr auch kein Feuer gemacht und hockte im Schutz einiger niederer Tannen. Griffbereit lag die Winchester neben ihm. Da es eine Waffe mit Kaliber 30.30 war, passte die Munition nicht für den Revolver. Aber Revolverpatronen waren von Brazos-Jim nicht zurückgelassen worden.

Immer wieder musste Joe an das geraubte Geld denken, das Brazos-Jim bei sich trug. Wollte Brazos-Jim Diana etwa für immer mitnehmen, um irgendwo etwas mit dem Geld anzufangen und Diana womöglich zu heiraten?

Der Gedanke an eine Heirat der beiden machte Joe wütend. Er konnte sich nicht mehr dazu zwingen, das als eine Sache zu betrachten, die ihn nichts anging. Alles, was Diana betraf, erschien ihm jetzt wichtiger als alles andere. Er spürte auch, dass er

Brazos-Jim hasste, weil er das Mädchen mitgenommen hatte. Oder war sie wirklich aus freien Stücken mit ihm gezogen?

Lehre mich einer die Frauen kennen, dachte Joe. *Womöglich hat sie es gar nicht für ihren Bruder getan.*

Er geißelte sich selbst mit der Idee, Diana könne für Brazos-Jim etwas empfinden, könne ihn gar lieben.

Solche und ähnliche Gedanken hielten ihn vom Schlaf ab. Doch schließlich war die Erschöpfung eines harten Ritts größer als die Eifersucht. Er schlief ein.

Wie gerädert kam er sich vor, als er in der Nacht erwachte. Über ihm stand das Sternenzelt, ringsum waren die Geräusche der Nacht. Grillen, quakende Frösche am Bach, hin und wieder Stars Schnauben, und mitunter der Schrei einer Eule drüben in den Felsen am Talende.

Doch davon konnte er nicht munter geworden sein.

Er richtete den Oberkörper auf und zog das Gewehr über den Schoss. Unbewusst schob sich seine Hand an den Unterhebel. Er lauschte in die Runde, versuchte mit seinem Blick die Dunkelheit zu durchdringen, sah aber nur etwa zehn Schritte entfernt die Silhouette seines Pferdes. Hinter den Felsen stand irgendwo der Mond, und dort war auch der Himmel heller. Doch den Mond selbst vermochte Joe nicht erkennen.

Plötzlich hörte er Hufschlag. Das Echo verzerrte dieses Geräusch und ließ Joe erst glauben, der Hufschlag komme aus einer anderen Richtung. Doch dann war Joe aufgestanden und lauschte gespannt nach Osten. Und genau von dort kamen die Reiter. Dem Hufgetrappel nach waren es mindestens fünf Pferde, wahrscheinlich mehr. Die Reiter ritten im Schritt, und den kurzen Tritten der Pferde nach, was Joe am Getrappel der Hufe hören konnte, befand sich die Reitergruppe an der Steigung weit vor dem Hochtal.

Joes erster Gedanke war Johnston und dessen Aufgebot. Vielleicht war er mit Kingsman zusammengetroffen, hatte nun die Spuren gefunden und wollte nun mehr Erfolg ernten als vor Tagen.

Joe hasste Johnston nicht, eigentlich war das Gegenteil der Fall. Der Kampf mit dem Marshal war fair gewesen. Verrückt fand Joe nur die Idee, dass damals Johnston einen Faustkampf einer Verhaftung vorgezogen hatte. Andererseits wusste Joe von Kingsman, warum Johnston so gedacht hatte.

Aber der Marshal war nicht allein, und sein Aufgebot könnte ihn veranlassen, anders zu handeln, als er selbst das vielleicht wollte. Deshalb war Joe gar nicht scharf darauf, mit Johnston zusammenzutreffen.

Wütend über die Unterbrechung des Schlafs machte sich Joe daran, sein Zeug zusammenzupacken, holte den Hengst, sattelte auf und war bereits auf dem Pferd, als die Reitergruppe den Hohlweg zum Tal emportrappelte.

Joe wusste, dass sie in fünf Minuten im Tal sein mussten. Also galt es, rasch zu verschwinden.

Er trieb den Hengst an und galoppierte über weiches Gras dem Westausgang des Tales zu.

Aber das Tal war groß, viel größer, als Joe geglaubt hatte. Er geriet zudem in hellen Mondschein, weil der Mond mittlerweile über die schroffen Felszacken gestiegen war und nun das ganze Tal erleuchtete.

Joe versuchte zwischen den Büschen und einzelnen Tannengruppen zu reiten, um nicht gleich aufzufallen. Immer wieder drehte er sich um und blickte zum Ostzugang zurück, aber von den Reitern war noch nichts zu erkennen.

Schließlich erreichte er eine Stelle, wo seitlich sehr hohe Felswände tiefe Schatten ins Tal warfen. Er hielt sich im Schatten und parierte den Hengst. Aufmerksam spähte er nach hinten und sah dort ganz weit weg am Talende die Reiter. Es schienen viel mehr als fünf zu sein. Ihre hellen Pferde wurden ebenso vom Mond beleuchtet wie die Gesichter der Männer. Nur die dunkleren Pferde und die dunkle Kleidung verschwammen auf diese Entfernung. Metall blitzte im Mondlicht, und Joe glaubte, dass es mindestens zwanzig Mann waren, die dort auf ihren Pferden näher kamen. Sein Verdacht, dass es Johnston mit dem Aufgebot war, festigte sich.

Joe war sich darüber klar, dass sie ihm sofort folgen würden, wenn sie von ihm nur die geringste Spur fanden. Denn damit würden sie auch Brazos-Jim und das Mädchen entdecken können. Bis jetzt waren sie auf der richtigen Spur geritten.

Joe wollte nicht, dass Brazos-Jim von Johnstons Aufgebot gestellt würde. Er konnte sich selbst nicht erklären, warum er es nicht wollte, aber irgendwie sah er in der Sache etwas, das nur ihn und Brazos-Jim etwas anging, solange das Mädchen bei Jim war. Und obgleich ihm Johnston auf eine bestimmte Art sogar imponierte, war die Sympathie nicht so groß, dass er dem Marshal gegönnt hätte, Brazos-Jim zu schnappen.

Für Joe war Brazos-Jim kein Kerl wie Cobble es gewesen war. Cobble hatte nie etwas anderes im Leben getan als geraubt, gestohlen und betrogen. Aber die Geschichte am Arkansas und so manches andere Erlebnis mit Brazos-Jim in jener Zeit der Herdentriebe, so etwas konnte Joe nicht einfach ausradieren. Das haftete in seinem Gedächtnis. Im Laufe jener Jahre auf dem Trail hatten

sie sich gegenseitig mehr als einmal das Leben gerettet, hatten Schulter an Schulter gegen Indianer gekämpft, hatten das letzte Stück Brot geteilt und sich gegenseitig die Wunden verbunden.

Nein, sagte sich Joe, Jim ist kein Bursche, den ich Johnston überlassen werde. Jim wird das Geld an die Bank in Atlantic City zurückschicken und mit nach Oregon gehen, oder wir werden es auskämpfen. Denn er wird Diana nicht bekommen.

Der Gedanke, dass Diana vielleicht ganz anders entscheiden könnte, dass sie womöglich weder nach Oregon mitgehen noch mit einem der beiden Männer etwas zu tun haben wollte, irritierte Joe.

Es war für ihn beschlossen, dass er mit Brazos-Jim ein Hühnchen zu rupfen hatte. Er würde mit ihm kämpfen, ob mit Fäusten oder Revolver. Aber Johnston ging das nichts an.

Wenn ich Jim schlage, sagte sich Joe, wird er das Geld zurückschicken und Diana in Zukunft in Ruhe lassen müssen. Schlägt er mich, behält er das Mädchen und auch das Geld. Damit ist er für immer ein Bandit.

Ich muss ihn schlagen, sagte sich Joe verbissen. Dianas und Jims wegen muss ich ihn schlagen.

Noch sah Joe alles wie einen fairen Wettkampf an, in dem Johnston nichts verloren hatte. Aber sehr bald sollte er seine Ansicht ändern.

Denn für Brazos-Jim waren bereits alle Brücken der Vergangenheit zerstört. Der große Texaner wollte den Weg der letzten sechs Jahre nicht mehr verlassen, und er wollte auch nichts aufgeben, was er hatte. Weder Diana noch das Geld.

Dass es so war, konnte Joe nicht ahnen. Aber es war in seinem Plan der entscheidende Fehler. Der Brazos-Jim, auf dessen Spur er ritt, war nicht mehr jener wilde Cowboy, für den Joe ihn immer noch hielt.

18. Kapitel

Die Nacht war eisig geworden in dieser Höhe von über zweitausend Metern. Diana hockte verkrümmt auf dem Sattel, als sie durch bereiftes Gras weiter aufwärts dem Glavier Pass entgegenritten.

Brazos-Jim hatte am Abend zuvor ein Dickhornschaf geschossen, aber es war ein Widder gewesen, und das Fleisch hatte penetrant geschmeckt. Nun hielt er erneut Ausschau nach Wild. Aber es war wie verhext. Hier oben auf den Matten des Hochgebirges schien alles ausgestorben zu sein.

Wütend sah Brazos-Jim auf Dianas Rücken. Seit gestern hatte sie kein Wort mehr gesprochen. Es war, als sähe sie durch ihn, Brazos-Jim, hindurch. Er schien für sie gar nicht mehr zu existieren.

Gerade das aber machte Brazos-Jim noch mehr auf sie verrückt. Er konnte kaum noch an etwas anderes denken als an Diana. Nun stand sein Entschluss, sie auch gegen ihren Willen bis weit nach Westen mitzunehmen, unverrückbar fest. Er besaß elftausend Dollar von dem Raub in Atlantic City. Mehr war es nicht gewesen, wenn auch der City Herald, die Zeitung jener Stadt, von mehr als zwanzigtausend Dollar Beute geschrieben hatte. Vielleicht, so sagte sich Brazos-Jim, hat der Bankdirektor eine große Chance genutzt und sich unter dem Deckmantel des Raubes auch ein wenig gesundgestoßen.

Aber elftausend Dollar, das war in Oregon ein riesiges Vermögen. Damit konnte er unter anderem Namen schon ein großer Mann werden. *Vielleicht*, so überlegte er weiter, *könnte ich nach Norden hinauf, nach Washington-Territorium gehen, dort gibt es niemanden, der nach Brazos-Jim fragen wird. Höchstens Red River Joe!*

Richtig, dachte er. *Red River Joe würde folgen, bis zum Nordpol käme der mir nach. Weil er verrückt auf Diana ist. Ebenso verrückt wie ich. Und ganz bestimmt ist er auch auf das Geld scharf. Joe hat immer Sachen gemacht, die viel Geld brachten, auch wenn es dabei um Kopf und Kragen ging.*

Red River Joe muss von meiner Spur weg!, sagte sich Brazos-Jim. *Die Frau gehört mir, das Geld auch. Joe hat immer fair gekämpft und nie etwas getan, was krumm ausgesehen hat, aber es geht diesmal um eine Frau. Und da ist auch bei ihm alles anders*, überlegte Brazos-Jim.

Er erinnerte sich an eine Sache, das war in Texas gewesen, und beide waren sie von einem Trail nach Abilene zurück nach San Antonio gekommen. Beide mit viel Geld, beide mit tausend Plänen für die Zukunft. *Mein Gott*, dachte Brazos-Jim, *das alles ist schon sieben Jahre her. Oder sind es acht? Jedenfalls hatte Joe damals ein Mädchen, eine Mexikanerin. Bildhübsch, wenn auch ganz anders hübsch als Diana. Feuer und Blut, so hatte Joe selbst gesagt. Ja, und er, Brazos-Jim, war auch auf die Kleine verrückt. Wie hieß sie noch? Ah ja, Elena. Richtig, die kleine Elena.* Und um sie hatten sie gekämpft. Das war kein kleiner Boxkampf mehr gewesen. Damals hatten sie sich ohne Limit geprügelt. Ja, und mitten in diese Schlacht hinein war dieser lange Vaquero gekommen, Elenas Mann, den sie verlassen hatte. Davon hatte zuvor niemand in San Antonio gewusst. Das beendete jenen Kampf, und anschließend gab es in San Antonio ein Riesenbesäufnis, an das die Leute dort vielleicht noch heute zurückdenken. Joe und Brazos-Jim waren in jener Nacht Arm in Arm von einem Saloon zum nächsten gezogen, hatten getrunken und danach Kleinholz gemacht. Am nächsten Tag waren sie ebenso vereint bei Sheriff Mauther wieder in der Zelle aufgewacht.

Brazos-Jim schmunzelte, als er daran dachte. Aber er wurde wieder ernst, da ihm der vorausgegangene Kampf einfiel. Da war es bitter geworden. Und bitter würde es auch diesmal werden. In puncto Frauen verstand Red River Joe keinen Spaß. Vielleicht würde diese Kratzbürste da vorn auch sagen, was er mit ihr angestellt hatte. Und wie er Red River Joe kannte, hakte es dann bei ihm aus.

Nein, sagte er sich, Joe ist zu viel. Einer von uns beiden ist zu viel, und Joe muss weg! Ich werde auf ihn warten. Denn bestimmt ist er nicht weit. Ja, er wird kommen, und dann tragen wir es aus.

19. Kapitel

Der Pfad führte über eine steil ansteigende grüne Matte, auf der noch immer in den Kuhlen Schneereste lagen. Ganz selten einmal stand in den Vertiefungen oder im Schutze von herausragenden Felszacken ein zerzauster Busch. Bäume gab es hier oben nicht mehr.

Der Wind blies eiskalt über die Höhe. Diana hockte noch mehr zusammengesunken als zuvor im Sattel. Sie zitterte vor Kälte, aber sie war zu stolz, um etwas zu Brazos-Jim zu sagen. Auch hatte sie sich wund geritten und konnte kaum noch sitzen. Doch auch das ertrug sie mit zusammengebissenen Zähnen.

Endlich waren sie über dem Kamm. Der Pfad führte durch einen schmalen Spalt in den Felsen und führte in Serpentinen wieder bergab. Rechts und links von diesem Hochpass ragten die grau schwarzen und zum Teil mit Schnee bedeckten Felsgiganten gen Himmel. Rechts der Wyoming Peak mit seinen dreitausendfünfhundertzwei Metern Höhe.

Der Hang, den sie nun hinabmussten, neigte sich nach Süden. Hier lag kein Schnee mehr, und es wehte ein warmer Aufwind. Diana empfand die Wärme nach dem eisigen Wind der Nordostseite als ein Geschenk des Himmels.

Brazos-Jim spürte davon nur beiläufig etwas. Er suchte nach einem Hinterhalt, aber hier oben gab es da wenig Möglichkeiten. Erst weiter unten im Tal, das sich wie ein riesiger Keil bis an die Felsungetüme herangeschoben hatte, schien es solche Gelegenheiten zu geben. Denn dort wuchsen Tannen, und dort führte der schmale Maultierpfad durch Hohlwege, die nicht breiter waren, als dass gerade ein Reiter hindurchkommen konnte.

Ja, dachte Brazos-Jim, *dort unten werde ich auf ihn warten.*

20. Kapitel

Als Johnston mit seinen Männern das das Hochtal erreicht hatte, konnte er die Spur von drei Pferden noch gut sehen. Er fand auch das Lager Red River Joes und verlor darüber fast eine halbe Stunde. Sein Aufgebot nutzte die Zeit, um auszuruhen.

Johnston verfluchte die Umstände der letzten zwei Tage. Nicht nur, dass er lange genug umsonst am anderen Pass gewartet hatte, er war auch danach noch auf ein anderes Aufgebot gestoßen, das von Robert Hogart angeführt wurde. Hogart war der Mann, von dem ganz Holdford wusste, dass er Diana Derrick heiraten wollte.

Johnston konnte diesen arroganten Mann nicht ausstehen. Aber Hogart war in der Stadt ein einflussreicher Storebesitzer, saß im Stadtrat, und ihm gehörten auch acht Frachtwagen mit Gespannen, die ständig den Weg über die Berge machten.

In den letzten Tagen vor der Entführung war Hogart ständig mit Miss Derrick gesehen worden. Der Tag der Verlobung stand auch schon fest. Trotzdem fragte sich Johnston, der Diana Derrick auch verehrte, wieso ein Mädchen diesen Affen, wie er Hogart nannte, nur lieben konnte.

Hogart war groß, kräftig und energisch. Ein Weichling war er bestimmt nicht, das musste Johnston zugeben. Doch in Hogarts Art, in seiner überheblichen Weise zu sprechen, lag diese Arroganz, die Johnston so hasste. Vielleicht, so gestand er sich ein, bin ich nur auf ihn eifersüchtig.

Dieser Robert Hogart, den seine Freunde Bob nannten, war erst einen Tag nach der Entführung von einer Fahrt nach Atlantic City zurückgekommen. Das Unwetter hielt ihn und das von ihm versammelte Aufgebot abermals zurück, doch dann ritt Hogart mit acht entschlossenen Männern zum Pass. Er kam zu spät, fand nur mehr die Toten in der Hütte, stieß aber unterwegs auf Kingsman und den Jungen. Er zwang den unter Rheumaschmerzen ächzenden Kingsman, mitzukommen und schickte einen anderen Mann mit dem Jungen zurück nach Holdford.

Dann ritten sie weiter, stießen bald darauf mit Johnston zusammen, der nicht anders konnte, als Hogarts Aufgebot dem seinen anzugliedern.

Nun waren sie im Hochtal, und Johnston geriet am Talausgang an eine Stelle, wo die Spuren von drei Pferden in einen Bachlauf mündeten.

Johnston ließ eine Fackel anzünden, kniete sich neben die Spuren und betrachtete sie aufmerksam. Es war ihm etwas aufgefallen. Aber Hogart, der schon ungeduldig wartete, schnarrte herrisch: »Es sind drei Pferde, falls Sie das übersehen haben sollten, Marshal. Also, sie sind im Bach weiter. Was suchen Sie dann noch hier herum?«

Johnston sah den großen Storebesitzer an, und dabei kam ihm die Idee. Er wandte sich an Kingsman. »Rod, du führst jetzt das

Aufgebot. Mr. Hogart und ich werden einen anderen Weg nehmen.«

»Einen anderen Weg?«, fragte Hogart verblüfft und seine Stimme klang zornig.

»Ja«, erwiderte Johnston. »Rod, ihr folgt dem Bachlauf. Ganz oben werden die Spuren wieder ans Land kommen, aber selbst wenn ihr sie da nicht findet, reitet ihr in Richtung auf den Wyoming Peak und biegt nach Norden ab. Ich wette, Red River Joe hat sie dort schon eingeholt. – Mr. Hogart und ich werden den Wyoming Peak bis über den Pass anreiten, dann umgehen und von Osten

her kommend auf euch oder die drei stoßen.«

»Blödsinn!«, meinte Hogart. »Ausgemachter Quatsch. Wir sollten alle zusammen...«

»Kommen Sie her, dann reden wir weiter!«, sagte Johnston. »Rod, reitet schon, vielleicht kommen wir auch nach.«

Das Aufgebot ritt an. Kingsman führte es in den Bach.

Ungeduldig herrschte Hogart den Marshal an: »Was soll der Unsinn?«

Johnston lächelte. »Sie verstehen ja etwas von Spuren, nicht wahr?«

»Natürlich, warum fragen Sie?«, bellte Hogart zurück.

Johnston wies auf die verlöschende Fackel. »Da sehen Sie ja noch die Spuren von drei Pferden. Es ist aber ein Pferd, das nur dreimal diesen Weg geführt wurde. Es ist Red River Joes Pferd, und er wollte uns offenbar in die Irre führen. Die wirklich richtigen Spuren sind verwischt. Ich glaube, dass sie dort hinaufgeführt haben.«

»Über diese Schotterhalde?«, fragte Hogart ungläubig und blickte auf den mondscheinerhellten Schotterhang, der sich fast bis zu den Matten erstreckte.

»Ja, genau da hinauf, weil es dort keine Spuren gibt.«

»Aber, Marshal, warum sollte dieser Red River Joe seinem Gegner Vorteile verschaffen wollen?«, erkundigte sich Hogart ungläubig, aber gar nicht mehr so selbstsicher.

Johnston lächelte überlegen. »Weil er Diana will oder das Geld. Er kann uns dabei nicht gebrauchen.«

»Diana? Wie reden Sie von Miss Derrick?«

Johnston tippte dem großen Mann vor die Brust. »Sie können auch mit dem Aufgebot reiten. Ich jedenfalls brauche diese Herde herumtrampelnder Elefanten auch nicht. Aber Sie können auch mitkommen. Vermutlich werden Sie sich große Mühe geben, unser Wild zu fassen. Es geht nämlich um Diana, die ich auch weiterhin so nennen will, Mr. Hogart. Ich denke, jetzt haben wir uns verstanden.«

»Wollen Sie damit sagen, dass Sie mit Miss Derrick...«

»Nein, das will ich nicht sagen. Aber Diana Derrick ist nicht etwas, das Ihnen schon gehört. Das wollte ich damit sagen. Nun können wir weiter, oder wollen Sie mit den anderen reiten?«

»Nein, ich komme mit Ihnen!«

21. Kapitel

Red River Joe sah die beiden Verfolger, als er den Kamm des Gebirges gerade erreicht hatte. Es war kurz nach Mittag. Die Spuren von Brazos-Jims und dem Mädchen waren so deutlich, dass Joe sich fragte, wann Brazos-Jim einen Hinterhalt versuchen würde. Auch der Abstand hatte sich verringert. Vorhin hatte Joe Pferdemist gesehen, der keine halbe Stunde alt sein konnte.

Während Joe noch überlegte, wo sich Brazos-Jim möglicherweise verborgen halten würde, sah er unten an den Matten, die er eben noch heraufgekommen war, die beiden Verfolger.

Er konnte nicht erkennen, wer die beiden waren, aber auf alle Fälle hatten sie seinen Trick im Hochtal durchschaut, sonst wären sie nicht auf seine Spur gekommen.

Fast noch mehr als die Verfolger beschäftigte ihn die Frage, wo Brazos-Jim mit Diana stecken mochte. Schon die ganze Zeit hatte Joe mit einem Hinterhalt gerechnet, aber nun roch es förmlich danach. Sein Instinkt warnte ihn, aber er sah hier oben nirgendwo eine Stelle, die für solche Zwecke geeignet gewesen wäre.

Nein, dachte er, *Jim ist unten in diesem Tal. Er wird dort lauern und nirgendwo anders, vorausgesetzt er ist nicht weitergeritten.*

Aber auch an einen Weiterritt mochte Joe nicht glauben. Brazos-Jim musste längst gemerkt haben, dass er so schnell nicht vorankam. Offenbar behinderte ihn Diana viel mehr, als sich Brazos-Jim das ausgerechnet hatte.

Joe ritt weiter. Es ging ziemlich steil bergab auf jenen Talkeil zu, in dem dunkle Tannen aufragten und jede genaue Einsicht in den Talgrund versperrten.

Auch Joe hinterließ eine gute Spur, aber dann, als er schon ziemlich weit unten war und den Taleinschnitt erreicht hatte, überquerte er eine Stelle, an der eine Lawine talwärts gerast war. Überall lag Schotter, ragten große Felsbrocken auf, die auf halber Strecke stehengeblieben waren, lag zerknicktes Gehölz, türmten sich Wälle von zusammengeschobener Grasnarbe.

Joe trieb den Hengst auf eine Schotterstrecke, ritt scharf nach links ein wenig die Lawinenstrecke aufwärts und hielt sich genau auf dem Schotter, wo die Hufe keine Spuren hinterließen. Dann kam er zu einem umgestürzten Baum, saß ab und ging zu Fuß die Strecke bis dorthin zurück, wo er abgebogen war. Sorgsam verwischte er auch jene kümmerlichen Spurenreste, die er hinterlassen hatte. Dann kehrte er zu Star zurück, saß auf und ritt in einem weiten Bogen am Talrand entlang, erreichte den Wald und ritt ein Stück weit darin bis zu einer Schneise, die ebenfalls durch Lawinensturz entstanden sein musste.

Hier konnte er weit bis zur Talsohle blicken, wo irgendwo dort unten der Trampelpfad weiterführen musste, auf dem Brazos-Jim mit Diana geritten war.

Joe saß ab, stellte sein Pferd geschützt zwischen die Bäume und ließ es angebunden vom Waldgras fressen. Er selbst hatte noch ein zähes Stück von dem Wapitifleisch, das schon gebraten war, aber dennoch wie aufgeweichtes Leder schmeckte.

Er kaute es und setzte sich an den Rand der Schneise, und zwar so, dass er getarnt saß, selbst aber alles sehen konnte, was bis zum Ende der Schneise geschah.

Eine Stunde lang beobachtete Joe die Tiere. Vor allem die Vögel behielt er im Auge, weil ihr Verhalten ihn warnen würde. Da war ein Häher, der immer in dieser Schneise strich und die Singvögel ängstigte. Offenbar bangten die Alten um ihre Jungen. Es war jetzt die Zeit, wo die zweite Brut ausgeschlüpft sein musste.

Auch ein großer Greif strich mitunter über die Schneise. Es schien, als habe er seinen Horst irgendwo auf einem der Felsen weiter oben. Es war ein Steinadler, der zuweilen gemeinsam mit seinem etwas größeren Weibchen dicht über die Tannenspitzen strich. Vor ihm hatten die Singvögel aber nicht so viel Angst wie vor dem Häher.

Einmal hoppelte ein Kaninchen über die Schneise. Der Greif rüttelte, strich aber weiter, als das Kaninchen weiter hoppelte. Lange saß das possierliche Tier neben einem Baumstumpf ziemlich weit unten, wo der Pfad quer verlaufen musste. Der zu dem Stumpf gehörende umgestürzte Baum verdeckte etwas von der Sicht in den rechten Winkel unten. Aber Joe beobachtete das Kaninchen.

Wieder tauchte der Adler auf. Er war diesmal allein, kreiste über der Schneise, und Joe fragte sich, ob er das Kaninchen jagen wollte. Doch plötzlich zog er hoch und flog weit über die Wipfel weg, bis Joe ihn nicht mehr sah.

Kurz danach kam der Häher mit wildem Gekreische über die Schneise, und dann hoppelte das Kaninchen weg, hetzte plötzlich und verschwand im Unterholz.

Joe hörte das Schnauben eines Pferdes. Da der Schall von unten nach oben steigt, hörte er jedes Geräusch genau, das aus dem Talgrund kam. Und nun vernahm er auch den Hufschlag, offenbar auf Geröll, das von dieser Lawine in den Talgrund getragen worden war.

Fast unmittelbar nach diesem Geräusch tauchten unten die beiden Reiter auf. Es mussten jene beiden sein, die Joe schon vom Kamm aus gesehen hatte. Sie ritten sehr schnell. Vielleicht, so sagte sich Joe, haben sie mich gesehen und wollen mich nun einholen.

Joe wartete, bis sie unten an der Schneise vorbei waren, holte Star, zog den Gurt wieder stramm und saß auf. Dann ritt er im Schritt die Schneise hinab, umging die zersplitterten Baumstämme und kam unten im Talgrund an, als die Schüsse südwestlich von ihm auf peitschten.

Es konnte keine Meile entfernt sein. Erst hörte er nur eine Winchester. Dann donnerte zweimal ein Revolver, und schließlich brüllte wie ein Kanonenschlag der Abschuss einer Sharps auf.

Joe ritt nach links und sah auf dem Pfad im weichen Morast des von Bäumen beschatteten Weges die Spuren von vier Pferden. Von zweien waren sie ganz frisch.

Wieder krachte ein Gewehr, die Winchester. Danach herrschte Stille.

Der Häher kreischte wieder, aber sonst regte sich kein Vogel.

Joe konnte die schmale Gasse im Wald nicht entlang sehen. Der Pfad, kaum noch als solcher zu erkennen, schlängelte sich um Baumriesen herum, an Felsbrocken vorbei durch Gebüsch, das dort gedieh, wo der Wald dünner stand. Und irgendwo dort hinten fand der Kampf statt, den Joe zwar erwartet und eigentlich sogar einberechnet hatte, dessen Ausgang ihm jedoch ungewiss blieb.

Unbewusst war er versucht, den Hengst anzutreiben. Doch das wäre ein Fehler gewesen, den er nicht machen wollte. Er durfte nicht zu früh dort sein.

Wieder knallte die Sharps, und der Schuss erinnerte an einen Kanonenschlag. Doch die Winchester antwortete fast unmittelbar mit ihrem helleren Peitschen.

Dicht vor Joe flüchteten zwei Weißschwanzhirsche, eine Hirschkuh mit ihrem schon ziemlich großen Kalb, quer über den Pfad. So nahe, dass Star sich erschrocken aufbäumte.

Joe hatte ein paar Sekunden mit dem Hengst zu tun, und als das Tier sich wieder beruhigt hatte, sah er plötzlich weit voraus zwei Pferde, die reiterlos und mit hängenden Zügeln quer zum Pfad zwischen Bäumen standen, aber trotz des Waldgrases nicht fraßen, sondern in jene Richtung äugten, aus der nun wieder Schüsse fielen.

Als Joe noch ein Stück geritten war, sah er zwei Männer bäuchlings hinter einem umgestürzten Baum vor einer Schlucht liegen. Rechts und links von ihnen ragten Felswände auf, und irgendwo weiter in der Schlucht schien der Gegner zu liegen.

Joe nickte grimmig. *Das ist der Hinterhalt, den Jim für mich errichtet hat*, dachte er, *aber die falschen Leute sind in ihn hineingeraten.*

Die Stelle, die sich Brazos-Jim für seinen Hinterhalt ausgesucht hatte, war grandios. Er war dort unten imstande, eine ganze Patrouille der Armee aufzuhalten. Denn nur ein Mann konnte jeweils in die Schlucht reiten. So schmal war sie. Aber irgendetwas schien die beiden Verfolger gewarnt zu haben, denn ganz offensichtlich waren sie gar nicht erst in die Schlucht hineingeritten. Trotzdem hatte Brazos-Jim sie festgenagelt. Als es einmal im Düsteren der Schlucht oben aufblitzte, wusste Joe, wo Brazos-Jim lag. Er konnte von dort aus das Gelände vor der Schlucht wie einen Präsentierteller übersehen und in Schach halten.

Einer der beiden Männer, die hinter dem Baum lagen, hatte die Sharps. Er schoss, und der Feuerblitz der großkalibrigen Waffe fegte meterweit von der Mündung aus auf die Schlucht zu.

Dann krachte wieder die Winchester, diesmal aber von einer ganz anderen Stelle. Und Joe sah deutlich, wie nach dem ersten Schuss das eine der beiden Pferde hinten herumwirbelte und zusammenbrach. Nach dem zweiten Schuss bäumte sich das zweite Pferd auf, und ein dritter Schuss warf das Tier zu Boden.

Der Wutschrei der beiden Männer hinter dem Baum drang bis zu Joe.

Wieder donnerte die Sharps, aber die Winchester antwortete nicht mehr.

Joe wusste genug. Er wendete sein Pferd, ritt rückwärts zur Schneise und ließ Star, der mürrisch schnaubte, hinaufklettern. Oben gab er dem Hengst eine Verschnaufpause, und als das Tier sich erholt hatte, ritt er nach Südwesten zu am Rand des Tales weiter.

Für Joe war klar, wie es weiterlaufen würde. Brazos-Jim hatte bestimmt längst sein Pferd bestiegen und ritt schon weiter. Die beiden Verfolger brauchte er nicht mehr zu fürchten; die hatten keine Pferde mehr.

Joe sah keinen Anlass, den beiden zu helfen. Obgleich er nicht wusste, wer sie waren, so glaubte er nicht, dass einer von beiden verwundet worden war. Auch zu Fuß hatten sie jetzt im Sommer kaum Schwierigkeiten, eine Ansiedlung zu erreichen. Und wer es auch sein mochte, er kannte niemanden aus Holdford und Umgebung, dem er sich verbunden gefühlt hätte.

22. Kapitel

»Sie Schuft!« keuchte Diana, als ihr Brazos-Jim erzählt hatte, wie sein Kampf ausgegangen war.

»Warum Schuft?«, spottete er. »Weil ich mich meiner Haut wehre? Ich wette, die beiden Narren sitzen jetzt noch hinter dem Baum und warten, dass ich mich zeige. Weiter links halten, Baby! Noch ein paar Meilen, dann müssten wir im Idaho-Territorium sein. Man hat mir gesagt, dass dort weniger Menschen leben als sonst wo in den Staaten. Wir beide werden bestimmt einen schönen Platz finden, was?«

»Bleiben Sie mir vom Leib!«, fauchte Diana. »Sie sind ein Scheusal!«

»Darüber reden wir später, Kleines«, erwiderte er gelassen. »Sieh dort hinauf! Der Wyoming Peak, wenn ich nicht irre. Schade, dass Cobble nicht bei uns ist. Er hat hier jeden Fußbreit gekannt. Nun, ich kann auch keinen Fehler machen. Immer nach Westen, dann ist es richtig. Oder stimmt das nicht, he?«

»Es ist mir gleich, wohin Sie reiten«, sagte Diana kratzbürstig. »Einmal werden Sie doch erwischt. Und dann, dann werde ich denen sagen, was Sie für ein Held sind. Einer, der einer Frau...«

»Halte keine Reden! Ich weiß, Baby, als Lehrerin kannst du das, schöne Reden halten. Aber du wirst umlernen müssen. Der Mann, zu dem du gehörst, das bin ich.«

»Nie!«, fauchte sie ihn an, aber gerade im Zorn erschien sie ihm noch anziehender.

Er lachte und hätte sie am liebsten vom Sattel in seine Arme gerissen. Doch er wollte keinen Aufenthalt und ließ es. »Weiter! Dort nach links in die Talsenke hinein!«

Er trieb von hinten aus den Wallach an. Diana, wund geritten bis aufs rohe Fleisch und völlig am Ende mit ihrer Kraft, wäre am liebsten aus dem Sattel gefallen und liegengeblieben. Sie wusste, dass sie ihren Trotz nicht mehr lange aufrechterhalten konnte. Sie wusste auch, dass Brazos-Jim sie früher oder später zermürbt haben würde.

Doch noch waren Stolz und Zähigkeit größer als alle Erschöpfung. Sie hasste diesen Mann, wie sie nie zuvor im Leben einen Menschen oder eine Sache hatte hassen können. Erst war sie von der eigenen Angst gelähmt gewesen. Aber nun, da er sie nicht wieder angerührt hatte und doch immer wieder damit drohte, was er mit ihr tun würde, wuchs etwas in Diana, was sie selbst nicht für möglich gehalten hätte.

Sie, die den Kindern immer Frieden, Nächstenliebe und Nachsicht gepredigt hatte, sann darüber nach, wie sie diese Bestie, wie sie Brazos-Jim nannte, töten könnte.

Noch gab es für sie keinen Plan, noch wagte sie nicht, ihre Absicht in die Tat umzusetzen, selbst wenn dazu hundertfach am Tag Gelegenheit geboten war. Zwischen Vorhaben und

Ausführung lagen noch Welten, aber der Abstand verkleinerte sich mit jedem Wort, das Brazos-Jim sprach.

Für Diana war alles ein Wettkampf zwischen ihrer Erschöpfung und dem Rest von Energie, der sie beseelte. Weil sie fürchtete, bald nicht mehr die Kraft zu haben, etwas gegen diesen Mann, der sie quälte, zu tun, festigte sich ihre Absicht immer mehr.

Brazos-Jim schien sich keine Gedanken über Dianas Empfindungen zu machen. Er war von ihr in seinem Stolz getroffen und lauerte auf den Augenblick, da er die Verfolger abgeschlagen wusste. Dann nämlich würde er sich nicht mehr von Diana abweisen lassen. Durch nichts.

Er kannte Red River Joe. Die beiden, die er vorhin aufgehalten hatte, waren andere gewesen. Red River Joe aber war zuletzt dicht hinter ihm gewesen. Also war er es auch jetzt noch, nur schien der alte Fuchs die Falle gewittert zu haben. Es imponierte Brazos-Jim, dass Red River Joe zwei andere in die Falle hatte tappen lassen, ohne selbst überhaupt nur einen Schritt in die Richtung riskiert zu haben.

Red River Joe war also noch auf der Fährte, und ihn wollte Brazos-Jim auch gar nicht abschütteln. Das war sinnlos. Der einstige Gefährte aus Texas würde immer wieder nach den Spuren suchen und immer wieder irgendwann hinter ihm sein. Nein, den mit allen Wassern gewaschenen Red River Joe konnte und wollte er nicht abschütteln. Ihn wollte er stellen und töten.

Ein langes Tal tauchte vor Brazos-Jim auf. Er wusste nicht, wo dieses Tal enden würde, aber es lag in südwestlicher Richtung, also hoffte er, in ihm schnell und glatt weiterzukommen. Er verfluchte es abermals, Cobble nicht bei sich zu haben, der diese Gegend so gut gekannt hatte.

Bis jetzt hatte Brazos-Jim nicht herausfinden können, ob Diana sich in den Bergen auskannte. Manchmal schien es ihm, als sei dies der Fall. Dann wieder stellte sie sich an, als sei sie noch nie im Leben in den Bergen gewesen. Fast neigte er zu der Annahme, sie könne nie in den Bergen gewesen sein.

Als er jetzt aber in dieses Tal ritt und nicht den Pfad weiterverfolgte, der wieder bergauf zu einem Bergkamm führte, blitzte es in Dianas Augen auf. Brazos-Jim, der gerade neben ihr anhielt und noch überlegt hatte, sah es.

»Du kennst die Gegend, nicht wahr? Reiten kannst du nicht, aber du bist schon hier gewesen.«

»Nein«, sagte sie schroff.

»Warum freust du dich, dass ich in dieses Tal reite?«

»Ich dachte, Sie wollen den Berg hinauf.«

»Nein, ins Tal«, erwiderte er. »Los, weiter!«

Er beobachtete sie genau, und jetzt schien es, war sie tief betrübt und enttäuscht über die neue Richtung.

Sie kennt die Gegend, dachte er. *Und sie hatte wohl gehofft, es geht den Weg hinauf. Vielleicht ist das ungünstig. Also bleibe ich unten im Tal. Gut so!*

Dianas Gedanken konnte er nicht einmal erraten. Sie war schon hier gewesen, vor zwei Jahren bereits. Und sie wusste, dass dieses Tal keinen Ausweg hatte. Damals hatte ihr Vater noch gelebt und war mit ihr in die Berge geritten, um sie mit auf die Jagd zu nehmen. Sie war nicht wie jetzt gezwungen gewesen, im ungewohnten Herrensitz zu reiten, aber wie und warum sollte sie das Brazos-Jim auch erklären. Nein, sollte er ruhig weiter im Tal reiten. Fast hätte sie sich verraten. Aber nun ritt er den falschen Weg und würde in zwei Stunden vor einer Felswand stehen, über die kein Pferd hinwegkommen konnte. Damals war Dianas Vater dort emporgeklettert und hatte einen prächtigen Widder von Dickhornschaf geschossen. Ja, sie wusste es noch sehr genau.

Wenn nun aber niemand mehr hinter ihnen war? Wenn es gar keine Verfolger mehr gab?

Doch, dachte sie, *es gibt welche, oder wenigstens einen! Red River Joe!* Er schien hinter ihnen zu sein, und die Hast und Unruhe von Brazos-Jim schien das zu bestätigen.

Einmal hielt Brazos-Jim an. Er blickte sich um, lauerte wie ein Jäger auf eine Bewegung hinter ihnen, doch dort rührte sich nichts.

»Sie werden noch immer verfolgt, nicht wahr?«, fragte sie.

»Kümmere dich nicht darum«, knurrte er.

Sie lächelte angriffslustig. »Red River Joe, nicht wahr?«

»Wer sagt das?«, brauste er auf und sah sie böse an.

»Sie tun, als wäre er Ihr Feind. Ich hörte, dass Sie sich einmal gut mit ihm verstanden haben.«

»Die Zeit vergeht. Nichts bleibt.«

»Er ist ein harter Mann, aber doch anders als Sie. Er würde keine Frau anrühren, wenn diese das nicht wollte.«

»Ach was! Denkst du, der ist ein Engel?«

»Nein, das ist er nicht. Aber er ist kein Schuft. Der quält keine Frau wie Sie.«

Brazos-Jim lachte wild auf. »Du kleine Närrin! Er ist ein Mann wie jeder, ein Abenteurer wie ich. Wenn er hinter mir reitet, dann nicht meinetwegen. Ich habe elftausend Dollar bei mir, und das weiß er. Deshalb verfolgt er uns. Er ist wie ich, glaub mir nur. Wenn ich mit ihm teilen würde, solltest du ihn kennenlernen.«

»Das glaube ich nicht«, erwiderte Diana. »Ich spüre so etwas. Er ist anders als Sie. Vielleicht ist er ein Abenteurer. Ja, das bestimmt, aber das sind fast alle hier im Westen. Aber er will bestimmt nicht das, was Sie denken.«

Sie merkte, dass er irgendwie erleichtert war, dass sie wieder mit ihm sprach. Er zügelte sein Pferd, und sofort blieb auch der Wallach stehen. Die Idee, dass sie mit einem Gespräch dem Verfolger einen Dienst erweisen würde, stärkte sich in ihr. So sagte sie mit gespielter Freundlichkeit: »Wenn ich Sie wäre, würde ich diesem Mann keinen Hinterhalt legen. Aber das hatten Sie doch schon einmal vor. Er war nur schlauer. Ich möchte nur wissen, wer die Männer waren, denen Sie die Pferde erschossen haben.«

»Das ist leicht zu beschreiben. Der eine war kräftig, bullig und trug einen Stern. Ein Marshal also oder ein Deputy.«

»Johnston, der Marshal.« Diana seufzte. Also hatte Johnston wiederum Pech gehabt.

»Der andere«, fuhr Brazos-Jim fort, »war groß, hatte dunkles Haar und trug eine affige Uhrkette auf der Weste. Er ritt einen Blauschimmel, aber den habe ich ihm abgeknallt...«

»Mein Gott!«, entfuhr es Diana. »Hatte er einen Schnauzbart?«

»Ja, einen Bart hatte er.«

»Und eine Narbe an der Stirn?«

Brazos-Jim lachte. »Auf die Entfernung kann man so etwas nicht erkennen.«

»Es muss Bob gewesen sein.«

»Bob?«

»Robert Hogart. Mein zukünftiger Mann.«

»Fein«, rief Brazos-Jim, »der wird jetzt schon Blasen an den Füßen haben. Haha!«

»Sie Schurke!«, fauchte sie und vergaß völlig, dass sie ihn einlullen wollte.

Er lachte nur noch mehr. »Von so einem Verehrer habe ich gar nichts geahnt. Da hat der aber Glück gehabt, Baby! Hätte ich das früher gewusst, würde er jetzt das Gras von unten begucken! Los, weiter jetzt! Wir haben noch einen weiten Weg!«

23. Kapitel

Joe konnte von der Höhe aus weit zurück ins Tal sehen. Er entdeckte dort weit unten zwei Männer, die zu Fuß auf dem Rückweg waren. Aber wenn er nach vorn blickte, über das Tal hinweg bis hinüber zu den im abendlichen Dunst liegenden Felswänden, dann sah er auch den Rand des Tales, das von Steinmauern umschlossen wurde. An einer Stelle jedoch gab es so etwas wie einen schrägen Aufstieg aus dem Tal heraus, und Joe verbrachte fast eine Stunde, weil er Brazos-Jim und Diana dort erwartete. Aber sie kamen nicht. Also musste Brazos-Jim unten im Tal geblieben sein.

Misstrauisch überlegte Joe. Sollte das wieder eine Falle sein? Oder wusste Jim nicht, dass dieses Tal weiter hinten keinerlei Ausgang hatte?

Die langen Jahre in Gefahr hatten Joe dazu erzogen, erst an eine Falle zu glauben. Deshalb wandte er sehr viel Zeit dafür auf, den Weg ins Tal zu beobachten, Hinterhalt-Möglichkeiten zu untersuchen und jede Gefahr auszuschließen, in eine Falle zu geraten. Es gab keine.

Er bereute seine Vorsicht nicht, als er unten im Tal ankam und dort auf die Hufspuren der beiden Pferde stieß. Brazos-Jim und das Mädchen waren also wirklich weiter in dieses Tal geritten.

Zweifel beschlichen Joe. Gab es vielleicht doch einen Ausgang, und er hatte ihn nur nicht sehen können? Vielleicht eine ganz schmale Schlucht, die von oben einfach nicht zu erkennen war?

Wieder befürchtete er eine Falle.

Doch plötzlich sah er Brazos-Jim.

Der einstige Gefährte stand auf einem Felsbalkon am Rande des immer enger werdenden Tales. Von seinem Pferd und von Diana war nichts zu sehen. Die mussten irgendwo vorn zwischen den Bäumen sein, wo Joe sie von hier aus nicht sehen konnte.

Aber so wie Joe seinen Rivalen entdeckt hatte, sah Brazos-Jim seinen Verfolger. Er war dort auf die Felswand geklettert und hatte da einen guten Rundblick über das Tal. Er musste jetzt auch wissen, dass er in ein blindes Tal geritten war.

Joe war sicher, dass er es wusste. Es gab keinen Ausweg dort im Südwesten. Sonst wäre Brazos-Jim nicht auf den Fels geklettert. Und Brazos-Jim wusste das inzwischen auch.

Jetzt, dachte Joe, *wird er sich stellen müssen. Jetzt ist es soweit.* Und er fragte sich, ob es noch härter werden würde als damals in San Antonio, als sie sich wegen Elena geprügelt hatten.

Die leise Ahnung, dass Brazos-Jim diesmal sogar schießen würde, wuchs in Joe. Nein, er mochte nicht mehr an einen harten, aber doch fairen Fight glauben. Aber da waren immer wieder diese Erinnerungen an alle Zeiten. Diese sentimentalen Empfindungen von Freundschaft und gegenseitiger Achtung.

Ob Brazos-Jim auch so dachte? Joe stellte sich zum ersten Male diese Frage ganz im Ernst, und er wollte sich einfach nicht eingestehen, dass aus dem harten Texasjungen Brazos-Jim der Bandit Brazos-Jim geworden war, dem auch Freundschaft und alte Erinnerungen nicht mehr das bedeuteten wie Joe.

Joe entschloss sich, weiterzureiten. Er konnte den ganzen Weg über Brazos-Jim oben im Felsen sehen. Brazos-Jim hatte das Gewehr bei sich.

Das Gehölz neben dem Pfad war niedrig. Schließlich gab es gar keinen Pfad mehr, und Star, der Braune, musste sich seinen Weg zwischen den niedrigen Bäumen suchen. Ein Waldbrand schien hier vor einem Jahrzehnt alles vernichtet zu haben. Nur noch Büsche und kleine Bäume gab es.

Joe sah weit und breit keine gute Deckung für sich und das Pferd. Da parierte er den Hengst und saß ab. Er band dem Tier die Zügel hoch und trieb ihn mit einem Klaps auf die Hinterhand zurück, wo etwas mehr Schutz durch höhere Bäume geboten war.

Das Gewehr in der Hand ging Joe zu Fuß weiter. Irgendwo dort vorn waren höhere Büsche und Bäume, und da hatte Brazos-Jim das Mädchen und die Pferde zurückgelassen.

Brazos-Jim lachte plötzlich von seinem Felsbalkon herab. Es klang schauerlich und hallte von der entgegengesetzten Felswand als Echo zurück.

Joe ging weiter. Er ließ Brazos-Jim nicht aus den Augen. Doch für einen Schusswechsel war die Entfernung zu groß. Joe glaubte auch nicht mit Bestimmtheit, dass Brazos-Jim schießen würde.

Da feuerte Brazos-Jim dennoch. Der Schuss konnte nicht genau gezielt sein, und trotzdem blieb Joe sofort stehen.

Er sah, wie Brazos-Jim repetierte und erneut anlegte. Nun wurde es ihm zur Gewissheit, dass es kein versöhnendes Gespräch geben würde. Nein, es ging nur noch um eine Entscheidung.

Joe rannte, und diesmal spritzte der Dreck keine zwei Schritte vor ihm auf. Ungeachtet dessen lief Joe weiter, warf sich dann plötzlich hinter eine Gruppe niedriger Bäume und entging so einem besser gezielten Schuss.

In der Deckung der niederen Sträucher und Jungbäume robbte Joe vorwärts. Er verschwendete keine Zeit dafür, zurückzuschießen. Dazu war ihm seine wenige Munition zu kostbar.

Als er einmal nach Brazos-Jim ausblickte, sah er den Gegner noch immer auf dem Felsbalkon. Aber Brazos-Jim wollte offenbar wieder nach unten klettern. Er hatte das Gewehr umgehängt und ließ sich in die Tiefe fallen.

Joe hätte ihn jetzt in aller Seelenruhe abschießen können wie einen kapitalen Hirsch auf der Lichtung. Doch er dachte gar nicht daran. Und Brazos-Jim schien sich auf Joes Fairness zu verlassen.

Wieder sprang Joe auf und rannte in der Richtung weiter, in der er Diana und die Pferde vermutete.

Plötzlich stockte er und blieb wie angewurzelt stehen. Entsetzt und nahezu fassungslos blickte er auf das Bild, das sich vor ihm zwischen dem Gebüsch auftat.

Dort stand ein einzelner Baum, dessen obere Krone wohl in jenem Waldbrand vernichtet worden war. Unten aber hatte der Baum wieder ausgeschlagen und ähnelte nun einem alten, verschlissenen Pinsel, dessen Borsten nach allen Seiten abstanden.

Unten hatte dieser Baum sehr tiefe und starke Äste. An einen dieser Äste war Diana mit den Händen angebunden worden. Während sie mit nach oben gestreckten Händen am Ast zu hängen schien, saß sie auf Brazos-Jims Rappen. Das Tier stand ruhig, aber wenn es weglaufen würde, flog Diana aus dem Sattel und hing dann an jenem Ast in der Luft.

Aber da war noch mehr. Joe bemerkte deutlich ein Lasso vom Sattelhorn des Rappen gehend zum Ast. Würde der Hengst loslaufen, bliebe Diana nicht nur am Ast gefesselt hängen, sondern das Lasso würde den vermutlich morschen Ast auch noch losreißen. Diana würde unter dem Ast zu Boden stürzen.

Joe empfand diesen Einfall so schon als teuflische Gemeinheit. Dass Brazos-Jim sich dafür aber eine Frau ausgesucht hatte, verschlug Joe den Atem. Ein Texaner, der eine Frau misshandelte. Das hätte Joe nie für möglich gehalten.

Er war so verstört, dass er fast an eine Sinnestäuschung glaubte. Dann aber begriff er alles. Brazos-Jim brauchte nur den gut abgerichteten Hengst durch einen Pfiff in Gang zu bringen, dann war es geschehen. Noch stand der Rappe. Aber sogar vom Felsbalkon aus hätte Brazos-Jim ihn wegpfeifen können.

Joe fragte sich nicht, warum ein Mann so etwas tat. Er dachte auch nicht darüber nach, wieso Brazos-Jim sich so geändert hatte. So was wäre ihm früher nie eingefallen.

Für Joe gab es in diesen Sekunden nur den einen Gedanken: Die Frau muss sofort und sicher befreit werden. Aber wie?

Jede unüberlegte Hast konnte Diana in höchste Lebensgefahr bringen. Wer wusste im Voraus, ob sie sich nicht schwer verletzte? Wer wusste, wie das Pferd reagieren würde, wenn sich ihm jemand näherte?

Eines aber konnte sich Joe sofort beantworten. Die Frage, ob Brazos-Jim ihn hier erwartet hatte, die stellte sich nicht mehr. Brazos-Jim hatte nicht nur gewartet, sondern hier die Entscheidung vorbereitet. Und er besaß alle Trümpfe.

24. Kapitel

Der Fuchswallach, der einmal Cobble gehört hatte, war angebunden. An dessen Kopfbewegung und Ohrenspiel ersah Joe, dass Brazos-Jim inzwischen auch in der Nähe war und offensichtlich von der Felswand herüberkam.

Der Rappe stand wie ein Denkmal. Joe ging ganz langsam auf ihn zu. Er war aber noch nicht bis auf vier Pferdelängen heran, als drüben zwischen den Büschen in mindestens ebenso weiter Entfernung Brazos-Jim auftauchte.

Der Bandit lehnte sich auf sein Gewehr. »Weiter solltest du nicht gehen, Joe. Ich brauche ihm nur zu pfeifen, und schon rennt er los. Er springt los, Joe, vergiss das nicht.«

»Ich hätte nie gedacht, dass du so ein Schurke sein kannst. Du bist der dreckigste und mieseste Kerl, den ich kenne. Ich schäme mich, ein Texaner zu sein, weil du Hundesohn dort geboren bist.«

»Mach dir nichts daraus«, meinte Brazos-Jim lachend. »Ich hätte dich vielleicht längst abschießen können. Aber ich wollte, dass wir noch einmal darüber sprechen. Was ist sie dir denn wert?«

»Jim, ich kenne nur eine Bedingung: Binde sie sofort los! Sofort!«, sagte Joe barsch.

»Nein, dann verschenke ich einen Trumpf. Welcher Spieler würde das tun? Joe, du hast sicher eine Menge Geld gespart. Ich weiß, dass du es früher in einem Bauchgurt getragen hast. Bestimmt auch jetzt wieder. Ich habe elftausend Dollar. Dann sind das zusammen vielleicht zwanzig Mille oder mehr. Wer von uns beiden das viele Geld bekommt, hat auch noch die Frau.«

»Du kannst mein Geld bekommen, aber binde sie sofort los und lasse sie frei!«, sagte Joe hart.

»Bedingungen stelle höchstens ich, nicht du. Sieh nur, mein Rappe wird schon nervös. Joe, das tut nicht gut, sage ich dir. Also schnall ab und komm herüber. Weißt du, ich will mich dieses Mädchens wegen nicht mit dir schießen, aber ich kenne deine verrückten Ideen. Damals, als du mich wegen Elena verprügeln wolltest, das war auch so etwas. Ich musste in den letzten Tagen viel daran denken. Jetzt passt es mir in den Plan. Ich binde das Mädchen sofort los, wenn du ohne Waffen drei Schritte vor mir stehst. Schnall ab!«

»Tun Sie es nicht!«, schrie Diana.

Der Hengst erschrak, wollte loslaufen, aber Brazos-Jim zischte: »Ruhig, ruhig, Junge, ganz still, Black!«

Der Hengst blieb stehen, aber schon war Diana bis an den hinteren Rand des Sattels gerutscht. Ihre Arme waren straff ausgestreckt. Der Riemen, mit dem sie an den Ast gebunden war, war ganz stramm.

»Schnall ab, Joe, sonst stürzt sie mit dem Ast herunter. Du willst doch nicht, dass sie sich wehtut, nicht wahr?«

»Ich glaube nicht mehr, dass du dein Wort hältst, Jim«, sagte Joe.

»Doch, dir gegenüber halte ich es. Ich verspreche dir folgendes: Du schnallst ab und kommst her. Ich binde das Mädchen los, und dann wirst du den Rappen besteigen. Er ist nicht ganz so gut wie dein Star, aber immerhin. Du wirst auf ihm einen wunderbaren Ritt haben. Natürlich, und das verstehst du sicher, muss ich dich fesseln. Sieh mal hier!« Er zog ein Paar Handschellen aus der Tasche.

»Die stammen von einem vorwitzigen Marshal aus Atlantic City. Ich habe keinen besseren Helfer. Es gibt sogar einen Schlüssel dafür, aber den behalte ich natürlich.«

»Und weiter?«, fragte Joe.

»Du wolltest doch, dass ich das Mädchen losbinde. Dafür zahlst du einen Preis. Was sonst?«

»Und wenn ich mich weigere?«

Brazos-Jim lachte. »Sie hat mich wie Dreck behandelt. Vielleicht nehme ich ihr das so übel, dass es mir gleich ist, was aus ihr wird. Dein Geld ist auch kein Dreck. Aber es ist anders, Joe. Du willst sie doch nicht leiden lassen, nicht wahr. Sie hat Angst.«

»Nein!«, rief Diana. Aber der Hengst wurde sofort wieder unruhig.

»Wenn du ihn aufregst, rennt er los, Baby!«, mahnte Brazos-Jim. »Schön still sein. Du bist dir die ganze Zeit so großartig vorgekommen. Jetzt wirst du klein, nicht wahr? – He, Joe, sie zittert vor Angst. Der Ast ist schwer, verstehst du, und das weiß so ein kluges Mädchen. Er könnte ihr auf den Kopf fallen. Das wirst du doch nicht wollen, Joe! Du wirst also abschnallen. Und das Gewehr lässt du auch los. Sofort, Joe, sonst pfeife ich!«

Der Hengst wurde wieder unruhig. Er trippelte auf der Stelle, und Joe sah, wie Diana die Schweißperlen der Angst auf der Stirn standen. Gewiss, der Sturz konnte vielleicht harmlos ausgehen. Aber vieles sprach dagegen. Auf alle Fälle war es eine bodenlose Gemeinheit, die sich Brazos-Jim ausgedacht hatte.

Joe schnallte den Revolvergurt ab. Er hatte sowieso keine Munition für den Colt mehr. Aber er musste auch das Gewehr loslassen. Dann ging er auf Brazos-Jim zu.

»Mach nur keinen Fehler, Jim«, sagte er ruhig. »Mach ja keinen, denn diesmal wird es anders als in San Antonio!«

»Ich werde keinen Fehler machen. Komm her und streck die Hände vor, Joe!«

Brazos-Jim hielt die Handschellen und spitzte den Mund.

»Solltest du Ideen haben, dann denke daran, dass ich wenigstens einmal pfeifen kann, ganz egal, was du dir ausgedacht hast.«

»Ich habe nicht eine Idee«, erwiderte Joe und streckte die Hände vor. Die Handschellen schnappten zu.

»Dein Versprechen?«, fragte Joe.

»Ich halte mich daran. Aber erst muss ich dich sichern. Geh zu Cobbles Pferd!«

Joe trat zu dem Wallach, und Brazos-Jim löste das Lasso vom Sattelhorn, warf die Schlinge über Joe und zog sie fest. Dann schnürte er das Ende am Sattelhorn des Fuchses fest.

»So, und nun binde ich sie los. Sieh nur genau hin!«

Joe sah, wie Brazos-Jim an dem Lasso zog, von dem Joe geglaubt hatte, es sei oben am Ast festgeknotet. In Wirklichkeit ließ es sich mit einem Ruck lösen. Nur mit den Händen war Diana am Ast festgebunden. Wäre der Hengst weggelaufen, hätte ihr im Grund nichts weiter passieren können. Sie wäre bloß mit den Handgelenken am Baum hängend etwas hilflos gewesen, sonst nichts. Der Sturz und die Gefahr, vom Ast erschlagen zu werden, hatten gar nicht bestanden. Brazos-Jim hatte Joe mit einem

Trick hereingelegt, aber Diana schien wohl auch an die Gefahr geglaubt zu haben, die Brazos-Jim ihr vorgegaukelt hatte.

Joe spie wütend aus. »Einerseits bin ich froh, dass du noch nicht ganz unten angelangt bist, Jim. Aber andererseits...«

»Ja, du bist ’reingelegt worden. Das tut weh. Für dich, Joe, ist es besonders bitter. Aber darüber reden wir noch.« Brazos-Jim stieg auf den Rappen, stellte sich auf die Kruppe und schnitt den Riemen durch, der Dianas Hände am Ast festgebunden hatte. Die Fesseln aber, die ihre Handgelenke zusammenhielten, löste er nicht.

»Siehst du, Joe, sie ist frei!«, rief er.

»Binde ihre Hände los, Jim!« sagte Joe. »Das gehört dazu.«

»Sie ist frei, und sie ist vom Baum los. Darum ging es. Ich werde sie später auch ganz losbinden, aber sie mag dich, verstehst du? Sie mag dich so sehr, dass ich aufpassen muss. – Steig ab, Diana!«

Diana gehorchte. Dann stand sie mit vorn zusammengefesselten Händen neben dem Rappen.

Brazos-Jim nahm den Zügel und führte den Rappen zu Joe hin. Dann löste er das Lasso und sagte, während er den Revolver zog: »Steig auf! Du sollst reiten. Du bist immer ein guter Reiter gewesen. Das ist jetzt deine Chance. Ich will mir später nichts vorwerfen, Joe, deshalb gebe ich dir den Rappen. Du kannst dich sicher noch an Pedro Vaspato erinnern?«

»Der Capataz von der Double-P-Ranch?«

»Genau der. Als wir damals vor sieben oder acht Jahren mit der Herde der Matador-Ranch nach Abilene trailten, haben wir ihn doch überholt. Er hatte nur sechshundert Rinder bei sich, und du hast doch gesagt, dass ihn die Indianer ganz schön gemolken haben. Ja, das haben sie. Aber weißt du noch, was Pedro gemacht hat, als er einmal so einen Roten erwischte?«

»Ja, ich entsinne mich.«

»Er hat den Roten auf ein Pferd gesetzt, und zwar mit einer Schlinge um den Hals. Das andere Ende war um den Schwanz des Pferdes geknotet. Und dann hat er das Pferd bocken lassen.

So mache ich es mit dir. Bleibst du oben, Joe, kannst du Diana mitnehmen und lieferst dein Geld ab. Fällst du 'runter, hm, dann brauchen wir uns nicht mehr zu unterhalten. Dann bist du eben kein guter Reiter, nicht wahr?«

»Du bist ein Teufel, Jim, aber jetzt überrascht es mich gar nicht mehr.«

»Und diesmal ist kein Trick dabei, Joe, darauf kannst du wetten. Diana will ich für mich, Joe. Heil und nicht mit einem Loch im Kopf. Aber dich, Joe, muss ich loswerden. Ich glaube nicht, dass der Rappe dich nicht schafft. Probieren wir es aus.«

»Brazos!«, rief Diana empört. »Das dürfen Sie nicht tun! Es ist Mord. Sie haben diesen Rappen abgerichtet, und er wird bestimmt...«

»Still, Baby, er hat eine Chance. – Joe, hast du eine?«

Joe nickte. »Ja, sie ist klein, aber ich habe sie. Fragt sich nur, was du tust, wenn er mich nicht abwerfen kann.«

»Ich habe es dir gesagt. Aber sei zufrieden, Joe, er wirft dich ebenso ab, wie Pedros Schecke den Roten abgeworfen hat. Und dann rast er los, und du hängst mit dem Hals in der Schlinge. Der Rote ist nach fünfzig Sprüngen des Schecken tot gewesen. Vielleicht schon früher.«

»Zu einem Kampf mit den Fäusten bist du dir zu schade, wie?«, fragte Joe. »Ich würde es sogar mit dem Revolver tun, wenn du mir nur zwei Schuss Munition gäbst.«

Brazos-Jim lachte. »Nein, Joe, wir sind zu gleichwertig. Einer würde tot sein, der andere schwer verletzt, oder beide tot. Was habe ich davon? Du hast eine Chance, und das hast du zugegeben. Ich halte danach mein Wort und gebe dir das Mädchen für dein Geld. Wie viel hast du?«

»Weniger als du, aber genug, um eine Herde zu kaufen.«

»Nun gut, ich werde es nachher zählen. Steig auf!«

Der Rappe war bestimmt gut dressiert und würde wie irr bocken. Im Grunde, so sagte sich Joe, habe ich gar keine Chance. Jim wird tun, was er kann, damit mich dieser rabenschwarze Teufel abwirft. Danach gibt es keine Chancen mehr.

»Jim!«, rief Diana. »Jim, ich gehe mit Ihnen und bleibe bei Ihnen, immer! Wenn Sie dafür Joe gehen lassen. Ich verspreche es.«

Brazos-Jim lachte verächtlich. »Und in drei Stunden reitet er wieder hinter uns. Nein.«

Joe räusperte sich und sagte schroff: »Angenommen, ich bleibe oben. Glaubst du, dass ich dich einfach gehen ließe?«

»Hör auf zu reden! Steig auf!«

Joe tat, als wolle er sich in den Sattel ziehen, doch dann packte er nur das Sattelhorn, während Brazos-Jim hinter ihm stand. Joe hielt sich fest, zog blitzschnell beide Beine an und trat mit aller Wucht nach hinten aus.

Brazos-Jim bekam beide Stiefel in die Magengrube, flog zurück und drückte mehr instinktiv den Revolver ab. Aber Joe hatte schon den Sattel des bockenden und vom Schuss erschrockenen Pferdes losgelassen, war in die Knie gegangen und flog jetzt Brazos-Jim entgegen, der am Boden saß und gerade wieder den Revolver heben wollte.

Sie prallten zusammen, und Joe wischte mit den zusammengebundenen Armen den Revolver zur Seite. Dennoch drückte Brazos-Jim ab, aber auch diesmal verfehlte er Joe.

Als Joe mit beiden Händen auf Brazos-Jims Gesicht einschlagen wollte, riss der Bandit blitzschnell das Knie hoch und traf Joe an der empfindlichsten Stelle. Joe brüllte auf, und die Schmerzwelle schoss wie ein Stich bis zum Hinterkopf hoch. Ihm wurde fast schlecht vor Schmerzen, und Brazos-Jim nutzte die Chance. Er bekam wieder den Arm frei, riss den Revolver herum und wollte die Mündung in Joes Hüfte stoßen.

Doch plötzlich schrie Diana: »Lassen Sie los, Sie Scheusal! Lassen Sie los, oder ich bringe Sie mit Ihrem eigenen Gewehr um!«

Brazos-Jim sah zur Seite, und in dem Augenblick sah Joe auch wieder klar. Er sah den Revolver neben sich, stieß ihn aus Brazos-Jims Hand und wollte ihn packen. Er verlor ihn aber, weil die Fesseln ihn behinderten, und Brazos-Jim nutzte den

Augenblick, um sich auf die Seite zu wälzen. Jetzt war Joe zwischen ihm und Diana, die das Gewehr hielt. Brazos-Jim spürte den Revolver unter seinem rechten Handgelenk, zog die Hand zurück und hatte die Waffe wieder.

Er stieß sie nach vorn, aber da reagierte Joe schon, packte den Lauf und drückte ihn nach rechts.

Beide rangen verzweifelt um die Waffe. Brazos-Jim versuchte sie auf Joe zu richten, und der wiederum wollte sie von sich abwenden.

Diana stand, das Gewehr in den Händen, hilflos daneben, weil sie fürchtete, Joe bei einem Schuss zu verletzten.

In diesem Augenblick riss Joe mit aller Kraft die Waffe herum. Plötzlich gab es einen Stoß in seiner Hand. Ihm war, als habe er glühendes Eisen angegriffen, und gleichzeitig platzten ihm fast bei dem infernalischen Knall aus nächster Nähe die Trommelfelle.

Er begriff noch gar nicht, was geschehen war, als Brazos-Jim unter ihm aufbrüllte, den Revolver losließ und dann erschlaffte.

Zwei Minuten später war Brazos-Jim tot. Er hatte sich ungewollt mit dem eigenen Revolver erschossen. Das Geschoss war ihm in die Luftröhre gefahren. Daran erstickte er.

Joe stand auf und starrte fassungslos auf den Toten. Dann blickte er zu Diana hin, die sich beide Hände vors Gesicht presste. Das Gewehr hatte sie fallen gelassen. Mehr aus Routine und Gewohnheit hob Joe es auf, wollte die Patrone aus der Kammer stoßen und sah, dass da nur eine leere Hülse war. Diana hatte Brazos-Jim vorhin mit einem ungeladenen Gewehr bedroht. Aber gerade das war die Entscheidung gewesen.

25. Kapitel

Es war am nächsten Vormittag, als sie auf Johnston, Hogart und das Aufgebot stießen.

Diana zeigte noch deutlich Spuren der Erschöpfung, aber Joe hatte gedacht, dass sie in Freudenschreie ausbrechen würde, als sie die Männer sah. Nichts dergleichen. Sie starrte nur diesen Hogart an, von dem sie Joe schon erzählt hatte. Er wusste gleich, dass dieser Mann mit dem Schnäuzer Hogart sein musste. Aber er mochte den Burschen nicht. Da war ihm Johnston schon lieber.

»Na, es scheint, als wärst du doch ein ganz brauchbarer Bursche, Red River«, meinte Johnston, nachdem Diana erzählt hatte. Joe war die ganze Zeit über damit beschäftigt gewesen, sich von den Männern etwas Tabak zu schnorren, während die den Toten auf dem Rappen bestaunten.

»Ich habe nie an mir selbst gezweifelt«, sagte Joe. »Nun habt ihr Miss Derrick ja wieder, und ich kann umkehren.«

»Umkehren?«, fragte Johnston. »Ich habe noch einen Haftbefehl. Du weißt doch, der Captain im Fort...«

»Aha«, meinte Joe.

»Ja«, sagte Johnston, »und ich wollte auch Revanche. Wenn du es hier mit mir erledigst, kannst du gleich umkehren.«

»Ich bin müde, Marshal, dann komme ich lieber erst mit.«

»Unsinn«, rief Johnston und lachte. »Alles nur ein Witz. Du kannst abziehen.«

Joe sah zu Diana hin, die mit jenem Hogart sprach, der es noch nicht einmal für nötig befunden hatte, Joe wenigstens zu begrüßen. Daran schien auch Diana zu denken. Sie wies zu Joe hin und sagte: »Ich denke, wenn du ihn bittest, Bob, würde er bleiben und sich bei uns etwas aufbauen. Mit unserer Hilfe natürlich.«

Bis jetzt hatte Hogart nur Abneigung gezeigt. Doch jetzt spiegelte sich offenes Misstrauen in seinem Gesicht.

»Moment mal!«, sagte er schroff. »Willst du diesen Burschen vielleicht absichtlich in der Nähe haben? Gibt es womöglich etwas zwischen deinem edlen Retter und dir?«

Da schlug ihm Diana ins Gesicht. Hogart wurde dunkelrot und schrie los: »Also ist es so! Damit hast du es nur bestätigt.«

»Nichts ist so!«, sagte Joe scharf. »Mäßigen Sie sich, Mister, oder ich schere Ihnen die Haare!«

»Was – was fällt Ihnen ein? Sie Strolch, Sie Bandit! Das alles ist ja abgekartet! In Wirklichkeit haben Sie doch nur das Geld dieses Banditen haben wollen!«

Joe sah Johnston an. »Habe ich dir nicht vorhin das Paket mit dem Geld gegeben? Oder habe ich das geträumt?«

»Stimmt. Und Sie sind besser still, Mr. Hogart!«, fuhr ihn Johnston an. »Kommen Sie, Miss Derrick, wir machen dort unten Rast. Bis dahin schaffen Sie es doch noch, wie?«

»Nein«, sagte Diana plötzlich und sah Joe dabei an. »Ich glaube, ich werde mir in Oregon etwas suchen, dort wird es sicher auch Kinder geben, die schreiben und lesen lernen möchten.«

»Du willst mit dem da mitgehen? Habe ich es mir doch gedacht!«, keifte Hogart. »Niemals! Niemals!«, schrie er.

Joe blieb ganz ruhig. »Ich glaube, Diana, Sie haben Pech mit den Männern. Er ist auch schon verrückt.«

»Red River!«, brüllte Johnston plötzlich. Dann krachte ein Schuss, sofort danach ein zweiter.

Joe hatte sich schon nach Johnstons Zuruf aus dem Sattel geworfen. Als er jetzt aufstand, war sein Pferd mit einem Satz vorwärtsgesprungen. Joe stand frei, aber er sah, dass keine Gefahr mehr drohte. Johnston hielt einen rauchenden Revolver in der Hand, und vor ihm lag Hogart am Boden. In seiner verkrampften Rechten hielt er seinen ebenfalls noch rauchenden Revolver.

»Danke, Marshal, das war knapp«, sagte Joe und wischte sich über die Stirn. Dann sah er Diana an, die wachsbleich im Sattel saß.

»Er hat – er hat dich erschießen wollen, Joe«, lispelte sie.

Johnston nickte schwer. »Vor allem aus dem Hinterhalt. Männer, hebt ihn auf! Zeugen habe ich ja wohl genug, dass es die Abwehr eines Verbrechens war. Miss Derrick, es tut mir leid, aber...«

Diana schüttelte den Kopf. »Danke, Mr. Johnston, dass Sie Joe – gerettet...« Dann brach sie zusammen.

26. Kapitel

Eine Woche später fuhren zwei mit Maultieren bespannte Wagen über den wieder schneefreien Pass nach Westen. Den ersten lenkte Mrs. Diana Hastings, geborene Derrick, den zweiten ein vierzehnjähriger Junge mit Namen Jack Derrick. Und neben dem ersten Wagen ritt ein großer Mann mit kantigem Gesicht auf einem braunen Hengst, den er Star nannte. Und der Mann blickte verliebt auf die junge Frau, die ihrerseits oft genug zu dem Reiter hinsah, der so kühn und so verwegen dreinblickte. Und ganz hinten am Wagen des Jungen flatterte ein schon eingerissenes Schild, das Marshal Johnston angeheftet hatte, ohne dass es die drei Menschen in und neben dem Wagen bemerkt hatten. Darauf stand:

Er ist wild wie ein Stier und verrückt wie ein Bronco, er ließ die Puppen tanzen und die Flaschen springen, aber dann sprang er ab vom Trail und heiratete einen Engel. Seitdem gibt es Red River Joe nicht mehr. Seitdem gibt es nur noch Mr. und Mrs. Joe Hastings. Fahrt mit Glück!

Als Joe es später sah, stand Diana neben ihm, und er gab ihr einen Kuss, lachte und sagte: »Das ist Johnstons Einfall!«

Da rief Jack von vorn: »Fahrt ihr nun weiter, oder wollt ihr hier schon auf dem Pass die Familie gründen?«

»So ein Frechdachs, den wirst du auch noch zähmen müssen, Joe«, sagte Diana.

Joe aber erwiderte: »Zähmen? Damit hat es noch Zeit, bis er geheiratet hat.«

ENDE

ISBN 978-3-7529-7461-4
9 783752 974614
www.epubli.de

Printed in Poland
by Amazon Fulfillment
Poland Sp. z o.o., Wrocław

70350083R00404